我在西藏当记者

李佳俊 著

中国藏学出版社

目录

无怨无悔的岁月

阿里留踪

他们的名字叫“老西藏”

在希望的田野上

走遍雪域，古刹风光看不够

文海拾遗

无怨无悔的岁月

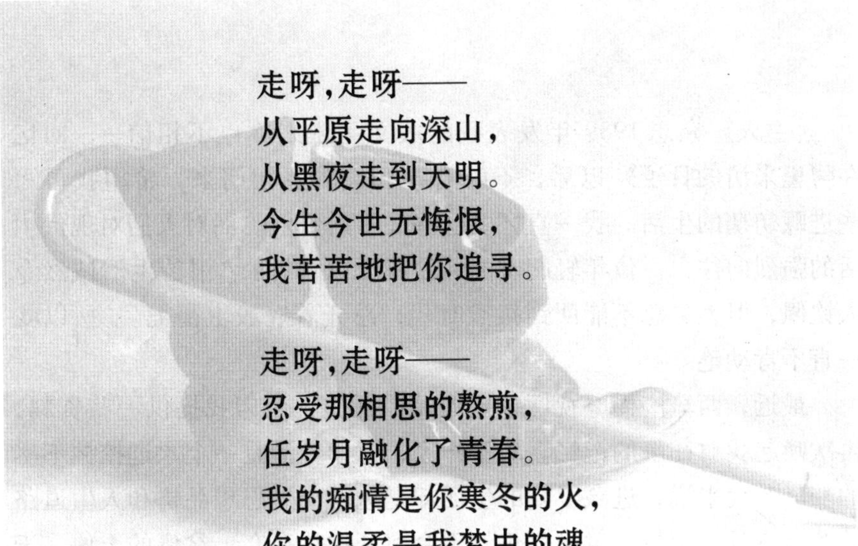

走呀，走呀——
从平原走向深山，
从黑夜走到天明。
今生今世无悔恨，
我苦苦地把你追寻。

走呀，走呀——
忍受那相思的熬煎，
任岁月融化了青春。
我的痴情是你寒冬的火，
你的温柔是我梦中的魂。

——摘自作者大型话剧
《亚隆之恋》主题曲《恋歌》

岁月往事细品味

《主人》杂志1989年发表我的散文《说来你也不相信——回忆在阿里采访的日子》以后，不时有报刊编辑登上门来，希望我再写些进藏初期的生活。我一直怀疑这些文字的价值。面对人们对现代生活的强烈向往，一位年轻朋友的话使我无以对答："艰苦生活诚然令人钦佩，但人类总不能回到猿猴时代，总光着屁股上街吧。"所以我一直不肯动笔。

最近，西藏广播电视厅整理西藏广播史，希望我提供一些资料，再次唤起我对往事的记忆。对于作家，童年生活是一个永远挖掘不尽的梦。对我来说，进藏早期的生活却是造就个人思想品格和人生道路的黄金岁月，使我年过半百仍然不舍离开这片高寒、贫瘠的土地。于是，我又断断续续写出下面的琐忆。其中的酸甜苦辣，我也说不清楚，姑且如实道来，让读者各自去慢慢品味。

排场和苦涩

每个人参加工作的头一天大概都很激动。我来到神奇的高原，踏进西藏广播电台大门的那天，又平生第一次坐上了小汽车（虽然是嘎斯六八，远不及今日"皇冠"的排场和豪华），更是激动非凡。

时间是1960年10月，一位叫大罗的女同志到招待所（现在的实验小学）一间搭地铺的集体宿舍来找我，我应声站起来，不知道说什么好。“你就是李佳俊吗？我接你去广播电台上班，车子就在楼下。”同宿舍的尽是待分配的工人，看到专门有小车来接我，都惊奇地睁大了眼睛：“啊，大学生就是不一样！”其实我的行李很简单，几本文学书籍，一个薄薄的铺盖卷，又正是年轻力壮的时候，步行去单位并不难。大罗打开小车后门，帮我放好行李，相对的两排座位显得特别空旷。我钻进去，既兴奋，又不安，只感到坐着小汽车去机关报到，未免太“排场”了。

抵达广播电台，我又被另一种场面惊讶了一回。当时，广播电台还设在热振林卡一个极其古旧的破院子里。大罗把我带进伙房隔壁的一间“宿舍”，里边密密麻麻地摆着八张单人床，我的行李已经找不到任何存放空间，更不敢奢望一张个人专用的书桌了。

我正在纳闷，大罗已把我的铺盖卷放在墙角一个棕色柜子上（不久我就知道，这宿舍兼做仓库，柜子里放着伙房的大米和清油）。“小李，眼下还没有床，你就睡在这里吧。”我的心绪骤然从小车的天堂中跌落下来，被吓得目瞪口呆了，半天说不出一句话来。大罗显然毫不在意这位新来大学生情绪上的变化，立马指挥屋内的两位同志搬来两袋大米，紧紧靠着柜子的另一头，然后用手揉搓麻袋的上部，直至与柜子一般高。柜子盖上积满了污垢，气味令人恶心欲吐。我正寻思要求更换房间和床铺，大罗完全一副大姐姐模样，已经为我解开行李卷，铺开，满意地笑着说：“嘿，长度正好，只是放脚这头还不太平顺，没关系的，过几天给你开个证明，到贸易总公司再买一床棉絮就行了。”

透过薄薄的褥子，我按了按凹凸不平的米袋，确实担心晚上睡不着觉。但新来乍到，又刚享受了一次嘎斯六八，对眼下的床铺不敢有更大的奢望。我躺下试了试，还真能放下整个身子，连连自慰说：“这样很好，这样很好。”

睡着麻袋加米柜的“床铺”，开始了我在西藏广播电台的漫长生涯。

电子技术面前的困惑

我毕业于大学中文系，语言和文学方面的书读过不少，但对广播技术却是一窍不通，工作中出了不少洋相。

起初，领导分派我负责监听。所谓监听，就是在正式播送节目时打开收音机，看看播出内容有没有什么差错，小的差错要及时记录，以便总结经验，大的差错则要当机立断地终止广播。当时的广播电台只有一个录音室，很多文字节目都由播音员把信号直接送到发射台，早晨的《新闻和报纸摘要》节目更是如此。监听责任不小。

由于家境贫寒，我从来不曾与收音机打过交道，只从大街和学校的广播喇叭里听过广播。第一次监听是早上7点半，在编辑部办公的一顶军用帐篷里。天还没有亮，我准时打开了收音机，频率旋钮是头一天晚上请同事固定好了的，不用为选择电台费神。只是音量大得有点震耳欲聋的感觉。这样也好，可以驱走我尚未完全解除的睡意，没想到这对睡梦中的同事却成了一场灾难。首先是住在帐篷侧边的办公室主任刘光兴赤膊披着皮大衣，气冲冲地闯进帐篷："你开这么大干啥?！还要不要人睡觉?！"没想到老干部会发这样大的脾气，只感到莫大的委屈，回嘴说："收音机声音就这么大，你找它吵去。"刘光兴态度马上缓和下来，走向收音机，调整音量旋钮，声音降了下来，比刚才悦耳多了。返回宿舍前，他笑了起来，指着我的鼻子说："小李啊小李，你写文章还可以，玩收音机却是一个傻瓜。"

1961年"五四"青年节前夕，我邀请自治区团委书记鲍奕珊向全区青年发表广播讲话。因为是领导干部来台录音，阎乃一台长事先在办公室与鲍奕珊书记进行了礼节性交谈，然后吩咐我亲自陪同鲍书记去录音室录音。那天，鲍奕珊有些感冒，可能还有点紧张，录音不大顺利，老是咳嗽卡壳。每卡一次壳，我就帮他重新翻开讲稿，还不断安慰说："没关系，没关系，重新讲一遍就是。"鲍书记毫无架子，一切听从我的指挥，每卡一次壳，都要从头开始。不料念稿越来越不顺利，鲍书记额头上开始冒出一滴滴汗珠。眼看录音无法进行，我只好一个劲指责录音室不好：“唉，这鬼录音室一点都不透气，鲍书记，出去休息一会再录吧!”鲍奕珊到院子里吸烟去了，录音技术员俞永华悄悄告诉我：“前面录的还不错，你不该叫他从头开始，只把打结巴的地方再讲一遍就行了。”我说：“那怎么行？结巴咳嗽都广播出去，叫人笑话，也影响领导的形象。”俞永华笑了笑说：“你放心，我们会做技术处理，咳嗽、结巴很容易去掉的。”我这才从录音的困境中解放出来，知道了电子技术的神通，原来广播里的长篇讲话，都是经技术师在复制间剪接出来的。

其实，在西藏广播事业发展初期，因为很多事情都是第一回，出洋相的远不止我一个。当年，播放电影录音剪辑是电台的重头文艺节目，可以提取最新影片拷贝。有天晚上在电台的院子里放映《五朵金花》，全台职工都有幸露天观赏了这部音乐喜剧片。同时观看的还有工委宣传部的一位领导。大家难得聚在一起看电影，放映前说说笑笑是难免的，直到开映还静不下来。宣传部的那位领导同志很不放心地站了起来，向大家拍拍掌，严肃地宣告说：“今天在录音，请大家看电影时不要说话，把嘻嘻哈哈的声音也录进磁带，广播出去不好嘛。”技术员悄悄向他解释说：“电影片录音没有话筒，外边的声音是进不了录音机的。”

交给谭冠三将军的“介绍信”

我终于悟出了广播的神奇和特点，对采访写录音新闻、录音通讯萌发出越来越浓厚的兴趣。1961 年“六一”儿童节，编辑部分派我去罗布林卡采访拉萨市少年儿童联欢会。我决定采写出一篇带音响的报道。

那时，广播电台还没有使用干电池的轻便录音机。外出采访，只有几十斤重、用交流电的“钟声”牌录音机，加上话筒、电线、稳压器等附件，一个人是绝对带不走的。“六一”这天，正巧台长要去工委开会，仅有的那部嘎斯六八不能配属记者使用，办公室为我准备了一辆马车。匆匆吃罢早饭，我和机务组的俞永华坐马车直奔罗布林卡。俞永华工作认真细致，器材准备充足，仅电源线、录音线就装了一个大木箱，足有四十多斤。

正是高原上的仲春时节，天空碧蓝如洗。罗布林卡花红草绿，会场上撑起宽大的帐篷，四周彩旗猎猎。俞永华把录音机放在树荫下，接上电源，做好了录音前的一切准备工作。

10 点左右，演出尚未开始，谭冠三将军突然来到罗布林卡向孩子们祝贺节日。谭冠三是位老红军，进军西藏和平息叛乱都是直接指挥之一，在少年儿童中享有很高的威望。先到的孩子们喜出望外，潮涌般地扑向老将军，叽叽喳喳，讲个不休。谭冠三笑容可掬，像一个慈祥的老爷爷。未经组织的场面分外感人，我立即捧着话筒，挤进现场，并事先与俞永华约好，待我向他挥手，他就开动机器。

学生们拉着谭冠三的手，簇拥着边走边谈。我拖着长长的录音线紧紧相随，录下了将军和孩子的许多欢声笑语。不料，一群小姑娘极不安分，硬要拽着谭冠三去观赏会场南侧刚刚盛开的牡丹，越走越远，录音线已经绷得很直了。我高声招呼俞永华：放线！放线！俞永华向我摊开两手，表示录音线用尽，已经无能为力。我望着孩子们走去的方向，急得几乎快跳了起来，只想说一句："谭将军啊，你就照顾一下我的难处吧！"可惜说不出口，只怨录音机放置得不是地方。

谭冠三看到我的困境，终于停下脚步，笑着对孩子们说："你们看，那个记者叔叔没有线了，正急着哩。我们怎么办?"学生们无言以对，一位女老师机灵地说："同学们，请谭爷爷坐在那个石桌上给我们讲一个红军长征的故事，大家说好不好?"石桌正是我站立的地方。孩子们齐声答道："好!"于是，孩子们簇拥着谭冠三回到石桌边上，听老爷爷讲起了红军过草地的故事："那是很久很久以前……"当天晚上播出的节目里，谭冠三将军的故事只用了一个开头，却是整个录音通讯里最动人的情节。

一个月以后的一个黄昏，我有一篇重要会议的新闻稿急于请谭冠三审阅，因为走得匆忙，忘了带记者证，在军区二号楼被警卫拦住死活不让进。我正向警卫反复解释新闻稿的紧迫性，猛然听到一声："小鬼，让他进来！"我转过身去一看，谭冠三将军正与几个战士在菜地里劳动，忙走上前去："二号，我正找你呢。"老将军拍拍手上的泥土，带我走进客厅，一面展开稿子，一面笑着说："记者同志，今天不用为拉电线发愁了吧！"——我很庆幸，"六一"采访时的尴尬，已经深深印在谭冠三的脑海，成了我得以自由闯进将军府邸的"介绍信"。

在满街"鸭子"叫过以后

平叛改革不久，全国各地支援西藏，一下子涌来许多来自五湖四海的干部职工。工委的口号是"长期建藏，边疆为家"，在拉萨掀起一股学习藏语的热潮。不但每个机关举办藏语学习班，广播电台还在一早一晚（上班前，下班后）播送学习藏语广播讲座节目。到时，拉萨街头的广播喇叭毫无例外地要进行转播，一路走去，前后左右尽是"嘎、咔、喀、昂"的声音，整齐而洪亮，气势分外激动人心。当然，也有人对八廓街的广播是否有必要转播藏语讲座提出异议（因为那儿的居民和香客都是藏族群众，并不需要藏语字母的启蒙教育），语言颇俏皮："只听见满街鸭子叫，却找不到一只鸭子。"

十八军进藏的老同志大都会一口流利的藏话，令人钦佩。当然，也有不那么用心的，我们戏称他们是"十年如一日"，因为机关每次组织学习，都只能编入初级班，从"嘎、咔、喀、昂"学起。

我的老师德庆卓嘎是刚从中央台调回西藏台的播音员，后藏一个贵族的女儿，藏语、汉语都很标准。她见我学习有股子钻劲，是愿意在高原上干一辈子的，特意与翻译组的藏族同志商议，给我取了一个藏族名字"扎西云登"，我问她是什么意思，她解释说可以翻译成"吉祥的学者"，我既高兴又惶恐。学习不久，德庆卓嘎强迫我今后见面只能用藏语和她对话。一天，我们在街头邂逅，她问我："扎西云登啦，切让咔巴拍克银（注：这是一敬语，可以硬译为贵腿往哪儿移动)?”我听懂了，却不知道敬语和一般用语的区别，就顺着她的问话结构回答说：“昂让冲木拉拍克银（注：我的贵腿正往市场移动）。”德庆卓嘎前仰后合笑了起来，告诉我，即使是贵族给自己使用敬语也是不可以的，会叫人笑话。

真是初生牛犊不怕虎，刚刚学会几句藏话，我竟然敢到基层采访。春节前夕，我到乃东县克麦乡去。克麦乡发展养猪事业很快，人均养猪一头多，超过了《农业发展纲要》的指标。我找到了乡农会主任说：“我是广播电台的记者（按：‘记者’的藏语尚未学会，用的是汉语），听说你们的猪养得很好，特地前来向你们学习。”主任先是很高兴，连连问我从哪里来，身体可好，我说从拉萨来。主任一下子沉默起来，许久不再言语，我想应该进入正式采访了，连连提问：全乡有多少头猪？大猪有多少？小猪有多少？一头猪能卖多少钱？等等。奇怪的是主任对什么问题都连连摇头，反复说的就是两句话：“大猪都已经卖出去了，剩下的尽是小猪，现在还不能吃。”

这天采访十分令人失望，对于全西藏的养猪先进乡，我竟一条简明新闻也写不出来。

回到县里，向书记谈起这段采访经历，书记哈哈大笑起来：“记者同志，你肯定没有把来意讲清楚。农会主任机灵着嘞，脑瓜里装着一大堆材料，是不会向记者保密的。”他解释说，这正是节日期间，拉萨、泽当的机关、部队、厂矿听说克麦乡猪多，都纷纷派人来采购猪肉，有的连半大个的猪也要抢着买，已经成了克麦乡的一场灾难。为了发展养猪事业，克麦乡最近对采购人员采取关门主义，自然不敢向意图不明的客人“露富”。——我这才豁然醒悟，原来是藏语尚未过关，农会主任误把我当成拉萨来的大采购员了。

虽然有了自知之明，仍然有逼上梁山的时候。一次，我去亚东县的仁青岗互助组采访春耕生产，那儿住有一个县委工作组，不用为翻译发愁。我独自步行两个多钟头，到了目的地，不料工作组已转移他乡。跑这么远的路，哪有空着两手回去的道理。好在我已经学会了“新闻记者”的藏话词语，互助组长明白了我的来意，接待十分热情。我硬着头皮用藏语、汉语和手语与她交谈，还真记下了不少材料，写出一篇《亚东山谷春耕生产热气腾腾》的稿件，电台和《西藏日报》很快以头条新闻发出。捧着那张报纸，我算尝到了学习藏语的甜头，不过心里仍扑腾得厉害：天晓得文字里有没有听错的材料。

“雪然风波”

突然涌来那么多大学生、文化人和工程技术人员，给各项工作注入了新的血液，内地的生活方式也给封闭、质朴的拉萨带来心灵的躁动、战栗。一场不大不小的“雪然风波”就是在这样的背景下从广播电台掀起来的。

雪然是1960年夏季从中央人民广播电台援藏的女播音员。二十四岁，能歌善舞，皮肤白皙，特爱梳妆打扮，走路姿态尽展女性风流。到拉萨不久，一个星期日，雪然穿上旗袍、高跟鞋，还抹上口红，戴着耳坠，花枝招展地到贸易公司选购商品。贸易公司紧邻拉萨大礼堂（电影院），即今宇拓路西段，新华书店、人民浴池、理发店、招待所都在那里，是当时干部职工星期日唯一的娱乐休闲去处，摩肩接踵，分外热闹。雪然的出现，在穿着俭朴的众多干部职工中分外夺人眼球，无异于百鸟园中落下一只凤凰。回头率特高自不必说，还免不了引来许多流言飞语，很快轰动了拉萨。雪然刚刚回到广播电台，工委一位副书记的电话也打到了电台领导的办公室，询问雪然的身份来历，要求对她的资产阶级生活方式严加批评。

上面有令，下面不得不从。广播电台领导先是与雪然个别谈话，接着又召开职工大会进行帮助教育，认为描眉毛、抹口红与一个革命干部的身份极不相称，是严重资产阶级思想的表现，对职工队伍具有极大的腐蚀作用。雪然在会上轻描淡写地进行了自我批评，骨子里很不服气，说自己的穿着打扮是星期天上街高兴，偶尔为之，并未对别人造成伤害；穿旗袍抹口红在北京是很寻常的事，拉萨人不该干预她私人的生活爱好。——这些在今天看来颇有道理的辩解，在当年的政治气氛下却毫无说服力，只能引起一阵阵嘲讽的笑声。于是，一些同志广泛引用材料继续对雪然进行批判，帮助她提高认识，比如说她对食堂饭菜太挑剔呀，说西藏生活太艰苦呀，嫌老百姓衣服脏呀，等等，都成了追求资产阶级生活方式的表现。更有甚者，她还给家人写信，说自己和丈夫住在一间像门房似的小土屋里，流露出对进藏工作的不满。

雪然夫妇能住上一个单间，在当时的广播电台还算够排场的了。不过，那确实是过去热振小院的门房，土坯垒砌，低矮狭窄，信中的叙述倒是真实的。我常常到小土屋聊天。雪然待人客气，丈夫又是无线电技师，和我们这伙新来的大中专生颇谈得来，帮忙缝个被子钉颗扣子什么的，很有大姐姐的风度。虽然大会批判已经过去，它在雪然夫妇心中留下的阴影却久久难以消散，特别对她给父母写信所使用的词语也被抖搂出来耿耿于怀；而雪然作为资产阶级生活方式的典型形象，也已深深刻在拉萨干部职工的心中，不是十天半月抹得掉的。雪然工作仍然很认真，播音充满了激情，但是与领导和同事的关系一直不太协调，一副郁郁寡欢的神情。

“雪然风波”的尾声，是在1962年全国精简机构、下放干部的高潮中，她和丈夫首当其冲地被精简，离开了西藏。回内地不久，雪然给我写过一封信，说她当了家庭教师，始终对西藏广播电台和高原的同事们怀着深深的眷恋之情。

（写于1990年，最早选入西藏人民出版社《高原之声》一书）

三十余年高原梦

这是一片宁静的世界，这是一个神话的天国。于是，我白昼喜欢冥想，夜里就出现许许多多的梦。甚至可以说，三十余年的高原生涯，就是在梦中度过的。古人云，“三十而立，四十而不惑”，如今已到了知命之年，我仍然在梦中。

不知始于何年何月何种报刊，我的名字前被冠以“西藏著名文艺评论家”的头衔。初见到这几个字，我既惶恐又茫然。苦苦搜寻往昔做过的梦，似乎头上从来不曾环绕过“文艺评论家”的光环，虽然它确实很诱人。梦中的景象迟迟不来，不曾梦过的反倒变成了现实。我既欣欣然神灵的光顾，又深深感受到了神灵的捉弄。

记得二十世纪六十年代初，我刚刚进藏，就听了谭冠三将军的一次动员报告，要求进藏的汉族干部职工树立“长期建藏”思想，就是说要把骨头埋在西藏。当时物质生活极端贫困，像沙丁鱼罐头似的，大家都挤在集体宿舍里，每月发五块钱现金，没有休假制度，与亲人通一次信要两个月时间。对长期建藏，很有些人想不通：“当初动员我们进藏，不是说好三年一换的吗?”

“在这鬼地方干一辈子，到哪儿去找老婆去? 生了孩子又怎么办?”对于长期建藏，我却很坦然，倒不是思想觉悟高，而是刚刚从学校毕业，“老婆”、“孩子”之类对我还很遥远；新分配当记者，一切都很新鲜，只感到在西藏搞新闻采访，要熟悉一个陌生的环境、陌生的民族及其宗教、历史和文化，就像在探测一个深不见底、阔不见边的大海，三年时间显然是太短了。

那是一个精神生活极其奢侈，充满了豪言壮语的时代。我采写过许多“活学活用”的先进典型，还接触到机关里的一些同志。他们大都能用“老三篇”清除灵魂上的垃圾，信誓旦旦地第表示乐意把骨头埋在西藏，干出一番动人心魄的伟业。于是入党、晋升，享受出席各种各样先进模范会议的荣光，备受人们的尊崇。我当然也想去“立竿见影”一回，然而扪心自问，并不曾有过逃离西藏的念头，缺少活学活用的靶子，是讲不生动的；倒常常做着讨一个温柔妻子的梦，很适宜作为资产阶级思想去有的放矢一番，但偏又说不出口，况且并未下定打一辈子光棍的决心。看来我这个人顾虑重重，生就当不了先进。

要说我有什么抱负，那就是“读万卷书，行万里路”。多亏当了记者，我享受到免费旅行的乐趣，即使是仅在高原，到底走遍了西藏的名山古寺；过多的书读不懂，有关西藏、藏族的文史地理，却越读越亲切，把我送到一个久远的时空中去遨游，领略了人生的无穷奥秘。于是，我在政治采访、社会采访的同时，更热衷于采访文艺活动，常常在通讯中情不自禁地夹杂些评论性的文字。这大概就是后来分配我担任文艺评论编辑和组织工作的缘由。当一天和尚撞一天钟，或许和尚当久了，冲撞的铜钟上也能发出一点亮光。其实我当初压根儿没有想去当文艺评论家。

进入80年代，随着谭冠三将军作古，“长期建藏”也成了历史的陈词。我的许多伙伴同事，包括那些善于豪言壮语的人们，都纷纷告别高原，荣归故里了。我当然也想去赶一次时髦，但写好内调报告却失去了送出去的勇气。环顾斗室，书架上的书刊和笔记本尽是有关西藏和藏族的资料；翻开一摞摞剪报，三十余年写的百余万字通讯、论文，没有一篇是涉及故乡的。果真回到内地，我不成了一个知识的白痴了吗？于是我又留在了这片土地上。

而今，年过半百，早已失掉了内调的信心和兴趣。按说，该用几句豪言壮语来总结这一生的道路了，什么“艰苦为荣”呀，“乐于奉献”呀，“热爱西藏”呀，等等，想必会掷地有声了。但我仍然不敢说，因为再扪心自问，内地丰裕、潇洒的生活，仍不时诱惑着我，在安命知足的同时，也会发出几声无可奈何的感叹。——到底怎样认识自己，评价自己，我至今不明白，恐怕至死也不会明白。

有一次，与一位藏族朋友饮酒时谈起这段经历，他竟然感到十分理解，很动情地说：“这里用得着汉族的一句俗语：即使是一块冰冷的石头，抱久了也会抱出感情来的。”比喻是蹩脚的，却道出了几分真谛。

我不正是拥抱着西藏山河，做了一场美丽的高原梦吗！

（原载《民族文学》1995年第9期）

我怀念那座小楼

——在热振林卡的日子

报社为我举行的送别晚宴结束，回到家又陆续来了些话别的同事和朋友，直到10点过才开始安静下来。环视斗室，没有了电视喧嚣，没有了稿件的重压，心头冉冉升起一种好似经过漫长旅途总算卸掉沉重包袱的轻松和解脱。想当年千里进藏，去广播电台报到上班的情景还历历在目，而转瞬已经四十个年头了。真是日月如梭，人生如梦啊。

明天早晨就要告别西藏返回故乡。在恋恋难舍的高原之夜，我猛然冒出一个强烈的渴望：与我参加工作的第一个办公场所——热振小楼话别。这时我才惊讶地发现，从青丝到白发，我在西藏换了许多单位，踏遍了万里雪域，从起点到终点，其实直线距离却只有三十米。

悄悄走出小院，清冷的月光映出希德林古刹苍老、残破的剪影，与我当年看到它的样子似乎没有什么变化。变化的只有我内心对它与日俱增的了解和尊崇。希德林寺是吐蕃王朝时期赞普赤热巴巾主持修建的，已经历了一千多年沧桑，因为最早只有四位僧人管理，故称“希德寺”。十八世纪，地处林周的热振寺二世活佛名声大振，广修法事，被推举为希德寺主持，对寺庙进行了大规模的扩建维修，并在希德寺后院新修了一栋精致玲珑的楼房——热振新宫，成为热振活佛驻拉萨的私人公馆——拉让。在历史上，曾有两代热振活佛荣任西藏摄政，1940年3月中央政府蒙藏委员会委员长吴忠信赴藏主持十四世达赖喇嘛的坐床典礼，曾在这里得到五世热振活佛的热情接待。热振小楼一度成为西藏许多重大政治事件和宗教活动的策划中心，导演出许多惊心动魄的故事。五世热振活佛拥戴中央政府，与西方侵略势力和分裂主义斗争，表现出可贵的爱国主义情怀。1947 年，分裂主义集团在英帝国主义分子理查逊的策划下，逮捕了热振活佛，把他毒死在牢狱，是为历史上震惊中外的“热振事件”。希德林寺也从此一蹶不振，喇嘛云散，走向衰落。1959 年西藏平叛改革以后，第一座广播电台从这里起步，并逐渐发展为雪域高原宣扬民族团结和爱国主义思想的重要新闻媒体，实在意味深长。我这个新来的汉族大学生一踏进院落就受到浓郁民族文化气氛的熏陶，深受五世热振活佛坚持民族团结、维护祖国统一的爱国主义精神的教益。回想自己四十年来从事新闻和文化工作，一直以爱国主义和民族团结为主旋律，是不是也与这个小院、这座小楼有着千丝万缕的联系呢？

划拨给广播电台的地盘只有希德林寺背面以热振小楼为中心的一个林苑。小楼东北面有两排低矮的平房，大概是活佛的保卫人员和侍从喇嘛的居室；西南面则是一个茂密的林卡，长满了虬曲苍老的柳树和高耸云天的白杨。弯弯曲曲的围墙与《西藏日报》社和希德林寺主楼的墙壁相连接，把寝宫、平房和密集的树林包围成一个独立的单元，社会上称之为热振林卡。西面开了一个口子，算是广播电台的“大门”，表明那是一个堂堂新闻媒体的正式进出口。其实围墙已千疮百孔，坍塌得不成样子，牧民到林卡来放牧牛羊是四通八达的。围墙外一片荒凉，绝少人烟，夜里没有陪伴一般是不敢出入的。西藏人民广播电台的创业者们正是从这里开始，为高原广播电视事业谱写出了创业路上最艰苦、最辉煌的第一乐章。

我粗略计算了一下，划拨给广播电台的这座林卡，包括那幢富丽堂皇的热振小楼总共只有二十来间房屋。要容纳全台的领导、编辑、记者、翻译、播音、机务、司机、会计等六十来号人员办公和住宿，确实是太拥挤了。除台长闫乃一、办公室主任刘光兴能住上单间（办公兼卧室）外，大家只能住集体宿舍，像沙丁鱼罐头一样挤在一起。小楼底层正中大概最安全，是财会室兼档案室；电台最神圣的播音室设在二楼西侧，据说是当年摄政王热振活佛的寝宫；播音室外间（该是热振的经堂）则用来存放珍贵的文艺磁带和图书资料，那里干燥、保温。我最初下榻的一间平房密密麻麻挤了八条汉子，因为来得最晚，只好蜷缩在角落用柜子和米袋拼凑而成的一张“床铺”上。到年底，希德林寺从古刹二楼给我们打开一扇窗户，扶着一个简陋的木梯上去，算是给电台增添了一进两间宿舍，我忙不迭搬过去，总算可以伸直腿睡觉了。

广播电台编辑部设在热振小楼东侧的一顶帐篷里，可容纳六张办公桌，十来把折叠椅子。编辑、记者、翻译、通联都挤在一起，当然谁也没有自己专用的办公桌，哪有空隙挤过去就行了。那时经常在家的采编人员不过十来个男女，而且大都是新手，每天除文艺节目外，还要编排《新闻和报纸摘要》、《西藏新闻》、《高原子弟兵》、《专题节目》、《科普知识》、《藏语学习讲座》、《记录新闻》等文字节目，任务相当繁重。《新闻和报纸摘要》主要由在家的男子汉轮流担任编辑，而当天的报纸得自己去取，没有专职通讯员，我们必须天不亮就起床，三人同行去《西藏日报》社取当天报纸的大样。当年广播电台与报社紧邻，却必须顺着墙根在荒无人烟、没有一盏路灯的凹凸不平的小道（今天的青年路）上绕行一里多路。刚刚平叛不久，社会尚不安宁，我们都带着长枪短炮，子弹是上了膛的，时刻警惕着远近的响动，还真有点打仗的味道。报社后门挂着一个木箱，待总编审完当天报纸，校对组就会改定四张版样投进木箱，专供广播电台编辑使用。当报社工人开始修改最后版式的时候，我们已开始在帐篷里编写介绍当天《西藏日报》版面的文字，摘编重要新闻和评论了。天刚蒙蒙亮，播音员已挤进帐篷开始备稿。目送播音员精神抖擞地登上二楼播音室，编辑也手捧碗筷走向了厨房，喇叭里已经传出了清脆洪亮的声音：“今天的《西藏日报》在头版显著位置刊登了中央人民政府驻西藏代表、中共西藏工委书记张经武同志在自治区筹委会上的重要讲话……”这时，第一缕阳光驱散了高原的寒气，我骤然忘却了凌晨取稿路上的紧张和编稿时的忙碌，心里油然升腾起一个新闻工作者说不尽的自豪和喜悦。

当时，电台处于初创阶段，编辑部大都是新招来的高中毕业生。科班毕业的大学生只有顾也是、贾庭贤、李圭春、张隆高和我，张隆高和我才毕业，实际上也是新手。顾也是参加工作比我们早，是从新华社调来的老记者，领导指派她带我逐步转向新闻采访。我很佩服她会议采访的敏捷和神速，常常是大会刚刚结束，她已经写好了一头一尾，把指定我摘抄的讲话稿剪贴进去，当场就可以送领导审阅签字，免去了会后送审的奔波和繁琐。至于下乡采访，没有老师指点，只好靠自己去闯荡了。记得 1961 年秋季去当雄县中噶多草原采访赛马会暨物资交流会，寂静的草原突然涌来成千上万的牧民和商人，组成一座帐篷新城。小小的区政府已经无力接待迟到的记者，我只好去山坡上的一座小寺庙借宿，正好邂逅新华社记者马宁轩。马宁轩年龄和我相近，是拉萨回族，藏汉语都很精通，我们很快成了好朋友，工作和生活都得到他的鼎力相助。特别是举行赛马会的那几天，我简直与他寸步不离，多亏他高超的翻译技巧，使我第一次领略到藏族语言惊人的圆熟和美丽，连串的比喻和俗语既洋溢着主人对生活的激情，又蕴涵着耐人寻味的深刻哲理，令我久久不能平静。晚上回到小庙，信笔写出当雄采访的第一篇通讯——《纵蹄飞奔》。出于对马宁轩劳动的尊重，通讯是联名发出的。赛马会结束后，我搭便车回到拉萨，走进热振小院就碰上播音员钟季和，她惊讶地叫了起来："啊啧！我们的马儿刚才还在草原上赛跑，眨眼间就纵蹄飞奔回拉萨来了。"我尚未回过神来，她又抛出一句藏族谚语："在狂风巨浪中练出船夫的才干，在迅驰的马背上看出骑士的本领。"原来她刚刚录完我写的稿件《纵蹄飞奔》，那些比喻和谚语成为通讯中最闪光的部分。这使我深切感受到，要在西藏做一名称职的记者，必须练好藏语这门基本功。我向编辑部领导王讴表达了一个强烈的愿望：请批准我到西藏干校学习藏语，哪怕半年也行。王讴把我端详了好一阵，笑了笑说，你参加工作才几天？怎么就做梦讨媳妇——尽想好事？或许进修藏语也是要论资排辈的，我已经不抱什么希望了。不料第二年开春，我正在林芝大森林里采访，突然接到编辑部发来的电报："已批准你去西藏干校学习藏语，接电速返。"我高兴得跳了起来。

当雄采访还有一段插曲。中噶多草原上的这次物资交流会是西藏民主改革后利用民族传统节日促进经济发展的创举，拉萨市在物资交流会闭幕后邀请各地来的商贸机构和私营企业的代表集中于当雄县拉根多乡进行工作总结和经验交流。我在中噶多草原采访告一段落后搭便车匆匆赶到拉根多去。司机得知我是一个记者，是县贸易公司经理特邀去拉根多报道物资交流会成绩和经验的，一再向我打听贸易公司收购麝香的价格。我告诉他，我采访过，麝香按大小论价，每个在十二元至十五元之间。司机的两只眼睛突然瞪得老大：要是拿回内地，每个起码能卖到三十元。于是开始和我套近乎，要求我给经理说说好话（那年代还没有“走后门”这个词）卖几个麝香给他。我当即感受到一种被推出去当小偷似的屈辱，立即正言告他：“麝香是国家统购物资，我是记者，决不能向领导开这个口。”这位师傅骤然失去了谈话的热情，沉默了好久好久，猛一踩刹车佯装问我：“唉，你是要到哪儿?”我说不是早就告诉过你吗，我去拉根多。司机指指车后很远炊烟缭绕的村庄说，早就过了七八公里了。他当然不会开车送我回去的，我也再无心求他，只好扛着马被套呼哧呼哧地往回走了两个钟头才抵达会议所在地。第二天，总结会议正式开幕，拉萨市一位领导在会上说，有的同志嫌我们没有选一个好吃好住的地方开会。我看这儿挨着牧民，挨着牛羊，是搞物资交流的好地方。大家还是坐着汽车来的嘛，比牧民骑马舒服得多。昨天下午，一位记者是扛着马被套走过来的，这种吃苦耐劳的精神值得大家学习。这时，许多与会者用赞赏的眼光看着我，我却如坐针毡，毫无一点受到表彰的荣耀，只感到有满肚子说不出的苦水。设想我昨天能变得圆滑一点，先爽快地答应贪婪的司机，也不至于在坑坑洼洼的路上吃那么多苦头。不就是卖个乖说几句漂亮话嘛，至于经理肯不肯开这个口，那已经与我无关了。——说实话，那以后我一直想学会这种圆滑，可是圆滑的学问太深，我一辈子都没有学会。

每次出差回到热振林卡，总有一种说不出的热络和亲切。六十来口子挤在一起，不分民族、男女，不论领导、同事，酷似兄弟姐妹，亲如一家人。记得有一位女同志生病住院，急需输血，涌到医院要求化验血型献血的人就有三十多人，超过在家职工的百分之六十。台长闫乃一没有一点架子，虽然不苟言笑，却从来没见他训斥过谁。按当时的规矩给他配备的勤务员成天在厨房打杂，就没看到给他干过家务，上街购物理发都是自己骑自行车。审改稿件认真、细致，没有哪个不佩服。有的重要修改，还特意请你去他的小屋当面讲解，问你同意不同意，真有点老师给学生批改作文的劲头。回想当年电台初创，大部分采编人员都是新手，正是在老领导手把手的精心带动下，一大批新闻广播工作者才得以迅速成长起来的。

正处于国家经济困难时期，电台又是白手起家，毫无家底可挖，肉食蔬菜都要靠自己解决。广播电台新办公大楼正在布达拉宫西边的姑雪林卡紧张施工，接收天线处地势平坦，紧挨着一条小溪，是很理想的蔬菜种植基地。干部职工每天都要轮流去开荒、种菜、浇水，利用空闲时间修建温室。我曾经和无线电技师寇其晋、通联干事赵生莲等同志一起脱产修了半个月温室，挖坑，垒墙，埋羊粪，换沃土，是很累的。寇其晋是我们“温室修建公司”的领队兼主力，瘦得像只猴，干起活来却像只虎。寇“领队”吃饭能扒拉两大碗，却不见身上多长一点肉，我们笑称他把食堂打来的饭食都扒拉到温室里去了。——最近我去西安见到寇其晋，这位退休工程师一再抱怨食欲大减，每顿只能吃二两面条，脸却长圆了，腰也变粗了。一再说，如果能再回拉萨参加修建温室的劳动，或许能重现当年苗条的身材。

那时没有电视，没有舞场，没有麻将，最普及的娱乐活动是唱歌，唱藏族民歌。教我们唱歌的有钟季和、任裕湛。我感到惊奇的是任裕湛，他没有进过音乐学院，更没有接触过藏族民歌，却教得很顺溜很动情，似乎有一种特殊的音乐天赋。果然，他后来担任了一家音乐出版社的社长。业余时间也不能总唱歌，那时，就各自抓紧时间背一个粪筐，扛上铁锹去林卡、马路捡拾动物粪便，主要是狗屎、羊粪，西藏的牛粪做燃料可以，做肥料并不太好。那时没有化肥，种植蔬菜全靠人畜粪便，每个职工都有积肥定额。我的积肥任务还是完成了的，但不是太多，受家乡传统观念的影响，捡狗屎是农村小娃娃干的事，有点不好意思。现在回想起来，还真后悔当初为什么没有拍一张肩挎粪筐，手扛铁锨在拉萨街头捡拾狗屎的照片。传给子孙，那该多骄傲啊！

1962 年春节前后，广播电台编辑部、机务组和办公室陆续搬迁姑雪林卡新楼办公，结束了在热振林卡艰苦的创业生活。电台旧址移交给了《西藏日报》社，随着报社修建的房屋越来越多，越来越好，当年富丽堂皇的热振小楼变得越来越低矮、寒碜了。一度办起的一个机关幼儿园都嫌它太狭小、太简陋，不得不另搬新居。1993 年初调我去报社工作，这里却是我工余饭后最喜欢转悠的地方，凡是广播电台的老朋友来家做客，诸如李永发、邱德荣、蒙淑蓉、刘长富等，我总要带他们去热振小楼参观、摄影，滔滔不绝地叙谈进藏初期那如烟的往事，激动而又甜蜜。因为高原各族人民翻身解放的第一声欢呼就是从这里传向全中国、全世界的，因为西藏广播电视事业正是从这里起步才有了她今天的辉煌，因为我在这里领略到高原革命生涯最值得怀恋的第一课。创业生活的磨炼，藏汉同事的友情成为我人生旅途上

1994 年，笔者与西藏台老同事邱德荣（左一）、蒙淑荣（左二）、刘长富（左三）在热振小楼前合影留念。

取用不尽的财富。

我怀念热振林卡，我怀念热振小楼。随着岁月的推移，那座小楼，那个林卡，在我心目中变得越来越高大，越来越明晰。

（写于2004年1月9日，同年选入西藏人民出版社《走向辉煌》一书）

永恒的思念

——回忆在《西藏文学》的日子

今年是《西藏文学》创刊三十周年。——啊，光阴荏苒，岁月如梭，当年那份还十分稚气的文学杂志已进入而立之年，成长为一个壮实、憨厚的棒小伙了。我曾两度参加《西藏文学》编辑工作，连续工龄有十个年头。艰辛伴着喜悦，坎坷带来豪情，化为人生旅途上难以忘怀的黄金岁月。特别是有幸结识了众多藏、汉族青年作家朋友，他们丰硕的创作成果，勇于探索的创新精神，既给了我取用不尽的评论资源，更促进了我文学观念的更新。从此和《西藏文学》、藏族地区文学结下了不解之缘，乃至退休后也丝毫不感到寂寞，笔耕不辍，生活变得越来越充实。

往事如烟，该从何说起呢？我忙不迭地将三十年来出版的《西藏文学》搬上书案，按时间顺序排列起来，共有二百一十多本，酷似一座小山！如果以每本十二万字计算，竟达两千五百多万字。这么多小说、诗歌、散文和评论，琳琅满目，让我目不暇接，百读不厌。一篇文章一个脚印，一部轰动全国的精品就是西藏当代文学发展史上的一座丰碑。都是作家们用心血和激情一字一句抠出来的，凝聚着一代又一代编辑们沙里淘金所付出的智慧、辛劳和日日夜夜的争吵。众多读者捧读《西藏文学》这些佳作并对作家赞不绝口的时候，恐怕很少有人知道编辑们难以言说的甘苦。面对案头这座小山，我对为《西藏文学》默默奉献的历届无名英雄——编辑总怀着不尽感念。

从稚嫩走向成熟

《西藏文艺》正式创刊于1977年，是全国创办最晚的省级文艺刊物，却是雪域高原上开天辟地的第一份文艺杂志。但很少有人知道，她早在1965年就已经开始孕育，编辑部就设在今青年路西边，《西藏日报》社斜对面的一个小院里，大名已经注册备案，也叫《西藏文艺》。那时我已调阿里工作，1965年春季的一天，我从阿里回拉萨参加记者会议，听宣传部副部长、《西藏日报》总编辑金沙的形势报告：急风暴雨的平叛改革已经结束，人民当家做主，经济、文化建设取得了举世瞩目的成就；中央已经批准九月正式成立西藏自治区。要求全区记者立即行动起来，争分夺秒做好迎接西藏自治区成立的宣传报道。他在谈到迎接自治区成立各项准备工作时，特别透露西藏文联及其业务刊物《西藏文艺》的筹备组已经开始办公，地点就在《西藏日报》西边。因为大学时代曾做过作家梦，听完报告回家，那座不起眼的平房在我心目中骤然变得高大起来，却没有胆量进去攀谈攀谈。记者会议结束，我匆匆收拾行装远行阿里。出发的前一天下午，广播电台文艺部主任王讴突然找上门来，说他刚刚参加了《西藏文艺》的筹备会议，特约我为创刊号写一篇有关阿里地区的报告文学，我问写什么内容，王讴主任说会上没有研究，叫我自己去商量。新闻报道的准备工作还很多，已经来不及了。“那我就答应他们了？”他说。绕道乌鲁木齐、喀什，行程三千余公里回到噶尔昆沙已经是3月底了，火烧眉毛，全为采写迎接自治区成立的新闻稿件奔忙，那篇《西藏文艺》的特约稿早忘到九霄云外去了。大概是6月吧，我正在改则县采访首届人代会，突然接到《西藏文艺》编辑部发来的电报，催促尽快寄送答应采写的稿件。我这下慌了手脚，才开始在返噶尔昆沙的汽车上寻找撰写报告文学的灵感。刚回到记者站的陋室，又收到第二封电报，说创刊号要赶在9月前与读者见面，已经与记者部商定，我的报告文学可以通过记者部的电报挂号“5113”

发出，但务必注明“转送《西藏文艺》”字样。于是，我闭门三天三夜，炮制出平生第一篇报告文学作品《我们是“阿里人”》，展现来自祖国四面八方的藏汉族干部职工在人烟稀少、气候恶劣的西部边陲与三万多农牧民同甘共苦，进行民主改革，建设新阿里的英雄业绩，大无畏的奉献精神，约一万四千多字。要把这么长的稿件转译成电码再通过按键敲打到拉萨去，我担心邮电局难以承受，亲自去找局长说情。局长粗略阅读了一遍，高兴极了，“歌颂我们‘阿里人’，感谢你还来不及呢，就别‘麻烦麻烦’的了。”他立即把局里所有译电员招来翻译电码，启动自备发电机，同时开通两个频道发报。我的宿舍和机房仅一墙之隔，听到电键嘀嘀嗒嗒的敲击声一直响到黎明。第二天向分工委（即后来的地委）秘书长李秋枫谈起夜里邮电职工的辛劳，禁不住热泪直淌，“这就是‘阿里人’，太可爱了！”得到的回答是，“其实，你也是我们‘阿里人’的一员嘛。”——从那天起，我被戴上一顶“阿里人”的桂冠。用电报递送如此长的文学作品，恐怕在全国文学界绝无仅有，却又是那个特殊岁月、特殊地域发生的特殊事件，令人终身难忘。

可惜人们盼望已久的《西藏文艺》在诞生前夜流产了。编辑不无遗憾地将《我们是“阿里人”》转送给《西藏日报》，在中央代表团抵达拉萨那天，以副刊整版篇幅发表了我的报告文学作品。个中缘由，直到我1996年夏天回到拉萨才明白。原来1965年后半年，“文革”正在酝酿之中，文艺界首当其冲成为极“左”思潮的重灾区，全国几个文艺家协会突然被定性为“裴多菲俱乐部”式的反动组织，西藏哪里还敢顶风成立文联组织，《西藏文艺》不得不胎死腹中了。

我1978年底从广播电台调进已经重组并正式出版的《西藏文艺》，虽然不是我去文联（筹备组）的初衷——想修改我刚刚写完的一部长篇小说，回首十二年前的那段奇异经历，又分明感到有一种冥冥中的缘分。一扫极“左”思潮的阴霾，《西藏文艺》终于顺利降生了。名义上还是出版社下属的文艺季刊，但西藏首次文代会已处于紧锣密鼓的筹备之中，自治区党委的红头文件明确规定把《西藏文艺》作为即将成立的西藏文联的业务刊物。所以，我的工资、户口关系暂时挂靠在出版社，而编辑部一切业务工作则听从文联筹备组安排。主编修义忠，副主编周艳炀，下设小说组、诗歌组、评论组，还有专职音乐编辑、美术编辑和通联干事。麻雀虽小，肝胆俱全，挤在一间狭窄的办公室里。实际上这间办公室只承担开会、接待作者、通联和存放资料的任务，阅稿、改稿等精细的文字工作只好搬到家里进行。所谓“家”，也就一间斗室，兼做宿舍、书房和厨房，夜深人静的时候工作效率最高。各编辑组虽有分工，而在那个文艺观念急遽变革的年月，对重要稿件的分歧是经常发生的，总要提到全编辑部来斟酌、讨论，老编辑讲究传统，年轻人观念新火气旺，常常争得面红耳赤，有时不得不请自治区党委宣传部长李文珊乃至区党委分管文艺的常委夏川来“裁决”。争吵归争吵，“裁决”后仍然是好朋友。修义忠德高望重，是大家格外尊重的“家长”，争吵后常常给大家煮一锅山东南瓜饭，包上一顿饺子，像亲兄弟一般亲密。夜里一起骑着自行车去印刷厂进行最后一次校对，凌晨一溜唱着歌儿回家，那得意的神情至今在眼前飘逸。工作兢兢业业，各管一摊又互通情报，密切协作，认真负责的精神实在难能可贵。

我到《西藏文艺》上班时，该杂志已创刊两年整，发现和团结了大批藏、汉藏族青年作者，在社会产生了积极影响。担任评论组组长的我，在老少编辑饱满工作热情和进取精神的激励下，渐渐淡薄了修改长篇小说的渴望，全身心投入文学评论的筹划和写作。但是如何评述全区文学发展总体趋势，评论从哪些作品入手，竟颇为犯难。文联筹备组负责人张耀民建议我先读读这几年发表的作品再说。我细致翻阅了从试刊到1979年的十几本刊物，并与全国同时期文学刊物比较，逐渐萌生出三个明晰的概念：（一）政治观念较强，文学色彩较弱，作品基本上属于单一的歌颂型；（二）诗歌（特别是民歌）和纪实文学所占篇幅远远超过小说的分量；（三）发表的作品都出自西藏本地作者之手，而本区和平解放后成长起来的著名作家已经走光了，只剩下诗人汪承栋，所以还难以产生具有心灵震撼力量的精品。关于第一个特点，是因为刚刚打倒“四人帮”，要让作者、读者和有关领导完全从把文学等同于政治的极“左”观念中解放出来，尚需一个循序渐进的过程，是可以理解的。后两个特点，虽然我们编辑已经尽了最大努力，通过刊物充分显示西藏当年的文学发展状况和作家的整体创作水平，但是却可以而且应该为西藏文学的发展前景做更多扎实、细致的工作。为此我先后向张耀民、修义忠、周艳炀等领导建议，作为一个省级文艺刊物，既要展示本区文学新人的创作成果，又不能作茧自缚，应该打开视野，为青年作者的成长营造一个良好的文学氛围。鉴于本区稿源严重不足，不妨走出西藏，把其他藏族地区的作家（特别是藏族作家）和曾经在西藏工作过的作家都团结到我们周围，发表他们优秀作品，扩大刊物知名度，让我区青年作者参与比较和竞争，写出确实具有文学色彩的新作。同时有计划地介绍西藏优秀古典文学作品，既能增强刊物的民族特色，也为作者们在继承民族传统文化的基础上发展社会主义新文学提供丰富资料。我甚至还建议，适当介绍与西藏相邻的印度、尼泊尔等国的优秀文学作品，这些国家历史上与西藏文化交往频繁，借鉴他们的经验能给我们的文学创作提供有益营养。我的设想有幸得到文联和编辑部领导的认可。

编辑部发动大家在积极调动本区作家创作热情基础上，“走出西藏”，通过写组稿信、赠送刊物，拜访来西藏开会、体验生活的内地作家，加深了解，增进友情，争取把其他藏族地区和曾在西藏工作过的有名望作家都团结在刊物周围，借助其创作优势促进本区文学发展。我们的口号是，“立足西藏，面向所有藏区”，编辑们为此做了许多有益的工作。我负责评论摊子，急于拉到一批宏观论述藏族文学发展走向、思想敏锐的稿子，增强刊物的指导色彩。1979 年 10 月，我利用随团去北京参加中国第四次文代会的空隙，先后去中国社科院民族文学研究所、中央民族学院、民族出版社，一一拜访了著名藏学家王尧，格萨尔专家降边加措，翻译家汤池安、藏族文学教授佟锦华、耿予方、开斗山，在他们堆积如山的书房里进行了推心置腹的交谈。从藏族远古文化谈到敦煌石窟发掘的藏文文献，从《格萨尔王传》谈到仓央嘉措情诗、长篇小说《勋努达美》，从解放初期青海、甘肃藏族作家的初露锋芒到新时期长篇小说的崛起，让我受益匪浅，真是“听君一席话，胜读十年书”。回拉萨后，不断读到他们评述藏族古典文学、民间文学和当代文学的论文，为增强刊物民族特色和学术水平打开了一扇明丽门扉。特别令人感动的是开斗山教授的夫人，他们在民族学院的居室与著名女作家冰心紧邻，积极怂恿我向她约稿。冰心，我国文学界的顶级大师，会屈尊给默默无闻的《西藏文艺》写稿吗？我还没有胆量。“没关系的，老太太对西藏来的客人特别热情。——如果她能给你们写文章，刊物的名气就大了。”于是，我在开夫人陪同下捧着几本当年出版的《西藏文艺》，鼓起勇气按响了冰心家的门铃。那时民族大学高知楼尚未修建，冰心住在一栋二层小楼楼上的一个普通套间。“冰心老师，今天打扰您了。”原来开夫人早已通报过我的来访，热情引我们客厅入座。“打扰啥呀，一个汉族人去边疆工作，又大老远到北京来，不容易。”冰心个儿瘦小，和蔼可亲，红润的双颊始终洋溢着慈母般的微笑。我像远行归来的儿子讲起高原办文学刊物的经历、艰辛、喜悦和期望。老人时而翻翻手里的杂志，时而注目窗外，好像透过绿树、白云看到了布达拉宫金顶，洁白的羊群在辽阔草原上嬉戏。她收回眼神，发出一声感叹，“可惜我从没有去过西藏。”接着告诉我，她最早通过文学作品看到西藏，是五十年代一部外国人用英文写的长篇小说《消失的地平线》，给人的印象是一个遥远、美丽而又神秘的地方。后来住进民族学院，接触到许多扎着彩色邦典的藏族女孩子，能歌善舞，淳朴大方，就有一种天然的亲切感，一直盼望能读到我们中国人描绘西藏生活的文学作品。“在西藏创办文艺刊物，是一件很有意义的事情，我为你们感到高兴。”我不失时机地接过话茬，请老人家给我们写一篇稿子。冰心笑了，笑得格外开心，“我猜到了你今天上门的用意。但是你们要明确，靠几个内地名作家的小文章支撑不起你们的大厦，西藏文学的希望还是要寄托在本地作家特别是藏族作家身上，多花心血让他们尽快成长起来。”告别时，老人家叮咛我留下姓名和拉萨通讯地址，答应尽快把文章寄给我。年底果然就收到冰心情意深长的散文《近在眼前的地平线》，还附了一封亲笔信。信用普通稿纸横置竖写，笔画规整、清秀，大概是老人家汉文书写的传统习惯，先是解释文代会结束后较忙，为寄稿延迟表示歉意，然后是对本地作家的殷切期望。当时，第一期已经发排，我立即将冰心的散文和信转送给修义忠，他和我一样，因这位顶级文学大师对我们的厚爱喜不自禁，马上布置重新画版，将《近在眼前的地平线》列为这期刊物的开卷之作，写按语之类的文字已经没地方摆了。《近在眼前的地平线》给 1980 年的《西藏文艺》吹来了和煦的春风，也是本刊创刊至今发表的唯一的一篇顶级文学大师的佳作。

作为“走出西藏”的第一步，编辑部在这年春天派出由小说编辑秦文玉、诗歌编辑魏志远、评论编辑李佳俊组成的作家联络组，走访了西藏自治区紧邻的四川、陕西、甘肃、青海等兄弟省区的作家协会和曾涉及藏族地区文学创作的著名作家，组织稿件。正是春寒料峭时节，我们扛着几大捆新出版的《西藏文艺》上路了，既满怀索取文学精品、改观刊物的雄心壮志，又免不了内心的忐忑。在全国省级文艺期刊中，《西藏文艺》年龄最小，没有一点名气，一行三人都是文学园地初出茅庐的新兵，万一我们吃了闭门羹岂不大煞风景？令人欣慰的是，我们拜访的文艺团体和作家，没有任何架子，处处都受到热情接待。秦文玉更是社交场合的一把好手，说起话来不卑不亢，彬彬有礼，很得主人欢心。所到之处，均按照我们的意愿举行了兄弟刊物座谈会、组稿会，凡是我们提到的曾在西藏工作过的作家，或者当地写过反映藏族地区生活的著名作家都请来了。个别因工作忙或身体欠佳未能出席的作家，我们也在会后进行了家访。先是赠送刊物，紧接着介绍《西藏文艺》的创办经历，取得的初步成绩，表达我们向作家们曾为藏族地区文学发展作出的贡献表示敬意，最后归结到我们新的编辑设想，计划将《西藏文艺》办成面向所有藏族地区的文学专业杂志，希望得到他们的支持，提出宝贵意见，赐寄佳作。在四川的甘孜州、阿坝州，我们结识了回族老作家张央、青年作家意西泽仁、青年诗人阿来，两州的文联和作协尚在筹备中，文艺刊物编制还不健全，只能举行家宴为我们接风，或者亲自带我们参观游览，把刚刚杀青的新作供刊物发表，让我们心里热乎乎的，深切感受到兄弟藏族地区读者和作家对《西藏文艺》的殷切期望。在兰州有幸结识了著名诗人伊丹才让，一听说我们新的编辑设想，这位才情横溢的老作家猛然像见到久别的亲人一样，激动得泪花晶莹，与我们一一拥抱，连连赞叹，太好了，太好了。“作为一个藏族作家，我虽然身在甘肃，但我们文化的根在西藏，都是松赞干布的子孙，我的诗歌能发表在你们刊物上，就是给我颁发了一枚最高级别的金质奖章”。我们下一站是甘南藏族自治州和青海省，那里集中了许多新中国成立后最早崭露头角的藏族作家，大都是伊丹才让的同学、同乡或过去的同事，他们主动提出与我们同行并担当向导。得到他们的帮助，联络工作如鱼得水。东道主带我们参观名胜古迹、佛教寺院、青海湖、刘家峡、塔尔寺、拉卜楞寺、同仁壁画。先后去老诗人格桑多杰、丹真贡布，小说家尕藏才旦家里做客，都受到了隆重民族礼节的欢迎，还与青海省、甘南藏族自治州的文艺刊物和藏、汉族文学青年举行座谈。在成都、西安、兰州，我们拜访了著名藏学家任乃强、西藏老领导范明、在西藏工作多年的老诗人杨星火与高平，他们都对《西藏文艺》的创办表示祝贺，并对我们的工作提出了很多宝贵的建议。

刊物从守株待兔到广泛联络作者，来稿越来越丰富。再不是等米下锅，可以在众多稿件中精挑细选，刊物质量提升到了一个新层次。1980年由季刊改为双月刊，题材范围从单一西藏扩展到全国藏区，并上溯到藏族古典文学和民间文学，对周边国家的优秀文学作品也给予了适当篇幅。王尧的《萨迦格言》评介，汤池安的《策仁旺杰和他的“颇罗鼐传”》，耿予方翻介的古典格言诗《国王修身论》，李朝群翻译的民间文学《说不完的故事》，刘国楠翻译的印度小说《戈德尔》、《食人兽》，等等，给人大开眼界、耳目一新的享受，在国内外产生了积极反响。特别是相继发表了藏族作家益希单增、降边加措的长篇小说《幸存的人》、《格桑梅朵》部分章节，汪承栋的长篇叙事诗《黑痣英雄》，叶玉林、扎西达娃、马丽华等中青年作家的短篇小说和抒情诗，在全国文学界产生了震撼效应。《西藏文艺》与全国省级文学刊物并驾齐驱，征订者越来越多，最高时印数达到三万多份。记得我一次参加部分省（市、自治区）级文学刊物的经验交流会，二十世纪八十年代初期，大家对发行数字都能坦然道来。在总人口不到二百万的西藏、创刊最晚的文艺杂志《西藏文艺》的发行量，竟然与内地数千万人口大省的老牌文艺刊物不相上下，让在座的同行赞叹不绝。这当然得力于西藏特殊、深厚的文化底蕴，区内外众多作家的热情支持，而编辑们为发展新时代雪域文学的开拓精神、不屈不挠的拼搏也是一个重要原因，他们功不可没。

《西藏文学》改刊争议和两篇评论的风波

1983 年，《西藏文艺》进入蓬勃发展的大好时期。此时此刻，突然得到消息，宣传部点名要调我去文艺处上班，而我的评论写作计划干得正欢。评论组新调来一位文艺理论的硕士研究生——徐明旭，正是我可以放手经营自留地的时候，通过这些年阅读大量新作和与众多作家的交往，评论思路似乎格外明晰，计划中的题目写得正顺手，怎么舍得离开这块赋予了我资源和智慧的沃土？文联常务副主席张耀民鼓励我留下来，并与才旦卓玛一起去宣传部为我说情，而组织部已经任命我为宣传部文艺处处长。局面难以挽回，却来了另一个机会：老主编修义忠内调，新主编叶玉林得到通知要去上海修改一部即将出版的长篇小说，拟议中的副主编秦文玉在北京文学讲习所毕业后又留在北京修改长篇小说《女活佛》，正值出作家出作品的火热年华，编辑部无人主持工作。于是我算侥幸找到借口，“赖”在编辑部又干了一年。但这个代理“主持”却并不轻松，根本无法安静下来投入评论研究工作。

这期间经历的三件事我至今仍记忆犹新：

一是将刊物由双月刊改为月刊，同时更名为《西藏文学》。改月刊是为了适应我区文学创作迅猛发展、稿件日益增多的需要。新人新作要尽快与读者见面，不宜拖得太久。全国省级文艺刊物都是月刊或半月刊，《西藏文学》也不宜太迟。更名在文联已经议论多年，因为文联内还有一份藏文刊物也叫《西藏文艺》，作者、读者来信来稿混淆、送错的事经常发生，趁改月刊的时机正式更名为《西藏文学》是名正言顺、一举两得的事情。更名和改月刊办得很顺利。我们刊物本来就是从出版社划分出来的，当年出版局和出版社一个单位两块牌子，熟门熟路，一天就办妥了。年底，我又利用参加中国文联评论工作会议的机会到出版总署申请了一个向国外发行的刊号，委托中国国际图书贸易总公司代理发行事宜。当时，国家对向国外发行地方刊物控制得还比较严，《西藏文艺》享受到的特殊待遇，让很多兄弟省区的文艺刊物羡慕不已。改名与向国外发行使《西藏文学》的印刷量增加了一倍，百分之七十的订户在内地和国外，而西藏交通闭塞，拉萨出版后再寄往内地，国外订户还必须经北京转送，费用太高，时效更受影响。经过反复考虑才下定决心，把印刷业务从西藏转移到成都。我和美术编辑罗伦张一起去那里选定印刷厂，租了一套简易住房作为“办事处”，由罗伦张常年驻守，负责《西藏文学》的画板、监印、校对和分发邮寄工作。经过近半年奔波完成了改刊前期的准备工作。让我们感到欣慰的是，《西藏文学》从内容到形式都达到了与全国省级文学刊物并驾齐驱的水平。

更繁重的任务是改刊后的编辑工作一定要跟上去，让内容日新月异，确实受到读者青睐。来稿越来越多，本地作家成长很快，其他藏区知名作家也不乏精品，还有许多纯粹反映内地汉族生活的中、长篇小说。对纯粹反映内地汉族生活的稿件我们都采取退稿方式处理。面对改为月刊的新形势，有的编辑提出内地刊物毫无例外都实行跨省区争夺优秀作品的发稿权，我们也不妨适当发表一点，表明我们的开放理念，也算与全国接轨。我为此踌躇了一番。改为月刊，篇幅增加近一倍，发表几篇内地散文、诗歌，就像给藏餐宴席添加了一碟汉族小菜，不会影响《西藏文学》作为藏族地区文学刊物的总体特色，同时还能招来更多内地订户。但这个“适当发表”是以作品篇数还是以所占篇幅为标准？无法作出硬性界定。从目前内地的来稿情况看，最多的是小说，如果每期选用一两篇中篇小说，藏区作品的发表数量就受到影响；编辑与内地作家的联系日趋广泛、频繁，如果开了这个头，朋友、同学的来稿陡增，“适当发表”就会变成一纸无法控制的虚文，冲淡《西藏文学》浓郁高原特色的本土优势。文联党组书记张耀民肯定了我的思路。“‘适当发表’这个口子绝对开不得”。他还念了冰心为本刊写的那篇散文《近在眼前的地平线》最后一段："我希望《西藏文学》的同志们，多多搜集和发表西藏本地的民间故事、剧本、歌曲；同时也鼓励本地的年轻人，多多抒写他们在劳动和生活中的感受和希望，让我们这些登不上这块宝地的人们，也能分享在西藏生活和旅行的人们做得到的一切。"大师的希望就是全国作家和广大读者对我们的希望。《西藏文学》在全国影响越来越大，正是因为办出了我们的地区特色和民族特色，万万丢不得。这场因改月刊和来稿陡增引发的争论就这样结束了。作为这场争论的总结，我为改月刊第一期写的卷首诗《山姑娘》，抒发了编辑们痴心不改的共同心愿。最后两段写道：

山姑娘跨上奔驰的骏马，
从拉萨到北京，从珠峰到天涯。
向祖国母亲捧出边疆儿女的赤诚，
向五洲四海的友人献上束束鲜花。

向世界炫耀吧，山姑娘，
去揭开高原千万年神秘的面纱；
娓娓讲述古老民族的古老故事，
开怀唱支今日的欢歌，明天的童话……

西藏民主改革比其他藏区晚了近十个年头，现代文学创作刚刚起步又遭遇了"文化大革命"十年浩劫，作品数量和思想艺术水平落后于兄弟省区可以想见，在《西藏文学》（汉文版《西藏文艺》）前三年的版面上刻下了鲜明印迹。向其他藏区作家敞开大门，既能给刊物带来蓬勃生机，又能在我区青年作家中带来一种文学观念的强烈冲击。这是一群时代的宠儿，最早从极"左"思潮的桎梏中冲刺出来，发表了一批向传统文学挑战的诗歌和小说，在社会上引起了轩然大波。先是扎西达娃的《白杨林·花环·梦》、金志国的《梦，遗落在草原上》等短篇小说，以诗一般的语言、细腻的笔触抒发了少男少女的性意识觉醒，或者写牧羊姑娘顶礼大自然的纯真天性。青年诗人魏志远、嘉措、杨从彪等掀起了“雪野诗”创作热潮，宣言“用自我的心灵的烈火，炼出生活的真善美”。前者被指责远离西藏四化建设的火热斗争，后者则被认为有悖于以“反映论”为核心的社会主义现实主义理念。今天回顾往事，要让文学在全社会完全摆脱旧观念的束缚进入广阔的发展空间，不是可以一蹴而就的，尚须经过创作实践的反复检验，但青年作家勇于探索、敢于“吃螃蟹”的开拓精神应该鼓励。龚巧明创作的歌颂为高原农牧业发展作出重大贡献的土壤学家卢耀增英雄事迹的报告文学《他，留在了这片土壤中》被批评者拉入政治层面，被认为宣扬了“共产党不好，社会主义不好”，就没有扎西达娃、魏志远那么幸运。卢耀增是自治区党委树立的一个知识分子楷模，批评者是参与采访报道的新闻记者，又正处于全国文化领域“清除精神污染”的时节，撰写了长篇论文《是希望，还是幻灭?》，对报告文学《他，留在了这片土壤中》大张打伐。批评者将论文送到宣传部，要求在《西藏日报》上发表，宣传部感到篇幅太长，担心发表在党报上会给龚巧明和《西藏文学》造成太大的压力，又批转给我，要我“认真处理”。刚进藏的评论编辑田文读了论文，气咻咻地说，“完全是一副‘文化大革命’的口气，我们不发!”我当然心知肚明，稿件来头不小，不发是不行的，田文无奈，要对论文进行大刀阔斧的删改。删改意味着刊物基本认同论文的观点，我思虑再三，决定原封不动付印。那滋味真不好受，论文笔锋指向是龚巧明，而报告文学自始至终却是在我的支持、鼓励下写出来的，我们到底错在哪里?!龚巧明是一位才华横溢、志愿参加西藏建设的女大学生，受高原前辈知识分子献身精神的感染，满怀激情写出了她进藏后的第一篇作品，是相当成功的。签发论文的瞬间，我既对青年作家龚巧明怀着深深的愧疚，更萌生出一个强烈的愿望：一定要写一篇针锋相对的论文予以辩驳。

1984年过完春节，叶玉林主编结束长篇小说的修改工作，即将返回拉萨，宣传部催促我到文艺处正式上班。与部长们接触多了，免不了唠唠叨叨谈起发表那篇论文的委屈，逐渐得到了部长们的理解，心情才渐渐平静下来。经过一段全国性“清除精神污染”的实践，大家对“清除精神污染”和“思想解放”的界限越来越清楚。工作之余，我再次阅读了龚巧明的报告文学和批评者的论文《是希望，还是幻灭?》，发现论文关键的错误是把文学与新闻等同，忘却了文学的根本任务是写人，在生活的波澜起伏中挖掘人的心灵世界及其发展轨迹；承袭“文学为政治服务”的极“左”观念，把文学完全等同于政治，堵塞了文学表现生活的广阔空间；忽略了文学作品与作家生活体验、情感走向、审美观念的必然联系，在不了解作家真实意图的情况下，武断地给报告文学作出政治结论，是“左”的流毒在新时期文学评论中的罕见事例。思路清晰了，文笔也就格外顺畅，利用四个晚上写完论文《树立文学批评的马克思主义文风》，总共一万余字，与《是希望，还是幻灭?》的篇幅相匹配。送李文珊部长看了，认为是一篇有情有理、分析到位的好评论，立即批转《西藏文学》发表，我的心绪才像卸掉沉重包袱一般轻松下来。

在重返《西藏文学》的日子里

1990 年 5 月，我又回到了阔别六年多的《西藏文学》，说是“阔别”，实际上一直怀念着那个忙碌而又温馨的“文学之家”，并一直保持着密切交往。1989 年的北京风波和拉萨骚乱刚刚平息，我突然从宣传部文艺处处长任上调回编辑部，在文联部分同志中引起猜测，认为我是带着在意识形态领域反“右”倾的特殊任务回来的，不会待多久，免不了对我怀着些许戒备心理。这实际上是一场误会。1989 年 10 月召开西藏第二次文代会，原宣传部副部长张治维去文联主持工作，或者是对那里不太熟悉吧，或者是对文联的人事有新的安排，私下一再鼓动我回老家去和他一起工作。在宣传部七年（包括借调给《西藏文学》一年），忙于文山会海，仍然躲不开评论磁场的强大诱惑；而持续不断的骚乱使各业务处室负责人都在为平息骚乱的中心工作奔忙，到底不如搞文学刊物来得直接和单一。我真动心了。李维伦部长经不住我的缠磨，直到翌年5月才爽快答应，是属于顺从个人意愿的正常调动，与北京风波和拉萨骚乱毫无关系。

文联新大院地处拉萨西郊，背靠拉鲁湿地，南距北京西路大街一百多米，远离城市的喧嚣。记得1980年选址奠基时，我们曾来此参加劳动，搬运建筑垃圾，开垦给每个部门分配的菜地。而今本地和内地出产的瓜果、鸡鸭、海鲜、蔬菜源源不断运进拉萨，应有尽有，机关已经没有了种菜任务，一律种上了加拿大绿草，一片绿荫，房前屋后垂柳飘拂，百花争艳，是一个读书、写作环境极佳的处所。文联给了我一楼一底的居室，单家独户的小院。一个在拉萨搞园艺工程的老乡给我的小院种满绿草，石板路两侧栽上一溜万年青，惬意极了。我下定决心要在这个花园般的地方干到退休，尽力办好我曾经为之付出心血又给了我资源和智慧的《西藏文学》，写点对西藏文学发展有用的文字。

更令人兴奋的是，西藏文学创作已经从稚嫩走向成熟。益希单增继《幸存的人》后，创作热情像地火一样喷涌，三两年就有一部长篇小说问世。二十世纪六十年代开始文学创作的作家叶玉林、萧蒂岩宝刀不老，在各自领域不断有新的开拓。朗顿·班觉、恰白·次旦平措、扎西班典的藏文创作来势凶猛，继承古典文学的优秀传统，借鉴和汲取国内外现代文学的营养，让读者刮目相看。一批有才华的青年作家、诗人登上文坛，女作家央珍的第一部长篇小说已初露端倪。扎西达娃领军，包括色波、刘伟等开创的西藏魔幻现实主义小说从各种议论中冲出来，得到全国评论界交口赞誉。刊物已经不再为稿源发愁，只要把这些小说、诗歌分别组成一个个各具特色的栏目，配发必不可少的评论，足可演出雪域文坛一幕幕威武雄壮的戏剧。这以前，我对青年作家不拘一格的创新精神缺乏深刻认识，很少进入我笔下的评论视野，心理总像欠了一笔债似的，也想趁编辑阅稿的机会认真进行一番思索和研究。于是，我先后撰写了评论《西藏当代文艺的几点理性思考》、《从高原走向世界——西藏当代文学的昨天、今天和明天》，宏观评述我区文学创作的发展趋势，肯定青年作家的开拓精神；同时配合刊物有代表性的青年作家的作品，撰写了《要人性，不要狗性——简评嘎玛唯色的〈人们，狗们〉》、《微愠中的温情——读扎西班典的〈亚大黄叶〉》、《喜读〈罗孜的船夫〉》、《天然、灵气、困惑——浅析白玛娜珍的散文创作》，并均与作品同期发表。既是对青年作家的鼓励，也引起了读者的热情关注，收到了较好的社会效果。用现代的时髦语言叫"包装"，不过当年我们对这个词还相当陌生。

时值全国纪实文学风起云涌，习惯的叫法谓之报告文学。我对时髦的文学一向不感兴趣，但是第二次进入文联，发现一些作家热衷于抒写自我的心灵活动，对农牧区生活相当隔膜。报告文学不但可以展示广阔的生活画面，还能激发作家深入基层群众的热情，属于文学创作不可或缺的基本功。我们为此做了多方面的努力。我到文联上班不久，就遇上藏北草原一场罕见的大范围雪灾，十多万牧民、数以百万的牛羊被困，得知自治区党委丹增副书记率领的采访团已经出发，我匆匆结束手中的文字工作，就和作家扎西达娃、刘伟马不停蹄地赶赴藏北，在深及膝盖的雪地里跋涉数千里，撰写了报告文学《雪原上，一串闪光的脚印》，扎西达娃也创作了激情洋溢的散文《草原见闻》。一路上还积极向同行的其他成员组织稿件，以最快速度编辑出版了特刊《那曲抗灾救灾纪实》，自治区党委副书记田聪明、丹增也写了文章，赞誉特刊是"反映党同藏北牧民群众血肉情感的一曲颂歌"。接着，我们又相继发表了反映戒严部队平息拉萨骚乱的报告文学《特殊使命》、《圣城三铜像》，反映拉萨社会主义市场经济迅猛发展的长篇报告文学《商品大潮席卷下的西天净土》，反映八一农场职工厉行体制改革脱贫致富的专辑。大都配发了评论。丹增副书记十分赞赏色波的纪实文学，生动地表现了八一农场场长憨厚而又勇于开拓的个性特征，对这位一直在理性圆圈中转悠的魔幻现实主义作家来说，实在难能可贵。对他后来的创作产生了怎样的微妙影响，只有他自己才明白。

回顾重返《西藏文学》一千五百多个难忘的日日夜夜，我十分感激编辑部同事们的理解和支持。大家肝胆相照，和睦相处，共同为办好《西藏文学》、促进整体文学事业的发展作贡献。特别是副主编央珍，是一位很有才华的青年女作家，勤奋、坦率、严于律己，宽以待人，帮助我做了许多扎扎实实的工作。她家在拉萨东郊，距文联所在的西郊甚远，除修改长篇小说《无性别的神》那段时间外，她每天都骑着自行车按时上班。她后来告诉我，我重返编辑部初期，因为是来自党政部门，误以为编辑思路会很“左”，渐渐发现我既热心组织报告文学的写作，对所谓“前锋文学”也不拒之门外，还常常情不自禁地配发按语和撰写评论，才开始放下心来。其实我当时热心配发按语、撰写评论，倒不是想消除人们的误会，主要目的是为了扩大刊物作品的影响，还有一个自私的想法：通过写作向青年作家学习，更新文学观念，为日后评论写作奠定基础 。

有人说“文人难共事”，是有一定道理的。我从党政部门回到文

1982 年 8 月，《西藏文艺》搬迁文联新址前，汉文编辑部成员与文联部分领导合影。前排左起：马丽华、李佳俊、罗伦张、张耀民（文联党组副书记）、汪承栋（文联副主席）、益希单增（文联副主席），后排左起：龚巧明、徐明旭、张宗显、范向东、魏志远、秦文玉。

笔者1989年调任《西藏文学》主编，与编辑部同仁合影。左起：央珍、王舒、向丽萍、刘志华、李佳俊、佘学先、朱惟夫。

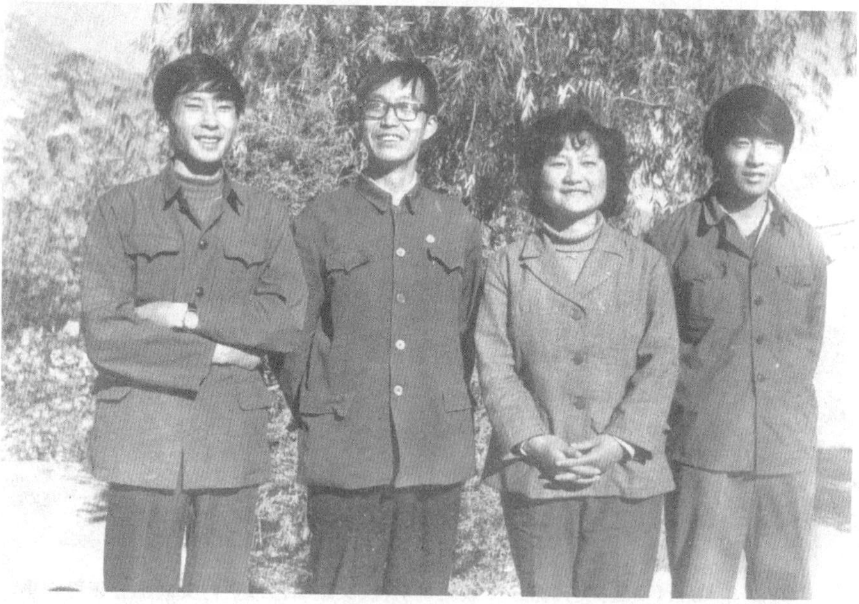

1981年10月，自治区首次文代会期间，与青年作家代表合影。左起：金志国、李佳俊、马丽华、扎西达娃。

联，开始确实有些不习惯。一是散漫，不按正常作息时间办事；二是各有各的个性，总认为自己正确，不会因为你是“官”就俯首帖耳信服你。对此，我是有思想准备的，我曾经极力告诫自己，编辑也是作家嘛，灵感来了就伏案疾书，不分昼夜，思路堵塞就喝酒胡侃。成功的作品必须要有自己的特色，而“特色”来自作家不拘一格的个性，即“文如其人”是也。要团结这些文化人搞好刊物，我就必须学会适应他们的生活习惯，理解和尊重他们的个性，力求会议少而短，不要把鸡毛蒜皮的小事都上纲上线，要相互信赖、宽容，给这个集体营造一个安宁和谐的气氛。不过，既然被安排在编辑部，总该有个编辑工作的制度，基本行为规则是不可少的。我们曾商讨出几条基本原则，首先是确定编辑和写作的关系，我们不是专业作家，创作只能在完成编稿任务的前提下进行，如有重大创作计划均要给予比较宽裕的时间。鉴于曾经出现的发稿纠纷，我们还明确规定编辑部内稿与外稿必须一视同仁，不能由作者自己签发、确定等级和稿酬。为了表明这些原则的严肃性，作为主编的我必须带头遵守。四年间，我撰写的篇幅较长的稿件都送给其他刊物选用，发给本刊的稿件，除配合重头来稿的短评外，五千字以上的评论文字都送文联党组副书记张治维审签，其他则请央珍副主编定夺，稿酬一律按中等级别计算。同事们也心悦诚服，自觉遵守。有了规矩，大家和睦相处，磕磕碰碰的事再也没有发生。

1993年初，根据组织的安排，我被调离文联去《西藏日报》上班。踏进报社大院的瞬间，冥冥中仿佛终于读懂了色波那篇颇为怪异的小说《圆形的日子》。我漫长的高原生涯不也正像色波笔下的老少主人公？似乎受到神的作弄，在文艺单位逛了一大圈之后，我又回到了进藏的起点——新闻单位，而遗落在《西藏文学》的只有一连串未竟的心愿。

我的祝福

离开《西藏文学》已有十五个年头。谢谢文联、作协和编辑部的厚爱，一直将我列入《西藏文学》编委或顾问名单。可惜由于种种原因，没有为《西藏文学》尽到编委和顾问应有的责任，深感愧疚。但那份思念、那份情感始终伴随着我，阅读刊物成为我日常生活不可须臾或缺的功课。三十年《西藏文学》是一面镜子，返照出的画面，就是当代雪域高原一幅波澜壮阔、绚丽多姿的连环画卷。这里有清澈的大江、圣湖，巍巍雪山，辽阔草原，远古的神话，农奴的辛酸，更有各族人民建设社会主义新西藏的动人故事，创业的艰辛和爱情的喜悦交织，栩栩如生地展现出当代高原人走向新生活复杂而又微妙的心路历程。俗话说，“外行看热闹，内行看门道”，令读者激动的是画卷而作为一个曾参与《西藏文学》工作的老编辑，我更透过壮丽画卷，看到一代代作家在成长，他们对文学、故土怀着一片痴情，并有着惊人的才华；看到一代代编辑甘做人梯的日夜操劳，终于用成千上万的诗歌、散文、小说和图片组成了这幅西藏当代历史的文学画卷。退休后，捧读一本本发黄的和散发着油墨清香的《西藏文学》是我心灵的寄托，是一种思念、一种享受、一种骄傲。

在《西藏文学》诞生三十周年的喜庆日子，我拉拉杂杂抒写了这篇回忆。时过境迁，今非昔比，新的主编当然会有新的思路，把刊物推向世界。但我们往昔的某些设想和经验，在相当长的一段时间恐怕还可用。不妨写下来，仅供参考——

一、《西藏文学》用汉文出版，是以文学形式向国内外展示西藏生活和文化的定期读物。她生存的土壤在西藏。西藏基本上是以藏族为主的单一民族地区，与四川、青海、甘肃、云南四省的藏族地区毗邻，文化同根，生活方式和民情风俗相近。我们当年把征集稿件对象扩大到整个藏族地区的作家，既有利于迅速改观刊物面貌，也能有效地促进本区文学发展。如果再扩展至全国所有省区，编辑轻松多了，或许还能拉到几篇优秀的作品，但是《西藏文学》的地区特色和民族特色的优势就没有了。所以我们不能离开赖以存在的土壤。

二、在办刊初期，全区作家稀少，整体文学状况尚处于稚嫩阶段。文联党组给我们提出的方针是：把《西藏文学》“办成加工作品的工厂，培养作家的学校”。为了贯彻这一方针，全体编辑人员不遗余力，通过举办读书班与作者商量反复修改稿件等大量细致的工作，取得了较好的成效。今天的许多名作家不会忘却一代代编辑付出的心血。今天，这些作家都能独立操作，走自己的创作之路，但西藏文学的持续发展还寄希望于新一代文学青年的成长和参与。编辑如何针对今日作者文化水准较高的现实状况，采取更有效的措施，促进他们尽快成长，仍然是办好刊物不可或缺的一项基础工程。

三、编辑和作家是朋友，像一对双胞胎，有时很难分辨。在西藏尤其如此。一般说，资深编辑都具有较高的文学鉴赏能力，对创作并不陌生。如果给他时间，他很快就会成为一名作家。西藏文联这样的事例很多。要“培养”作家，在编辑部挑选是最佳途径，而编辑部领导都不肯放手。所以，我们（包括作家）一定要尊重编辑的劳动，高度评价他们为发展雪域文学，淡泊名利、甘做人梯的献身精神。关心他们的生活，职称评定应以其编辑成绩为主，支持他们在编辑业务上进行大胆开拓、创新。对有能力有重大写作计划的编辑，可以实行与作家定期轮换的制度，让编辑的创作热情得到释放，让作家体味编辑的甘苦，提高对各种文学流派和艺术风格的鉴赏能力。

祝《西藏文学》繁荣兴旺，青春永在。

（写于2007年6月28日，同年发表于《西藏文学》第6期）

这次，也说说自己的那些陈芝麻烂事

难怪人们把文人称做“臭老九”，臭毛病还真不少。譬如说我吧，写文章还比较顺溜，一说话就结巴，分明是上不得台面的角色；一辈子为工农兵树碑立传，下笔千言气壮如牛，要写自己就像当小偷似的瞻前顾后，冥思苦想好几天也找不到词儿落纸；如果把我历次运动写的检讨书收罗起来足可出一本《忏悔录》，却难以寻觅到一篇为自己评功摆好的文章。回想扎根高原四十年，毕竟也吃了不少苦头，在自己的行当内还算尽心尽力，小有作为。最近，《西藏文学》主编克珠群佩来电盛情约我为西藏民主改革五十周年写点纪念性的文字，我犹豫良久，何不就逮住这次盛情解放一下思想，破格说说自己那些陈芝麻烂事。克珠啦，可别后悔找错对象责怪我“走题”啊。你看你看，我的开场白尚未说完，好像你的嘴角已经撇拉下来：什么什么，你算老几，也想给自己歌功颂德？是呀，我不过一介书生，却有幸1960年进藏，先后当新闻记者、作家、评论家，虽然也做过几年刊物主编、文艺处处长、报社副总编辑，均属货真价实的“文”职官员，既没有藏北牧民布德勇斗叛匪的英雄壮举，更不敢与阿里地委书记孔繁森的丰功伟绩比高下。四十年所见所闻所写所议，其实同样在围绕西藏百万农奴的翻身解放、民族团结、祖国统一的大业操劳，堪称地地道道的“歌德派”，每言每行均和民主改革密切相连。

光阴荏苒，人生漫漫，五十年弹指一挥间。无情岁月删除许多存储在大脑的记忆，某些最关键的画面却变得越来越清晰和鲜活，不吐不快。回首如烟往事，艰辛旅途，坎坷人生，倒也饶有趣味，不妨听我慢慢道来。

在西藏，当“无冕之王”是啥滋味？

1963年底，我首次享受探亲假。我的父亲是四川三台县金石镇粮站的普通职工，特地邀集他的几个同事好友在餐馆为“荣归故里”的儿子接风洗尘，可能还有点向亲朋好友炫耀的意味。其中有一位税务所所长、新中国成立前的大学毕业生，是镇上屈指可数的知识分子，论年龄我应该称之为“伯伯”。酒酣耳热之际，得知晚辈在西藏当记者，连连惊叹道：“后生可畏，后生可畏呀！”让我受宠若惊。伯伯跷着大拇指告诉父亲，老李，你的儿子有出息呀，外国都把记者称为“无冕之王”，就是没有戴上王冠的国王，见官高一级，再大的明星、老板都怕他三分。不论走到哪里，只要把记者证的牌牌儿一亮，不管多拥挤的飞机、火车都得给他让座。大概要强调“无冕之王”的神威，他还讲起不久前放映过的一部电影，某美国记者坐着飞机到世界各地收集材料，满腔愤怒揭露美国反共势力镇压共产党人的罪行。为了赶时间，那位记者把要写的文字口若悬河地讲给他的女秘书听，女秘书坐在英文打字机旁，纤纤柔指像弹奏钢琴一般滴滴答答揿动键盘，用不了几天，一部震惊世界的大作就出来了！

如今，父亲已经作古，我也忘却了那位见多识广的长辈的大名。他关于“无冕之王”令人神往的做派和神威对我这个西藏的“土八路”记者来说，却始终是可望而不可即的水中月、镜里花。与电影里美国记者的做派相比，真是天上地下。百万农奴刚刚从极端贫穷、极其封闭的政教合一的封建农奴制度下解放出来，基层群众基本上都是文盲，既读不懂报纸，更没有收音机，哪里知道世界上还有“新闻记者”这个行当。我到农牧民家里采访，手里总拿着一个本本、一支钢笔，于是都称呼我“仲乙”，即文书，因为戴着一副眼镜，大概比他们曾经见过的文书多读了几本书罢了，职务肯定在区委书记或农会主任之下，绝不会把我奉为“尊神”。其实正好，相互没有戒备，拉近了我和被采访者的距离，可以无拘无束地谈天说地，侃累了还常常讲几个荤段子凑趣。至于乘飞机、坐火车亮牌牌儿的神通，则是我从未享受过的奢侈。虽然记者证上明明白白写着几条出行优惠条款，惜乎当年西藏天上没有飞机，地上没有火车，所在的广播电台仅有的一部帆布篷小汽车仅供电台领导去工委（相当于今天的自治区党委）开会专用。给我配备的只有一辆自行车，是新中国成立前从英国进口的“蓝宁”，除了铃铛不响，浑身都咣当，能半月不修车就算幸运。市内没有一条柏油马路，晴天尘土飞扬，雨天一片泥泞，郊区公路坑坑洼洼，骑车摔跤剐破裤腿、皮肉是家常便饭，给两腿留下块块终生疤痕。条件就这个样，能骑着一辆蓝宁“洋马”招摇过市，自我感觉与坐着飞机闯荡五洲四海的美国记者差不多。驻拉萨记者站期间，我依凭这匹“洋马”先后走访东头的达孜县，西头堆龙德庆县的古荣、马区、德庆，南头曲水县的达嘎、色麦，撰写出我记者生涯最早的新闻稿件。苦吗？回想起来确实苦不堪言，但那时年轻，浑身有使不完的劲，刚刚进藏，又正处于新旧制度交替的时代，对这里的山山水水、民情风俗、人物事件格外好奇而又兴奋，走到哪里都有说不完的故事，写不完的文章。心头油然升起高原记者的神圣感和责任感，采访旅途的艰辛早忘到九霄云外去了。

而今西藏已今非昔比，灯红酒绿的拉萨自不必说，每个专区首府、县城都有宾馆、饭店，记者不用为吃饭住宿发愁。二十世纪六十年代初期，除了专区所在地有一个招待所，去县以下的地方就必须自带被褥。所有的记者都准备了一个马被套，北方叫“马褡子”，长宽相当于一个单人床，里面装有被褥、枕头、换洗衣服、干粮碗筷、文件资料，沉沉的，却是下乡必带之物。内地记者夹着公文包轻松走天下的气派，我压根儿没有享受过。1961 年夏天我结束在马区的采访活动，按计划到一百八十公里外的当雄县采访草原上一年一度的“当白达久”（赛马会），扛着马被套在青藏公路边等过路车，整整一个上午都没有成功。中午 12 点，区里的炊事员邀我回去吃午餐，相距二百来米的路程是一个陡坡，我也懒得再扛马被套了。不料就在吃饭的二十分钟内，马被套竟不翼而飞。宋区长猜测，多半是路过的司机误以为是前面车上掉下来的，“做好事”带到前面羊八井运输站去了。那可是我当年的全部“家产”，立即拦车赶到羊八井，仍然以失望告终。我生就是个“马大哈”，四年后从噶尔昆沙乘解放牌货车去改则采访途中又把第二个马被套丢了。方圆数百公里的茫茫草原上，要找回来无异于大海捞针。喜出望外的是，几天后我接到革吉县发来的一份电报，说一位牧民在放牧的路上发现了我的马被套，不辞长途跋涉亲自交给了下乡工作组。在返回噶尔昆沙的路上，我专程拜望了这位老牧民，并给他拍了一张照片表示感谢，我永远记得他的名字：麦旺堆。一袭没有布面的老羊皮袄，布满皱纹的褐色面孔上闪动着一双淳朴、善良的眼睛。

藏北草原采访，寒冷并不可怕，最难忍受的是虱子，最珍贵的是水。刚在帐篷里落座，背脊上就会有串串虱子光临，住上五天就会在你的衬衣、衬裤上繁衍子孙，瘙痒难耐。我已经“债多不愁，虱多不痒”了，抓是抓不完的，虱子掐死了虮子还会孵化接班。听取老西藏的经验，每次回到记者站都要换下衬衫内裤用开水煮上半个多钟头，否则在客人面前抓虱子是很丢面子的。洗澡更难办。湖泊星罗棋布，大大小小有一千五百多个，但不是洗澡、游泳的场所，夏天冷得刺骨，冬季处处冰封，牧民煮饭、洗涮全靠背冰化雪，能给我一大碗热水洗脸刷牙已经属于特殊待遇，怎么再好意思占用房东的热水洗衣、浴足、擦身。记者站不到八平方米，被床铺、书桌、椅子、取暖炉挤得满满当当，哪里放得下一个澡盆；地板没有夯过，遇水满屋泥泞，也不是洗澡的地方。1965 年 3 月到 1966 年 5 月在阿里采访一年多的日子里，我就压根儿没有洗过一次澡，实在是没有办法的事。回拉萨开会，我迫不及待地去人民浴池洗澡，那是拉萨所有干部职工唯一的公共澡堂。跳进热气蒸腾的大浴池不久，台长阎乃一也来了，并肩靠在池壁浸泡聊天。“阿里该有浴池吧?”“没有。”“那你怎么洗澡啊?”“我一年多就没有洗过澡。”阎乃一疑心我在说笑话，试着在我肩头轻轻一搓，顷刻滚落下一条条污垢，他惊讶得差点儿叫了起来，立马招来一位中年服务员："请你给我们这位年轻同志搓搓背，他出差去阿里一年没有洗过澡了。"于是我奉领导之命，平生第一次享受到搓背的奢侈。俯卧在水泥台上任凭毛刷般的抹布在我肩背四肢横竖左右地猛力揉搓，很痛，但痛快。听口音搓背师傅是上海人，工作热情而且熟练，一面聊天询问阿里情况，一面啧啧称奇："像您这样的顾客，我过去还没有碰到过，一看就知道准是从艰苦地区来的。今天给您搓下来的条子说半斤可能稍嫌夸张，说四两您不会吃亏。"站在莲蓬下放水冲洗，只见面条型的黑色污垢直往下掉，全身骤然升起轻松的惬意快感。

西藏平均海拔高度四千多米，号称"世界屋脊"，崇山峻岭的壮伟赋予记者罕见的新闻资源，而高寒缺氧、道路崎岖也是对记者生理承受力的严峻考验。1973 年 4 月，西藏台接到中央人民广播电台的长途电话，指令我们在"五一"节前采制一篇关于土门格拉煤矿藏族女矿工的录音通讯。那时，中央台在西藏没有记者站，西藏台同时承担中央台的特定采访任务。土门格拉煤矿地处昆仑山下，路途遥远，任务紧急，台领导破例派出一部刚进口的英国"奥斯丁"越野车，指派我带领采访组火速赶赴土门格拉。煤矿建在一片十分荒凉的草原上，海拔四千七百米，设备极其简陋，招待所更是奢望。我们被安排在一个活动工棚，睡的是地铺。空气稀薄，北风凛冽，再加上旅途疲累，大都头痛厌食，高山反应来得格外迅猛。采访对象是一位名叫措琪的本地牧羊姑娘，她吃苦耐劳，聪颖好学，被晋升为煤矿唯一的女作业班班长，是全国总工会挂了号的劳动模范。得知中央台要宣扬她的先进事迹，激动得有些语无伦次。翌日，我们下到矿井，录制了女班长带领清一色男矿工钻眼放炮、推车运煤等作业音响。回到住地，一个个直喊头快炸了，吃不下饭，倒在床上就不想起来，却翻来覆去地睡不着。多亏我在阿里地区磨炼了几年，相对来说头脑还比较清醒，下午又强打精神去找矿长补充材料。采访尚未结束，驾驶员就闯进门来，心急火燎地告诉我说，随行的助手陈洪林和藏族录音师高山反应越来越重，直叫头痛，催促我材料收集够了就赶快离开这里，否则后果将不堪设想。实在叫人进退两难，当年发新闻稿有一项规

1972 年 8 月，作为第一个进入墨脱的新闻记者，笔者首次徒步翻越喜马拉雅山去珞瑜地区采访。这是在即将抵达汗密兵站时的留影。

1981 年夏天，笔者与电台老同事张隆高（左一）、马凤翔（左五）、孙德萍（左四）欢送修义忠（左三）内调时合影。

定：为保证新闻报道真实无误，所有稿件必须经本地主管机关签字认可才行。为保障我和同事能顺利返回拉萨，我必须尽快拿出文字成品。已是傍晚时分，工棚光线迷蒙，我这个近视眼写字十分艰难。陈洪林实在看不过去，强打精神坐起来抢过我的稿纸说：你动嘴巴就行，我来记录吧，或许会快一点儿。于是，我在房内来回踱步思索，回顾访问女矿工的见闻和感受，字斟句酌口授出录音通讯《世界屋脊的藏族女矿工》的文字脚本，其中还包括我从女主角凌乱讲述中感悟出来的情感，为她草拟的一段等待录音的讲话稿。“五一”节前夜，中央台和西藏台同时广播了这篇录音通讯。而今触摸往事，我不禁联想起那位美国“无冕之王”的故事，倒酷似记者口授、“秘书”打字的“王”者做派，虽属于不得已而为之，倒也是西藏记者特有的乐趣。

那是一个多民族和睦友爱的集体

二十世纪八十年代初期，曾应《主人》杂志之约写过一篇回忆录，初名《在阿里采访的日子》，编辑张中读后竟惊叫起来：哎呀，西藏还有这么苦的记者，我简直不敢相信你们“老西藏”是怎么熬过来的，于是给文章改了一个颇具轰动效应的名字——《说来你也

1996 年 1 月，到米拉山下的牧场采访，巧遇一对牧民结婚。图为笔者向新娘敬献哈达和青稞酒表示祝贺。

不相信》。发表后相继被国内许多书刊转载和引用，约稿连续不断，要求我继续“回忆”下去。我常常扪心自问，那段生活真的很苦吗？其实，“不识庐山真面目，只缘身在此山中”，我和同年代的朋友们丝毫不觉得苦，翻开一张张老照片，那些相拥在一起的男女老少，虽然服装没有今天美丽，却都是一副得意洋洋的神态，“黄发垂髫，并怡然自得”。那内在的奥秘，你可以理解为建设社会主义新西藏的献身精神，而从个人的切身体验来说，则是人和人之间的信任、理解和无微不至的关爱。和谐的人文环境是“老西藏”创业者共同熬制出的一碗碗心灵鸡汤，让来自天南地北的年轻人忘却了高原的严寒、物质的贫乏和远离父母的孤寂，生活过得充实而且欢乐。

踏进热振林卡的第一天，我就感受到一种不同寻常的气氛。小楼前贴着告示说，有个女同志生病住院，等待输血抢救。报名献血竟有二十多人，几乎囊括了广播电台本部的全班人马。我当然也不甘落后，签名挤进了志愿输血者行列。翌日上午集体前往医院化验血型，下午公布献血者名单。一位落榜的年轻姑娘竟委屈得大哭大闹了一场，反复解释她进藏前做过体检，与病人的血型完全吻合，那纯真奉献和忘我的精神实在令人感动。

广播电台组建不久，职工来自天南海北，大致由三部分组成：一是前拉萨广播站的创业者，是清一色的十八军指战员和西藏上层爱国人士的家属、子女，待人接物都体现出感人至深的“老西藏”精神；二是民主改革后陆续从中央台、湖南台、山东台、江苏台抽调过来的采编和机务人员，他们是电台的顶梁柱；三是按国家统一计划分配进藏的应届大学毕业生，西藏电台在四川各地招收的中学毕业生，其中部分高中毕业生直接进藏学习编采业务，另一部分初中毕业生则派送四川台、陕西台接受短期培训后从事广播机务工作。大学生、中学生人数最多，是一个朝气蓬勃的群体。电台属于局、台合一的地级单位，干部分地级、处级、科级和普通工作人员，但职工之间一直沿袭“老西藏”的做派，不以官衔相称，或者直呼姓名，或者叫“老高”、“老王”，“老易”、“老刘”、“老常”、“老唐”、“小齐”。只有阎乃一例外，因为他进藏前就是湖北台的一把手，随同进藏的老部属又多，我们也随大流叫了十多年“阎台长”。领导没有官架子，下级没有精神压力，始终保持着兄弟般的情谊。内地电台调来的编辑、记者。年轻学生喜欢称呼“蒋老师”、“汪老师”，“沈老师”，是出于对知识的渴望和尊重。学生娃、小妹子之间还喜欢取绰号，譬如“大麻子”、“汤圆”、“苍蝇”、“二娃子”、“汤罐”、“盆盆儿”、“疯子”、“熊猫”等等，这些绰号并不雅观，对方却乐滋滋的，实际上成了相互传递友爱的昵称。而今他们都已升格为爷爷、奶奶，并在各自岗位上卓有建树，久别重逢，彼此仍然改不了口，叫一声绰号，就能把我们带回亲密无间的青春岁月，往昔的艰辛骤然演化为人生旅途上最甜美的记忆。

1962年，姑雪林卡的新办公大楼正式投入使用，住房条件大为改观，宿舍都有电炉取暖，大伙开始购置锅碗瓢盆，可以偶尔开开小灶。小伙子们烹调技术笨拙，常常缺盐少醋，难以炮制出美味佳肴。有天晚上，我和贾庭贤闲聊到深夜，感到有些饿了，就把铝制饭盒放在电炉上煮了一“锅”面条，煮好后才想起既没有辣椒也没有盐巴，连酱油也早已用光，幸运的是在床脚下发现了一个积淀着干固粉末的醋瓶，用开水涮后倒入面中，那味道，真鲜，与四川的担担面不相上下。更多时候喜欢三五成群“打平伙”，或者到女同志宿舍“打游击”，水煮白菜蘸辣椒，清蒸罐头烧蘑菇，成为假日的一大乐趣。打平伙也闹过不少笑话，几个光棍星期天去电台后面的龙王潭游玩，顺便捡回两大包野蘑菇。他们知道我刚从部队弄来几听猪肉罐头，就闯进我和马伯祥共用的宿舍打平伙。不一会儿，西一楼整个过道弥漫着罐头蘑菇的诱人清香，蜂拥而至的食客络绎不绝，马凤翔（绰号“马疯子”）立即关上房门，向继续敲门的食客大声叫道，“今天的蘑菇有毒，你们别来了！”早来的幸运者一阵狼吞虎咽，吃得不亦乐乎。不料“马疯子”一句玩笑话竟应验了。夜里，我感到浑身发烧、冒汗，开始怀疑蘑菇中毒，问马伯祥感觉如何？答曰：“出汗，衬衫都湿透了。”不妙！我们立即披上衣服，分头挨家挨户探视蘑菇饕餮者的病情，没有一个睡着觉的，还有一位想呕吐又吐不出来者。我慌忙报告台领导，天边已露出一线鱼肚白，电台上下都被惊动了。时值

“文革”军事管制期间，街头偶尔还会发生武斗，解放军驻电台部队派出军车和警卫战士“押送”我们十条汉子浩浩荡荡开进医院求救。经过诊断，属于食物中度中毒，服过药，蒙头睡一觉就过去了。医生说，如果再多吃点，后果将不堪设想。事后谈论这场闹剧，多亏打平伙的食客较多，分解到每个人肚子里的毒素就少，才躲过这场灾难。——我们“老西藏”能同甘也乐于共苦啊。

当年西藏物质供应匮乏，品种单调。记者下乡采访，碰上机遇总要采购点地方土特产，羊腿、牛头、牛蹄、老母鸡、天鹅蛋什么的，乃市场上罕见的食品，也是对平日“打游击”的最好回报。大家齐上阵，你借喷灯除毛，我剥生姜大蒜，女同志掌握火候，虽然没有好酒，那鲜美的味道，那欢乐的气氛，是今天豪华餐厅的酒宴所无法比拟的。记得有次从羊卓雍错湖带回七个天鹅蛋，足有两斤多重，无不羡慕称奇。水煮太可惜，煎炒苦于清油太少，阎台长夫人刘莹听到消息后主动承担了为我们煎炒天鹅蛋的任务，还说：“我们老阎早就听说西藏有天鹅蛋，一直没有见识过。”台长享有每月一斤清油的特殊待遇，让大家喜出望外。油倒得特多，天鹅蛋顷刻间在锅内放肆地膨胀起来。官兵共享，其乐融融。

“干瘪的枯草昂首朝天，饱满的麦穗总是低垂着头”。我对老电台领导始终怀着深深敬意。如阎乃一、张献庆、王讴等等，没有颐指气使，没有夸夸其谈，着装也很平常，却以他们非凡的学识、高尚的品德和一丝不苟的敬业精神让人景仰，堪称党员知识分子的楷模。随着时间的推移，他们的形象在我心目中越来越高大起来。阎乃一个儿高挑，不苟言笑，总是窝在那间宿舍兼办公的斗室里，有审改不完的稿件。西藏平息叛乱不久，万业待兴，宣传任务特重，面对达赖分裂集团和西方敌对势力的反华叫嚣，广播宣传不敢出半点纰漏；而电台人员紧缺，又多数是新手，对新闻业务和民族、宗教政策相当陌生，作为台长和唯一行家里手的阎乃一挑着多么沉重的担子！他为什么日夜陷在字纸堆中迈不出家门，我是在担任了新闻领导职务后才深切体会到的。但严肃的外表掩饰不住他内在的激情，我每次从遥远边地采访归来，他都要细细询问基层政权建设和农牧民生活状况，谈到高兴时还要招待我抽上一支县以上领导干部特供的“牡丹”牌香烟，显得格外平易谦和。审改稿件对阎乃一来说，不仅是准确把握宣传方针必不可少的文字程序，而且成为他精心培养编辑记者的重要手段，做得卓有成效。面对一群广播新手送来的文稿，从起承转合到遣词造句，都需要较大改动，像语文老师修改学生的作文。我初当记者那阵子，常常在新闻稿中卖弄一些风花雪月的文字，都被阎台长给删掉了，仍然有些麻木。一天晚饭后，他把我叫到办公桌前，指着我送审文字被他删除的段落和词语，和颜悦色地告诉我，“新闻不是文学，重在用事实说话；广播稿不是给人阅读的，要变成声音才能产生社会效益，贵在朴实，必须写得简短、通俗。”说到这里，他难得地笑了

1962 年夏天，文艺部主任王沤指挥电台合唱队参加共青团西藏工委举办的歌咏比赛。

起来："看，你这里写'莞尔一笑'，'精神矍铄'，恐怕绝大部分听众要查字典才明白你的意思，而声音稍纵即逝，哪有工夫去翻查字典。"——真是"随风潜入夜，润物细无声"，简短几句话给了我醍醐灌顶的教益。一代年轻人正是在老新闻工作者手把手的栽培下迅速成长起来的。特别令人怀念的是，在"阶级斗争天天讲"，政治运动接二连三的年代，我从未见他无限上纲地训斥过任何职工，对于刻苦工作、勤奋读书而又在小组会上受到批判的年轻人，他总要寻机与你拉拉家常，传递出的脉脉温情能缓解你积郁心中的委屈。

王讴原是从中央台文艺部领导岗位上调到西藏台来的，负责编辑部工作，论年龄和资历堪称西藏台的长者。他二十世纪五十年代曾经去民主德国进修文艺广播专业，夫人陈玉兰又是归国华侨，但夫妻俩既无架子也不摆排场，与我们这帮年轻人打得火热，穿一身厚棉袄，每天早晨带我们跟着中央台的口令做广播体操，晚饭后带我们唱歌，在工委直属机关歌咏比赛上得过奖。我拍过一张他指挥歌唱队大合唱的照片，神情专注，动作精准，比他做广播体操的形象美多了。生活中，王讴纯真得像个大孩子。陈玉兰在印度尼西亚的亲人给他们寄来一筒咖啡，王讴悄悄问我们喝过咖啡吗？想不想喝？那可是仅在外国电影里看过的稀奇玩意儿，谁不想开开洋荤呢？于是争抢着打水刷锅洗杯，在帐篷编辑部插上电炉，煮上一大锅咖啡，还赔上只有领导干部才能享受的限量砂糖。又甜又香，笑笑闹闹眨眼间喝得精光。我们仍不知足，要求再煮一锅过瘾，王讴害怕大家喝多了睡不好觉，急忙捂住咖啡筒叫道："多乎哉？不多也。"全然一副孔乙己的形象。我对咖啡的刺激力表示怀疑，王讴说，你不信就把咖啡渣吃了试一试？我和贾庭贤胆子忒大，傻痴痴的，真把咖啡渣也吞吃了，兴奋得整夜翻来覆去无法入睡。好在那时都很年轻，身体棒着呢。每当晚上闲得无聊的时候，我们就会想起老王头的宝贝咖啡。一大群贪得无厌的馋鬼，不到两个星期，把王讴老丈人漂洋过海邮寄来的大筒洋饮料喝了个底朝天。王讴的音乐造诣，我后来才知晓，缘于在资料室翻阅一本影印的延安《解放日报》，发现一首王讴谱写的革命歌曲，原来他早在二十世纪四十年代就是一位颇有名气的作曲家，还参与了中央台前身——延安新华广播电台的创建工作。我求他讲述延安电台的故事，有一则趣闻让我至今记忆犹新：那是一座窑洞里的广播电台，没有任何录音设备，所有新文艺节目都是请剧团或歌唱家到狭小的窑洞演播室进行现场演出；新闻、评论节目间的缓冲音乐全靠播放唱片，歌曲《兄妹开荒》是陕甘宁边区群众的最爱，播放次数多了，唱片纹路已被唱针划得模糊，有一圈转不出去，没完没了地唱着“雄鸡，雄鸡”，必须机务员及时准确挪动唱针，方能播出下一句歌词“高呀嘛高声叫……”。我不禁捧腹大笑，大笑之后又萌发出一种敬意，与前辈广播工作者的物质条件相比，西藏台当时的困难实在是小菜一碟，只要勇于接受考验，明天就会比今天好。

我一年四季在万里高原奔跑，又是出名的“马大哈”，丢三落四的事屡屡发生，有的可以自我承受，有的确实担待不起。1965 年计划正式成立自治区，为扎实搞好各地区迎接自治区成立的宣传报道，我春节刚过就起程经新疆前往阿里。台领导为方便我在遥远闭塞的边陲把握好宣传动态，特意给我配备了一部刚刚进口的日本“索尼”收音机。从新疆叶城转赴阿里噶尔昆沙路上，汽车抛锚，司机要取用坐椅下的修车工具，将我置放在驾驶室的收音机移放到轮胎下，试车时猛然听到“嘎哒”一声脆响，收音机被完全报废！我心痛极了，那可是电台花四百多元买来的，而我当时的月工资才八十一元九角，损失的价值相当于我五个月工资！抵达昆沙的第一件事，就是写信向编委会陈述事情经过，检讨我的疏忽，请求组织处分并愿意赔偿给公家带来的损失。感到意外的是，很快——因为邮路不畅，所谓“很快”也是在三个月以后收到王讴代表编委会写给我的信函，一是对我长途跋涉的辛劳表示慰问，二是对组织给我配备的高档收音机未能为我的工作带来方便感到惋惜，三是事故属于工作上的疏忽，本人又做了认真检讨，编委会决定免予处分，也不用赔偿了。最后叮嘱我，事情已经过去，阿里环境艰苦，务必保持良好的心态，迎接繁重的采访任务。后部分文字较多，字字句句说在心坎上。我反反复复读了一夜，禁不住热泪盈眶了。多好的领导啊，落款的是王讴，我看到的是伟大的党。虽然地处边远，满目荒凉，形单影只，而党的信任、关怀、理解和宽容却给我无限温暖和力量。为了完成党交给的报道任务，我乐意去赴汤蹈火！

骑马加步行，四十年走遍万里高原

那是一个物质生活十分匮乏而精神生活却极其富有的年代。我们正站在腐朽封建农奴社会刚刚坍塌的废墟上，意气风发地开始一场建设社会主义新西藏的壮举，民间通俗的比喻即“从地狱走向天堂”。欣欣向荣的时代为高原记者提供了取用不尽的新闻资源与施展拳脚的广阔舞台，而特殊的自然环境和匮乏的物资条件又使记者出行变得步履维艰。要在这里有所作为，就必须抛弃当“无冕之王”的幻想，扎扎实实到群众中去，到最艰苦的地方去，敢于顶风冒雪，不畏艰难困苦，撷取前人不曾涉足的新闻题材。

我的采访生涯从拉萨起步。西藏地区首府政治活动频繁，跟着老记者出入大大小小的会场，一丝不苟地排列领导名单，紧张地抄写讲话稿，忙碌但是很风光。绝大部分会议新闻写作模式相同，在很快熟悉了这套模式之后，我又萌发出走出拉萨开阔视野的强烈愿望。领导的讲话、党的政策如何转化为百万翻身农奴改天换地的巨大物质力量，显然能比会议新闻写得更鲜活、更壮伟。大众媒体对最艰苦、最边远地区的情况报道极少，他们取得的成就和存在的困惑，更应该得到记者的热情关注。正是抱着这样的心愿，我在拉萨待得很少。进藏伊始，新闻媒体人员奇缺，实行编采合一，即在家是编辑，出门是记者。来的人多了才有在每个专区设立记者站的编制。我先后要求去拉萨、江孜、林芝、阿里等专区当驻站记者，回到拉萨则归属机动记者组调遣。从青丝到白发，我从羌塘草原到喜马拉雅山区，从极西的班公湖到东部三江流域，马不停蹄地走访了万里高原，既领略到了祖国名山大川的壮丽雄奇，又见证了西藏百万翻身农奴在最残酷的封建农奴制度的废墟上创建社会主义新生活艰辛而又辉煌的奋斗历程。回首风风雨雨的下乡生涯，昼无饭店，夜无旅社，更没有丰田、北京吉普代步，当然吃了不少苦头，但我至今无怨无悔，付出和收获并行，困苦和欢乐同在，我对高原人的工作和生活有着最深刻的体验。甚至冒着生命危险只身闯进羌塘“无人区”（所谓无人区并不是没有人，只不过人烟极其稀少罢了）、有“世界屋脊上的屋脊”之称的西部阿里、雅鲁藏布江下游的“绿色孤岛”墨脱山区，所见所闻及其风险旅程，给我留下了终生难忘的记忆。

首次冒险是在1961年冬天的纳木错湖。缘于在仲夏刚采访过当雄县传统的物质交流和赛马大会——“当白达玖”，绿茵茵的草原上神话般地出现一座人欢马叫的帐篷新城，男女牧民身披大红大绿的盛装在帐篷街道上载歌载舞，高声叫卖的商品有麝香、鹿茸、虫草、松耳石，都是世间罕见的珍奇。我不住地惊叹：“太美了，太美了！”县委萧秘书说那是因为我选择了草原上最美的季节，冬天记者们是不会来的。——此话显然运用了激将法，我偏偏要尝尝草原冬天的滋味。

正值隆冬时节，我扛着马被套呼哧呼哧闯进办公室，萧秘书不冷不热地说：“你消息真灵通啊，是来报道雪灾的吧?”我懵了，门外明明是万里晴空，怎么会有雪灾呢。原来，纳木错湖区真的刚刚发生了大雪灾，有的牧民因找不到煮饭的牛粪把帐篷杆都烧了。情况十分紧急，市农牧局田局长率领的抗灾工作组带着移动电台上午火速赶来，正在听取县委县政府的汇报。“你敢去吗?”当然敢！“不入深山，焉擒虎子”，这草原冬天的滋味是可以尝到底了。

翌日天蒙蒙亮，抗灾队伍携带着电台、粮食和燃料浩浩荡荡地出发了，一路上山水如常。9点时分翻过念青唐古拉山，只见北面一片明晃晃的银色世界，群山起伏，原驰蜡象，夏天丰茂的绿草和弯弯曲曲的小路均被积雪淹没。我们只好在高低不平的雪坡上探路下山。晌午时分抵达区委所在地，只剩下一顶孤零零的军用帐篷，酷似茫茫大海中一叶抛锚的扁舟，留守的是一位刚刚生了孩子的女干部，其他人则带领牧民赶着牲畜寻找水草去了。女干部很热情，取出一块血红的羊脖子忙着给我们炮制午餐，此情此景，谁忍心消费掉母子赖以安度雪灾的有限食品和牛粪。田局长打听到牧民转移的大致方位后，说了几句勉励、安慰的话，留下少许粮食，就带领我们匆匆上路追赶寻觅水草的牧民。工作组成员和赶驮畜的牧民都戴有墨镜，唯有我这个编外记者没有雪地行军的准备，到傍晚只感到眼睛像针刺一样疼痛，疼得直掉眼泪，不敢睁开眼睛。同伴说是得了雪盲症，建议我在镜片抹上一层墨水。好在当年时兴的是自来水钢笔，我随身带着的。墨水在镜片上划出浓淡交错的图案，视线并不清晰，也管不了那么多了，骑在马上任凭坐骑跟着大伙走就行了。一直摸索到深夜，总算在纳木错湖西北边缘找到一片积雪稀疏的草地，几个互助组的千余头牲畜挤在狭窄的山谷暂渡难关。令人惊喜的是，山脚下还有一间破败小屋，屋后有个小山丘，利于牵拉收发电报的天线，田局长毅然决定把抗灾工作组大本营就扎在这里。

在这次抗灾中，我先后发回三篇新闻。因为是首次雪地经历，所见所闻都新奇无比，文字就拉得很长，让报务员和轮流摇机的同伴吃了不少苦头。有人说发送李记者的文章，要让李记者亲自摇机到底以示“惩罚”，虽然纯属笑谈，却是我乐于接受的，能让我的见闻和激情伴随浑身热汗飘向远方，实在是一次难得的享受。雪灾在西藏年年有，后来我又多次参加过南部喜马拉雅山区和和北方羌塘草原的雪灾报道。藏北那次覆盖二十四万平方公里、被困牛羊五百多万头（只）的大雪灾，救灾场面从天上到地下，动员千军万马，真是惊心动魄！纳木错湖雪灾与藏北雪灾的气派相比，就小巫见大巫了。

从纳木错湖返回当雄，日历已翻过藏历新年。牧业生产进入接羔育幼、防止老龄牲畜“冬瘦春死”的繁忙季节。根据县委介绍，我决定沿青藏公路北上，去乌玛塘区采访。体验过纳木错湖骑马旅行的甘苦，我这次着意挑选了一匹年轻剽悍的枣红马。萧秘书告诉我，区委就在公路左侧，一排新修的铁皮顶平房格外醒目，不会有迷路之虞。不料中午时分，山边出现一个几顶黑色帐篷组成的居民点，我的坐骑猛然像看到家园般兴奋起来，拼命向居民点狂奔，我立即向右拉紧缰绳逼它走上公路。它哪里肯听从我的指挥。就在我右拉左拽的顷刻，被狂奔的枣红马摔了下来，而双脚仍然牢牢套在马镫上，被拖了大约二百多米，直到绷断马肚带，我才与飞奔的坐骑分离，幸免于一场生死之灾。好心的牧民迅疾赶来，将我扶进帐篷，查看伤情，看到我仅后脑染红一撮头发，手脚都还完好，于是打开马被套安排我休息。谁知刚一躺下，腰背却痛得我直叫唤。医生是没有的，小轿车更是做梦，只能听天由命。休养期间，帐篷主人对我的照顾和关爱犹如父母对儿子一样，早晨有最新鲜的牛奶，晚上有浓浓的酥油茶，糌粑是阿妈亲自揉捏成团喂进我嘴里的。苦于当时语言不通，只能藏语、汉语加手势进行简单的交流。阿妈偶尔会从记忆中搜索出几个汉语词汇表达她的关爱之情，令我惊讶不已。“婆娘，有?”我摇摇头。她又问：“阿妈阿爸，拉萨?”我又摇头，答曰：“不，四川。”阿妈指着帐篷顶，意思是说，像天边一样遥远。“啊啧啦，阿爸阿妈——”她指指自己的脑袋，又捂住自己的胸口，泪水涌了出来。我明白，是说如果远方的父母目睹了我今天这个样子，该会很心疼的。多么体贴！多么温暖！我的泪水也不禁夺眶而出了。

大约过了一个星期，乌玛区一位藏族干部去县里办事，县委萧秘书问起我在乌玛区采访的情况，方得知有个记者在乌玛塘区路上失踪了，才在返回路上打听到我的下落，坚持要送我回当雄去。但在阿爸阿妈无微不至的关照下我的身体恢复得很快，虽然腰背尚有痛感，采访不会受到大的影响。于是向阿爸阿妈表达感激之情之后，依依不舍地与区干部一道踏上了去乌玛的征程。——对于这段往事，我早已忘到九霄云外，直到退休后一次去华西医院进行全面体检，细心的医生才从胸部透视照片发现我背部第五、第六根肋骨有陈旧性骨折改变，呈现明显错位，说是因当年“医治不当”造成的。谁“医治不当”?我压根儿没有求过医。这才猛然记起四十六年前躺在牧民帐篷里那一声声呼天唤地的呻吟，正是背部肋骨断裂的生理反应。好在那时我还年轻，又多亏藏族阿爸阿妈的细心照料，我就这样糊里糊涂地熬过来了，幸运地活到今天。

人们喜欢用“九死一生”来形容甘冒风险自讨苦吃的人生经历。回顾我的西藏记者生涯，说“九死一生”有点夸张，如果改为“三死一生”是可以清清楚楚数得出来的。第二次风险发生在1965年11月。庆祝西藏自治区成立，中央代表团派出一个分团绕道新疆来阿里开展慰问活动，我随团采访来到祖国最西南角的边境县——扎达，也是代表团慰问计划的最后一站。发出最后一篇新闻后，我就留在扎达，抓紧时机转入驻站记者的正常报道，先去我在阿里的农业采访基点香孜区调查秋收情况，还顺道去底雅区采写了一篇通讯《马背上的供销社》。在底雅邂逅刚从拉萨参加自治区首次人代会归来的什布奇乡特邀代表，我们谈得很投机。什布奇紧邻印度占领区，与印度哨卡近在咫尺，尚未进行民主改革，不通公路，有的地段骑马都相当危险，对记者具有天然的诱惑力。我正准备干粮要同什布奇代表上路的时候，不料气候突变，一夜之间漫天雪花飞舞，四野一片白茫茫。区委王书记为我惋惜不已：扎达地处喜马拉雅山南麓，与腹心地区交通的唯一山口每年被大雪封堵达四个多月，将整个扎达变成了一个与世隔绝的孤岛，没预料到今年冬天来得这么早。这一天气情况的出现让我进入了进退两难的困境，留在这里过冬？扎达山高谷峡，著名的象泉河横贯全境，大河两岸是肥美农田，相对海拔较低，气温比喜马拉雅山以北的噶尔、日土、革吉、改则等县温和得多，倒是过冬的好地方。但记者站就我一个人孤军奋战，而且是“一仆二主”，肩负着每月给西藏日报和广播电台采写十二篇新闻稿的繁重任务。四个多月总不能尽写“扎达电讯”。既挖掘不出那么多新闻资源，作为一名驻站专职记者，也会叫人笑话。思虑再三，我决定趁积雪尚薄的时候尽快冲出去，为即将到来的漫长冬季取得一个广阔的活动空间。快马加鞭回到县城，县里两位干部也正要提前起程途经噶尔昆沙返内地休假，人熟路熟，他们是极好的旅途伴侣。遗憾的是，来不及细细思量，这次牵出来的是一匹老迈的驽马。头天还凑合，路上积雪不多，第二天进入山区，雪也越下越大，任你猛力抽鞭，驽马两腿陷进雪窝里就是拔不出来，甚至待在雪地里懒得动弹。两位同行者归心似箭，渐渐失去等待的耐心。慢悠悠走到下午，掉队越来越远，飘舞的雪花抹平了他们趟出的道路，慢慢地再也看不到他们的身影。天空由明转暗，我翻身下马狠拉硬拽，在夜色里深一脚浅一脚地往前挪，并开始怀疑碰上了“倒路鬼”，说不定距目的地正越来越远。深夜 11 点，人困马乏到了极点，直打瞌睡。这时正巧山坡上出现一方暴露在白雪中的岩石，足够做我解乏的床铺，取下马被套就直接钻进了被窝。想起老西藏讲过雪窝里睡觉的故事，不少人因为极度饥饿和寒冷，躺下就再也没有起来。已经顾不了那么多了，但总还有些事需要做个交代，于是钻进被窝就着电筒的微光匆匆写了几句向父母和单位告别的话，或者算是遗书吧，就进入了沉沉梦乡。也不知道睡了多久，忽然从饥饿中醒来，但又懒得动弹，隐约感到有几块石子硌在腰背上生疼，马背套里怎么会落进石子呢？猛然想起那是上个月在噶尔雅沙采访购买的水果糖，喜不自禁地取将出来，竟有十来颗！囫囵吞枣全吃了，肚子不饿了，浑身来了精神。雪霁初晴，东方露出曙光，我站在岩石上做了几个伸展手臂的运动，漫不经心地观看四野景色，竟然在左翼雪山上发现一条起伏有序的银色长龙，啊呀，天助我也，那正是扎达县通往噶大克（噶尔亚沙）的公路！我抱着马头一阵狂吻，牵着马儿精神抖擞地再次踏上旅途。沿着蜿蜒的银白公路向上，向上，敲开了路边一座喇嘛庙的山门。经过几年磨炼，我已经能用简单的藏语自述两天来的冒险经历，喇嘛们惊讶不已，连连感谢菩萨保佑。寺庙盛情接待了我这个深夜的不速之客，端来热烘烘的木炭火盆为我取暖，打上香喷喷的酥油茶，我的坐骑也饱餐了一兜麻豌豆。告别前，我破天荒地朝拜了一次释迦牟尼佛，既表示我对慈悲喇嘛的感激，也是庆贺自己雪地重生。

一日三餐是西藏记者难过的关口。各机关都定时开饭，记者乘车骑马却没有定准，爆胀爆饿是常有的事。1961 年 10 月，我骑“洋马”去曲水县查巴朗乡采访秋收，沿着弯弯曲曲的乡村小道颠簸了两个多小时才到达目的地。农会主任热情地接待了我，汉语比我比比划划的藏话要好得多，忙里忙外地给我安排住处，打扫卫生，生火烧水。不料我的采访刚刚开了一个头，突然传来意外消息：一个怀孕农妇病倒在打麦场上。农会主任反应敏捷，断定是流产，心急火燎地安排马车送孕妇去县卫生所抢救。我只好独自在村子里转悠，等待主任归来。夕阳西下，踩场的牦牛陆续归圈，家家户户升起袅袅炊烟，我肚子也咕噜咕噜直叫。回到住所，泡上茶水忍着饥饿读书消磨时光，就在点燃蜡烛的瞬间，竟发现茶几上垒着一堆布满尘土的药盒，最大的一盒是乌鸡白凤丸，包装上明明白白写着专治妇女病，启开封皮，有酷似黑米汤圆的六颗药丸，散发出诱人的蜂蜜甜香，倒聊可充饥。尚未喝完两杯茶水，六粒“黑米汤圆”就没了。多年后给朋友盛励导演谈起这段经历，盛导笑得直喷饭：咳，难怪你小子一辈子不得妇女病，原来是得益于那六粒乌鸡白凤丸。吸取查巴朗以乌鸡白凤丸充饥的教训，后来每到部队采访我都要求后勤卖给我一箱压缩干粮，是用炒熟的大米、花生、黄豆研磨添加白糖、黄油压制而成的，每箱可以用上半年。营养足够了，但常吃容易败胃，不宜连续食用。

结婚后老婆常称赞我吃饭不挑食，吃什么都香，其实这个“好习惯”是长期高原野外生活养成的。环境使然，碰上机关食堂开伙就饱餐一顿，没有机会只好碰到啥吃啥，熊掌肉、旱獭肉、野驴肉、鹿肉、老鼠肉，我都吃过，酥油茶、糌粑、生牛肉更是家常便饭。藏北草原不产粮食，糌粑比肉还金贵，牛羊肉吃厌了我就煮一锅随身携带的马料（黑豌豆）与牧民朋友共享。那年回内地休假，乡亲父老反复告诫我务必注意饮食，谨防胃病。果不其然，1964 年秋末病魔向我发起了首次袭击。我和阿里分工委职工一起扎营噶尔昆沙郊外储备过冬木柴，用铁棍撬动红柳根的刹那间感到腹部一阵钻心的疼痛，干不了重活就待在帐篷里当“麻金”（炊事员），但自己却只能喝稀饭和茶水。通过医院胃镜检查，结论是十二指肠溃疡，从此胃舒平、维生素 U 等成了我随身携带的良药，开始有了“挑食”的毛病。无论走到哪里，主人问我喜欢吃啥，我只有一个选择：稀饭。于是有了一个流传颇广的绰号——“李稀饭”。1974 年，我根据解放军进军阿里先遣连的英雄事迹创作的话剧《冈底斯英雄》被西藏话剧团选中，呈送自治区党委领导陈明义司令员、封克达副政委审阅，因为阿里部队归属新疆部队管辖，通过电台领导指派我和话剧团导演盛励去阿里征求意见。虽然胃病时好时坏，这却是我十分乐意去干的事。在狮泉河进行第二次修改时，腹部疼痛加剧，大剂量服用胃药又加止痛口服液都无法止痛。好容易顺利通过南疆军区审查，病情已经发展到便血的程度。但自信尚可坚持到拉萨，盛导演给我买来一个橡皮热水袋捂在肚子上止痛。叶城，喀什，乌鲁木齐，乘汽车，赶火车，到达柳园转运站，已是风雪交加的严冬。从柳园到拉萨只有货车可坐，青藏公路凹凸不平，货车毛病百出，有一辆车抛锚，整个车队都得停下来。运输站的饭食多是水煮脱水白菜，米饭热度不足，稀饭是没有的。路上又颠簸了半个月，肚子已经疼痛到无法忍受，师傅和盛导均爱莫能助。抵达拉萨时已是傍晚，直叫要喝一碗热气腾腾的汤面，妻子的汤面尚未上桌，腹部猛然间像遭遇到高压电的撞击，再也直不起腰。紧急送人民医院，确诊为胃穿孔，必须进行剖腹手术。等待手术的那几个钟头，我已经陷入昏迷状态，隐隐约约听到妻子在身旁嘤嘤啜泣，旁边有同事在安慰，我还说了一句“没事”，然后就逐渐忘却了难耐的疼痛，迅速进入了梦乡，好似乘坐一朵白云从辽阔草原冉冉升起，在碧蓝的天空飘呀，飘呀……

醒来已是第二天晌午，雪白的病房挤满了同事和朋友，护士在斥责来医院看望的猛吸香烟的朋友和同事。眼见烟雾在病房里缭绕，我才确信自己又从天上回到了人间。设计和主持这场手术的是上海援藏的著名外科专家吴炎一、年轻的藏族外科高手黄建端。鉴于我旅途颠簸一个多月没能补充营养，身体太虚弱，医生没敢贸然切除病灶，在清洗腹腔后对穿孔做了一次修补，要等身体恢复半年后才敢进行第二次手术。吴大夫多次来病房安抚，告诉我说，我的十二指肠溃疡已经发展到极点，居然能在阿里和青藏公路漫长的旅途中坚持下来，不迟不早爆发在抵达拉萨的瞬间，真是天大的幸运，罕见的奇闻。奇闻很快传遍整栋外科病房，纷纷涌来看望我这个死里逃生的“奇人”。隔壁病房的一位藏族老阿妈特意走来探望，把翘着拇指的双手举在额头为我祈祷祝贺，老人紧紧拉着我的手说：“你是一个大大的好人，心地像雪一样洁白，所以得到了大慈大悲的佛祖保佑。”——这句话让我铭记终生，是对我最真诚的祝福，更是对我西藏多年辛劳的最高奖赏。老阿妈的祝福衍化为淙淙流淌的山泉，一直滋润着我的心田：无论生活多么坎坷，务必始终保持善良的心态，多做好事，不做坏事，准能得到菩萨的恩宠保佑，就是人生莫大的幸福。

冥冥之中，我和西藏那份难舍难分的情缘

退休后，西藏朋友引导一位记者来访，赞誉我是在藏时间最长、工作最安心的汉族知识分子中屈指可数的人物，跟着提出一连串的问题：阅读了你写的一些文字，当年西藏确实苦不堪言，你是怀着怎样的理想报名到高原创业的？二十世纪八十年代初，当大批干部蜂拥内调的时候，你为啥没有受到内地优越生活环境和顺利工作的诱惑？——猜想是期待我吐出几句心里话，为我撰写一篇知识分子“长期建藏”的访问记。

我生就不会撒谎。记得有次和妻子一起去农贸市场买菜，商贩没有九毛零钞找补，我摸遍所有衣袋又找不到一张角票，商贩给了一元钱，并大方地挥手说：“一毛钱就算了。”走出市场老远，我仍然在衣袋里摸索，竟意外发现了一块硬币，内心升起一种撒了谎似的内疚感，坚持返回偿还了这笔“债务”心情才平静下来，这后来被朋友传为笑料：“憨痴”！面对记者提问，确实可以用几句诸如“以艰苦为荣”呀、“一不怕死，二不怕苦”呀、“为革命奉献青春和生命”呀，给我一生辛劳增添几分时髦光彩。但扪心自问，毕业分配时我压根儿没有想要到西藏去镀一点金，昆明四季如春，风光明媚，人熟文熟，能在那里安家立业是最惬意的。但那时的政治气氛，工作安排到哪儿不需征求个人意见，“一切听从党的安排”。最终分配名单是由校长，也是我最崇拜的著名诗人李广田先生亲自在全校六百多名毕业生全体大会上一一宣布的，每个人都像心提到嗓子眼儿一样紧张。中文系名单排在最后，我的名字又在榜首。“李佳俊——”老诗人念到这里骤然停顿下来向台下扫视良久，邻座学友示意我起立应答。老诗人会心地笑了，重新戴上眼镜很动情地读出主题词：“——西藏！这是我们云南大学送到世界屋脊的第一个毕业生！”礼堂里立即响起雷鸣般的掌声。校长招呼我走上讲台握手祝贺，接着就被糊里糊涂推到麦克风前表态。我的心儿直扑腾，尚未醒悟到“西藏”对我人生的

真实意义，仅从热烈掌声中意识到自己将要面对的是一个十分遥远、神圣、陌生而又艰苦的地方，而且已无可更改。身旁是老校长慈父般的眼神，台下有数百张学友热情关注的面孔，我激动得眼眶湿润了，眼前骤然有许多五颜六色的光环在空旷的屋宇飞速旋转。那天，我站在麦克风前到底结结巴巴地讲了些什么，记忆早已变成一片空白。直到退休后参加同学聚会，同窗好友才提醒说，我当时就表示不辜负党的厚爱和学友的鼓励，要与百万藏族翻身农奴并肩携手建设新西藏，把骨头埋在喜马拉雅的崇山峻岭之中，“你当时说话不多，好像一首政治抒情诗”。

就这样，我扛着死沉死沉的书箱从云贵高原的昆明出发，孑然一身踏上了西藏高原。现实并不总是洋溢着那么多诗情画意。当年从昆明到拉萨必须绕道大西北，行程有万里之遥，没有直达列车，没有旅伴，大学生也享受不到卧铺待遇，贵阳、重庆、成都、兰州、峡东站，要转几次车，书箱、被褥不能办理托运，即使有，我也没有那么多钱，全靠自个儿上上下下搬运，唯恐火车到点开走了。从兰州往西只有慢车，窗外树木越来越稀少，只见漫天黄沙，咣当咣当经过玉门关，脑海里竟反复回荡起古代边塞诗人的名句：“劝君更进一杯酒，西出阳关无故人。”是呀，此去西藏既无亲戚也无朋友，在风雪高原上又该会有何种遭遇？鼻腔开始发酸，心田升起几分迷茫、几分凄凉。踏进西藏人民广播电台的门槛——我的回忆录羞于启用“大门”这个词语，因为那不过是黄土围栏一段坍塌的缺口，与我想象中的新闻机关相距太远。记者期盼的豪言壮语，我无论如何说不出口。

我们民族的传统文化追求的生活环境是“天时，地利，人和”。令人欣慰的是，我所到的西藏不占天时，不占地利，却享受到了最珍贵的人和，很快融入一个和睦友爱的多民族大家庭里，比天时、地利更让人振奋，其乐融融。与兄弟姐妹并肩携手，开荒种地，唱歌跳舞，学习工作，日复一日，一年又一年，就这么“熬”过来了。日月如梭，转瞬之间已经半个世纪。时间老人染白了小伙子和姑娘们的满头青丝，西郊姑雪林卡（当年四周只有沼泽和农田）的办公楼群已经取代热振林卡的简陋播音室，高原上一枝独秀的广播电台拓展为拥有广播、电视、网站、报纸的庞大电子传媒集群，进入她的鼎盛年华。昔日拉萨的“扬灰”路变成了楼房林立、霓虹灯闪亮的现代新城。我与所有当年参与创业的领导和同事们一样，为西藏的长足进步欢欣鼓舞，为我们曾经为之付出青春、智慧乃至生命感到开心和自豪。抚今追昔，咀嚼工作和生活的酸甜苦辣，与其说是豪言壮语牵引着我，不如说是许多大写的共产党员和藏汉族朋友的关爱激励着我勇敢接受艰苦环境的磨砺，给我知识的营养，更增进了我对人生苦乐、理想情操和生命真谛的深切感悟。生活磨难转化为取用不尽的财富，“一眼望不到边的羌塘草原啊，空旷、寒冷而又荒凉，一旦你走进草原深处，她就会变成你美丽的家乡”。

改革开放以后，干部职工可以自由选择去留，在西藏掀起了一股内调热潮。拖儿带女回老家休假，父母的两间祖房已经容纳不下；当年同窗好友的居室大都鸟枪换炮，书房越来越宽敞亮堂，言谈中难免透露出几丝失落感。内外夹攻，一致奉劝我申请内调安家，并代为向县、市领导说情。1986 年，绵阳市委果然给自治区党委宣传部发出征调函：为解决我的家庭困难，同意安排我回故乡工作。刚刚上任的宣传部长李维伦拿着征调函闯进文艺处办公室：“佳俊呀佳俊，我刚来你就要内调，未免对我不太友好了吧。”——接着告诉我说，他很看重我写的文艺评论。党委领导文艺工作再不能打棍子，抓辫子，需要懂马列主义文艺理论的人进行疏导。一个刚从批斗中解脱出来的“臭老九”被党的意外尊重深深感动了。我分明是个凡人，不过多读了几本书，对西藏的社会历史、民族文化和生活习俗从陌生走向熟悉，都是属于西藏的。好容易熬过十年浩劫，正是可以用辛勤积累的知识为西藏文化建设施展拳脚的时候，此时此刻回到内地，与战场上的逃兵没有两样，我有何颜面见江东父老？权衡再三，我决定舍鱼而取熊掌，毅然留在西藏度过余生。

常常有人问我退休后能否适应内地的生活。实话实说吧，开始时有点烦躁。这里的人十分客套，客套得近乎虚假。如果你不打麻将，几乎就没有人找你串门聊天，门外车水马龙，关起门来就是你个人的整个世界。我分外怀念西藏那样随意自在、纯真和睦的人际关系。如果没有一大堆有关西藏的书籍和笔记本陪伴我消磨时光，我会寂寞得发疯。西藏数次召我回拉萨开会，还有一次陪同内地摄制组筹划西藏文化系列电视片，我就有如鱼得水的快活，乐不思蜀。回想1950年我在一个仅有一百来名师生的乡村中学上初中一年级，恰逢新中国第一个国庆节，全国只有西藏和台湾尚未解放。学校举办了一场别开生面的运动会：在附近一个山头用白色石灰涂抹出“西藏”两个大字，在学校后面一个农用水塘中心竖立一块标明“台湾”的木牌。一声口哨，所有学生都向各自选定的目标奔跑，前三名为优胜者。或许是天意使然，我那天竟然不假思索地选择了“西藏”，拼命跑呀跑呀，气喘吁吁，第三个到达山顶——季军！而今看来，我一生与西藏割不断的情缘，冥冥之中早就注定了，在高山上会有所作为，但也不会有太大的出息，“季军”而已。

（写于2009年5月，同年发表于《西藏文学》第5期）

镜子前的对话

——我的文艺评论生涯

最近接到编辑部的电话，说报社“阳光周末”版为庆祝自治区成立四十周年开辟了一个栏目集中介绍雪域“文化名人”，我也被排入名人之列，但山高路远实在派不出记者对我进行专访，希望我就地找一位特约记者代笔。我当然乐于从命，却很费了一番踌躇。内地文墨人比比皆是，熟人也不少，但怎么开得了口？“某某，拜托到寒舍来访问一回，给我写篇吹嘘的佳作吧。”——那场面一定很滑稽。继而又想，本人不就是从事了二十多年新闻工作的老记者吗？与其舍近求远，不如让我们哥俩坐在镜子前进行一次零距离的访谈。

老记者问：“文化”是一个很广泛的概念，不知你这位“名人”应归属于哪个系列？

佳俊答：我1960年进藏，先后在广播电台、文联、宣传部、报社工作，当过记者、编辑、作家，还从事过文艺和新闻的组织工作，发表了数百万字的新闻、通讯、小说、诗歌、剧本和评论文章，笔耕不辍。也算一个“文化人”吧。但要说“名人”却有些惶恐。有段时间，报刊在我的名字前加了一个“西藏著名文艺评论家”的修饰词，我也没有出面“辟谣”，把它理解为对我的鼓励和期望。细细回想，四十年写了那么多新闻和文学作品都不能列入名人范畴，新闻、通讯又大多是时过境迁的遵命文字，仅仅在文艺评论方面做了一点具有开拓意义的工作。要进入采访的主题，我们不妨就围绕文艺评论聊聊。

老记者问：好吧，但总还得从环境聊起。听说西藏很苦，特别是六十年代初期，一个内地大学毕业生怎么会报名到西藏去呢?

佳俊答：不是我报名要去，是组织分配，却又是我乐于服从的。当时西藏刚刚推翻封建农奴制度，开始轰轰烈烈的民主改革和社会主义建设，能到那里去施展拳脚是很荣幸的事情。而且想象中的西藏很美，很有诗意，与“苦”毫不相干。我是云南大学中文系毕业的，云南有二十多个少数民族，风光秀丽，具有绚丽多彩的文化底蕴，真是一个民族一个天地，令人心旷神怡。大学期间参加过傣族民间文学的调查和整理工作，佛教对民族生活的影响并不像教科书说的那样阴森恐怖。我如饥似渴地阅读了许多五十年代出版的表现少数民族生活的诗歌、小说，其中不乏反映西藏和其他藏族地区生活的文学作品，诸如徐怀中的《我们播种爱情》、杨星火的《波梦达娃》、《叫我们怎么不歌唱》、白桦的长篇叙事诗《鹰群》、汪钺创作的歌剧《草原之歌》、萨迦·班智达的《萨迦格言》、仓央嘉措的情诗。头脑中的西藏乃至整个藏族地区神奇、美丽，人民善良、聪慧、豪放而又温情，是一个诗情画意的所在。说实话，踏上大西北走向西藏的路上，我既感受到了边疆的贫困和荒凉，更洋溢着浪漫主义的美好幻觉，好男儿志在四方，就没有想到要找个借口回来。

老记者问：那时，你就立志要当作家?

佳俊答：既想，又不敢想。记得刚到西藏，骑自行车去纳金乡采访一个互助组组长，谈到当年的粮食大丰收，顺口溜出了一句谚语：“挣脱了农奴的锁链，我们就像雄鹰展开了翅膀。”越回味越激动，晚上情不自禁写了一首小诗，《西藏日报》发表了，还寄来三元稿费。不料在共青团支部的组织生活会上，我竟因“名利思想”“个人主义”受到严肃批判。从此收敛了一切创作欲望，把广播稿以外的写作视为非组织行为。1963 年接到中国新闻社发来的一封电报，约我给海外华文报馆写一篇通讯《访问修缮后的布达拉宫》，肯定既有名又有利。我把电报诚惶诚恐地转交给了阎乃一台长，以表明我的清白。阎乃一是一位正直而又和善的领导，委婉劝导说，我们总的目标是宣传西藏，在完成本职工作的前提下，能利用西藏记者的优势给外界撰写稿件是好事。他知道我酷爱文学，还引用了前苏联作家波列伏依的一句名言："记者是作家的学校"，似乎在给团支部的批判"平反"。我终于从"个人主义"的自我束缚中解放出来，应内地报刊之约撰写了许多访问记，于是有了后来的散文集《西藏游记》，应驻阿里部队之约创作了大型话剧《冈底斯英雄》。虽然距作家还差十万八千里，但我已经领略到西藏及其丰厚的文化底蕴给我的恩惠，对常年颠簸的记者生涯无怨无悔，吃的苦头越多行囊越饱满，并转化为我取用不尽的财富。"我爱西藏"不再是一句空头的政治口号，与我的情感和事业交融在一起了。

老记者问：于是，你开始向作家的路上迅跑？

佳俊答：仍然只能"想"。1979年得知自治区文联正在筹备中，我抓紧三个月休假的空闲写了一部长篇小说《贵族三兄弟》，希望把它作为我调进文联的"敲门砖"。"门"总算敲开了。希望尽快把小说修改出来，圆我多年的作家梦。但张耀明——一位我十分敬重的领导却把我送去的小说稿推到一边，告诉我说，目前不能给你时间修改小说，你先去《西藏文艺》把文艺评论抓起来。"一切听从党的安排"已经成为我坚定不移的人生信条。当时的评论文章尚在极"左"思潮的惯性下亦步亦趋，翻阅大批来稿，政治判决式的语言居多，文艺理论的色彩薄弱；直观感受的描绘居多，对作品及其人物理性分析的文字欠缺。我不得不重温大学的文艺理论知识，调动多年文艺采访的积累，对这些文字进行大幅度删改，并自己动手撰写评论文章，走出了我文艺评论生涯的第一步。接着，中央决定年底召开全国第四次文代会，西藏各文艺门类的代表团都要准备了一篇发言稿。张耀明又告诉我说，你是稿文艺理论的"行家"，尽快把它们修改出来，从毛泽东文艺思想的高度总结西藏和平解放以来的文艺工作，把我们西藏文艺工作的水平和成绩表现出来。于是我更忙得不可开交，文学、戏剧、音乐、舞蹈、美术、摄影，等等，与草拟者反复研究修改，熬更守夜地干了四个多月。北京开会回来，紧接着是筹备西藏自治区首次文代会的召开，例行的《工作报告》是少不了的。虽然西藏过去根

1986 年参加西南作家笔会，在洱海游船上与藏族作家合影。左起：阿来及其夫人、李佳俊、降边加措。

2005 年 10 月 25 日，应在北京大学进修的匈牙利研究生陈瑞荷女士的要求，在成都家中就当代藏族文学的发展态势交换意见。图为畅谈后笔者夫妇和陈瑞丽及其小公子合影。

1990 年，在自治区党委宣传部工作期间，文艺处全体同事合影。左起：韩燕、才旦多吉、李佳俊、张晓峰。

本没有文联，严格说无工作可以“报告”，但好像没有《工作报告》又开不了会。谁来写？研究来研究去，我更成了写文艺工作总结的“行家里手”，似乎已非我莫属。报告草拟使我经受了学术思想上一次最大的磨炼，我翻阅了西藏和平解放二十年来的大量文艺作品，加上我文艺采访的积累，查阅自治区党委（包括原西藏工委）有关文艺工作的指示，对漫长的新文艺工作予以宏观的描绘和总结。反复讨论、增删、修改，最后送自治区党委常委、宣传部部长李文珊审定，已是文代会开幕的前夜。至今记忆犹新的是李部长在我起草的《工作报告》中列举的名作家名单中增添了“李佳俊”三个字，我诚惶诚恐地解释说，我调到文联只发表了几篇评论，不敢与汪承栋、叶玉林、益希单增这些名作家并列。他回答说，“物以稀为贵嘛，你写的《工作报告》就是一篇很有分量的大评论，正是可以大显身手的时候。”我携带着这份《工作报告》走进首届文代会的庄严会场，心情轻松多了。两度称张耀明是“打着鸭子上架”。不料“鸭子”上架以后，视野骤然变得开阔了，有关西藏文艺的过去和未来已经了然于胸，当然这是说我当时的认识。为了迎接高原文艺事业新的飞跃，我深深感到文艺评论亟待加强，有很多工作需要尽快去做。此时此刻，《贵族三兄弟》的修改已经忘到九霄云外去了。

老记者问：改变跳进文联当作家的初衷，一心一意去搞有点枯燥的评论，内心一定很痛苦吧？

佳俊答：个人力量是渺小的，一旦把个人的精力和智慧融入党的整体事业中去，你的才华就能发挥到极致。地球只能围绕太阳旋转，个人也只能在地球特定的位置上跟着地球自转，谁想改变这铁的运行轨迹，谁就会一事无成。个人兴趣有时会与社会的需要错位，更何况文学评论与文学创作是同一只鸟的两个翅膀，我不过从右翅迁移到左翅，不需要另起炉灶，还是很乐意的。我有一个经验：干一行就爱一行，爱一行就钻一行。只要钻进去了，就不会虚度光阴。上世纪九十年代初有个名叫维娜的藏族女记者（不久就远嫁东瀛，定居日本了）在《西藏日报》发表了一篇关于我的访问记，将我的“经验”称为“糊糊精神”，虽然有点奴性的味道，我默认了。我们这一代知识分子就是那样走过来的，无怨无悔。

打倒“四人帮”后，西藏各民族文艺工作者的创作热情像火山一样爆发,迎来了高原文艺发展的第二个春天。老作家汪承栋、恰白·次旦平措、叶玉林、萧蒂岩重挥巨笔，又涌现出益希单增、扎西达娃、拉巴平措、马丽华、班觉、魏志远、吴雨初、杨从彪等中青年作家和诗人，特别是大批藏族作家的处女作，给西藏乃至全国文坛带来了崭新的气息。作为杂志编辑，我正处于新时期文学创作漩涡的中心，成天都无比高兴和激动。为适应文学发展的可喜势头，文联成立了文艺评论会，指示我负责全区文艺评论的组织工作，召开了一系列作家、作品讨论会，发动大家都来品头论足，撰写评论文章。当然以我写的评论最多，充分肯定青年作家思想艺术上大胆探索所取得的成就，带有歌功的味道，尽管有的作品还相当稚嫩。因为太兴奋，刚刚从“四人帮”文艺专制的极“左”思潮中解脱出来，我可不忍心因作家创作的细微失误就“一棍子打死”，让人失去了创作的勇气。记得自愿进藏的女作家龚巧明在《西藏文艺》上发表过一篇报告文学《他，留在了这片土壤中》，满腔热情地歌颂农学家卢耀曾献身西藏农业发展的感人事迹，就遭受到三位新闻工作者联名文章的打伐，断言作家宣扬了“共产党不好，社会主义不好”的政治观点，“混淆了党的三中全会的政策界限”。尽管这篇文章有些来头，我却越读越难以忍受，怎么可以用政治判决的方式对待一个青年作家的热情探索呢？冷静思考了一个多月，我控制不住自己的情绪，撰写了同等篇幅的评论《树立文学批评的马克思主义学风》，从美学、生活、历史和创作个性等角度与那篇打伐文章开展了一场辩论，充分肯定作品的认识价值、教育意义和艺术成就，虽然也存在着细节处理上的某些缺陷。不久我去内地开会路过成都，正在休假的龚巧明一定要请我去家里吃饭，一再感谢我的评论鼓起了她重返高原的勇气，高兴得眼泪都流了下来。我说，我更要感谢她，是她的一席话鼓起了我把评论写作深化下去的勇气。——可惜的是，这位才华横溢的女作家回拉萨后在去林芝采访途中不幸翻车遇难，实在令人叹惋。

老记者问：你说“把评论写作深化下去”，就是要与时俱进？

佳俊答：“与时俱进”是党中央对新时期社会主义经济文化建设经验的科学总结。我当时还没有这样的认识高度，只是直观地感到评论必须随着文学创作的发展而发展，不断更新文艺观念。八十年代的文学写作基本沿袭了现实主义或者说社会主义现实主义的创作方法，也是我所接受的文艺理论教育的主体。用这种传统文艺观念来审视和剖析改革开放初期西藏作家的作品，显得得心应手。到八十年代末期和九十年代，西藏文坛越来越活跃，先是出现“雪野诗”，宣言“用自我心灵的烈火，炼出生活的真善美”，已经挣脱了现实主义的理论框架，紧接着是以扎西达娃为首的魔幻现实主义小说，更来得扑朔迷离，固守传统文艺观念的人就无法欣赏，甚至看不惯。但是少数人看不惯并不能制止它的存在，而且还发展迅猛，震惊全国文坛，在各民族读者中产生了积极反响。作为西藏文艺工作者，我为这批敢于闯荡的青年作家感到骄傲，我反复阅读，细细品味，从世界文学的发展和西藏特殊的民族文化，特别是宗教文化在人们心灵上的长期积淀中去寻找它们产生的根源，感到以魔幻现实主义为代表的西藏新小说和“雪野诗”并非“洪水猛兽”，而是给西藏乃至全国文学创作领域开拓出了一片新天地，给百花齐放的文坛注入了鲜活的血液，理应与现实主义文学共存，是值得庆贺的。1990 年发表的论文《高原走向世界》记录了我文艺观念上的一次重大变革，对西藏文学广阔发展道路的思考和认知，从而拉近了与青年作家的距离。人们常常议论“代沟”，老年人和青年人的思想观念和生活方式，包括文学创作的差异总是存在的，但长江后浪推前浪，青年人终究要代替老年人，推动社会的进步，是一条不可更异的历史规律。我时刻告诫自己，要搞文艺评论就要不断更新观念，切莫以个人的成见阻碍了文学事业的发展。

老记者问：我发现你八十年代末特别在九十年代以后，对具体文艺作品的评论越来越少了，大都是一些综合性的论述和全区文学发展走向的宏观研究……

佳俊答：是的，我对那以后涌现的青年作家欠了一笔债务，至今愧疚不已，主要原因是工作岗位发生了变化。正当我在编辑岗位上思绪潮涌、评论灵感喷发的时候，宣传部要调我去文艺处当“官”，我生就不是当“官”的料，听到消息立即给每位部长送去一封信函，一一磕头，请求把我留在文联，没有半点虚伪的成分。文联领导才旦卓玛和张耀明也很支持，几次去宣传部代我求情。但没有成功，任命还是下来了。我就赖在文联不走，文联照常给我安排工作。“赖”了大概一年，部长指令我回宣传部参加整党工作，文艺处一个干事悄悄告诉我：“李部长在会上发脾气了。”我唯恐在整党中受到纪律处分，不得不去宣传部报到。那里会议多文件多，写评论文章自然少了。但也受到另一番磨炼，能较及时地了解到中央信息，文艺工作的指导思想和文艺政策，学会宏观地观察西藏文艺活动，在是是非非的社会舆论面前拿出自己的主见，结合民族地区的实际提出文艺发展的设想，以供领导参考。客观上对我的文艺评论写作和宏观研究大有裨益，你看，我的糨糊精神又发挥了作用。李文珊是一位我钦佩的老作家，后来内调河北当常务副书记，送别时我直截了当地说：“我既诅咒您，更感谢您。”

作为西藏当代文学宏观研究的延伸，我对我国少数民族地区文学的共性进行了一番探索，提出了三个自我感觉是具有创见的学术思想，得到国内很多学者的赞同：一、提出建立我国边疆民族文化圈——中国“C”字文化圈的构想。我国绝大部分少数民族都居住住在我国北方、西方、南方辽阔的边境地区，古老、封闭，口头文学和自娱文化占据重要地位，形成了一个具有共同特征的边疆民族文化圈，在西部大开发中，既有共同的文化优势，也存在共同的难题，应该认真对待和深入研究。二、藏族地区（包括所有少数民族地区）文学的根本任务在于通过民族生活的真实描绘多侧面、立体、生动地塑造当代藏族人民的光辉形象。评价作品的成败得失，就是要看它是否和在多大程度上热情、深刻地塑造出特定历史时代鲜活的民族人物典型形象，揭示出他们在建设幸福家园的斗争中喜怒哀乐的心路历程。三、边疆民族地区文学的希望在建立一支以本民族为主体的多民族作家队伍。本民族作家深厚的生活根底和传统文化修养造就了他们得天独厚的创作优势，而外来作家特别是汉族作家的参与则是少数民族地区文学观念更新不可或缺的促进剂，相得益彰。

老记者问：据我所知，你还写了不少小说、散文和剧本，并不是一个“评论家”概括得了的。

佳俊答：工作期间我一直克制自己的创作欲望。但人是一种矛盾的动物，内心冲突总是免不了的。从事评论工作读的作品多，看到别人写得那么动人，联想自己在藏四十年，生活体验别有一番滋味，酸甜苦辣都尝过，就禁不住心痒手痒，小说、话剧和大部分报告文学都是利用休假的空隙写出来的。西藏工作艰苦，但每次休假时间特长，达三五个月，不写点什么就闲得发慌。我是真资格的业余作家，思想艺术质量都没法与益希单增、扎西达娃那些名作家比。姑且这样宽慰自己：我本来就志在评论，写点小说、剧本不过是增加点体验，剖析你们的作品才不会说外行话。你看茅盾《灯下漫记》写得多好，对青年作家小说的评论入木三分，可惜我望尘莫及。

老记者问：听了你的介绍，我觉得你在西藏很累，但过得很充实，不会为自己的一生感到遗憾了。

佳俊答：回顾过去，每个人都会有这样那样的遗憾。孔子曰，三十而立，四十而不惑。过了花甲，我反倒“惑”起来了。纵观古今中外的作家经历，我固执地认为作家有三段路程：年轻时写诗，诗情澎湃；中年写小说，社会人情烂熟于胸；到老年搞评论，冷静分析生活和作品。我在该写诗的时候忙于写新闻，该写小说的年龄去搞评论，到该搞评论的年龄又远离西藏文学的创作环境，无法与作家进行面对面地交流，只能写一些隔靴搔痒的篇什。评论文章越来越少了。如果能再回到二十岁的年纪，我可能选择另一种活法，干另一种行当。因为时代变了，时髦的是自主择业，实现个人价值，我一度自鸣得意的“糨糊精神”已失去意义。而今除了文学评论，我没有其他兴趣，知识和生活的积累造就了我的今天。有朋友劝告我，退休后无牵无挂，可以放心转向创作了。祈祷上帝赐我以当年的智慧和精力。

（写于2005年7月，发表于同年7月24日《西藏日报》第1版）

阿里留踪

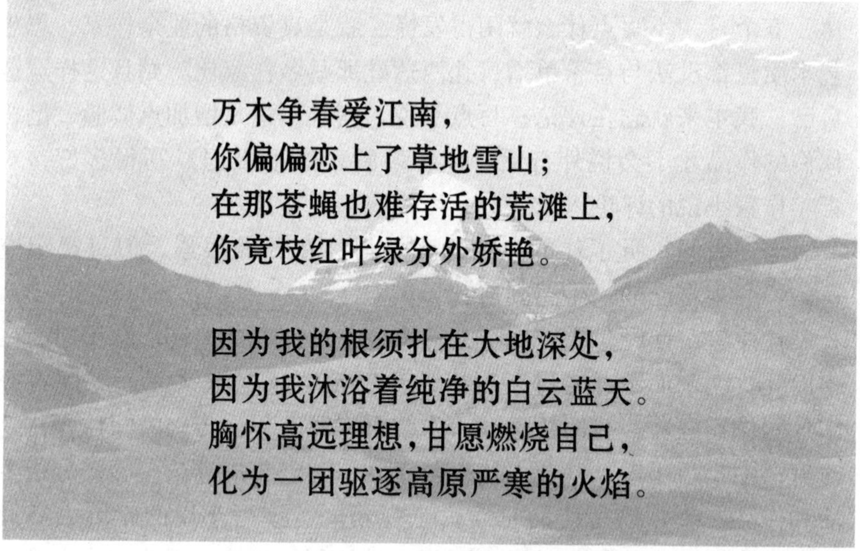

万木争春爱江南，
你偏偏恋上了草地雪山；
在那苍蝇也难存活的荒滩上，
你竟枝红叶绿分外娇艳。

因为我的根须扎在大地深处，
因为我沐浴着纯净的白云蓝天。
胸怀高远理想，甘愿燃烧自己，
化为一团驱逐高原严寒的火焰。

——摘自作者在阿里采访的诗作《红柳颂》

说来你也不相信

——回忆在阿里采访的日子

1964～1967 年，我的名字落在阿里地区公安处户籍簿上，是西藏人民广播电台和《西藏日报》社联合派驻当地的新闻记者。事隔二十余年之后，回想在那高寒、边远、广漠的土地上采访的日子，似乎太苦了，有时简直不敢想象自己是如何闯过来的。但是在那个特定的时代和环境，我确实不曾感到苦，倒觉得饶有趣味，日子过得很充实。生活的艰辛和创业的喜悦相互交织，构成我生命旅途上一段最值得留恋的岁月。

奔向神话的国度

写信告诉同学和亲人：我将到阿里去。大概是因为抑制不住内心的喜悦，文字上竟产生了一些误会，以为阿里是一片乐土。我的父亲翻开西藏地图寻觅了半天，始终找不到“阿里”的位置，误认为它是一个坐落在尼泊尔或者巴基斯坦的某个新兴城市，他的儿子被派到邻国采访去了。

当时，从拉萨到阿里首府要坐半个月的汽车。虽说西藏地图上有两条通向那里的红线，实际上不过是用几部敢于闯荡的汽车轮子在草原和大山中轧出来的时隐时现的辙印。昼无饭店，夜无旅社，再加上

1964 年 6 月独自远赴阿里建立西藏广播电台和西藏日报联合记者站。进入阿里的第一晚就露宿在荒无人烟的草原上。翌日清晨拍摄了这张别具风情的照片。

这是笔者 1965 年 2 月在阿里记者站门前劈柴的情景

野兽出没、土匪活动，即使习惯于艰苦生活的西藏人也视其为畏途。难怪编委会宣布派我驻站阿里的时候，同事们对我变得意外关切和温情起来。保卫科科长亲自为我挑选最好的自卫手枪，还问我是否愿意再领一支轻便“卡宾”。电台编辑部配发了当时极其稀有的日本半导体收音机，报社给了我一大包进口阿克发胶卷，在二十世纪六十年代无异于一种“奢侈”。几位编委似乎排好日程轮流请我吃饭。新婚不久的贾庭贤帮助我整理行装时，声音变得有些哽咽，固执地要我留下父母的地址，颇有点“壮士一去兮不复返”的悲壮气氛。

那时我刚过二十六岁，只想出去闯荡，心情并不像同事们那么沉重，反倒处于探险前的亢奋状态。我广泛搜集了有关阿里历史、山河和生产发展的文字资料。所谓“广泛搜集”，资料仍然十分匮乏。印度古典作家迦梨陀娑的长篇抒情诗《云使》描绘过冈底斯山和玛旁雍错湖的绚丽风光，那已是一千五百年前的事了，缥缈得难以捉摸。西方传教士偶尔有几句阿里风情的记录，也已经过去二百年。一份当代材料写道：“阿里地区三十五万平方公里（包括仲巴县），有居民三万两千人。”啊啧啦，平均每十平方公里还不到一个居民！他们是怎样在这片土地上生活和书写历史的呢？真是一个难解的谜。在我之前，只有郭超人、赵家烈、姜安夸、汪士礼四位记者去阿里进行过短暂的采访，为阿里勾勒出一幅简明而又神秘的图画。唯其简略，更加诱人遐想；唯其神秘，尤其激起我旅游的兴趣。

6 月初，我与二十多位阿里的藏、汉族干部同乘两辆解放牌卡车，取道黑阿公路踏上了征程。曾经热闹过一阵子的班戈湖硼砂厂已经下马，留下一片断壁残垣和白茫茫的土地。尼玛河上没有桥梁，汽车在河中心熄火了。除了几位女同志，大家都脱掉裤子和鞋袜，赤条条地跳进水里推车，忙了三个多小时，待把车子推上岸，浑身直打哆嗦，像发疟疾一样。司机早就预料到这种情形，给每两个人发一瓶白酒驱寒。这时，岸上的女同志们已燃起一堆牛粪火。大家紧紧围着篝火，悠悠地唱起了藏族民歌《金瓶似的小山》：“明镜似的西海，海中虽然没有龙，美丽的风光已够我喜欢。”我固执地相信，歌词中的“西海”就是阿里的玛旁雍错湖——我心中的乐土和圣地。我距神话的“国度”越来越近了。

我认识了“阿里人”

那时，地图上没有狮泉河镇。阿里地区首府还在噶尔昆沙，是阿里最大的中心城镇。但是我在发稿时却为“城镇”二字迟疑了许久：

城镇是这个样子吗？没有街道，没有楼房，也没有影剧院，甚至很难听到喧哗的人声。严格地说，噶尔昆沙只是荒滩上修建起来的一个大院落。大院中有几个小院，分别属于分工委、专员公署、军分区和贸易公司。房子大都是用红柳枝和土坯砌起来的。墙壁特别厚实，门窗却格外矮小。没法相信这就是地图上那个大圈套着小圈的名城。难怪一位医科大学女生长途跋涉到了噶尔昆沙，还以为它不过是一个转运站，满以为“过几天进了城就好了”。当她清醒过来，并接到一张去普兰卫生院报到的调令时，竟无法想象县城该是何等规模了。

可能是我对阿里每十平方公里不足一个居民的印象太深，出发前又读过汪士礼的通讯《设在帐篷里的县政府》，对噶尔昆沙的简陋并不感到特别惊讶，反而得到一种稀罕的享受。全城四百来口人，分属党政军各系统，工农兵学商应有尽有，却没有一个闲散人员，仅有的几个儿童成了大家的宝贝和玩物。单身职工居多，两三人共住一间小屋。我这个拉萨来的“无冕之王”颇受照顾，分到个单间，不足八平方米，刚好放下一张小床、一张双屉铁桌和一个铁皮火炉。阿里记者站就这样开张营业了。

小城自有小城的乐趣。不用骑自行车，也不用借助电话（首府还没有电话），出门就可捞到写作材料。到院子里转一圈，你就能掌握到各行各业的最新动态。请领导审稿不会有拉萨那么多麻烦，不用事先预约，反正不在办公室开会，准在干部家里聊天，上门去就成。贸易公司门市部太小，确实摆不下那么多日用百货任你选购。那天我去买衣服，货架上就只有上衣，下装要等上衣满足了市民需求以后才能提货，至于尺寸是否合身，更要靠那天的运气了。

“抬头不见低头见，不要为了一点小事伤了和气”。这是小城共同遵循的处世哲学，居民们团结和睦，处处感受到一种暖融融的气氛。哪位战士立了功，某某售货员获了奖，小伙子姑娘们结婚，乃至驾驶员翻了车，远在家乡的妻子添了公子，都有人很快向我传递信息。我几乎与全城居民，从分工委书记到发电工人成了极好的朋友。食堂饭菜单调，若有人从新疆捎来了青辣椒、“皮芽子”（洋葱），哪家发了一盆豆芽，假日里煮出一锅“阳春面”，常常忘不了邀我去

"改善生活"。我最忘不了的"阳春面",是用野葱、灰灰菜和面片熬制而成的,辅以香油和陈醋、胡椒等作料,可口极了。开始我听走了音,误以为叫"青春面",以至成为朋友们的笑谈,并传到了一些区、县。我到普兰、日土采访时,还有人热情而又开玩笑似的告诉我:"小李,今天晚上请到我家吃'青春面'。"老是去白吃也不好意思,为了回报朋友的盛情,我常常主动提出为主人拍几张照片。不分男女,一式的老羊皮袄,一式的大头皮鞋,再加上我蹩脚的摄影技术,所拍的照片实在谈不上多美。但噶尔昆沙没有照相馆,朋友们大都很满足,没想到当时那一张张蹩脚的"作品",后来倒成了难得的历史性纪念。

大雪封山以后

阿里的冬天漫长,一般从 11 月开始,到来年 5 月结束。几条公路不是大雪封锁了山口,就是被冰河截断。把阿里变成了与世隔绝的天地,一个个互不往来的孤岛,工作和生活都面临着严峻的考验。为摆脱采访的困难,以前的记者大都抢在最后一班交通车和兵站撤离前回到拉萨,被称为阿里高原上的"候鸟"。这次,我偏要尝尝阿里冬天的滋味。

作为一名记者,我最先感受到没有报纸的恐慌。几个月读不到一张新闻报纸,好像骤然间地球不再转动,空气也像山河一样凝固了。我日复一日地往拉萨发出稿子,上面采用没有?是怎样编发的?我都毫无所知。要不是偶尔从收音机里听到几条阿里新闻微微得到一点慰藉,我真没有再采访下去的勇气了。

最难熬的是热恋中的青年男女,没有鸿雁传书,银河此岸的牛郎尚能理解邮路中断造成的困境,彼岸的织女却还在频频地寄出情书。思念、诅咒、等待,仍久久得不到一点回音,只以为碰上了负心郎。事情来得这么突然,待到你终于有机会解释个中缘由的时候,常常悲剧已无可挽回。聪明人则借助于无线电报倾诉心曲和吵架,当然得花很多钱，也顾不上保密害羞了，实在是无可奈何的事。一位报务员告诉我，他曾收发过这样一份电报："我昨晚做了一场美梦，趁你妈妈出去买菜，我啃了你一口。"领导知道了，认为是"资产阶级思想泛滥"，发报人和报务员都受到一顿狠狠的批评。

因为天寒地冻，即使在可以行车的地方也很难见到一辆汽车。我在改则县物玛区采访，急于回县城或昆沙发稿，在区委门口翘首盼望了半个多月。每每看到地平线上扬起一溜尘烟，或者远方传来呜呜的风鸣，都会引起"汽车来了"的幻觉。即使当地干部职工，也常常产生性格的变异。在物玛等车的日子里，我与区秘书（一位汉族大学生）同室而居。他每天早晨7点（距天亮还差两个多钟头），总要准时打开收音机听中央台播送的广播体操口令，但是他并不做操，人仍躺在床上，频率也不对得很准，嘶嘶啦啦的杂音更加揪心刺耳，直到口令结束才关机，再次沉入梦乡。天天如此，成为一种怪癖。我忍不住问他为什么，答曰："我想忘掉孤独。"

漫长的冬天总算过去了。"五一"过后，噶尔昆沙邮局接到通知：邮车已经从新疆喀什市出发奔赴阿里。消息立马通过电波传到各县，给全体阿里干部职工带来春的信息，个个兴奋不已。邮车抵达仅剩下一天路程的日土县，给噶尔昆沙发来第二封电报，噶尔昆沙更像家家要讨媳妇一样坐卧不安，都在盘算着绿衣使者将给他们带来什么。吃过午饭，哪里还有心思上班，全城居民纷纷爬上城墙和房顶，引颈遥望着西北方向的公路尽头，以先睹邮车为快。我也加入了等待的行列。黄昏时节，只见远山脚下升起一溜尘烟，拖出了一条长长的尾巴，房顶墙头上的人们立刻欢呼雀跃起来："来啦！来啦!"那望眼欲穿的渴盼，那即将来到的喜讯和可能的失去，激动得大家热泪盈眶。

我也悄悄擦拭着泪水，深切地感受到阿里军人和干部为祖国边疆所作出的伟大奉献。

绝非杜撰的故事

在阿里采访期间，我有过几次奇特的遭遇，虽然不便写进当时的新闻稿，到底亲身感受到了类似探险家的乐趣，终身难忘。

我搭乘一辆货车到改则县去，颠簸三天到了县委，发现我的马被套丢失了。在七百公里的草原上寻找马被套无异于大海捞针，是不能抱任何希望的。县里的女同志忙着为我缝制了一套全新被褥。几天后从乡下回到县城，意外地接到革吉县发来的一封电报，说盐湖区一位牧民拾到一个马被套，骑马二十余公里到工作组报信。叫我前去认领。我大喜过望，在返回昆沙的途中特地前去拜访了这位牧民。他叫麦旺堆，一位五十余岁的干瘦老人。麦旺堆告诉我，他曾打开马被套检查，发现有一叠报纸和文稿，猜想多半是党政干部的“机要文件”，让人转交很不放心，只好亲自骑马交给工作组，请他们务必妥善保管，尽快通知失主。他一再要我认真清点，看有没有丢失的零星物品。难得的真诚和憨厚深深打动了我，我紧紧搂着麦旺堆的肩头，连连说道：“西扎土基切”（非常感谢）。我提出要给老人酬谢和拍照。老人拒绝收钱，却很乐意让我给他拍一张照片，背景是广阔的草原，连绵的雪山。

为了寻找进军阿里的先遣连——李狄三率领的英雄连遗址，我到昆仑山下的扎麻芒保草原转悠了十天。同行的有区委书记老唐和一位藏族女翻译。原以为第二站可以找到次仁卓玛乡长，她的父亲是和李狄三勾过小拇指结交的第一批藏族朋友，不巧乡长和牧民已经搬迁走了。我们朝着估计的方向追踪到天黑，还是看不到一顶帐篷，只好给马脚拴上脚绊，在野地上露宿过夜。翻译不好意思和两个男子汉躺在一起，把被套搬到距我们二十米远的地方休息。半夜里，我突然被一阵狼嚎惊醒，在朦胧夜色中，我看到二十米远处有十来只狼正在撕扯着什么，定睛再看，似乎是一个人。我吓呆了，想起那一定是同行的女翻译，忙不迭地喊救命，同时朝天“叭叭”地开了两枪。唐书记一跟斗爬起来，不待举起猎枪，狼群已经向北逃窜。这时，传来甜脆的女声："唐书记，出什么事了?""没事，是野狼偷吃羚羊肉，被我赶走了。"原来我们的女翻译安然无恙，我虚惊了一场。多亏老谋深算的唐书记在睡觉前将昨天在路上猎获的羚羊肉搁置在二十米远的地方，刚好与两个宿营地形成一个等边三角形，才免去了一场大难。经过我的一再坚持，女翻译总算把被褥挪到了我们身边。但回想起狼群撕扯羚羊肉的场面，我的心仍像敲鼓一样咚咚地跳得厉害，一直持续到天亮。

1965 年 10 月，我随中央代表团阿里分团去扎达。代表团离开后，我顺道去象泉河下游的底雅采访秋收。不几天，天气突变，落下纷纷扬扬的雪花，汽车已经无法通行了。底雅区王书记提醒我：现在骑马返回昆沙还来得及，否则就只有留在扎达过冬了。为了在冬天有一个较广阔的活动天地，我跟着两个休假干部匆匆忙忙告别了扎达。可惜我缺乏伯乐的慧眼，挑选的是一匹温驯老迈的白马，走了不到半天就步子疲软，任你怎么抽打也提不起劲来，我掉队了。已经看不见同伴的踪影。积雪越来越厚，我渐渐迷失了方向。马不时陷进雪坑，要费很大力气才拉得出来。拉一阵，走一阵，到夜里 11 点光景，人马都已精疲力竭。雪谷茫茫，我不知道距目的地是越来越近，还是越来越远。我只好在一块岩石上扫清积雪，钻进马被套休息了。雪还在下着。我曾听说过有人在雪地里睡觉被冻死的故事，感到自己明天能否活着钻出被窝也成了问题。想到这里，我意识到自己还有许多心头话必须向组织和亲人倾吐。于是捏亮手电筒在笔记本上草草写下了"我的遗言"。不知睡了多久，一阵寒气把我从梦中惊醒，感到肚子太空，咕咕直叫，再也无法入睡了。在辗转反侧难以入眠的时候，总感到有几个小小的硬物顶撞着背脊，猛然想起那是上个月在噶尔县买的水果糖还没有吃完。我翻出来，有十来颗，就迫不及待地塞进嘴里。很管用，一下子增添了许多力气。我再也不甘心坐以待毙，重新穿好皮靴向山坡爬去。这时，雪已经停了，我站在山冈朝四野望去，借着白雪辉映的光芒，终于在起伏的雪岭中看到了一条银蛇似的盘山道，那正是伸向喜马拉雅山口的公路。希望在向我招手，我又抖擞精神牵着白马踏上了旅程。当东方天际现出鱼肚白的时候，我抵达了路边的一座小庙。多谢喇嘛的慈悲，给我生起熊熊的炉火，打上喷香的酥油茶。我庆幸从地狱逃回了人间。

阿里的人民是世界上最淳朴的人民，阿里的干部是最能吃苦和富于牺牲精神的干部。在阿里采访的几年里，所见所闻，都不断增添着我对他们的热爱和崇敬，时时鞭策着我要像他们那样去工作，去生活。阿里采访是短暂的，它给我的教益和回忆却持续很久很久。

（写于1989年，同年发表于《主人》杂志）

阿里军魂

——李狄三和他的战友们

1965 年，阿里军分区委托我创作一部表现进军阿里先遣连英雄事迹的大型话剧，即后来发表和演出的《冈底斯英雄》。由于写作的需要，我曾去新疆军区和阿里军分区查阅先遣连当年活动的有关资料，并沿着英雄的遗迹，先后走访了南疆、藏北、普兰和噶大克等地，与先遣连接触过的各族农牧民和后续部队的战士进行了广泛交谈，搜集到许多动人心魄的故事。话剧的创作和演出受到舞台和时间的限制，要求人物相对集中，虚虚实实，张冠李戴是免不了的。与李狄三和他的战友们真实感人的事迹相比，总感到有许多不尽如人意之处。值此西藏和平解放五十周年，特将当年的采访记录整理出来，表达我对进军阿里解放军先烈的深情怀念。

一

1949 年 10 月 1 日，五星红旗在天安门前冉冉升起，宣告中华人民共和国成立，开始了我国各族人民当家做主的崭新时代。接着，英雄的中国人民解放军在继平津、辽沈、淮海战役之后，又以雷霆万钧之势，相继解放了华东、华南、西北和西南地区的川、滇、黔三省。祖国大陆只剩下雪山丛中的西藏还没有解放。西藏上层分裂主义势力和西方帝国主义加紧活动，妄图趁此机会把西藏从祖国大家庭中分裂出来，实现他们蓄谋多年的所谓“藏独”的野心。

1950年1月，毛主席在赴莫斯科访问的火车上，仍挂念着祖国统一大业，作出了“解放西藏宜早不宜迟”的战略决策。在与西南局、西北局反复商量和认真调查研究以后，制定出了“向西藏多路进军”的作战方针。根据这一作战方针，决定由驻扎四川的二野十八军承担解放西藏的主要任务，同时由青海、新疆、云南驻军派出精兵强将进军后藏、阿里和昌都南部，从东、西、北和东南方对西藏进行合围。解放阿里的任务落在了驻新疆部队二军的肩上。

一野的二军刚刚开进新疆南部的喀什，营房还没有修好，政权建设和清剿残匪的任务相当繁重。但接到中央军委的命令以后，立即进行全军动员，着手解放阿里的部队组建和社会情况调查工作。军党委分工由著名的“独臂将军”、副政委左齐负责具体筹划和指挥。二军在抗日战争和解放大西北的战斗中以英勇顽强、吃苦耐劳和善于做群众工作著称；左齐既骁勇善战，还用仅存的一只左手练得一手俊逸潇洒的毛笔字，故更名“左齐”，文武双全，很得彭德怀元帅的赏识。但面临进军阿里的任务，这位独臂将军却遇到了新难题。他查阅了当时能收集到的有关阿里的所有地理、敌情和社会资料，头脑里仍一片空白。国民党军队遗留下来的军用地图，在阿里三十余万平方公里的荒原上，只标有一个名叫“噶大克”的城市，找不到任何道路和桥梁。访问南疆的学者和居民，一提起与阿里交界的昆仑山就谈虎色变，新疆居民从古至今就没有人翻越过昆仑山。据说十九世纪曾有一支俄罗斯的探险队从昆仑山到了藏北无人区，结果全都冻死饿死在雪山丛中，无一生还。为了完成党中央赋予的解放西藏的神圣使命，新疆军区和新疆各族人民在不到两个月的时间里，从天山南北抽调精兵壮马，西北局又从青海省抽调来土化英、彭措扎西等藏族干部，迅速组建起一个骑兵师，承担进军阿里的光荣任务。

知己知彼，方能百战百胜。左齐与骑兵师精心筹划，先后三次派出小分队前往阿里侦察，大都在耗尽粮草后返回基地。第三支小分队经过半个多月的艰苦跋涉，总算在藏北无人区的南部边缘地带发现了牛马的蹄印，还在一个小山包下看到牧民野炊的三石灶和用牛羊角垒砌的畜圈，证明那里有居民活动。他们欣喜异常，立即把身穿的军装埋在小山包下的一个土坑里，同时披上藏装准备与藏族群众见面。可惜他们在山包周围转悠了一天，仍然不见群众的影子，而距离约定必须返回的日子已经很近了。他们把一块石头放置在埋军衣的土丘上作为标志，匆匆返回部队汇报。于是左齐编绘的军用地图上，昆仑山南麓增添了一个醒目的圆圈——埋衣山。

1950年8月1日，二军进军新疆后的第一个建军节过得非同寻常。于阗县南面七十余公里的一个极其寻常的小村——普鲁村也因为这一天而给她的历史抹上了最引以为自豪的浓重色彩。这里，纵目北望是一望无际的塔克拉玛干沙漠，转身向南是银装素裹、云遮雾绕的茫茫昆仑。沉寂了千年的丝绸之路突然变得热闹起来，人山人海，战马嘶鸣，歌舞喧天，汇集在这里为进军阿里先遣部队送行的各族军民达一万多人。考虑到阿里地广人稀，路线太长，后勤供应将十分困难，军党委决定先派一个加强连进驻阿里，宣传党的政策，联系群众，侦察敌情。为了保证先遣连的正常工作，喀什与和田专区组织了一支包括两千多民工、五万多头驮畜（毛驴、骆驼和驮马）的援藏大军。每个骑兵配备了一双毡靴和一件皮大衣，在刚刚经过战乱洗礼的新疆，这已经是最好的装备了。一位当年参与欢送进藏部队的维吾尔老人告诉我，在普鲁村挥动花束彩旗、载歌载舞夹道为解放军亲人送行的各族军民整整排了三公里长，很多姑娘都激动得哭了。那天，王震将军也来了，亲自为部队官兵举杯壮行，将军发现带队的李狄三个头特别魁伟，担心坐骑经受不住未来的千里征途，坚持把他的战马送给了李狄三。

李狄三是出发前临时从别的团派来率队进藏的。他1917年出生于河北农村，1938年参军入党，只读过小学，但勤奋好学，战术枪法没有说的，吹拉弹唱也来得，行军途中总带着一只竹笛，还写得一手好字，是团政治处的保卫股长，有名的文武双全干部。创作《冈底斯英雄》时，我很渴望找到一张李狄三生前的照片，可惜在抗日战争和解放战争戎马倥偬的岁月里，他没有能给我们留下一张小照，无法一睹他魁梧的身姿。在南疆军区的军史展览墙上有一张李狄三的画像，手持竹笛，两眼炯炯有神，坚定而乐观，是请画家根据他儿子李五斗的模样和战友的介绍画出来的。

二

李狄三率领的先遣连共有一百七十三名官兵，人员不多，却由汉、藏、回、维吾尔、蒙古、哈萨克、锡伯七个民族组成，是新中国多民族大家庭的一个缩影。这里既有身经百战的老共产党员，也有刚从地主恶霸的残酷压迫下解放出来的参军农牧民，更多的是新疆解放时毅然率部起义的陶峙岳将军的官兵，怀着祖国统一和建设新西藏的共同心愿投身于解放阿里的神圣事业。

8 月，仲夏的南疆烈日炎炎，挥汗如雨。先遣连沿着克里雅河南行，人烟越来越稀少，农田没有了，战马的铁蹄在河边的卵石上不断溅出火花。经过两天急行军，部队到达昆仑山下的赛虎拉姆峡谷口，天气骤然变得阴冷起来，河水发出虎啸般的吼声，凛冽刺骨。酷似一群魔鬼，张着獠牙阻挡凡人闯入神秘的昆仑山。山谷里没有道路，因为自古就没有行人走过。行人尚无处落脚，战马和骆驼这样的庞然大物更是寸步难行。但骑兵决不能扔掉战马，官兵们只好前拽后推地一步步往前挪。越往前走坡度越陡，山崖上尽是风化数千年的石块，踩动后哗哗地向下飞落，威胁着下面人马的生命。李狄三命令部队拉开距离，成“之”字形前进，一百多人的队伍拖了二十多公里长。

“上山不骑马，下山马不骑”，这是阿里骑兵奉行的金科玉律。没有经过长途跋涉的人，很难理解骑兵对战马的感情。翻越昆仑是最需要骑马的时候，官兵们却没有一个人坐在马背上，都拉着马缰绳步行，棱角分明的风化石块很快把一双双新发的毡靴磨破了，脚板被割出一条条血肉模糊的口子，也没有人叫一声苦。

最大的考验还是山高缺氧，这是新疆战士没有预料到的。正值酷暑季节，突然进入昆仑雪山，沐浴着山坳吹来凉爽的风，还有一种意

李狄三画像

外享受，忘却了旅途的疲累，一些年轻战士竟然捧着雪团玩起孩子打仗的游戏，但他们很快就尝到了高山的滋味。先是呼吸变得短促，接着嘴唇发紫，头脑也不那么清醒了，很多人想大便，蹲下去却又拉不出来。卫生员告诉大家，这是高原缺氧的自然反应，治疗的唯一办法就是尽快翻过昆仑山，进入相对较低的藏北草原。这时，太阳已经落山，大家直想坐地休息，但又不敢停下脚步，都强打精神，牵起马缰趟着齐腰的积雪往山口冲刺。人马都张着大口直喘气，步履维艰，战士们的头顶像压着一块石板那样难受。

夜色越来越浓。好在四周一片白茫茫，依稀看得见前边人马的影子，只听见队伍脚踩白雪吱嘎吱嘎的声音。摸索着一夜急行军，到了海拔六千多米的昆仑山口已是旭日东升的早晨。纵目远眺，丘壑起伏的绿色草原尽收眼底，进藏大军已经站在西藏边缘上。大家情不自禁地狂呼起来：受苦受难的藏族兄弟啊，我们来啦！

山顶不能久待，但下山比上山更难。太阳出来了，积雪在阳光下反射出万道金箭，好像直往眼眶里钻，刺得两眼生疼，待久了就流泪水，不敢再睁开眼睛。这是因为几天雪地行军得了雪盲。卫生员叫大家用雪团揉搓眼睛，撕一块布条剪两个豌豆大的小孔蒙在脸上，治疗雪盲。视线受到影响，行军却不能停止。其实大家都精疲力竭了，走路已相当困难，很多人是抱着战马从山顶滚下来的。

8月底，先遣连抵达埋衣山，决定在这里扎营休整两天，并寻找群众，侦察进一步前进的道路。

三

我军能否在阿里立住脚跟并顺利开展群众工作，如何第一次与群众见面是关键。李狄三召集党支部会议，组织官兵认真学习党的民族政策，请藏族干部介绍藏族的宗教信仰和风俗习惯，并给出去寻找群众的战士准备了哈达。但是接连三天派出的联系小组都没有见到群众的踪影。群众是不是已经发现部队的行踪，产生疑虑，远远地躲起来了呢？或者，是不是阿里地方政府已经知道我们的到来，正组织武装和民众准备与我们打仗呢？

为此，我在十五年后的1965年7月，从改则县物玛区政府出发，骑马一个多星期到当年先遣连遗址进行过调查。群众告诉我，他们那时确实不知道会有解放军翻越昆仑到阿里来。阿里的北部人烟稀少，交通闭塞，居民之间绝少往来。山那边沧海桑田的变化，他们都一无所知。只知道从中亚窜来一帮土匪，在日土宗一带抢劫牛羊，似乎与他们相隔太远，他们没有在意。先遣连进藏后的第一个住地埋衣山，属于改则本（相当于县）管辖的俄如郭杰部落，只有五户人家放牧，那儿牧草稀少，每年游牧的时间很短。1950年8月底，无论解放军还是中亚土匪都没有影响到他们的正常生活。

到了9月初，在埋衣山西南大约三十公里的扎保草场游牧的三户牧民开始搬迁。有两户牧民上午就搬走了。贵桑和他的女儿留到下午才开始搬迁。父女俩刚刚拆下帐篷，突然发现五个持枪的陌生人飞马朝他们奔来，嘴巴还哇啦哇啦地叫个不停。女儿莫名其妙，父亲首先想到的就是中亚土匪，大祸临头，近百头牛羊肯定完了。父女俩丢下家具和牛羊慌忙向附近一个小山头逃跑。但又不甘心丢失的牛羊，就躲在山坡一块岩石后静静地观望。他们发现有三个背枪的人正在集拢牛羊，另外两个却一步一步向他们走来，走在前头的一个还会讲藏语

（后来得知，他叫彭措扎西），但听得不太真切，吓得女儿直叫唤。他们继续往山上跑。讲藏话的人停下来，不再追赶，但也不肯下山，一再向他们呼叫："我们是解放军，你们不要怕！"贵桑想解放军可能就是中亚土匪的别称，怎能不怕呢。僵持局面一直坚持了一个多钟头。这期间，集拢牛羊的人中走了两个，却没有带走牛羊，大概是回去报信。果然，不久飞马走来一个大个子军人，像个当官的（他就是李狄三），下马后径直向山上走来，李狄三没有带枪，双手中却意外地捧着一条洁白的哈达，宽阔的脸庞上滚动着慈善的微笑，在彭措扎西站立的地方停了下来，高声向贵桑呼喊"大哥，你不要怕。我们不会要你的牛羊。请你下来，我们要和你交朋友。"彭措扎西把他的话译成了藏语，这次听得明明白白。贵桑感动了，即使素昧平生，但祖辈传下来的规矩告诉他，绝不能躲开老远跑来献哈达的人。

这就是先遣连进藏后结识的第一个藏胞。还有一个小插曲：贵桑接过哈达以后，按照与长官见面的习惯向李狄三伸出舌头表示敬意，却发现对方伸出了右手（后来他才知道要和他行握手礼），以为是要和他盟誓交朋友，立即伸出右手的小指。李狄三迟疑片刻，在翻译的提示下，也笑着弯起小拇指。于是，汉族和藏族，解放军军官和贫苦牧民在阿里首次见面，就以高原勾手指结盟的古老习俗结为生死与共的好朋友。

正是这位贵桑老人把解放军来到阿里的消息传遍了改则草原：解放军不是中亚土匪，解放军要和我们交朋友。贵桑根据先遣连的要求，带信给当地的马本（一个部落的小头人）日加木，通知他来与李狄三见面。日加木十分胆小，什么事都不敢做主，但答应让解放军从埋衣山搬迁到南边两天马程的扎保草场去住，扎保水草好，便于放马，还有几户牧民，生活和联络都方便些。李狄三要求日加木带信给阿里的最高长官，邀请长官尽快来扎保与解放军谈判。日加木不敢去见阿里的噶本，只答应通知附近几个部落的头人与解放军谈判，地点定在距扎保还有一天马程的廷空，时间定在四天以后。因为草原上居住分散，要把通知送到很不容易，四天已经是最短的期限了。

四天以后，李狄三穿戴整齐，带着翻译和十二个官兵，由扎保牧民塔尔巴向导带路准时到达廷空。廷空已经搭起一顶帐篷，帐篷里摆着一圈羊皮坐垫，还备有酥油茶，一共来了六个头人。李狄三和彭措扎西进入帐篷，副连长彭青云带领战士在帐篷外担任警戒。李狄三首先讲了新中国成立后全国的大好形势，讲了解放军到阿里来的目的，接着宣传了党的民族政策和西藏的光明前景。希望头人们不要惊慌，并通知所有牧民安心生产，协助部队完成进驻噶大克和保卫边防的光荣任务。在这次会上，李狄三责成头人们联名写信，并推举一位头人亲自送信给阿里噶本，十四天以后来藏北与解放军谈判解放阿里的有关事项。四天以后，日加木来扎保拜会李狄三，说递送通知的头人已经出发，再过十四天即可在廷空与阿里最高长官举行正式谈判。

第十四天，李狄三率队来到廷空，噶本没有到。但送来了一封信，说由于准备工作仓促，要按原预定日期再推迟三天才能到达。第十七天，噶大克的人来了，但僧、俗两个噶本都没有来，派来了是两个强佐，一个叫才旦朋杰，一个叫扎西才让，是噶本下面最大的官。强佐递交了噶本赤门色写给阿里驻军的亲笔信，要求：一、不要打仗；二、尊重藏族的宗教信仰和风俗习惯；三、部队和地方政府和睦相处；四、解放军不要来得太多；五、解放军到哪里去，要事先通知他们。虽然噶本有的要求显得不太友好，但考虑到中央正在争取西藏地方政府派代表去北京和平谈判，李狄三只对五点要求进行了必要的解释，会谈的气氛还是比较友好的。双方通过谈判，达成了关于协助解放军开展工作的五项协议。其中一条是给解放军迁往扎江索郭草原驻扎提供方便。江索郭草原背靠山丘，紧邻一条小河，草原比较宽敞，还长着许多低矮的刺柴。战士们特别喜欢那一丛丛蓬松的刺柴，给它们取了一个诱人的藏语名字——扎麻芒保，翻译成汉语就是“刺柴丛生的地方”。扎麻芒保也从此进入了我国军事地理和西藏地方志，成为一个闪闪发光的地名。

赤门色的信通过电波送到新疆军区，新疆军区又转呈中央军委，最后呈报给了毛泽东主席。毛主席在 1950 年 12 月 30 日，专门给阿里噶本写了一封亲笔签名的信，对阿里地方政府与进驻阿里部队合作共事的友好态度表示赞赏：“我们很高兴，知道你们同到达你们那里的人民解放军结成了朋友。”

据笔者所知，在中国历史上，由国家最高元首给西藏阿里地方官员签署亲笔信，这是开天辟地第一回。

四

在阿里，冬天来得特别早，也最漫长。刚刚与地方政府达成五项协议的先遣连面临着最严峻的考验。

1950 年 10 月初，一场大雪飞飞扬扬，把辽阔的藏北草原变成一片白茫茫的世界。如果说平坦的地方还可以扫雪牧马，昆仑山的积雪却是扫不完的。大雪封锁了那里的所有山口，新疆军区多次组织民工推雪开道都无济于事，给先遣连发去一份紧急电报，告知粮草、衣物、弹药和一切生活军事用品都运不过去，指示他们马上转为备战过冬，立足于本地资源，自力更生，筹备充足的食品、马草和冬装，一直坚持到来年春天。

寒风提前降临，越刮越大。党支部首先提出修建营房。可是草原上没有树木可供砍伐，更无法烧制砖瓦。李狄三首先想到挖掘地窖。他试着在平地上挖出宽三米，深一米半的地坑，上面再搭上军用帆布，成为一间半地下半地上的小“房子”。战士们参观后都说，既暖和又舒适，还提出挖地窖时应留出两个人的土床，一个土茶几，墙壁上还可以挖两个壁龛作为橱柜。都说这个办法好。连部统一规划，连部和三个排分为四个区域，每个排再分为几个班，每两人一间房。营房四周用土石垒筑一圈矮墙，既便于警卫，又可抵挡风寒。营房修好后远近牧民都跑来参观，对解放军的营房赞不绝口：“解放军才来几个月，修的房子比我们祖祖辈辈住的还好！”

营房修好了，正值中秋佳节。没有月饼，李狄三吩咐炊事班炒了一锅喂马的豌豆，叫蒙古族战士、狩猎好手巴利祥子打来几只黄羊，用炒豌豆和手抓羊肉过了一个欢乐的传统节日。晚会上官兵轮流表演节目。一个汉族战士的节目是讲故事，他说，你们知道为什么中秋节要吃月饼吗？那时鞑靼人打进中原来，汉人不服气，就在中秋节给亲朋好友赠送月饼，每个月饼里夹一张纸条，上面写的是“杀鞑子”，于是中秋节吃月饼成为传统习惯。李狄三感到这个多民族组成的连队应该提倡民族团结，“杀鞑子”的故事容易伤害一些同志的感情，当即对那位战士进行了善意的批评，并解释说，那是旧社会的传说，在民族团结的新中国不要再传播了。一个偶然发生的插曲，成了对战士进行民族团结再教育的生动课堂，一直成为先遣连的一段佳话。无论是部队与藏族同胞之间，还是连队内部的各民族战士之间，都相互尊重，友爱相处，像爱护自己的眼珠一样珍惜民族团结，成为驻阿里部队的传统。

粮食越来越少。先是每餐每人四两粮食，以后改为三两、二两。大米白面已经所剩无几，就穿插着吃马料（豌豆）。噶本政府答应给部队供应粮食，但从来没有兑现过，牧区不种粮食，在牧民中购买粮食是根本不可能的。巴利祥子提出打猎过冬，得到党支部的支持，任命巴利祥子为狩猎组的组长。组里有四个战士，都是来自牧区的狩猎好手，熟悉野生动物习性，枪法精准，每次出猎都大有收获。扛回来的野驴、野牛、黄羊把炊事班的仓库都堆满了，还送给附近断炊的贫苦牧民过冬。

长期劳累，高山缺氧，没有粮食，战士的体质急速下降。当初，部队并没有意识到高山缺氧对生命的威胁，而且对驻地的海拔高度也没有进行过精确的测量（后来知道，扎麻芒保的海拔高度为五千五百多米），只认为那么多牧民能祖祖辈辈在荒原生活下去，新来的战士也不会有什么问题。大家信奉一句古话：“人是铁，饭是钢”，一心想到是进食，命令炊事班断变着花样做饭，野驴肉、野羊肉，蒸、炒、拌、炖都试过了，动员大家努力加餐，但胃口就是提不起来，端起饭碗扒不进嘴里去。看来“人是铁，饭是钢”的传统信条在这里不管用了。病号越来越多。先是在纳如巴草场牧马的两个战士倒下了，李狄三带领官兵去安葬的时候，发现发给的干粮——当时部队剩余的最好的食品依然未动，而肚子和大腿却鼓胀得透明。接着，机灵而又乐观的巴利祥子也倒下了……在扎麻芒保周围，开始出现一座座

1965 年 10 月，内蒙古“乌兰牧骑”宣传队到阿里慰问演出。笔者自告奋勇带领演员们参观英雄先遣连进驻普兰边境前哨修建的第一座营房。

修建在狮泉河北山凹的阿里烈士陵园全景。1966 年春，先遣连李狄三等烈士的遗骨从改则县扎麻芒保迁至这里安置。

战士的坟茔。春节以前，官兵因病牺牲的频率越来越高，一直持续到1951年6月后续部队到来，坟茔已经增加到五十六座。

1965年7月，我在先遣连战斗过的藏北草原访问了李狄三勾着小手指结交的藏族朋友塔尔巴（现任改则县人民代表）及其女儿次仁卓玛（日甲乡副乡长）。次仁卓玛当年是一个年仅七岁的小姑娘，竟然也抢着与解放军的“大本布”勾过手指头。作为那次忘年交的纪念，“大本布”李狄三送给她两颗水果糖，是她平生吃的最香甜的食品。事过十五年，父女俩仍然清晰地记得许多解放军官兵的模样，甚至能指出那座座坟茔的死者生前是班长、饲养员或医生。面对眼前一个个忠于职守、在风雪高原上孤军奋战的先烈英魂，我心潮起伏，久久不能平静。我怀着崇敬的心情写出一份《关于李狄三等烈士墓的调查报告》，呈送阿里军分区和参加自治区成立庆典的中央代表团。年底，军分区指派先遣连后续部队参谋马占山手持这份报告中的附图，将牺牲者的遗体全部迁葬到狮泉河烈士陵园。有幸走访阿里的朋友们，当你乘车转悠圣山圣湖的时候，当你为狮泉河新城霓虹闪烁的夜景激动不已的时候，请你登上城北的烈士陵园，向安眠在那里的李狄三和他的战友们深深地鞠一躬吧。他们用自己的生命和坚忍不拔的精神，为西藏解放和祖国统一书写了最壮丽的篇章。

五

我无缘与李狄三见面，他却是我心目中一面永远飘扬的红旗。他总是那么高大、魁梧、智慧和坚强。战友们一个个都病倒了，但李狄三作为先遣连的顶梁柱是不会倒的，虽然在给巴利祥子送葬的不长的路上，他两次摔倒。通讯员曾自修要搀扶着他走完去墓地的路程，李狄三把他推开了，生气地说：“我身体比你结实!”

党支部的委员们不敢说，但心里都很明白，经过进军和驻守阿里半年多的艰苦磨难，这位先遣连体质最棒的人身心交瘁，已经大不如前了。尽管噶本政府与解放军签订了五项协议，只不过出于他们在军事上无法与我们较量，并没有要真正执行。拉萨的一个分裂主义者的头目不是说过吗？“饿肚子比打胜仗更难受”。他们正在观望，看共产党的部队还能坚持多久。

扎麻芒保的坟墓越来越多，是一个无法隐藏的事实。噶本政府当然是知道的。有天，一个马本跑到先遣连驻地，假惺惺地说十分关心解放军“大本布”（首长）的健康，要向“大本布”表示慰问。其时李狄三已经病倒在床，连长和指导员告诉马本：“我们首长工作正忙，你有什么要事可以和我们商量。”马本什么事都没有，却东扯葫芦西扯瓜，就是不肯走，很显然是想看看大本布“工作”到底有多忙。正在连长和指导员为如何打发客人发愁的时候，李狄三掀开门帘大步流星地闯了进来，与马本寒暄时嗓门提得很高，握手时分外有力，一副威武健壮的军人模样。

马本灰溜溜地告辞走了，李狄三却昏了过去，面色苍白，额头上汗珠直冒。大家扶他上床睡觉，衣服半天都脱不下来，这才知道他的两腿已经浮肿流脓，渗出的汁液把绑腿都湿透了。他一直靠着绑腿的支撑在行走。为此，连部对李狄三的通讯员进行了最严厉的批评，通讯员委屈得哭了：“是李股长不让我讲呀。他说，这是革命的非常时期，必须绝对保密。”

从那天起，党支部也“以革命名义”开始限制李狄三的活动，但李狄三坚持“生命不息，战斗不止”，仍然每天到各班与战士谈心，检查备战工作。无奈，只好在李狄三卧室通往班排的路上牵一根绳，让他扶着绳子去与官兵见面。夜深人静的时候，他就伏在床头写日记，把了解到的阿里社会情况、敌情和对阿里工作的设想记录在笔记本上，作为对党和祖国的汇报。他可能已经估计到，自己等不到亲自向上级首长汇报工作的那一天了。

漫长的冬天终于过去了，昆仑山冰融雪消。1951 年 5 月 6 日，骑兵二团副团长安子明率领包括医生在内的后续部队二百八十人，急速向阿里进发。先遣连得到消息，营地一片欢腾，党支部连夜研究迎接大军到来。李狄三更是精神焕发，布置会师事宜，组织炊事班烤制馕饼，指挥战士排练节目。他还取出那支很久没有用过的竹笛，一心要在联欢晚会上吹奏一曲河北民歌，正像他在一首歌词中写的：

进军藏北先遣连，
不怕苦来不怕寒。
寒冬将退阳春到，
坚持会师边防线。

等待后续部队的那些日子，李狄三每天早晨一睁开眼睛，就要电台送电报给他看，真是在扳着指头度日。后续部队过了昆仑，到了埋衣山，到了两水泉，到了扎保！5 月 25 日，安子明给李狄三发来一份电报："将于明日中午到达扎麻芒保。"日夜盼望的这一天终于来了。李狄三多想站在欢迎队伍的最前头，去握握安子明首长的手啊，可是他硬挺着身子，手脚就是不听使唤。李志祥指导员劝慰他："你就别折腾了，安副团长马上就会来看你。"

会师的场面十分热烈，大家唱啊哭啊，握手，拥抱，激动得颗颗心都快跳出来了。但安子明副团长最挂念的仍然是他心目中的铁打金刚——李狄三，"你们李股长在哪儿?"得知李狄三躺在床上，他立即摆脱开欢迎的人群，大步流星直奔李狄三低矮的小土屋。

看到老首长安子明，李狄三激动得想笑，但脸上的肌肉已经不听使唤，脖子微微扭动着，似乎是想坐起来与首长交谈。安子明轻轻扶起他，李狄三就势从枕头底下取出一个日记本，用颤抖的双手送到安子明的手上。李狄三的嘴角蠕动了好一阵，却说不出一句话来。安子明理解他的心情，对着他的耳朵大声说："老李，你已经完成了党的任务！和平解放西藏的协议签订了!"听到这最后一句话，李狄三努力蠕动的嘴唇松弛下来，安详地闭上了眼睛……

这是中国当代革命史上的奇迹!

下边列举的一串数字格外意味深长——

先遣连官兵进藏时一百七十三人，在大雪封山以后，先后牺牲五十六人，为全连总人数的百分之三十二点四。

扎麻芒保的海拔高度是五千五百米，而西方生物学家把海拔五千米的地区列为“生命禁区”。

从先遣连进驻扎麻芒保到与后续部队会师，总共经历二百七十三天，其中被大雪围困、断绝一切后勤供应的情况下，在荒原上生活了二百四十天，仍然不折不扣地完成了党赋予先遣连的进藏任务。

1951年5月23日，和平解放西藏的协议在北京签订。

1951年5月26日12时07分，后续部队胜利抵达扎麻芒保。

1951年5月26日12时12分，李狄三亲手把进藏笔记呈交给安子明。

1951年5月26日12时15分，李狄三安详地闭上了双眼。

多少年过去了，阿里军民还念叨着先遣连和后续部队会师那激动人心的时刻，凝聚着共产党员对西藏和平解放多么坚定的信念，又具有何等强大的生命力啊！

六

1951年5月25日，毛主席签发中央军委训令，命令进驻扎麻芒保的解放军部队继续南进，认真执行和平解放西藏的十七条协议，完成驻守祖国边防和阿里首府噶大克的任务。

先遣连和后续部队经过短暂休整，于6月中旬从扎麻芒保出发，翻过冈底斯山，于29日胜利抵达阿里南部边境普兰宗。普兰宗本和当地僧俗群众四百多人在美丽如画的孔雀河畔举行了欢迎大会，五星红旗第一次在阿里边境城市上空冉冉升起。先遣连开始执行守卫边防的任务。

7月15日，安子明率领原后续部队挥师北上，8月3日进驻阿里首府噶大克。噶本赤门色和门朗巴以及广大群众端着酥油茶、青稞酒远道欢迎人民子弟兵。

解放军出色完成了中央军委和祖国各族人民赋予的光荣任务。阿里历史从此翻开了崭新的篇章。

（写于2001年8月，同年发表于《西藏文学》第6期）

附件：关于李狄三等烈士墓的调查报告

中共西藏阿里分工委、新疆军区阿里支队：

由于采访一篇稿件的需要，我最近对李狄三等烈士的工作遗址和墓地进行了实地考察。现将大体情况报告于后——

李狄三是早在西藏和平解放以前（1950 年）就进入阿里地区的一支解放军先遣连的领导人。这个连队来到藏北草原居民区的北部边缘地带。不久，大雪封山，断绝了与后续部队的一切联系，武器、药物、粮草供应都发生了问题。但是，战士们在李狄三同志的领导下，遵循着毛主席的伟大教导，发扬我军高度的革命英雄主义精神，忍受着严重的高山反应，在风雪严寒之中修建了过冬营房（房屋地窖），猎获野马充饥，并且在西藏地方政府的重重封锁和威胁下，开展了最早的群众工作，在阿里高原上点燃了第一支革命火炬。不幸第二年 5 月底，后续部队赶到这里的数分钟后，李狄三同志就与世长辞。其实，就他的身体状况来说，是活不到这一天的，他之所以不早不迟死在这个时候，表现出一个共产党员顽强的革命斗志。

李狄三等烈士的事迹，在阿里农牧民中影响极大，左齐同志的革命回忆录《李狄三》受到西藏干部职工的欢迎。曾经有一段时间，我常常听到这样的话："看看李狄三的工作环境，我们现在的苦实际上并不苦。"先遣连的英雄事迹早已成为西藏特别是阿里进行"长期建藏"教育的最好教材。

我很早就有访谒李狄三等烈士墓的渴望，但一直苦于找不到这个地方。我曾经找过许多参与李狄三烈士葬仪的同志（地方干部和部队官兵），他们大都记忆模糊，只知道在藏北草原，却说不清楚具体地址，再加之行政区划的变动，都难指出一个具体地名。我访问过一些当年的地方头人和他们的子女，可能当时确实未曾与先遣连有过密切交往，或者还存在着某些顾虑，都一再强调那是在昆仑山下一片荒无人烟的无人区。关于烈士们的业绩，他们只记得解放军首长宴请过当地头人和附近牧民的代表，端出来的菜肴竟然是野马肉。头人们很不习惯，宴会后不得不去河边漱口……我后来访问了当时的牧民群众，他们对这次宴会印象很好，说待客的菜肴特多，味道不错，是一生中从未见闻过的佳肴。

7月，我采访改则县首届人代会，重点询问了来自昆仑山下的部分代表，打听当年先遣连进藏时的情况。令我喜出望外的是，先遣连虽然离开改则十多年了，那里的牧民还深深怀念着他们。对于先遣连在那里的开拓工作和做过的许多好事，至今记忆犹新，了如指掌。李狄三等烈士的墓地虽然远些，却都是牧民经常游牧居住的地方，距今改则县城只有四五天马程，如果从物玛区委出发，骑马两天就可以抵达先遣连最后定居的扎麻芒保（当地称之为江索郭）。当然，要抵达先遣连当年的物资储藏地和牧马场，就还必须再往北走五六天才行。

改则县人代会结束后，我立即去物玛区委准备口粮和马匹，得到区委书记唐振华同志的热情支持，并主动提出与我同行，还指派一位藏族女干部担任翻译。我在人代会上访问过来自日甲乡的贫苦牧民协会主任塔尔巴，他是李狄三进藏后结交的第一批藏族朋友，答应会后陪同我收集有关先遣连的故事，沿着先遣连的足迹走一趟，瞻仰烈士遗址和墓地。塔尔巴忙于传达人代会精神，会后就回江索郭去了，正巧塔尔巴的女儿次仁卓玛（现在是日甲乡的副乡长）来区委办事，很乐意带我们去找她爸爸。看来我这次的昆仑之行，得天时，得地利，得人和。但愿事事顺畅 。

我们四人策马北行，第一天还能找到几顶帐篷过夜，第二天就很难见到人烟了。适值仲夏，雨水好，牧草长得快，是牛羊抓膘的黄金季节，牧民搬迁也快。我们傍晚到了江索郭，只看到几堆燃烧过的牛粪灰，根本没有人畜的影子。次仁卓玛断定塔尔巴和放牧组今天早晨刚走，她熟悉牧民们游牧的传统路线，肯定他们赶着牛羊往西北方向的纳如巴草场去了。纳如巴距江索郭还有一天半的路程。于是我们马不停蹄地往纳如巴奔驰，终于与塔尔巴相会。在塔尔巴的带领下，我们走访了冲东、洞姆卓里（属于甲措乡）、扎保纳、如巴、江索郭等先遣连驻过的草场，访问了解放军最早接触过的牧民，听到许多感人至深的故事。牧民们引导我们一一瞻谒了先后牺牲在改则草原上的烈士墓地。

烈士墓大约有四十多家。由于牺牲的时间和地点不同，分别埋葬在四个地方。

最早的墓地在纳如巴。据说有两具尸骨，是牧民所知道最早牺牲的两个战士，合葬在同一个帐篷坑里。从左齐将军的回忆录推算，蒙古族战士巴利祥子的遗体就应该是葬在这里。

最大的墓葬群在江索郭，其中又分为两处。一处在营房东南约一百米远的小山坡上。据塔尔巴说，他当时就住在附近，常常给解放军运送柴火、与“本布拉”（长官）聊天，这里曾埋葬有十余位烈士，是后续部队到来之前牺牲的，而以藏历新年前后牺牲的最多。先牺牲的坑挖得深些，到了隆冬腊月，土地已经冻结，战士的体力也消耗很大，后来牺牲的大都只能平地安葬，上面盖上一层沙土了事。随着十余年的风吹雨打，墓土风刮坍塌得厉害，尸骨暴露于野，狼狗争食，前几年已经只剩下了骨头。我这次去的时候，连骨头也已经看不到了。

第三处墓群在营房以东约四五百米的地方，据说安葬有大约四十位烈士，大部分是后续部队到来后安葬的。因为先遣连和后续部队从这里开往普兰边防前哨时，先遣连部分体弱的病号在这里留守，同时担任剿灭从中亚逃窜来的土匪的任务，有的陆续牺牲在扎麻芒保，也属于平地安葬。其中有两座坟墓垒砌得较高，上面还盖了一些石头，可能属于部队长官的墓。但其中有一座石头墓也已坍塌了一半，暴露在外的部分尸骨已经被野兽叼走，另一半在土中的可能还保存着。我和唐振华、塔尔巴已经从附近搬来一些石头把残缺的部分掩盖起来。据推测，李狄三的坟墓应该就是这两座石头坟茔中的一座。其他平地安葬的坟墓与前述墓地一样，去年尸骨尚暴露在外，而今已经没有了。

上述两处墓群周围，可以看见许多黄军装的布片，残破的军帽、毡靴、皮带和扣子等烈士遗物。

第四处墓地在噶东，噶东过去处于扎保和廷空两个部落的交接处。先遣连决定在扎麻芒保过冬以后，就把比较瘦弱的战马安置在这里放牧。有两座坟墓，一座在小河边，尸骨尚存一半，清晰可见，我们已把残缺的部分盖好，一座在它南边稍远的地方，用石头垒成，保存得比较好。据当地牧民说，这两位战士当时负责在这里牧马，因病牺牲于此，故而就地安葬。

根据以上调查，我不揣冒昧，提出如下处理意见：

烈士们进军阿里，抗风雪，忍饥饿，为了祖国的统一和阿里的解放，艰苦奋斗，献出了宝贵的生命。后来人根据民族习惯妥善处理他们的遗体，是理所当然的事情。民主改革以前，限于当时的条件，我们无能为力；民主改革初期又无暇顾及。今年（1965 年）西藏自治区成立，明年是李狄三等烈士牺牲十五周年，为他们迁葬建墓，正是好时候；而且烈士牺牲十五年来无人过问，损失相当严重，如果再不引起重视，必将尸骨丧失遗尽；拖延愈久，清楚知道此事的人愈益稀少，迁葬建墓就更加困难，以至无法弥补。——迁葬建墓已经迫不及待。

烈士墓处理得好，是对下一代进行革命传统教育的活教材。事实上，李狄三和他的战友在解放阿里的事业中表现出来的高度的爱国主义情怀，爱憎分明的阶级感情，白手起家的创业精神，不怕牺牲英勇顽强的革命斗志，对后来人具有极大的教育、鼓舞和激励的作用。如果处理不好，势必为反动宣传寻找借口，还会在群众中产生消极影响。

我以为，重建烈士墓应当突出李狄三烈士这个主体，因为李狄三作为一个受人尊敬和崇拜的英雄形象，已经屹立在西藏特别是阿里人民的心中。可惜李狄三的墓地现今已难以精确认定，不知新疆军区是否有这样的档案可查。如果没有，最好找一位活着的战友到实地去看看，与当地老人共同确定下来，争取单独立墓。

此外，烈士墓群最好选择在正修建中的阿里新城——狮泉河镇，而切不可安置在扎麻芒保（江索郭）。扎麻芒保诚然是先烈们艰苦创业的所在，但昆仑山下地广人稀，基本上属于“无人区”，数十年间也不会有太多的居民。无人守护和赡养，也就难以保护墓地，达到对青少年进行革命传统教育的目的。

迁葬建墓显然不是三五个月可以完竣的事情。但是目前迫不及待的事情，我建议分工委立即给改则县委和物玛区委发出明文指示，对李狄三等烈士墓实施保护性措施，内容有三：一、拨出一些钱，估计每月二三十元就够了，对现在的坟墓增盖些泥土和石头，以防狼狗继续偷食尸骨。但是必须告诉保护人员，盖土时不得移动尸骨位置，以便将来派人查找和分辨李狄三的遗体；二、明禁当地牧民在墓地放牧。据说许多烈士尸骨就是被羊群啃吃掉了的；三、确定专人负责经常巡视并向区委、县委和分工委汇报烈士墓的变化情况，并着手收集先遣连当年的群众工作材料。此人最好由塔尔巴担任，因为他最熟悉情况，并且是日甲乡草场管理委员会的副主任。

个人思想水平有限，识力浅薄，以上报告难免谬误。我之所以要超越工作范围提交这份调查报告，为领导处理此事提供参考，实在是难以控制自己对革命先烈的崇拜之情。因为我已经从他们身上汲取到极大的精神力量，也希望有更多的人从他们那里得到教育。这是烈士们遗留给我们的一笔取之不尽、用之不竭的精神财富啊！

让李狄三和与他同期牺牲的战友们千秋万代活在阿里人民心中，活在亿万革命后来人的心中。

李狄三和与他同期牺牲的烈士们永垂不朽！

阿里记者站　李佳俊

1965 年 8 月于昆沙

寻找英雄路漫漫

——回忆采访阿里先遣连的前前后后

2003 年春天，突然接到焦增刚打来的长途电话，邀请我去西安参加阿里老战友的一个聚会。可能感到我话语中有些犹豫，便一再告诫我说："老李，千万别错过了这次机遇，你终于可以见到先遣连的老英雄李子祥了!"——李子祥还活着?! 猛然间，一个高大而又朦胧的影子在我眼前升腾起来，既令人崇敬，又让人无比惊喜。西安聚会是不能不去的了。

二十世纪六十年代，我受阿里骑兵支队的委托创作大型话剧《冈底斯英雄》，曾沿着先遣连从新疆和田进军阿里的路线收集素材，访问了许多当年接触过先遣连的藏族牧民、地方头人和熟悉先遣连的解放军官兵，听到许多可歌可泣、感人至深的故事。随着采访的一步步深入，我越来越渴望能亲自拜访先遣连的当事人，特别是党代表李狄三、指导员李子祥、连长曹海林（回族）、特级战斗英雄兼副连长彭青云，还有神枪手巴利祥子（蒙古族）、三排长斯拉夫（哈萨克族），都是作品中不可或缺的主要角色。遗憾的是，先遣连花名册上的一百七十三名官兵中，李狄三、巴利祥子等五十多名官兵已经安眠在藏北草原上，其他英雄或者因身体不适过早地复员回乡，或者受各种政治运动的冲击离开他们热爱的部队，已经无从查找和拜访了。在西安聚会上，李子祥当然不认识我，但从他苍老的面容和胸前那排已经生锈的勋章上，一下子就认出了他。冲上前去拥抱我心中的英雄，任思念的泪水在脸上奔流，“老英雄啊，我找你找了整整四十年啦!”

开启记忆的门扉。围绕创作《冈底斯英雄》的历史遗憾和漫长岁月的苦苦追寻，许多尘封的往事争先恐后地浮上心头——

一

1964 年 3 月，我参加工作后的首次休假刚刚结束，广播电台编委会通知我，为了加强对遥远阿里的新闻报道，《西藏日报》和西藏人民广播电台商定在那里成立联合记者站；鉴于我还年轻，且具备独立采访的能力，决定派我去阿里采访并建立记者站。所谓“记者站”，就是派驻记者带上户口和组织关系到阿里报到，接受地方党委的领导；所谓“联合”，就是所写的稿件必须同时分发给报社和广播电台两家新闻媒体使用。当时两家新闻单位都人手短缺，每次只能派出一个记者，下一次由报社派人来轮换我的工作。——不料两年后兴起的“文化大革命”打乱了所有工作秩序，再也没有人想起和履行当年的轮换协议，一直等到 1968 年 11 月也没有人来轮换我的工作，我只好卷起被褥行装回到拉萨，那是后话了。

对于在阿里度过的艰辛岁月，我始终无怨无悔。当时阿里首府噶尔昆沙，堪称全国最精简、最玲珑的城市，大院套着几个小院，党政军工商，还有一所正儿八经的小学，加在一起共有四百多人。而麻雀虽小，却五脏俱全，上传下达，一切都运转正常自如。居民大都很年轻，共青团阿里分工委显得格外活跃。我那时还是一个共青团员，团分工委组织的各种活动是必须参加的。1964 年庆祝党的生日，团分工委邀请骑兵支队翻译股长马占山给青年报告先遣连进军阿里的英雄模范事迹，李狄三和他的战友为解放阿里人民所付出的牺牲，崇高的爱国主义情操和革命英雄主义精神，使我心灵受到巨大的震撼，也为我在阿里的采访报道寻找到了鲜活的时代主线，这一切让我激动得彻夜难眠。

翌日凌晨，我继续整理马占山的报告笔记，并对照左齐将军撰写的回忆录《李狄三》，把文章中没有的内容密密麻麻地增添进去，把事件和细节有出入的地方画上红线，以提醒我进行核查。正巧，阿里分工委书记兼阿里骑兵支队政委刘少稚来记者站看我："小李，你在忙什么呢?"地区最高领导到干部家里聊天在阿里本来是很寻常的事，但我这个初到阿里的年轻记者仍然有些惊慌和尴尬。卧室不到八个平方米，仅容得下一把折叠椅。我立即起身让座，忙不迭地整理杂乱的被褥。刘政委却哈哈笑："别做样子了，文人嘛，不修边幅是正常现象。"平平常常几句话，一下子让我从尴尬困境中解脱出来。转过身，客人正专心致志翻开左齐将军的回忆录，对我在书眉和字里行间书写的毛毛虫一般的小字表现出浓厚的兴趣，于是我谈起对先遣连英雄的崇敬和阿里采访的新思路。政委对此极为赞赏和支持，很乐意在有机会的时候引荐我采访左齐将军。左齐是他的老首长，不但文学造诣很深，而且是一位有名的书法家。——我曾在政委办公室墙壁上见过左将军赠送的一幅墨宝，疏密自如，刚劲有力。因为战争中失去右手，只能用左手书写，其左手书法堪称中国一绝。我们聊天的话题很快从左齐的散文和书法转向文学，他得知我毕业于云南大学中文系，是当时阿里干部花名册中唯一的一个文学科班生，希望我为阿里创作一部歌颂先遣连英雄事迹的大型话剧。这时我才知道刘政委曾在新疆担任过部队文工团政委，对文艺工作情有独钟，调阿里不久就打听到地方干部中有不少能歌善舞的男女，是从西藏各部队文工团转业来阿里工作的。我隐隐约约感到，刘政委胸中正谋划一幅新的宏图：以演出歌颂先遣连大型话剧为契机，以这批部队转业文艺工作者为骨干组建阿里地区文工团。记者站本来就归属拉萨新闻媒体和地方党委双重领导，刘政委关于创作先遣连话剧的指示，我当然应该服从，也是我乐于遵命的。这就是后来创作并得以在拉萨上演的大型话剧《冈底斯英雄》的缘起。

二

真要实施剧本的创作计划也难。记者站就一个“光棍司令”，我扮演着真资格的“一仆二主”：新闻上为《西藏日报》和西藏人们广播电台提供稿件，行动上则受媒体和地方党委的支配，实际上是“一仆三主”。我粗略估计，创作一部大型话剧从搜集素材、人物构思到完成剧本初稿，起码需要半年时间。如果两家新闻单位半年内见不到阿里的任何消息，我这个“仆人”该如何向三家“主人”交差?

好在剧本没有规定交稿期限，而新闻时间性极强，是可以“一手硬一手软”的。我计划花一年时间以新闻采访为主，结合为剧本搜集资料，待素材完备的时候则集中一个月时间完成剧本初稿。我认真查阅骑兵支队有关资料，访问对先遣连比较熟悉的解放军干部。最大的难题是没能直接采访先遣连的指战员，一个也找不到。掌握材料最丰富的只有马占山，但他是随后续部队进藏的，没有参与先遣连最艰苦时期即生死关头的生活和斗争。文学作品离不开人的行为、思想和感情，而得到的材料只有党代表李狄三、特级战斗英雄彭青云，关于指导员李子祥、连长曹海林，还有李狄三的通讯员曾自修到哪儿去了？我反复询问应该是了解情况的被访问者，回答大都语焉不详或者闪烁其词。只有一人在谈得很知心的时候，悄悄劝告我：“你就不要写他们了吧?”“为什么呢?”“他们犯了错误，是被押送回去的”。我的心脏陡地咯噔了一下，似乎被强行吞下一只苍蝇，哑口无言了。那一夜，我翻来覆去睡不着觉，总在设想：这群背负着解放西藏神圣使命，为解放阿里作出了卓越贡献的英雄们，会违犯哪一条错误呢?一、忍受不了性的饥渴乱搞男女关系？进藏先遣连是清一色的男性世界，每天统一作息，根本没有犯错误的机会。二、贪污受贿？接触的牧民都一贫如洗，地方官员一心要撵走、消灭共产党，更不可能去贿赂解放军官兵。而且当地没有起码的市场，金钱是毫无用处的，部队驻地与家乡相距数千公里的马程，傻瓜也不会去积攒钱财。那么到底出了什么问题？如果是政治问题，这个剧本能不能写下去就该慎重考虑了。在一次随刘政委下乡采访的空隙，我提出了这个疑虑。刘政委笑了："小李，我早就猜到你会刨根问底。"他毋庸置疑地告诉我，南疆军区曾经命名先遣连为"进藏先遣英雄连"，颁发命令给每个官兵记大功一次，至今仍然有效。问题就出在先遣连是在国民党一支起义部队的基础上改编组建起来的，个别指战员会有这样那样的历史问题总是难免的。起义的政策是"既往不咎"，永远都要执行。他们受党的派遣来阿里，模范执行党的政策，把五星红旗插上喜马拉雅，很多人入了党，很多同志为藏族人民献出了宝贵的生命，个个都是顶天立地的英雄汉，难道不该热情歌颂吗？

心中的疑虑骤然烟消云散，剧本构思再次进入积极运转状态。一年中，我结合新闻工作的需要先后走访了当年给解放军带过路、送过信、打过柴火，接受过部队救济和治疗的牧民群众，还去噶尔县索买乡了解原噶本政府组织民兵对抗进藏解放军的种种措施及其派秘书去藏北廷空与先遣连谈判的经过。解放军官兵在进藏途中以自己的模范行动与贫苦牧民建立起来的鱼水深情，有力地打击了上层分裂主义集团的嚣张气焰，噶本政府不得不在《中央人民政府和西藏地方政府关于和平解放西藏的协议》签订前半年率先派出代表和李狄三谈判，在廷空签署了关于解放军先遣连进驻阿里的五条协议。——采访越来越深入、细节越来越生动感人。有关剧本人物、故事和戏剧冲突的构思也越来越明晰了。

三

动笔以前，我极想沿着先烈翻越昆仑山进军阿里的路线去亲身体验一翻。两水泉到底在哪里，扎麻芒保是什么样子，先遣连营房前真有一条小河吗？五十多位烈士的陵园是否有人看守？等等，都让我思念不已。但改则县十二万平方公里，比内地有的省还大，昆仑山下极少人烟，进驻阿里部队和当地牧民对地名称呼大不相同，再加之民主改革后行政区划的变迁，多方打听，都得不到一个确切的指向，始终难以成行。1995 年 7 月，我去改则采访第一届人民代表大会，参加日甲乡代表的小组讨论，意外地听到许多先遣连的故事，并要求拨款培修烈士墓。原来当年先遣连进藏路上设置的几个点分属于今天的改则县和革吉县。从两水泉到扎麻芒保则属于改则县物玛区的日甲乡和加措乡管辖。代表们对先遣连在那里的开拓工作和做过的许多好人好事至今记忆犹新，了如指掌。扎麻芒保是解放军取的名字，当地牧民叫它江索郭，距县城有四五天马程，如果从物玛区委驻地往北骑马两天就可以到达。如果去先遣连的物资储藏地和牧马场必须再往北走五六天才行。

去昆仑山下沿途访谒先遣连遗址和烈士墓是我搜集创作素材最艰苦、也是心灵受到最强烈震撼的一段行程。人代会结束后，我立即乘车去物玛准备坐骑和口粮，得到区委书记唐振华的热情支持，并主动提出与我同行，还指派藏族女干部扎西卓玛担任翻译。日甲乡的人大代表、贫苦牧民协会主任塔尔巴是李狄三进藏早期结交的牧民朋友，答应会后陪同我进行这次走访，因他急于向牧民群众传达人大会议精神，商定先去江索郭（即先遣连所说的扎麻芒保）等我。我们一行三人三骑，第一个目的地就是江索郭，头天还能看到几顶牧民的帐篷，吃住没有问题。第二天却四野茫茫不见人烟，只有成群结队的野马在我们左右穿插奔跑，速度很快，腾起一溜尘烟，好像在与我们举行一场田径比赛。我们随身都带着武器，唐振华书记是位转业军人，携带的是一支轻便卡宾枪，单发连发两用，我提醒他正是狩猎的大好机遇。不料他对成群的野马无动于衷，漫不经心地甩出一句：“野马肉不好吃，浪费子弹。”我大失所望，无奈地跟着主人往前走。黄昏时节翻过一座光秃秃的山梁，陡然发现一条弯弯曲曲的溪流在夕阳下闪烁着迷人的光斑。大约十几只野羊拥挤在溪流拐弯处嬉戏作乐，长长的犄角黑得发亮。我惊喜地叫了一声：“羚羊!”“别闹!”唐振华书记压低嗓门制止我的吼叫。回头一看，他早已翻身下马，把缰绳递给了扎西卓玛，紧握卡宾枪，弯着腰迅速向溪边移动。一场猎捕羚羊的行动开始了！——在那个年代，尚无保护野生动物的禁令。我随身携带的是一支德国造驳壳枪，也跃跃欲试想跟上去施展拳脚，被扎西卓玛劝阻，不得不留在山坡看管坐骑，轻轻抚摩坐骑的脖子防止它们奔跑、嘶鸣。我凝神屏息注视唐书记的行踪，只见他蹑手蹑脚地接近目标，在距小溪七十米的凹处匍匐下来，架好卡宾枪，但许久没有声息，而羊群却出现一阵骚动。正暗自焦急的时候，突然“呯”的一声，爆发出惊天动地的枪响。羚羊们撒开四蹄迅猛向北方逃跑。令人惊奇的是，唐书记只开了一枪，击中的却是两只羚羊！真是神枪手。我们喜不自禁，就着溪水剥皮，冲洗，头颅、皮张和内脏都扔掉了，只留下八条羊腿分开吊在三人坐骑的马背上，成为我们沿途走访的美味佳肴。其中有两根羊角特直特长，足可做旅行者的手杖，我把它作为纪念品带回了噶尔昆沙。——遗憾的是，第二年我回拉萨开会，正碰上阿里首府迁往狮泉河镇，分工委代我搬家后，羚羊角再也不知去向。当时羚羊角还不像如今这样被视为稀世至宝，我亦不感到多么可惜。

按照与塔尔巴的约定，我们应该在江索郭草原相会，开始正式的采访工作。这天我们抵达江索郭，却只看到几个三石灶和烧过的牛粪灰。正是给牛羊抓膘的黄金时节，估计牧民转移牧场朝西北方向去了。我们追赶到太阳落山仍然看不到一顶帐篷，只好就地熬茶晚餐，就地宿营。于是围绕八条羚羊腿又生发出一场惊心动魄的事件。在荒无人烟的草原上旅行，露宿是很正常的事情。麻烦在我们一行有两个男子汉和一个藏族姑娘，男女紧挨在一起睡觉是很避讳的。扎西卓玛说啥也不肯和我们挤在一起，唐书记更怕事后遭受闲言碎语，不得不任凭扎西卓玛把马被套搬到距我们露营地二十米远的地方睡觉。半夜里，我突然被一阵狼嚎惊醒，陡地坐起来，在朦胧夜色中，发现正面二十米外有十来只狼正在撕扯着什么，定睛再看，似乎是一个人。我吓呆了，断定那一定是同行的女翻译遇难了，忙不迭地大喊救命，“叭叭”的朝天开了两枪。唐书记一跟斗爬起来，不待举起长枪，狼群已经逃窜。这时，右边二十米远处开始蠕动着一个黑乎乎的影子，发出一句脆生生的问话，“唐书记，出什么事了？”是扎西卓玛的声音，显然她安然无恙。我虚惊了一场。多亏唐书记老谋深算，昨天晚上把猎获的羚羊腿搁置在正面二十米远的地方，刚好与两个宿营地形成一个等边三角形，才免去一场大难。拗不过我的一再坚持，女翻译总算把被褥挪到了我们身边。但回想狼群撕扯羊腿那惊心动魄的场面，我的心脏仍然像敲鼓一样咚咚地跳得厉害，一直持续到天明。

翌日，我们与塔尔巴老人会合。在他的带领下，按照先遣连进藏路线参观走访了冲东、洞姆卓里、扎保、纳如巴，江索郭等先遣连遗址，召开牧民座谈会，祭扫烈士墓地。

改则之行最大的收获是深刻体验到先遣连艰苦的自然环境和工作环境。这里海拔高度大都在五千米以上，刚在扎麻芒保扎下根来，就遇到一场罕见的大风雪，封锁了昆仑山口，部队急需的衣物、粮食、药品乃至通讯联络必不可少的电池，每日三餐不可缺少的盐巴都运不上来。如果继续前进，翻越冈底斯山进入人口相对较多的噶尔河畔，自然环境和生活环境就能得到大的改观。适逢昌都战役以后，中央为争取西藏问题的和平解决，命令各路进藏部队停止前进，就地开展群众工作和统战工作，宣传党的民族政策，无疑成为对先遣连官兵生命和工作的严峻考验。许多人得了高山病，战士们在物资供应极其匮乏的情况下，先是煮马料当饭，接着狩猎野马充饥，用兽皮补缀军衣遮挡高原风寒，忍受着病魔的袭击，雪盲，头痛，水肿，党代表李狄三两条腿肿得无法脱下棉裤，靠拉着牛毛绳到各个班去鼓舞士气，一直坚持到来年 5 月，迎来了和平解放西藏的曙光，为解放祖国大陆的最后一战画上了一个圆满的句号。全连一百七十三名指战员，先后有五十六人安眠在藏北草原上。这是一场没有硝烟的战斗，却是在特殊的历史时期，举世罕见的特殊自然环境和社会民族条件下进行的一场最为艰苦卓绝的斗争。先遣连的先烈们以共产党人严密的组织纪律性，以中国人民解放军不屈不挠的英雄主义精神，用生命和鲜血在昆仑山、冈底斯山和喜马拉雅山脉谱写了一曲气壮山河的凯歌。

四

改则之行在新闻上的收获是发出一篇通讯《踏访先遣连英雄的脚迹》，书写日甲乡和加措乡群众对先遣连的深切怀念，以高昂斗志建设社会主义新西藏，牧民生产生活发生了翻天覆地的变化。同时给解放军阿里骑兵支队和中共阿里分工委送交了一份《关于李狄三等烈士墓的调查报告》。我之所以要超越自己的工作范围书写这份调查报告，是因为受到先遣连英雄事迹的强烈震撼，而五十六位烈士墓地的残破景象与后人对他们的尊崇极不相称，应当引起高度重视。报告中，我慎重要求对现存墓地尽快采取保护措施，并建议待狮泉河新城竣工后将烈士墓迁往狮泉河镇，以供人民瞻仰和祭奠。9月底，西藏自治区正式成立，中央代表团阿里分团来噶尔昆沙慰问，得知我写过先遣连烈士墓调查报告，便派秘书来记者站要我抄写一份带到北京。

第二年4月，我结束在改则县的采访活动，搭乘便车返回噶尔昆莎的途中，突然被迎面而来的一辆军用卡车拦住，跳下来的军人是翻译股长马占山。"老李，我正要去改则接你哩。"马占山告诉我，他奉命专程去昆仑山下迎取先遣连烈士的遗骨，货箱上装满了新制的木盒，已决定在狮泉河镇为烈士修建新墓。他出发前反复阅读了我给骑兵支队呈送的烈士墓调查报告，希望我加入收集和迁移烈士遗骨的队伍，共同完成这项艰巨而又光荣的任务。我当然很乐意再去昆仑山下履行为烈士迁墓的夙愿，但是又刚刚接到记者部电报，要我尽快赶回拉萨参加自治区即将召开的活学活用毛主席著作大会的采访。一年多没有见到媒体领导，更急需汇报工作，了解宣传动向。踌躇再三，我不得不婉言谢辞了同去昆仑山下的邀请。分手时，我建议马股长务必尽可能分辨出党代表李狄三烈士的墓地，以便为这位先遣连的头号英雄人物单独竖碑立墓。至于其他烈士，据我调查的情况已经很难一一确认，恐怕只能建立集体墓葬了。——这就是今天狮泉河镇北山坡上先遣连烈士陵园的缘起。为我景仰的先遣连烈士的墓地搬迁尽微薄之力，也是我作为后来人敬献给先烈英灵的一束小花。

五

在我学习、宣传先遣连的总体计划中，烈士墓的走访、调查不过是一个小小插曲，更繁重的任务还是写好大型话剧《冈底斯英雄》，完成我对刘少稚政委的承诺。从昆仑山回到噶尔昆沙，在澎湃激情的驱动下，一夜之间草拟出一份人物表，头号英雄无疑是李狄三，但为了给创作更多虚构的空间，更名李洪山。为便于表现军民关系，又将军医改成维吾尔姑娘阿拉尔罕。估计一号男主角的名字不会有多大争议，但凭空给先遣连“派来”一个女兵，心中不免忐忑。我特意征求刘政委的意见。他思索良久，笑了笑，竟然表示理解我创作的苦衷：“是呀，舞台上清一色的男子汉，气氛很难活跃起来。——先遣连本来就有维吾尔战士，阿拉尔罕也不是空穴来风嘛。”我十分欣喜，话剧可以进入分幕写作了。

真是好事多磨。回到久别的拉萨，全国已经拉开了“文化大革命”序幕。先是批判“三家村”，紧接着传达江青在部队文艺座谈会上的“重要指示”，给我的印象是所有文艺作品，特别是戏剧电影都会变成一个个即将引爆的地雷，让作者糊里糊涂陷入灭顶之灾。作家人人自危。我不得不听从朋友的劝告，“三思而后行”。整个社会都乱了，“破四旧”，斗“走资派”，接着是没完没了的派性斗争，浪费了大好光阴。

1974 年，文艺工作似乎有了一些松动的迹象，创作《冈底斯英雄》的梦在我心头复苏了——反正也没有事可干，正好用写作消磨时光。我自己都感到惊奇，写作竟意外的顺利，只花了两个月就完成了剧本初稿，读了读，好像不是我在编写剧本，而是李狄三把我引领到昆仑山下那艰苦而又辽阔的舞台接受教育，自己都激动得热泪盈眶了。于是边改边抄，大胆地将剧本送给了西藏话剧团。那时代，初创的文艺作品对领导来说，无异于捏着一枚燃烧的煤球——又爱又怕。

话剧团把剧本呈送给自治区党委主管宣传文化工作的书记、军区副政委封克达，封克达因进藏较晚，又转送给自治区党委书记、军区司令员陈明义征求意见。陈明义对先遣连的悲壮故事了如指掌，认为剧本大方向不会错，指示军区和地方文工团联合演出。鉴于先遣连归新疆军区领导，为慎重起见，两位领导决定由我带队，加上西藏话剧团派来的导演盛励和军区文工团一个姓卢的演员，一道去阿里和新疆征求意见，修改和送审剧本。出发前，陈明义司令员、封克达副政委召集我们三人开会，要求我们虚心听取阿里部队意见，广泛搜集素材，认真修改剧本，务必做到万无一失。同时对我们沿途的生活做了细心安排，使我们深受感动。

六

我们这次走的是拉（萨）普（兰）公路，即从日喀则经普兰到狮泉河的南线。在阿里记者站工作期间，往返都是走的新藏公路和黑阿公路，走拉普公路还是头一遭。曲水、江孜、日喀则、拉孜属于人口密集的农区，过了仲巴县人烟就越来越稀少，沿途没有饭店，没有旅社，全靠自己做饭，晚上只能在草原上野营。好在仲巴边防团给我们配备了足够的罐头和压缩干粮，大家都有吃苦的思想准备，再加上导演盛励和部队文工团的同志首次领略到草原风光，情绪很好，一直处于亢奋状态。过了马攸木山口就进入阿里地区，路上绝少牛羊和行人。在仲巴，部队首长曾告诉我们，这里紧靠尼泊尔王国，境外的木斯塘山谷集结了大批逃亡那里的西藏叛匪。尼泊尔正调集大批军队围剿和驱赶他们，可能会碰上叛匪回窜，叫我们一路上务必小心。开始我们并不在意，后来发现偌大的草原竟然看不到一头牛羊，便有点紧张了。果不其然，汽车抵达普兰县霍尔区委驻地，二十多个民兵和解放军战士个个神情严肃，里里外外奔忙。方知昨天晚上刚与回窜叛匪进行了一次激烈交锋，赶跑了叛匪，缴获了被抢的牲畜，也牺牲了两位同志。大家正忙着办理丧事。好几天没有吃到热热的大米饭，来区委驻地原本想讨一顿饭吃。此时此景，主人没有心思款待客人，我们更不好意思提出吃饭的要求，寒暄了几句就继续赶路。

黄昏时节到了巴噶区，干部和民兵也是严阵以待，防止叛匪骚扰。我们要了几杯开水，仍然用干粮充饥。站在区委门口，前面是白雪皑皑的著名神山冈仁波齐，房后是碧波万顷的圣海玛旁雍错湖。听我这么一介绍，两位伙伴骤然来了精神，一起来到神山脚下朝拜、摄影，一路颠簸的疲劳，霍尔给我们的抑郁不快都一扫而光了。

当天晚上抵达门士，喜出望外的是，见到了原阿里行署办公室主任、有名的实干家李德普。这位阿里地区的“走资派”最近落实政策，被任命为门士煤矿党委书记，雄心勃勃，一心要在这里大干一场，结束阿里干部职工以树根和牛粪煮饭、取暖的历史。谈起前几年遭受的磨难，他好像没事人一样，亲自下厨房用高压锅煮了一锅土豆炖牛肉，主食当然是米饭。他还记得我最爱说的那句口头禅——三天不吃大米饭腰杆痛。这是我半个月来吃得最惬意的一顿佳肴。李德普

1974年8月，为修改、送审大型话剧《冈底斯英雄》，笔者和西藏话剧团导演盛励（右）去普兰采访先遣连事迹，与县委书记胡国清（中）合影。

来自黑龙江省，进藏后一直单身生活，记得当年在噶尔沙就常常邀我去家里“改善生活”，事事都亲自动手。自己用白铁皮和红柳棍制作的饭铲，喜欢炖红烧老鹰肉吃，表现出东北人的粗犷和豪放。对我像对小弟弟一样，关怀备至，让我终身难忘。

回到久别的狮泉河。骑兵支队已正式扩编为阿里军分区。刘政委调走了，去乌鲁木齐担任新疆军区后勤部政委。主持阿里军分区工作的是司令员阎长发，同时兼任地委书记和地区革委会主任，对我创作《冈底斯英雄》的事早有所闻，十分支持我的工作，委派参谋长道志仁召开了剧本讨论会。大家一致赞赏剧本再现了先遣连胜利进驻阿里的英雄业绩，希望尽快搬上舞台，让先遣连的英雄主义精神世世代代传下去。争论的唯一问题是先遣连没有女兵，女医生阿拉尔罕是否能够成立。盛励导演竭力为我辩解，认为艺术真实不完全等同于历史的真实，解放军从建军那天起就有许多女兵，为民族解放事业和新中国成立立下了丰功伟绩，是不该被忘记的。道志仁参谋长的思路也豁然开朗起来，侃侃谈起他爱人阎家琼就是十八军最早进藏的女文工团员，二十世纪五十年代又和其他女兵一起转战阿里，与阿拉尔罕的经历极其相似。先遣连由七个民族组成，有汉族，还有维吾尔、哈萨克、锡伯、蒙古、回族等少数民族。还有人说起连长曹海林的妻子就是维吾尔族，是1952年骑骆驼进入阿里最早的女战士之一。意见逐渐得到统一，阿拉尔罕在《冈底斯英雄》的舞台上有了坚实基础。

剧本在阿里军分区算是顺利通过了。接着是根据舞台要求，进行广泛的资料搜集工作。我和盛励去改则了解当地服饰和民俗，拍摄风光照片，军区文工团的卢同志要到革吉县盐湖区搜集民歌。改则工作期间，我的老胃病又犯了，天天晚上闹肚子痛，大把大把地吃胃舒平，仍然“舒”不起来，翻来覆去睡不着觉。增加了口服液，仍然不见好转。每天只能靠老朋友牛占林夫妇给我半碗稀饭过日子。真是祸不单行，去革吉县盐湖区收集民歌的卢同志又突然带来口信，说他一个星期没有解出大便，心慌得厉害，区里没有医生，要求我们火速救急。于是我和盛励草草结束改则的资料搜集工作，忍受着肚子疼痛的熬煎，携带着医院开的两瓶便通，匆匆奔赴盐湖。卢同志像见到救命恩人一样紧紧和我拥抱，激动得哭了。我松开双臂，发现他身体状况比我预料的好，一日三餐照常进食，饭量还不错，生命不会有问题。盛励逗他说：“六天拉不出屎，你小子还敢吃饭，往哪里装呀。”他哭丧着脸说：“人是铁饭是钢，我是在强迫自己吃饭，要不就活不成了。”我们叫他猛吃便通，当天晚上就好了。

我的胃病却没能像卢同志那样凭借两瓶便通就好了，老毛病了，经常犯，全靠药物支撑，饭量一直不好。已经进入深秋，拉萨催促我们必须在严冬前赶回拉萨。我强打精神，遵照军分区的意见对剧本细节进行最后一次修改，以便送南疆军区审查。多亏盛励是一把烹调好手，当了半个多月的专业厨师，总是根据我的胃口用高压锅炖牛羊肉吃，而且大都是熬的稀饭，于是阿里同志给我赠送了一个绰号——“李稀饭”。

去喀什市给南疆军区送审剧本，我曾向宣传部要求访问先遣连的指导员李子祥、连长曹海林。一个干事告诉我，李子祥早已脱下军装，不知去向；曹海林审查后送农垦兵团务农，落实政策时恢复连长职务，但“文革”中又翻出老账，现在说不清楚。他说，你的剧本隐去他们的行踪十分明智，不见面比见面好，见了面会影响你的创作情绪，写了他们在政治上又不好交代。也只有如此了，但心中总留着那份忘不掉、割不断的牵挂和企盼。

七

回到拉萨正是“文革”后期。邓小平同志恢复主持工作，大力整顿交通、工矿和文教，天边出现一线曙光。很快又大叫“批邓”、“反击右倾翻案风”，翻云覆雨，政治斗争进行得如火如荼。文艺写作和演出一直是政治斗争最敏感的神经。尽管阿里军分区和南疆军区给剧本出具了审查意见，具体管理部门仍然左顾右盼，迟迟不敢贸然搬上舞台。表面上的理由是阿里归新疆领导，对那里的情况不了解，还要“研究”。真正的奥秘大家都心知肚明，我也不再去催促了，一直等到“四人帮”垮台。

到了1977年，虽然大部分同志尚在陈旧思想框框的束缚下亦步亦趋，但文艺工作已经开始松动，没有了太多的禁忌。这年是解放军建军四十周年，有关部门才把《冈底斯英雄》提到议事日程，顺利进入排练，作为解放军建军四十周年的献礼演出。西藏日报登载演出广告的当天，《西藏文艺》编辑就来找我，说该剧搬上舞台是西藏文艺界的一件大事，他们要发表作者访问记，还将举行座谈会，刊发座谈纪要。话剧在拉萨连演四场，场场爆满，不时响起热烈掌声。我当然很注意观众的情绪，确实有很多人激动得流泪了。一位在拉萨的阿里干部忙不迭地打来电话感谢我为阿里人民做了一件功德无量的好事。回想刘政委的殷殷嘱托，自己多年来的心血，长途跋涉的疲累，还有妻子病榻旁的精心护理，感慨万千，不胜欣慰。

令人遗憾的是，《西藏文艺》并没有如他们承诺的那样给予热情总结和宣传。演出结束，媒体就开始沉默。事后才有朋友给我揭开谜底。原来在话剧演出的同时，自治区主管宣传的党委书记封克达正在进行交代和审查，据说是“执行了四人帮反动路线”，而正是他派我们去阿里修改和送审剧本的；我回拉萨当天晚上就因急性胃穿孔住院手术，封克达又亲临医院慰问，我自然被列为封的同伙，也得反复交代，商议过什么阴谋，接受了什么礼品，一定要说清楚。而今想起来似乎不可理喻，但切莫惊奇，在老路上走了许多年，经历了那么多运动，要骤然改变思维习惯和工作方式是不可能的。至于是否需要表彰和宣传这场话剧并不重要。关键是我那么做了，按照我的信念、能力和良知，尽心尽力。

八

光阴荏苒，从第一次到阿里算起，年历已甩掉了四十本，我终于在西安见到了心目中的英雄李子祥。2003年冬天，真是心有灵犀不点也通，聚会结束就接到《西藏文学》主编阎振中的电话，说自治区宣传部苟天林部长去阿里检查工作回来，下决心大力宣传先遣连的英雄事迹，指派阎振中担纲，由我协助一道拜访先遣连还活着的所有老战士，撰写一本内容全面、扎实的书。问我身体是否吃得消。我正愁当年创作话剧时没有机会亲自与老英雄一一交谈，退休后能再为歌颂他们的先进事迹尽绵薄之力，当然是求之不得的事，便很爽快地答应了："没问题，我马上与他们联系，你快下山吧。"

我们10月17日飞抵西安。先遣连官兵大都来自西北的陕西、甘肃、青海、新疆和山西等省（自治区）。尽管先遣连官兵在我们心中形象高大，都是响当当的英雄，但是要在偌大区域的亿万人海中寻找这群老头却比大海捞针还难。听说先遣连的报务员姚兴才退休后定居西安，经多方打听才在秦城机器厂职工宿舍找到，讲明来意后，他很遗憾地告诉我们："你们找错了，我虽然在阿里部队当过报务员，却不是先遣连的战士。"原来姚兴才1951年7月配属侦察分队去阿里寻找一条运送物资的新路，却不是先遣连的成员。看到我们失望的神情，他笑了起来："不过你们还算幸运，先遣连真资格的报务员我很熟悉，他叫王惠志，就在临潼县。"第二天，我们在临潼小城曲里拐弯的窄巷里找到了王惠志，相互都有说不出的惊喜。他居住的两间平房极其简陋，不通天然气，空间弥漫着浓烈呛鼻的蜂窝煤味道，与一位为解放西藏建立卓越功勋的离休干部不太相称。但他知足常乐，谈起跟随李狄三股长在阿里的难忘岁月，总有说不完的话题。谈起那么多牺牲的战友，始终怀着浓浓深情。先遣连的电台包括组长、摇机员和译电员总共四个人，有两位战友（一个组长，一个维族摇机员）都相继牺牲在扎麻芒保。当时王惠志也两腿浮肿，吃不下饭，睡不着觉。与后续部队会师后，大部分干部战士去普兰边防前哨，而他已经不能行走，预计三五天内就会与李狄三冥间相会，让他在扎麻芒保"留守"。谁知留守并不轻松，紧接着从新疆窜来一帮匪徒，地点就在今天的革吉县盐湖区，紧挨着扎麻芒保。战事紧急，王惠志被捆绑在马背上携带电台与剿匪小分队同行，到了目的地。正准备与上级联络就遇上敌情，王惠志急忙收拾发报机，哪里还顾得上往马背上捆绑，提着密码本和机器就徒步向山坡上冲刺。战斗结束，指挥员派战士接报务员下山，发现王惠志身上出现了神话般的变化：他的水肿病不治而愈，行走自如了。王惠志得意地告诉我们："我能活到今天，也是战争创造的奇迹，你一定不会相信，我可是亲身领略到了。"

我们接着去乌鲁木齐，在新疆军区第六干修所找到了彭青云。他是四川蓬溪县人，与我老家紧邻，一口流利的川北口音。因为在解放大西北最关键的扶眉战役中英勇顽强，成为全军著名战斗英雄。进军阿里时被指名调到先遣连担任副连长，是今天尚留在部队唯一的一个先遣连成员。我当年搜集的先遣连英雄事迹，李狄三和彭青云的故事最多，早已如雷贯耳，见面时不需要那么多背景交代，可以直接进入主题。"其实我们连都是这个（他竖起大拇指）。不过当时有的同志受到审查或者不应有的处分，谁也不好给你讲。现在，你可以听到他们的故事了……"彭青云1953年作为西藏部队代表去北京参加共青团全国代表大会路经昌都时，李觉参谋长告诉他先遣连连长曹海林等

2003年，重返乌鲁木齐，终于见到了我仰慕多年的先遣连副连长、战斗英雄彭青云，方得知他的老家在四川蓬溪县，和笔者老家是近邻。这是笔者和彭老乡夫妇的合影。

二十多人被审查批斗的消息，怎么都不相信自己那么多好战友会在一夜之间变成“反革命”，坚持要立即返回噶尔昆沙为他们进行辩解，“如果他们都是反革命，我也脱不了干系，哪有资格去见毛主席呢?”李觉参谋长安慰他说：“党是信任你的，出席全国团代会是党分派给你的重要政治任务，你怎么能临阵脱逃呢。噶尔昆沙的事你要放下心来，相信党组织。”这事一直像块石头似的压得他寝食难安，会议期间竟不揣冒昧向总政治部副主任甘泗淇进行申诉：“我愿意用脑袋瓜担保，曹海林绝对没有问题。”甘泗淇将军被这位小小副连长的诚挚和勇气所感动，破例给郭鹏军长挂电话，希望对曹海林案件慎重处理。曹海林等二十多个“叛国分子”被五花大绑用骆驼押送回南疆，抵达喀什那天，郭鹏军长驱车数十公里迎接，跪在骆驼前亲自给曹海林解绳松绑，“老曹，一路上受委屈了!”将军和“囚犯”都泪水长流。场面十分悲壮。

我们在彭青云家看到一张1957年彭青云与连长曹海林、二排长杨福成、三排长斯拉夫、参谋周奎其、班长罗德裕在乌鲁木齐聚会时的一张合影。曹、杨、斯、周均已脱下军装，神情严肃中流露出淡淡的忧郁。我们希望与曹连长见上一面，彭青云说曹海林已于1992年病逝。他原是国民党驻新疆部队的一个连长，1949年起义参加解放军，在进军阿里时吃苦耐劳，勇挑重担，是军事指挥的一把好手。积极学习、认真贯彻执行党的民族政策和组织纪律，增强了作为一个人民军人的自豪感，自觉接受党组织的考验，光荣地加入了中国共产党。我军进入边防后，国外电台不断渲染阿里驻军衣服破烂、吃野驴肉充饥的生活困境，鼓动解放军逃到境外去“享福”。当时先遣连没有收音机，对反动宣传当然一无所知。1953年开展“三反”运动，曹海林和其他起义人员自然成为首批被怀疑的对象，于是有人构想出一个先遣连的“叛国集团”，受到残酷批斗。因为查无实据，曹海林与其他被审查的战友被送回南疆不久就落实政策，调到塔什库尔干农垦团务农，仍然担任连长职务。但紧接着是“反右”、“四清”、“清理阶级队伍”、“文革”运动连续不断，一次次地平反，又一次次地翻老账，简单的历史经历变得越来越复杂。彭青云也爱莫能助了。打倒“四人帮”以后，曹海林及其战友才得以洗清历史沉冤，曹海林晋升为副团长。到乌鲁木齐来过几次，参加先遣连老战友的聚会，显得格外兴奋和骄傲。询问他数十年的坎坎坷坷，有两句话让所有人都动容流泪：“当娘的有时会错怪自己的孩子，孩子却不能忘了老娘的抚育之恩”；“尽管天上会有不测风云，党的阳光一定会普照大地”。——所有英雄都有宽广、博大的胸怀。

11 月 3 日，我们去新疆剧场附近的一栋老式楼房拜望二排长杨福成。他爱人马玉莲第一句话就责怪我们来得太晚了。来得太晚了？什么意思？原来杨福成受到曹海林“叛国集团”牵连，也是屡经磨难。但心地坦然，满足于粗茶淡饭，平反后在建材厂当工人刻苦钻研技术，和当年当排长一样干得很欢，能吃能睡，八十岁了还格外壮实。不料三个月前在饭桌边不慎跌了一跤，中风瘫痪，再也不能言语。我们紧紧握住他干枯的手，已经很难想见他当年身挎钢枪在阿里草原上策马奔驰的雄武英姿。我情不自禁地叫了他一声“老英雄”，杨福成激动地哭了，不断发出“呜呜”的声音。我听不明白，马玉莲“翻译”说，是叫我们打开床头柜。床头柜底层珍藏着一个蓝布口袋，我们一一取出摆放床前，一枚解放新疆纪念章，一枚西藏解放纪念章，还有阿里军分区在七十年代整理的一本油印小册子《先遣连介绍》，其中一小段提到了“二排长杨福成”的大名。那本油印小册子的作者可能不会想到，他漫不经心的几个字成了老英雄的传家宝，成了杨福成排长曲曲折折、酸甜苦辣漫长人生最大的慰藉。

听说藏族翻译乔德禄和政工干事陈信之在甘肃省张掖市，我们马不停蹄地赶到张掖，不料陈信之已经去世，却意外地从乔德禄口里打听到李狄三的通讯员曾自修的住址，距他的驻地不远。两人都很健谈，思路清晰，把我们带回昆仑山下的艰苦岁月，讲了两天两夜，硕果累累。曾自修进藏时不到二十岁，年轻，活跃，还有点调皮。参加抢修从普鲁村至昆仑山下的公路，迷上了维族民工一只白毛带黄色条纹的小狗，分别时维族老乡将小狗慷慨送给了他。看来李狄三对这个小战士特别宽容，破例让他把小狗带进了阿里，给先遣连的艰苦生活增添了许多情趣。后来这只小狗在一次剿匪战斗中被敌人打死，他至今痛惜不已。因为一直紧随李狄三左右，对当时发生的大小事件都相当熟悉。进驻普兰边防后晋升为指导员，是先遣连最后一个离开阿里的战士。

乔德禄因为会讲藏话，先遣连的群众工作都离不开他。三十年前我去日甲乡采访，牧民经常提起他的名字，自称是乔德禄最好的朋友。先遣连配备有两个翻译——乔德禄和扎西平措，找向导带路，与头人谈判，调查社情、宣传党的民族政策和和平解放西藏的方针，里里外外奔忙，在解放军和群众之间架起了一座畅通无阻的桥梁。乔德禄调入先遣连后，印象最深的是解放军不拿群众一针一线。到了扎麻芒保，天寒地冻，供应断绝，眼看战士们一个个病倒在床，心痛如刀绞。小伙子脑瓜子灵活，利用与牧民聊天的机会，偷偷怂恿他们到解放军营房兜售酸奶，挽救了许多垂危战士的生命。自己在高原生长，到阿里没有那么严重的高山反应，就是断了香烟心里发慌，就把茶叶

像大海捞针，我们在甘肃省武威市终于找到了先遣连的藏族翻译和通讯员曾自修（左二）、乔德禄（左三）。他们两位也因所谓“叛国集团”屡经磨难，但在两天两夜的访谈中谈笑风生。我们对两位白发老人怀着深深的敬意。

渣晒干代替烟叶，成为先遣连的一大发明。

我们西北之行最后一站是去山西省运城市拜访先遣连指导员李子祥，受到焦增刚的热情接待。焦增刚在阿里度过了大半辈子，1981年内调到运城地区任中级法院副院长，在堆积如山的案例中看到了李子祥的名字。李子祥！不就是先遣连大名鼎鼎的指导员吗？1954年被打成“历史反革命”押解回内地再也不知去向。他专程去闻喜县桐昌镇冯家庄寻找阿里老英雄。

李子祥原在山西做党的地下工作，解放战争参军入伍，与李狄三在同一个连队，李狄三任指导员，李子祥任班长。进军阿里，李狄三从团部调先遣连担任党代表，李子祥任指导员。到扎麻芒保后，上级命令就地扎营，做好过冬准备。因为前方情况不明，两水泉储存的大批物资成为部队在阿里胜败存亡的重要保障，决定由李子祥率领一个加强班驻守两水泉，按时给扎麻芒保运送给养。那里荒无人烟，海拔五千多米，整个冬天都在茫茫白雪的包围之中，晚上睡不着觉。李子祥亲自挖地坑，傍晚烧牛粪暖炕，才使战士们逐渐适应高山生活环境。李狄三很重视，在扎麻芒保推广了两水泉的经验。一次，李子祥来连部开会返回两水泉，途中遇暴风雪袭击，冻掉了两根手指，流血，化脓，始终默不作声，坚持到与后续部队胜利会师。安志明副团长与他握手，才发现手心少了一团肉。“老李呀，你回新疆去治治病吧。”李子祥回答说：“首长，大家天天盼望着守卫祖国边防，现在只剩下一箭之遥，我怎么能打道回府呢？”

李子祥是带着关于“历史问题”的处理决定被押解回乡的。闻喜县是一个老革命根据地，乡亲们对他的“历史问题”像母亲了解自己的儿子一样清清楚楚。多次提出要给他平反，但解铃尚需系铃人，档案文字不能更改。他成了村里一个不收党费的党员。工作有什么疑难请他参谋，邻里出现纠纷都找他调解。因为他资格老，在解放军部队当过“官”，走南闯北，见识广办法多。至于是否还需要找阿里部队平反落实政策，他已经变得麻木，或者说淡薄了，忘却了。焦增刚十分过意不去，提醒他说，如果落实了政策，你就可以参加党的组织生活，享受离休干部待遇，老了生活不用发愁，还可以光光彩彩

先遣连指导员李子祥的历史冤案在内调山西运城市的阿里干部焦正刚的帮助下于2002年得到洗雪，恢复党籍。图为笔者和运城中级法院副院长焦正刚（左一）、诗人阎振中（左二）拜望李子祥夫妇时的合影。

给你儿子找个媳妇。李子祥动了心，请乡里出证明，给阿里军分区和南疆军区写信说明原委，这才引起军分区的重视。司令员李永强亲自登门拜望和调查，并鼓励他撰写先遣连回忆录。这位农民出身的军人像当年接到首长的命令一样，拿起笔开始了一场新的战斗。熬煎六百多个日日夜夜，写出厚厚一摞十多万字的长篇回忆录。我浏览了这些文字，虽然错别字较多，欠缺一些文学色彩，却是目前为止我所看到的对那段辉煌而又悲壮的历史最全面、最权威、最质朴的写照，是一位农民出身的革命军人给后人留下的一份珍贵精神财富。——随着回忆录的杀青，李子祥的历史冤案也于2002年底得以彻底洗雪。我们和焦增刚禁不住举起酒杯向老英雄表示祝贺。

九

11 月下旬回到成都，我们十分自信，加上四十年的现场采访记录和资料积累，对先遣连进藏始末及其与阿里上层、群众交往有了全面了解。只要找到切入点，就可以开始案头工作了。我们商议分阶段做好下列三件大事——

一、汇编《先遣连进军阿里资料集》，收入当时中央领导、解放军部队、西藏地方政府关于先遣连进军阿里的内部文件、有关新闻报道和文艺著作。

二、阎振中担纲、李佳俊协助撰写一本全面、真实反映先遣连英雄事迹的报告文学作品。

三、创作系列电视剧，暂名《极地英雄》。

当然这只是一个初步设想，如此庞大的编写计划，没有自治区党委宣传部的认可和支持是根本不可能的。2004 年春节刚过，阎振中就回拉萨向宣传部汇报和请示。可能振中西北之行太疲累，太兴奋，这位以雪域探秘著称的激情诗人在抵达拉萨的第二天晚上就突发脑溢血，出现语言和行为障碍，连夜送往医院抢救。多亏抢救及时，再加上他爱人的精心护理，振中病情很快稳定下来，3 月份转院重庆继续康复治疗。写作设想不得不搁置到今天。

接通重庆长途，我突然冒出四个字：好事多磨。既是对病中诗人的安慰，也是自己四十年采访先遣连的深切体验。先遣连英雄遭遇诸多难以想象的磨难，能处之泰然而不改初衷才显示出英雄本色。人生不是高速公路，没有立交桥，曲里拐弯才是生活的真谛。有的人遇到波折就气馁，停止前进，有的人虽然坎坎坷坷却始终看准方向从不停下自己的脚步，才是最令人钦佩的！

（写于 2005 年 8 月，同年发表于《西藏文学》第 5 期）

翻身牧民的带头人

在藏北草原中心的改则县，达瓦乡乡长普群才旺很受群众爱戴。

牧民们爱戴普群才旺，不仅因为他连续三年出席全县积极分子代表大会，给达瓦乡扛回来三面闪耀着金字的先进红旗，而且因为他有着一颗为贫苦牧民服务的红心，常年背着带叉子的猎枪，骑着一匹老黄马，驰骋在无名湖畔各个牧场和帐篷之间，热情地为全乡群众办事。

第一次为大伙办事

普群才旺，过去也像达瓦乡旁边的无名湖一样，默默无闻，有的只是支不完的乌拉差役，挨不完的咒骂和皮鞭。1959 年的革命暴风雨，使他变成了新社会的主人。西藏上层反动集团发动的武装叛乱还没有完全平息，工作队就到达了藏北草原心脏的改则县。成百上千户牧民遭叛匪抢劫失去牛羊，生活极端困难，党和政府及时给群众拨来了十万斤粮食和五万斤茶叶。但由于交通阻隔，汽车只能把物资送到距改则县五百多公里的杜加里。牧民们在工作队的领导下，自动筹集了一万只驮羊和一万头驮牛，决心不顾山高路远，把毛主席派人送来的救命粮运回来。可是在临出发时，大家又感到，突然聚集这么多牧民和牛羊在草原上跋涉千里，沿途作恶多端的残余叛匪尚未肃清，必须找一位有威望、熟悉社情和驼畜性能的人来带领大家才放心。马群需要有骏马带头，咱们选个带队的人吧！就这样，普群才旺被推到风口浪尖，挑起了全县民主改革中第一个最沉重的担子，当了运输队长。

为了不辜负乡亲们的信任和工作队的委托，普群才旺背起心爱的猎枪，牵出家里唯一的珍贵财产——老黄马，带领运输队伍出发了。他看到排了好几里路的驮畜群，听着牛马的嘶鸣，内心为乡亲们即将得到粮食和茶叶而高兴，但又为自己肩负的责任担心。他时而跑到队伍前头，告诉大家：前面的路程还远，不要走得太急；时而等到队伍末尾，劝告走得慢的尽量跟上，不要和大伙失掉联系。过河涉水的时候，他一直守候在岸边，等驮畜全部过完。他利用烧茶抓糌粑的机会，同大家一块儿研究如何选择一条水草好的运输路线。晚上，当赶驮畜的群众熟睡以后，他还背起猎枪守护着畜群，防备恶狼侵害或者叛匪骚扰。

运输队顺利地到达了杜加里，不料驮运粮食和茶叶回来的时候，却在尼玛河附近遇到了几个叛匪跑来拦腰截断了运输队伍。普群才旺寻思开枪会惊动牲畜，不打肯定后患无穷，灵机一动，提高嗓门向身边一位赶驮畜的牧民喊道：“你快点骑马到前面向解放军报告！”那牧民心知肚明，连连应承“嘞斯嘞斯”，佯装着加鞭去报信的样子。叛匪听到“解放军”几个字吓破了胆，撒腿就往回跑。普群才旺这才提起猎枪，带领大家追赶上去：快！决不能放过这群坏蛋。于是，他和大家一直把几个叛匪追撵得丢盔卸甲，才返回来集拢驮畜，继续赶路。就这样，普群才旺和伙伴们经过五十八天的长途跋涉，把十万斤粮食和五万斤茶叶一点儿不少地运到改则县。乡亲们看到他们胜利地完成了运粮任务，都热情地围上去，并且一再致谢说：你们为大家办了一件大事啊！

阶级情深

普群才旺在带领大伙运输粮茶中表现出来的勇敢、负责精神，博得了广大牧民的信任。“三反两利”运动以后，他被乡亲们选为达瓦乡的乡长。这时候，中共达瓦区委的领导便及时启发他：革命的目的是为了所有受压迫受剥削的劳动人民过上幸福生活，为了他们的翻身解放，干部要不怕牺牲自己的一切。普群才旺牢记党的教导，时刻把贫苦牧民的利益挂在心上，决心领导并帮助他们发展生产、尽快改善生活。他向贫苦牧民们宣传党的方针政策，优先解决他们生产、生活上的困难。无论走到哪个牧场，都选择贫苦牧民的帐篷住下。有些贫苦牧民感到自己的帐篷太烂太小，要到富裕的人家帮他借宿，他知道后便说：“我也是贫苦牧民，只有住在你们家里，我才能睡得安稳啊！”

有一次，普群才旺在七十多岁的孤老太婆拉姆家里住宿的时候，发现她缺吃少穿，生活十分凄苦，于是积极向上级申请救济粮，亲自把政府发放的一袋青稞给她送上门去。接着，他又和周围的牧民们商量，组织邻里为拉姆拾柴、拣牛粪，经常上门嘘寒问暖，在生活上照料拉姆。他自己每次猎获了野羊、野马，炼出了新鲜酥油，都给拉姆捎去一部分。五年来，普群才旺和其他牧民们始终如一地关心照顾着拉姆，使拉姆感动得热泪盈眶。每次见面，老人都拉着他的手并放在自己的额头上表示感激，普群才旺告诉她说：“您应当感谢毛主席。要不是他领导我们闹翻身，我和您都还在三大领主的统治下受苦哩！”

草场划分到户，自主经营

普群才旺处处依靠贫苦牧民，关心他们的利益。贫苦牧民们也把普群才旺当作知心人，热情地支持他所提出的一些有利于发展生产的措施。达瓦乡草场问题的解决就是一个实例。

“三反两利”运动以后，普群才旺就一心一意地领导群众发展生产、改善生活。他常对大家说：“我们决不能总向国家伸手吃救济粮，应该自己想办法发展生产，出售的畜产品多了，生活才会富裕起来。”但是，由于封建农奴主的长期统治，遗留下来的原始放牧方式严重地影响着生产的发展。牧民们既不修棚搭圈，也没有储备饲草的习惯，每年冬春两季，都有大批牲畜被饿死、冻死。开始时，普群才旺想从改进放牧管理技术入手进行解决，但他无论怎么讲贮草、修圈的好处，贫苦牧民仍然不太热心。有些人直截了当地说：“现在牛羊是我们自己的了，我们当然想修好羊圈，发展生产，但是草场常常换来换去，今年还不知道明年住在哪里，谁愿意白费力气修羊圈呢?”也有些人说：“我们现在的羊多了，可是草场还掌握在大户人家手里，这能发展生产吗?”普群才旺想着全乡的草场情况，琢磨着贫苦牧民们的意见，心里逐渐明确了：多少年来，领主、代理人、牧主、旧头人一直霸占着全乡最好的草场，不许其他人的牛羊进入；贫苦牧民只有看富裕人家的眼色行事，连抓骰子分配草场的权利都没有。这不仅对发展生产极端不利，而且反映了封建农奴制度遗留下来的封建特权还没有完全废除。“对！牧民靠牛羊，牛羊靠草场，要调动大家修圈、贮草的积极性，最关键的问题是必须首先做到合理划分使用草场，依据每户牧民牛羊的多寡，公平合理地得划分草地，并且固定到户，自主经营。”

普群才旺的主张，震动了无名湖畔方圆百十公里的所有人家。广大劳动牧民拍手称赞普群才旺的主张好，说他道出了贫苦牧民的心声。一些较富裕的人家犹豫不决，主张看看外乡的做法以后再说。他们找到普群才旺说：“把草场固定下来，今后不再抓骰子当然很好，但为了照顾原有的放牧习惯，我们目前使用的草场也应该固定给我们啊!”普群才旺听了以后，非常生气地说：“至于这些草场固定给谁的问题，我们应该听听群众说的想法。”

经过全乡牧民一段时间的酝酿，划分草场的条件逐渐成熟了。普群才旺便同其他乡干部一道召开了全乡群众大会。会上，劳动牧民一致赞成普群才旺重新划分草场、固定放牧地点的主张。他们说，现在草场归人民所有了，应该按牛羊多少进行划分。领主代理人和牧主霸占好草场是旧社会的事情，我们不承认他们这种权利。就这样，全乡的草场按四个行政组进行了划分，并且固定了下来，每个行政组也分别按照自己的实际需要，合理安排了四季草场，实行了有计划的放牧，同时都留出一片好草场，作为割贮饲草的基地。

达瓦乡放牧草场问题的合理解决有力地促进了生产的发展，得到了全乡劳动牧民的热烈拥护。在合理划分并固定使用草场的第一年——1962 年，全乡群众就贮了四万斤草。中共达瓦区委表扬普群才旺对草场问题处理得及时，处理得好。普群才旺通过这件事情，也进一步认识到，共产党的干部一定要把贫苦牧民的困难放在心上，才能得到全乡劳动群众的支持，并与他们走上共同富裕的道路。

宣传科学常识　破除迷信思想

阶级斗争和思想斗争往往是交织在一起的。尽管这两种性质完全不同的矛盾像羊毛和羊绒一样难分，但普群才旺坚信只要对阶级兄弟满腔热情，认真学习党的方针政策，就能辨别各种问题的性质，心明眼亮地处理好各种纠纷。去年春天，全乡牧民正忙着接羔育幼的时候，羊群发生了一种传染病，贫苦牧民焦急万分，而个别在民主改革中被收缴了部分牲畜的参叛头人造谣说：“分了别人的牛羊，天神发怒了。”一部分群众信以为真，便请喇嘛念经，跳神求神。普群才旺看到这些情况，心急如焚。他一面向区领导汇报，要求火速派兽医治疗畜病；一面宣传有关牲畜疫病的科学常识，尽力使群众从封建迷信思想束缚下解放出来。他在一次群众大会上对死了牲畜的牧民极表同情，并当场责问一个宣扬“分了别人的牛羊，天神发怒了”的旧头人：“你家病死了多少牛羊?”这个旧头人如实回答说：“死了好几十只了。”普群才旺立即启发群众说：“如果真像有些人说的这次瘟疫是我们分牛羊得罪了天神，那么这位旧头人没有分别人的牛羊，为什么也死了那么多?”有力地戳穿了他的谎言，让在场的翻身牧民心里开了窍，报以热烈的掌声。普群才旺义正词严地说：“牛羊是党和毛主席分给我们贫苦牧民的，只要咱们人民稳坐江山，谁都不能够把牛羊从我们手里夺走。”

但是，千百年来的宗教影响并不是一下能够消除掉的。群众中仍然有跳神念经的。普群才旺一直在想：怎样才能揭穿“天神”的把戏，让群众相信科学呢？当然主要应该靠兽防干部治疗畜病，用事实教育大家，但在兽防干部来到以前，也应该采取些防治牧畜疫病的措施呀！猛然，他想起贫苦牧民协会干部中有一个委员，在旧社会生活无着，曾经跳过神，“三反两利”运动后，他分得了牲畜，早就不干那种骗人的事了。如果能动员他出来现身说法，当然是最好不过的了。曾群才旺走进他的帐篷，说明来意，并且诚恳地问道：“你跳了几年神，看见过神是什么样子没有?”他笑着回答：“我那时虽然口中念念有词，不过是胡说一通，其实我什么也没有看见。那时候，我为了混一碗糌粑吃，迫不得已才干那种事。既然三大领主也说有神，谁还敢说没看见神呢?”就这样，他在普群才旺的教育和鼓励下，在群众面前公开揭露了跳神的秘密，使一部分准备请人跳神的群众也积极护理病畜了。接着，区里派去的兽防工作干部到达了达瓦乡，普群才旺又主动协助他们给病羊打针服药，并专门划出一块草场放牧病畜，教育牧民把病畜隔离开，不让生病的羊和其他牲畜同群放牧、同河饮水。这样，牲畜的传染病很快被控制住了。

秋天，改则县兽防站的干部到了达瓦乡，准备为牲畜进行预防注射。一些牧民不相信预防注射的作用，不愿让牛羊注射。他们说：“好端端的牛羊不需要打针。”普群才旺为搞好牲畜疫病预防工程，不但带着兽防干部到各牧场进帐篷讲解预防注射的好处，而且带头把自己家的牛羊全部赶出来注射，给大家作出榜样。他说：“春天羊生病的时候，还不是全靠兽防干部抓药、打针吗？党从来就是为我们着想的，大家要完全相信政府，相信科学。”在他的教育和带动下，达瓦乡的牛羊，去年秋天大部分都进行了预防注射。今年春天牲畜疫病流行的时候，个别牧户的牛羊因为没注射预防药品染上了疾病，而绝大部分的牲畜却安然无恙。牧民们都说："普群才旺说得对，听党的话一点儿没错。"

走社会主义道路

普群才旺和达瓦乡的其他干部在各项工作中紧紧依靠贫苦牧民，同阶级敌人进行坚决的斗争，并且在领导生产中认真按党的政策办事，大大提高了劳动群众的阶级觉悟和生产热情，使全乡的牧业生产有了迅速发展。"三反两利"运动时，全乡只有九千多头（只）牛羊，现在已经发展到了一万九千多头（只），这还不包括今年接产的羊羔和牛犊。

作为乡长的普群才旺，并没有满足于已有的成绩，他正沿着党指引的道路前进。几年来，由于刻苦学习和实际工作的锻炼，他文化水平提高很快，现在已能阅读藏文书籍和报纸了，并且对读书产生了浓厚的兴趣。白天工作忙，他就在晚上点起油灯，一字一句地阅读着区委书记送给他的《中国共产党章程》和《怎样当好人民的勤务员》。半年多以前，他向区委递交入党申请书时问道："要做一名共产党员，我还应该从哪些方面努力？"区委告诉他："要积极领导牧民群众走社会主义道路。"从这以后，他便认真阅读《西藏日报》，注意学习其他地区有关办互助组的经验，并亲自领导五户牧民在达瓦乡办起了第一个互助组。组员们都不识字，结工分账目有困难，他又主动兼任互助组的记工员，协助组长嘎桑领导互助组。半年多来，普群才旺领导的互助组已先后实行了分群放牧，在天寒地冻的季节修起了又高又厚的畜圈，使牲畜膘情比周围群众的好，初步显示出了互助组集体生产的优越性。牧民看到互助组确实比单干好得多，也纷纷要求组织起来，像普群才旺所在的互助组一样，走社会主义道路。

普群才旺在领导群众发展生产、改善生活的成功实践中越来越感受到组织群众学习文化的重要性。他向大家说："我们要搞科学放牧，走社会主义道路，没有文化怎么行呢？"于是，在他的建议下，达瓦乡牧民们迅速办起了一所民办小学。普群才旺从区人民政府领回藏语文课本以后，一时请不到教员，就自己登台讲课，并在上政治课时向孩子们讲："毛主席是我们的救命恩人，我们要永远跟着共产党，走社会主义的光明大道。"这些政治课的内容是普群才旺临时编写的，也都是他五年来在工作、生产斗争中最深切的体会。

最近，达瓦乡民办小学的校舍建成了，已经入学的孩子从帐篷搬到房屋里上课，小学教员也请到了。普群才旺为了争取有更多的孩子入学，又骑上他的老黄马在各个牧场上奔忙起来了。

达瓦乡的劳动牧民们赞扬普群才旺像一匹带头的骏马，带领着越来越大的马群在草原上不停地奔驰；像草原上不知疲倦的雄鹰，冒着风雪在高空中展翅飞翔。

（写于1964年8月，同年发表于《西藏日报》）

喜看深山革新花

在阿里高原上，喜马拉雅山脉的千峰万壑之中，普兰农村以它特有的姿态引人注目。5 月，噶尔河两岸的牧场还没返青，冰雪也没有融化，普兰农村已经绿枝摇曳、麦田如茵。普兰县农村的自然条件尽管如此之好，但在民主改革以前却是一个缺粮的山区。春天撒下一斗种子，秋天能收回四斗半青稞就算是“丰收”了。

民主改革推翻了三大领主的统治，也解放了普兰农民被压抑了千百年的智慧和生产热情。他们以奋发向上的精神改变着落后的生产方式。最近我在孔雀河南岸的细德乡访问时，就看到了他们进行的一系列新的变革。这里的每一项变革，都经过一场斗争。这是与旧势力的斗争，也是人们思想上的革命。

翻　地

拿翻地来说吧，就有一段曲折的故事。细德乡有两个紧靠着的村子，一个叫洛布，一个叫细德洛。过去都有翻耕土地的习惯。但是洛布村只春耕不秋耕，细德洛村只秋耕不春耕。很多年来，这种习惯好像约定俗成。据说谁要不按这种习惯办事，“神”就会不高兴，土地就长不出庄稼来。但是为什么同一个“神”，对相邻的两个村子要采取不同的态度呢？人们过去从来不敢想这个问题。

1961 年秋天，中共普兰县委有一个工作组来到了细德乡，组长老杨向洛布村宣传秋耕的好处。讲得口干舌燥，农民们还是一个劲地摇头。看到光讲道理不行，老杨最后向群佩老人说："阿爸啦！你如果不信，不妨拿能收获一斗的地来试试。没有劳动力的话，我们工作组负责给你翻地，你只等明年多打粮食就行了。"群佩看见工作组的干部态度恳切，就答应拨出能收获一斗的地来让工作组去"冒风险"。

谁知第二年播种以后，这块秋翻的土地上麦苗儿长得出奇的好，比其他土地的麦秆高出一拳头。秋收季节，乡干部来验收了。这块地上多打出一斗多粮食。看着黄澄澄的青稞，群佩老人喜上眉梢。他见人就讲："老杨的话没错。秋耕比不秋耕强。"并且接连几天到全村各户串门，动员大家也要打破常规，着手秋耕。不少人都说多打粮食总是一件好事情。从那一年起，洛布村开始了秋耕，细德洛村也开始春耕了。

"为什么过去的细德洛和洛布之间会流传着那样一种奇怪的传说呢？"乡长石达最后给我揭开了这个谜底：三大领主向洛布村要乌拉差役，秋天最多；向细德洛村要乌拉差役，春天最多。

犏　牛

细德乡几年来能够坚持秋耕春耕，是与自繁自养犏牛紧紧连在一起的。我到这个乡的托岗村访问时，这里刚刚产下小犏牛。满村都是蹦来蹦去的牛犊。这里的母犏牛奶多，公犏牛劲大，吃草少，拉犁稳，是最受农民欢迎的耕牛。

其实细德乡农民早就有过自繁自养犏牛的愿望，但是在封建农奴制度的统治下，宣扬迷信的人吓唬农民说犏牛是一种怪物。它既不像父又不像母，分明是不祥之兆。谁家养了犏牛，谁家庄稼就长不好，人畜就不旺。这种说法像一副沉重的枷锁，紧紧地套住了人们的手脚。

民主改革以后，翻身农奴为了适应发展生产的要求，开始繁殖犏牛。住在托岗村的乡干部次仁群佩首先把一头公牦牛与母黄牛赶在一起放牧，给全村十一头母黄牛配了种。第二年生牛犊时，不幸死了几头母牛。这时一些思想保守的人说开了："本来就不该繁殖犏牛，何苦自找罪受呢?"个别农民动摇了。但是大部分贫苦农奴却认为：既然活着的几头都生长得很好，说明犏牛是可以繁殖的。于是，次仁群佩与大家一起总结经验教训，发现死掉的都是身材太小、膘情不好的母牛。第二年，他们选择身材高大的母黄牛配种，加强了冬春季节的饲养管理，果然做到了全活全壮。现在细德乡的犏牛已经村村有、家家有，全乡犏牛总数已经达到二百多头，不仅完全满足了本乡耕地的需要，而且逐年卖出耕牛支援外乡农民发展生产。农民们繁殖犏牛的兴趣越来越浓了。

我开玩笑地问一位农民："你们就不怕庄稼不好，人畜不旺吗?"这位农民说：真正的庄稼不好、人畜不旺，恰恰是在三大领主统治时期，是在没有犏牛的时候。这几年，细德乡的犏牛增加了，庄稼丰收，人民健康。全乡已由改革时的五十五户四百零九人，发展到七十八户五百零八人，靠乞讨度日的人一个也没有了。

步　犁

互助组办得越来越好，为细德乡的技术改革创造了有利条件。翻耕土地在各互助组坚持了下来，他们繁殖犏牛的工作也做得很好。但是，受人们格外称赞的还是新式步犁的推广。

1960 年，国家无偿给细德乡人民赠送了九部新式步犁。可是有人说新式步犁有三个缺点：一是犁太大，累坏了耕牛谁也担当不起；二是要求的耕地技术太高，他们不懂，也不容易学得会；三是套具复杂，又是套索，又是犁杠，一副新式步犁就要好几十块钱。于是，新式步犁"展览"一番就进了仓库，已经生锈了。

1962 年，扎西互助组转成了常年组。四户贫苦农奴二十六人，只有六十斗土地，迫切要求开垦荒地，扩大土地面积。开始时，他们用藏犁开荒。小小的铁片啃不动沉睡了千年的处女地。他们改用镢头挖，虽比藏犁好一点，但进度缓慢，个个累得精疲力竭，花了好大力气才挖出一斗多土地。这时他们想起了新式步犁，便主张搬出来试一试。一方面互助组已经有了“大力士”犏牛，另一方面人多智慧大，你想个办法，我出个主意，很快突破了技术难关。新式步犁耕地又深又快，一部步犁每天能开垦四斗土地。他们一鼓作气，接连开垦了十斗六升荒地，家家户户都扩大了耕地面积。当我在扎西互助组采访的时候，他们还在继续用新式步犁开荒，几乎所有的青年组员都学会了扶犁技术。新式步犁偶尔出了一点小毛病，他们就摸出随身携带的大小扳钳来修理，显得十分熟练。

现在细德乡的八个互助组都开始用新式步犁耕地了。组员们又给新式步犁总结了四个优点：一是耕得深，二是耕得快，三是除杂草的能力强，四是可以消灭害虫。他们用新式步犁开垦荒地，三年内扩大播种面积八百多斗，相比之下，千百年前流传下来的旧犁已经显得太落后了。最近，农民们纷纷要求把旧犁上那块小铁片加宽加厚，扩大了三分之一，作为在新式步犁供不应求情况下的一种过渡农具。

水　库

越来越多的农民尝到了革新耕作技术的甜头，虽然后来的每次革新仍免不了遭遇到一些阻力，但群众已经发动起来，排除阻力的力量更强大了。

前年，细德乡准备在洛布村旁边的山坡上修一个水库，春蓄沟水，夏蓄雪水，可使土地经常得到灌溉。但是一个有迷信思想的老农说：“站在这个山坡上可以望见几十公里以外的冈仁波齐雪山，这里是‘神地’，千万不能动。”青年小伙子就告诉他：“望到雪山也饱不了肚子，要看到见金色的麦浪才有幸福的生活。”农民们毫不犹豫，全乡总动员，用八百多个工日把水库修建成功。碧波粼粼的池水滋润了长达二十多公里的灌溉渠道，使全乡土地今年都变成了保灌地。

关于细德乡耕作技术上的改革，农民们还能讲出许许多多类似的故事来。麦田里一向不敢动的“朗当”草——所谓“神草”，现在都拔了；春播秋收，不再选择“黄道吉日”了；白菜和洋芋已经试种成功了……

告别细德乡那天，托岗村农民还一再邀请我去参观他们正在改建的新炉灶。新炉灶抽风、省柴、卫生，特别是新添了烟筒以后，家庭主妇们眼睛被熏得发红多泪的日子已不复存在。不过，这已是与耕作技术无关的“题外”话了。

沿着波涛奔涌的孔雀河，我向回县委的路上走去。回想着在细德乡的所见所闻，咀嚼着翻身农奴那许多发人深省的话语，我为边疆人民发自内心的改天换地的革命精神激动不已。翻身农奴一旦作了大地的主人，就肯定能在这片土地上创造出无穷无尽的奇迹来。正如毛主席在《湖南农民运动考察报告》一文中所预言的那样：他们将冲决一切束缚他们的罗网，朝着解放的路迅跑。

（写于1965年5月，同年6月发表于《西藏日报》）

班公湖畔创业人

深秋，阳光照耀下的班公湖景色诱人。然而更加诱人的却是湖边的国营阿里专区日土农场。辽阔的田野，麦浪滚滚，黄熟的庄稼还没有收完，打麦场上就堆起了一座座小山；草原上放牧的几百头（只）牲畜，长得膘肥体壮；“东方红”拖拉机又在欢腾地开垦那无边的处女地，黑油油的泥土翻起来了，翻起来了……这千古荒原的崭新面貌，显示着党的光辉照亮了西藏高原。

我们怀着敬慕的心情，访问了阿里高原上第一个农场，访问了班公湖畔的第一批拓荒者。在这批创业者中，走在最前头的是共产党员、转业军人、农场副场长王树宝。四年前的春天，阿里高原上雪未化，冰未融，一辆解放牌汽车从噶尔昆沙出发，迎着凛冽寒风向前行驶。车子颠颠簸簸，王树宝的思绪也像海潮一样汹涌起伏。他是被指定去班公湖畔的荒滩上兴办农场的。班公湖边的荒滩是个什么样子？不知道。在那海拔四千三百米的高寒地带能种出粮食来吗？他也不知道。但作为一个转业的解放军战士，作为一名共产党员，王树宝却深深地懂得，对于党所指定的任务，只有奋不顾身地去完成。他像在战场上刚刚接到连长的命令一样，准备投入一场新的战斗。

车子到日土，满身灰尘，饿了整整一天的王树宝一不打听厨房吃什么饭，二不问宿舍安排在哪里，却首先到班公湖边荒滩上巡游了一圈。他抓起一把泥土，湿润润的；他又打听到宗山后边有一个小湖。

日土农场的关觉旺姆是阿里高原上的第一个女拖拉机手（1964 年摄）

王树宝这下子可乐坏了。好地方，好地方！他从心眼里佩服党的英明，决心在这里好好干下去。

日土群众听说王树宝是来兴办农场的，纷纷前来问好，但也发出了一连串使人难以回答的问题："有技术员吗?"他摇头。"有会计吗?"他又摇头。"农具在哪里?"他伸出空空两手。有些人疑惑起来：就凭他一个人，能在这荒滩上办起农场来吗?

但是，王树宝有他自己的想法。他想：要建设边疆，改变阿里高原贫困落后的面貌就不能怕困难，没有困难，那还叫什么革命呢？他首先到处打听，想找到一些农具，哪怕是有点破烂铁片也好。人们告诉他："有倒是有，丢在旮旯里多年，早生锈了。"王树宝迫不及待地回答说："在哪里？我要！"原来这是祖国内地人民赠送的几部七寸步犁。多年来，一直没有人看得上，已经锈迹斑斑。不料王树宝却视如珍宝，第二天他就把步犁通通收拾起来，清刷得干干净净。又设法买了几把铁锹，招收了十几个牧民当工人，开始一锹一锹地翻开那尚未完全解冻的荒地。

在那些日子里，王树宝每天早晨同工人一道上工，晚上一起回家。肚子饿了，就与工人在同一个羊皮口袋里抓糌粑吃。收工后工人们已经躺在帐篷里休息了，他还一个劲地忙着整修农具，丈量土地，结算账目，把工资一个个地送到工人手里。工人中出现了病号，他更像是对待自己的亲兄弟一样，亲自给病人包扎伤口，端水做饭，在病人身边席地而坐，不嫌脏，不嫌累。

起初，工人们有很多疑虑，见了王树宝，称呼他“本布啦”，渐渐地感到这位“本布啦”和旧社会的“本布啦”不一样。他不要牧民们吐舌头，而且同样下地劳动。于是有人好奇地问：“本布啦，你从前种过地吗?”平时不多说话的王树宝被这一问，不知不觉地打开了话匣子。他告诉他们，他祖祖辈辈都是农民，就像西藏三大领主的农奴一样，他也从小就给地主干活，弟兄六个，一年到头辛辛苦苦生产出来的粮食都背进了地主的粮仓。要不是有共产党和毛主席，他翻不了身，也不会到这里来兴办农场。工人们从生产劳动中，从亲切的交谈中，逐渐了解了他，原来的疑虑逐渐消除了。

夏末秋初的时候，工人很快增加到二十多人，专区还给农场调来了会计和技术员。王树宝对开荒抓得更紧。可是工具却越来越显得不够。开始那几把铁锹已经坏了不少，茫茫草原上找不到一个铁匠，怎么办？他决定自己动手。

副场长要动手打铁，这使工人们很惊讶，好心的人们告诉他：在西藏，打铁是最下贱的活儿，与一个副场长的身份太不相称。可是，他听了这些话，更加坚决地要打出开荒工具来。他想，生产不能停顿，封建农奴社会的旧习惯势力更必须连根挖掉。他在工人中挑选了几个助手，收集废铁和柴火，连夜赶制出铁锹、锄头、镰刀、铁凿等铁质农具六十多件。工人们有了工具，个个干得很欢，当年就开垦了二百多亩荒地，并试种了二十来亩庄稼。虽然第一年每亩地秋后只产粮几十斤，但是班公湖畔能长出庄稼来，这对职工是个极大的鼓舞。

第一次收获，鼓舞了大家的干劲，也使职工们更加信任了王树宝。他们开始把农场当做自己的家了。在第二年开荒时，工人们积极向王树宝提出用圆锹开荒太慢，应当想法把步犁利用起来。也有人说："我们可以训练牦牛犁地。"他笑了，他早就料到这一招：在西藏劳动人民中间蕴藏着无穷无尽的智慧和力量，只要把他们的积极性调动起来，就没有克服不了的困难。

阿里高原上的牦牛大都是作驮畜用的，不会犁地，他们便耐心地驯服牦牛。耕牛训练成功以后开始用七寸步犁耕地，使开荒进度由每天五六亩提高到三十亩。不久，拖拉机也来了，是阿里高原上的第一部拖拉机。开荒进度进一步提高，这年秋末，农场的耕地面积达到了八百六十亩。1962 年便种上了三百零三亩麦田，平均单位面积产量由原来的几十斤增加到了一百零四斤。经过两年的艰苦奋斗，职工们的生产技能越来越扎实，干劲和信心越来越足，1963 年进一步扩大播种面积，获得了增产。去年农场的收成又比以往任何一年都多，有的地亩产已超过了三百斤！

日土农场随着生产的发展，基本建设也呈现出崭新的面貌。建场初期，二十多间平房，刚开荒时，他们只有几把铁锹，现在不仅有拖拉机，而且有收割机、圆盘耙和马车，主要农活已经实现机械化了。年轻的藏族拖拉机手索朗次仁领我们参观了农场的各处之后，自豪地说："除了几台机器外，这里的一切都是我们用双手创造出来的。"我们久久回味着这句英雄般的话语，联想到第一批创业者的那些生动事迹，感到正是党教育出来的这些英雄好汉用他们的红心和巨掌改变着班公湖畔千古荒原的面貌。

（写于 1964 年夏天，同年发表于《西藏日报》）

我们是“阿里人”

“我们是阿里人”！在面积总共有三十五万平方公里的阿里地区，我到处都听到有人这样说。可是，一经考查这些以“阿里人”自居的人们的籍贯，却又发现他们没有一个是真正在阿里出生和长大的；他们之中，有的来自首都北京，有的来自繁华的上海，有的来自长江两岸，有的来自峨嵋山麓，有的来自西藏东部的林海，有的来自西藏山南的粮仓……我明白了，他们是从五湖四海为了一个共同的革命理想走到一起来的。

“我们是阿里人”！只有热爱阿里的人才会这么说，也只有在阿里扎下了深根的人才懂得这句话的真正含义。这句话蕴蓄着深厚的革命自豪，包藏着无限的战斗欢乐！

“我们是阿里人”！当来自五湖四海的阿里人和土生土长的阿里人一块儿这么说的时候，我觉得他们的心已紧紧贴靠在了一起——一种最崇高的感情把他们融会在一起了！这是因为，他们共同沐浴着共产党的阳光，共同战胜过许多艰难困苦，共同取得了一个又一个的巨大胜利。

阿里人，阿里人！当我了解了更多的阿里人以后，我觉得那明净的湖泊，辽阔的草原，壮丽的雪山，特别是那云彩一般的牛羊，海涛般的麦浪更可爱了。因为透过这一切，我看到了阿里革命人民的自力更生、奋发图强与改天换地的豪迈气概！

噶尔县索麦乡一个贫苦牧民迁入新居前，在即将抛弃的旧居——破帐篷前最后的留影。

这里，我要着重写一写那许多来自五湖四海的"阿里人"。虽然我难以表现出他们为高原革命和建设事业所作出的贡献的万分之一，但我还是必须这样做。这是因为，我敬他们，爱他们，还要学习他们。

这许多来自五湖四海的阿里人，有老有少，有男有女，操着各种的口音，担负着各种各样的责任。他们大都喜欢穿一件深蓝布衫，披一件老羊皮袄，高原上强烈的紫外线把他们的脸颊和脖颈染成了一式的紫红色……从外表上看，他们都是些平平凡凡的人。然而，正是这些平平凡凡的人做出了不平凡的事业。

初　交

话从哪里说起呢？就从去年春天，从我第一次接触"阿里人"说起吧。那时，我坐上敞篷汽车由拉萨出发，横穿整个藏北草原到阿里去。

进入阿里地区的第一个夜晚，我们是在荒野里度过的。那天，汽车不住气地奔跑了一天，直到夜色降临的时候，汽车才停下来。司机探出头来对我们说："我看这儿不坏，牛粪多，饮水足，就在这里休息吧！"我透过朦胧夜色，看看前面，草原无垠；望望后面，一片冰滩，连个避风的地方都没有。我不免十分诧异，这儿怎么能休息得好呢？同车的有二十多个旅伴，都是在开会、学习和休假结束以后回工作岗位的。其中有县、区领导干部，也有一般工作人员。这批在阿里高原上生活的行家，泰然自若地跳下车来，不要人指挥，有的端着钢精锅到河边去破冰取水，有的兜起衣襟在草原上拣拾牛粪，准备煮茶就餐了。一会儿，我影影绰绰发现前方有一顶帐篷，马上建议大家搬到那顶帐篷里去住。不料，我的建议竟引不起旅伴们的一丝赞同，甚至一些女孩子回答我说："就住在这里吧，靠近河边，很好。"于是，我只好与大家一道，一面取下行李，一面烧火煮茶。

狂风呼啸，划不燃火柴，也找不到一点引火的材料。我正为烧火发愁，不料一个精明的小伙子却抓起一块马粪，在两个手掌间不住地揉搓起来，顷刻间，马粪就变成了棉花似的一团绒絮。然后，他在衣襟里点燃一支香烟，把烟头放在绒絮中间，让狂风吹扑，绒絮不久就冒出了浓浓的烟雾。接着，他堆上牛粪，燃起了熊熊的篝火。看着这一切，我惊叹不已。

我斜倚在行李卷上休息，开始盘算怎样度过这一个夜晚。与我斜靠在一起的是区委书记老朱，他大概发现了我的疑虑，就给我讲起了阿里干部的生活来。他说："露宿，这对于我们阿里人来说，实在是件再平常不过的事了。在辽阔的草原上，要走多远才能碰得上一顶帐篷呢？我们出差时，大部分时间都不得不铺地盖天，在野地里过夜。其实，就是碰见了帐篷的时候，我们也不一定都睡在帐篷里。因为下乡以后，我们主要是在贫苦农牧民中开展工作，而贫苦人家的帐篷太小，实在容纳不下一个外来人睡觉；到大帐篷去吧，那大都是牧主的，我们不乐意去，只好仍然到羊圈里去过夜。"接着，他又给我讲述了许多在野地和羊圈里睡觉的优越性，比如说野地里睡觉空气新鲜，氧气充足，可以欣赏星星满天的夜空，有时还能意外地猎获几只野味；在羊圈里睡觉比帐篷里暖和，羊只在身边滚来爬去，发出咩咩的叫声，还觉着特别有味……艰苦的生活，从老朱口里讲出来，一下子变得轻松有趣。我也开心地笑了。

这时，篝火旁边上笑声起伏，绝大部分旅伴都正围在那儿谈天说地。我全神贯注地听了下去，日土人讲起班公湖畔的铁牛如何叩醒沉睡千年的处女地，来自专区首府噶尔昆沙的人眷恋着他们那里一望无际的红柳滩，普兰人讲着冈仁波齐雪山和玛旁雍错湖的神话故事，他们还谈到，不知那向往已久的电站建设得怎么样了……

听着一连串永远讲不完的故事，想想今天夜里先后发生的一切，我对自己的旅伴们开始产生了一种亲切的感情，我仿佛透过红红的火苗看到了一颗颗火红的心！

到了噶尔昆沙后，我向阿里专员丹巴坚作谈起了这一段经历，他爽朗地笑了，他说："阿里诚然没有上海那样繁华，没有江南那么美丽，但我们阿里人对这里的生活与风物都怀着深厚的感情，以至于不想离开。往往发生这样的事情：一些干部因为工作的需要或者身体不适应，上级决定把他调出阿里，通知书下去后，送回来的却是一份要求留下来的申请书，他们的态度是那样恳切和坚决，以至使人事工作的同志都十分为难。"他停了停，又继续说："这是可以理解的，因为我们许多干部战斗在阿里高原上已经三年五年，甚至十五个年头了。这里的每一条公路，每一幢房子，都是他们和劳动人民一铲沙石、一块土坯地亲自修起来的。在阿里每一滴细小的变化里，都有着他们付出的心血。而且通过平叛和民主改革，通过发展生产互助，我们的干部和劳动人民建立了水乳交融的情谊；他们最了解阿里数万人民过去的辛酸和今天的欢乐，更深知摆在阿里人民面前的是一条比金子还灿烂的社会主义康庄大道。为了不断在社会主义道路上迈进，还有许许多多的事情等待着他们去做啊！你想，他们怎么舍得离开呢？"

红 柳

“阿里人”对红柳都有一种特殊的爱好。你到了噶尔昆沙，主人会领你到“红柳公园”去看看。所谓“红柳公园”就是一片蔓延好几十公里的红柳林。出差时，他们喜欢在红柳丛中歇马；照相时，也总要找一棵红柳作陪衬，并且千叮咛万嘱咐：“人照小一点没关系，可千万要照出红柳来！”

在阿里高原上，没有比红柳更寻常的树木了，它高不过两米，既没有热带椰子树那样挺拔的枝干，也不像河边垂柳那样婀娜多姿。但是，假若你与“阿里人”一起生活得久一些，就会懂得他们为什么那样热爱红柳了。

去年秋天，我与分工委机关的干部去一个名叫马尔来的地方去拾过冬柴火。原来是要求在这里干十天的，我一看，只有稀稀落落的几棵红柳，就说用得着那么长的时间吗？伙伴告诉我：“你别看上面小，底下的内容可丰富哩！”果然不错，我们掘开地皮，下面是一盘盘比枝干重五倍甚至十倍的大树根。我的伙伴意味深长地说：“正因为红柳把根扎得很深，蔓延得很远，上面的枝条在高原的暴风雪面前才无所畏惧！”

这几句话，不仅使我长了知识，而且加深了我对“阿里人”的理解。阿里的干部们不也正像眼前的红柳一样吗？他们能在这个举世闻名的高寒地区站住脚跟，创造出奇迹来，不正是因为他们跟群众始终保持密切的联系，与贫苦农牧民建立了深厚无比的感情吗？

在改则县，我碰见一个很受群众爱戴的干部，名叫达瓦。达瓦可不是藏族，而是汉族，河南人。他原来叫孙治国，是一名共产党员，是普通一兵。平叛以后，他就地搞起地方工作来。下乡时看见牧民干什么，他也跟着去干，脚不停，手不闲。开始，他不会讲一句藏话，看见广大贫苦牧民对共产党派来的干部一往情深，自己比比划划地就是不能跟他们说说知心话，觉得很难过。他想，要做藏族人民的知心人，非学会藏话不可！他开始边工作边学习，把一些常用的词汇记在笔记本上，更记在自己心上。现在，他已经会说一口流利的藏话，在贫苦牧民中交了许多知心朋友。有一次，一个年轻的贫苦牧民问他：“在汉族地区，年龄比我大的亲人应该怎么称呼？”他说：“叫哥哥。”从此，那位贫苦牧民就叫他“哥哥”了，孙治国也为有这样一个阶级兄弟感到高兴。不料，“哥哥”这个名字传得很快很远，方圆近百里的草原上，不论妇孺老幼，都一律称他为“哥哥”来。孙治国十分不安，他想：有些老大爷比我父亲年龄还大哩，我都可以做他的儿子了，怎么能让他叫我“哥哥”呢？于是他恳切地对老人说：“阿爸啦，不能叫我‘哥哥’，就直接叫我的名字——孙治国吧。”然而，“孙治国”，牧民们怎么也咬不清楚这几个音，就建议说：“你与我们藏族劳动人民像兄弟姐妹一样亲，就取一个藏族名字吧！”孙治国问他：“那么，你说取一个什么名字好呢？”“比如说叫达瓦什么的”。孙治国高兴地说：“中！”从此，孙治国就变成达瓦了。而今，在改则县的四十四个乡中，没有不认识“加惹达瓦”（汉族达瓦）的了。牧民们到县里来看病或买东西，都喜欢到他家里去看看、聊聊，真是亲如一家人。

今年春天，我到普兰县去，县委和县政府的两个大院子都显得空空荡荡的。可我一到田野里去，就看见那儿却呈现着一片热火朝天的生产景象——全县百分之八十的干部都与群众一道参加了生产劳动。当干部们刚下乡来的时候，山谷里落了几场大雪，把一万多藏克（西藏地区计算耕地面积的单位。一藏克地即可播种一藏克种子的土地，约相当于一市亩）土地都覆盖住了，使春耕播种受到严重威胁。有的农民说：“这是天意，谁也改变不了，只有等到雪化了再说。”可是干部们知道，在生产季节很短暂的普兰，错过一天播种时机，就会失去成千上万斤粮食。他们说：“我们一定要跑到时间前面去！”接着，就分头到农民家里去东借一把铁锨，西借一条口袋，埋头往地里背起土来。在他们的教育说服和实际行动影响下，成千的农民也紧跟着干了起来。结果很快就在所有的土地里撒上了一层泥土，使积雪迅速融化，保证了适时播种。同时，他们还组织群众抽出一定时间开垦荒地，使今年的播种面积扩大了一千多藏克。农民们看着麦田里一片嫩绿的庄稼，怀着无限的喜悦告诉我说："跟着干部走，我们能改天换地！"

阿里有些地方交通十分不便，但是我们的干部却是兢兢业业、一丝不苟地对待每一项工作。为了更好地贯彻执行党的政策，为了更细致地发动和组织群众，他们倾注了自己的全部力量和智慧。

我目睹了革吉县生麦乡的一次普选活动。这个乡只有八十二户人家，却分布在数千平方公里的土地上。从乡北到乡南，骑上快马也要跑五天。怎样来完成普选工作呢？要说简单的话，下个通知，把全乡选民集中起来，开上一天会也就行了。然而，干部们绝不会采取这样简单的办法，他们说："我们是人民的勤务员，不是人民的老爷！"所以他们宁肯自己辛苦一些，也要把方便留给群众。为了向一户牧民宣传党的方针政策，征求一个选民对人民代表候选人的意见，干部往往要翻山越岭，在草原上跑好几天。就这样，从选民登记到召开乡人民代表会议，他们付出了无数艰辛，花费了长达一个多月的时间，使全乡百分之九十五的选民都能第一次行使当家做主的权利，那份兴奋那份自豪是难以用语言描绘的。

理　想

在阿里工作的许许多多同志是脚踏实地的实干家，也是胸怀远大理想的革命者。中共阿里分工委代理书记刘少稚同志曾经告诉我："我们是共产党人，不论到了哪里，都一定要在那里有所作为，有所创造。我们有信心在阿里这张白纸上写出最新最美的文字，绘出最新最美的图画。"

两年来，在与阿里同志频繁的接触当中，我发现他们每个人的头脑里都有一幅美妙的蓝图，它是各人根据自己的调查资料设计出来的。这些蓝图虽然互不相同，但却勾画出了一个繁荣昌盛的社会主义的新阿里。早在和平解放初期，当他们还牵着骆驼在草原上长途跋涉的时候，就开始在白纸上画出了一条条的红线；现在那些红线有许多已变成了畅通的公路。当他们在草原上巡行，大半天找不到一点饮水的时候，他们还无限向往地说：“我们今后要在这儿打一口井，装上抽水马达，用地下水灌溉草原。”当他们住在帐篷里，积雪压得篷顶摇摇欲坠的时候，他们却谈到在富裕起来以后，要组织牧民在草原上盖起敞亮的房屋，让老人在温暖的屋子里安度严冬，让孩子在学校里读书唱歌。还说，那时要用机器剪毛，机器挤奶，还要用机器提炼酥油。他们还说要把所有的小伙子和姑娘们都打扮得漂漂亮亮的……

我在改则县的一个区干部家里做客，主人名叫唐振华，房里一切陈设都很简陋：土坯砌成的床，破油桶做的凳子，还放着补丁盖补丁的棉袄。但是在他的窗台上，却引人注目的摆满了奇形怪状、五光十色的石头：有的呈银灰色，有的呈褐红色，有的白得耀眼，有的黑得发亮……为他的土房子增添了许多光彩。

我对石头的注目，显然使他感到兴奋，马上解释说，这都是些矿物标本，是他几年来利用下乡参加改革、宣传政策和组织生产等机会，从全区的各个地方陆续搜集起来的。随后，他又拿起一块块矿石，逐个向我作了介绍：“这银灰色的，牧民们经常用来打猎，是极有价值的铅矿；这块黑的，你掂掂，很重，多半是铁矿；你再看看这个（他把一块白石片拿到窗口明亮处晃了一晃），透明，叫云母片。至于这个松软的白石头，我们区满山遍野都有，藏话叫‘炯思’……”

他还在滔滔不绝地往下讲，我感到很好奇，便插嘴问道：“你是学地质的吗？”唐振华面带几分歉意的表情回答：“我是炮兵出身。就可惜对地质知道得太少，否则，我真想把这里许许多多的宝藏都给考察出来。”

临别时，他送给我三块矿石标本，要求我到了拉萨以后，转给有学问的人鉴定一下。我用报纸和毛巾小心翼翼地把石头包裹起来，因为这里面蕴藏着“阿里人”对于高原锦绣前程的向往，也蕴藏着他们要改造边疆落后面貌的雄心壮志，这比那闪闪发光的矿石还要光彩、珍贵得多！

“阿里人”的理想是崇高而美丽的，即使在最艰苦困难的时候，他们的内心里也始终充满着对未来的无穷无尽的幻想和希望。在这方面，他们很像草原上的雄鹰，飞得高，看得远。

实　干

他们的理想是远大的，他们也知道实现理想的路程，必须一步一步地走。当他们刚登上阿里高原的时候，这里没有公路，没有学校，没有商店，也没有邮电设施。那时，在茫茫无际的草原上很难看见一幢房子，就是在最大的城市噶大克，也只有二十一间破烂不堪的土屋。干部白天开展群众工作，晚上就在帐篷里睡觉。牧民们惋惜地说：“共产党的干部比菩萨的心肠还好，可惜搭帐篷的人是住不长久的！”干部们听到这话，心想：是呀，我们要改变阿里的面貌，自己却还住在帐篷里，这像什么话？他们下定决心一定要自己动手修建房屋。

假如有砖瓦、水泥、木材和玻璃，有设计师和建筑工人，修房子又有什么困难？可是在当时的阿里，这一切都没有，甚至找不到一根比碗口更粗的木头！就在这种条件下，一个老红军斩钉截铁地说：“材料，确实没有，房子，一定要修！”怎么修？别的没有，可有的是泥土和红柳，这是阿里取之不尽、用之不竭的建筑材料！于是，所有的干部、医生、会计和报务员……就动起手来。他们都是和泥制坯的泥水工人，又都是出谋划策的建筑师。夏天，天上落着瓢泼大雨，他们在头上顶着洗脸盆坚持干；深秋，寒风吹裂了嘴唇和皮肤，仍然不肯停歇。

提起修房，可真叫难，连根房梁都没处去找！可是，这难不住用奋发图强、自力更生的革命精神武装起来的人，他们想起了延安的窑洞，那不是也没有房梁吗？对！就修窑洞。

修窑洞可以免去房梁，可一个做窑顶用的木头拱架是少不了的。为这事，人们又花费了许多心血，研究了许多方案，终于想出了用泥土代替拱架的办法，就是在做窑顶以前，用大量的泥土把四堵围墙的中间塞满，顶部做成一个半圆形，然后依靠它的支撑拱起窑顶。为了做每间窑洞的“拱架”，所需的泥土比窑洞本身需要的泥土还多几倍，堆起来像一座小山。而在窑顶拱架做好以后，还要一袋一袋把它从窑洞里掏出来，背到另外的围墙里去。这样，麻烦诚然麻烦，“拱架”毕竟是有了。窑洞砌成了，没有门窗，他们就用红柳扎成门窗那么大的框子，然后蒙上一层野马皮；没有火炉，他们就用废煤油桶做；没有烟囱，他们又把罐头盒子连接起来做成烟囱……愚公敢于移山，“阿里人”用“愚公移山”的革命精神在阿里建成了第一批办公室和职工宿舍。牧民们高兴地聚拢来，这里摸摸，那里看看。房子虽然简陋，但他们知道亲人要长住下来了，要和他们一起把阿里建设得更美好。

“阿里人”在修建房屋的同时，又在从不长菜的地方开始试种起蔬菜来。现在，四川胡萝卜、山东大白菜、昌都芫根都在阿里地区安家落户了，大部分区级机关已能吃上自己生产的新鲜菜了。不仅种菜，还要养猪。提到养猪，我又想起了去年从拉萨初来阿里时的旅途生活。当时同行的有两辆卡车，其中一辆是行李车。就在那辆行李已经堆得高高的车上，放着三头小猪，它们是革吉县委副书记徐焕亮借去拉萨开会的机会从一个机关买来的。徐焕亮同志开始坐在驾驶室里。后来，由于嫌照管猪崽不方便，他就爬到高高的汽车顶上去了，并且用一根绳子把身子套在猪笼上。人们苦苦劝他下来，说在上面太冷，也太冒险，他却坚持不肯下来。原来，革吉县从来没有养过猪，他早就盼望引进几头猪来，试验一下猪在藏北草原上的生命力。一路上，这位县委副书记变成了饲养员，加水喂食，分外忙碌。就是刮风下雪，他也浑然不顾！这样，走了十多天，行程两千余公里，把小猪崽安全运到了目的地。今年，我去革吉县的时候，徐焕亮同志高兴地告诉我说，三个猪崽都长大了，而且刚刚生下了一窝小猪，可以指望它们在藏北草原上繁衍子孙了！

在敢于斗争、敢于胜利，能够艰苦创业的阿里人民手中，如今的阿里，已经改换了面貌：县县都通了汽车，草原上出现了星罗棋布的

1965年9月西藏自治区成立。10月,中央代表团阿里分团绕道大西北来阿里开展慰问活动。图为分工委书记刘少稚(左三)陪同团长铁木耳·达瓦买提(左五)和普兰农民亲切交谈的情景。

阿里扎达县干部在托林寺旁边自己打土坯修建的机关住房(摄于1965年10月)

房屋，所有的县区机关都从帐篷搬进了房屋；从前那兽皮做的门窗取消了，窗子上安装了明亮的玻璃；还有了收音机、铁椅子……冈底斯山下的噶尔昆沙，更破天荒地出现了学校、书店、医院、邮电局、贸易公司、粮店、兽医站和气象站，成了阿里地区的政治、经济和文化中心。白天汽车从新疆和拉萨源源不断地向这里开来，又不停地驶向各个县区，给农牧民送去农具、牧具、粮食、茶叶等各种生产和生活资料；夜间，这里灯火通明，从几十里外就都看得见的闪耀的灯光把草原新镇打扮得分外妖娆。

松　柏

在阿里没有松柏，但是却有松柏一样坚贞不屈、久经革命斗争考验、不畏艰难困苦、一直奋力前进的老红军、老革命。过去，他们为了无产阶级的革命事业历尽艰险，甚至负过伤、流过血；今天，他们为了无产阶级革命事业，在这西藏高原上继续吃大苦、耐大劳，保持着强盛的革命锐气。他们不仅为阿里的革命和建设事业付出了大量心血和汗水，也为培养高原上的红色接班人作出了应有的贡献。

这里，我要特别提一下革吉县的一位老红军尚振魁。假如你现在到革吉县委驻地去，已经能住上舒适明净的宿舍，还可以到小礼堂去看上一场电影了。但从前这里是一个什么样子呢？从前，这里没有一间房屋，全县干部只有几顶小帐篷，既是办公室，又是宿舍，也是会议室和食堂。夏天落雨的时候，帐篷内外一样湿淋淋，铺上、桌上、炉子上都摆满了大大小小的脸盆、茶缸等接雨水用具；冬天帐篷内气温降到零下三十度，牛粪烧得烟雾腾腾，仍不觉暖和。个别年轻人想不通：连房子都没有，世界上哪有这样的县委？老红军尚振魁说：“这就叫革命。革命从来就不是光踏着别人的脚印走。”接着，他又向青年们讲起了红军二万五千里长征时爬雪山、过草地的故事，讲起了陕北抗日根据地的干部和红军开荒种地、纺纱织布的故事，使青年们受到了教育和启发，他们开始认识到：革命不是在摇篮里睡觉，越

为解决干部职工的取暖问题，门士建起了阿里第一座煤矿。笔者兴奋不已，也装模作样地当了一次“采煤工”。

在噶尔昆沙建起了阿里第一所小学。这是笔者给小学少先队员拍摄的照片。(1964 年夏摄于阿里草原)

艰苦越光荣，越容易考验出革命者的本色。于是满身都增添了热气和力量。

干部们不仅要在小帐篷里与严寒和风雪搏斗，还必须经常深入到群众中去，发动群众开展“三反两利”运动，推动牧业生产。尚振魁当时还在病中，睡不好觉，吃不下饭，年轻人都为他捏着一把汗，但他自己对这一切反倒毫不在意，时刻惦记着贫苦牧民的羊只是否有了过冬圈栏？独身的老人换回足够的口粮没有？风雪还紧的时候，他坚持要深入到牧场去看看。人们告诉他县委的马都骑下乡去了。他拍拍两腿说：“有这个就行了。”他就这样带领着青年干部徒步行走，冒着风雪严寒，笑声朗朗地走遍了大大小小山沟牧场。许多青年干部都感到惊讶：这哪像一个“高山适应不全”的病人呢？他们紧紧跟着尚振魁，个个精神抖擞，就像跟着老红军开始了另一场万里长征。

阿里高原上的许多老红军、老革命就是这样用自己艰苦奋斗、勤俭创业的实际行动，为年青一代上了一堂堂生动的政治课。许多年轻干部在他们的感染下由软弱变得坚强起来，由不安心高原工作变成了真正的“阿里人”。

明　灯

今年6月，我从噶尔昆沙到改则县去，途中走了三天，已经劳累不堪了。晚上我住在一间临时招待室里，打算好好睡一觉。不料夜里11点钟，屋门“吱呀”一声开了，闯进一个人来。他划燃火柴，向我表示歉意，并且自我介绍说，他叫岳保康，是一个藏族干部，刚从措勤区出差回来，今天晚上要暂住在我对面这张床上。

我立即翻身坐了起来，怀着好奇的心情打量着面前这位风尘仆仆的陌生人。措勤区，那不就是阿里地区最偏远的县里最偏僻的那个区吗？曾经有人告诉我，从县里到措勤区骑马要走半个月。我问他：“一路上很辛苦吧？”

岳保康一面铺开行李，一面无所谓似的回答我说：“这算得了什么，现在正是马儿上膘的时候，来劲。我们跑了八天就到了。”当我知道他连续八天的马背上的生活以后，赶忙说：“你一定很累了，今晚可以好好地睡一觉。”

然而使人意外的是，我这个伙伴居然毫无倦意。他从背包里抽出一捆厚厚的包得十分仔细的书籍。他打开包布，我看见是四本已经磨破了封面的《毛泽东选集》。他半靠在床头上，把蜡烛移近了些，很有礼貌地问我："点着灯对你有妨碍吗?"

"不要为我操心。不过你在草原上跑了八天，早些睡觉才好。"我说。

"我们天天在野外跑的人，可不能用跑了路来原谅自己，要抓紧时间给脑子增添知识才行。"

"你下牧场，呆在帐篷里也读书吗?"

"我们出差什么都可以不带，但《毛泽东选集》是必不可少的。每天不读点毛主席的书，我心里就不痛快。"

第二天，我们几乎同时醒了过来。岳保康穿好衣服，端洗脸盆打水去了。我趁此机会抓起他床头上一本翻开的小册子——是刚出版的毛主席著作单行本。我看了书页上粗粗细细的线条和圈点，对这位同室而居的伙伴又增加了几分敬意。

像岳保康这样的人并不是个别的。假如你到革吉县帮巴区的工作团去，打开一百零七个干部的一百零七个马被套，你一定可以找到一百零七部《毛泽东选集》或者毛主席著作选读本。

想起了那位深夜挑灯苦读的岳保康，我认为，毛泽东思想和党的方针政策就是"阿里人"心里一盏无限光明的明灯。遵照党的指示全心全意为西藏百万翻身农奴服务，正是"阿里人"在高山缺氧、物质匮乏的艰苦环境里始终怀着崇高理想而奋斗不息的巨大动力！

（写于1965年7月，发表于同年8月29日《西藏日报》副刊）

阿里不再遥远

在西藏漫长的采访生涯中，我在阿里吃的苦头最多，也最引人牵挂。眼看退休年龄越来越近，心中萌发出越来越急迫的愿望：再到那里走一遭，看看千百年逐水草而居的牧民们今天是怎么生活的。1996年8月，我总算找到机会摆脱繁忙的日常事务旧地重游，驱车万余公里，对所属七县进行了一次扫描式采访。阿里确实太遥远了，既是地理的，更是心理的，由于受历史、自然和交通等因素的制约，阿里的现代化建设来得格外艰辛和缓慢。在许多人心目中，阿里似乎成了闭塞、贫困和落后的代名词。全国人民支援西藏，西藏人民更关注阿里。

藏西和藏东的自然景观迥然不同。如果说澜沧江、金沙江和怒江一泻千里，绣出了藏东的一片翠绿，昆仑山、冈底斯山和喜马拉雅山则像三条腾云驾雾的巨龙，从北部、中部和南部飞来，相聚在阿里台地，构筑起藏西特有的雄浑和苍凉。这里平均海拔四千五百米，三十万平方公里的辽阔土地上只有六万多居民。奇特的自然景观和人文景观令人神往，而它的遥远、高寒和贫瘠又使许多人望而却步。至今只有极少数勇于探险的壮士和虔诚的宗教信徒历经千般磨难和长途跋涉，才有幸亲吻阿里无与伦比的崇高和壮美。

经历四十余年的沧桑巨变，建设者们在这片老“阿里人”艰苦奋斗的高寒土地上开始了一场新的长征。既享受到创造社会主义新阿里的难得机遇，又面临着极其严峻的考验。抚今追昔，所见所闻分外令人振奋和欣喜。

转变观念看阿里，阿里有个“金饭碗”

进入阿里的第一天我们就迷路了，好容易找到措勤县城，已是夜里 11 点钟。正巧，地委书记达娃次仁也带领一支干部队伍在当天穿过北部草原抵达这里，等候迎接自治区一位副主席的光临。1993 年，达娃次仁和孔繁森怀着尽快改变阿里面貌的雄心壮志，一同调来阿里，不料孔书记“壮志未酬身先死”，沉重的担子落到了达娃次仁肩上。西藏自治区政协第六届四次会议和第六届人大四次会议以后，他带领地委行署一班人借助《西藏自治区国民经济和社会发展“九五”计划和 2010 年远景目标纲要》的东风，激励全地区干部群众解放思想、振奋精神向贫困和落后宣战。这天夜里，他就着微弱的烛光与采访组畅谈了两个多小时，如数家珍地讲起阿里的历史和现实、困难和优势以及今后十五年的发展战略，使我们茅塞顿开，透过微弱的烛光看到一片明亮的天地。

如今，拉萨到狮泉河镇沿途都有旅社，记者不用携带马被套露宿了。

马泉河源头水清草绿，牛羊肥壮。

祖祖辈辈逐水草而居的牧民开始了定居游牧的新生活。图为来自新疆的工匠为牧民新居制作火炉。

“如果关起门来看自己，这些年的变化还是很明显的，但是走出大山看看沿海和腹心地区，就会发现阿里与全国和西藏其他地区的差距正大扩大。经济落后，教育落后，社会进步缓慢，根源在思想保守，满足现状，工作方法陈旧。年初，我们召开了一次规模空前的‘三干’会，主要工作就是对照《纲要》分析形势，促进思想上的大解放。事实证明，一旦解放思想，转换思路，我们就能走出困境，发挥出最大的聪明才智，化腐朽为神奇，吹响向新世纪进军的号角。”

在阿里采访的日子里，我们时时处处感受到，阿里干部群众的精神面貌和思维方式确实发生了很大变化。

一是不满足现状，树立面向未来，加快发展和大有作为的思想。他们谈到过去的工作及其成就大都只有三言两语，坦率地说“步子迈得不快”。话题转向“九五”则眉飞色舞，一心要大干一场。“为官一任，造福一方”成为很多干部的座右铭。地委副书记、河北省援藏干部赵进敏说：“我们不是来西藏镀金的。每届只有三年，如果不抓紧时间为阿里的富裕发展干出几件看得见摸得着的实事，我们无颜见江东父老。”道出了河北、陕西两省援藏干部的心声，也是阿里各级领导干部共同的行为准则。

二是不等不靠，只要有利于加快发展和人民的富裕，看准了就马上办，一抓到底，务必见成效。日土县提出“穷县也要办大事”的口号十分鼓舞人心。该县规划的县城道路建设需要资金五十万元，7月中旬党政军齐动手，调动全县挖掘、运输工具，开展义务劳动，只花了五千元油料费，两横一纵的县城道路就初具规模。普兰县筹建宾馆叫喊了多年，今年抓住旅游旺季的大好时机，先把办公大楼的底层腾出来招待客人，仅两个多月就收入三十万元，为自筹资金滚动发展闯出了一条新路。

三是不再被严酷的自然条件束缚手脚。换个角度看现实，发现了阿里得天独厚的资源优势，找到了加快发展的最佳切入点。我们走访每个县，都能听到干部大侃特侃当地正在开发和即将开发的“珍宝”。日土的白山羊绒柔软、细长、美观，历史上著名的克什米尔围巾就是用日土白山羊绒制作的，在国际上享有极高的声誉，价值昂贵，是名副其实的“软黄金”。东三县的硼砂黄金等矿藏分布广，含量高，极易开采，是当今市场上的抢手货。普兰的神山圣湖风光绮丽，扎达的文化古迹闻名海内外，发展旅游业前景广阔；两县与印度、尼泊尔、克什米尔等国家和地区毗邻，对外贸易形势看好。无水草场约占阿里三分之一的面积，如能引出地下水，得灌溉之利，载畜量可增加一倍……

这是阿里人认识上的一个奇妙变化，一次质的飞跃。过去怨天怨地强调困难，以向上要钱要物为能事，而今山河未变，看到的却是机遇和优势，一心要自力更生，从古老的草原上刨出金疙瘩来。

达娃次仁书记说：“我们再也不能背着‘金饭碗’讨饭了。”

解放思想，着意装点阿里山河

观念更新，精神振奋，带来思维方式和工作方法的巨大变革。

阿里各级领导不再满足多年来“春抓种秋抓收”、“春抓羔秋抓膘”四季歌式的老一套领导方式，以崭新的姿态，磅礴的气势，重新规划阿里山河，绘制出一张既有远景目标又有近期措施，既鼓舞人心又切实可行的发展蓝图。

今年，阿里在认真总结所属七个县自然、人文和地缘不同特点的基础上，把阿里划分为三个经济区，各自采取不同的发展战略，使当地资源优势和内在潜力能以最佳方式展现出来。一是东部经济区，包括改则、措勤、革吉三个纯牧业县。草原辽阔，湖泊众多，矿藏丰富。以矿产开发和草原基础建设为主，逐步发展畜产品加工业，以市场为导向，多业并举，推动牧区经济发展和社会全面进步。二是中部经济区，包括日土、噶尔两县。地处新藏线上，靠近阿里首府狮泉河镇，得交通、能源和科技之便。把两县建成藏西的农牧业科技示范点，逐步向东西部辐射。利用日土县白山羊绒的传统优势，建立基地，优化畜群结构；利用当地能源优势，发展畜产品加工业，实现畜牧产品增收增值。据匡算，仅毛绒梳理一项，每年即可增加上亿元收入。三是西南经济区，包括普兰、扎达两县。有神山、圣湖、土林等奇丽的自然景观，有古格王宫、托林寺、洞穴壁画等名扬中外的文化胜迹；地处边境，与邻邦有千年贸易交往，以外向型经济为主，加速外贸、旅游事业的发展；孔雀河、象泉河两岸气候温和，得灌溉之利，加强商品粮基地建设以满足广大牧民的口粮需求。目前，两县每年接待国外游客一千多人，如果加强宣传力度，改善交通、食宿设施，客源必能成倍成十倍上升，给阿里带来明显经济效益。

三个经济区的发展重点和主攻方向各不相同，但都是以社会主义市场经济为导向，促进畜牧、矿产、旅游、外贸和第三产业的发展，从而打破阿里长期产业结构单一和与世隔绝的封闭状态，逐步形成一个与全国和国际市场接轨的良性循环发展机制。

三个经济区的构想和实施给阿里注入了生机和活力。百花齐放，各显神通，极大地激发了广大干部群众建设新阿里的热情。

牧民个人购置了东风汽车，畜产品运到新疆、拉萨，可以卖个好价钱。

十五年规划看“九五”“九五”计划看头年

民谚说：“空有许诺是水上的泡沫，真抓实干才能变成金子”。阿里干部在“两会”精神的鼓舞下，把宏伟规划和艰苦奋斗结合起来，在“九五”第一年开了一个好头。

日土县县委书记张振县去内地探亲仍念念不忘日土建设，四处奔波联系援藏项目，工程资金刚刚有了眉目就马不停蹄地往回赶，下了飞机上汽车，从成都到日土只用了三天时间，被称为“拼命三郎”。

我们偶然碰到改则县农牧局长布诺。这位北京政治学院毕业的老牌大学生，竟然对利用太阳能抽取地下水试验表现出狂热的兴趣。他亲自设计挖掘的一眼水井，利用光伏电池带动水泵，井深四点二米，每小时能抽水三十吨。推广后将给牧区无水草场的开发带来福音。

普兰县副县长孙景宏不辞劳苦，对冈仁波齐神山和玛旁雍错神湖

改则县的牧民个体户修建新房后，第一件大事就是装上电话，加强与全国客户的联系。

神秘的古格王宫遗址、香孜岩窟壁画得到保护和维修，招来八方游客。图为修复后的古格壁画。

的历史传说、地域面积和旅游特点进行调查研究，新近提出了建立“塔尔钦旅游区”的设想。并亲自去拉萨游说，要政策，立项目，筹集资金，感动了自治区有关领导，当场拍板定案。一个灯火通明，集旅舍、餐厅、朝圣、民俗、娱乐于一体的旅游基地将出现在冈底斯山下，成为阿里高原上一颗璀璨的明珠。

措勤县委常委、宣传部长诺纳为帮助门董乡两村的四十九户牧民尽快摆脱贫困，亲自向银行贷款七万元，带领村民办商店，开茶馆，修建招待所，搞得红红火火，被戏称为“代理村长”。

要办的事情很多，但物力财力有限。各县都从自身的实际出发，采取重点突破的策略，在今年抓住短、平、快的项目，扎扎实实干几件实事，让农牧民增长见识，得到实惠，鼓舞士气，为“九五”开了一个好头。普兰县组织干部群众和部队官兵奋战二十余天，在孔雀河南岸兴修水渠十余公里，开垦荒地九百亩，建起一片集体性质的商品粮基地，明春即可播下第一批种子。日土县贷款兴建的羊绒梳理厂也于 7 月 27 日剪彩投产，改则县结合行政村的调整，定点、统一购

象泉河两岸的土林奇特壮伟，给游客以无限遐想。你看，这头苍老的“大象”正步履蹒跚地向我们走来，欢迎远道而来的客人。

买和运输木料，帮助牧民修建永久性房屋，百分之三十的牧民实现了从逐水草而居到定居游牧的历史性转变。

“看准市场变化，放开搞活，能快就快”。这是阿里地委新提出的发展战略，既要有计划又不能受计划束缚，鼓励大家边实践边摸索。看准了就马上干，不要错过良机。东三县根据市场行情，今年大抓矿产开发，上半年产值达一千四百九十万元，比去年同期增长近十倍。

新观念新姿态开拓出新局面。虽然阿里在建设道路上还会遇到公路简陋、能源短缺、资金不足等诸多难题，但广大干部群众解放思想、艰苦奋斗的精神实在令人钦佩。他们克服种种艰险，用智慧和汗水谱写出“九五”第一年的壮美篇章。

阿里人昂首阔步向我们走来。阿里不再遥远。

（写于1996年9月10日，翌日发表于《西藏日报》）

他们的名字叫“老西藏”

从哪年哪月哪个时光，
人们开始称你老西藏！
你也许只轻轻一笑，
你也许曾深深思想。
你，老西藏，
平凡而又伟大！
你，老西藏，
默默无闻又万分荣光！

——摘自杨星火诗《致老西藏》

进军路上，那个年龄最小的女兵

——高世珍（格桑卓玛）访问记

1950年，解放军第十八军奉命进军西藏，揭开了雪域高原历史最辉煌的篇章，也是中国共产党继二万五千里长征之后又一次震惊世界的革命壮举。十八军四万多进藏将士中还有一千一百名女兵，其中包括途经四川、青海时招来的七十多名藏族姑娘。她们与男兵一样爬雪山过草地，站岗放哨，赶牦牛住帐篷，又大多能歌善舞，藏族女兵还具有藏汉两种语言的会话优势，为采购物资、联系群众、宣传党的民族政策立下汗马功劳，成为进军路上最活跃的群体，一道亮丽的风景。

进藏女兵中有三个年龄最小的，只有十一岁，而且是清一色藏族。历史不会忘却她们的名字——高世珍（格桑卓玛）、小次仁、贺平。她们为什么要挣脱父母温暖的怀抱报名参军，怎样以勇于吃大苦耐大劳的惊人毅力，凭持两条柔嫩小腿翻越崇山峻岭抵达拉萨？又如何在艰苦环境里锻炼成长，与高原百万翻身农奴一道度过和平解放、民主改革、社会主义现代化建设坎坷、漫长而又辉煌的岁月？一直成为人们关注的话题。

西藏民主改革五十周年前夕，我专程访问了当年我在江孜记者站工作时的老邻居高世珍。高世珍于2005年从自治区政协副主席的岗位上退休，返回四川，定居成都。因为进藏时年龄最小，退休时便一跃成了在藏工龄最长的“老兵”。光阴荏苒，当年两条长长的辫子换

1999 年笔者和“老西藏”高世珍（中）、旺堆次仁（右）合影

成了盘在头上的花白发丝，但仍然精神矍铄，说话像当年一样快言快语，待人随和，“老李，别叫什么‘书记’、‘主席’的，还是按过去习惯，就叫我‘小高’吧。”

又哭又闹去西藏，“我无怨无悔”

十一岁的小姑娘，小学三年级小学生，哭着闹着要参军进藏，在今天看来确实不可思议。她知道道路多么遥远和艰险吗？她预见到此行将一去不返吗？我很想听到高世珍的几句诸如“解放百万农奴”、“长期建藏，视死如归”之类的豪言壮语，为她半个多世纪不平凡的高原岁月增添光彩。她的回答很平淡，但很可信：“说实话，我那时什么都不懂。只感到参军很光荣，能当一个女兵更神气得不得了。”

高世珍的故乡德格县原属西康省管辖。1949 年底，当解放大军势如破竹向大西南开进的时候，国民党省主席、大军阀刘文辉起义投诚，德格也顺理成章宣告解放。政权交替显得十分平静。真正热闹起来是在 1950 年夏天，一拨一拨解放军涌向这个金沙江畔的古老小镇，《解放区的天是明朗的天》的欢快旋律在大街小巷此起彼伏，高世珍深切感受到新生活的明媚阳光。不久她就知道其实那么多解放军并不打算在德格久住，而是要借助这条千年茶马古道继续西行，解放祖国大陆的最后一片土地——西藏。全县藏、汉族同胞积极筹备牦牛、粮草，掀起一股支援前线的热潮。她的哥哥率先报名参军进藏，让高世珍羡慕得心痒。10 月，德格又来了一支女兵，大都是从甘孜、康定一带刚参军入伍的藏族姑娘，扎两条小辫，一身草绿色军装，雄赳赳气昂昂地行走在古老的石板路上，好神气啊。原来女孩子也可以当兵！就在那一瞬间，小高下定决心：我要参军，我要到西藏去。

部队负责人对这个贸然闯进来的小姑娘端详良久：身体瘦弱，一脸稚气，分明是个小娃娃嘛，能经受得住数千里雪山大江的长途跋涉抵达拉萨？死活不肯答应。急得小高大哭大闹了一场，还理直气壮地点出她认识的一个女兵的名字，年龄和她差不多，为什么她就不行？一些女兵也围拢来为小高说情，证明小高家庭贫苦，能吃苦，是个好苗子。“磨”得部队负责人无可奈何，只好答应与德格县民政部门商量后再予定夺。第二天，小高早早来到县府二楼一间办公室，军、地双方被她为解放西藏勇挑重担的决心打动了，夸她“人小志气高”，破例录取了这名小兵。给她发军衣、军鞋的时候，竟然连最小号的服装都太大，姐妹们不得不将裤脚往里叠了很长一截缝上，但仍然拖在脚背上，小高还得意洋洋地说道：“没关系的，过几天我就长高了。”部队向昌都进发前一天，部队领导带她去向亲人告别，两个弟弟高兴得抚摸着姐姐身上崭新的军装，父亲却左看右看都高兴不起来，新军装掩饰不住女儿稚嫩的的身躯，还没有步枪高嘛，翻山越岭的艰险他是领略过的，心痛得有些生气，一再希望她长大了再走。但女儿的参军意愿已经不可更改。第二天，老人家执意要给唯一的女儿送行，跟着部队走了一程又一程，千叮咛万嘱咐她要听首长的话，好好学习，爱护身体。小高就这样依依惜别故乡和亲人，义无反顾地踏上了奔赴祖国边疆的万里征程。

进军西藏的第一站是昌都。出发时，昌都战役刚刚结束，西藏地方政府被迫派出和谈代表去北京与中央人民政府谈判。为迎接和平解放后的繁重工作，云集昌都古镇的各路大军在云南坝成立了一所干部学校，高世珍被编入藏族战士培训班提高文化知识，学习党的民族和宗教政策，让这个懵懵懂懂的小姑娘大开眼界，逐渐认识到参军进藏绝不是一个“光荣、神气”所能概括得了的，她和同行的兄弟姐妹肩负着在中国共产党领导下驱逐帝国主义侵略势力、维护祖国统一、建设社会主义新西藏的沉重担子。她好像猛然从峡谷登上山顶，西藏色彩斑斓的前景正在向她招手，隐隐感到能在西藏干一辈子是自己一生的最大光荣。于是学习和劳动都更加有精神了。

硕般多兵站，一个忙里忙外的小“通司”

和平解放西藏协议签订后，高世珍结束短暂学习，被分配到五十二师文工队当演员，随部队向拉萨进发。因为个儿矮，总是在节目中扮演小孩；因为年纪小，背背包总有好心的哥哥姐姐抢着代劳。但小高也不肯闲着，行军路上常常和一个叫强巴的男演员唱着临时编写的快板词给战士们鼓劲。虽然演技尚不成熟，但战士们都被路边这两个文工队员的热情表演所感染，情不自禁地加快了脚步。

十八军是一支敢打硬仗的战斗队伍，更是一支密切联系群众的宣传队、工作队。文工队也不局限于演出，哪里需要就到哪里去。高世珍所在的五十二师文工队路过洛隆西边的一个山谷，那里新建立的硕般多兵站正急需一名翻译，按清朝沿袭下来的称呼叫“通司”。站长发现这个小演员藏语、汉语都不错，恳请文工队把她留下来当了两个月的“通司”。硕般多是西康省到西藏必经的转运口岸，兵站新建，仅有几排简陋的木版房和军用帐篷，却担负着十八军所有进藏官兵、物资和驮畜的转运接待任务，缺这少那是常有的事。大至购买柴草、雇用牲畜，小到借用针头线脑，都需要与当地政府和藏族群众联系解决。“通司”实际上成了硕般多兵站与当地基层组织和农牧民群众之间的“联络官”，工作十分繁忙。当兵站正愁不能给这个唯一的女兵安排一间住房时，高世珍已经在附近一家农户找到了安身之地。房东是一位善良的藏族阿妈，与高世珍一见如故，像对亲生闺女一样亲热，每天晚上屈膝谈心拉家常，有说不完的故事。那时群众对新来乍到的解放军尚存疑惧，西藏反动上层更散布许多稀奇古怪的谣言，刚在干部学校结束培训的高世珍对这些都能及时给予揭露和解释，既为兵站提供了丰富的社会信息，又有针对性地宣传了党的民族政策和宗教政策，宣传了解放军全心全意为藏族同胞服务的宗旨和各项组织纪律。小高还建议路过兵站的文工队员与附近村民联欢，陪同兵站领导走访基层头人和贫苦群众，极大地密切了军民关系。一时间，远近村民还叫不出兵站负责人的名字，但都知道那里有一个会说藏话、会民族歌舞的女兵格桑卓玛。每有路过硕般多的部队首长称赞兵站工作很快打开了局面，站长就会提到高世珍的功绩：“小高真给我们帮了大忙。”不久，五十二师老首长阴法唐和周家鼎听了站长的介绍，为他们师有这样擅长群众工作的女兵欣喜不已，问她想不想归队跟他们到拉萨去。她原本就是五十二师的兵，更克制不住对拉萨的向往，似乎拉萨才是自己参军进藏的终极目标，当场就爽快地答应了。

离开硕般多兵站那天，得到消息的村民手捧着鸡蛋、奶渣、大饼来给高世珍送行。小高牢记解放军“不拿群众一针一线”的严格纪律，谢绝了乡亲们的任何礼物，但房东阿妈硬要把刚烙好的大饼塞在她的怀里，“你是我的闺女，哪有女儿不能吃妈妈大饼的道理”。高世珍被感动得热泪盈眶，迟疑好一阵，才在首长的示意下，将大饼掰成两半，一半恭恭敬敬地送还阿妈，一半小心翼翼地放进挎包。她带走的是对房东阿妈终生难忘的深情。

当年康藏公路尚未通车，沿途要涉过金沙江、澜沧江、怒江等急流，翻越达玛拉、依贡拉、丹达拉、瓦合山、冷拉山、色霁拉山等十七座雪线上的大山。高寒缺氧，身背沉重的枪弹被褥步行，还不时遭遇土匪的袭击，所有进藏官兵都经历着一场严峻考验。读老西藏的进藏回忆录，都有许多惊心动魄的故事，年仅十一岁的高世珍肯定也吃了不少苦头，但回首往事，最让她动情的却是革命大家庭的温暖，对年幼藏族女兵无微不至的关爱和照顾。别人走两步的距离，小高必须走三步才能跟上大部队的行军速度，两个脚板磨出了一个个血泡，疼得钻心。每当她掉队太远，自然就会有男同志停下脚步，弯下腰来强行要背着她走。她至今还记得有几个最艰苦的路段都是在老兵的背上度过的，他们分别是：洛桑慈诚、扎西朗杰，还有几位汉族大哥哥已经记不得名字了。翻越冷拉山正是隆冬时节，山东山西一片白茫茫的冰雪世界，寒风在耳边呼啸，快到山脊的时候，高世珍已累得张大嘴巴喘不过气来，头脑开始发晕，正巧阴法唐副政委从她身边经过，见她嘴唇发紫脸色煞白，立即招呼勤务员牵来他的专用坐骑，命令她骑着马赶快下山。而阴法唐副政委自己却是徒步翻越大雪山走过来的。

越往西走，后勤供应越是困难，虽然《十七条协议》明明白白写着“西藏地方政府应协助人民解放军购买和运输粮秣和其他日用品”，但西藏反动上层却拒不执行，进藏部队面临断炊的困境。高世珍记得翻过色霁拉山后，官兵只能用蛋黄蜡、代食粉充饥，还是定量分配，“我们年龄小的女兵开始感到新鲜，次数多了就败味，吃不饱肚子”。“上面给每个战士发了十几颗水果糖，很多大哥哥都把水果糖让给我们吃，还说，‘你们小孩爱吃零食，我们大人不喜欢’。我和小次仁信以为真，就毫不客气地拿来吃了。长大后才知道，水果糖是大人小孩都爱吃的东西，他们分明是把困难留给自己，要让我们吃饱了好赶路。到距拉萨仅有两天路程的墨竹工卡，我们小分队开了一次工作会议，那天好奇怪，分队长告诉我和小次仁，‘今天会议没有你们小孩的事，出去玩一会儿’。我和小次仁佯装坐在帐篷外聊天，却竖起耳朵聆听他们说些啥，原来是全分队剩下的糌粑只够两个人吃两天了，怎么办？大家一致通过决议，将剩余糌粑都留给我和小次仁食用，一定要支持两个藏族姑娘精神抖擞地到达拉萨”。而今提起这段如烟往事，高世珍仍然禁不住哽咽落泪，多好的战友，多好的部队啊！许多入伍新兵就是在这样艰苦而又温暖的环境里迅速成长，百炼成钢！

载歌载舞到江孜

经历千辛万苦，总算抵达拉萨。但高世珍所属的五十二师奉命驻防后藏江孜，已经走了，还来不及逛逛著名的罗布林卡、八廓街，便马不停蹄地向江孜进发，回到了她分别半年多的师文工队。江孜东连拉萨，西邻日喀则，南面是与印度交界的边境重镇亚东，扼前藏、后藏和与印度往来的交通咽喉，历来是兵家必争之地。1904 年，藏族军民反抗英国军队入侵最激烈的一场战斗就发生在这里，赢得“英雄城”的美名。少年高世珍耳濡目染，被前辈崇高的爱国主义精神感动，一下子就爱上了这片土地，从此扎根江孜，先后担任歌舞演员、民主改革工作队员、宣传队（文工队）长、区委书记、县委副书记，度过了二十余年艰苦的创业生涯。

五十二师驻防江孜地区，不仅担当着守卫祖国边疆的神圣职责，还负责联络上层、向群众宣传，组织各族人民发展生产、安居乐业的繁重任务。文工队排练和演出的歌舞、活报剧、小品节目都是围绕一丝不苟地贯彻《十七条协议》的各项中心任务进行的。为宣传党的方针政策，密切军民关系，下乡演出是经常的事，身背服装道具步行几十里，到了就化妆演出。那时文工队的角色分工并不明显，高世珍演出最多的是新疆舞、藏族锅庄、巴塘弦子等集体舞，表现祖国各民族的大团结。因为年纪小个儿矮，在活报剧、小品中就只能扮演儿童，出台机会难免受到限制，但她藏、汉两种语言都相当流利，可以随演出对象的变化而变化，凡是下乡为藏族群众演出，小高参与演出的话剧、小品是必须排上的，那天真烂漫的形象深受观众喜爱。

万事开头难，在排练和演出的间歇，还得修建营房、开荒种地，一切都得从头开始。那时高世珍才十二三岁，干力气活确实使不上劲，领导就指派她帮厨，协助炊事员洗洗涮涮，给开荒的同志端送馒头、茶水。在驻地看家时，她就给大姐姐们洗床单，整理内务，把房子打扫得干干净净。大家收工回来，无不称赞这个小妹妹勤劳懂事，师里给高世珍评了功。文工队把她的先进事迹编为文艺节目，在各部队巡回演出，受到领导的表扬。

从儿童到少年、到青年，高世珍就这样，行军，开荒，学习，演出，党叫干啥就干啥，忙忙碌碌，在西藏艰苦环境中锻炼成长。回首往事，她始终无怨无悔，因为从德格到江孜的千山万水让一个懵懵懂懂的小姑娘认识了共产党，知道了该怎样走过自己的人生，做一个于人民有用的人。

1957 年 6 月，西藏工委为贯彻党中央关于西藏六年不进行民主改革的方针，大规模精简机构。已转业到共青团江孜分工委工作的高世珍被指派送江孜地区一批藏族青少年去咸阳西藏团校（后来与西藏公学合并为西藏民族学院）学习，自己也抓住时机进修近两年藏语文，弥补了基础文化知识的不足，并在那里与进藏路上结识的文工团同事张云恋爱结婚，成立了一个美满的家庭。1959 年春天，驻藏人民解放军胜利平息西藏反动上层发动的武装叛乱，开始了轰轰烈烈的民主改革，小两口欣喜若狂，一起报名要求返回西藏，丈夫张云因学校工作暂时离不开，高世珍已经迫不及待，就只身提前结束学业回江孜投身于平叛改革的伟大斗争。

高世珍参加民改工作组，在年楚河上游扎奎乡、东甫乡认真发动群众，分配土地和牲畜，建立基层政权，做了许多艰苦细致的工作。庆祝大会刚刚结束，她就被任命为江孜宣传队副队长，要她马上恢复已经撤销的江孜文工队（宣传队）。但原有的骨干早已离去。这次，高世珍遵照分工委关于就地取材培养藏族文艺工作者的要求，全部招用藏族学员。她亲自走访专区所属的亚东、浪卡子、白朗等县挑选演员，三十五名青少年，清一色的翻身农奴子女。正是这个时候，我到江孜记者站工作，成为张云夫妇天天见面的朋友。我曾经提出质疑，这批孩子藏、汉文水平都很低，没有接受过起码的正规文艺教育，能胜任文工队演出任务吗？高世珍却满怀信心，“我就是这样走过来的，藏族人民具有能歌善舞的天赋，这些孩子比我刚参加五十二师文工队时的能耐要强得多”。接着，高世珍从自治区歌舞团调来一位音乐老师，一位舞蹈教练，都住在宗山脚下的一栋简陋平房里，与记者站近在咫尺，成天忙于甩腿练嗓子，琴声歌声不绝于耳，宣传队就这样紧锣密鼓地开张了。

“我就是这样走过来的”，正是高世珍要求所有学员要走的成长之路。宣传队没有专职队长，她实际上是这批年轻文艺工作者的总管家，对学员的生活关爱有加，对学习却分外严格，一丝不苟。特别是那些女孩子，一个个皮肤白嫩，身材苗条，成为镇上许多小伙子追求的目标。每有动静，高世珍就要出面干预，课余时间轻易不准出门。我曾经开玩笑说：“小高，你是不是管得太过分了。”高世珍的回答是：“我完全是为了她们好，十几岁的娃娃正是学习、工作的黄金时段，还不懂如何做人，过早谈情说爱容易误入歧途”。训练不到半年，高世珍又把主要精力投在节目编排上，音乐老师和舞蹈教练每有好的创意，或收到比较成熟的文字脚本，就立即进入排练。宣传队的首场演出既紧密配合了党的中心工作，又具有浓郁的民族风味，在江孜镇引起了轰动。从此，宣传队经常深入农村牧区巡回演出，足迹踏遍江孜专区八县的大部分乡镇和军营，在文化生活相当贫乏的年代，为广大军民送去极其珍贵的精神食粮。为撰写一篇名为《西藏高原上的“乌兰牧骑”演出队》的通讯，我曾经随宣传队进行跟踪采访。根本没有汽车，远一点的地方乘坐马车，近的村子就背着道具、乐器步行，以冷馒头做野餐，以打麦场做舞台，台上台下那一幕幕动人情景让我至今记忆犹新。高世珍进藏路上到底是怎么走过来的，宣传队的所作所为回放了那段久远的历史。她用自己的工作实践给年青一代传递着可贵的“老西藏”精神。

1963 年春，江孜宣传队编创、演出的歌舞《丰收之歌》在自治区文艺会演中荣获大奖。江孜专区并入日喀则专区后，宣传队的大部分演员进入西藏歌舞团，成为自治区十支“乌兰牧骑”小型文艺演出队的骨干力量。但“雄鹰飞上蓝天，影子仍然留在地上”，这批当年的少男少女一直是高世珍家中的常客。

真神，小小年堆区冒出三个省级将才

那群能歌善舞、嘻嘻哈哈的孩子就像长硬了翅膀的鹰，一个个远走高飞了，高世珍的家骤然变得冷清起来。临近专区撤销的时候，领导问她愿不愿意到日喀则去，她翻来覆去想了很久，在江孜待的岁月比在故乡的时间还长，江孜已经成了她的第二故乡，确实舍不得离开。1963 年 11 月，分工委正式下达通知，任命高世珍为江孜县年堆区委副书记。当时高世珍还有一个刚会走路的儿子，丈夫张云有些为难："你这一走，小孩怎么办?""没关系，我和保姆带着孩子一起下乡。"

年堆区地处年楚河上游，正巧是她参加民主改革的地方，地熟人熟，顿时有了如鱼得水的感觉。但一接触到具体工作，她才意识到基层工作困难重重。原区委书记刚刚调离，仅有的一个副区长不久也走了，高世珍成了光杆司令，连一个询问情况的人都找不到。现在只有问自己："工作怎么办?"当年全国报纸正大张旗鼓地宣传"调查研究"、"实事求是"，"对，就该这样办"。于是安顿好保姆和孩子，高世珍怀揣笔记本开始逐乡逐村走访基层干部，听取群众诉求，不到两个月就踏遍了全区五个乡的大部分村落，对这些年的粮食收成、水利设施、群众生活、治安情况有了全面了解。但平生第一次全面主持农村工作，对如何进一步营造和谐环境，激发全区四千多翻身农奴自力更生建设社会主义新农村的热情，心中没底。她先后设计出好几个方案，却连一个可以商量的伙伴都找不到，真有些步履维艰。

高世珍多次要求县委给年堆区配备一个区委书记、一个区长，"我保证实心实意配合他们搞好工作。"兼任组织部长的吴运隆副书记告诉她，目前县委也人手不足，让她自己想办法从基层干部中发现人才，尽快上报。高世珍眼前豁然亮堂起来，对，年堆区五个乡，有那么多乡长、支部书记，都是旧社会苦大仇深的贫苦农奴，虽然读书不多，却经受了平叛改革的考验，在率领群众大兴水利、勤劳致富中表现相当出色，政治觉悟高，密切联系群众，积累了丰富的基层工作经验，为什么就不能让他们的职务更上一层楼呢。

不少单位的一把手喜欢选择唯唯诺诺的“老好人”做搭档，容易形成决议，树立自己的权威。高世珍却不怕挑刺，只要忠于党的事业，正直，能干，敢于说真话就好。她对五个乡的十多个基层干部进行反复考察、挑选，一次就报送了三个区委委员候选人名单。东甫乡桑珠与高世珍同龄，民改后入党，聪明勤奋，先后担任民办教师、农会副主任、乡长、支部书记，给他的任何工作都搞得红红火火，多次受到县委领导称赞。燎原乡支部书记贡觉出身好，政策明，年纪大一些，在群众中有很高威望。最年轻的是小平措，刚满二十岁，是乡团支部书记，1992 年支前，担任全县民工大队的副大队长，在烽火战场上出生入死，是有名的支前模范。县委组织部看到名单特别高兴，连连称赞高世珍慧眼识珠，挑选的都是“千里马”。

当年西藏农村干部都属于“半脱产干部”，就是说只在出差时从财政领取误工补贴，未列入国家正式公务员编制。乡干部要调到区里工作必须经过上级人事、财政、户籍机关层层审查、批报，手续相当复杂。高世珍心急火燎地三天两头往县里跑，向有关部门说情。1964 年上半年，任命终于陆续送达，年堆区可以召开区委会了。新增加的三位委员分别担任副书记、副区长。

一时间，年堆区兵强马壮。高世珍晋升为书记，成为名副其实的第一把手后并不以“家长”自居，一再强调自己没有农村基层工作经历，表示要虚心向大家学习，在区委会形成真话真说，知无不言、言无不尽的良好风尚。一班人相互尊重，相互信任，通过了的议案、措施，大家就心悦诚服、分工合作去实施，干好，有使不完的劲。数年间，年堆区生产发展、生活改善状况都居于前列，修建新房的农户越来越多，多次得到县委、地委的表彰。1965 年，江孜县得到一个去西藏民族学院进修学习的干部名额，计划派平措去学习几年，征求高世珍的意见，正是年堆区干得热火朝天的时节，心里真有一种说不出的滋味，但思量再三，平措年纪最小，前程无量，去内地学习充电是他一生难得的机遇。为了平措的进步，也为了西藏的长远发展，高世珍爽快地送平措踏上了求学之路，为他后来担任江孜县委书记、日喀则行署专员奠定了厚实的文化根基。

1966年开始的十年“文革”浩劫，为西藏广大农村工作带来一场灾难。而在年堆区，不管风吹浪打，始终坚信按计划发展生产，保障四千多农牧民有饭吃，粮食生产仍然得到缓慢增长，社会相对平稳，实在是一个奇迹。或许是为了推广年堆区的经验，高世珍、桑珠、平措先后被调到县里担任革委会主任、副主任、书记、副书记。最后担任书记的是平措，1981年上任伊始就率领全县干部群众大干了一场，整治年楚河，实行科学种植，实现了年产“一亿斤”的奋斗目标，人均占有粮食两千两百斤，成为西藏县委书记学习的榜样。

高世珍在1973年调往拉萨，先后担任自治区妇联副主任、拉萨市委副书记、市人大常委会主任，为平息拉萨骚乱、维护社会的发展和稳定作出了重大贡献。1998年，她和平措同时被选为自治区政协副主席。桑珠则早在1995年就晋升为自治区党委常委兼日喀则地委书记，1998年又以自治区党委统战部长的身份担任自治区政协副主席、党组副书记。年堆区三十多年前的三个老战友再次相聚，让与会委员格外惊奇。纷纷言说年堆是块“神地”，竟然同时涌出三个省部级将才，是西藏历史上的奇迹。桑珠和平措念念不忘高世珍的教诲、提携，高世珍则对两位老同事感激不已，是他们让她懂得了如何从扎扎实实的基层工作做起。——“神地”的丰富内涵，实在是一个值得研究的课题。

（写于2008年12月，发表于《中国西藏》2009年9月号）

雪域公路交通的开拓者——侯杰

鹰隼在蓝天翱翔，全靠两只雄劲的翅膀。今日西藏的现代化建设和旅游事业迅猛发展，得益于汽车、飞机、火车组成的立体交通网络的支撑，已经是有目共睹的现实。这个立体交通网络建设从零起步，经历了五十多个艰辛而又辉煌的岁月。万事开头难。抚今追昔，我们不会忘记一代又一代筑路军民所付出的智慧、青春和生命。1950 年，中国共产党给进军西藏的十八军提出了“一面进军，一面修路”的响亮口号，成千上万将士逢山开路、遇水搭桥，在短短四年里以大无畏的英雄气魄，率先修通了一纵一横、总长四千三百六十多公里的川藏公路和青藏公路，谱写出公路交通史上气壮山河的第一乐章。这两条被藏族人民誉为“金桥”、“彩虹”的高原长龙不仅把拉萨和北京紧紧连在一起，更成为无坚不摧的“老西藏精神”的象征，鼓舞着高原各族人民筑新路，建机场，修铁路，编织四通八达的现代化立体交通网络。

回顾西藏交通事业的发展历程，人们总会以敬佩的口吻谈起一个响当当的名字——侯杰。侯杰，出生在河南杞县中顾楼村一个农民家庭，1937 年毕业于大同中学，翌年参军、入党，在烽火连天的抗日战争和解放战争中立下不朽功勋。1950 年进藏时任中国人民解放军十八军五十四师一六〇团政治委员，最早率领部队官兵投入川藏公路和甘孜机场的修建，涌现出许多英雄人物。1951 年严冬，刚修通的雀儿山路段被大雪封盖，一六〇团官兵在风雪中奋战几天几夜清扫路面，保障公路畅通，受到国家交通部的通报表扬。1953 年转战那曲，正碰上从青海给西藏部队运送物资的七千多峰骆驼累死途中，他马不停蹄地组织数千头牦牛来回奔忙，将一百五十多万斤物资从聂荣转运到拉萨。1954 年春天，侯杰调到江孜担任分工委副书记，又兼任修建日（喀则）江（孜）公路和江（孜）亚（东）公路的指挥长，把边防部队一直接送到祖国西南边境的最前哨。从此在西藏交通部门担任局长、厅长、党委书记等要职达二十余年，成为交通运输的行家里手，高原现代公路交通事业的重要开拓者和历史见证人。

年前，我特意拜访了这位为高原现代交通发展奔忙了大半生的转业军人。离休后居住在成都的侯老已九十老龄，始终情系高原，热情关注着来自那里的每一条最新信息，青藏铁路通车，飞机首次夜航，公路等级的提升，都使他感到极大欣慰。一问起公路创业时期的如烟往事，老人就精神焕发，如数家珍，滔滔不绝。很少谈到自己，话语间却洋溢着当年筑路大军战天斗地的壮志豪情，一位老军人为百万翻身农奴筑路搭桥的神圣天职。

筑路人的胸怀：为藏族人民谋幸福

侯杰刚到江孜任分工委副书记就碰上一场历史罕见的大水灾。年楚河上游色旺湖突然决堤，洪水肆意奔流，淹没下游江孜、白朗、日喀则三个宗（县）的十多万亩庄稼，冲毁近二百个村庄，吞噬几千头牲畜，两万多居民无家可归，情况十分火急。当时他正和阴法唐书记在拉萨开会，得到消息，侯杰带着翻译和警卫员策马加鞭往回赶，翻山越岭跑了七天七夜。青稞地一片泥泞，房屋坍塌，遍地是牛羊尸体，实在惨不忍睹。与地方政府商量救灾措施，很奇怪的是，那里根本没有救灾机构，也拿不出起码的救灾物资安置灾民。分工委和驻军动员干部、军人全力以赴投入救灾，但当时西藏还处于地方政府统治之下，我们的救灾物资很难直接发放到农奴手里。党中央、国务院对灾民极为关怀，毅然决定拿出二百四十八万银圆用以工代赈方式修建江孜到日喀则的公路，帮助灾民渡过难关。鉴于侯杰在修筑川藏和青藏公路中积累了丰富的经验，顺理成章地被任命为修建新公路的指挥长，西藏噶厦和班禅堪布会议厅各派一名副指挥长。

在筑路指挥部的第一次会议上，侯杰强调这次修路一是为了江孜和日喀则人民的长远幸福着想，务必保证工程质量，二是要严格执行党的民族政策，切实把中央专款用在灾区民工身上。经过深入细致调查，三个受灾县共组织三千三百四十名灾民，编为四个民工大队。一六〇团的一个营也参加进来，并派出骨干深入民工队进行组织施工和技术指导工作。指挥部提前将大米、茶叶、白糖、盐巴等生活必需品发放到工地，月底按民工完成的土石方计算工酬，扣除生活费用后每个民工可以净得一百个大洋，是农奴们从未享受过的优厚待遇。不料，第一次刚刚领到工资，一些领主和管家就跑来收缴银圆，有的甚至早已等候在发工资现场收钱。侯杰对这种明目张胆的剥削行径极为愤慨，但西藏尚未实行民主改革，无法进行干预。

侯杰为此专门招集指挥部人员开会研究，如何让民工确实得到赈灾实惠，帮助民工及其家属缓解困境。会上商量：可以根据民工要求预发实物，并扩大品种和数量，如布匹、酥油、糌粑，让他们将劳动所得的实物捎给家人；允许民工提前借支现金，解决受灾农奴家庭的燃眉之急；不公布发放工资的具体时间。这样做虽然不能根本杜绝领主的贪婪，但毕竟让受灾民工切实感受到了党的关怀和温暖。对那次筑路工地上的工资风波，侯杰至今难以忘怀，感触尤深：“封建农奴制度是个什么样子，我算亲眼看到了。不实行民主改革，彻底解放百万农奴，西藏人民就没有幸福可言。”

选好走向，尽量裁弯取直，是提高公路质量和节省筑路费用的关键环节。侯杰与测绘队技术人员反复磋商，以洪水冲刷留下的痕迹作为定线的水文依据，利用白朗县视力所及的日喀则扎什伦布寺的高大晒佛台作控制点，设计出一条走向合理、修建省时省工的施工线路。对民工无微不至的关怀又极大地调动了广大民工的筑路热情，他们都能以主人翁的姿态积极学习技术，吃苦耐劳，修路进度比预料的快。

仅用三个多月时间，就修通了从江孜到后藏首府日喀则全长九十一公里的新公路，实现与同期修建的拉（萨）日（喀则）公路接轨。而费用只花了以工代赈专款的百分之三十六点五，修路进度快，质量高，领导和民工皆大欢喜。

江日公路的以工代赈专款还剩余一百七十一万银圆，该怎么处理？“当然应发到灾民手里去。”侯杰说。其实早在江日公路接近收尾的时候，他心中就谋划着一幅通过川藏、青藏、拉亚公路把北京、拉萨和我国西南边疆重镇亚东连接起来的宏伟蓝图。话刚出口就得到江孜分工委领导和指挥部同仁的一直赞同。于是他连夜写报告，要求用以工代赈的余额趁热打铁把公路一直修道亚东去。西藏工委转呈党中央、国务院，立即得到批复：同意！侯杰又率领指挥部原班人马、志愿继续修路的一千多灾区民工转战到江亚线工地上，西藏军区派出两个连，西藏交通局组成的临时测绘队也迅速赶赴工地，开始了一场新的战斗。江亚线全长二百零七公里，要穿过海拔四千多米的辽阔草原，翻越喜马拉雅山南麓的峡谷急流，沿途人烟稀少，正是隆冬时节，施工比江日公路要困难得多。但这次广大民工筑路技术已相当熟练，军工都是久经考验的战士，侯杰及其指挥部驾轻就熟，上下团结一心，修路热情高涨，进展十分顺利。1956 年 4 月 1 日，仅用半年多时间就全线贯通。这是西藏和平解放后共产党在西藏首次用以工代赈方式修建的公路，既让群众得到实惠，又学到了技术，他们亲身感受到共产党、解放军是全心全意为藏族人民谋福利的。不少民工后来成长为建设新西藏的栋梁之才。

亚东乃西藏边境的军事重地。1904 年著名的抗英之战就是从这里开始的，英国侵略军首先占领亚东，诱使西藏地方代表在春丕附近的曲米雄廓谈判，采取极其卑劣的手段杀害我藏军团长和五百多藏族军民，一直是藏族同胞难以忘却的心痛。1963 年春耕时节，我曾怀着沉重的心情去当年举行“和谈”的曲米雄廓悼念英烈，一位陪同的农夫告慰我说：“如今通了汽车，有解放军日夜把守国门，我们可以放心睡觉了。”

扎营格尔木，打造支援西藏的牢固后方基地

亚东通车后，侯杰调拉萨担任新设置的西藏工委财经工作部副部长，积极投入西藏自治区筹备委员会成立的各项准备工作，迎接陈毅元帅率领包括歌舞、杂技、京剧、电影等演出团队的庞大中央代表团来拉萨参加庆典。处处洋溢着各族人民携手并肩建设新西藏的火热情怀。侯杰在筹委会上被任命为建设处副处长，是他为高原美好明天大展拳脚的时候了。

不料艳阳天后面飘来阴云。西方反华势力与西藏分裂势力狼狈为奸，首先在四川甘孜藏族局部地区发动叛乱，消息传到拉萨，在喇嘛、贵族上层引起极大震动和恐慌。党中央审时度势，断然决定西藏至少六年内不进行民主改革，何时改革要等待地方上层领导觉悟后再定。1957 年 3 月，西藏工委遵照中央指示，将筹划中的“大发展”改为“大收缩”，停止大部分在建工程，全区只保留了三千七百余名工作人员，精简的干部职工达四万多人。刚刚实现粗通车的川藏公路、黑（河）阿（里）公路已经无法进行维修、保养和正常营运，经报请中央批准决定保留一条青藏公路，在青海省格尔木成立青藏公路交通运输管理局，并在拉萨设立办事处，承担为西藏边防部队、地方建设运送人员和必须物资的任务。侯杰被调到格尔木担任副局长、党委副书记。青藏公路的开拓者慕生忠任党委书记兼局长，白云峰任第一副书记和局长，还有青海省交通局和交通部五局派来的兼职副局长。由于历史和工作的种种原因，侯杰上任不久就实际上主持着该局的全面工作。

西藏缩编后，昌都汽车修配厂和昌都、拉萨的汽车队整体迁往格尔木，拥有吉斯、解放、太脱拉、大道奇等各牌货车一千一百一十三辆，加上当年开通青藏公路的老工人，注册职工连同家属猛增到三万多人。要让这么多人安定下来，吃喝住行都是大问题。侯杰和他的同事们成天忙着选择地址，修建厂房、车间、食堂和职工宿舍，还要开

荒种菜。格尔木河西岸的戈壁滩上破天荒地出现一座虽然简陋却规模宏大的新城，比河东的格尔木县城还大。当时正是三年自然灾害、内地生活最困难的时期，一些原西藏被精简的交通职工回老家很难安排工作，纷纷涌向格尔木，托人向老首长要求恢复工作。侯杰一听说是西藏交通战线的老职工，总是来者不拒，并吩咐下属单位：正是国家最困难的时候，我们要尽力为祖国分忧，不就是多几张嘴巴嘛，我们还养得起。都是高原上同甘共苦的战友，让他们留下来也是为未来西藏建设储备一批难得的人才。这些被收留的职工后来都返回西藏为高原建设付出毕生精力，回顾自己的坎坷人生，无不对侯杰怀着深深的感激之情。

人多好办事。西藏实行“大收缩”，格尔木却进入“大发展”的鼎盛时期，被称为祁连山下的一颗璀璨明珠。侯杰谈到当年大刀阔斧打造西藏牢固后方基地的经历时，情不自禁地掰起指头一一数着管理局所兴办的企事业单位：两个汽车修配厂、更张林场、房建队、公路养护段、土门格拉煤矿、班戈湖硼砂厂、砖瓦厂、钾肥厂、盐湖机场、秦剧团、子弟学校、职工医院、招待所，贸易公司，交通报社……共有五十多家。大都是直接为青藏公路这条交通大动脉服务的，还搞多种经营改善职工生活，增强自身活力。军、地汽车从甘肃的峡东火车站经过柴达木、格尔木进入拉萨，再到边防前哨亚东，路面养护做到平整、美观，吃饭、住宿、加油一条龙服务，四千里畅通无忧。

西藏上层反动集团对这条通往西藏边疆的钢铁运输线恨得咬牙切齿，不断向道班发起武装袭击。国防部长彭德怀元帅 1958 年 10 月来格尔木视察，极为赞赏青藏线职工的艰苦创业精神，并亲自向陪同视察的兰州军区司令员张达志和青管局领导慕生忠、侯杰下达命令：给每个道班配备枪弹、火炮，一定要保障道班工人的生命安全，保证青藏公路通行无阻。于是全线藏汉族职工一面修路一面练兵，先后胜利击溃了武装叛匪对一五六道班、七十九道班和拉萨运输总站的野蛮袭击，受到西藏军区和交通部的通报表扬。

1959 年 3 月，西藏上层反动集团在拉萨公开发动武装叛乱，国务院3月28日发布命令，决定解散西藏地方政府，由西藏自治区筹备委员会行使地方政府职权，边平叛边改革。各路平叛大军奉命浩浩荡荡奔赴西藏，侯杰及其青藏公路广大职工的多年辛勤经营为胜利平叛和民主改革立下了不可磨灭的功勋。

勇接周总理命令，开展硼砂大战

为适应新时期平息叛乱和民主改革工作的需要，西藏工委要求青藏公路管理局进行工作大转移，以拉萨为中心开展交通运输工作。侯杰像军人接到作战命令一样，带上秘书连夜奔赴拉萨，把该局驻拉萨办事处变成交通运输大军配合平叛作战的临时指挥部，根据平叛斗争的进展和需要，研究、调动全区各车队、养护段和筑路工程队数万名职工，及时修复被叛乱分子破坏的路段和桥梁，做了许多艰苦细致的工作，受到平叛部队官兵的一致称赞。1959年7月，西藏工委决定撤销青藏公路交通运输管理局，将其并入自治区筹委会交通处，任命侯杰为交通处处长、党委书记，全面负责全区的交通运输工作。机构设置，车队搬迁，旧路亟待修复，新路急需申报勘测，真是千头万绪，忙得不可开交，用他部下的话说就是："连陪老婆吃一顿饭的时间都没有。"

偏在最紧张的关头，周总理给西藏下达了一项更刻不容缓的任务，还非得侯杰受命不行。

那是1960年4月初，侯杰接到张国华司令员从北京打来的电话，要他立即赴京开会商谈重要事宜。为何如此火急？到底是什么要事？他心里没底。那时拉萨到北京没有直达航班，汽车转火车，火车转飞机，好不容易抵达北京时仍然比预计开会时间晚了一天。张国华司令员告诉他说，眼下国际政治斗争十分复杂尖锐，过去的一个友好邻邦趁机向我国逼债，而且指定要西藏出产的硼砂。周总理前几天亲自找到在北京开会的两位书记张经武、张国华说："全国人民都在勒紧裤腰带还外债。现在，我要你们在西藏采运十万吨硼砂换取外汇，有没有困难呐?”司令员没有把握，知道手下有个侯杰，这位当年十八军的老团长在主持青藏公路交通运输管理局工作期间在藏北的班戈湖开采过硼砂，如今又掌握着全西藏的运输大权，特地招他赴京征求他的意见：“你敢不敢接受这项任务?”语言来得相当和缓，但军人出身的侯杰一下子就掂出了那雷霆万钧的分量。清还外债，与全国人民共渡难关，那是来自国务院总理的命令啊！就像前进路上遭遇到敌人的碉堡，军人的选择只有一个：拼命往前冲！——这就是侯杰给司令员的回答。张国华放心了，笑了笑说：“你再周密地想一想，还有哪些困难，都一条一条地提出来。总理说了，你要啥给啥。”困难还真不少，硼砂湖在青藏公路线以西二百一十一公里处，全是坑坑洼洼的等外路，大规模采掘势必延伸至杜加里，还有大约一百多公里就根本没有路，大都属于沼泽地带，沿线平均海拔四千五百多米，空气稀薄，风雪交加，人烟稀少，必须吃大苦耐大劳，等等。侯杰也不敢马虎，又火速回到拉萨向工委主管财经工作的郭锡兰副书记汇报，连夜与交通处同事磋商、草拟硼砂大战方案。带回北京的方案没有说一句困难，呈送总理的只有一张急需人员和物资的清单：运货车两千辆，足够五万人居住的棉帐篷，部队干部三百二十人，司机两千名，司助两千名，要军人和转业军人，还有炊事员一百五十人。——如果说有什么特别要求，仅仅强调部队干部和转业军人一条，因为他坚信有了“一不怕苦，二不怕死”的解放军战士参加进来，就没有克服不了的难关。中央军委对此特别理解，同意抽调三百二十名部队干部进藏，支援硼砂大战的驾驶员是清一色的现役军人或准备转业复员的军人。

总理很快批准了西藏和有关部、委《关于增加硼砂出口的报告》。接着张经武、张国华、侯杰和国家经计委、化工部、交通部、解放军总后勤部联合召开了实施《报告》联席会议，对每个具体环节进行部署。要求西藏全年完成生产、运出十万吨硼砂，力争完成十二万吨并运到兰新铁路的峡东站交付外贸部接收，在吉林加工成精硼出口。

任务繁重，时间紧迫，侯杰于4月底赶回拉萨，与郭锡兰一起火速到藏北矿区考察，立马成立以硼砂厂党委书记杨林为首的矿区公路修建指挥部，同时决定加宽一一一道班至土门格拉煤矿的六十公里路面，确保即将涌来的数万名职工生活用煤。在矿区公路与青藏公路交汇点安多设立指挥部——所谓“指挥部”也就是几顶临时搭起的军用帐篷。北京等地支援采运硼砂的车辆、人员也陆续抵达峡东。公路尚在修建，中央军委指派的运硼车辆就迫不及待地开进矿区，就像当年“一面进军一面修路”一样，拉开了硼砂大战的序幕。

这是我国经济最困难的历史时期，在西藏高原最艰苦的环境中，由西藏交通处扮演主角开展了一场关系国家全局的硼砂大战。侯杰直感到周总理那双睿智的眼睛时刻关注着自己：此仗只许打好、不许打败。首先必须把交通系统成千上万职工的积极性调动起来，党委向全系统提出“一条心，一股劲，全家保硼”的口号。拉萨和格尔木的几个车队相继扎营安多，指挥部周围很快形成一个车来人往的帐篷城市。安多运输站承担了大部分硼砂的中转装卸任务，一百多名装卸工轮番作业，不管刮风下雨都不能停顿。遇到突击装卸，指挥所的干部，包括侯杰、汤化东、李春宪等领导也和大家一起装卸，每麻袋硼砂一百公斤，晴天满脸尘土，下雨一身泥泞，十分辛苦。

运硼期间，大量矿砂要拉出来，一万多矿工的生活用品要拉进去，行车密度大增，那时还没有铺设沥青，路面不断出现搓板、坑槽，雨后更常常发生陷车；也没有修路机械，一切全是手工操作。交通处要求沿途养护段职工始终处于战备状态，及时修复搓板、坑槽，一有陷车就尽快帮助解决，保证道路畅通。指挥部发出命令：各路段不许有阻车事故，凡堵车超过一小时要追究该路段的领导责任。修路工人白天忙修路，晚上还要拖车，有时司机都感到过意不去，连连称谢。格尔木汽车修配厂则实行二十四小时值班制度，车间日夜灯火通明，所有车辆故障都做到了随到随修，极大地提高了跑车效率。

“多写写那些军人，还不能忽略了几万名矿工司助。”在几天的访问中，侯老一提起参加硼砂大战的部队指战员，青年矿工、司机和修路工人就赞不绝口，谈得很动情。其中许多同志全凭着服务祖国的热情来到西藏，不适应高山缺氧的气候环境，生活的艰苦也在他们意料之外。住的是帐篷，喝的水要从几十里远的扎西藏布江去拉，断煤缺水是经常的事，只好靠干白菜啃冷馒头过日子。但干起活来却从不马虎，个个都是好样的。

硼砂大战4月底拉开序幕，12月末圆满结束，共采掘、运出硼砂11万多吨，超额完成周总理下达的任务。张国华司令北京开会回来专程去青藏公路线上看望大家："你们完成得都很好，中央很满意，总理很满意。"

惊涛骇浪，建造雅鲁藏布江第一桥

1966年春寒料峭时节，自治区批准建造飞跨雅鲁藏布江的第一座公路桥——曲水大桥。

作为自治区的首任交通厅长，侯杰义不容辞地挑起了工地指挥长和党委书记的重担，也谱写出了他铺路架桥漫长生涯中最具戏剧色彩和人格魅力的篇章。

雅鲁藏布江发源于阿里冈仁波齐神山，汹涌澎湃东流三千里，沿江两岸崇山峻岭，土地肥沃，乃藏族文化发展的摇篮和主要粮仓。随着众多公路向藏南延伸，修建一座跨越雅鲁藏布江的公路大桥把南北连成一片，成为西藏各族人民的渴望、交通系统广大职工的神圣职责。修桥申报批复下来恰逢"文革"前夕山雨欲来风满楼的时候，整体社会环境和政治气候把指挥长推进喜忧交加、十分尴尬的境地。自治区主管经济工作的负责同志在修建曲水大桥动员大会上强调要以阶级斗争为纲，鼓足干劲，力争上游，多快好省地建设曲水大桥。明确指出，大桥总投资五百万元不准超支，四百万建成是上游，超支属下游；务必在当年"十一"通车，提前是上游，超期属下游。在西藏技术、设备都还相当落后，桥址河床地质结构尚待探索的情况下，这样限期、限钱划定"上游"和"下游"标准，好似一把悬在头上的尚方宝剑，对指挥长侯杰的精神压力是可以想见的。但是，著名诗人郭沫若有句名言："戴着枷锁的舞蹈才是最美的舞蹈"。他已经习惯了，上任伊始就下定决心，甘愿戴着"枷锁"为西藏人民建造一座最好最美的桥梁，对与他合作共事多年的副手、工程师和广大职工的拼搏精神寄予无限信任。

但事情的发展比他想象的要严重得多。刚刚选好桥址，各路大军汇集曲水县达嘎渡口开始基础工程，一个庞大的“四清”工作团也开进了工地，在大江两岸竖起林立的红色标语牌，开大会，组织学习“四清”文件。一边要争分夺秒、建设高质量的跨江大桥，一边要政治挂帅，清理阶级队伍。整个大桥工程自始至终都是在这种极不协调的气氛中进行的。

“不管风吹浪打，胜似闲庭信步”。作为大桥指挥长，侯杰紧紧抓住三条不放：一是四百万工程款必须用在刀刃上，二是步步为营保证“十一”通车，三是绝不能把大桥修成豆腐渣工程。万丈高楼平地起，关键在桥基牢固。为制定与达嘎渡口地质结构相应的施工方案，他不惜三次派出技术人员前往陕西汉中、河南灵宝和新疆等地考察参观，最后选择乌嘎斯钻机打孔，采取钢筋混凝土灌注桩的新工艺，又针对本工地、本工程的实际情况对钻机进行改装，经过几十次反复试验取得成功。采用钻机灌注，每个沉井基础的桥墩耗用水泥数量比老工艺节省三分之二，极大地降低了大桥建筑成本，被以后西藏桥梁建设广泛采用。

预制和运送大梁也是一个难关。桥面长七百多米，三十三个孔洞，共需预制钢筋混凝土T形大梁一百七十五块，每块重达二十多吨。内地桥梁工地都有专门的特大货车装运，西藏做不到。经过反复考量，侯杰毅然决定因便就简把预制场摆在工地沙滩上，运梁距离最短，便于吊装，但可能遭遇被洪水淹没的风险，必须时刻关注水情变化，防止洪水袭击。6月初，气象局发来预报，当年第一个洪峰将在月底抵达曲水。如果不抢在洪水到来之前完成深水区吊装，整个工程就会功亏一篑。侯杰立即召集有关部门领导和工程技术人员研究，一致决定全力以赴转入吊装工作，从深水区逐步向浅水区延伸，并明确提出提前在“八一”通车的响亮口号。职工深受鼓舞，抓紧时间一丝不苟地做好自己的分内工作，起重班、潜水班、预制场、石工班、电工班都不舍昼夜地坚守岗位。炊事班的饭菜也做得格外丰盛可口，热腾腾地送到工地。处处一片背水一战的忙碌景象。15 日，侯杰奉命去林芝参加西藏工委会议，但始终牵挂着工地，每天几次打电话询问吊装进展，反复叮咛越是忙碌越要注意安全，千万不可粗心大意。28 日天气突变，江风阵阵，雨雾蒙蒙，从领导、工程师到工人几乎整夜没有睡觉，聚精会神进行大梁吊装，还有无数双眼睛紧盯住河水。29 日凌晨 4 点 30 分——雅鲁藏布江第一个洪峰到来前四个小时，深水区的最后一片大梁安全落在高高的桥墩上。这时河水开始上涨，领导和职工相互搀扶着下到齐腰的水里将贝雷架部件搬移到安全地带，已经是早晨 8 点。眼看首个洪峰巨浪卷走已经完成使命的木笼框架，大江两岸一片欢腾：我们胜利了！

侯杰开完会回到工地，看到一幅醒目的大标语——“狠抓牛鬼蛇神，打倒走资本主义的当权派”，“文革”火焰越烧越炽。他也顾不了那许多，忙着大桥收尾和总结工作。浅水区吊装工程已接近尾声、预制场所有设施、机具、材料也转移干净，进入栏杆安装、铺筑桥面工作。这座当时最宏伟的跨江大桥从设计、施工到“八一”通车，只用了四个半月，比预计的“十一”提前整两个月；结算费用仅三百五十四点五八万元，为预算金额的四分之三，应该列入多快好省修桥的典范。他始终不明白，“走资派”到底在哪里？

8 月中旬，交通厅大院贴满大字报，矛头集中对准头号当权派侯杰，指责他执行修正主义路线，重业务轻政治，纵容“反动学术权威”，鼓励“白专道路”，等等。10 月 4 日，自治区党委错误地将侯杰定为“走资派”交群众批斗，他暂时告别了热爱的交通运输工作。

“老交通”不变的情怀

1973 年，侯杰恢复工作担任交通厅党委书记；打倒“四人帮”后晋升为自治区副主席，已到花甲之年。职务晋升了，他仍然住在药王山下那栋简易平房里，对交通厅大院的职工，还有那块耕耘多年的菜地怀着终生不渝的情怀。

采访中，侯老只字不提自身在“文革”中经历的磨难，“那是极‘左’思潮给我们民族带来的灾难，个人受点委屈又何足挂齿”。改革开放开创了我们国家一个崭新时代，复出的侯杰对曾经错误批斗他的群众毫不计较，认定长期对立的两派群众都是极“左”思潮的受害者，很快激发出交通运输系统干部职工创建新生活的热情，团结一心医治“文革”带来的创伤。充实各级领导班子，恢复正常生产秩序，加速改造青藏公路、川藏公路两条大动脉，收到立竿见影的成效。大批有知识有作为的年轻俊才脱颖而出。

1984 年，为迎接自治区成立二十周年，中央和兄弟省区援助西藏建设四十三项重大工程，总金额达五亿元。人员和物资运输任务很重，时间十分紧迫，给青藏公路造成极大压力。正是青藏线改造和铺设沥青路面最繁忙的时候，再加上严冬大雪，南来北往的数千辆货车被堵塞在北段无法通行。六十五岁的自治区副主席的侯杰火速赶赴现场解决困难，还不忘给道班工人捎去一麻袋新鲜蔬菜。职工们忙不迭地簇拥老厅长到家里拉话，捧出喷香的酥油茶：“您这么大年纪了，还大老远来看我们……”侯杰连连说：“我身体好着哩，老朋友长年累月为养路辛劳，我应该来道一声谢谢呀。”在近半个月时间内，他首先组织推土机推扫积雪，接着与格尔木办事处、施工队、养护段和参加抢运物资的区内外车队开会协商，就如何顾全大局、相互支持达成共识，很快扭转了堵车局面，既保证了四十三项工程的大批物资及时运到工地，又保证了青藏公路改造计划的顺利实施。

如何修建通往高山峡谷区墨脱的公路，始终是侯杰挥之不去的一块心病。从上世纪六十年代开始，他反复派人勘测、设计，提出了许多方案。1965 年和 1975 年两次动工，动员五千多人，耗资三千多万元，牺牲员工三十四人，均以失败告终。1975 年规模最大，历时五年，翻越海拔四千多米的多热拉山，通车里程已达一百零六公里。1980 年 9 月突然一场暴雨引发巨大泥石流沿山而下，艰辛打通的路面毁于一旦，而且席卷了筑路营地的一切设施和资材，不得不立马撤回扎木待命。是继续修下去还上停工撤退？两种意见争持不下，要请侯杰定夺。侯杰和交通厅长张如珍结伴去墨脱工地考察，毅然决定立即停止修建。有人主张停工可以，但应继续维护已修路面，对墨脱实施分季分段运输，侯杰认为“要停就全部停，养护也不搞了。”——回首往事，我问侯老作为一个修路大半辈子的“老交通”，为何会在停建墨脱公路上那么坚定不移，表现出非凡的气魄。“其实也难呀，”侯老叹了一口气继续说：“我很赞赏修路同行的志气，一心要填补我国唯一一个没通公路的空白县；我也理解墨脱的干部，极力想为山区经济发展开掘出一条阳光大道；还有那些为修路牺牲的志士，好像只有尽快修通墨脱公路才能安慰他们的在天之灵。但是和平年代和战争年代不一样，墨脱地质情况非常复杂，修路要讲科学，要顺应自然规律，把经济发展和保护生态环境结合起来。两次失败其实都是急于求成、死拼硬干造成的。”我插嘴问道：“那么墨脱公路要停到什么时候呢?”侯老骤然来了精神，“当然要修，而且要修一条最漂亮、最环保的森林公路”。他列举了全国和西藏一些专家很好的设想，他最欣赏的是在多热拉山腰打通一条隧道，从隧道出口架设若干直通墨脱县城的高架桥，既极大地降低了汽车运行的海拔高度，又减少了公路翻山越岭带来的困难，还有效地保护了原始森林的植被。我国今天的科技水平和经济实力是完全可以办到的。让国内外旅游家、探险家和热爱西藏的人们来墨脱参观、考察、度假，让亚洲最后一片净土向外界展示出它特有的美丽富饶和民族风采。

一幅多么诱人的图画!

（写于2008年12月，发表于《中国西藏》2009年第5月号）

怀念女诗人杨星火

2000年10月23日，星火走了，悄悄地走了。我得到噩耗已是31日上午，是罗念一告诉我的，嗓门压得很低，好似星火正在构思一首新诗，唯恐扰乱了她澎湃的思绪。星火走时叮咛家人，不设灵堂，不开追悼会，不惊动领导和朋友，就这么悄悄地离开了我们。宛如蓝天上的一颗明星，燃尽自己之后悄然陨落，留给人间的只有一道辉煌的光焰。

我初识星火是在1960年进藏以后，但早在50年代就被其诗作吸引。先是那首由星火作词的著名歌曲《叫我们怎么不歌唱》，祖国边疆无与伦比的美丽、富饶和能歌善舞、热情好客的藏族同胞令我这个内地青年如痴如醉，接着又从《人民文学》读到她的叙事长诗《菠萝达娃》，被藏族人民高度的爱国主义情怀深深地打动了，唤起对那片神秘土地的无限向往。我终于捧着那本《人民文学》踏上诗人热情讴歌的这片高天厚土。凑巧，星火的爱人唐和清和我同在一个单位工作，星火当时是军区政治部《高原战士报》的编辑，见面的次数很多，却无缘晤谈。她总是来去匆匆，齐耳的短发，肩头那颗星星在高原的阳光下分外耀眼，英姿飒爽。一个初出茅庐的大学生要和著名诗人攀谈还有几分胆怯。那天傍晚，我和电台文艺部主任王讴正在机关门外的林卡里积肥，星火骑着自行车回家路过林卡，匆匆下车向王讴问候。王讴向她介绍了我，“小李也喜欢写诗，读你的《菠萝达

杨星火在她的书房里（摄于1992年）

娃》读得入迷了。”星火显得很高兴，告诉我说，“菠萝达娃”应该是“波梦达娃”，就是“达娃姑娘”的意思。我很为编辑如此粗心大意表示不满，星火却笑了笑，拍着我的肩头解释说，“不，不，应当检讨的是我，我的字写得太潦草了。”诗人的谦虚大度和平易近人给我留下了深刻印象，由此开始了我们长达四十年的交往，一直是我文艺和人生道路上的良师益友，不过，她不让我们称呼“老师”，不是好为人师的人，也不要我们称呼“大姐”，始终保持着年轻的心态，“就叫我星火吧！”

在五六十年代，关于西藏题材的诗歌创作受到全国各族人民的热情关注，星火的诗作不但数量最大，而且坚持时间最长，影响也最为深远，一直延续到她生命的最后一息。她的很多抒情诗刚一问世，很快就被电台录音广播，被作曲家谱上曲子，在万里高原广泛流传。许多西藏干部至今还能背诵《致老西藏》的诗句：“你进藏时还是个姑娘，如今你的姑娘已进学堂；你进藏时还是个小伙子，如今你的小子已穿上军装。”平凡而又真切，唤起多少职工建设新西藏的豪迈情感。从1953年的《叫我们怎么不歌唱》到1996年荣获全国“五个一工程”奖的《一个妈妈的女儿》，倾注了她的全部智慧和心血，是名副其实的“西藏诗人”。西藏从和平解放、筑路进军、民主改革、自治区成立到改革开放和社会主义现代化建设，都得到了星火的着意描绘。杰出的女诗人以她富于激情的笔触为我们留下了一幅西藏高原半个世纪巨大社会变迁的绚丽画卷，生动反映了西藏各族人民翻身解放的喜悦和创建新生活的壮志豪情。

高原的风雪，艰辛的生活，岁月的磨炼，染白诗人的鬓发，不改的是一个军人对伟大祖国的无限忠诚：

我站在云海冰峰之巅，
云当飞马山峰仗剑，
胸中自有一轮红日，
肩挑祖国万里河山！

如此气壮山河的诗行，出自一位柔弱女诗人的胸臆，实在难能可贵。1995年秋天，星火重返西藏参加自治区成立三十周年庆典活动，接着又不顾年高体弱，坚持登上海拔五千三百多米的查果拉哨卡看望那里的英雄官兵。她在返回成都前曾来寒舍辞行，侃侃谈起西藏改革开放十余年的发展，侃侃谈起一代代边防军人创造的当代神话，显得分外激动，好似有无数新诗正在胸中潮涌。我送她登上汽车，发现诗人步履已相当艰难。我既为星火对高原火热的情怀激动不已，又有一股说不出的滋味。汽车快开动时，我紧紧握着她的手说：“希望你多加保重。”她的回答却令人意外：“有机会，我还会来看你们的。”尽管满怀再返高原的壮志，到底岁月不饶人，星火回到成都不久，就意识到身体状况已不复当年，寄来一首荡人心魄的抒情诗《别了，我的拉萨》：

也许　你那温柔的阳光手指
再不能抚摸我的白发

别流泪　我的阿妈
我已把满头青丝
垂挂在我守卫过的林卡
想我的时候　阿妈
亲亲那翠绿的柳丝吧

翻开星火的大量诗集，字字句句都渗透着一个边防战士对边疆和社会主义祖国的火热情怀。作为一个关注西藏文艺发展的评论工作者，我为星火的遽尔谢世感到格外悲恸。她的大量优秀诗文及其创作实践和伟大的人格力量，是留给我们的一笔极其重要的精神财富。这笔财富随着诗人的离去将显得愈益珍贵。

记得1985年为纪念西藏自治区成立二十周年，我奉命编辑《西藏文艺评论选》一书，从理性角度展示西藏当代著名作家、作品的成就，当然不能没有关于星火的评论。我专程去成都拜访星火，索取有关她的评论剪报，竟然一无所获。我说："那么请你回忆一下，你的哪部作品在什么年代得过什么大奖，让我去查查有关报刊，一定会有的。"星火想了好一阵子，似有愧疚地告诉我说："受到表彰的倒不少，称得上大奖的好像还没有。"她莞尔一笑："今后好好努力吧。"无奈，我只好约请诗人为我们写一篇谈创作体会的文字。她欣然应允，不久就给我航空寄来了一篇极好的创作体会《西藏，我的诗歌大学》。——最近，即星火去世以后，她的小儿子雪兵（阿旺次仁）从诗人如山的书堆中，搜集了一大摞奖状，其中就有五十年代全军文艺会演发给的一张奖状：《叫我们怎么不歌唱》荣获一等奖。星火就是这样一位埋头耕耘、不问收获、淡泊名利的作家。谈到这儿，我不禁想起今天一些青年作家，刚发表几篇文章就迫不及待地包装自己，多方活动媒体和评论家，换来一堆廉价甚至稀奇古怪的文字，其实是不会有生命的。星火却一直在默默无闻地工作，数十年如一日，用谦逊、真诚和辛劳为自己筑起一座雪域诗坛的丰碑。

这是一个色彩纷呈的世界，自然有色彩纷呈的诗人和诗作，有的诗人把诗行写在女人的大腿上，有的诗人把诗行写在祖国的大地上；

有的诗人依赖华丽的辞藻，有的诗人用真诚、良心和灵魂铸造就自己的诗作。星火属于后一类诗人。她之所以终生不渝地讴歌西藏的山河和人民，是出于军人和作家对西藏的一片赤诚，对这里的山河和人民爱得一往情深。没有攫取，只求奉献，奉献越多，爱得越深。我永远不会忘记星火把小儿子雪兵送回西藏时的情景。那是1983年的秋天，诗人刚刚办完离休手续，亲自到西藏把雪兵的学籍转到拉萨中学读书，并委托我们夫妇在思想和学习上对孩子多加关照，严格要求。看到当年衣衫褴褛、牙牙学语的孤儿，已成长为一个风度翩翩的英俊少年，我和爱人都十分钦佩星火夫妇十余年来付出的巨大心血。按照中国“养儿防老”的传统观念，我曾悄悄问她：“孩子知道他的生身父母是谁吗?”那意思是要诗人放心，不该说的话，我们绝不会对孩子讲。星火心地却非常坦然：“有什么必要瞒着他呢? 他本来就是藏族人民的儿子，我应该把他还给西藏人民，希望他做一个建设新西藏的有用人才。”雪兵也确实未辜负汉族妈妈的厚望，大学毕业后干得十分出色，先在樟木口岸，后来又到阿里地区的普兰县工作，都属于遥远而又艰苦的地方。真算得上继承了父母的衣钵，越是艰苦的地方越是要去。得到母亲病危的消息，雪兵日夜兼程，马不停蹄地奔波了近四千公里赶回成都，送走母亲以后，又对父亲唐和清百般安慰和照顾。所见所闻，十分令人感动。人们为星火见诸文字的诗激动不已，殊不知她用身心和行为书写的诗篇同样纯真、美丽、动人。行为的诗和文字的诗交相辉映，塑造了西藏高原二十世纪的这位杰出的女诗人。

星火悄悄地走了，没有哀乐，没有花圈，也没有惊动领导和朋友。她只是嘱咐她的儿子把她的骨灰带回梦牵魂绕的西藏，撒在拉萨河畔的一棵柳树下。那么，当我们怀念星火的时候，就请你悄悄地走进拉萨的美丽林卡，深情地“亲亲那翠绿的柳丝吧”。

（写于2000年11月，发表于《西藏文学》2001年第1期）

驰骋高原文将军

——读《雪域放歌》想到夏川其人其事

在庆祝西藏和平解放五十周年的日子，承蒙老诗人夏川给我寄赠他新近出版的《雪域放歌》，该书编选了他近半个世纪中撰写的有关西藏题材的诗歌、散文和文艺评论。虽说大部分华章我早已读过并烂熟于心，而多年后集中拜读，仍然是一次难得的享受。我跟着诗人重温那段难忘的岁月，在心的深处掀起感情的波涛，精神得到升华。同时，二十年来与这位“武文人”、“文将军”交往的许多细小往事浮现在脑海，深刻体会到古人的那句名言——文如其人。

1981 年夏川以六十二岁的高龄第二次进藏，著名书法家、诗人魏传统在赠送夏川进藏的一幅书法作品中激情满怀地写道：

拉萨都门两地通
雄鹰展翅穿太空
红台俯视连天雪
岁寒然后知青松

生动地描绘了夏川两次进藏的经历及其令人钦佩的青松般的品格。

他第一次进藏担任西藏军区宣传部长兼文化部长时，西藏正处和平解放初期，进藏部队担负着宣传群众、教育群众、团结群众的特殊使命。夏川遵照军区党委的统一部署，通过部队文艺工作者的不懈努力，在封建农奴制度的黑暗统治下点燃了革命文艺的火炬。正是许多进藏部队文艺家、文学成功者的创作实践，给封闭的高原吹来清新的风，开创了西藏社会主义文艺事业的先河。第二次进藏他出任西藏军区副政委、自治区党委常委，主管全区的文化宣传工作。适逢刚刚打倒"四人帮"，文艺思想尚处于迷惘状态的最困难时期。夏川带领广大藏汉族文艺工作者从极"左"思潮的桎梏中解放出来，做了许多艰苦细致的工作。两次进藏相隔近而二十余载，虽然境遇大不相同，却都处于西藏文艺发展的转折关头，同样勇挑重担，排除万难，为西藏文艺事业健康发展作出了不可磨灭的贡献。

我和夏川的交往始于他第二次进藏的1981年。当时，我在《西藏文艺》编辑部工作，受命为即将召开的西藏首次文代会起草《工作报告》，为汇报和请示工作，我闯进了军区司令部大院的夏川小楼，夏川对我这个不速之客非常热情。我自报姓名以后，夏川立即捧出几本《西藏文艺》，说他昨晚上刚刚读过我的几篇文艺评论，称赞我的文章重在鼓励，这在文学创作的恢复时期非常重要。我感叹西藏文艺评论队伍十分薄弱，希望夏副政委亲自带头给刊物写点文章。夏川欣然允诺，并且很快兑现，于是有了收入《雪域放歌》的那篇一万多字的评论《藏族小说创作的一束报春花》。记得那天晚上，我们还谈到西藏文联工作、文学新人的成长、藏汉两种文字优秀作品的翻译介绍、编辑出版西藏文学丛书等等，夏川滔滔不绝地谈了他的许多设想，令人振奋。我也禁不住插嘴献计，完全忘记了我是在向一位德高望重的老领导汇报和请示工作。这就是夏川特有的人格魅力，谦和待人，不论年龄、职务相差多大，只要志趣相投，他就会成为你的知心朋友。

夏川从事文艺工作半个多世纪，对古体格律诗、叙事散文、文艺评论和书法都有很高的修养，著述甚多。我读过夏川的三部作品，发现了一个耐人寻味的创作现象：老诗人两次进藏总共呆了八年，只占他前半生文艺生涯的七分之一，而关于西藏题材的诗词散文在三部书中却极具分量，洋溢着荡人心魄的激情，而且一直是老诗人返京以后创作的首选题材，真是“不是故乡，胜似故乡”。

1983 年，夏川在离别拉萨的前夜，满怀深情地挥写了催人泪下的抒情诗《别了，拉萨》：

尽管离开了你——我的第二故乡，
仍愿为建设新西藏添砖加瓦；
别了，拉萨！
不管我走到天南地北，
我将会永远把你牵挂！

看来，这种牵挂情怀早在夏川 1954 年第一次告别拉萨以后就开始了，伴随了他近半个世纪。1975 年夏川的女儿卢小飞大学毕业，身为八一电影制片厂高级领导干部的父亲，没有为爱女选择北京舒适的生活环境，毫不犹豫地把她送进了西藏，并创作格律诗《送女儿进藏》，抒发了一个老西藏对高原人民难以释怀的深情：

1992 年笔者在北京拜访老诗人夏川

阔别雪域二十载，
山河依旧入梦来；
女儿接我移山志，
憾恨顿消心花开。

后来，我向老领导索求墨宝。作为我国著名书法家的夏川提笔挥毫，写出的也是这首七言诗《送女儿进藏》，我能掂出西藏山河在他人生旅途中那沉甸甸的分量。

小飞没有辜负父亲的殷切期望，进藏后先后在西藏日报、人民日报西藏记者站工作，没有半点高干女儿常有的娇情，在风雪高原上摸爬滚打十余年。像一个士兵，哪里最艰苦，哪里最危险，她就往哪里冲刺。而且贴近群众，思路开阔，写出了许多感人至深的稿件。

夏川对西藏的牵挂是发自内心深处的，绵延数十年不变。身居京华，心在拉萨，来自西藏的朋友都受到夏川的热情接待，并竭尽全力帮他们解决困难。1992 年，我赴京开会，返藏的前一天给夏川打电话说准备去府上看望，夏川约我第二天会面。当他得知我已买好第二天的机票时，又立即叫我马上过去。我带着在京读书的儿子李岑匆匆赶到总政某干修所的宿舍，才知道夏川这天本来有急事需要处理，听说我要来，特地改变计划，使我极感愧疚，一再感叹来得不是时候。夏川却安慰我说："误不了事，你来一次不容易呀。"小飞忙着做饭，还把我悄悄叫进厨房告诉我说："每次来了西藏朋友，爸爸都特别高兴，你就安心和他聊聊天吧。"那天，夏川很仔细地询问西藏文艺界的有关情况，十分关心我的文艺评论，免不了许多叮咛，我们谈得十分投入。当时，我的儿子李岑在北京广播学院学习文艺编导，见到电影界的老前辈，免不了插嘴提起影视编导的一些热门话题，竟然激起了夏川的浓厚兴趣，老少一起探讨当代影视编导的异同及其发展走向，煞是有趣。

1993 年，我调到西藏日报社工作，多次写信请求夏川给报纸赐寄诗词、散文或书法作品，都得到老领导的热情支持。

夏川就是这样一位为人为文都充满了真诚的长者。《雪域放歌》正是夏川“高原情结”的结晶，值得一读。书中收集的散文真实地记录了高原军民为祖国统一和西藏解放而团结奋战的艰辛历程，是一曲爱国主义和老西藏精神的赞歌，具有可信的文献价值；许多诗词则是发自诗人内心深处的歌，没有半点矫揉造作，没有无病呻吟。他继承和发扬了我国古典文学以“真、善、美”浇铸文字的美学理念。真的善的才是美的，作文先做人，以人格取胜，是《雪域放歌》给我的最深刻印象。

（写于2001年9月，发表于同年10月4日《西藏日报》副刊）

他耕耘在这片土地上

中学生活平淡无奇，酷似一个磨盘，总在同一圆周的轨迹上旋转，周而复始。开学时节，陌生的孩子像一群麻雀，叽叽喳喳地飞来；接着是上课，体操，班会，考试；毕业了，少男少女捧着高等学校的录取通知书，喜气洋洋地道一声“拜拜”，飞向祖国的大江南北。

二十六个春秋过去了，经过他迎来送往的学生已达八千多人。从这儿飞出的雏燕，有的成了高原第一代工程师、讲师，有的当了作家、医生或演员，有的被提拔为部长、局长、书记。而他，仍然住在二十平方米的土屋里，穿一件蓝色中山装，从早到晚推着磨盘，在同一轨迹上旋转着。

“老头子，快给当官的讲讲，调回去算了。”多少次了，妻子袁灿贤的声音像一张录制好的唱片，总在耳边回响。这个五十年代四川省金融界的妇女模范为什么变得婆婆妈妈了呢？

1960 年，刘大道夫妇丢下嗷嗷待哺的孩子，从甘肃省极西的峡东火车站乘敞篷汽车进藏，一路风雪一路歌，真有一股年轻人的火热劲头。她可不像今天这样为生活琐事唠叨个没完。也难怪，1978 年袁灿贤肝硬化返回成都招待所治病，不久又从楼梯上摔下来折断了腿。远离西藏的建设生活，招待所里听到的尽是某某内调后长得又白又胖啦，某某调回来升了官，弄到三室一厅啦，等等。耳濡目染，环顾斗室，她能不动心吗？

内调、房子、舒适的生活，不是没有诱惑力。妻子行动不便，单身一人挤在招待所里，也确实需要照顾。但是，他好几次走到领导面前，却迟迟疑疑，难以开口。

你能理解此时此刻刘大道，一个干了大半辈子教育工作的共产党员的心情吗？他爱妻子，更爱西藏，爱那些朝夕相处的孩子。二十多年了，拉萨中学的校园里留下了他数不清的重叠的脚印；三十间教室里，回荡过他洪亮的琅琅讲课声；还有教师、家长和学生那一双双期待的眼睛。他丢不下、走不开啊！高原生活虽然艰苦，但对于这片辛苦耕耘的土地，他已经刨得发烫，刨出感情来了。

"老头子，你已经干得不少了，该回来啦！"那张录制好的唱片在继续旋转。

是的，除了屈指可数的三次休假，他总是按部就班地进教室上课、听课，到办公室处理公务，从没有递过一次病假条。他已经干了许多许多，但是他对自己并不满意，记得当年踏上西藏土地，他曾向组织表示要为发展西藏教育事业贡献出毕生精力。十年过去了，十六年过去了，似乎并不尽如人意。刚把西藏第一批大学生送到北京，正常的教学秩序就被冲乱了。接着是十年"文革"的浩劫，"朝阳经验"的干扰，再加上自己的软弱，作为一个中学的领导者，他时时有一种对藏族人民欠下了债务似的负疚感。而今打倒了"四人帮"，教育事业逐步走上正轨。他怎么能在春天到来的时节离开他耕耘了多年的土地呢？

四川江津地区发出了同意刘大道返回故乡工作的调函，而刘大道在成都的招待所安排好妻子的治疗和住房以后，毅然回到了拉萨。他要趁教育改革的浪潮大干一场，实践他进藏时许下的诺言。

事情并不顺利。正赶上大批汉族干部内调，许多老师走了，接班的是一批新来的大学生。年轻人虽然热情很高，但教学经验不足，对默默无闻的教学工作缺乏耐心，有的积极活动调换工作，有的埋头准备报考研究生。家长们纷纷来校反映情况，对这所自治区重点中学的教学质量表示忧虑。

老校长却很乐观："我们应当对青年教师表示欢迎。拉萨中学的前途就在他们身上!"他斩钉截铁地说，表现出从未有过的气魄和胆识。

对于要求调出拉萨中学的教师，不管怎么缠磨，刘大道就是处处"卡"住不放。他语重心长地说："不是我跟你过不去，是西藏的孩子们需要你啊！你想想，要是你读中学的时候，老师都远走高飞了，你怎么想呢?"对于要求去高等学校进修或报考研究生的教师，他都一律开放绿灯。乐于深造表现出当代青年的进取精神，是应当鼓励的。"不过，你必须把复习考试和备课教学结合起来，不能误了学生的学业"。他叮嘱说。广大青年教师备受鼓舞，感到领导是真正关心他们、爱护他们的。一些人开始定下心来。

他有一条绝招就是经常出其不意地到教室听课。前几年，语文、外语、史地、理化，他都听。其他领导，教务主任、教研组长也坚持去听课，对青年教师及时地提出中肯的意见和建议。提高教学质量，不是靠开大会表决心，而必须落实在一节节的课时里。教师是否能认真备课，只要听听他授课的逻辑性，能否做到因材施教，用知识的甘露滋润学生的心田，就会一目了然。"随风潜入夜，润物细无声。"常年不断地听课，不仅提高了教师的教学水平，而且从中发现和选拔出大批人才。而今，学校教导处、教研室和班级负责人，百分之九十以上是前几年才分来的大学毕业生。青年知识分子成了拉萨中学的中坚力量。

人们的忧虑是可以消除了，拉萨中学在西藏高等学校招生考试中仍然名列前茅。

"没见过，女儿都内调了，老头子还不想走……"自从女儿晓梅调到北京，分到一套住房以后，那张录制好的唱片旋转得更快了。

刘大道自嘲地笑了笑："快退休的人了，还往哪儿调!"退休?妻子一惊，似乎这才发现光阴如梭，丈夫额上增添了许多皱纹，满嘴真牙换成了一口假牙，掐指计算刘大道已经年近花甲，是呀，再谈内调确实已为时太晚了。

但是，他没有后悔。每当报纸上出现一个个新人的名字，他会喜不自禁地回忆起：这就是拉萨中学某某级的毕业生，进校时淘气得令人头疼，现在成了建设新西藏的栋梁啦。在大街上，在集会上，还常常有似曾相识的青年人或中年人在他面前停下脚步："老校长，还认识我吗？我是您的学生呀！"先是一阵苦苦思索，接着爆发出一阵爽朗的笑声。二十多年了，从他面前起飞的雏燕成百上千，要准确叫出所有人的名字是困难的。不过，当年的少男少女在高原的各条战线上勤劳地工作着，成长着，这就是对一个教育工作者的最高奖赏。人各有志，虽说妻子仍然挤在成都一间小房子里养伤，刘大道感到在拉萨中学度过半辈子生活是值得的，平淡而又充实，留下了许多美好的回忆。

快退休的时刻，他更迫切地意识到时间的宝贵，对校园的一草一木、众多教职工和学生怀着恋恋不舍的情感。许多年来想做而没有做成的事情，都想在短时期内完成。他想起学校一部分藏族青年教师是过去出于工作需要挑选本校优秀毕业生留下来的，应当尽快送他们去深造以适应教育发展的新形势。他想起大多数教员还挤在建校初期低矮的土屋里，要设法改善他们的生活条件。还有图书馆、实验室、花园、草地……

困难总是有的，但是事在人为。他和同事们一道努力，多方申请，四处求援。经过最近几年的埋头苦干，一座新的电化实验教学楼矗立起来了，四十八位教师搬进了新建的宿舍楼。平坦的水泥路面从大门通向礼堂，自来水管道向每个教学区和生活区延伸。打倒"四人帮"后，已陆续有十多位藏族教师被送到高等学校进修。拉萨中学青春焕发，以新的姿态迎来了她的三十岁生日。

学校从诞生走向成熟，刘大道从青年走向老年。在迎接三十年校庆的忙碌中，他度过了自己的六十岁生日。交班之日迫在眉睫。等待了多年的妻子也不再唠叨。"春蚕到死丝方尽，蜡烛成灰泪始干。"刘校长没有怨言，也没有炫耀，只是默默无闻地耕耘在他热爱的土地上。

（此文是1986年庆祝拉萨中学成立三十周年，为《西藏日报》撰写的一篇通讯）

一个西藏老兵的足迹和眷恋

在编辑《方寸西藏——魏克集邮珍品选》的日子里，我头脑里不时回荡着杨星火的那首短诗——《思念》：

老兵回到江南
心儿留在高原
朝也思 暮也念
头上长出一座雪山
老兵对镜大笑 我
依然守望在珠峰之巅

魏克就是这样一个老兵。——这样的老兵成千上万，藏胞统称为“老西藏”。他们在西藏斗争最复杂、物资最匮乏的时候扛着背包和干粮登上“世界屋脊”，一面修路一面进军，认真执行党的民族政策，宁肯饿死也不拿群众一针一线，用自己的模范行动展示出共产党人不畏艰难险阻、全心全意为人民服务的风采。把革命的火种撒播在各阶层人民心中，开花，结果，换来西藏的和平解放，平叛改革的胜利，并通过大规模的经济文化建设，实现了前所未有的繁荣兴旺。当百万翻身农奴扬眉吐气，公路四通八达，霓虹灯在城镇夜空闪耀的时候，他们已经两鬓斑白，拖着多病的身躯陆续返回故里，带走的只有对高原山河和人民永恒的思念。其实，藏族人民又何尝不思念在艰苦岁月里与他们同甘共苦的“老西藏”呢？于是有了飞来飞去的鸿雁，将魂牵梦绕的思念寄托给一张张邮票或明信片，有了今天魏克给我们的这本集邮册。只有从雪域高原走来，深知创业甘苦的人，才能读得懂凝聚在那一张张方寸邮票中千言万语的深情。

从华北青纱帐杀出来的军人

魏克出生在黄河下游济南市近郊魏家庄一个忠厚的农民家庭。1937 年祸不单行，先是日本鬼子全面发动侵华战争，山东省主席、军阀韩复榘带着十万大军仓皇逃跑，接着是黄河决堤，洪水冲走了魏家庄百分之九十五的房屋。日本鬼子一枪不发就占领了济南地区大片河山，进村奸淫烧杀，无恶不作。妈妈带着全家老小经过几天的艰辛跋涉到达肥城贺庄，投奔魏克的哥哥魏麟甫谋生。

哥哥魏麟甫在肥城县安临站店当店员，秘密参加了共产党地下组织，还担任贺庄交通站站长。就是在这里，魏克见到了山东省西区人民抗敌自卫团主席、名震遐迩的传奇英雄张北华。张北华听少年魏克义愤填膺地讲起在家乡受到日本鬼子抢劫欺凌的故事，认定他是一个抗日队伍的好苗子，当即送他到青年训练队学习，“你先学点抗日道理，我们就一块打日本吧。”魏克 1938 年 6 月还不满十八岁就加入了中国共产党，11 月就成为八路军山东纵队第六支队的一名光荣战士，开始了漫长的军旅生涯。虽然正规小学还没有毕业，但是勤于学习，写的一手好字，人也长得帅气，书写标语、演出节目都少不了他。至今还记得写的最多的标语是“抗日高于一切，一切服从抗日！”，“有钱出钱，有力出力，共同打败日本帝国主义！”，最流行的歌曲是“大刀向鬼子头上砍去，全国武装的弟兄们，抗战的一天来到了，抗战的一天来到了……”，真是热血沸腾啊。

在整个八年抗日战争中，魏克所在泰西抗日根据地十分活跃。东面的津浦铁路是日伪政权的交通命脉，北面的济南是日军大本营，共产党领导的抗日军民成为日本侵略军和汪精卫部队的眼中钉、肉中刺，对泰西的扫荡不遗余力。实行杀光、抢光、烧光政策，大量逮捕共产党员和抗日军民。但是魔高一尺，道高一丈，八路军和游击队也打得很顽强。魏克以特派员身份经常在青纱帐里神出鬼没，有时一晚上要移动两三次，抓住每一个时机给日伪军以致命打击。群众担心夜里狗叫被敌人发现部队行踪，把根据地所有的看门狗都杀光了。1943年的一天，他们隐蔽在青纱帐里，对一支汪伪武装进行伏击，从汉奸队长身上缴获一台“蔡司”照相机，魏克一生爱好摄影就是从搬弄“蔡司”开始的。在抗日群众的支持和保护下，魏克四次从敌人的包围中冲刺出来，五次与死神擦肩而过。他说，我们部队能以弱胜强，从艰难困苦中取得打垮日本帝国主义的辉煌，就是因为我们是真正为人民服务的队伍，与人民心连心。

当决定中国命运的解放战争开始，久经沙场磨炼的魏克已经是人民解放军一纵队的一名政治工作者。与陈荣林结婚不到一个月就奉命奔赴中原，参加了震惊中外的淮海战役。接着一纵队二十旅与豫皖苏军区合并组成十八军，在张国华司令员的率领下横渡长江，挺进江西、湖南，进入四川。成都战役后牵马移防风光秀丽的五通桥，妻子陈荣林也满怀新婚的憧憬从河南前来团聚。全国大局已定，是该在天府之国享受天伦之乐的时候了。

毛主席发出号令：向西藏进军

魏克虽然很留恋天府之国的四川，但军人以服从命令为天职。毛主席发出命令：“解放西藏宜早不宜迟。”而执行这项紧急命令的正是魏克所在的十八军，尽管西藏在他和战友们心目中还很陌生，缥缈而又遥远，却无可更改地决定了他后半辈子的一切，人生的酸甜苦辣，欢乐和痛苦，坎坷和思念，都与高原山河及藏族人民难舍难分了。

魏克的回忆录《留在雪域高原的脚印》一书生动描述了十八军指战员在西藏宣传、修路、战斗、改革二十余年的艰辛岁月，但很少提及自己。“一切听从党安排。”他谦虚地告诉我，在西藏的所作所为都是围绕革命和建设事业的需要，党叫干啥就干啥。回顾往事，他感到欣慰的是，作为一名高原老兵，西藏的和平解放、平叛改革、保卫边疆三件大事，他都曾亲自参与，付出了自己的智慧和辛劳。

西藏老兵经常谈到，在得知十八军奉命向西藏进军的时候，与魏克同一个师的某某夫妇安于天府之国的舒适生活，声称“死也不进藏”，后来成为四川“造反派”的两个头目。魏克的妻子刚怀上第一个孩子，却没有提出半句留守的要求，反倒处于远征西藏的亢奋状态。作为五十二师宣传科长，成天忙于学习藏语和党的民族政策，招收文工队员，排练节目，采办印刷和照相器材，唯恐进军途中的宣传工作稍有差池。与某某夫妇对比，不同的价值观念，不同的信仰追求，人生道路竟有天壤之别。

1950 年 8 月，五十二师在眉山三苏公园举行誓师大会，旋即向西藏进发。过了雅安，只有刚刚开通的崎岖不平的简易公路，一直颠簸到西康省西北重镇甘孜与先遣支队会合，已经是 9 月 13 日了。当地藏族群众在与红军阔别十五年之后，又见到了自己的亲人，他们用传统的民族礼节和歌舞与解放军联欢，热烈的场面让魏克激动不已，虽然开始感受到高原缺氧的压力，心里却热乎乎的。他带领文工队一面给群众演出，一面学习藏族歌舞，发动大家编排具有藏族特色的新文艺节目。这些新歌舞后来从昌都、波密，一直演到拉萨、江孜、亚东，不但直观地宣传了党的民族文化政策，而且在感情上与藏族群众贴得越来越近了。

从甘孜到昌都没有公路，一千五百里的羊肠小道、高山急流全靠两条腿。昌都解放的第二天，魏克和他的宣传科战友就抵达昌都，在王其梅副政委的直接指挥下开始忙碌的宣传和群众工作。年底成立昌都地区解放人民委员会筹备委员会，王其梅、阿沛·阿旺晋美、惠毅然分别担任正、副主任，魏克被委任为宣传组组长。1951 年 1 月昌都地区解放委员会正式成立。阿沛·阿旺晋美积极为西藏的和平解放奔走、呼吁，魏克则埋头于和李安宅、于式玉两位教授筹备成立昌都小学，他们都取得了巨大成功。魏克很钦佩阿沛高度的爱国主义热情，阿沛很赞赏魏克脚踏实地为西藏人民办事的献身精神。一个是西藏大贵族，一个是解放军军官，在合作共事中相互尊重、相互信任，结下终生不渝的友谊。

1951 年 5 月 23 日《关于和平解放西藏办法的协议》在北京签字，按照《协议》规定，驻守昌都的解放军部队开始向拉萨进发，魏克带领文化队伍随行。文化队伍知识分子多，女同志多，所背负的干粮和行李却一斤也不敢减少。雪山连着雪山，翻越海拔六千二百米的丹达山时有的同志晕倒了，行军路上的鼓动工作显得更加重要。魏克等商议一定要在丹达山顶写几句鼓动的口号，但随身携带的墨水瓶已经结冰，怎么写字？想来想去，张迈群突然发现他包裹在帆布里的一瓶糖水还能晃荡，就用糖水调墨，满怀豪情地挥笔书写出魏克即兴创作的一首打油诗："丹达山高六千三，进军西藏第一险，英雄踏破三尺雪，浩气惊碎美帝胆。"木牌刚刚竖立起来，张迈群就因高山缺氧倒在雪地上，魏克等急忙搀扶他下山。大部队经过这里时，恰巧被随军的新闻电影摄影队拍进了镜头，编进大型纪录片《解放西藏大军行》，传为进军路上的一段佳话。

解放军胜利抵达拉萨，但斗争并没有结束。在西方敌对势力的操纵下，西藏上层反动分子司曹鲁康娃和洛桑扎西拒绝执行《协议》，拒绝向解放军出售粮食，教唆少数不明真相的人包围中央人民政府驻西藏代表张经武的驻地，扬言要把解放军饿死在西藏。分裂和统一的斗争愈演愈烈。为了加快康藏公路的建设步伐，中央军委决定驻藏部队和地方政府联合组成西线修路指挥部，从拉萨向东延伸，争取两年内在太昭与解放军东线筑路大军接轨，打破反动上层集团的物资封锁。同时认真做好统一战线工作，特别是团结和教育好中上层青年，共同开展反分裂斗争。1952 年 10 月西藏军区成立，魏克担任政治部青年部副部长和文化部副部长（部长是著名的军旅诗人夏川）。上述任务都与魏克密切相关，工作的忙碌可以想见。1953 年 1 月 28 日，他以军区文化部副部长的身份出席西线修路指挥部第一次会议，接受了为修路民工进行宣传演出的任务；31 日，又以军区青年部部长的身份参加了拉萨市爱国青年联谊会成立大会，被选为常委，负责爱国青年学习《协议》和歌舞演出的组织工作。他充分发挥联谊会青年男女酷爱歌舞的特点，巧妙利用自己的双重身份，组织部队文工团与联谊会青年联欢，共同创作和排练反映西藏新生活的文艺节目，并组成业余演出队先后去西线筑路工地向九千多民工进行慰问演出，不但增进了汉藏团结和军民团结，而且极大地调动了民工的筑路热情。演员中大多是中上层贵族子女，他们通过节目排练和工地演出提高了思想觉悟，维护祖国统一和建设新西藏的热情不断高涨。不少人后来成为西藏著名文艺家或社会主义现代化建设的栋梁之才，每每谈起魏克当年卓有成效的组织工作，他们都怀着深深的眷恋和感激。

1954 年 12 月 23 日，跨越横断山脉和青藏高原的康藏公路（即川藏公路）、青藏公路同时竣工，在拉萨举行了隆重的通车庆典。魏克负责庆典的文艺表演，率领部队战士提前清扫街道，布置会场，每个细节都一丝不苟。上午 10 点，当两列满载粮食和各种建设器材的汽车长龙从西方和东方汇集到布达拉宫脚下，各族人民蜂拥着跑到车队跟前，给毛主席画像和彩车献上一条条洁白的哈达。魏克举起了照相机，他想定格西藏这个历史性的画面，却难以对准焦距，原来两眼已经充满了激动的泪花。五千里路的长途跋涉，一千七百多个日日夜夜的辛劳都是为了这个大吉大利日子的到来。两路通车有力地打击了分裂主义势力的嚣张气焰，更为西藏的稳定和发展开拓出了一条宽广的光明之路。

穿军装的县委书记

1959 年 3 月 20 日凌晨，西藏上层反动集团纠集叛乱分子和藏军七千多人突然向西藏工委和军区机关开火，发动了蓄谋已久的旨在分裂祖国，图谋“西藏独立”的全面武装叛乱。他们错误地估计了和平解放八年来的人心向背。遵照中央军委的命令，驻藏人民解放军在西藏各族人民包括广大中上层爱国人士的支持、配合下，经过两个昼夜的激战，一举荡平了拉萨的叛乱，也敲响了万恶封建农奴制度的丧钟。

国务院及时发布命令，由西藏自治区筹备委员会接管西藏地方政权，开始进行人民盼望已久的民主改革。3 月 30 日，时任军区政治部群众工作部部长的魏克奉中共西藏工委和西藏军区的指示，率先带领工作组进驻叛乱分子的主要巢穴——甘丹寺，从事民主改革的试点；接着被任命为甘丹寺所在的达孜县县委第一书记，统领全县“反叛乱、反特权、反剥削”的民主改革运动。

对所有工作队员来说，在少数民族地区开展民主改革都是开天辟地第一回。好在魏克进藏八年积累了比较丰富的群众工作经验，对党的民族政策相当熟悉，靠政策吃饭，从调查研究起步，是他搞好民主改革的法宝。从进驻甘丹寺那一天起就笔记本不离身，认真做到口勤、手勤、腿勤，对寺庙历史文化、宗教政治制度、经济收支进行深入细致的调查研究工作。令人触目惊心的是，他看到寺庙利用政教合一的封建农奴制度，不仅控制着西藏的政治走向，而且拥有大量土地和农奴，对人民进行敲骨吸髓的剥削。甘丹寺在全区拥有一百多个庄园，霸占着大片土地、草场和山林，依附于庄园的奴隶数以万计，毫无人身自由。寺庙财产都操纵在管家手里，过着奢侈荒淫的生活，而许多贫苦喇嘛一进寺庙就给大喇嘛端屎倒尿，沦为奴隶。魏克去附近甘丹寺的庄园——塔吉乡住了一个月，农奴们告诉他，甘丹寺指派的乌拉差役多达一百四十二项，还以春借四秋还五的利息向农奴发放高利贷，有的农奴子子孙孙都无法付清。

调查研究就像解剖麻雀，加深了魏克对封建农奴制度的认识。他把从群众中得来的材料再还给群众，极大地调动了达孜县广大农奴当家做主、彻底进行民主改革的热情。甘丹寺各阶层喇嘛经过充分酝酿讨论，正式成立了寺庙民主管理委员会，废除一切封建特权和封建剥削，爱国爱教，统一管理宗教、行政事务。达孜县的二十多个乡都在八月前选举成立了翻身农奴组成的贫农协议和基层政权，给千百年来饱受奴役的贫苦农奴和奴隶分配了土地、牲畜、家具和房屋，并公开烧毁三大领主强加到农奴和奴隶头上的高利贷、乌拉差役、卖身契约和其他经济剥削字据。大家载歌载舞，通宵达旦，庆祝民主改革的伟大胜利。此时此刻，魏克痛饮翻身农奴献上的一杯又一杯青稞美酒，甜滋滋的，心儿也醉了。

1962年，我国遭受连续三年自然灾害，国民经济面临很大困难，与西藏相邻的印度认为有机可乘，武装侵占非法的“麦克马洪线”以北的沙则、朗九、塔马顿等我国大片领土，打死打伤我国军民多人。为了履行军人保卫边疆的神圣职责，魏克毅然挎枪骑马奔赴沙场，担任藏字四一九部队的政治部主任。执行中央军委的命令，我边防部队从错那县泽绕桥头开始自卫反击。历时三十三天，在深山密林中迂回跋涉一千多公里，经过莫多、申隔、德让，一直打到邦迪拉，大小战斗六十八次，驱逐所有入侵者，维护了国家的主权和尊严。11月22日又遵照中央军委的命令，主动实行全线停火，于12月1日逐步撤回到原来的实际控制线以内，我国维护和平的诚意得到世界爱好和平国家和人民的高度欢迎和赞赏。

藏字四一九部队撤离后，魏克作为中国红十字会的代表继续留在德让宗，在12月31日前，将我军边防部队释放的被俘印军伤病人员三百六十八名分三批称交给印度红十字会。接着对其他待遣返俘虏的生活予以精心安排，根据各自不同的民族习俗妥善组织文化体育活动，体现出我军高度的人道主义精神。在战后半年多时间里，先后释放战俘两千九百六十七名，直到5月才顺利回到拉萨。作为一名军人，魏克参与自卫反击作战为他二十余年高原生涯谱写了最辉煌的一曲乐章。

西藏啊，我铭心刻骨的思念

1965年9月9日，西藏自治区正式宣告成立，各族人民意气风发迎来建设社会主义新西藏的崭新历史时期。不料一场“文化大革命”席卷全国，西藏也未能幸免。长期从事文化和统战工作的魏克自然也遭批斗，身体和心理都受到诸多磨难，70年代初期，夫妻俩陆续回到成都，先后担任五十军政治部副主任，什邡陆军学校副政委。依依告别西藏，与妻子儿女欢聚一堂，已经年过半百。

天府之国——成都风光秀丽，瓜果飘香，不用披皮袄，没有风雪的袭击，确实是颐养天年的温柔之乡。但是陈荣林很快就发现，丈夫那颗心已经留在了高原，读报纸听广播总在捕捉有关西藏的信息，如果有了来自拉萨或边防的客人，他更像过节一样喜不自禁。1982 年，陆军学校安排已经年过花甲的离休干部魏克去疗养院疗养，医生专门前来征求意见，去广州、昆明，还是秦皇岛？任他选择。得到的回答是："西藏！""西藏？开什么玩笑，那儿可没有疗养院。"魏克很快拨通了西藏军区的长途电话，连军区保健办公室也觉得不可思议。心直口快的魏克马上追问："怎么？你不欢迎吗？"对方迟疑良久，无可奈何地应付说："哎，当然，当然……欢迎。"但是魏克决心已下，没过几天果然乘坐飞机回到了阔别十八年的拉萨。

一眼望不到边的羌塘草原
空旷，寒冷而又荒凉，
一旦走进草原的深处，
她就会变成你美丽的家乡。

魏克一踏上西藏高原的土地，这首古老的民歌又在老兵胸中回荡，多么神秘、深邃的意蕴，好像是哪位哲人专门为他创作的诗。

那时大规模的现代化建设刚刚起步，拉萨街道与他告别时的景况并没有太大的变化，但细心的魏克却为人民路延伸的柏油马路和文化宫广场新修的楼台鱼池欣喜异常。圣城的天明净、高远，龙王潭的垂柳分外撩拨游子的心肠。藏族男女仍然那么热情、豪爽，充满了对幸福生活的憧憬。他婉谢军区派给他的轿车，每天骑着自行车在大街小巷穿行，去藏族老战友、老同事家里做客聊天，回顾往事，展望未来，有说不完的心头话。有的中上层朋友还没有完全落实政策，但他们坚信明天一定比今天更美好。每次拜访，相互都会记下对方的电话和地址，嘱咐各自保重，加强联系。被"文化大革命"中断的汉藏军民情谊在后来频繁的信件穿梭中越来越浓郁了。

魏克拉萨"疗养"之行给西藏朋友最大的惊喜是这位老兵身体还相当壮实，对高原山河和和人民怀着深切的眷恋。他在西藏最艰苦时期的经历和奉献本来就是一笔取用不尽的财富。1984 年、1985 年、

2000 年、2001 年，有关单位先后四次邀请魏克重返西藏,或者编写党史、军史,或者参加各种庆典活动。他还不辞劳苦远涉昌都、达孜、亚东等地访问,对青少年进行“老西藏”精神的传统教育,并在调查研究中对当前工作提出中肯的设想和建议,被称为不付报酬的“顾问”。

魏克对西藏的思念通过坚持不懈的集邮活动得到很好的宣泄。有关西藏题材的邮票、明信片、邮品，他都不遗余力地收集，而他半个多世纪结交的诸多朋友及其信件往来也给他的集邮活动增添了光彩。阿沛·阿旺晋美、帕巴拉·格列朗杰、江村罗布、姜洪泉、张少松等中央、自治区领导人参加各种重要政治活动都忘不了给他发出亲自签名的信函，甚至代为请其他领导同志在邮折或首寄封上签名纪念，成为集邮珍品。把众多邮票和邮品按时代顺序排列起来，形象地记录着集邮者本人高原数十年坎坷、漫长的奋斗历程和情感归宿。1984 年 9 月，魏克参加自治区集邮协会成立大会暨首届邮票展览，他送去一版主题集邮《邮票中的西藏》参展，被称为“西藏三十四年经济发展的缩影”，接着被推荐到北京展出，得到集邮专家的热情称赞，荣获全国邮票展览铜奖。

有的人将集邮视为炒股，在邮市的波动中追求最大的经济效益。对魏克来说，集邮爱好却是一项高尚的文化活动，一次知识的积累，一种情感的寄托和宣泄。如果没有二十余年的高原生涯，没有对西藏山河及其人民永恒的眷恋，就不会有他今天集邮的成就。其实，他情感寄托和宣泄的渠道还很多，比如拍照、日记，内容也很丰富，可谓洋洋大观，都与他在西藏摸爬滚打的经历和情感紧密相连。为了整理这些照片和日记，他在八十二岁高龄的时候毅然掏出近两万元离休工资购买了一台电脑,在子女的指导下学习文字输入、图片扫描、图文打印,很快成为操作电脑的行家。按计划整理这些邮票、照片、日记,既充实了他的离休生活,也找到了宣泄西藏情怀的最佳途径,其乐无穷!

（此文是 2005 年笔者应邀编辑《方寸西藏——魏克集邮珍品选》时为该书撰写的“引言”）

在希望的田野上

如果手是自己的，
我可以摘下天边的月亮；
如果脚是自己的，
我能从地狱走进天堂。

——摘自藏族民歌

雪原上，一串闪光的脚印

1989年9月底到1990年5月末，西藏北部连降一百五十多场大雪，平地积雪半米以上，阴坡积雪达到三米。二十四万平方公里的土地上，二十二万多牧民在困境中流泪，祈祷。

五百多万头牛羊在死亡线上哀鸣、挣扎……

这次，没有一个人冻死；这次，四百万牲畜死里逃生。这里发生了世界雪灾史上的奇迹。

——摘自1989年6月21日《人民日报》第一版发表的长篇通讯《世界屋脊上的奇迹》

第一篇　大自然是无情的

回首那场灾难，她像做了一场噩梦

藏历第十七饶迥的铁马年，即公元1990年的5月，我们抵达那曲的时候，在二十四万平方公里的无垠雪原上展开的那场看不见硝烟的战斗已经结束。不过，我们仍时时处处感受到了刺鼻的、辛辣的“硝烟”，在草原上空，在牧民帐篷，在干部心灵上弥漫、飘逸。这“硝烟”可能要持续一年、二年、三年才会消失。

“啊，早就盼着你们哩，今天总算来了。”她忙不迭地让座，递烟，把水壶放在铁皮火炉上，“真对不起，家里连现成的开水都没有，等会给你们打茶。”用酥油茶款待客人，是草原人的习惯。

次仁玉珍副专员主管文化教育和广播电视，是西藏文联委员。我们在拉萨早就认识了。她个子不高，身体纤弱，善于谈吐，是一位有点文人气质的藏族中年女性。出人意料的是，在这场抗灾救灾斗争中，她竟是南部灾区的前线指挥长，干练，沉着，辛劳，机智，是一位叱咤风云的巾帼英雄。白茫茫的雪原上，数十万头（只）牛羊嗷嗷待哺，许多牧民已经断炊，而分布在草原上的几个国家粮库依然紧闭着大门。——按照粮库管理章程，没有上级业务部门下达的用粮指标，没有交付足够粮款，谁也不准动用一粒国家的粮食。但是救命甚于救火，牧民的安危毕竟比章程更重要。一向温文尔雅的次仁玉珍暴跳如雷了，对粮库管理人员吼道：“我以指挥长的名义命令你，没有指标没有钱，也得把粮食给我发下去!”见管理人员仍然不肯动弹，一副要哭的模样，她又说，“你不要怕，如果上边追究责任，有我去坐牢!”粮库终于打开了，次仁玉珍和她的战友扛着大袋小袋的粮食，顶着纷飞的雪花，走向四面八方。

“真该死，我忘了放柴火啦!”次仁玉珍提起水壶，发现炉膛里空空如也。于是，大家笑了，七手八脚地给火炉塞满牛粪饼，洒上煤油。屋子里顿时有了热气，烟筒里发出哄哄的鸣声。

一支由国家干部、共产党员组成的送粮队在见不着草的草原上艰难地跋涉着。左脚踩进雪窝，再拔出右脚，向前，踩进雪窝，再拔出左脚，向前。五里，十里，二十里。日复一日，靴后跟扭断了，走路也摇晃起来，扛着粮食和柴火的上半身总是向前倾斜着，那形象酷似科幻片中的恐龙。工作队把扭掉了靴跟的队员分别编了号，叫恐龙一号，恐龙二号，一直排到了五号。次仁玉珍是第三个扭断靴跟的，所以叫“恐龙三号。”真是绝妙的比喻，使我们得以想象到这位巾帼英雄在雪原上负重行军、一步步走向牧民帐篷的艰辛模样。

次仁玉珍一面回答客人的提问，一面开始搅拌酥油茶。她把茶斟满一个个瓷碗，先品尝了一下，才发现忘了放盐巴。

“老李，你别老问个没完。我头脑至今还乱糟糟的，像是做了一场噩梦。”她重新斟上喷香的酥油茶，歉意地告诉我说：“近来我一闭上眼睛，面前就是一群群倒毙的牛羊，一张张等待救援的面孔。当时，我只想到一点：共产党把我放到这么重要的岗位，是干什么的？天灾人祸难以抵御，牲畜已经无法保全了，但人却必须活下去。我向地委立下了军令状：为了不冻死、饿死一个老百姓，我愿意付出一切代价，甚至个人的生命。”

常常有这样的指挥员，他们在险恶的战斗中清醒而又果断，一旦战胜顽敌，神经的弦会骤然变得紊乱起来，失去了明晰的记忆。次仁玉珍用手轻轻地叩着自己的头，对采访者执著于救灾细节的询问表示出无可奈何的遗憾，建议我们找地委李书记谈谈。她说，等春暖花开，牧民开始恢复家园的时候，她很乐意陪同我们旧地重游。边走边看，触景生情，或许能唤起她耳闻目睹的许许多多激动人心的故事。

在变幻莫测的大自然面前人还是太渺小了

这场百年不遇的灾难降临在那曲地区东部，不仅大多数党员、干部感到突然，世世代代生于斯长于斯的牧民也没有预料到。它就这么不知不觉地悄悄地来了，当你醒悟过来时，方圆二十多万平方公里的大地上已经是鸟儿不飞、人迹难找、寸草不见的白雪世界。

那曲地处西藏高原北部，念青唐古拉山和唐古拉山脉逶迤千里，横亘南北；平均海拔四千五百米，俗称羌塘草原。面积约六十万平方公里，占据西藏二分之一的地盘，地势高峻，人烟稀少。对于这片神秘的土地，文人墨客和民间艺人曾着意描绘过她无与伦比的辽阔、美丽和富饶。但平气静气地说，无论对远方游客还是对急于发家致富的牧民来说，羌塘草原还是太严峻了。高山缺氧，气候干燥，除 6、7、8 三个月比较暖和外，大部分时间被风霜和冰雪统治着。年平均大风日在一百五十天以上，最大风力每秒二十米，可以把成群的牛羊刮进湖泊，把帐篷像风筝一样吹到天上去。被视为神话的“六月雪”在这里是家常便饭，并不稀罕。较小范围的风灾、雪灾、虫灾、干旱几乎年年有。那曲地区行署有一个抗灾办公室，属于常设机构。大概是灾害过于频繁或者统率的地盘过大的缘故吧，一般波及五六万平方公里（相当于欧洲几个小国家）的灾害，在统计表上只属于“小范围”的一般性灾害，是绝不会报告上级和惊慌失措的。

1989 年入冬以后，那曲地区抗灾办公室还没有收到来自基层的告急电话。一马一川的西部草原风平浪静，牲畜膘情分外喜人，倒是东山区的巴青、索县、比如、嘉黎四个县在 9 月底到 10 月中旬先后降过一次中雪，加快了严冬来临的步伐；接着，在 11 月又飘起铺天盖地的雪花，封闭了部分阴坡草场，给放牧带来了困难。但是，抗灾办公室仍未收到任何一个县的告急电报。——一位县政府负责人回忆说，这些年那曲较大的灾害都发生在西部和中部，东部还是比较平安的。东部四县地处怒江上游、横断山脉的西北段，山势起伏，一般都在海拔三千七百至五千米之间。牧民习惯于在河谷的坡地上种植少许粮食，收获一些青稞草进行补饲，当牛羊无法出牧的时候，刨除储藏的青稞草进行补饲，还是很管用的。不料今年雪灾持续时间长，到 3 月份不见停下来，覆盖的面积越来越大。青稞草已经喂完了，政府每年供应的口粮也拿出来喂了牲畜。这里的牧民对牲畜爱得很深。还有一种佛教的说法，天上的飞鸟，地上的虫兽，人间的老少男女，相互都处在生生死死的轮回状态，其生命都应当受到保护。宗教信念和发展生产的迫切心愿合二为一，给牛羊披上衣衫，把幼畜抱进帐篷，拿出口粮与牛羊同享，说牧民“爱畜如子”是一点也不过分的。至于口粮用完了，自己吃什么呢？他们很自信：积雪很快会消融，共产党最关心老百姓的疾苦，一定会给我们送来粮食的。

即将到来的“铁马年”更给淳朴善良的牧民们带来几许希冀和慰藉。在科学工作者看来，“铁马”不过是先人记叙岁月流程的一种方式罢了，一种偶然的因素把它与 1990 年连在一起。在牧民的内心世界里却是出于神灵的驱遣，幻化出许多美好的形象，诸如格萨尔威镇邪恶的宝刀，马又幻化成冈仁波齐雪山，圣洁而且崇高。冈仁波齐雪山即位于藏北草原西南角的冈底斯山脉主峰，海拔高度只有六千七百一十四米，却是佛教传说中世界的中心，众神汇聚之地。其实早在佛教传入之前，西藏的原始苯波教就滥觞于冈仁波齐山下的象泉河畔，然后又顺着藏北草原的天然通道向东扩展传播，直至横断山脉北段。冈仁波齐山就成了偌大藏北草原的保护神。十二年一度的马年转山节也是围绕冈仁波齐雪山展开的，人生难得碰上几回。早在去年秋天，牧民们就开始把收获的皮张、羊毛换成现金，准备路上用的干肉、奶渣和帐篷，供奉神山的酥油、哈达和其他物品，沉浸在即将到来的庆典的欢乐和忙碌之中，对于眼前连绵不断的雪花反倒不怎么在意了，甚至以为雪花正是雪山保护神送来的铁马新年礼物，供奉越丰，祈祷越勤，所得到的保护和恩泽就会越多。藏历新年刚过，人们就开始三五成群地踏上了去冈仁波齐的朝圣之路。据东部四县的不完全统计，离家西行的朝圣者达八千余人，约相当于当地居民的十分之一，当然大都是青壮年牧民。

当众多朝圣者怀着对今生来世的美好憧憬，一步一叩首蹒跚在西去的漫漫旅途上时，万万没有想到，一场又一场罕见的鹅毛大雪正席卷着家乡的山河，严重威胁着他们的亲人和牲畜的生命。

战斗从这里开始……

我们访问了那曲地委书记李光文。这位藏北草原上的显赫人物出生于四川省阿坝藏族自治州的小金县，身高在一米八以上，高原强烈的紫外线把他的脸染成紫铜色，既保留着康巴汉子的乐观、果断，又具有现代人的优雅和理智，握手的时候很有力度。

李光文从昌都调到那曲的两年间，精神上经常处于紧张状态。自从 1987 年的“9·27”以后，拉萨多次发生的骚乱都集中在藏历新年期间。身处西藏北部门户、距首府只有四小时汽车路程的那曲，李光文当然不敢掉以轻心。谢天谢地，铁马新年总算安然无事，他也难得地轻松了一回。

3 月 8 日，李光文在地委会上提出要亲自到西边去进行一次长途旅行。虽说与众多香客方向一致，但显然不是为了朝圣。在那曲和阿里两个地区接壤处有一片六万平方公里的无人区，为了开发那儿的自然资源，十余年前成立了双湖办事处。许多科学工作者和干部群众在荒凉的土地上进行了卓有成效的考察和开拓工作，也有一些亟待解决的问题。出发时间定在3月12日，同行的有畜牧局长才旺达和秘书科科长钱松青。

3月12日凌晨6时，那曲镇居民尚在酣睡之中，李光文的丰田越野车比预计时间提前四个小时驶出了地委大院，但是汽车没有向西行，而是急匆匆来了一个一百八十度的大转弯——向东，翻过江古拉山走向通往巴青县的崎岖山路上。车上还多了一位乘客：防疫站副站长嘎桑次仁。——嘎桑次仁在以后持续两个月的战斗中将退居次要地位，但在12日那天却是李光文的得力臂膀。因为就在李光文即将西行的前一天接到巴青的告急电报：该县北部山区发现百日咳流行，有的患者已经身亡。百日咳是急性传染病，如不及时遏制住，对儿童生命危害极大。人命关天，紧紧揪着地委书记的心。于是西行突然变成了东行。

百日咳并非不治之症，再加上地委书记无可怀疑的号召力，传染病很快就被控制住了。人们之所以还津津有味地大谈李光文的东部之行，是因为他偶然性的改变行踪，使整个那曲地区的工作部署发生了戏剧性的变化。——虽然或迟或早总是要变化的，但早几天或晚几天变化，其后果，给牧民生命财产带来的损失就会有天壤之别。

李光文对医疗知之不多，在牧业生产上却算得上行家里手。在听取了县委、县政府关于群众生产、生活和病情的全面汇报后，他又亲自到雅安、阿秀等几个乡进行了实地考察。使人震惊的是，巴青草原自去年秋后连续降雪后，今年2月至3月又下过三次大雪，已经封闭了所有的河流、道路、山谷，平地积雪五寸以上，有的地方厚达半米，是1956年以来最严重的一次。由于牲畜长达三个月没有足够的草吃，膘情正在急遽下降，牧民被迫用口粮给怀孕母畜和老弱牲畜补饲，存粮一天天减少，有的人家还面临着饥饿的威胁。他派才旺达局长去北部一个牧业乡了解灾情，才旺达在雪地里爬行了四天四夜才抵达目的地，得知那儿已发生牲畜成批死亡的现象，有的牛羊拱不出草就互相啃食毛绒充饥，惨不忍睹。其中一个牧场的十七户人家被大雪围困，已有八户断粮少柴，亟待救济。

雪还在下着，没有一点停下来的迹象。李光文踽踽独行在吱吱嘎嘎的雪地上，任凭冰凉的雪花扑打在脸上，落进脖颈里，想让焦躁的思绪冷静下来。这里的巴青是一种什么情况呢？县委书记刚刚内调，县长正在拉萨治病，在家的负责人分为两拨，一拨人下乡搞调查，一拨人忙着筹备党代会，显然与正变得日趋严峻的灾情不相适应。藏北草原上灾害频频，党政干部既积累了抗灾救灾的丰富经验，又容易产生习以为常的麻痹思想和“灾害很快会过去”的侥幸心理——想到这里，他的心情变得格外沉重。

李光文召开县委紧急会议，要求干部职工立即行动起来，把抗灾救灾作为压倒一切的中心任务，保证做到不冻死、饿死一个人，尽量减少牲畜损失。他担心自己讲得不够彻底，又加强语气说：“如果发现什么地方冻死一个人，一定要层层追究责任！”

22日晚上，李光文回到地委。雪花似乎在追赶他的车子，从巴青、索县一直撵到那曲镇口。东北草原的雪正以惊人的速度向西部和南部扩散。

雪越来越大，越来越猛。

嘉黎县告急：全县普遭雪灾，其中有重灾乡四个，特重灾乡六个。截至3月24日，大牲畜死亡两万两千一百三十二头，占去年底牲畜存栏数的百分之十五点八。严重困难户六百九十八家，三千三百二十七人。

那曲县告急：出现重灾乡五个，其中尤恰乡牲畜死亡三千六百七十头，占总数的百分之二十一点九。

索县告急：据嘎美、加勤、次多三个乡十一个重灾村统计，成畜死亡率已高达百分之五十。个别户的牲畜已经死光。通往三乡的道路都被大雪封堵，无法调进救灾物资，群众生活极端困难。嘎美乡冻伤六百八十一人，患雪盲者六百人，摔伤八人。加勤乡冻伤三百零五人……

比如县告急！

聂荣县告急！

……

在那些揪心裂肺的日日夜夜里，李光文与地图结下了不解之缘。开会、下乡、回家都带着一打子十万分之一的那曲地区详图。哪里发生雪崩，哪片牧场被大雪围困，哪座桥梁被雪水冲垮，他都要用铅笔在地图上勾出来。随着告急电报越来越多，受灾面积迅速向四周发展，十万分之一的地图已铺展不开，又增加了一份百万分之一的单幅地图。地图上逐渐形成一个北宽南窄的扇形受灾区，北边以唐古拉山脉为界，东西绵延千里，南边较窄，正处于林芝接壤的易贡藏布江上游。受灾总面积超过二十万平方公里！

地委、行署的联席会议从23日一直开到24日上午。李光文的巴青之行，一些县陆续送来的简略急电，窗外飒飒飘舞的雪花，早把藏历铁马新年平静欢快的气氛驱散得一干二净，张张面孔比阴霾的天空还要严峻。多年来，他们率领干部群众与西部风灾、安多雪灾进行过卓有成效的斗争，那是在平坦的草原或者南来北往的青藏公路线上。这次雪灾不但面积广，积雪厚，而且发生在东部山区。东面高山峡谷，江河纵横，有限的几条交通线全是傍山险路，大都已被积雪堵塞，难以通行。从地区到县，从县到乡，从乡到村运输越来越困难。十余万牧民及其几百万头牛、羊、马像被阻隔在一个个冰雪包围的孤岛上。

粮食运不进去，燃料运不进去。人民的生命财产面临着严重威胁！

会议当机立断：

“立即召开地区党政机关和企事业单位的动员大会，各行各业全力以赴投入抗灾救灾工作。克服等待和侥幸心理，确立长期作战和连续作战的思想。”

“先保人，后保畜，保证不冻死、饿死一个人，尽量减少牲畜死亡。无论有多大困难都要以最快速度把抗灾救灾物资运送到灾区，分到牧民手中。”

“东部四县的党代会筹备工作应立即停止，把抗灾救灾作为压倒一切的中心任务。”

“把畜牧局的抗灾办公室提升为那曲地区抗灾总指挥部，搬至地委大院办公，归地委、行署直接领导，赋予它调动全区人力、物力、财力的重大权力。”

那曲镇失去往日的平静，成了一锅沸腾的水。

那曲—拉萨—北京

尽管作了详细部署，上上下下都动起来了，李光文心里仍不踏实。在如此严重的自然灾害面前，那曲地区自身的力量还是太渺小了。二十二万人的生命，五百多万头牲畜可不是靠几句豪言壮语就保得住的。24日下午，向自治区领导汇报的电文尚来不及译成密码，李光文又径直驱车奔向拉萨。

拉萨与那曲像两个天地。蓝天如洗，街灯通明，舞厅里传出柔美的乐曲。李光文猛然醒悟：这天是星期六，明天是例行的假日。但心急火燎，他也顾不了那么多规矩，来不及抖掉旅途的风尘，也不等任何人通报，就把车子开向了在家主持工作的区党委副书记热地的家门口。

热地本是牧民的儿子，对那曲东部的地形了如指掌，用不着李光文多作解释，他就意识到那儿灾情险恶，浓眉紧锁。他立即拨通办公厅的电话：晚上召开紧急会议，听取那曲地区的灾情汇报。

这是一次非常时期举行的非常会议。党委、政府的领导都来了，民政、农委、交通、粮食、商业等有关部门的负责人也来了，会议室笼罩着紧张、严肃、沉重的气氛。李光文走进会议室，立即成了大家关注的焦点。他起初有点紧张，不久就从众多热切的目光中吸取了力量，心里热乎起来，感到被大雪围困的乡亲们有了希望。

他详细讲起了在巴青草原上的见闻，讲起刚刚收到的其他各县的灾情报告，喉头不时被难言的情感堵塞。最后，他小心翼翼地提出：“鉴于陆地交通线被大雪封锁，一时很难打通，我们考虑是否可以请上级派飞机给牧民空投急需的救灾物资。”

热地副书记揿灭烟头，斩钉截铁地说：“为了保证牧民的生命安全，尽量减少牲畜死亡，不管遇到多大困难，必须马上打通陆上交通线；人力不够，我们可以要求解放军给予支援。飞机空投解救燃眉之急也不可缺少，我们要尽快向中央提出申请。”

第二天是星期日，都以为中央的批复最快要在星期一才能传到拉萨。不料办公厅的热线电话在25日夜里11点就响了起来——党中央、国务院和中央军委对那曲灾民极为关注，请自治区转告中央首长的亲切慰问。电话还说，中央已命令人民空军派大型飞机于26日飞抵拉萨，向灾区空投救济物资，请当地立即拟定第一批空投计划。

二十二万牧民的安危受到北京中南海的密切关注，紧紧系着西藏各地和全国各族人民的心。一场紧张激烈、气势磅礴的抗灾救灾斗争在广袤无垠的雪原上开始了！

第二篇　他们在战斗

在抗灾总指挥部办公室

“急事急办，特事特办，不分界线，支援前线”。这是当时那曲地区干部职工的口头禅。

抗灾办公室从农牧局搬到地委大院，一昼夜之间从地直机关抽调了二十四名干部职工，组成秘书组、交通组、行政组、通讯组，全是各方面的行家。要抽谁就抽谁，说到就到，再没有过去那种扯扯绊绊的现象了。

总指挥部办公室设在一间三十来平方米的老式会议室里。正中一部电话，一部报话机（报话机的终端是邮电局的通讯中心），与北京、拉萨、机场、灾区各县和正在执行空投任务的飞机保持着经常联系，是那曲与外界联络的主要通道。沿墙四周的长垫上坐满了各组负责人或代表。每接到外界什么信息，这儿很快就能作出反馈，或者上下沟通，或者调拨物资，或者组织救援，忙而不乱。

在抗灾救灾最关键的四十多个日日夜夜里，这里坚持二十四小时值班，人来人往，铃声不断。办公室负责人李逢霞是一位进藏二十多年的老干部，曾长期在牧区基层担任领导职务，学得一口流利的藏话，不论通话对方使用藏语，还是使用汉语，均能应付自如。上级授予他临机处置紧急事务的权利，李逢霞的家就在办公室后边二十米处，而在那紧张的日子里竟没有回家生过一次火炉，有时连小便都要跑步，两颊明显地陷下去许多。

回忆往事，李逢霞一点不谈苦和累，两眼流露出自得的神情。他说，有天下午7点，已经到吃晚饭的时间，自治区红十字会捐赠的十七车救灾物资突然运抵那曲。十七部东风车，装载一百多吨东西呀，天全黑了，别说卸车，喊人也难办。那晚风特大，冷得刺骨，谁不想围着火炉吃饭看电视？不料想通知一下去，地委、行署机关齐刷刷来了一百多人，通讯员、炊事员、局长、部长都来了。大家七嘴八舌地说："老李，你尽管吩咐卸在哪里，联系场地的事我们去办就是。"他想：货物多，品种杂，还是分开存放好。话音刚落，"装卸工"们已登上大卡车，呼隆隆地开向指定地点。当天夜里，大伙忙着拟定救灾物资分配方案，联系运输车辆——都是各机关的生活车。第二天清晨，当红十字会的东风车队告别那曲的时候，那曲的二十多辆杂牌车也满载着衣物、粮食、防雪镜和医药用品，一长溜驶向了灾区。人心之齐，效率之高，在那曲历史上还不多见。

李逢霞意味深长地告诉我们，与全国其他地方一样，那曲的人们也不时抱怨干部职工的思想素质不及当年。老干部随着年龄增长精力明显下降，新来的青年人吊儿郎当的多，缺乏应有的责任感，常常为社会风气的江河日下担忧。他说："其实，我们的干部职工在关键时刻还是过得硬、冲得上去的。我们党的光荣传统是能够一代代传下去的。"

李光文对此感触尤深。他说："社会风气不正，责任不在青年，关键在我们的领导干部怎样传帮带。身先士卒是十分重要的。"

三个指挥长的故事

在这场抗灾战斗中，有三个前线指挥部，都设在雪灾最重的地方。为有利于调遣兵力和财物，指挥长全是由地委、行署的领导干部担任的。

次仁玉珍 3 月去拉萨出席全区人口普查工作会议，原答应返那曲后为女儿筹办婚事。女儿央宗是那曲艺术团的钢琴演奏员，端庄、秀丽，对分管文化的母亲来说，自然感到莫大欣慰。女儿终身大事，理当体体面面地操办一场。但事不凑巧，次仁玉珍刚开完会就被委任为嘉黎前线指挥部的负责人。参加革命三十二年，次仁玉珍对分配给她的工作从来没有推辞过，在这场人命攸关的战斗中当然更要往前冲。她告诉央宗："妈妈是共产党员，要为嘉黎县两万多牧民的生命财产负责，你的婚事只好推迟一段时间了。"央宗默默无语，她很懂事。

4 月 4 日，大雪纷飞。次仁玉珍带着一部电台、一班人、几部运货车直奔嘉黎。车到阿依拉山遇到"拦路虎"，积雪厚达一米，根本过不去。是进？是退？同志们眼巴巴盯着指挥长。次仁玉珍说："抗灾就是打仗，只有往前冲，绝没有退回去的道理。"她和大家一起挖雪开路，挖一段走一段，还不时陷进泥泞里。天黑了，都已精疲力竭，她与大家啃几口干粮，挤在车厢里过夜。阿依拉，译成汉语叫"老太婆山"，海拔五千多米，满头银发，真像一位臃肿而又固执的老太婆。十几里长的路段走了整整四天。次仁玉珍清瘦纤弱，本来就有心脏病，哪里经受得住如此劳累，好几次快要晕倒过去。不过多年牧区生活经历，她发明了一个奇特的治病"偏方"：烧一堆潮湿的糌粑面，把头伸向烟雾中熏一阵子，就这样熬过来了。

前线指挥部没有设在生活条件较好的嘉黎县城，她选中多纳乡安营扎寨。这里四野白茫茫，出门是没膝的积雪，但抬眼可以看到帐篷的炊烟，心也与牧民贴近了。她通过电台与县委和总指挥部联络，果断处理各种抗灾事务，亲自背着粮食去几十里外的牧场安抚灾民。方圆几百里的老百姓称她是"关心牧民疾苦的女大王。"

灾情日趋严重的时候，地委副书记明加更是雪上加霜：他的母亲生病去世了。按理是应该回家奔丧的，但明加成天为抗灾救灾的物资、车辆奔忙，把痛苦深埋心底，半句不提母亲去世的事，同事们怕触及他的痛处，更无人愿意启齿。成立巴青前线指挥部，地委决定让明加去那里担任指挥长，或许也想给他一个个顺道处理母亲丧事的机会，因为他的家距县城只有二十公里。

巴青前线指挥部负责巴青、索县两个县约七万平方公里灾区的抗灾救灾工作。眼看数万灾民和他们的百多万头牛羊处于饥寒交迫之中，有的人家牲畜死亡率高达百分之三十。明加哪还有心思回家，仅托人给家里捎去点天葬用的酥油和柴火。他时而索县，时而巴青，忙活了二十多个昼夜，不曾回家一次。

我们到巴青采访，明加来来去去地张罗救灾，一直没有机会细谈，仅在见面握手时闲聊了几句，他似乎仍然没有把探家排上日程。我们第二次去住地找他，得知明加刚刚出发，到筑路队调运大吊车去了，因为救灾部队的机械出了故障，急需大吊车前来援助。

比如县前线指挥部的指挥长顾锦华也是一位众口赞誉的实干家。他现任职务是那曲地委纪律检查委员会书记。记者多次采访过他，听到的全是下面干部群众的英雄事迹，对自己抗灾中的所作所为始终守口如瓶。“快退休的人了，在西藏站最后一班岗吧，千万别写我。”迎接前来检查抗灾工作的区党委副书记丹增，他一直躲在别人背后，要推拉着才肯站出去与书记握手。汇报会议上要选一个光线暗淡的角落入座，很怕上镜头，很有点腼腆的样子。但在抗灾斗争中，顾锦华可是一员敢作敢为的虎将。指挥部建立才四天，地委就通过他的电台掌握了比如灾情的全面情况，指挥部设在恰则乡，为了确实把救灾物资按数量分发到牧民手里，他不是一堆堆地让乡、村干部来领取，而是根据他调查的情况进行分袋包装，给每只袋子挂上纸牌，写上户主名字，绝不允许有一丝混乱。人们说：“这汉族老头干事心特细，你想马虎也马虎不了。”顾锦华今年五十五岁，抗灾前线数他年纪最大，仍然坚持背五六十斤重的粮食柴火送到牧民家门口去。牧民们不知老顾官有多大，看见这位汉族老人在雪地里蹒跚气喘的样子，一个个感动得直掉泪。

顾锦华二十世纪五十年代参军，在驻上海的部队当文书。1960年来西藏办硼砂厂。所谓“硼砂厂”不过是白碱荒滩上临时搭建起来的一群帐篷。顾锦华在风沙严寒中熬了四年，转到那曲地区财政局才弄到一间聊以安身的平房。爱人在江苏省镇江市工作，结婚二十多年一直过着分居生活，只有鸿雁传情。1982年，地委曾同意他调回老家工作，镇江市已安排好单位职务，只因为他当时正在调整工资办公室任主任，走不开，答应调资工作结束后再走。不料一年以后调资结束，主管书记反倒舍不得放他走了。当时正加强党的纪检工作，他正直、老实、原则性强，到纪检委正合适。妻子听到消息，匆匆忙忙赶到那曲，决心要与地委领导吵一架，哭诉十余年来拖儿带女的辛酸。顾锦华笑嘻嘻地劝慰说："没见过共产党员去和党组织吵架的。组织叫留是西藏看得起我，说明我不是废人。你应该为有这样的丈夫感到高兴才是。"于是，顾锦华一直为严肃党的组织纪律工作到今天，把自己大半生都奉献给了藏北人民。他的妻子儿女也为此付出了巨大的代价。

东部草原出现雪灾，顾锦华心急如焚，多次要求到灾区去。地委考虑到他年纪大、身体素质差，一直没有答复。顾锦华不知个中缘由，自我感觉又好，盼呀盼呀，到4月14日，再也按捺不住了。

他"叭"地一下推开了地委副书记阿扣的大门："书记啦，我请战来了!"

"老顾，你赶什么时髦?"阿扣笑了笑，"纪检工作不是挺忙的嘛。"

"你放心，家里工作我早安排好了。"他拍拍自己胸脯，"抗灾救灾，匹夫有责，我要到前线去!"

阿扣不得不直言相告："下面的情况你知道，年轻人还吃不消哩，你这年纪……"

顾锦华急了，把胸脯拍得更响："书记放心，我下乡不要人背，上山不要人扶。——养兵千日，用在一时。此刻不上，更待何时?!"

真是老骥伏枥，志在千里。别看老顾平时不哼不哈，下定决心的事情就很难说服他。阿扣被眼前的"老西藏"深深地感动了。

4月17日，顾锦华带着电台和人马，建立了比如前线指挥部。

一个毋庸讳言的插曲

十个指头不会一般齐。不用讳言，在那曲采访，我们既搜集采访到许多干部职工奋不顾身奔赴抗灾前线的动人事迹，也不时听到三两声与大合唱不相和谐的声音。

举个例吧，有这么一个干部——讲述者不愿透露此人的尊姓大名，我自然也无心去打听，只知道他被提拔到某领导岗位不久，估计还是颇有才华的，年纪不会太大，或者三十岁上下。在这场关系着成千上万百姓生命安危的严峻时刻，多么需要如此年轻有为的同志到最艰苦的环境里去拼搏，去奉献啊！上面指名道姓要他到重灾区去，这位上任不久的干部竟推辞了。“理由”当然不少，比如爱人身体欠佳啦，家中的火炉急需修补啦，等等，只好让他留下来了。下乡确实太苦，特别是此时此刻，不但要忍饥受寒，在雪地里滚爬，还时刻有在悬崖绝壁和泥泞路上翻车的危险。雪山丛中行车，驾驶员的手都瑟瑟发抖，能不令人胆战心惊吗？许多共产党员是有思想准备的，宁肯牺牲自己性命，也决不让一个牧民冻死饿死在雪地里。那位忙于守护妻子、修补火炉的同志是否还有其他不便明说的原因，讲述者心里明白，只是不肯说出来罢了。这似乎也是当前的一种风气。不过，比起在雪山上走了四天四夜的女共产党员次仁玉珍，母亲去世两个多月不进家门的副书记明加，主动请战上前线的“老西藏”顾锦华，还有下面将要讲到的许许多多激动人心的故事，他或许会感到一丝丝愧疚吧！

世界上没有绝对纯粹的事物，有伟大就有渺小，有崇高就有卑鄙。它们在对立中存在，在比较中显示出本色。一般情况下，渺小的卑鄙的人未必肯承认自己低下，或许还为自己也能在阴暗角落里发出微弱的萤光而沾沾自喜。而一旦伟大和崇高的事物耸立起来，发出璀璨的光芒，渺小和卑鄙的东西就无地自容了。

我没有去打听那位不肯下乡的年轻干部的名字并公之于众，有另一层想法：在当时的社会风气下，怕苦怕累已不是什么稀罕的事情，大可不必让他太过不去。在伟大、崇高事物璀璨光芒的照耀下，渺小和卑鄙的事物有时也能发生转化，反射出一定的光泽，或者还会有一天变得伟大和崇高起来。人们殷切地期待着。

二十年了，他总在雪地里奔忙

李光文见到李焕庭欢喜地说："你是一颗灾星，走到哪里就把雪灾带到哪里。"这当然是一句笑话，但是很有来头。十余年间，他先后在查吾拉山区、聂荣县和索县工作，都碰上那里发生当地罕见的雪灾；干部休假、治病、学习、开会是常有的事，偏偏每次李焕庭都正好在家主持工作。泰山压顶，不顶也得顶。他几乎成了抗灾救灾专家。

作为索县书记，李焕庭在2月初就感到情况不妙，密切注视着牧场动向，叮咛有关部门尽快把粮食和日用百货调拨到基层。3月1日落下第三场大雪，他既不幻想老天的恩赐，也不等待上级部门的指示，立即组织党政干部下乡安排好群众的生产生活，先后派出工作组二十个，一百七十多人，占全县干部职工的百分之四十以上。想牧民所想，急群众所急，县里组织汽车一百多台次，加上其他运力，共运送抗灾救灾物资二百五十六万多公斤，较好地缓解了牧民生产生活的困难。

要叙述李焕庭抗灾中的经历，大同小异，容易使读者感到单调冗长。指出几点就够了：一、他带头下乡，从3月初到5月底，大部分时间是在雪地里度过的。全县十二个乡，他就跑了九个，行程两千公里，主要交通工具是两条腿。二、作为一个汉族干部，他在基层就学会了一口藏话，下乡不用带翻译，走到哪睡到哪，没有帐篷的地方就蜷缩在雪窝里。三、他是一个单身汉，没有妻子儿女为他准备下乡的烤饼、干肉，虽然能吃糌粑，但河南人的积习难改，对馒头的兴趣更浓。每次下乡就在食堂买一袋馒头作干粮。在零下二三十摄氏度的救灾路上，馒头冻成了一个个铁疙瘩，要用石头砸碎才能下咽。有时把石头砸裂了，馒头还依然如故，到底是谁砸谁，真叫人哭笑不得。

李焕庭的妻子儿女到哪儿去了呢？说来很有趣，原来他妻子是藏族，安多县人，叫曲珍，已经内调到他的老家河南去了；而这位汉族丈夫却留在了西藏的土地上，走不了。也算一对牛郎织女，不过在银河两岸调换了一下位置，继续隔水相望。如果把他们的爱情故事如实写出来。恐怕不亚于琼瑶的小说。

李焕庭和曲珍是在尼克松访华时结的婚——这个日子不会记错，历史为他们的婚礼涂上了浓重的一笔。曲珍是一位十分贤惠的女人。李焕庭在家里是老大，有弟妹七个，家居农村，父亲早逝，供养弟妹的责任都落到大哥身上。曲珍每月领了工资，总要拿出一半给河南老家汇去。她在这个人口众多的汉族家庭里从来不感到一点隔膜，情同手足。1986 年，夫妻俩要求内调，河南省已做了妥善安排，不料西藏变了卦，说李焕庭是牧区工作难得的人才，死活不让走。这时，李焕庭的母亲病重，儿女又到了升学初中、高中的关键时刻，需要有人照顾。进退两难之际，曲珍毅然决定自己先内调，主动挑起照顾婆婆和儿女的重担。继续分居（内调前就一个在县里，一个在区上工作），天各一方，对一个弱女子来说当然是很痛苦的。但是她想得通，还聊以自慰地说："我回河南为你的故乡出力，你留西藏为我的家乡使劲，也是'两个离不开'啊。"

下乡抗灾救灾，李焕庭行李极少，有时连马被套也不带。这是他的老习惯，喜欢轻装上阵。但是曲珍寄来的最新彩照，他是要随身带着的。我见过几张，清晰度欠佳，系用傻瓜相机自拍，端庄而且神气。至于更深刻的内容，只有李焕庭才"读"得出来。

第三篇　千山在呼唤

雪原上的"县长路"

这不是一条通往县长官邸的路，也不是一条柏油铺设的坦荡的路。它是一条在白茫茫雪原上趟出来的弯弯曲曲的路，已在初夏的阳光下消融得无影无踪，但作为某种精神和希望的象征，却在嘉黎县干部职工和牧民群众心中永存，通向很远很远的地方。

3月中旬，当李光文率领工作组去北部巴青县山区察看灾情的时候，不约而同，南部嘉黎县山区也出现了一支队伍，在冰天雪地里艰难地跋涉着。带队的是县长江村旺扎，一个年仅三十四岁的知识分子。他的兴趣在于教育，原是文教战线上的优秀教师。自从命运把他推上父母官的地位，这个牧民的后代一下子对天气变化、群众冷暖和牛羊膘情变得敏感起来。藏历新年以后持续十余天的大雪使他双眉紧锁，坐立不安。有人安慰他：春天来了，积雪很快就会融化；牧民口粮早就做了安排，一定会顺利渡过难关，但江村旺扎偏偏是一个喜欢摸着石头过河的人，绝不把泡沫幻想成金子。3月17日，他率领一个工作组踏上了探访牧民的征程。

嘉黎县城地处羌塘草原东南角，山清水秀，海拔只有三千多米。江村旺扎一行四人乘车西去两个多小时，突然进入一片银白世界，寒风凛冽，积雪越来越厚。到了多纳乡，汽车已很难通行了。轮子陷在坑凹里空转，挖一阵雪开一段路，还不及步行快。于是，江村旺扎决定弃车骑马，深入重灾区措扎乡去。

从多纳到措扎乡要翻越一座海拔五千米的大山。山上雪花曼舞，积雪半米，马蹄踏进去要费很大的劲才拔得出来。到了下午，人困马乏，任你怎么挥鞭抽打，坐骑也不动弹。没有办法，只好牵着马步行，深一脚浅一脚地向目的地前进。路已经完全看不见了，好在江村旺扎来过多次，大体方位不会弄错，一直在前面带路。——这哪里是“带路”？他把马缰绳拴在胳臂上，是在用双手扒雪，用整个身子为后边的同伴和马开出一条路来。深夜赶到措扎乡，个个都已疲惫不堪，饥饿、苦累、僵冻，他们再也不想动弹了。

江村旺扎强打精神了解措扎乡灾情。老百姓告诉他，北边的章若乡灾情比措扎乡还要严重，有的牧民已经揭不开锅，成千上万的牛羊饿得连呻吟的力气都没有了。县长心里比刀绞还要难受。于是，他匆匆吃了一碗糌粑，嘱咐精疲力竭的同伴第二天认真安排好措扎乡牧民的生产、生活，又只身连夜向章若乡进发。许多人苦苦挽留，劝他好好睡一觉，等天亮以后再走。可是章若草原的乡亲在饥寒中挣扎，作为一县之长的江村旺扎怎么睡得着觉呢？

那条用毅力和身子在雪原上趟出来的路继续延伸。上面是狂舞的雪花，伸手不见五指；下面是齐腰的积雪，举手投足都十分缓慢而艰难。

一步、二步、三步……长筒皮靴进了水，泥浆和袜子搅和在一起，与赤脚没有两样。

一小时、两小时、三小时……胡茬上挂着雪花，耳朵麻木了。光面皮袄结着冰凌，吱吱嘎嘎的碰撞声陪伴着他孤寂的旅程。

清晨，当近乎绝望的牧民们还在帐篷里昏睡的时候，江村旺扎神话般地出现在章若乡的雪原上。没有飞机，没有汽车，也没有马，在他走来的路上只有一条绵延三十公里的弯弯曲曲的痕迹。再看看来人，皮靴裹在泥泞中，脸冻得发紫，衣服、帽子、眉毛上挂着雪花，只有两只眼睛还闪动着昔日的光彩，活脱脱一个“雪人”的形象。

大人小孩都愣了：这就是嘉黎县的父母官江村旺扎吗？

“乡亲们，大家生活得怎么样？我们的牛羊还保得住吗？”

听到这一句盼了许久的话语，在场的男女老幼都激动得流出了眼泪，把“雪人”簇拥着扶进屋里，一面给他斟上热茶，一面倾诉起可怕的大雪带来的种种灾难。口粮已经喂了牛羊，可以相互借贷的粮食也不多了。牛羊成百上千地倒毙在帐篷周围，牧民却没有力气剥皮和掩埋。生病的人也多起来了。——江村旺扎一一记在笔记本上，心情越来越沉重。

他勉励乡村干部、共产党员、共青团员振作起来，组织群众共渡难关。他的讲话倾注着极大的信心和力量：“共产党派我来看望大家。困难是暂时的。请放心，粮食会有的，燃料也会有的。”

从 17 日到 22 日，江村旺扎日夜兼程，顶风冒雪探访了三个乡的二十多个放牧点，在雪上行走、滚爬的总长度将近三百公里。在他经过的地方，出现一条连接乡和乡、村和村、牧场和牧场的路，被牧民们称之主“县长路”。

24 日夜里 12 点，当李光文汇报的巴青灾情搅动得自治区的各部门负责人坐卧不宁的时候，江村旺扎也乘车赶到了那曲，叩响了地委副书记阿扣的家门，把嘉黎县灾情讲得淋漓尽致，揪人心肠。

在多纳、措扎、章若，人们正穿梭于“县长路”上，开始了一场抗灾救灾的激烈战斗。

远征色秀多根

贡日乡一直是从拉萨到巴青各级领导关注的中心。贡日乡地处巴青与昌都地区和青海省果洛藏族自治州的交接处，距县城一百五十多公里，中间有三座大山，正常时期不过四天马程。自从大雪封山以后，这里与县里音信杳无，不通来往，更加令人心焦。那里的牧场辽阔，一百七十八户人家分居在八沟九梁，两三户为一个放牧点，乡政府随季节转移，经常处于流动状态。别说县里找乡政府困难，乡干部找牧民更不容易。牧民们现在景况如何？他们能经受得住这场大雪灾的磨难吗？县里做过各种猜测，总是凶多吉少。

3 月 26 日晚上，县委召开紧急会议决定派出工作组，带上一部无线电台进山。一是摸清情况，二是组织救灾，与牧民同甘共苦，副县长扎西旺秋担任领队。

工作组心里很清楚，解救被大雪围困的贡日乡牧民，时间就是生命。县委会议结束不到一个小时，工作组就整装出发了。他们来到江绵区，区里已为他们装备好粮食、茶叶、马匹。27 日上午，扎西旺秋一行七人，十五匹马，就驮着急需的救灾物资浩浩荡荡地向雪山进发。真是打仗的速度。

不料工作组出师不利。去娃玛拉山的路上，积雪开始是二十厘米，再往前走是五十厘米、一米，到了山口已经厚达一米半，把人和马都埋在雪里。工作组以“一不怕苦、二不怕死”的拼搏精神往前闯，白天白雪拌炒面，晚上靠马肚子睡觉。从 3 月 27 日到 4 月 1 日，六天才走了二十多公里，前程茫茫。消息传到拉萨，自治区领导十分焦急，决定派直升机送工作组去色秀多根。色秀多根是贡日乡政府习惯驻扎地。

扎西旺秋和他的伙伴奉命于4月3日撤回巴青，等待登机。谁料直升机又因故停止飞行。工作组心急火燎，5日下午再次骑马向色秀多根进发。这次，他们改变路线，绕过娃玛拉山，改攻朱洛拉山。经过十六个小时的艰苦战斗，还是不行。听附近牧民讲，距这儿三十多公里的夏日拉山坡度较缓，便决定从那儿试试。他们立即拔营起程，虽说仍然困难重重，总算找到了一条可以进入贡日乡的路线。

4月13日，工作组终于到达了只有六顶帐篷的色秀多根。屈指计算，为了这段行程他们在雪地里反复折腾闯荡了整整十八个昼夜。到了目的地，队员们两腿瑟瑟颤抖，已经直不起来。脱鞋成了一件艰难的工作，脚板红肿，皮鞋变成了铁鞋，摘掉防雪镜，互相观望良久，禁不住都哈哈笑了起来。原来一张张被雪地反射和阳光照晒变得粗糙、黝黑的脸庞上，两个眼眶竟显得分外白皙，那形象酷似一群大熊猫，当然是白眼圈的“大熊猫”。

“熊猫们”到达色秀多根的当天，通过无线电台联络，人民空军投下了五吨半救灾物资。

在这里，骑马成了累赘。工作组找到了乡政府，一起分组探访牧民，在六百多平方公里的大地上走访了全乡一百七十八户中的一百七十六户。其余两户，扎西旺秋也计划要去的，碰巧有一户主动找上门来，报告了牲畜死亡数字，粮食还略有剩余；他的邻居口粮已经告罄，工作组从空投物资中给予了救济。

贡日乡被大雪围困两个多月，牲畜死亡率达百分之四十点八，损失惨重。县委、地委略感安慰的是，男女老少还安然无恙，只是口粮越来越紧张。前线指挥部立即到邻近的满塔乡组织人力畜力经雪山南口运送糌粑、茶叶和干牛粪，并通过电台联系，组织贡日乡干部群众赶着驮畜准时到雪山北口接运。中间的十多公里路程则靠强壮劳力背运过山。

5月5日，第一批陆地运送的救灾物资顺利送到贡日乡。为了摸清灾情，建立这条运输线——贡日乡人民的生命线，谁能计算出各级党政领导、工作组干部和人民群众为之付出的代价和心血呢？

四上查果列

我一直无缘与扎多见面，只知道他三十多岁，共产党员，是比如县良曲乡乡长。1989 年 1 月到 5 月，老天爷不安分，扎多也不安分，总在草原上奔忙。他有妻室儿女，却没有在家连续呆过五天，甚至藏历新年也不例外。我们好不容易赶到良曲，他又到查果列牧场去了。这是他今年第四次上查果列。

查果列有十六户人家，两千多头牛羊——这是雪灾前的数字，而今只剩下一千三百多头了。1989 年冬天来得早，他们在冬窝子嘎绒沟住的时间也最长。元月初，天空刚刚放晴，牧民们就匆匆搬迁到春季草场查果列去了，那儿地势高，交通不便，距乡政府六十多公里，但地域广阔，牛羊采食方便。不料好景不长，不到半个月又降下第二场大雪，平地积雪二十厘米。

元月底，扎多乡长听到他们提前搬迁的消息，预感到情况不妙。积多年之经验，他知道查果列最易酿成灾害，山高沟深，与乡政府联系极不方便，救也没法救。于是，他连夜赶到查果列，动员他们尽快搬回冬窝子。当时，牧民正撒灰化雪，相信即将进入马年，雪不久就会停下来。扎多苦口婆心，答应从扎绒和扎松二村给他们调剂一片草场出来，大家才同意迁回七百多头牦牛。

2 月初，雪果然停了几天。已经下山的牧民禁不住查果列宽阔草场的诱惑，又悄悄把七百多头牦牛赶回查果列，他们喜欢与家人一起放牧，不久，风云突变，整个良曲乡都被大雪覆盖。扎多心里急得冒火，第二次去查果列探望，嘎绒沟积雪二尺，已很难通行，越往上越难走。他在雪里跋涉了一个星期才抵达目的地，只听到一片哭声。干牛粪烧完，牲畜死去五分之一还多，五户人家已经断粮。“乡长啦，只怪我们过分相信老天爷，没有听你的话把牲畜赶下山。”现在可怎么办？想转移也转移不了啦。眼看数百头牲畜的尸体无人收拾，全乡最富的村骤然变成了最穷的村，扎多心里也很难过，但他没有说一句责怪的话，一再劝大家振作精神，团结一致抗灾救灾。他说：“牛羊能保住多少就保住多少吧，现在的任务是不能冻死饿死一个人。人才是顶重要的。”

扎多第三次上查果列紧接在他返回乡政府以后。乡政府根据扎多的建议，动员组织起三十三名强劳动力，六十头驮牛，三十七匹马，给查果列抢运粮食、衣服和烧柴。扎多要求带队上山，但他经过十多天的风雪洗礼，面目浮肿，两手冻得发紫，乡党委书记坚决不让他去。扎多想，运输队不熟悉去查果列的雪路，没有他带路，时刻都有陷进雪坑的危险。他实在放心不下，运输队上午出发，他下午又骑马追上去了。

进入嘎绒沟，驮畜四条腿埋在雪里，前面要人拽，后面要人推，经过三天行程，运输队到达朗塘村，牛马再也不肯挪动了。扎多和大家一起背运东西上山。又是五个日日夜夜，终于把总重量五千零四十二点五公斤的救灾物资完好无损地送到查果列牧场。

牧民们看到一个个精壮的汉子嘴唇干裂，眼睛红肿，已经不成人形，男女老少激动得不停地挥舞红布高呼：“共产党万岁！”扎多放下最后一桶柴油，“咚”的一声瘫软在地上，也跟着哭了起来。那是高兴啊，多亏四面八方的支援，灾民们得救了！

寻找顿珠一家

同一个日子里，在嘉黎县麦地卡地区，副乡长旺培率领的十一名乡、村干部正在错冬沟的迷茫大雪中寻找顿珠一家。

顿珠一家六口人，住在距乡政府不远的一座孤零零的小屋里。户主持家有方，放牧很有心计，有牲畜二百多头，是附近的富裕人家。乡干部当然很放心。3 月底，乡政府根据上级“以保畜为主，尽量减少牲畜死亡”，“要层层落实，保证每个牧民安度雪灾”的指示，对全乡一百多户人家的住地、存粮和燃料进行检查，及时给困难户送去了救济物资。工作进展顺利。乡政府正准备向前线指挥部报告成绩的时候，村长古扎得到一个意外的消息：鼻子底下的顿珠家只有他八十七岁的老父亲，顿珠夫妻和三个孩子早在 3 月初就赶着牛羊往错冬沟方向去了，走时带了一袋糌粑，说安顿好妻儿牛羊后还要回来的，可一去二十天不见踪影。

旺培马上警惕起来。按出发时间推算，顿珠一家进入错冬沟不几天就连降大雪，一定是被围困在那里了。一袋糌粑四五十斤，五口人最多维持十来天。“顿珠在危难中!”旺培、古扎立即组织十三个强壮劳力，背上糌粑、干牛粪和十一公斤柴油，连夜上山寻找顿珠一家，大家不停地赶路。还好，第二天黄昏时，他们就在茫茫雪海中发现了一顶帐篷。

没有孩子的嬉闹，没有牛羊的叫声，也看不见袅袅炊烟，死一般沉静。旺培缓步走向帐篷，只见牲畜死了许多，剩下的几十头牛拴在帐篷周围，毫无生气地翕动着嘴唇，他的心骤然冷了半截。

大家急忙扒开帐篷门口的积雪，揭开帘子往里一看，都惊呆了。顿珠和两个大一点的孩子静静地躺在牛皮垫上，像是睡着了。妻子半躺着，让小孩噙着奶头，孩子已经吸不出奶汁，但也不哭不叫。母亲患了雪盲，两眼红肿，看不清来人。

“你们是谁呀?”

“我是旺培，他是古扎，我们代表党和政府看……”旺培一阵心酸，多少话都被堵在喉头。“嘎真切（谢谢）……粮没了，火也没有了。”女人的声音很低，语气平静得惊人。

“别发愁。你们需要的，我们都带来了。”

说着，大家七手八脚地打扫炉灶，架上干牛粪，浇上柴油。一股热流升起，帐篷里逐渐有了生气。顿珠和两个孩子苏醒过来，望着这些神话般降临的救命人。断炊已经两天的顿珠一家喝上了热茶，吃上了糌粑，回忆起到错冬沟来的近二十天日子，像是做了一场噩梦。牛羊死去一大半。顿珠多次想冲出去，又不忍丢下妻儿；留下来，又不见大雪停下来的迹象。他们已经不再抗争，静静地等待死神降临，能与妻子儿女死在一起似乎也算一种安慰。

过了一天，顿珠一家开始恢复元气，顿珠与旺培、古扎商量，想搬回冬窝子，尽快跳出地狱。旺培十分赞同。大家背着小孩，扶着老人，赶着大牲畜，拖着小牲畜，经过两天路程，回到了他们的小土屋。

顿珠的父亲这些日子过得极不安宁，以为儿子、媳妇和孙子多半已经死了。当乡长、村长带着一家五口抵家的时候，老人怎么都不相信自己的眼睛，过了好久好久，老人拉着旺培的手，不住地往额头上磕碰，不停地说："我二十七岁那年，也是铁马年，这儿发生大雪灾。只见头人贵族支乌拉讨债，哪有政府给老百姓送糌粑、烧柴的呢？那次灾后几年，草原上仍然零散可见人和牲畜的尸骨，绝口户的帐篷在风雨中飘呀飘呀，至今想起来还心惊肉跳。那年我有好几个亲戚出外逃荒，再也没有回来。今天，干部送粮食送衣服，连引火柴都劈得细细的，送到家门口来了。这是只有共产党才办得到的事啊！"

铁的准则：不能冻死、饿死一个人

在那曲抗灾救灾斗争中，上上下下都遵循着一条铁的准则：不能冻死、饿死一个人。可这谈何容易啊！你想想看，十六万灾民分散在二十多万平方公里的土地上；全是游牧地区，三两户一伙的居民处于经常性的流动状态，几场大雪下来，各自东西；积雪堵塞山口，大小道路均被淹没。要一个个地找到他们的确切地址，把救灾物资送上门去，不但任务繁重，而且有时比大海捞针还难。

比如县达塘乡的 4 个牧民就很让干部费了一些周折。全乡几百口人都找到了，唯独泽仁绕登、索朗杨培等四人不知到哪儿去了。去年 11 月落下第一场中雪以后，他们嫌家乡草场狭窄，骑着四匹马，赶着一百一十八头牦牛出家远牧去了，一别五个月不见回来。他们到哪儿去了呢？如今还活着吗？家属哭哭啼啼，乡村干部忧心忡忡。

前线指挥部通过无线电台把四个失踪牧民的名字报告给那曲的抗灾总指挥部。领导打开那曲地区详图，达塘乡正处于那曲、比如、嘉黎三个县的接壤处，于是同时向三个县发出急电，指示他们立即派人查找。

工夫不负有心人。4 月 21 日，比如县接到通知，说泽仁绕登、索朗杨培等四个牧民已经找到，他们被大雪包围在嘉黎县章若乡五村的山里。牧牛死亡七十四头，马死亡两匹。多亏当地牧民接济，人都安全无恙。嘉黎县前线指挥部已通知乡政府，四个外地牧民应当得到当地灾民同等的救济待遇。5月中旬，泽仁绕登等四人想家心切，乘车到了那曲。救灾办公室发给他们必需的生活用品，又找汽车把他们送回比如县与亲人团聚。

像这样跨乡跨县寻找失散牧民的事例还很多很多。每个人后面都有一段艰险的历程，一串激动人心的故事。但是，由于多方面的原因，并不是所有的故事结尾都是很好的，有时不免令人心痛，令人沉思。

有一件事，次仁玉珍至今难以忘怀。在去嘉黎县的路上，雪地里发现一个处于于冻僵状态的汉子。他二十来岁，是林芝地区工布江达县的农民，藏历年前来那曲办事。这里农牧民出门都不乘车，他办完事又顺着传统路线经嘉黎县回工布江达去，不料在阿依拉山上被大雪围困了三天两夜，昏倒在雪地里。次仁玉珍救醒了他，看他冻伤得厉害，拦截一辆过路车送他去那曲地区人民医院治疗。医生经过详细检查，说要锯掉一条腿。老实巴交的农民怎么也不敢相信自己好端端的腿会病到必须锯掉的程度。他越想越恐惧，便趁医生准备手术的时候，偷偷跑出医院，搭上一辆便车溜了。

汽车只到夏玛乡。他下了车，两腿疼痛难熬，哪有能力长途旅行，就在一个好心的牧民家里住了下来。牧民给他缝了两只皮筒子套在腿上，还每天给他热敷，用土办法治疗。病情竟一天天恶化，不久，一条腿自行脱落，另一条腿也开始溃烂。次仁玉珍专程去夏玛乡看望他。叫粮库救济五十公斤面粉，再次用车送他回那曲医院治疗。

次仁玉珍回那曲开会，听说那位农民剩下的一条腿也已经锯掉了。她很想去看看，但又不忍看到那种无可奈何的场面，只感到一阵阵心酸："我们的人啊……很坚强，有时也很固执。"

第四篇 电波，传向远方

巴桑很得意，总算领略到战争的滋味了

“紧张，激烈，分秒必争。我总算领略到战争的滋味了。”地区邮电局局长巴桑讲起那段经历很动感情。他二十世纪六十年代初在中央民族学院读书，最爱听抗日战争和解放战争的故事，很来劲，希望自己有朝一日也能到枪林弹雨中经历一回，没想到头发花白的时候，在90年代第一个春天居然给碰上了，虽然欠缺一点硝烟。

3月25日，巴桑在拉萨开完邮电工作会议回到那曲，就感到气氛有点紧张。抗灾总指挥部通知他，准备三部电台随工作组到东部四县担任联络任务。三部流动电台，他是有的，早在1985年安多雪灾时就用过。但随着灾情的加剧，抗灾救灾工作的深入，需要派出的电台越来越多，他有些招架不住了。在往常，他当然可以说：“没有机器，派不出人来。”谁也不能强迫公鸡下蛋。可在那种紧张的气氛下，作为一名共产党员，他说不出口。

他急中生智，从西部各县抽调电台，对机关人员，包括与电台有点联系的译报员、驾驶员进行临战训练，还向气象、公安部门求援。很奇怪，这些在平时磨破嘴皮也难以办到的情况，而今三两句话就谈通了。四部电台很快送到那曲，连常用的配件都准备好了。

机关人员的脑瓜一下子机灵起来，一讲就会，默默打点行李，说走就走。

气象、公安部门的电台调整代号，听候巴桑局长调遣。

自治区邮电管理局用直升机送来六部单边带通话机。

几天之内，他组建起一个以邮电局电讯办公室为中心的抗灾通讯网。二十二部电台分布在四万平方公里的各个抗灾点，联系着拉萨、机场和飞行在雪原上空的飞机。一些电台经常处于流动状态，巴桑不得不在地图上更改和标明它们的准确位置。每天，他要对每个通讯点

准时点名两次，询问机器运转情况，及时发出检修机器和操作规则的指令。同时，通讯办公室也是抗灾信息的总汇处，每天接收、传递和发出的信息量很大，工作之繁忙可想而知。特别是在飞机起落和空投的过程中，通讯联系稍有疏忽就会造成难以弥补的损失。他的神经一直处于高度紧张状态。

空投期间，自治区农牧业委员会主任洛桑丹增每天去贡嘎机场装运救灾物资、制订空投计划，夜里12点回拉萨与巴桑通话。巴桑必须做好记录，连夜向各个空投点通知空投时间和接收信号，一再重复，唯恐对方有半点差错，巴桑握着话筒，常常工作到凌晨，把嗓子都喊哑了。

偏偏天公不作美，你越紧张，它就越捣乱，信号故障是经常发生的。那天，担任空投任务的安－12大型飞机刚刚进入那曲上空，一阵雷鸣电闪，把电讯办公室的机器烧坏了。巴桑急得快哭了："马上给我开战备车！"同事们闻声，一窝蜂跑出办公室，拉线的拉线，开车的开车，甚至把四百瓦的大功率通讯设备也发动起来了。真是千钧一发啊！信号发出去了。人民空军的降落伞准确地飘落在预定的空投点上。

这时候，巴桑才松了一口气，调子变得欢快起来，抓住话筒说："解放军同志们，空投的物资已经收到了。我受抗灾总指挥部的委托，并代表那曲灾民向你们表示感谢，祝你们一路平安——一路平安！"

从3月底到4月中旬，巴桑和电讯办公室的工作人员每天睡眠只有一至三个小时，而且大都是躺在办公室的沙发上。

大概是人的一种通病吧，即使顶天立地的汉子也需要精神上的理解和支持。

一天，紧张的工作结束了，巴桑突然叫工作人员给他接通自治区邮电管理局谢局长的电话，似乎有很多心里话要向顶头上司倾诉。可是，线路接通了，他却不知道从哪儿讲起，传到拉萨的只有断断续续的喘息声。

"巴桑啦，你要注意休息。我们知道你近来很累，你辛苦了！"

谢局长先开了口。

不，巴桑不奢求休息，也不敢休息，但有这么一句话就足够了。他又哇啦哇啦地对话筒讲了一阵子，可能是太激动，谢局长没有听明白。他猜想巴桑一定是遇到了什么困难，急需上级机关帮助解决，否则，这条硬汉子是不会轻易给他打电话的。

“巴桑啦，你慢慢讲……要人？要机器？你尽管说，我马上给你送去。”

巴桑眼前闪过一幅幅邮电职工在雪地里，在机器旁，在千里征途上千辛万苦的动人画面，想起他们为拯救危难中的灾民、牛羊所付出的代价和牺牲，骤然感到热血沸腾，升起无限的自豪感。他内心深处挤出的最后一句话，谢局长听得很清楚——

“……我们的同志都是好样的！”

他和她：一个无声无息的爱情故事

巴桑局长希望我写文章不要忽略了驾驶员旦增，但又劝我暂时不要与之交谈，怕触及他心灵的伤疤。

我是在随区党委副书记丹增率领的工作组赶灾区慰问时认识驾驶员旦增的。他个儿不高，略胖，黝黑的面孔，厚厚的嘴唇，少言寡语，给人憨厚的印象。由于无线电联络的需要，他驾驶的通讯车，每天出发最晚，又总要最先到达目的地，途中常有汽车陷进雪坑或者河里，又是他开着车前拉后拽地忙。是他的车马力最足，还是这位驾车人精力最好？谁也说不清楚。

到嘉黎那天，主人正好把我和旦增安排在同一间宿舍。他先忙着帮话务员搬运机器，架设天线，接着是提水、搬柴、生炉子，接着是送局长出去开会。回来已经中午 11 点半，还忘不了给我带回一包香烟——我到县城的第一件事就是打听哪儿可以买到香烟，竟毫无着落，一定是被旦增注意到了。

我给旦增递上一支烟。

“谢谢，我不会抽烟，也不会喝酒。”

我称赞他一路上很辛苦："巴桑局长还向我提起你哩，说你在这次抗灾中表现得很好。"旦增羞涩地低下了头，酷似一个农村大姑娘，忙说："不、不，我不过是一个合同工，思想觉悟比阿比差远啦。"

阿比是谁？啊，阿比是旦增的妻子，比旦增大两岁，工龄比他长，工资也比他高。她原来是比如县嘎拉山道班的筑路工人，1974年的一天傍晚，阿比收工回道班房的路上，突然听到一阵轰隆隆的巨响，一辆满载货物的军用卡车栽下了悬崖。阿比匆匆赶到现场，驾驶员已被甩出驾驶室，脸上鲜血直流。她声嘶力竭地叫道："救命呀，救命呀！"四野茫茫，只有空谷回响。阿比急忙下山撕下衬衣给驾驶员包扎伤口，把他紧紧搂在怀里，希望自己的体温能复苏他的知觉，过往车辆和行人会来挽救他的生命。但是等呀盼呀，公路上杳无人踪。天黑了，怀中的战士体温越来越低，灵魂似乎正在从体内飘忽出去。她惶恐了，责怪自己为什么不早点去求救呢？"金珠玛米，请原谅我这个傻姑娘，我马上报信去。"她轻轻放下战士，疯狂地顺着公路奔跑，跌跌绊绊，一口气跑到二十五公里处的某驻军营地。她抓住哨兵的手，上气不接下气地叫道："车、车翻了……一个金珠玛米……"说完，吐出一大口鲜血，姑娘就晕倒了——这段故事后来刊登在《西藏日报》上，传为佳话。解放军给她治好了病，但阿比的心脏从此时好时坏，成为终身难愈的隐患。

去年底，阿比心脏病复发，被送到那曲医院抢救。到发生雪灾时，阿比的病情有所好转，正住在家里疗养。旦增体贴入微，家务事很少让她插手，还给她买了名贵藏药"珍珠七十"。十余年来，夫妻感情一直很好，从来没有红过脸。不料3月24日那天下午，夫妻俩却闹了一点别扭，起因是邮电局职工为灾民捐钱捐物，旦增也捐出了身上仅有的五块钱。阿比知道以后，先是说他"太吝啬"，后来又数落他："像你这样的觉悟，还想转为正式工？连我都通不过。"旦增有苦难言，自己工资不高，眼下要应付全家人的生活，还要为阿比治病。他也不想辩解，妻子来自东部草原，对牧民受灾的困难处境有更深切的体会，相比之下，只有自叹思想觉悟确实不及阿比。第二天，旦增接到通知，送机务员和一部电台去巴青。他没敢耽误，立即出发了。回来时，巴桑局长当着阿比的面表扬了旦增。阿比的脸上才有了笑容。

4月初，为了配合空投，总指挥部决定在几个特重灾乡增设电台，因为点多线长，送人和机器大约要半个月时间。局里只有两名驾驶员，另一位去拉萨和格尔木跑长途，累得胃病发作，出血未止。旦增妻子的病也是大家知道的。正在为难的时候，阿比倒主动找到巴桑局长："我是筑路工人，雪灾中不能出力已经很内疚了，就让我丈夫为抗灾多干点活吧。"接着，又默不作声地为旦增准备好路上用的衣服、糌粑、酥油和干牛肉，分外体贴地宽慰他说："旦增啦，你没发现我近来好多了吗？不要为我担心。抗灾这么紧张，我们家领着国家两份工资，目前就你一个人干活，一定要争取多作贡献啊！"

旦增又踏上了东部的风雪之路，带着妻子的殷殷嘱托，带着她对牧区乡亲的无限深情。开车，排险，拉线，搬运，提水……无所不干，真想一个人干完两个人的活，没想到，阿比在家里也竭力想让丈夫放心，为了三个孩子吃饭、上学操劳，以致旧病复发，一病不起。旦增18日完成任务返回那曲，妻子阿比已经在前一天离开了人世。

他向领导提的唯一要求，是允许他亲自开车把阿比送到拉萨的天葬台去，因为阿比生前特别崇信拉萨天葬台的神威，这样生者也能得到一丝安慰。领导满口答应，还派一名办公室主任陪同，让他处理完后事至少休息一个星期再回来，散散心。

旦增上午送走阿比，下午忙着去小车修理厂换钢板，修刹车。离开那曲后的第三天竟开着丰田车回来了，同事们莫不惊讶。原来是办公室主任泄露了"机密"，说中央工作组即将去灾区视察，邮电局要派电台随行。旦增知道，自己的这部丰田车正派得上用场。

巴桑局长不同意，因为他假期未满，悲痛时开车也很危险。

"局长，你就放心地让我去吧。这时候坐在家里，我心里不安，阿比也会不高兴的。"

旦增又踏上了征途——这时距妻子去世只有五天，开车和过去一样稳。直到我们相见的5月底，他始终没有休息过。不论多么艰险的路况，多么繁重的工作，更不管风雪多大，只要抗灾救灾需要，他绝不说半个不字。一路上仍然少言寡语，只有最了解他的人才知道在那难忘的日日夜夜里，旦增付出了多么沉重的代价，忍受着多么巨大的悲痛啊！那惊人的毅力来自一位普通工人对灾区人民的一片热忱，来自对妻子永不泯灭的爱情。阿比她没有亲自为受灾乡亲扛过一袋粮食，缝过一件棉衣，但是她的魂灵却始终萦绕在雪原上空，变成了支撑旦增战胜困难的巨大力量。

旦增答应返回那曲后让我看看阿比的照片。遗憾的是，我告别那曲时，旦增还没有回来，我相信阿比的容颜一定和她的心灵一样圣洁、美丽。

一个天真的谎言

巴桑赞不绝口的还有一位电台机务员，是本文中的第三个同名者，姑且译为旦真。旦真是个年仅二十五岁的小伙子，与旦增性格迥异，一路上乐观、活泼，话也特别多，沿途风情，雪灾奇闻，某人轶事等等，讲得妙趣横生，令人疲劳顿消。但每问及他自己在抗灾中的事迹，反倒口拙，或者简单地敷衍几句，讲得分外平淡。我已经失去写他的信心了，旦真突然极其神秘地冒出一句：

“我被上边狠狠骂了一顿，你听说了吗？”

真有这样的事？倒很有趣。那是4月初，他随前线指挥部住在嘉黎县多纳乡，周围白雪茫茫，牧民们已经粮尽柴绝，一片凄楚景象。突然得到上级即将派飞机空投的消息，旦真比自己中了奖还高兴。怎么空投，他从来没有见过，一位工作队员告诉他说，空投只能在风力二级以下的时候才能进行，超过四级是绝对不行的；风力级别的测定要以旗帜飘扬的水平高度为准。于是，他真诚地希望空投那天旗帜飘不起来。

安－12运输机出现在多纳上空。旦真紧张地调整单边报话机，按事先规定的频率与上空联系上了。

“我是十号，我是十号，请空投！”旦真激动地呼叫起来。

“十号，十号，请报告地面风力，快回答，快回答！”

旦真侧过头问临时确定的气象观测人员。气象观测人员看看刚刚竖起来的旗帜，告诉他：“现在风力为四级。”

四级？那意味着飞机将放弃空投，灾民们盼望了许久的救灾物资瞬间将化为泡影。他急了，再看看不远处的旗帜，不过在风中轻轻摇摆着，会有四级？他不相信。反正不能让飞机白白从上空飞过。

“十号，十号请报告地面风力，快回答，快回答！”

他灵机一动，抓住话筒呼叫起来：“十号报告，十号报告，现在地面风力——二级。”

悬吊着笨重物资的四只降落伞冉冉飘落下来。牧民们齐声欢呼。

“空投是否落在准确的位置上？请十号回答。”飞机上发出询问。

旦真眼巴巴望着飘飘下落的物资，距预定目标竟差了四公里。在寸步难行的雪地上行走这么远去背运五吨半的东西，要付出很大力气的啊！他很不高兴，随口向远去的飞机抱怨道：

“唉，你们怎么搞的，投到对面山坡上去了。”

“你如实讲，风力到底是几级？”

“是……二级。”

“同志，你一定撒谎了。”

虽说挨了“上边”一顿“骂”，旦真至今仍然没有认错的意思。他只是有点悔恨，空投知识太贫乏，不知道在紧急情况下，风力四级也是可空投的，只不过将物资推出机舱的时间早几秒或晚几秒罢了；早知如此，他就不会撒谎，人们也可以少跑四公里的冤枉路。

他的心是善良的。

第五篇　啊，我们不会忘却

“虽然隔着千山万水，我们的心是连在一起的。”

那曲东部草原发生特大雪灾的消息，通过报纸、广播、电视传向万里高原，传向祖国的四面八方，牵动着各族人民的心。从东海之滨到喜马拉雅山下，从珠江两岸到内蒙古大草原，从天真活泼的小学生到白发苍苍的退休工人，从将军到战士……无不为被大雪围困的那曲牧民和他们的数百万头牛羊担忧，纷纷出钱出物，献计献策，向高原伸出援助的手臂。

拉萨。3 月 26 日上午，自治区人民政府召开紧急会议向各厅、委、局通报那曲灾情，当场拍板，继已拨出的一百一十五万元抗灾救灾专款之后，再增拨一百二十万元。粮食部门决定从日喀则地区为那曲调运粮食一百五十万公斤。商业、农业、交通、卫生等部门立即筹备抗灾救灾物资，以最快速度运往灾区。自治区总工会、共青团自治区委员会发出通知，号召全区干部职工、共青团员、大中小学生开展募捐活动，支援受灾牧民。

拉萨街头。星期日。小学生打起“支援那曲受灾牧民”的横幅，用纯真稚气的声音向过往行人发出呼喊：

“叔叔，支援灾民，请捐献一点钱吧！”

“阿姨，灾民在挨饿，请捐几斤粮票吧！”

过往行人被孩子们对灾民的高度同情心和社会责任感激发起来，禁不住慷慨解囊，掏出一张张人民币、粮票、煤油票，还有帽子、衣服、皮鞋……据不完全统计，从 3 月底到 4 月中旬，拉萨市居民和区直机关捐款捐物总价值达八十多万元。

八一镇。尼洋河畔，林芝地区派专人专车给那曲运去二十车柴火，都是当地林区极易着火的松木。这些松木又分别用汽车、驮畜和飞机运往灾区，给一顶顶断炊的帐篷送去温暖。林芝毛纺厂寄来热情洋溢的慰问信，捐赠面粉三千公斤，毛毡三百条。

西藏农牧学院师生捐款五千六百零五元。粮食四千八百公斤，衣服、被褥共七百五十件。他们在慰问信中表示，只要那曲一声召唤，师生将组成畜牧兽医队赴灾区抢救牲畜，与牧民一起恢复家园。

昌都镇。昌都行署给邻近的索县解决口粮三万公斤，茶叶两千五百公斤。边巴县县长泽仁吾珠亲自组织四十七头驮畜，踏雪到比如县的日嘎、山扎二乡慰问灾民，捐粮五千公斤，捐款五千元。

狮泉河镇。阿里地区干部职工、农牧民捐款十万元。

古城江孜捐赠混合饲料一万二千八百三十二点五公斤。

土门煤矿捐赠一万元。

山南罗布莎铬矿捐赠四万元。

西藏军区、武警部队、地矿局捐赠防雪镜三千副，衣服、棉帽四千余件，粮食两万余公斤。

青海，格尔木市。市外贸经营部一位副经理连夜赶往那曲，给灾民送来两千四百个帐篷角子，三百五十副马叉子，一千八百公斤茶叶。他风尘仆仆地走进抗灾办公室，还有点不好意思："我们知道那曲受灾面积很大，这么微薄的东西不过是杯水车薪，权且表达我们对藏族人民的一点心意吧。"

上海市人民政府捐款四十万元，药品十万元。

天津市人民政府捐赠药品三十箱。

三位内地的解放军战士去索县出差，正碰上雪灾，眼见牛羊没草吃，牧民在挨饿和干部职工下乡抗灾救灾的情景，心情既沉重又激动。可离队千里，无以援助，就把随身携带的二百四十七包饼干和一百八十多瓶佐餐葡萄酒全部留给了索县，在一张未落姓名的纸条上醒目地写着：我们是解放军的一员，我们是中国共产党党员。向灾区人民致以亲切的慰问！

还有许多退休干部、退休工人和内调人员，也从全国各地寄来了慰问信、捐款和捐粮。原那曲地委组织副部长徐秋建寄来捐款二百元，曾在比如工作近三十年的老工人明光仕和他的妻子捐款五十元、粮票六十公斤……一封封用"特快"邮件寄来的慰问信大都写得很长，有回忆，有焦虑，有建议，更有无限期望。就像一位位身经百战的老将军与他分别多年的战友促膝谈心，分外拨人心弦。想起这些老同志在那最艰苦的年代里来高原拼搏，为西藏革命和建设事业奉献出了青春、健康和大半生涯，如今一根无形而又坚韧的线把他们的思念和情感又紧紧地系在了高原上，在成千上万条的报纸新闻、电视广播中，来自西藏的每一条信息都被增音放大，牵动着他们的心。他们省吃俭用节省下来的几根蒜苗、香烟钱，对那曲大地上发生的这场大自然的浩劫不过是杯水车薪，但是那种对第二故乡的思恋关切之情却是一团熊熊的火焰，能融千里草原上的冰雪，温暖成千上万灾民的心。

寄钱寄物的还有湖北、湖南、内蒙古、河北、北京、上海等省、市、自治区的中小学生。长沙市实验中学寄来了孩子们捐献的零花钱四十四元，慰问信末尾庄重地签着八个少先队中队长的名字，他们把这次捐献活动当作学雷锋、学赖宁的具体行动，是很动感情的。截至5月上旬，那曲抗灾办公室共收到那曲、西藏和全国各地送来的慰问信、慰问电二百二十多件，捐赠的粮食十万多公斤、饲料粮近两万公斤，还有衣服、防雪镜、防冻膏、引光柴，都是雪灾中急需的东西。这些钱的数量诚然巨大，它所蕴含的友谊和奉献精神更加鼓舞人心。那曲灾民深切感受到社会主义大家庭的温暖，祖国各族人民的一片深情。

在众多慰问信中，有一封既平凡又不平凡的信，用铅笔写得十分工整，信纸是从小学生小方格习字本上撕下来的。全文抄录如下：

那曲的小朋友们：

你们好，今天我从中央人民广播电台节目中听到你们多日受风雪围困，我非常难过。我是天津市静安县中旺小学一年级的学生，我们之间虽然远离千山万水，但是我们的心是连在一起的，你们的困难就是我们的困难，为了帮助你们度过暂时的困难，请收下你们远方小朋友的一点心意，随信寄去五元钱。

你们的小朋友　姚晓蕾

1990年4月28日

五元钱，可能是把妈妈给买泡泡糖和冰棍的钱寄来了。信也写得很可爱，她是听了广播后很难过，迫不及待地要与几千里外的那曲小朋友交流心声哩。可惜那曲地区没有报纸，无法刊登这封信；即使有报纸，恐怕也无法及时送到被大雪包围的灾区小朋友手里。于是，我把它公布在这篇文章里，让东部草原的孩子们记得，在铁马年难忘的三月、四月、五月里有一个远在天津的汉族小姑娘，还有其他千千万万各民族的孩子时刻挂念着他们，“虽然远离千山万水，但是我们的心是连在一起的”。

播种在幼小心灵的友谊种子，一定会成长为民族团结的参天大树。

草原上的现代神话

时间：3 月 26 日至 28 日

地点：比如县章若乡彭措堆牧场

大雪围困已经一个多月。十四户人家中已有八户断粮，大伙挤在一起靠剩下的一点青稞互相拉扯着度日。乡政府两次组织驮牛去解救他们都失败了。当然，围困中的灾民并不知道。他们唉声叹气，除非天上降下神灵，恐怕谁也拯救不了他们。

偏偏有个小伙子毫不在乎，还躺在羊皮垫上，漫不经心地摆弄着收音机。26 日下午，先是一阵流行歌曲，后来有几声藏戏清唱，接着传来声声紧急呼叫：“那曲牧民请注意，那曲牧民请注意——”小伙子翻身坐起来，凝神屏息地听下去，收音机在说：“28 日上午 11 点，解放军空军部队将在比如县章若乡结拉村、彭措堆村和藏比乡空投救灾物资，请当地牧民做好地面接收标志，办法是用红布铺一个十米长的‘十’字，同时燃点烟火。”

“我们有救啦!”小伙子跑出帐篷，向乡亲们报告喜讯：“坚持两天，明天、后天，飞机要给我们送来大米、白面、糌粑，说不定还有水果糖哩!”

乡亲们都骂他得了精神病，准是想粮食想得发疯了。飞机？牧民们只听说有那么一种可以在天上跑的玩意儿，可从来没有见过，而今用飞机给老百姓送粮食？小伙子真会白日做梦。

“真的。收音机里面都讲了，还叫我们熏烟，摆红十字……”

晚上，除了三两个襁褓中的孩子，全村男女老少都半信半疑地聚集在收音机前收听广播。里面讲的，尽是什么美国和苏联吵架，法国人在地铁吸毒，领导劝大学生用功读书，就是没有飞机空投。小伙子的心虚了，正等着挨大伙的一顿拳头，突然，播音员的音调由平缓变得急促：“那曲牧民请注意！那曲……彭措堆……空投……红十字……”啊，彭措堆！彭措堆进了收音机啦！在这个只有十四户人家的山村，北京还要派飞机送来物资。一时间，有的高兴得跳了起来，有的啜泣不已，抱头痛哭，喃喃自语：“会有这样的事吗？”“我们不是在做梦吧？”

28 日是个吉日，天空意外明朗起来。牧民们把各种深红、浅红、朱红、玫瑰红，甚至接近红色的布块、毛衣、衬衣、头巾都拿出来了，在雪地上拼接出一个粗粗细细的“十”字。白雪红字在阳光下分外耀眼。

11 点半，西南山头传来“呜呜”的声音，一只硕大无朋的银燕飞来了。飞机！飞机果然来了！定睛望去，只见机翼下扔下一包东西，还挂着一把巨伞。

我们得救了！大家激动得热泪盈眶，怎么擦也没有用，干脆就让它流吧。牧民们情不自禁地举起双手高呼起来：“共产党万岁！”“解放军万岁！”“毛主席万岁！”——“毛主席万岁！”这不是我的笔误，很多人向我证实了当时灾民们确实是这么喊的。也不是山区信息不灵，这儿与全国各地一样，十余年前曾举行过一次空前隆重的悼念活动。或者是他们心目中，曾经给藏族人民带来翻身解放的毛主席又复活了。

头发花白的老爷爷，佝偻着腰背的老奶奶，不住地向银燕飞去的方向磕头，念着六字真言。是在感谢菩萨的恩赐，还是在祝愿人民空军一路平安？谁也说不明白。

空投的物资有青稞、白面、糌粑、棉衣、防雪镜、茶叶……还有一捆捆劈得很细的松木条，总共有一千五百公斤。大家商量，把粮食、衣服首先分给最困难的人家，防雪镜和茶叶则人人有份。

一个五十多岁的孤寡老妈妈接到救灾物资，高兴得见人就说：“我天天向菩萨祈祷，什么也没有得到。共产党真了不起，我们最缺的东西都想到了，送来了。要是再晚几天，我恐怕再好吃的东西也吃不成啰!”

在那曲抗灾斗争中，人民空军出动大型运输机三十架次，飞行七十多个小时，为二十二个空投点运送救灾物资一百五十七点五吨，派出直升机往返于拉萨、那曲和灾区之间，飞行八个小时，为解救被大雪围困的灾民作出了重大贡献。东部灾区高山缺氧，地势复杂，天气变化多端，给飞行带来许多难以想象的困难。指战员们大智大勇，准确及时地完成了运输任务，草原上传流着许多有关“天菩萨”抗灾救灾的动人故事。故事从这山传到那山，倾注着藏民的想象和情感，变得越来越离奇，有时达到难以置信的程度。我相信，这些故事将在草原上一代代地流传下去，孕育出一组新的神话。

雪海中，子弟兵在行动

飞机确实是个好东西，但是不能普遍使用，灾区急需的成千上万吨物资，主要还是靠汽车运送的。

通往东部四县的三条公路线上，横亘着十多座大山。山势越高，积雪越厚。其中最有名的就有通往嘉黎的阿依拉山，通往巴青、索县的江古拉山、广拉山，通往比如的面塘山、夏拉山。打通这些雪山的几场硬仗，全是由驻藏人民解放军和武警部队来完成的。

那曲军分区副政委刘先茂率战士、民兵七十余人，主动承担打通江古拉山的任务，顶风冒雨打了一场硬仗。他们向总指挥部立下军令状：“只要有解放军在，一定保证物资畅通，不让一辆车受堵。”

驻拉萨某部工兵团派出精兵强将火速奔赴阿依拉山，奋战十五个昼夜不叫一声苦。在一些运货车开不过去的乡、村，某部高炮团的三十四台牵引车边刨积雪边行军，来回奔忙十四天，把一车车救灾物资直接送到居民点，被誉为雪原上的“勇士兵、勇士人、勇士军队”。

有个故事发生在4月中旬。

17日下午抗灾总指挥部开会，得知广拉山口有二十多台大卡车又被大雪封住，大批物资运不过去。没有专业队伍展开强大攻势是打不通的。派谁去呢？大家似乎心里都明白，就是不好说出口罢了。

早在月初，也是在广拉山上，武警部队那曲支队出动六十九名干部战士苦战了三天四夜，出色地完成了所有挖雪任务，不过部队付出的代价也很高，所有战士都脱了几层皮，大部分得了雪盲，冻伤手脚的也有好几个。地委、委署领导同志还清楚记得，部队凯旋的那天夜里，有的战士连爬下汽车的力气都没有了。多好的官兵啊，在关键时刻敢拼搏，闯得硬，信得过。可是他们才回来一个多星期，还没有缓过气来，又派他们去广拉山，确实有些于心不忍。

实在是没有办法的事，毕竟武警支队的情况熟，有经验，打通广拉山是非武警支队莫属了。抗灾办公室主任李逢霞自告奋勇担当了与武警支队队长陈克福联系的任务。老陈和老李都来自西北，有点老乡关系，而且老李知道老陈的“大兵”脾气，只要上级信得过，再硬的仗他也不会推辞。

下午 5 点刚过，李逢霞找到陈克福，天空正飘着面粉似的雪花。

“老李，他今天来，准没有好事。”陈克福中校热情地给老乡点燃香烟。

李逢霞若无其事地看看外面阴沉沉的天：“广拉山上的雪比这儿还大。”

“我早想到了。挖雪不同于修路，不可能一劳永逸。——你直说吧，什么时候出发?”

李逢霞看看手表：“现在是 5 点 15 分，你看 7 点钟行不行?”

陈克福也举起了手腕，那情景，很容易使人联想起电影中决定总攻前最后一次校正钟表的镜头。“这样吧，你负责通知建筑公司给我准备好六十二把铁锹和十字镐，一定要最结实的。我 6 点整去取。”

没有拖泥带水，完完全全的作战方式、作战速度。北京时间 7 点整，不早不晚，那曲镇上街灯闪亮的时候，陈克福支队长率领的六十二名战士分乘一部东风、两部解放车驶出了营房。晚上 10 点，指战员已经在广拉山上扎下了营盘，察看雪情，连夜制定出第二天的作战计划。

挖雪开路的过程，读者已经相当熟悉了。这次不同的是，陈克福有了经验，带着帐篷和全套炊具，不必像月初时全体官兵像沙丁鱼罐头那样挤在车厢里睡觉了。但是路况比上次险恶，上面是两米厚的松软积雪，路面却是坚硬的冰层。冰层经过大小车辆的碾压，又形成大大小小的坑凹，乱石堆砌，要用很大的劲才抠得出来。上面还在落着雪花，路旁刚刚垒起的雪墙不时塌下来，工程显得十分艰险。战士们的大头皮鞋灌进泥水、雪水，冻得两腿失去了知觉，脸上却冒着热气，衬衣毛衣都湿透了，只有让体温来烘干它。

经过五天五夜拼搏，陈克福和他的战友从广拉山的积雪中间挖出了一条十余公里的白色通道。目送满载粮食、汽油、衣物、木柴的庞大车队摇摇晃晃地开下了广拉山，战士们那一张张布满鱼鳞皮的脸庞绽开了舒心的微笑。

当陈克福率领官兵再次返回那曲，李逢霞才知道他的西北老乡接受任务时正发着高烧。回来时简直变成了一个饱经风霜的“非洲人”，鼻梁和双颊堆满了紫色的水泡。是一种什么样的精神支持这位军人度过了那许多难忘的日日夜夜呢？

如果你没能身临其境目睹到当代军人吃大苦耐大劳的精神风貌，如果你没有在雪原上看到人民子弟兵在那曲抗灾救灾中立下的丰功伟绩，你就很难理解灾民们对人民解放军和武警部队无比热爱的深情厚谊。一次偶然的原因，解放军某部军官和两名战士在抗灾中负了伤，被送到当地医院治疗，其实他们的伤势并不重，仅擦破了头皮。牧民们当然不了解，看见解放军被抬往医院时，脸上手上血糊糊的，雪地上还渗透着点点血迹，断定金珠玛米快死了。一传十，十传百，很快聚集起二百多个牧民，捧着哈达和茶水，把小小医院围得水泄不通，要求在金珠玛米弥留之际能见他一面，略表灾民的感激之情。病人正在医治中，当然不允许他们进入病房，这更增加了牧民的疑虑。看到医生护士进进出出地奔忙，神情严肃得令人生畏，他们似乎看到了一种不祥的征兆。有人凄厉地呼叫起来：“金珠玛米是为拯救我们而死的呀！”接着二百多个牧民齐刷刷地跪倒在雪地里，向着病房，举起哈达，号啕痛哭起来。——医院无可奈何，只好请牧民选代表进病房探望，大家才放下心来。

一个外来的目击者告诉我：“那号啕之声真是惊天动地，惊天动地啊！我一生从来没有见过这么淳朴的人民，从来没有经历过如此感人的场面。”

应该长在前面的“尾巴”

该讲的故事好像都讲了。我突然想起还缺少点什么，啊，是西藏人民出版社出版的一本书《灾异志——雪灾篇》，收录了西藏民主改革前百余年间噶厦保存的有关雪灾的五十余件公文。撰稿者虽然没有本文作者那种采访人物、搜集故事的兴趣，行文过于简略，但所述材料翔实可靠，一样令人惊心动魄。

这里，我只摘引几段有关那曲东部雪灾的历史记录。

十九世纪末叶索部落雪灾——“兹有今年八月十日及九月十五日（按：指藏历）遭受雪灾，羌日人（按：即藏北人）皆被埋雪底，牲畜无一幸免。尤其是索玛彼日玉许、阿扎、盆塔玛（按：三地均在今索县境内），除狗之外，其余均饥饿至死。真乃时运不济牲畜倒毙。彼日玉许、索马新旧部众又作乱行劫，将过往行人及上下部落牧户抢掠一空，无法无天。”

藏历第十六饶迥土龙年（公元1928年）安多地方雪灾——“自土鸡年（按：指1909年）来，所新增之重要官差尽管庶民委实难以支付，亦不敢屡屡禀报……况且火兔年（按：指1927年）又遇严重雪灾，所有牲畜，包括政府租畜，几乎死绝，百姓失去居留所依。今仅存几头牲畜……不能按原差（按：指官差）如期支付，加之从另处雇请马匹、牲畜，还需偿付其运费，为此借债甚多。”

藏历第十六饶迥火猴年（公元1956年）那曲地区雪灾——“桑雄六部所辖玛永因雪灾，使大批赁母牦牛等牲畜死亡或茫然无遗；六部辖区内亦遭雪、旱二灾，租畜牛羊牲畜死亡严重。加之平时敌、匪、贼患蔓延，更加贫困不堪。”

藏历第十六饶迥火鸡年（公元1957年）卡多地方雪灾——“诸位部落调查委员先后下令说：‘政府收入重要，应尽量缴纳（租税）’。此言恩重无比。惟……大雪昼夜连降，长达四月之久。灾上加灾，前所未见之降雪，使牲畜成批死亡。稍有生活积蓄和剩有少许牲畜亦屡遭盗贼抢劫等令人惊乱之扰害，各户已濒临全体逃亡之境。”

上述引文，本该放在本文之前，而把《人民日报》的报道挪到结尾。近年时兴“时空交错”，我于是来了一次东施效颦；或者该列入“意识流”，我也不甚了了。姑妄为之。

历史和现实，我们都不会忘记。

（写于1990年7月6日，同年发表于《西藏文学》那曲抗灾救灾特刊）

揭开藏医学之谜

藏族历史、医药、民俗、艺术等古老文化，在当今世界越来越受到欢迎，兴起一股经久不衰的“西藏文化热”。其中的医药学尤为深邃神秘，像一个探不到底的大海，引起中外学人的浓厚兴趣，发表了大量论文。虽然不乏真知灼见，却也免不了西方人的偏见，隔靴搔痒的皮毛之论，乃至道听途说的谬传。诸如把藏医药等同于宗教，把江湖骗子用大小便制“药”也列为藏医处方，就与科学研究相距太远了。

面对全球性的“西藏文化热”和外界关于藏医千奇百怪的谬传和偏见，有一位藏族学者以高度的民族自尊心和爱国主义情怀，用现代观念从事藏医研究，撰写了一百余万字的论文，逐步向人们揭开藏医学之谜。同时主持修建和亲自领导了被誉为“君子国”的西藏自治区藏医院和藏医教育机构，接待来自五洲四海的学者和病人。数十年来，他与众多同事一道努力弘扬民族文化，把古老的民族医学推向历史的高峰。

他就是拉萨妇孺皆知的强巴赤列。随着事业的宏达，各种各样的头衔逐年增多，足可排满整页稿纸，但强巴赤列最珍惜的有三个：共产党员，国家级有突出贡献的专家，西藏自治区藏医院院长。

1997年8月，已经双目失明的强巴赤列接受中国西部地区省报记者团采访。

一

西藏名人都带点儿传奇色彩。时间越久远，传奇意味越浓。这大概与藏族文化氛围和佛教盛行有关。——当然，我尽力在本文中坚持纪实文学的真实质朴，探索其中因果，恐怕也难以尽释写作的困惑。

“许多人说我聪明，是因为我耳朵长，头颅大。其实大脑袋的傻瓜有的是。我记忆力强，能背诵几十万字的医学经典，多半是小时候吃了父亲配制的藏药‘如雅热布’，汉语叫‘文殊丸’。你知道文殊菩萨吗？是佛教中的智慧之神。”

我们的谈话就这样开始了。他的语言简练、含蓄而又风趣。

“我学医可没有像今天的大学生那样填写志愿，是一位老尼姑在神像前占卜决定的。”他开始回忆如烟的往事，“那年我才十三岁，在哲蚌寺当小僧人，突然接到母亲格桑措姆捎来的口信要我回家。我回到了江孜冲康，才知道母亲请来一个著名老尼姑为我占卜。我和母亲毕恭毕敬地跪在她面前。老尼姑久久端详着我的面庞，念念有词地掷出手中的骰子，然后告诉母亲说：‘这孩子不能当官，当官活不到十八岁；如果改行学医，将来定会造就伟业，成为雪域的大医生。’”

是神力的驱遣，还是历史的巧合？你怎么理解都行。反正，老尼姑是言中了。——这里，我想加一段注解，读者或许可以从中悟出点什么。

江孜冲康坐落在大昭寺西北角一个狭窄的小巷里，是一幢石头砌成的藏式小楼。十九世纪，强巴赤列的祖父多吉坚赞在拉萨行医，有起死回生之术，用药奇险，据说能治许多绝症，在古城颇有名气，不久就建起了这幢诊疗兼居室的楼房。父亲贡觉维色也是一名医生，但正当壮年就不幸逝世，强巴赤列不得不靠江孜来的母亲以经营日用百货谋生。所以这座藏医诊疗所渐渐被称为“江孜冲康”，即“江孜人开的商店”。今天，第三代医生强巴赤列仍然住在这里。窗户、墙壁经常粉刷，洁白鲜亮，而低矮的门楣却无法更改，像强巴赤列这样一米八的个头，要弓着腰才能入室。

本来，强巴赤列从小受到藏医世家的文化熏陶，长大当医生是顺理成章的事。不料父亲对他行医的前程发生了动摇，一心想让儿子当官。强巴赤列不满七岁就被送进了哲蚌寺。当时作为非贵族子弟，当僧人，进僧官学校是挤进官场的唯一途径，虽然成功率总是很低。

小僧人生涯在强巴赤列的记忆里并不苦涩。可能是“文殊丸”见了成效，背诵经文成为一种享受，与同龄小僧人嬉戏玩乐也很有趣。倒是没完没了的劳役让慈母放心不下，再加上十三世达赖喇嘛圆寂以后，西藏上层内部的斗争日趋白热化，而每次争斗都表现为青少年僧人之间的流血冲突，母亲更对仕途产生了几分恐惧。这是否与她请老尼姑为儿子命运占卜有一定关系，而今已经难以知晓。

总之，老尼姑的决定就是神的意志，神的意志又唤醒了格桑措姆对家传医业的荣誉感，改变了让儿子从政的想法。而要当“大医生”，没有名医指点是不行的。于是她举着哈达，带领强巴赤列去“门孜康”（藏医院）拜钦绕洛布为师。钦绕洛布曾做过十三世达赖喇嘛的首席医官，当时已七十高龄，被称为西藏医学界的泰斗。拜他为师并不是一件容易的事。偏偏又这等巧合，一谈起强巴赤列的家谱世系，原来钦绕洛布年轻时曾慕名向强巴赤列的祖父多吉坚赞学过医术，至今记忆犹新。一日之师，百日之恩，医学界泰斗破例收下了这位披着袈裟的少年弟子，开始了他漫长的医学之路。

钦绕洛布是一位仁慈的僧人，又是一位治学严谨、卓有成就的学者。在西藏，把知识分为声明（语言）、工巧明（工艺历算）、医方明（医药）、因明（逻辑）和内明（佛教）五大学科，既相互分割，又互为因果。钦绕洛布精通大小五明，对诗词、天文、医学、逻辑、宗教都有很高的造诣，尤以医学和天文为最。强巴赤列在严师指点下，每天黎明即起，按部就班地背诵、做操、听课、答辩、祈祷。六年里学完了有关历算天文、藏医藏药和语言声韵的全部课程，能背诵数十万字的《四部医典》、《诗镜》和天文著作，打下了藏民族文化知识的扎实基础。节假日，钦绕洛布就带领他到贫民和乞丐聚居的帐篷去免费行医。贫富悬殊、世间的不公给少年强巴留下了揪心的记忆。老师也无可奈何，告诫他说："病人就是医生的儿女，有钱给治，没钱也要治；当官的给治，乞丐也要治。"到十八岁时，强巴赤列已是拉萨小有名气的青年医生，医术医德受到市民称道。

"我是一个有福气的人，在学医启蒙时期，就遇到了一位学业和人品非凡的好老师。"强巴赤列对恩师怀着始终如一的虔诚和尊敬。在他后来的学术著作《历代藏医名人传记》一书中，钦绕洛布的生平是写得最为翔实、最富情感的篇章。

他是在藏族古老文化熏陶下成长起来的知识分子。

二

"我是有福气的人啊！"——仍然是藏民族特有的语言表达方式。这次，他赋予了"福气"以新的内涵。"正当我学医结束，该有所作为的时候，遇上了一个好时代。我是藏族知识分子中最早加入中国共产党的医生。"

与他同期入党的还有著名上层爱国人士阿沛·阿旺晋美、雪康·土登尼玛。时间在1956年。他们都是经过复杂的思想道路加入到共产党行列中来的，以后又在漫长的生涯中为西藏的革命和现代化建设作出了出色的贡献。

1951年秋天，解放军进驻拉萨，开始了西藏历史上最深刻的社会变革。有人诅咒，有人疑虑，更多的人怀着迷茫的希望。但“门孜康”显得异乎寻常的平静，因为钦绕洛布作为高僧和学者，恪守千百年的古训：不过问世俗事务，也这样要求他的弟子。但是强大的政治冲击波对青年行为和观念的影响，又不是“门孜康”的大门所抵挡得了的。这年，强巴赤列二十一岁，经过数年苦读生涯，当年的雏燕已经毛丰翼展，他该飞往何处呢？作为一名医生，解放军医疗队的活动对他具有极大的诱惑力，他常常在大街小巷尾追不舍。汉人医疗队“救死扶伤、实行革命的人道主义”，与钦绕洛布的教诲不谋而合。解放军医生都穿着白大褂，接待病人和蔼可亲，打针，吃药，手术，虽然手段与藏医不尽相同，奇特的疗效却有口皆碑。原来共产党并不像谣传的那么可怕，倒很像传说中“药王城”的白衣仙女。

和平解放并不意味着社会的平静。分裂和统一、亲帝和爱国的斗争在以后的几年里时起时伏，以致发展为兵戎相见。有人劝强巴赤列到国外去谋生，已在印度的噶伦堡为他联系好一所学校，等待他去教授藏医学，那儿条件优越，环境安静。强巴赤列谢绝了，他说：“我的职业是治病，离开了病人，我的人生还有什么乐趣呢？”

在一些有影响的学者、僧人纷纷出国避风头的时候，强巴赤列毅然留在了这片生他养他的土地上，并萌发出了一个越来越强烈的愿望，参加解放军医疗队，向西医学习，把藏医和西医结合起来，更好地造福人民。但是好几次，话已涌到喉头又咽了下去。他怕伤了老师的心，钦绕洛布当时工作并不顺利，又患了严重眼疾，面临着双目失明的危险。他不能给老师雪上加霜。

1953年，西藏军区成立干校，希望强巴赤列给学员教授藏语。钦绕洛布竟爽快地答应了：“去吧，让解放军医生学好藏语，也是藏族人民的福分啊！”

这是一所特殊的学校。宿舍是几顶三角形帆布帐篷，教室是在拉萨河畔的白杨林里，学员则是一群共产党的军官、医生和群工干事。他们阅历丰富，机敏过人，年纪跟强巴差不多。师生间毫无芥蒂，很快成了知心朋友。开阔视野，学到了许多闻所未闻的知识。人类的起源，劳动创造世界，阶级，剥削，思想改造，共产主义，等等，似懂非懂，新鲜得很。他隐隐感到，共产党所以神通广大，打败蒋介石八百万大军，确实有些非同寻常的本领。他多么想到内地看看，亲身领略祖国的辽阔、富饶和强大。

这一天终于来了。1955 年，他成为西藏青年参观团的一员，从南到北，浏览了祖国的大好河山。工厂，农村，矿山，学校，军营，处处感受到各民族的深情厚谊，祖国朝气蓬勃，一片锦绣前程。正像一位藏族诗人写的：我从遥远的边疆/渡过了黄河和长江/虽然我还没有走到长白山/但是我的心底在轻轻说/世界再没有什么/比母亲的胸膛更宽广。

说来很有趣。10 月 23 日，毛主席在怀仁堂后花园接见了西藏地区参观团和西藏青年参观团。站在前排的都是西藏有名的官员、活佛和贵族公子、小姐。毛主席缓步走过接见队伍，强巴赤列突然不顾一切地冲上前去，高声喊道："毛主席！毛主席！"一代伟人从众多的肩头向他伸过手来，露出了慈祥的微笑。他给毛主席献上一串祖传的紫红色佛珠，然后把额头紧紧贴在伟人的大手上，似乎有一股暖流涌遍全身，感到自己与党和祖国贴得更近了。就是在这天晚上，他久久难以入眠，向同行的一位汉族工作人员倾吐了加入共产党的赤诚心愿。

一串佛珠俨然成了强巴赤列递交的一份入党申请书。这在今天看来真是有点难以理解，在"文革"中更受到一些人的非难，给扣上"假党员"的帽子。然而，这就是西藏当代真实的历史，藏族知识青年受时代感召，在信仰、行为和思想上的一次腾飞，他走着一条从爱国主义到共产主义战士的艰辛道路。

想想那个非常时期，国际上反华势力在鼓噪"西藏独立"。西藏分裂主义势力在聚集力量。强巴赤列入党绝不意味着荣誉、享受和坦途，倒是准备着迎接荆棘、坎坷和牺牲的。入党后，即使他过去和现在一直尊崇的师长友人，也对他产生了疑虑，变得隔膜了。因为入党意味着对宗教的动摇和背离，许多人难以接受。这是无可奈何的事情，他坚信乌云过后将是晴朗的天，他们终究会理解的。

1959 年 3 月，一场大规模武装冲突发生了。“门孜康”也屡遭骚扰，被呼啸的子弹打得千疮百孔。钦绕洛布从楼上躲到楼下，祈求菩萨保佑他苦心经营数十年的医疗天文机构免遭劫难。

正在这时，强巴赤列带领一队全副武装的解放军战士，冒着弥漫的硝烟来到了“门孜康”。“请马上带我去见钦绕洛布老师!”尽管钦绕洛布疑虑重重，但学生拜见老师是不便拒绝的。强巴赤列轻轻走到已双目失明的老师卧榻前，没有跪拜，言辞却像从前一样谦恭礼貌：“老师啦，您受惊了。我是受共产党派遣，带部队来保护您老人家，保护‘门孜康’的。从现在起，西藏百万农奴当家做主了，生活会一天比一天幸福，‘门孜康’会比过去建设得更好。”

没过几天钦绕洛布的居室修复了，神龛上又燃起了酥油灯。强巴赤列小心翼翼地搀扶老师走出地下室，告诉他说：“共产党不信宗教，但是保护和尊重人们的宗教信仰。”没过几天，他又从药王山的一片瓦砾中找回来数百年前的医学挂图和医学经典，有的彩色挂图和经典是“门孜康”过去没有的奇珍。同来的还有几位药王山的老医生，要求拜在钦绕洛布门下行医。“门孜康”经过战火的洗礼，又一天天兴旺起来。

民主改革初期，“门孜康”也受到极“左”思潮的影响，误认为藏医是宗教的产物，“不科学”，一度把“门孜康”改为以西医为主的综合医院。强巴赤列心急如焚，四处解释，以一个共产党员的真诚，为藏医学的价值和地位呼吁。中央人民政府驻西藏代表张经武在听取了他关于藏医工作的汇报以后，正式宣布：“藏医是科学，是祖国财富。对于这笔财富，各级党委和政府必须采取措施，认真保护、继承和发展。”不久，钦绕洛布被拉萨市军管会正式任命为藏医院院长，强巴赤列担任副院长。

正是在这个时候，我受中国新闻社的委托采访了钦绕洛布院长，而热情引荐并担任翻译的正是强巴赤列副院长，两天的采访让我受到一次难得的藏医的启蒙教育，两位著名藏医的学识和人品更给我留下终身难忘的印象。民主改革以后，师徒俩配合得十分默契，共同努力，扩建古老的门诊部，为学员增加生活津贴，还成立了医学遗产整理小组，首先记录和整理的就是钦绕洛布的医学著作《一百零三种常见病的诊治》、《二百种草药的性能和作用》。藏医学枯木逢春，有了新的生机。

1962 年冬天，钦绕洛布重病不起。他早就预言自己有八十岁寿缘。在自知不久人世的时刻，他头脑清醒，心地坦然，特地把强巴赤列请到床前，拉着他的手说："强巴啦，你的路走对了。藏医只有在共产党的领导下才能获得新的生命。我要为你祈祷。藏医院有你在，我就放心了。"

三

正直的人即使遇到困境，
也不会更改高贵的品格；
尽管火把朝下低垂，
火焰仍然向上燃烧。

一首萨迦格言陪伴和激励这位党员学者度过了"文革"十年艰苦的岁月。

"反动权威"、"走资派"、"英国特务"、"假党员"、"宗教迷信的保护者"。罢官，隔离，游街，批斗，还有皮肉之苦，他都尝过了。烧水，种菜，扫厕所，赶马车，倒痰盂，他都干过了。回首往事，他没有把自己打扮成反潮流的英雄，只是没有丧失一个正直知识分子应有的品格。在没完没了的揭发交代中，他不曾有半句话伤害自己的同事和师友。劳动倒蛮认真，痰盂刷了又刷，病房打扫得干干净净，照顾病人细致耐心，想从中得到几分解脱和慰藉。唯一悔恨不已的是在“横扫四旧”的高潮中，他和妻子转移、焚烧了祖孙三代积累起来的八百部木刻医药书籍。那些书由于历史的原因，难免不带上几句具有宗教色彩的祝词和信条，被红卫兵搜查出来，必然给家庭带来更大的灾难。

正在他茫然不知所措的时候，一天在街头与十八军进藏的老干部宋子元邂逅。宋子元是他参加革命和入党的引路人，“文革”中受到的冲击比强巴赤列还要猛烈，但是走路昂头挺胸，自信而乐观。他们亲热地攀谈起来。

“我的大知识分子，近来干些什么？不当官了，可以清闲下来好好读点书啊！”宋子元说话仍然很诙谐。

“读书？我的书早就烧了。今后恐怕当不成医生了！”

宋子元把他拉到一个偏僻的角落，真诚地告诉他：“强巴啦，你要相信，这样子的日子不会长久。总有一天，会为我们平反的，因为人民需要我们，社会需要知识。”

这就是老共产党员的信念。低声的耳语传出一条朴素的真理，使强巴赤列在逆境中看到了阳光。是呀，社会要发展，知识是不应该被抛弃的。作为一名共产党员，一名藏族学者，除了为藏医事业的发展拼搏，他还能有什么选择呢？

生活又变得充实起来。强巴赤列开始搜集失散的藏医典籍，还不时地到老藏医家去串门聊天，把他们点点滴滴的医疗病例和心得悄悄记在纸上，刻在心头。当时给他分派的工作是门诊打杂，打扫过道，搀扶病人，但每发现有人给患者开错了药，他会拿着处方去找医生商量更改，态度诚恳，语气委婉，说得又在理。即使对方是造反派，也不得不心悦诚服，甚至不知不觉地向他请教医术，变得毕恭毕敬了。都说强巴赤列是个怪人，与古老的藏医学一样神秘，具有非凡的魅力。

1974 年，中国政坛发生了戏剧性变化。一方面，史无前例的动乱还要“深入持久”地进行下去；一方面，知识在悄悄地平反、正名。拉萨市酝酿了十多年的藏医学校也要招生开课了。谁来领导学校？论学识、资历、才干，强巴赤列自然是最恰当的人选。然而，他头上还戴着一长串吓人的“帽子”，要一顶顶地摘下来，时间还长着哩。经过反复研究，决定对他实行“掌握使用”，即不领导，不讲课，专门编写教材。既要“掌握”，又要“使用”，而编写教材又分明是教学整体中的中心环节，强巴赤列会怎么想？他能接受吗？负责向他交代工作的一位副书记十分犯难。

谈话却进行得意外地顺利。“作为一名共产党员……”他想这么开头，但随即就意识到自己尚未恢复党籍，马上改口说：“作为一个党培养了多年的知识分子，我对名誉地位毫不计较，能为培养新人作出一点贡献，让民族医疗事业后继有人，我就很高兴了。”说的全是心里话。

编写教材可不是一件容易的事情。尽管他读过很多书，一些篇目至今还能背诵出来，但是他面对的学生大都是从农牧区招来的少年，藏文水平低，缺乏专业学习前应当具有的起码的基础知识。讲深了，学生接受不了；讲浅了，学生得不到必需的技能，毕业后回到基层难以独立工作，会影响到病人的安危。他不得不字斟句酌，用最通俗的文字传达出最深奥、最古老的藏医理论，真是煞费苦心。

更难的是，当时的教师都很年轻，不能胜任编写教材的工作。他几乎承担了藏医学校所有学科的教材编写任务，病理学、生理学、药理学、诊断学、基础学、内科学、外科学、五官科学、妇科学、儿科学、方剂学，共有十一门课程。他必须左右开弓，八面应付。这个科目的教材刚刚送走，另一个科目的教师已经站在桌前等待，急如星火。有什么办法？“好吧，我今晚开个夜车，明天早晨一定给你。”他说到做到，第二天上课前，厚厚一叠稿纸准时交到了教师手里。

在那段时间里，他放弃一切休息娱乐，甚至无暇进商店买东西和教育孩子，把全部家务都推给了妻子。每天只有三件大事：读书，思索，写作，常常工作到凌晨两点。在那个年月，供电极不正常，他经常靠微弱的烛光照明。堆积案头的发黄的木刻书，细小得如针尖的挂图说明，书写着一行行蝌蚪般的藏文，熬过一个又一个夜晚，他的眼睛开始发红、发肿、流泪，像针刺一般疼痛起来。

“老疯子，你是不要命了！”妻子责怪道。

强巴赤列擦擦眼角的泪水，笑了笑，“怎么会不要命呢？我刚尝到生活的乐趣哩。”

的确，该去医院看看眼病。经过诊断，医生叫他住院治疗。可是一百多个孩子的学业，十多个教师的嘴巴将会因为他的住院治疗而停顿下来，真叫人于心不忍。于是，他强打精神，提起装满书籍和稿纸的书包，又躲进了大昭寺西北角的那幢小楼，沉浸在藏医学深邃的海洋里。

“清理古代文化的发展过程，剔除其封建性的糟粕，吸取其民主性的精华，是发展民族新文化、提高民族自信心的必要条件。”毛主席的论断太棒了。一旦揭去蒙在古老文化身上那层薄薄的宗教面纱，藏医学骤然显示出迷人的光彩。

两年过去，强巴赤列的右眼已经无可挽回地失明了。他没能悔恨，伴随着学生的成长，他难得地在藏医学浩瀚的大海里进行了一次全方位的漫游和探索，写出了十一本数十万字的藏医学教材。

这些教材很快传遍藏、川、滇、青、甘五省区的藏族地区，并正式铅印发行，成为人们学习和研究藏医的必读书目。一些藏医学家在评价这套教材时指出，它们不仅深入浅出地阐述了藏医的基础理论和临床经验，而且是第一次用现代观念系统描述和总结藏医真正奥秘的科学著作。

强巴赤列已经名声在外。他因此成为我国医学界继钦绕洛布之后最有影响的藏医学家。

“文革”，灾难。有人在灾难中沉沦，有人在灾难中奋起。

四

1978 年，强巴赤列应邀去西宁市，为青海省藏学、医学工作者作了一次学术讲座，引用的大量藏医典故和人物故事令听众拍案叫绝。会后，一位负责人建议他撰写一部藏医名人传记，愿意用最快的速度、最好的装帧为他出版。

建议像钻透了一眼地热田，激发起强巴赤列多年的写作欲望。是呀，一个具有悠久历史、丰富医疗经验的民族，应该有一部完整的医学发展史。没有这部发展史，中华民族的医学史也是不完整的。在强烈民族自豪感和爱国主义热情的驱使下，强巴赤列以党员学者的大无畏精神和良知，开始了更为艰巨的工作。

藏医学起于何时，源于何地？藏文经典和文人著作经常提及，时而明确时而模糊。细细推敲，人们不难发现，神话和现实，宗教和历史在这里相互转换，常常被弄得是非莫辨。这是一个富于幻想、与神怪同在的民族，既然出自圣人之言，又有谁敢去怀疑它的真伪呢？

相传佛祖释迦牟尼化身为药王，在帝释天王城讲授过《四部医典》，后来作为佛教经典传入西藏，八世纪由宇妥·云丹贡布译为藏文，从此西藏有了医学。二十世纪六十年代初期，有两位外国学者来拉萨访问，就断定西藏医学是随佛教的传入而传入的，“藏医学源于印度”。当时负责接待的强巴赤列很不是滋味，似乎是有人强逼他到舞台上去扮演一个小丑。但是在科学面前，单凭感情用事是不行的，他必须掌握大量资料，进行认真的探索。

1978 年，卫生部委托整理翻译《四部医典彩色挂图》（这部书后来荣获中国图书评比一等奖），在整理翻译过程中，他利用长期积累的资料，对《四部医典》的内容、语言和结构进行了比较研究，发现这部奠定了藏医学基础的理论著作，从采药到诊治十分贴近西藏高原的自然环境；同时《四部医典》还明显汲取了许多汉地的医学知识，不可能是印度古代医学著作的翻译。原来早在七世纪，就有马哈德瓦、韩文海等汉地医生进藏传播医学，都有医学著作留下来，受到历代藏王的器重。宇妥·云丹贡布少年时是汉医塔希·东松嘎瓦的得意门生，毕业后又赴印度、尼泊尔游学，广泛吸取，融会贯通，是有能力自己从事著述的。

经过反复论证，强巴赤列下面的观点已为国内外许多专家学者认同：一、《四部医典》不是翻译作品，而是宇妥·云丹贡布撰写的科学著作；二、《四部医典》在总结藏族本土医疗经验时，广泛汲取和借鉴了当时汉地、天竺和尼泊尔等地的医学发展成果，丰富和发展了民族医学；三、所谓释迦牟尼讲授《四部医典》纯系误传，多半是佛教徒为了扩大影响而强加给西藏人民的。——不久前，强巴赤列收到两名德国学者的来信，对他的结论表示赞同，并且说他们在研究梵文（印度古代文字）的过程中，确实从未见过关于《四部医典》的只言片语。

结束了一桩《四部医典》著作权的历史悬案。

藏医起始年代仍然在争议中，按强巴赤列的说法，是一个涉及民族尊严和科学原则的重大问题。

《四部医典》是藏学发展到相当高度时与相邻民族文化交流的产物，肯定在这以前藏医学就已存在。过去大都认为四世纪，天竺医生碧拱嘎齐和碧拉孜进藏后，史书上关于医学的记载渐渐多了起来，是藏医发展的上限。这仍然是藏医“外来说”。西藏本土的医学怎么样呢？强巴赤列在苦苦地寻觅。

一个偶然的机会，他从一本据说是长期藏于山洞的古代著作《大臣语录》中看到，公元前三世纪第一代藏王聂赤赞普一次与大臣的对话曾提到“有毒就有药”，受到极大启迪。不过仅此一句话还不足为据，比如原始时代把开水也视为“药”，就难以证明医学的发展程度。

他翻阅群书，不耻下问，发现同是在聂赤赞普时期，曾把人群分为十二个阶层，医生即其中的一个，既然有了以医疗为职业的人，其知识水准显然比以开水为药要高超得多。

后来，他得知藏东贡觉县有一位名德玛·凡增彭措的藏药学家，曾写过一本专记古代药方的书，很想找来看看。但此人已经谢世，著作只有手抄本，经过“文革”动乱，不知是否还在。强巴赤列像大海捞针一样，多方托人搜寻，终于从昌都一位老藏医那里借到了。在此书的《解毒篇》，记载了一位名叫结布赤西的医生，能从马和孔雀内脏中提取结石用以治毒，并指出孔雀结石疗效最好。实在令人惊叹。

强巴赤列欣喜若狂。结布赤西是苯教创始人辛饶米沃的儿子，父子都在史书上有过记载。苯教是象雄文化的精髓，而辛饶米沃又与聂赤赞普年代相近，都是公元前三世纪的人物。说明远在两千三百年前，高原上就有了专职医生，采集药物已经从植物、矿物深入到动物内脏，积累了丰富的医疗经验。

1984年在拉萨召开《中国医学百科全书·藏医分卷》审稿会，强巴赤列在会上正式提出，把藏医起源的上限定在四世纪是错误的，不符合藏族人民千百年与疾病斗争的实际，而必须提前到公元前三世纪。他旁征博引，有理有据，与会的专家学者莫不惊讶称快。——藏医学史又向前推了八百年。

民族的荣光，祖国的荣光！

五

强巴赤列数十年拼搏，始终围绕着一个梦，从世世代代藏医那里延续下来的梦——传说天上有座药王城，城里豁亮华美。一万八千根宝石柱子擎起巨大的穹隆，上面镶嵌着五颜六色世上罕见的珍奇。空中弥漫着能驱除一切烦恼的清香，地上溪水淙淙，流淌着能治百病的八种甘露。居民都是来自汉地、西藏和天竺、波斯各地的德高望重的医圣。他们精通医术，关心病人疾苦，积下许多功德。他们相聚药王城，在八位白衣仙女的陪伴下浇灌药草，捣制药物，著书立说，给芸芸众生带来健康吉祥。四个城门有卫士把守，那些不学无术、不尊师长、追逐女色和骗取钱财的江湖郎中是不许进入的。

为了实现这个梦，老宇妥在工布办起的民间医药学堂，早已茫然无存；钦绕洛布建起了有二十余间房舍的“门孜康”，也大部拓展成了柏油路。强巴赤列的梦比前辈任何医生的梦都要宏伟、美丽。

我找到一份档案，是强巴赤列1980年7月7日以个人名义写给西藏自治区党委和人民政府的一份建议书。当时，他刚刚恢复拉萨市藏医院院长职务。

建议书有八项内容：一、重视老藏医，抢救医学遗产；二、建立天文历算研究所；三、修建现代化藏药厂；四，健全藏医药研究所；

五、在西藏大学增设藏医系，招收学生一百名；六、搜集、整理和出版藏医古籍；七、建立一个一百张病床的藏医住院部；八、把市藏医院编列为自治区直属医院，促进全区藏医事业的发展。

很多人责备他：“你真会做梦！”八项建议，项项都要钱。刚刚打倒“四人帮”，万业待兴，国家还很穷，绝不可能为发展藏医拨出那么多钱来。

十年过去了。

“八项建议，项项都实现了，而且是超规格完成。”强巴赤列不无自豪地告诉我说，“中央对藏医的关怀，西藏每个人都体会到了，我原来只想到办一个藏医系，后来扩展为藏医学院，现在有三百多名学员，住院部病床超过计划一倍。所有地（市）也建立了藏医院。国家为实现我的建议，投资总额将近一亿元。”

历史上任何人都不敢想象的事情，强巴赤列想到了，做到了。

而今，他担任着自治区藏医院院长、藏医历算研究所所长，还是自治区卫生厅副厅长，是全区主管藏医事业的大“本布啦”。管理这么多摊子，还要搞科学研究，难道他有三头六臂不成？

有人说靠他的威望，有人说靠他的表率，有人说靠他的魅力。可能都对，可能都不全对，实在是一个谜。

有次，一个东部地区藏医院负责人来找他请示工作，时间约定在下午3点半。进门时，强巴赤列就感到来客语言失控，接着闻到一股熏人的酒气。“你中午酗酒了吧？”来客满不在乎地说：“刚才见到老朋友，高兴，多喝了几杯。”强巴赤列骤然变得严肃起来：“你这样满嘴酒气来找我谈工作，是不是有失礼貌呢？醉醺醺地议事，也未免太不严肃。我建议你戒了酒再来和我谈话。”几句话说得这位负责人哑口无言，愧悔不已，只好悻悻归去。

都说老院长好厉害。言语不多，威慑力很大。因为他不但说话在理，而且要求部下办到的，自己首先一丝不苟，令人不得不服。

强巴赤列的工作和生活像他治学一样严谨。上班准时，干事爽快。办公室总是窗明几净，盆花常绿，书籍用具摆放得有条不紊。从来不抽烟，只在接待客人时饮少量的酒。他喜欢的休息方式是散步，听音乐，特别喜欢藏族和汉族的民歌。

那位地区医院院长碰壁回去直叫“老院长真厉害”，想了好久好久，听到强巴赤列严于律己的做人风范，对老院长不但没有怨言，反而增添了几分敬意。第三天，他举着哈达再次登门，首先为前次酗酒表示赔罪，并感谢老院长的教诲。强巴赤列笑了，诚恳地告诉他说：“其实就我个人来说可以毫不计较。但你是一个医生，我也是医生，我们都担任着领导职务，应该懂得和遵守起码的卫生习惯。否则，我们何以教育下级，劝告病人呢?”那天，谈话十分投机，对地区医院经费、设备方面的困难，强巴赤列都给解决了。听说那位地区医院院长后来真的戒了酒。

那几年社会风气不好，机关纪律松弛，事事向钱看。藏医系统青年人日益增多，难免不受影响，许多人哀叹风气日下，谁也治不了。强巴赤列说：“大家不用着急，我自有办法。”他把历代藏族大师不讲个人恩怨、勤勤恳恳为病人着想的事例都搜集起来，结合共产党全心全意为人民服务的宗旨，夹叙夹议地写出一本小册子《论藏医传统医德医风》，从做人准则、环境服装到待人接物都写得具体感人。他不但亲自在大小会上讲授这本书，还把它列为藏医学院的必修课目。一本小册子很快扭转了藏医院的不良风气。大家积极钻研业务，准时上下班，工作认真负责，对病人不分亲疏，一样和蔼可亲。踏进藏医院大门，我深切感受到标题不同寻常的气氛，不仅环境整洁、安静，医生护士待人接物彬彬有礼，而且上上下下闻不到一点香烟气味。这些许多单位和地方难以办到的事，成了藏医院职工的自觉行动。几年来，自治区藏医院先后被卫生部和西藏自治区授予“优质服务先进集体”、“端正党风先进集体”、“精神文明建设优秀单位”等光荣称号，强巴赤列被选为全国医院优秀院长。

凡是亲身领略过藏医院文明风气的人，都把这块土地称为“君子国”。

有天下午，八十余岁的老藏医、虔诚的的佛教信徒贡嘎平措接受外宾访问，并陪同参观医院。住院部大楼宽敞明净，犹如宫殿。护士们来往奔忙，春风满面，多像传说中的白衣仙女。步出大楼时已是夜幕降临，晚风送来绿草百花醉人的幽香，宇妥·云丹贡布的高大塑像显得十分安详自得。医院和藏医学院的幢幢高楼亮起千百盏灯火，塑像前的喷泉在灯光下发出璀璨迷人的光芒。老人身临其境，想起“药王城”的古老传说，情不自禁地向外宾发出感叹：“药王城在天上吗？不，药王城就在我的身边！”

听到这个动人的故事，人们自然会想到，强巴赤列正是摘取当代“药王城”桂冠的人。

（写于1991年7月，同年发表于《西藏文学》第5期）

夺取金牌的人

1985 年 10 月，在北京举办的第三届国际摄影艺术展览上，彩色照片《古庙里的春天》一举夺得金牌奖。

名不见经传的旺久多吉一夜间成了新闻人物，记者纷纷登门，想打听一点夺取金牌的奥秘。他总是回避着，或者闪烁其词，或者淡然一笑：“不就是那么按了一下快门吗？”更给人神秘莫测的印象。

最近，旺久多吉驾着北京牌小车来我家做客。夜阑人静，窗外树影婆娑，天空一勾新月，给布达拉宫的金顶抹上一层迷人的光晕。几杯啤酒下肚，似乎有些醉了。话题又转向《古庙里的春天》，他两眼闪出得意的神色，拍着我的膝盖说：“汉族有句古诗怎么说的？‘踏破铁鞋无觅处，得来全不费工夫’……啊，对了，你是了解我的。在按快门的那一刹那间，我的心就咚咚地跳得厉害，当年被选为活佛的转世灵童也不曾这么激动过。那时我就预感到：我抓住了一个不同寻常的镜头；这幅照片一定能在摄影艺术展览中入选，并且得到奖励，那是肯定的。”

是酒后出狂言吗？不，是微醉后吐出的心声。我了解旺久多吉。《古庙里的春天》，一幅小小的画面，摄取时只用了六十分之一秒，而为了那千金难买的一瞬间，他确实“踏破铁鞋”，经历了许多风风雨雨，不懈的追求，艰苦的磨炼。一枚金牌，凝聚着这位藏族青年对生活、对时代的认识，澎湃着内心深处难以抑制的激情。

我们算是老相识了。1981 我在《西藏文学》编辑部工作，收到一篇散文来稿《西藏摄影史话》，作者就是旺久多吉。他脸色黝黑，个儿不高，披一件带着油渍的灯芯绒紧身上衣，皮鞋积满尘土，酷似一名修理工。他很健谈，熟悉很多社会上的趣闻轶事，简直口若悬河。原来他就是第穆·丹增加措活佛的二公子。第穆·丹增加措是西藏近代史上的名人，经清朝末代皇帝批准荣任丹吉林寺第十六代活佛，其转世体系为西藏有资格出任摄政王的四大呼图克图之一。他学识渊博，在一年一度的辩经考试中一举夺得最高的“拉让巴格西”学位，尤长于密宗教理，与热振活佛过往甚密，在宗教界享受崇高威望。但丹增加措无心官场，三十七岁时恋上了苍姑寺美艳、温柔的尼姑次勒德庆，毅然还俗成家。他并不保守，对现代科学知识和生活方式颇有兴趣。不仅用骡马驮来小汽车，在家里安装了电话（当然只能楼上楼下对讲），还热衷于玩弄各式各样的照相机，自设暗房洗印和放大照片，堪称高原上的第一代摄影师。二十世纪二十年代，在被旧思想禁锢得让人窒息的拉萨，照相术就是摄魂术，像魔鬼一样，会勾走人的魂魄，无异于夺走人的生命。第穆活佛玩弄照相机，免不了经历许多风险，闹了许多笑话。旺久多吉把这些细节写进了《西藏摄影史话》，趣味横生，十分耐读。这篇散文后来荣获藏、川、甘、青、滇五省（区）藏族文学创作散文一等奖。

如果继续写下去，凭着旺久多吉的才华、激情和感受生活的特殊方式，他很可能在文学园地里挖出一口深井。我一直这么盼望着，与他保持着密切的联系。不料鬼使神差，他偏偏与照相机结下了不解之缘，走上了父亲的老路，真是无可奈何的事。旺久多吉生性好动，是一个坐不住的人，早在读初中一年级的时候，他就开始摆弄无线电，还成功安装了一台三极管收音机，使来访的客人瞠目结舌。进入初中二年级，他又对机械发生了兴趣。父亲有一辆英国摩托车，坏了就说：“旺多，去给我看看，哪儿出了毛病。”小旺多东摸摸，西拆拆，有几次竟然给捣鼓好了。不久，他又想照相，父亲总是不放心，经不住母亲说情，才给了他一台早已弃置不用的老掉牙的铜壳折叠相机，只有三个档。小旺多已经喜不自禁了，只是暗房——那是父亲心目中

1999 年，笔者和旺久多吉合影。

的一块圣地，始终不让儿子涉足。他只好趴在学生宿舍的床下去卸胶卷，印照片。当然常常不慎跑光，浪费了同学们不少天真的笑容，但毕竟有成功的时候，是学校首屈一指的“摄影专家”了。学校组织少先队访问解放军营地，还特地叫他作为随行“记者”，拍了好几个胶卷。这些照片洗印后清晰度欠佳，结构还不够完美，却是旺久多吉最早展出的摄影佳作，是老第穆也不曾享受过的荣光。

旺久多吉的理想是去报社当摄影记者，但中学尚未毕业，史无前例的“文化大革命”就开始了。这个天性好动好闯的少年，似乎还未意识到作为一个大贵族的儿子正面临的厄运。正当“横扫四旧”风起云涌的时候，他在一位老师的启发下，还在偷偷地给寺庙、佛塔和壁画拍照，希望能给它们留下张“横扫”前的倩影。行动进行得相当诡秘，仍然躲不过红卫兵无所不在的眼睛。胶卷和相机被抄走了，本人受到隔离审查，平生最得意的少先队访问解放军图片展览也成了一大罪状——“窃取军事情报”。只是根据当时有关规定，旺久多吉属于“放到运动后期处理”之列，才侥幸没有被继续批斗下去。

而所谓“运动后期”一直折腾了十年，不谙世事的娃娃变成了胡子拉碴的小伙子。他先后当过下乡知青、筑路工、木匠、司炉、汽车驾驶员、工会干事。他干一行钻一行，工作一直很出色，人们早把他的“罪状”忘到九霄云外去了。

当工会干事是在打倒“四人帮”以后，一次，自治区文联举办文学创作读书班，通知工厂派一名藏族青年参加学习。厂里选派了旺久多吉，当然不是要他去创作小说或电影，只是隐隐感到文学创作与办黑板报、写表扬稿是一码事，工会正需要培养一个会要笔杆子的人。就是在读书班，自治区文联负责人张耀民发现了旺久多吉的才干和热情，能开车，能照相，还会讲故事，派人千方百计把他从工厂“挖”了过来。“开车、写作、搞民间文学，你喜欢哪一行呢?”旺久多吉迟疑了一阵，鼓起了勇气回答：“能不能给我一台照相机?”张耀民终于醒悟过来：啊，他是西藏第一代摄影师第穆·丹增加措的儿子啊!

在办理调动手续以前，还有一段小插曲：他出国探亲去了。大哥是一名藏学学者，留居新德里二十余年，租住一幢宽敞的平房，有一部私人轿车，生活还算舒适。嫂子也很热情，陪他游览市容，参观名胜古迹，还请来一位英国人给他教授英语。分别多年，道不尽的骨肉深情。提起“文化大革命”，哥嫂不免心有余悸。“这次批准你出国探亲，说明共产党的好政策又回来了，但谁知道，以后又会怎么变呢?”他们一心要送弟弟去美国留学，在那儿讨一个美籍妻子，以后取得美籍，在大洋彼岸定居下来。

“那么，你为什么又回来了呢?”我惊喜地追问道，希望能录下几句“建设新西藏”的时髦话语。

得到的回答却很平常：“我想念卓嘎和孩子。”卓嘎是一个贫苦市民的女儿，现在工业厅招待所当服务员，识字不多，却美丽、贤惠。他们是在“文革”中相识结婚的。我听过那段恋爱故事，心心相印，赤诚得令人落泪。旺久多吉出国前，卓嘎已怀上第二个孩子，挺着大肚子为丈夫收拾行装，筹办送给未曾见过面的哥嫂的礼物。叮咛说：“别忘了告诉哥哥和嫂子，卓嘎天天盼着他们回拉萨来玩；如果一时回不来，我过些年就带着孩子去看望他们。”明亮的眼睛，殷殷的嘱托，表达出一个藏族女性对丈夫的百般信赖。是呀，他们既相依为命熬过了严寒的冬天，为什么不能在春天到来的时节同享温馨，共同去创造美好的明天呢？

在印度期间，旺久多吉游览了印度古文化遗址：辉煌壮观的泰姬·玛哈尔陵，佛教圣地释迦牟尼讲经处。讲解员叙述得那么深刻，充满了自豪感。旺久多吉浮想联翩：布达拉宫扩建与泰吉·玛哈尔陵兴建于同一时期，建筑比它高峻，保存的文物更是无法比拟；遍布全藏的寺庙，数以万计的壁画正在修复，比释迦牟尼讲经处完好得多，难道不该大张旗鼓地宣扬吗？作为中华民族的一员，松赞干布的子孙，油然升起一种难以名状的民族自豪感和责任感。——顺便说几句，旺久多吉查阅父亲丹增加措的家族史，他还属于松赞干布的后裔。——这种自豪感和责任感又与对妻子儿女的情怀紧紧联在一起，难解难分。他再三劝说亲人，放弃送他去美国留学的念头。哥哥终于承认，他对这个来自故乡的年轻人的内心世界知道太少了。“好吧，你执意要回去，我们也不便勉强。能回故乡工作，与相爱的人在一起，毕竟是幸福的啊！”他恋恋不舍，亲自把弟弟送到加德满都，望着他踏上返回故乡的大路。

正像文人所描绘的，春姑娘迈着蹒跚的步子向我们走来。喜事一桩接一桩。政协为“文革”中病逝的父亲举行了隆重的追悼会，旺久多吉如愿以偿地调到西藏摄影家协会，成了一名专业摄影工作者；他被选为分会副秘书长、自治区政协委员，工资连升三级。第穆家一幢被占用的楼房也决定退还原主。这一切并不是一天之内实现的。退赔楼房拖了好几年才落实。当然，如果旺久多吉早送报告，积极争取，或许不至于拖到今天。但是他的志趣在摄影，确实太忙。

他的摄影箱鼓胀得越来越高，公家给配备了价值五万多元的照相器材，什么布朗宁卡，什么美能达，什么卡隆，还附有长长短短的变焦镜头，可以随意更换胶片的照相机后背，尽是高档货，八十年代的最新产品。如果老第穆还活着，也一定会眼花缭乱，欣羡不已的吧。记得父亲当年为拍张传召法会的照片被铁棒喇嘛追赶了好几里地，若不是证实他确是大名鼎鼎的第穆活佛，后果真不堪设想。而今，旺久多吉把牌子一亮，许多场合都为他开绿灯。他驾着汽车走访了前藏、后藏、康区，先后去过北京、上海、福建、广东、四川、云南，游览了祖国的大好河山。拍摄的照片被刊登在区内外许多报刊上。他踌躇满志，展现出得意的神情。当务之急，是要把图片拍得更多些、更好些。

一次，他驱车去中尼边境的樟木口岸采访，途中偶然看到一泓密林中的山泉，在阳光下散射出万点粼光。旺久多吉灵机一动，感到眼前的景物与自己的内心世界产生了共鸣，不捉不快。于是钻进林海，选好角度，拍下了一幅明丽、幽深的风景照，取名《光暖银泉》，在全区摄影展览中荣获二等奖。

为了筹办西藏风情展览，旺久多吉决心拍一组沐浴节的照片。每年藏历七月，嘎玛热格（弃山星）出现在拉萨市东南山头的时候，藏族男女老少都要在河边举行为期七天的沐浴活动。相沿成习，古朴自然，展示出高原上特有的风采。

可沐浴节上的人们根本不配合，特别是青年妇女，看到来了挂照相机的人，要么披衣逃奔，要么躲在水里不敢出来。旺久多吉碰了几次壁，只好央求妻子卓嘎帮忙。卓嘎嗔怪道："照这种照片干吗？拿出去展览，多难为情。"旺久多吉反复告诉她："这属于民间风情，不但能给人美感，还可能让别人认识西藏的社会，我们民族的心理特征。"卓嘎豁然开窍了："啊，一张风情照片还有这么大的作用啊！好吧，我支持你！"她约好几位女伴来到河边，任凭丈夫选好地址，甘当模特儿。他事先支好三脚架，拍下了山水的轮廓；薄暮降临的时节，卓嘎和女伴大大方方地进入画面。闪光灯一亮，拍下了沐浴节夜晚的风情照。这幅照片含蓄、深蕴，别有情趣，刊登在深圳出版的《现代摄影》杂志上，使国外读者大开眼界。

他拍摄得最多的还是寺庙。一踏进紫红色大门，脑子就会闪出奇异的光彩，有时还忍不住跟随朝圣者，往神案前供奉几张零钞。我好奇地问道："你信仰佛教吗？"他笑了笑，摇着头说："我和你一样，是唯物主义者。不过……感情这个东西，太复杂，我自己也说不清楚。”这“说不清楚”是否与他孩提时代的一段经历有关呢？那时，旺久多吉年仅三岁，一位高僧正忙着为某寺庙寻找活佛的转世灵童。据说，这位高僧在喜马拉雅山的圣母湖看见第穆庄园的影子；不约而同，第穆庄园的小旺多成天嚷嚷：“某寺庙是我的。”——梦幻一般，小旺多被判定为活佛转世的候选人，毕恭毕敬地被送进豪华的“拉让”别墅，侍从如云，住了好几个月。只是由于父亲极力反对，多方活动说情，才斩断了他通往神境的道路。今天，他当然不会为往事感到遗憾，但生活在宗教气氛浓厚的西藏社会，那种“说不清楚”的复杂感情是可以理解的。

伴随旺久多吉去寺庙观光，实在是一次难得的享受。他一面频频地扣动快门，一面如数家珍地向人讲述佛教教理，显宗和密宗的区别，某个菩萨的职责，某幅壁画的故事，充满了千奇百怪的传说，饶有兴味。不要以为摄影师只会跑腿，到热闹地方“咔嚓”一下，电光一闪就了事。为了拍好寺庙的各种场景，深刻表现民族的文化传统和宗教生活，这些年，旺久多吉读了许多长条形的木刻经书、史籍，常常向宗教学者请教，积累了丰富的西藏文史知识。

“不要在宗教和迷信之间画上等号。”他告诉我说，“藏族的许多奥秘都蕴藏在佛经里，如果没有广博的宗教知识，如果不是对寺庙里的文化艺术爱得深沉，就无法了解我们的民族文化。”

大概是前年吧，旺久多吉把他精心拍摄的图片堆放在我面前，要我鉴定评论。古色古香的殿宇，镶银涂金的佛像，天马行空的壁画，姿态万千的金顶……张张都是无价的珍宝。我赞不绝口了。

“老李，你不要说脖子以上的话。”旺久多吉微微皱锁起眉头，一个劲地吸着香烟。

我愣住了：“我是真心爱着这些照片的呀！”

“你不感到我拍的静态图片太多了吗？如果一个摄影工作者只是满足于记录历史，恐怕是不会有出息的……”

透过缭绕的烟雾，我看到一头蓬乱的黑发，黑发下面宽阔的前额，额下是一双沉思的眼睛。可惜我不会照相，否则，一定能拍摄一幅哲学家般的睿智头像。此时此刻，他的思绪像烟圈儿一样在屋宇回荡盘旋，飞得很高、很远。他看到一座座濒于衰败的古刹正在复苏，重新焕发出光彩；他看到一幢幢现代化楼房拔地而起，与古老的布达拉宫交相辉映；他看到八廓街头摇着转经筒的香客和穿着喇叭裤、高跟鞋的时髦女子，摩肩接踵，同样流露出自信、满足和对明天的向往……文艺界正在讨论时代精神，如何才能从古老的文化传统中展现出时代的风姿呢？他在苦苦地思索、勤奋地追求。

1984 年 3 月 8 日上午，旺久多吉和几位同行去日喀则的扎什伦布寺，计划拍摄僧人服饰。僧人们正在大殿诵经，不让进入。他们在门口耐心等待了两个钟头，直到 5 点过。夕阳西斜的时候，诵经才结束。小僧人诵经时坐在最后，退场时自然走在最前。猛看门口一群背着照相机的陌生人，感到格外新奇，痴痴地望着客人不肯走。殿堂里众多的僧人仍然源源不断往外涌，一式的黄色披风，一式的高顶僧帽，显得分外壮观。寺庙管事招呼前面的小僧人不要挡住道路。小僧人迟迟疑疑地向前挪动了几步，正好进入斜射下来的阳光中，披风和僧帽变得分外明亮，而站在台阶上的老僧人仍然处于阴暗部分，金黄、浅黄、深黄构成几条层次分明的色阶，庄重而丰满。小僧人、中年僧人、老年僧人都朝着前方，神态各不相同，蕴蓄着深刻的内涵，差异中显示出和谐美。旺久多吉的心儿骤然咚咚地跳了起来，好像寻觅了多年的珍宝突然在茂密的青草丛中发出了诱人的光芒。他急匆匆端起布朗宁卡相机，拍下了这个激动人心的场面——《古庙里的春天》。

对于这幅摄影的思想艺术价值，不同民族、不同职业、不同经历的人，可能会有不同的认识，得出大相径庭的结论，就让他们自由评说好了。旺久多吉只有一种释去重负的轻快感，因为他终于从一个小小的侧面，向世界捧出了哺育他成长的那个民族的昨天、今天和明天……

（写于 1986 年初春，同年发表于《西藏日报》）

铁饭碗　银饭碗　金饭碗

好多年不下乡了，成天在字纸堆中转圈。这次，丹增副书记率领工作组去八一农场蹲点调查，执意要拉两个作家去“陪绑”，真让色波和我见了不少新鲜。耳闻目睹，不但感受到一种心灵的震撼，思维方式也发生着迅猛的变化，大有来之恨晚的感叹。仅仅因为企业改革先走了一步，那气派就令人瞠目结舌。你看那些工人，今天要修幢新楼，明天要换部汽车，后天要办个养鸡场，而且说干就干，立马见效。真是财大气粗，顾忌极少。我不禁想起去年在江苏参加一个文学期刊主编会议，都是些颇有名气的作家，会上大侃各地兴办卡拉OK歌舞厅的盛况，个个眉飞色舞。我因来自边疆，不必为自己的孤陋寡闻害羞，兴致极高地向同行打听起卡拉OK的细节，竟然没有一个人说得出来，方知享受一次卡拉OK，如果再邀请几位朋友，没有百八十元是出不来的。都苦于囊中羞涩，鼓不起去体验一番现代化豪华的勇气。所侃的歌舞盛举，其实是凭借文人天赋的想象力。比起八一农场工人的豪兴，我们这群文士只有自叹弗如了。

“我们这些年的变化，都是从甩掉‘铁饭碗’开始的。”进点以后，我常常听到这句话。什么是“铁饭碗”？开始并不明白，原来我自己就是端着“铁饭碗”吃饭的人。工人不无幽默地说：“‘铁饭碗’的好处是天天都可舀饭吃。不管你干不干活，干得怎样，只要不犯罪进大牢，饭碗一辈子都摔不烂，虽然装的食物不一定很多。如果你想生活得富裕一些，那就耐心地等待吧，两三年调一次工资，人人有份，每月增加八九块钱。”

几十年过去了，这不就是我们见惯不惊的分配方式吗？不仍然是今天许许多多青年努力钻营的目标吗？只要能把自己的名字挤进一张国家正式职工的花名册，似乎一生的衣食住行就可以高枕无忧了。曾经在旧社会备尝失业辛酸的老职工，把“铁饭碗”作为社会主义优越性的象征，对青年人进行新旧社会对比的活教材。于是，一代又一代，在很多人心目中，“铁饭碗”演变成为古代童话中那张神奇的餐桌，不论年丰年歉，也不管人勤人懒，只要推开家门，餐桌上总会有吃不完的美味佳肴，想吃什么就有什么。

现实毕竟不是童话。八一农场职工在端了多年“铁饭碗”以后，渐渐悟出了一个极其朴素的真理：美味佳肴不会从天上掉下来；大家只紧紧盯着那口大铁锅，盛进碗里的食物就会越来越少。1985 年初，他们毅然甩掉“铁饭碗”，放弃固定工资，打破干部和工人的界限，办起了一个个自负盈亏的家庭农场，各显神通，多种经营，家家户户的收入都超过了“铁饭碗”，日子过得越来越红火。

捧回了“银饭碗”

打破“铁饭碗”闹了多少年，为什么在许多地区许多厂矿推行不下去？说穿了，怕降低职工生活水平，还是“铁饭碗”最保险。而“铁饭碗”又难以调动每个职工的聪明才智和生产热情，所谓“最保险”也就只能把职工收入“保”在最低的水平线上。

八一农场之所以成为高原企业改革的楷模，就在于勇于打破分配上的平均主义，实现了职工收入与生产经济效益的同步增长。一份统计材料告诉我们：1984 年和 1991 年相比较，企业从年亏损十八点八万元变为盈利四十七万元；蔬菜生产由二百万斤增至九百多万斤，满足了拉萨市场需求的三分之一；职工年平均收入由一千零八元增长为四千三百三十六元。——后一个数字格外引人关注。

“请问，这些数字都是准确的吗？”

“第一项是各管理区上交的盈利，当然准确无误。至于职工收入嘛……”统计人员感到特别为难，一阵困惑之后，又露出得意的微笑：“我们只能按每个职工自报的数字进行统计，其中保留的成分较多，而浮夸是绝对不会有的。因为，第一，分割为家庭农场以后，工人独立经营，产品价格浮动，批发零售都有，他们有时记账，有时不记账，上报的数字肯定会有遗漏。第二，怕露富在目前还是一种普遍的心态，工人自报的收入难免低于实际收入。银行尚且为储户保密，农场统计员也不便对职工收入刨根问底，只能按自报数字登记。第三，统计表上只计算了家庭农场承包的经营项目：蔬菜、粮食、果园、牛羊，而职工广开生产门路，自办的商店、运输、建筑、家禽等项目的收入，就显示不出来。更真实的情况恐怕只有通过典型的家庭调查才能看得出来。”

进场第三天，调查组——自治区党委副书记丹增和一群记者、作家、秘书等参观了农场田野。我们顶着夏日骄阳，穿过翠绿芳香的菜畦，信步走向西北角一个民房建筑工地。一楼一底的楼房已初具规模，下面五间呈凹形，楼上两间构成一个直角，东侧有一个宽敞的平台，拐角处耸立着金瓶似的香炉，是节日煨桑用的。典型的藏式楼房。凭经验，我们猜想是某位老干部营造的退休住房，不料出来接待我们的是一位年仅三十一岁的青年工人。

他名叫益西多吉，中等个儿，披一件脏兮兮的灯芯绒夹克衫，蓬松的头发夹杂着草屑，两只眼睛闪动着喜悦和机灵。他在裤腿上搓掉手掌上的水泥、沙子，和我们一一握手。

“你修这幢房子花了多少钱？”

甩掰着指头算了算：“买材料、请工匠已花去四万多元，下一步是绘壁画，砌院墙，修厨房，估计再花一万元可以完工。”

“啊，五万多元修一幢房屋，大概欠了不少债吧？”

“你是说借钱修房子？那多没有意思，傻瓜才干那种事。”益西多吉不屑地扫视了我们一眼，似乎责怪客人不相信他的富有。“实话告诉你们吧，我不但没有欠债，银行里还有一万元存款。”好一个不怕露富的青年。

“看来，你是农场最富有的工人喽?”

“算不上，可能算中等偏上吧。”

“那么，你们家每年能有多少收入呢?”

益西多吉举手挠着杂乱的头发，笑笑说：“说不清楚。而今不领工资，不像过去从会计手里拿钱那么明明白白，卖菜卖猪卖鸡，钱像流水那么来。买肉买衣买家具，钱也像流水一样花。这么说吧，除去化肥、薄膜和规定上交的钱，估计每年可落下一万五千元。”

惊人的数字！不仅使调查组里端“铁饭碗”的记者、作家望尘莫及，即使率队的丹增副书记也还差好长一截呢。

另一串数字进一步透露出某些秘密。全场二百零四户，职工三百三十四人，家属三百一十三人。1985 年以后，自费修建房屋三十九幢（面积均在二百平方米以上），购买汽车十六部，拖拉机三十三台，彩色电视机一百二十六台，黑白电视机六十六台，洗衣机七台，电冰箱三台，自行车三百零一辆，卡垫四十七对，都是一些看得见摸得着的东西。至于金银首饰、高档服装和家庭存款，只好从略不计了。如果加上日常生活的开销，职工收入远远超过了统计表上的四千三百三十六元。

改革富了工人！

“铁饭碗”始末记

改革并不容易。回首往事，正像一艘常年在江河里行驶的航船突然要闯入大海，实在令人胆战心悸，举步维艰。农场上下众说纷纭，像一锅沸腾的开水。砸烂“铁饭碗”既是企业管理体制上的一次深刻变革，更是职工思想观念上的一次飞跃。

格桑达瓦（原场长，现已退休）——

“我是 1983 年调到八一农场来的。早在青年时代，八一农场就是我心中一面神圣的旗帜。它是解放军进藏后在高原上开垦出的第一片荒地，办起的第一个农场，表现了共产党人为了西藏的解放和建设事业勇于吃大苦耐大劳的奉献精神。谭冠三将军逝世前，全国那么多山清水秀的地方不去，坚持要把自己的骨灰埋葬在他用心血浇灌的八一农场的土地上，使多少藏族群众激动得流泪啊！五六十年代，我们经常从电影、画报、报纸上看到来自八一农场的喜讯。这里培养出了第一代藏族拖拉机手，第一次大面积试种成功高产的冬小麦，还引进许多内地的蔬菜瓜果，展示出西藏农业发展的广阔前景。”

“可是到了八十年代初期，这儿是个什么样子呢？大家概括为一句话——‘三老一空’，就是人员老，房子老，设备老，仓库空。生产上不去，从1974年起，年年亏损，工资发不出去，每年要上级给予十多万元的财政补贴。一面亏损，一面还得按国家统一规定给职工提级调资。调一级工资七八块钱，在今天看来是一个不起眼的数字，当时却争得面红耳赤。不能怪职工觉悟低呀，多少年没有调过工资。一般都只有五六十元，能从大锅里多舀一点为什么不舀呢？但是生产上不去，国家的包袱越背越重也不是办法。场党委研究，农村已经包产到户，我们也该破一破‘大锅饭’，把工人工资与生产效益挂起钩来，调动职工的生产积极性。我和群培副场长带领工作组到第三生产队（现在叫三管区）去进行改革试点。那时我们还没有想到能办家庭农场，认为既然是国营嘛，总不能像农村那样单家独户干。我们把全队的粮食地、菜园、畜群和果园划成专业化的班组，由班组进行承包。每个月发给工人基本生活费，完成定额补发全工资，超产给予奖励。不料方案刚刚宣布，工人就不同意，有的与领导吵架，有的指责我们搞资本主义……”

索郎玉珍（一个心直口快的工人）——

“我当时就与队长吵架，拒绝承包。其实，自参加工作以来，我哪一天不下地劳动？承包不发全工资，我想不通。拉萨那么多机关干部，干好干坏工资分文不少，为什么工人就不行？我的工资虽然不多，但那是党对工人的关怀，社会主义的优越性嘛，谁也没有权利克扣。再说，班组承包，生产好坏实际上由班组长操纵，谁知道他有多大能耐，万一搞砸了，所有工人都跟着倒霉。与其年底去领那份不可靠的超产奖，还不如按月领工资来得踏实。”

次仁欧珠（卫生所医生，原三队卫生员，爱人是工人）——

“1983 年只有一个组完成了定额，其他都不成功。回想起来有两个原因：一是分工太细，不符合当时农业生产的特点，种菜的不管喂猪，喂猪的不管果园，时间和精力都得不到充分利用；二是班组承包仍然没有摆脱大锅饭，人懒人勤一个样，小摸小拿没人管，班组就那么几个人，谁也不愿伤了和气。结果是大家积极性都受到影响。”

王承杰（场长，藏族）——

“我是 1984 年底从米林农场调到八一农场来的。八一农场地处拉萨近郊，有一千多亩土地，有广阔的市场，为什么会越办越穷呢？关键在于没有把大家的智慧、才干都调动到发展生产上去，满足于那几个铁工资，三两年调一级。在编职工只有三百多人，而机关工作人员就有一百二十一名，每个管理区还有七名至十三名脱产干部。干部又分为县级、区级和一般干部三个层次，能上不能下。有的同志本来当工人更合适，却因为某个时期、某个领导为了某种需要从基层调上来，再也无法变动。机关越来越臃肿，工人却越来越少。工人又分正式工、扩场工和临时工，扩场工和临时工大都年轻力壮，体力劳动挑重担，工资却只有正式工的二分之一或三分之一。‘各尽所能，按劳取酬’的社会主义分配原则在这里只是一句空话，怎么能调动大家的生产热情呢？所以，我们企业改革首先就抓住精简机构，实行干部能上能下，场部只留四十六人，每个管理区只设一名脱产干部，其余全部到基层当工人。紧接着就搞家庭承包，对正式工、扩场工和临时工一视同仁，只要交够合同规定上交的承包金，其余收入全部归个人所有。生产计划、经营项目、销售方式和产品价格完全由工人自己做主。这样，我们就把整个企业推向市场，让市场来引导企业，形成了生产销售的良性循环机制。”

“当然，改革初期，困难和阻力还是很大的。一下子砸烂‘铁饭碗’，很多干部要搬出机关大院当工人，难免有些想不通，每年能有多少收入也没有把握。反对、抵制、哭哭啼啼的都有，要求调出农场的就有二十多人。当时我们有一个想法：看准的事就要坚持办，办到底，决不受个别人的干扰，决不走回头路。改革虽然会触及个别职工的暂时利益，而根本目的是为了搞活企业，让职工们过得更舒心、更富裕。我们认真宣传改革的必要性，希望大家同心同德共渡难关；实在留不住的，就帮助联系单位，大大方方地放他们走。通过七年实践，我们不但摘掉了亏损帽子，上缴利税、企业积累逐年增加，广大职工也得到了改革的实惠，没有一户收入下降的。一些已调走的职工又要求回来。事实证明，砸烂‘铁饭碗’并不像当初想象的那么可怕。”

老工人的忧虑和喜悦

索郎班久不无得意地说：“搞承包，我失去的多，得到的更多。”他先开着自己的汽车带我们在温室丛中遛了一圈，然后把我们引进新建的楼房。

这是一个双职工家庭。六十年代初来到八一农场，资格老，级别高，改革前每月收入三百多元。索郎班久是车队驾驶员，每月还能拿到百十元出车补助，是农场里令人羡慕的“高薪阶层”。砸掉“铁饭碗”把夫妇两一下子降到与青年工人同等的水平线上；车队也解散了，索郎班久和妻子一起经营菜地，委实感到损失太大，有一股说不出的苦滋味。

不过，老工人毕竟有老工人的优势。旧社会熬过来的人，什么苦都能吃；在农场三十年，种菜经验丰富着哩。间苗，选种，灭虫，什么地施什么肥，他们都得心应手。温室里四季常青，大田也拾弄得有条不紊。班久社会关系又广，市场行情摸得准，每季蔬菜都能卖得好价钱，真是里里外外都做精了。承包第一年仅温室收入就高达八千多元。第二年他们除了继续精心管理温室，又在一亩半大田上打主意。别人种植高产大白菜，他偏偏全部种上大葱；入冬时节，别人忙着趸卖大葱，他却用地膜把大葱全部覆盖起来，直到春节、藏历年才送到市场上去。那时蔬菜紧缺，一斤大葱能卖到两元三角钱。大田收入已接近温室收入，创造出又一个奇迹。老两口数着大把大把的钞票，过去耿耿于怀的三百元的“铁工资”变成了不足挂齿的区区小数，心里乐滋滋的。

班久得意的事还多着呢。前几年，他找到了失散四十年的姐姐，姐弟俩从小失去父母，相依为命流落拉萨，后来姐姐被一个商人抚养带往国外，现在印度教书，已经儿女成群。班久的妻子拉巴白珍是一个贤惠的女人，多次告诉他说：“你就这么一个亲人，现在家里吃穿不愁，写封信请姐姐回来玩玩吧。”班久却是一个爱面子的人，认为家里仅两间狭窄的公房，摆设也寒碜了些，想把家业弄得像模像样时才发邀请，姐弟俩难得见面，一定要见得风光一些才好。

这个雄心勃勃的康巴汉子一面盯着菜地，一面想着汽车。当过几年驾驶员，他一直盼望有一部自己的车。终于，他用四千元弄来一部已经报废的“吉尔”，东折腾，西捣鼓，再换上新引擎，四个轱辘居然转起来了。虽然远不及邻居的“东风”车气派，到底也是一个能赚钱的货。从此，男主人在外跑运输，女主人在家种蔬菜，就这么一年年地发起来了。他们不但修起了宽敞的住宅，还添置了藏柜、卡垫、洗衣机、录音机和彩电，客厅和卧室都显示出几分富贵气派。

去年 11 月，索郎班久怀揣着一万元人民币，带上送给姐姐的西藏毛毯，坐着飞机，衣冠楚楚地出国探亲了。姐弟四十年久别重逢，自然是悲喜交集，叙不完的相思之情。千言万语都归结为一个主题：“白珍想你们，几个侄儿也成天念叨着你们，请姐姐、姐夫一定带着孩子们回家乡去玩玩。千好万好，还是故乡的水甜啊。如果你们愿意长期住下去，我就在农场再给你们修幢新楼，保证比你们这里的住宅宽敞、舒适。”姐姐笑了笑说：“班久啦，你真能拿出那么多钱来?”班久拍拍胸脯说：“姐姐，你看我这身体还壮实着哩。只要肯干活，钱就会来得像流水一样快。”护照上准许停留的期限是半年，但班久探亲一个多月就返回了拉萨。又一个春天来了，不能误了种菜和运输的大好时光，他要用勤劳的双手把家拾掇得更加美好，迎接亲人的光临。

一对能上能下的夫妻

打破“铁饭碗”，干部和工人的鸿沟消失了，可上可下，给一些家庭关系、爱情生活带来了微妙的变化。西洛和扎桑的故事颇耐人寻味。

我们在三管区访问了这对青年夫妇。西洛三十九岁，现任管区支部书记兼主任，勤劳、忠厚、不善言词，问什么都只有三言两语，扎桑三十一岁，天真活泼，口里一直嚼着泡泡糖，不时吐出一个个气泡，“叭叭”的爆裂声给谈话增添了许多情趣。

他们的第一次邂逅是在曲水镇的百货商店里。那时，扎桑是西藏农业学校的学生，正值豆蔻年华，是小伙子们追求的目标；西洛在日喀则当兵，正好回家度假，军人的风姿特别令少女们动心。他们表露爱慕的方式很含蓄，但彼此都能心领神会。从此鸿雁传书，爱情之火越烧越旺。1979 年，扎桑中专毕业分配在八一农场当技术员，西洛也复员还乡，等待分配工作。他们迫不及待地举行婚礼，过了一段甜蜜的日子。

不料西洛是农村户口，到处说情仍然没有单位能够接纳，成了一个地地道道的农民。一方是干部，月工资近百元，一方是农民，没有分毫工资，社会地位、经济收入的差距拉大了。开始扎桑还想得通，她嫁给他本来就是感情的结合，不图什么地位和金钱。但社会舆论的压力却是难以抗拒的。这个说：“女人养活男人，真没有见过。”那个说：“扎桑是干部，模样又漂亮，在拉萨大机关找个干部多光彩。”首先是扎桑的父母动了心，劝他们趁早分手。扎桑没有同意，但对西洛的感情渐渐变淡了。西洛并不感到低人一等，却也有苦难言。遇到妻子发火的时候，只好默默地溜到父母那里去躲避些日子。磕磕碰碰地过了六年。实行改革那年，扎桑由干部转为工人，承包四十五亩粮食地。虽说名分上不及当干部好听，但暗暗感到几分庆幸。因为丈夫西洛是劳动上的一把好手，又爱她爱得痴迷，不用为种地发愁。西洛被吸收为农场临时工。小两口在地位、收入上的差距消失了，一心扑在大田上，挖沟、灌水、拔草，庄稼长得格外好。第一年净挣四万多元。西洛是个闲不住的人，看到一、二管区种植蔬菜很红火，也模仿着搭了一个塑料大棚温室，种上早熟的莴笋、辣椒，运到曲水镇上摆摊出售。仅此一项就超过了扎桑过去的铁工资。他给家里添置了录音机、沙发，还给扎桑买了纯金耳环、时髦新装。社会舆论的调子也变了："别看在承包合同上签字的是扎桑，家里的主心骨却是西洛。多好的一对啊，真是谁也离不开谁。"西洛走路抬起了头，扎桑的脸庞变得红润起来，他们添了一个儿子，家庭过得和谐美满。

1991 年初，西洛和扎桑之间发生了又一场戏剧性的变化。因为西洛在农业生产中干得出色，当支部委员又表现出相当的组织才干，被场党委从临时工提拔为三管区支部书记兼主任，相当于正区级干部，比当年扎桑当技术员还神气哩。夫妻关系并不完全是纯感情的结合，生活中已屡见不鲜。西洛、扎桑之间地位的升迁倒错，会不会造成家庭关系新的不平衡呢？我正是怀着这样的疑虑来访问西洛夫妇的。西洛只是憨笑，久久不肯答话。扎桑吐出又一个泡泡糖气球，"叭、叭"的爆裂声打破了屋内的沉静，一副自信的神情："哼，我当干部的时候没有'吹'他，想他现在也不敢'吹'我……再说，我现在承包土地比他当主任的工资高，我才不用担心哩！"

银饭碗、金饭碗

自从那天见到益西多吉以后，我们一直念叨着这个坦率、豪爽的年轻人。他正筹划举办乔迁之喜，旧居里显得杂乱无章，窗棂上积满尘垢，只有墙上的一张张大奖状在熠熠生辉。

"现在政策好，劳动既发财又光荣。所以实行改革，我一开始就举双手拥护。"益西多吉讲的是真话，因为砸烂"铁饭碗"，他失去的是一滴水，得到的却是一片大海。

益西多吉是 1983 年参加工作的"扩场工"。当时，老工人逐渐退下来了，急需扩充一批青年劳动力。农场从林周县招来六十名青壮年，大都有小学文化程度，但是始终未列入国家正式编制，不能参加调级，每月发给五十四元生活费，与临时工待遇一样。敲钟下地，开饭回家，每天工作只有六个多小时，别人下班养鸡带孩子，他却有力无处使。恋上了一个名叫德琼的美丽姑娘，也是一个扩场工，收入同样低微，连一个藏柜都买不起，哪敢结婚。

承包第二年，益西多吉和德琼举行了婚礼。虽然家底还不厚实，但两个勤劳的人儿结合在一起，像给生活插上了两只翅膀。小两口承包两亩温室、两亩半大田，日出而作，日落而息，中午冒着温室四十度酷暑坚持作业，过得忙碌而充实。自知种菜资历浅，经验不足，场里举办的技术课一次不落，认真听讲做笔记。种早了长不好，种晚了卖不出好价；种密了烂秧，种稀了浪费土地；南瓜地湿瓜不甜，番茄地干果不大……种菜这玩意儿，学问深着哩。科技加勤劳，益西多吉夫妇很快成了种菜的行家，每年菜地收入都在一万元左右。

1986 年底，益西多吉买回一部拖拉机，送菜、运肥、拉泔水，都是自己干。益西多吉人机灵，不怕脏，能吃苦，很得拉萨一些机关和饭店老板的喜爱，粪坑满了就通知他去掏，每掏一次厕所还给二十元的清洁费，少给一点他也不在乎，因为他看中的是肥料，运回来经过沤制加工，送进地里，比施化肥的地块松软、肥沃，庄稼长得特别旺盛。

益西多吉最近从电视里听到邓小平的南方讲话，知道改革还要深化下去，心里说不出的高兴。他和德琼嘀咕了几个晚上，家庭农场也要登上新台阶。第一步要办一个养鸡场，人们的饮食趋向高档化，肉鸡十分走俏，一只活鸡卖到一只羊的价钱，是致富的好门路。第二步是把拖拉机换成双排座小货车，美观、方便、速度快，既可家用又可跑短途，拉客送货均可以赚钱。

青年都富于幻想，追求比现实更美好的生活，这正是促使益西多吉积极进取、艰苦奋斗的动力。他还没有机会见到更广阔的世界，现代生活方式主要是从电视中学来的。有很多很多计划，绘制的蓝图令我们这些作家、记者也心旷神怡。他每天晚上都对年仅五岁的儿子进行学前教育，一心要把他培养成大学生，不要像父母一样只有小学文化。他要把妻子打扮得漂漂亮亮，像电影明星一样，带着她去北京、峨眉山旅游，开阔眼界，尽情享受生活的乐趣。眼前要办也容易办到的是布置好新房的两个客厅。楼下是藏式，专门接待藏族朋友。楼上是中西结合式，专门接待汉族客人。他汉语不太流利，比比划划地向我们解释各种家具的模样，我们知道是指拐角沙发，西欧式组合柜和山水国画，都是从电视里学来的。“你们明年到我家来，我要在楼上的客厅里接待你们。”

“你这些计划都能实现么?”

益西多吉自豪地说：“我和德琼都年轻，不痴不残，如果政策不变，人家能办到的事情，我们也一定能办到。”

是呀，政策不会变。改革还在深入，前程更加光明。八一农场的职工既能在砸烂“铁饭碗”之后捧回了“银饭碗”，他们也一定能端起“金饭碗”。

“如果政策不变……”益西多吉的话令我久久回味，欣喜之中显然还有一层淡淡的忧虑，担心现行政策会跑调。能怪他觉悟不高吗?多少年来，我们在前进的道路上总喜欢围绕姓“社”还是姓“资”的问题争议不休，从而在政策的制订和阐释上摇摇摆摆。人们至今记忆犹新。十一届三中全会以后，我们终于渐渐悟出了一个深奥而又明白的真理：贫穷不是社会主义，我们在西藏一切工作的根本目的不是别的，就是为了解放生产力，让各族人民生活得更富裕、更美好。那么，实践已经证实的富民政策是不会改变的。我对此充满了信心。

（写于1992年夏天，同年发表于《西藏日报》）

笑在最后，笑得最美

下面，我要讲述一串艰辛、有趣而令人激动的故事。这些故事只能发生在自然、社会环境都很独特的西藏高原上，是黑格尔所说的真正的“这一个”。

一提及西藏，用不着我来饶舌，你自然会联想起这里许许多多的“世界之最”、“全国之最”：最高的山峰，最深最长的峡谷，污染最小的净土，最丰富的水利资源，最长的史诗，还有全国人口密度最小的草原，最辉煌的寺院，经济最贫困的省（区）……多么令人自豪，又令人何等困惑。西藏人民就是在这样的背景下迎来了改革开放和现代化建设的新时代，苦苦地寻觅着，思索着。

于是，在全国各省、市、自治区你追我赶的经济大潮中，西藏又出现了许许多多“最后一个”：最后一个财政收入过亿元的省（区），最后一条通向县城（墨脱）的公路，最后一张实现激光照排的省级大报。

下面讲述的故事，对于长期生活在西藏高原上的人来说，大多似曾相识，早已见惯不惊。然而它发生在一家影响很大的新闻媒体身上，就格外引人注目，自始至终牵动着区内外很多有志之士，特别是富于爱国热情、关心边疆民族地区现代化建设的科技人员的心，纷纷鼎力相助。于是，围绕《西藏日报》激光照排工程，艰辛变成了动力，有趣升华为崇高，中国最著名的高等学府北京大学与西藏报人结下不解之缘，当代电脑排印技术最辉煌的成果在巍巍西藏高原扎下了根。

告别“铅与火”，迎来“光与电”——西藏印刷史上完成了一次激动人心的划时代飞跃。

我们有过昨天的辉煌，但是明天的世界更精彩

山高、路遥，还有千百年的积习，传统的思维方式，把西藏与外界分隔开来，形成一个半封闭的世界。

十五年来，内地和沿海刮来改革开放和现代化建设的热风，着实让高原人兴奋了一阵子，但有如“风乍起，吹皱一池春水”，这种激动的心情很快又趋于平静。西藏人自有西藏人的生活方式，彩电、冰箱、“卡拉 OK”诚然诱人，而伴随商品经济带来的偷盗、淫秽、个人主义和假冒伪劣产品并不美气。诗人倾力讴歌着“西天最后一片净土”，似乎意在平衡人们躁动的心绪。

1988 年，《西藏日报》一位总编辑去内地开会回来，津津有味地谈起参观一家激光照排小报的见闻：排字工人不再满身油腻地在林立的字架间奔忙，而是穿着白大褂坐在电脑前操纵电钮，想换什么字体字号，轻轻一摁电键，一股脑儿都变了。激光照排奇妙无比，像神话一样。

虽然老总见到的那张小报的激光照排设施远不如今天的完美，而它在高原报人的心中掀起的波澜却久久无法平静。特别是排字房的男女青年，开始编织起一个幽远而又美丽的梦：从油腻繁重的手工劳动中解脱出来，尽快走进现代化工作的行列。从那天起，他们年年月月向厂长提出建立激光照排的要求，既渴望又胆怯。内心深处飘逸出一丝丝忧虑：西藏这么穷，刚刚拿出大笔资财修建了胶印轮转车间，又要求引进耗资更大的激光照排系统，是不是太浪费了？

藏族是我国具有悠久历史、灿烂文化的民族。早在七世纪吐蕃时期，就形成了规范化的藏文，并从中原传来了造纸和做墨技术；随着

佛教的兴盛，以译经为主体的翻译事业得到迅猛发展。翻译的经书品种齐全，内容宏富，文字流畅，在当时和今天都堪称上乘。只因印刷技术发展迟缓，很多重要经籍只能以手抄本的形式分散存放在各个寺庙里，相距常常有千里之遥。古代佛教大师和学僧为了博览群书，不得不长年累月在漫漫旅途中奔忙，不少人为此丧生，风餐露宿的劳顿是今日学人无法想象的。而那些用金汁书写在树叶上的珍贵典籍——贝叶经则只对少数高僧开放，成为一般学人的禁区。

十五世纪明朝永乐年间，明成祖朱棣鉴于西藏落后的文化传播方式与灿烂的民族文化极不相称，下令南京印经院专门刻印了大型藏文佛经丛书《甘珠尔》，用骡马驮回西藏，赐赠给藏传佛教寺院，促进了西藏本土雕版印刷的发展。十八世纪，后藏日喀则建立了规模宏大的纳塘印经院（巴尔康），着手刻印《甘珠尔》和《丹珠尔》，但因手工操作耗资巨大，几起几落，前后持续了四十多年，才完成两套丛书的二十万六千块经板，成为世界佛教史上最令人惊叹的伟业。

印刷事业发展的缓慢，更使大众化新闻传媒在高原上近乎成为一片空白。当二十世纪五十年代新闻报纸在内地和世界几乎家喻户晓的时候，高原上的大多数居民尚不知新闻报纸为何物。偶尔从贵族家的“飞利浦”收音机里传出一点外界的风云变幻，绝大多数民众只把它当成天方夜谭。“可能吗？可能吗？那是臆造的梦话。”清光绪三十三年（1907 年），驻藏大臣联豫在一份奏折中说：“察藏中人士，锢蔽已久，欲事开通，难求速效，因思渐开明智，莫善于白话报。”他倒确实亲自创办了一份藏文《西藏白话报》，发行三百余份，出了二十一期就停止了，昙花一现，影响甚微。直至西藏和平解放，高原上再也不曾有过任何报刊。广大民众身心被束缚在一方土地上，不知秦汉，无论魏晋，更加深了西藏的闭塞状态。

1951 年冬天，解放军进驻拉萨，出版油印小报《新闻简讯》，刊发新华通讯社记录新闻。接着改为石印、铅印，从一周二刊发展为两日一刊。1956 年 4 月 22 日，西藏自治区筹委会举行首次代表大会，在毛泽东倡议并亲自题写汉文报头后，正式出版了藏、汉两种文字的《西藏日报》，是为现代新闻报纸之始。《西藏日报》在极其艰苦的条件下创业开拓，经历三十八年风风雨雨，没有停过一天报纸。为宣传党的思想、方针、政策，维护祖国统一和民族团结，反映人民的心声，传播国内外信息，传播现代知识，弘扬民族文化，激励各族人民建设团结、富裕、文明的新西藏，作出了不可磨灭的贡献。报纸越办越活，发行量达四万多份，遍及高原的每个角落，成为西藏人民一份不可须臾或缺的重要精神食粮。印刷技术也不断改进，发展速度是历史上任何时期都不曾有过的。

西藏人容易满足，因为纵向比较，处处事事都在发生迅猛变化；虽说与内地和沿海比较，差距还在拉大，但是西藏经济技术基础薄弱，是无可奈何的事；更何况要办的事情很多，“路要一步步地走，饭要一口口地吃”。这就是当代高原人特有的耐性和心态。

西藏日报社拥有一个令人羡慕的资料室，每天接收着数万字来自全国全世界的最新消息。他们还有一种驱动力：报纸成天宣传科技是第一生产力，如果报纸的编辑、拣字、印刷手段还停留在五六十年代的原始状态，脸上实在没有光彩。所以，当从中央到地方的大部分报纸都已采用先进的激光照排技术的时候，西藏报人如坐针毡早就跃跃欲试了。自从 1988 年老总从东北参观回来那一天起，西藏日报职工就做着一个激光照排的梦，年年造计划，月月提要求，都由于报社自身和西藏的财力有限，一次次搁置下来。

1992 年初，邓小平同志南方讲话像一声春雷震动了万里高原。自治区一位领导说：“《西藏日报》的激光照排到了非上不可的时候了。引进的设备一定要是当代世界上最先进的技术成果。”报社上下沸腾起来了，多年的美梦复苏了。是的，我们有过昨天的辉煌，然而这不应当成为我们的包袱。我们的使命是开拓明天，明天的世界比昨天更精彩。

报社先后派出考察组去西南地区各报社学习取经，经过反复研究比较，最后把目标瞄准了北大方正集团公司。

北大方正：我们不赚西藏的钱。中文激光照排这场印刷技术革命要在西藏画上漂亮的句号

1992年深秋，北京中关村，北大方正集团（当时叫北京大学新技术公司）首次接待了来自西藏高原的报人。西藏带队的是一位副总编辑，还有印刷厂和财会方面的负责人，尽管说早有多种思想准备，毕竟对激光照排和生意场上的计谋知之甚少，还涉及数百万的巨款，临时又拉上了正在中央党校学习的总编辑。他们后来回忆迈进方正大厦那一瞬间的心情时说："当时不知这里水有多深，浪有多高，我们都有点战战兢兢的。"

不料与方正集团一接触，才知他们的对手全是些文质彬彬的学者，待人谦和而且诚挚，全然没有生意场上的计谋和诡诈。厅堂里那两行工整的大字让他们琢磨了很久，"方方正正地办事，踏踏实实地做人"，到激光照排工程结束时，他们终于悟出了那两行字沉甸甸的分量。

"我们早就盼着你们来。"这是公司副总裁姚秀琛教授见面时说的第一句话，洋溢着兄弟般的激情。

北大方正集团公司是一个有雄厚科技实力，以中国科学院院士、北大计算机研究所所长王选教授主持研制的"北大方正中文排版系统"为拳头产品的我国大型电子骨干企业。自1986年创建以来，一直跟踪世界最新科技信息，大胆借鉴创新，努力创造真正属于我们民族的世界一流产品。特别是利用王选教授的研究成果，跨越二、三代照排机，直接进入激光照排的产品开发；接着又改变日本等发达国家只能采用毛条粘接的拼版方法，实现了图文合一的整版输出；在通讯出版系统、彩色排版系统、920A办排系统等方面，也处于世界领先行列甚至垄断地位。产品不仅在功能和质量上足以与国外同类产品抗衡，而且价格也比他们低得多。不但在国内拥有广阔市场，而且亚洲、美洲和澳洲的一百多家华文报纸也相继采用了方正系统。在短短

七年间，大小报纸纷纷改用激光照排，告别铅与火，迎来光与电，甩掉纸与笔，实施着世界印刷史上一次划时代的革命。

1987 年，北京《经济日报》率先实现激光照排，接着中央各大报、省级报纸和很多专业报纸、地市报纸也相继改为激光照排，唯独西藏迟迟不见动静。这几年，北大方正集团的首脑们一直在兴致勃勃地议论着：看来，我国从《经济日报》开始的这场激光照排的报业技术革命的句号最终要落在西藏日报社的大院里。但是将在什么时候，并且由谁来划上这个具有历史意义的圆圈呢？始终是一个谜。

啊，西藏的同志赶来了！划句号的历史任务落在了北大方正集团的肩上！北大方正集团首脑们毕竟不是通常所说的"商人"，而是以科学事业为重，用理想支配行动的学者，以能在世界屋脊上展现自己的科技成果为荣耀。于是，在北大方正集团先后接待的数千家用户中出现了罕见的先例，北京大学副校长迟惠生来了，"方正电子排版系统"的发明者王选也来了，紧紧握着高原报人的手，"请放心，请放心，我们要为《西藏日报》划上漂漂亮亮的句号。"为了确实划好这个句号，北大方正集团把在成都的子公司负责人召来北京，连夜分析《西藏日报》的情况，认为那儿搞激光照排有三个不利因素：资金不足，路途遥远，技术人员严重匮乏，为新技术设施的配备、安装和维修带来难以想象的困难，是必须认真对待的。为了切实划好这个句号，首脑们连夜开会，为帮助《西藏日报》实现激光照排制定了总的原则：一、实行价格优惠，不要赚西藏的钱，必要时还得赔点进去；二、给西藏提供的设备应当是当代最新的科技成果，最好的产品，力争一次到位。不但考虑今天，还要考虑到明天，比如出版彩报，使高原报纸在排印技术日新月异的时代里少一些折腾；三、鉴于西藏交通不便，维修困难，供应的主机必须是两套相同的型号，正常情况下藏、汉文版分开使用，万一出现故障可以相互顶替；四、技术上负责到底，保驾护航，有始有终。不但承担培训、安装、联网、调试等任务，还要送上一程，直到正常出报为止。

在贸易交往中，讨价还价是甲乙双方的正常现象。但 1992 年 11 月 14 日，北大方正集团和西藏日报社正式签订售货合同时却出现了罕见的先例。按当时选定的两套激光照排设备，合同金额为四百八十七点八万元，姚秀琛却宣布说：考虑到西藏地区的特殊性，决定给予特殊优惠，执行价格降为三百五十万元，并当场写进合同说明书。

一位当时参与签订合同的西藏日报社代表说："一下子少花一百多万元，我们真有点受宠若惊，喜出望外，深深感受到祖国大家庭的温暖，对藏族人民兄弟般的关怀。"我问起姚总当时的动机，他似乎不擅长使用政治术语，只轻描淡写地说："我们考虑的是激光照排的发展，能在边远的藏族地区出一张最新最美的报纸，正是北大方正多年期望的事。"

正是出于这样的动机——

1993 年《西藏日报》激光照排大楼正式动工的时候，由于建筑材料涨价，原来筹集的资金出现赤字。北大方正又再次减少十万元。

按 1992 年签订的合同，提供《西藏日报》的主机"方正 91 系统"，是当时最先进的产品；1993 年 8 月正式起运发货时，"方正 93 系统"已经研究和制造出来，功能更全，自动化程度更高，速度比 91 系统提高十倍以上。姚秀琛果断地通知发货人员，向西藏改发"方正 93 系统"，价格仍按 1992 年的合同不变。

许多兄弟省区的报纸老总都为《西藏日报》一件件意外的喜讯欣羡不已：别看这份边疆报纸笑在最后，可他们笑得最美。

把排字工人转化为电脑操作者，学员和老师度过了多少不眠之夜

激光照排大楼破土动工，机器运输安装只是迟早问题，《西藏日报》编委会的工作难点转向了技术培训，没有用现代化技术知识武装起来的人员，再新再好的设备都会变成一堆废品。在内地报纸，有几万、几十万大中学院毕业生供你挑选，稍加培训就可以上岗，但是西藏没有几个等待招聘的知识青年，再说现有的以藏族为主体的排字工人曾经为报纸辛勤熬过了十几个、几十个年头，又一直做着穿上白

大褂的美梦，谁又忍心在激光照排上马之后把他们拒之门外呢？编委会经过反复考虑，做出了一个艰难而又深得人心的决定：不另外招收学员，学员就是现有的排字工人。

培训西藏学员的任务由成都方正公司承担。从1989年开始先后在这里学习激光照排技术的学员已超过一千多名，有一大套完整的教材，积累了丰富的教学经验。教师都是二十多岁的青年，脑子灵，热情高。然而培训西藏学员却使他们极为困惑。首先，学员绝大部分是藏族，生活习惯不同，文化程度参差不齐，原报纸藏文版的排字工人有的还听不懂汉话，为编班授课带来很多难题。学员年龄比老师大，能否听从青年教师的指导，心里没有数。困难还在于《西藏日报》必须在激光照排大楼施工期间坚持出报，排字工人不能全部离开岗位，到成都参加培训只能一年内分三批进行，每期十人至十三人，还得分为两个组：汉文组和藏文组。就是说不但培训时间拖得很长，而且结业的学员返回拉萨以后面临着记忆、指法回生的危险。

看来原有的教材和经验都失去了意义。为了以后《西藏日报》激光照排的正常运转，从教材编写、教学方式到讲课语言都必须重新设计。学员到来前，成都方正的总经理亲自主持培训部开会，经过反复研究，制订出了一套比较周密灵活的教学计划。费时费神，其难度是过去培训中所未曾有过的。

老师感到欣喜的是，西藏学员都很热情、很用功，具有极强的上进心。学习一开始就送交了保证书，保证学习期间不缺课，不喝酒，认真听讲，按时完成作业。中午常常带一块馒头或一包方便面在教室里进餐，因为那儿有电脑，吃了饭就可以上机操作，练习指法。晚上还向培训部要求加班学习。教师们的家都在成都，而且距单位较远，平时都准时回家团聚，但碰上这伙废寝忘食的西藏学员，教师们深受感动，往往也跟着加班辅导。

学员穷达在报社搞了二十九年藏文排字，已四十五岁了，没有上过学，但有一股拼搏精神，练就了高超的拣字技能。激光照排上马，穷达既高兴又忧愁，自己年龄大了，脑子不灵活，文化又低，能掌握现代化的电脑吗？开始老师讲课他听不懂，一个字也记录不下来，急得头上直冒汗。他找到培训主任邓文："我肯定要被淘汰了，这样回去无脸见人啊。"邓文安慰他说："你过去学藏文拣字不是很有出息的吗？激光照排并不比学习藏文难，关键要消除神秘感。我相信你一定能渡过难关。"邓文吩咐樊老师对穷达进行单独辅导，对着机子加深直观认识，又叫懂汉文的藏族学员帮助穷达核对笔记。穷达增强了信心，刻苦学习，输入速度很快从每分钟一百二十个字符上升到二百多个，结业时达到了中上等水平。

培训部根据每个学员的进展情况安排下一阶段的教学内容，每周都要进行一次单个测验。开始，一些学员一上机就慌了神，两手直发抖，多次说服仍然缓解不了。问题的症结在哪里呢？教师反复观察琢磨，发现是因为带队的厂长在场，对学员造成一种精神压力，怕成绩不好被淘汰。这诚然表现出学员积极进取的精神，却不是一种正常的学习心态。为了给学员制造一个轻松的学习环境，培训部婉言劝告厂长回避，还把"测验"改为"实习"。精神放松了，脸上有了笑容，学习才一步步转入正常。

《西藏日报》排字车间是一个团结友爱的集体。有一件事深深打动了我。去年 9 月夜间，一群男女工人拥进了我的办公室，要求借用我的电话给成都挂个长途，说第二批学员中有一个女孩耐不住成都夏天的酷暑和紧张的学习，不幸病倒了，他们实在放心不下。电话挂通了，大家争先恐后的抢过话筒，既是安慰，又是鼓励，还有说不完的嘱咐：应当喝什么饮料，请谁帮助补课，整整讲了半个多小时。那关切之情，感动得我快掉下泪来。多么友爱的集体呀，互相帮助，携手进取，还有什么攻克不了的难关呢。

文化水平参差不齐，每个人的兴趣和智商不尽一致，学员们不可能齐头并举是很自然的事情。培训部重视发挥每个人的特长，因材施教和单个辅导，在教学中发挥了奇妙的威力。老师们事后承认，从培训一开始他们就要许多"小心眼"，比如每周一次的单个"实习"，实际是一场文化和智力的测验。在学习拉开距离以后，老师表现出极大的耐心，目的在于不让任何一个学员丧失进取的勇气，实际上已经为他们下一步的学习安排好了计划。学习进度较快的，就指导他们向纵深发展，成为全面掌握激光照排技术的多面手；全面学习有一定的难度，根据各自的特点，分别向文字录入、图像扫描和组版方面进行单项攻读。既不影响学习情绪，又能分工合作，保证今后报纸的正常出版。原来设想三批学员中有百分之八十能胜任工作就不错了，经过培训部的精心安排和学员的刻苦钻研，结业考试的单项合格率达到了百分之百，对西藏学员来说实在是一个意想不到的奇迹。

老师和学员，见面时忧心忡忡，分别时恋恋不舍，成了好朋友。学员给老师献上一条条洁白的哈达，老师给学员送去一袋袋豆腐干等四川土特产品。我相信，友谊长存，师生还会再见面的，在成都或者拉萨。

准时完成藏文软件开发，一项独特、艰巨的工程

与此同时，在北京方正总部，藏文软件的开发也在争分夺秒地进行着。如果说激光汉文排版系统的发明是根植于科学家对汉文结构的深刻认识、理解和描述，那么藏文软件开发则是在一个陌生领域里从零开始所进行的一次艰辛的跋涉。这里没有藏族科研人员，甚至不会讲一句藏话，而必须赶在激光照排正式运转之前，研制出一套与省级大报相适应的全新藏文（包括梵文）软件，而且字形要多，速度要快，显然不是一件容易的事情。

精细的人发现，方正集团早期的宣传品上一律写着：“激光汉文排版系统”，后来有点混乱，“汉文”与“中文”相互更替，到 1993 年已经明确称为“激光中文排版系统”。一字之差，表明王选教授的研究视野正在向少数民族语文地区拓展，力求让我国五十六个民族共享这一现代科技的辉煌成果。其实早在 1992 年，方正集团应国家民族语文翻译局的要求，已经着手于蒙古、藏、维吾尔、哈萨克、朝鲜等少数民族文字的开发，在全国人大和政协的会议上付诸使用。虽然字体、字形比较单一，速度还不及汉文快，到底为激光照排应用于少数民族文字摸索了经验，展示出了广阔前景。《西藏日报》与北大方

正的合作无疑增强了科技人员研制出一套科学、高效、完美的民族文字激光照排系统的紧迫感和责任心。

我访问了开发藏文软件的王国印，今年二十八岁，是一个沉默寡言而内心充满热情的小伙子。握手之后，他淡淡地说："在拉萨我们见过面，还谈了话。"我很惊讶，在什么场合见的面，谈了些什么内容怎么都想不起来。可见王国印记忆极好，简直像一部计算机。他是北大数学系研究生，毕业后扎进方正，对软件开发爱得如痴如醉，连续三年荣获先进工作者称号。

1993 年初，方正集团把为《西藏日报》开发藏文软件的任务交给了王国印，理由似乎很充足：他曾经和国家民族语文翻译局的江嘎（藏族）合作，为全国人大和政协会议研制过办公用的藏文软件，算是方正集团的"藏文专家"了，轻车熟路非他莫属。其实王国印心里明白，为"两会"研制藏文软件是赶鸭子上架，勉为其难的。当时，江嘎不懂录入，王国印压根儿不认识藏文，更谈不上对藏文深刻的理解和描述，他们的合作只是两种知识的粘接，其成果自然谈不上完美，他并不满意。而这次要为我国有影响的藏文大报研制一套软件，字体、字形、字号都要繁杂得多，而且使用频率高，持续时间长，对藏文以后的发展走向也会产生举足轻重的影响。工程量大，开创性强，一丝一毫都不敢掉以轻心。不过王国印事业心强，曾经在研制藏文软件中攻克许多难关，绝不允许自己在《西藏日报》的软件开发上败下阵来。

去年春节前后，他过得很是紧张，既要进城向江嘎——他在北京结识的唯一的藏文老师请教，还要阅读有关藏文和藏族历史的书籍，对"两会"藏文软件进行反思。尽管内内外外对那盘藏文软件赞不绝口，王国印却只有不尽的挑剔，数落了很多不足之处。所用的语言大都是计算机和激光照排的专业术语，我记不下来，想必大多数读者也看不懂。但是我却能从中领悟到一样朴素的真理：只有对现有成果不满的人才有指望攀登上科学的顶峰。正是这种"不满意"转化为智慧和动力，驱使他们不断向高深领域掘进。

3 月份，王国印带着他开发藏文软件的初步设想远征拉萨。西藏高寒缺氧，即使王国印这样的棒小伙子也难免头疼脑涨，呼吸困难。他顾不上休息，第二天就走访了藏文编辑部和藏文排字车间，摊开自己的初步方案反复征求意见。他希望录入软件的字体字形不仅西藏读者喜欢，川、滇、青、甘的藏族读者也能接受。这与编辑部不谋而合，因为相邻省区对《西藏日报》极为关注，《西藏日报》所进行的文字改革对那些地区也具有启迪意义。他还多次向《西藏日报》副总编辑、藏文专家扎西降村请教，扎西降村从藏文书法艺术谈到报纸发展前景，希望王国印在字体、字样、字号上进行大胆开拓。“藏文报纸不能只在两种字体上变来变去，应当像汉文报纸那样实现多样化，报纸版面才活跃得起来。”扎西降村还告诉他，藏文是从梵文衍变过来的，不但结构字形有相似之处，今天的学者文人还不时在稿件中引用梵文典籍，甚至藏梵文交互使用。如果软件中没有梵文储存，显然是不完美的，会为报纸编排带来很大困难。——一个多样化，一个梵文储存，给王国印增加了工作压力，也极大地开拓了思路，促使他下定决心把藏文软件开发上升到一个更理想更高深的层面。

为了增加藏文字体，方正集团的科技人员费尽心力。软件部和字模部先后赶到拉萨、成都、西宁等地，向出版民族读物的行家广泛征求意见，并依照汉文报纸的花样和变形，在藏文的基本框架上东描西画，拉长、压扁、倾斜、旋转、掏空、绘影……终于设计出十来种新字体、新花样，比过去的藏文铅字增加了三倍。

字模部主任鲍惠芳是一位有耐心、有干劲、工作极其细致的高级工程师。她领导的字模部可不是印刷厂制造铅字模的车间，而是酷似一间庞大的画室，软件储存的每个字符必须先在这里制成大型样张，只能是手工操作。笔画必须规范，线条必须清晰，字体必须秀美，工作是相当复杂的。在正常情况下，如果没有大的返工，每个工作人员一天可以描绘出二十个字模样张。软件储存的藏文字有两千多个，每个字有十三种字体花样，再加上通常用的两千多个梵文，描绘的样张总量得以万计！鲍惠芳和她的同事们为之付出的巨大劳动实在令人敬佩。

关键在输入。藏文不是方块字，又不同于通常所说的单向拼音文字，而是由下加字、前加字、后加字、声母和韵母组成的一个特殊形体，竖看有四层楼房，横看有四个单间。王国印的任务就是要把如此复杂的两千多个藏文字、两千多个梵文字和它们的各种字体、花样严格按照计算机的逻辑程序进行组合排列，同时还要利用简单的几十个电键把这么多文字随心所欲地呼唤出来，可不是一项轻松的工程。王国印和他的伙伴们却用半年时间保质保量地完成了。不能延误《西藏日报》今年春天出版第一张藏文激光照排的报纸呀！

当王国印熬过许许多多不眠之夜，把最后一张字模输入电脑的时候，长长舒了一口气，告诉我说："但愿西藏的朋友们会感到满意。"我坦率地告诉他，对于你和方正集团为弘扬藏族文化所付出的辛劳和一丝不苟的创造精神，《西藏日报》的职工会很满意的。

告别时，他说，藏文软件的开发还有待深化，需要认真研究。他透露了下一步的三点设想：一、改进输入方法，尽量使操作者易于掌握，提高速度。虽说目前的编排可以比汉文快百分之二十，但远未达到极限。二、增加字体花样，使报纸版面更加生活动活泼。三、向国际标准靠拢，以利于日趋频繁的国际文化交流。——"不满意"，仍然是王国印生命的主调，也正是北大方正集团不懈的追求和兴旺发达的内在动力。

我们手挽着手，去迎接一个光辉的节日

一个报社的激光照排在内地或者并不惊天动地，在偏远的西藏却是一个大工程，足以引发出一串动人心魄的故事。新闻媒体尚未公布，消息已经不翼而飞，成为千家万户的重要谈资。虽然大都还不明白激光照排是个什么玩意儿，却相信有了它，《西藏日报》会变得更加完美。谁都乐意为它的尽早到来尽一份心，出一把力。

西藏建筑施工受气候限制，只能在 5 月至 11 月进行，每年工期六个月。能否在 11 月拿下土木工程，是激光照排在第二年春天投入运转的关键。由于工作环节的原因，直到 3 月底资金尚未到位，负责

承建的西藏自治区第一建筑公司心急如焚，决定先用自己的“私房钱”采购建筑材料，提前进入施工现场。春节刚过就忙着平地、挖坑、拉线，工地上夜以继日地响起了机器的轰鸣声。

作为企业，北大方正集团按照合同规定交付全套设备，清点完毕就该万事大吉了。但这是在西藏，从未搞过如此大型的激光照排，报社更没有相关的工程技术人员，着实叫人放心不下，时刻关注着大楼工程的进展和质量。施工阶段，方正集团先后三次派工程师从北京飞到拉萨，对墙体、线路、窗口、空调都进行认真检查，与建筑公司共同研究改进措施。一次发现编辑室和机房之间只有门道，没有稿件窗口。虽说凑合一下也未尝不可，建筑公司说：“为了电脑设备少受尘埃污染，再麻烦也得修改。”这样的小修小改一共有十来次，为了共同的目标，大家任劳任怨，配合得十分默契。

今年 3 月，最后一批培训的学员返抵拉萨，大楼的内部装修已经大功告成。多年的梦想、奋斗就要成真了。到底哪一天出版第一张激光照排报纸，《西藏日报》编委会和北大方正集团都很犹豫。中国人有一个习惯，开业庆典一定要选一个黄道吉日，这不是受封建迷信思想的支配，而是为了给人们长久的期望，以一个皆大欢喜的结局，给后代留下一个永恒的纪念。我们翻开《西藏日报》史册，最吉祥的日期莫过于 4 月 22 日，正是三十八年前的这一天，西藏自治区筹委会召开首次代表大会，出版了第一张藏汉文《西藏日报》。

但是距这一天还只有紧巴巴的一个多月时间，机器设备尚存放在成都，安装调试的工程技术人员还在北京待命，几批学员还没有条件上机温习功课，能在短短四十多天内做好出版激光照排报纸的准备吗？

北大方正集团的答复是：没问题。我们随叫随到，保证准时出报，万无一失。

西藏民航的答复是：没问题。你们的设备什么时候运到机场，我们保证在二十四小时内安全送到拉萨。

不怕一万，就怕万一，偏偏在节骨眼上出现了意想不到的情况：三部主机宽了十几厘米，送不进民航客机的舱门。正在焦虑的时候，汉编部主任灵机一动：找空军去。他马上驱车到拉萨空军指挥部要求紧急支援。负责人说：没问题。《西藏日报》的事就是我们的事。

拉萨空军指挥部当即与成都空军联系，要求动用军事运输机帮忙。不凑巧，又碰上机场维修，大型运输机无法启动。拉萨空军部队与《西藏日报》社一样着急，天天打电话联系。盼啊！盼啊，4 月 1 日终于出现了一线转机，立即派出一位参谋与报社人员一起火速赶到成都联系。4 月 4 日历经周拆的三件主要部件，即激光照排的最后一批机器设备，在空军、报社和方正集团人员的精心护送下安全运进报社大院。当大家拆开包装箱，把机件小心翼翼地放进一尘不染的机房时，个个都激动得鼻子发酸，那情景使人想起鲁迅先生所形容的“像捧着一个十世单传的婴儿”。

准备工作进入最后阶段。办公室开始平整场地，美化环境。与激光照排大楼门厅相距两米，有一排 1959 年修建的低矮平房，由于住房紧张，一直舍不得拆除。在大喜临门之际，职工们前看后看总觉得

1994 年 4 月，《西藏日报》实现激光照排，笔者专程赴京向全国人大副委员长阿沛·阿旺晋美汇报，恭请他为本报题写藏文报头。

不顺眼，它和激光照排大楼站在一起，像美丽小姐身边的一个侏儒，绅士面前的一个乞丐。一向以艰苦为荣的报社职工徒然变得大方豪爽起来：拆掉，坚决拆掉！大楼转瞬间变得亭亭玉立，好不妖娆！

告别铅与火，迎来光与电，《西藏日报》开始了与改革开放和现代化建设相适应的崭新时代。

4 月 22 日，一个永载史册的光辉节日，首都的客人来了，全国一些大报的客人来了，西藏兄弟单位的一些朋友们来了。欢声、笑语、哈达传递友情，鞭炮奏响颂歌。各民族兄弟齐心协力，又一次在高原上画上了一个漂漂亮亮的句号。

（写于 1994 年 4 月，发表于同年 4 月 23 日《西藏日报》）

墨洒高原写春秋

三十而立，四十而不惑。正当西藏各族人民满怀壮志豪情迈入“九五”计划第一个春天，《西藏日报》迎来了她的四十岁生日。

四十年风雨，四十年甘甜。作为西藏自治区党委机关报，《西藏日报》始终坚持党的办报方向，以正确的舆论引导人，在艰苦奋斗的环境里日夜操劳，向读者捧出了一万三千多期藏汉文报纸。这些报纸，认真宣传马克思主义、毛泽东思想，及时传达党的声音，真实、全面、形象地记载着各族人民在党的领导下推翻封建农奴制度，建设社会主义新西藏的艰辛历程及其崭新的精神风貌，为西藏的改革、发展和稳定发挥了不可低估的宣传鼓动作用。报纸对读者的心灵震撼和潜移默化的影响，培养和造就出了一代代社会主义新人。《西藏日报》越办越好，越办越有生气，已经成为西藏各族人民不可须臾或缺的精神食粮。

可以毫不夸张地说，《西藏日报》四十年创业、拼搏、发展的历史，就是西藏当代社会经济发展的缩影。

西藏历史上第一家新闻媒体

作为大众化传播媒体，报纸是市场经济和科学文化发展到一定阶

1995 年 4 月，笔者和记者程晓红（后左一）在北京看望民主改革后《西藏日报》第一任总编辑金沙及其夫人万慧芬时合影。

段的产物，对人们思想观念的更新和社会经济的全面进步，起着巨大的推动作用。十八、十九世纪，当新闻报纸在世界大小城镇风起云涌的时候，群山阻隔的西藏，却不知报纸为何物，电灯、铁路、蒸汽机、留声机的出现，被认为是奇谈怪论，西方人的黄发蓝眼多是妖魔作祟。清朝末年，驻藏大臣联豫有感于此，给光绪皇帝上了一份奏折说："察藏中人士，锢蔽已久，欲事开通，难求速效，因思渐开明智，莫善于白话报。"这位聪明的大臣倒确实办起了一份《西藏白话报》，专门发布皇帝圣旨、政府公文和各地兴学办矿的信息。石印，每期二十页左右，酷似今天三十开的刊物，每期发行三百余份。但由于经费拮据，人事变迁，出了二十一期就停了，昙花一现，影响甚微。直到二十世纪五十年代，高原上再也不曾有过任何新闻媒体。广大民众身心被束缚在一方土地上，对外界风云变幻和科技进步毫无所知，社会经济发展步履维艰。

1951 年冬天，解放军进驻西藏，一批批地方政府官员、贵族子女和知识分子去内地参观和学习，既为欣欣向荣的祖国兴奋不已，更惊叹于世界的广阔和现代技术的神奇。掌握当今社会政治、经济、文化最新信息的欲望越来越强烈。为满足这种日益高涨的学习热情，增进藏族和祖国各民族的友谊和交流，中共西藏工委在极其困难的物质条件下油印出版了《新华电讯》，编译新华通讯社发布的记录新闻，使中上层人士和知识分子大开眼界，争相传阅。每周一刊增至三刊，印刷量达一千余份。

《西藏日报》就是这样顺应社会经济的发展和人民大众的迫切需要，在高原上正式创办第一家大众化新闻媒体。

毛主席对创办《西藏日报》极为关心，对报纸命名、文字使用、编委人选和办报方针都亲自过问。老人家强调，“在少数民族地区办报，首先应办少数民族文字的报。报纸用什么名字和怎么办好，应同西藏地方商量，由他们决定”。遵照毛主席的指示，《西藏日报》从诞生的第一天起，就坚持用藏、汉两种文字同时出版，认真贯彻执行党的民族政策，努力办出自己的民族特色和地方特色，一天也没有间断过。根据当时特殊的社会政治环境，还邀请噶厦、堪布会议厅和昌都解放委员会派出代表，参加报纸筹备工作，担任副总编辑，藏族知识分子在与共产党人的合作共事中，受到新思想的熏陶，后来都成为受人尊敬的爱国主义者，对自治区筹委会的顺利组建产生了积极作用。

1956年4月22日，是一个极不寻常的日子。这天，来自西藏各地的高僧大德，贵族显要和地方政府官员云集拉萨，举行西藏自治区筹委会首次代表大会。陈毅元帅率领庞大的中央代表团专程赶来祝贺。盛况空前，古城一片欢腾。

也是在这一天，一份对开四版的《西藏日报》以藏、汉两种文版问世，带着油墨的清香，飘向红旗招展的拉萨大礼堂，飘向桑烟缭绕的八廓街头，飘向西藏的万里高原，开创了西藏新闻事业的先河，为封闭的西藏洞察自身、了解世界推开了一扇明亮的窗扉。

群雁高飞，是因为有头雁在前。今天，西藏已拥有区、地（市）级和专业报纸十七种，各种报刊三十余家，广播、电视更是后来居上，得到蓬勃发展，七地市和大部分县都能接收广播电视节目。一个多层次、多功能的立体新闻传播网络已经初具规模，而《西藏日报》则是最早的创业者和开拓者。

一首民族团结的颂歌

四十年来，《西藏日报》不遗余力地热情讴歌西藏和祖国各民族的大团结，报社自身的建设发展，也是一首动人心弦的民族团结的颂歌。

创业伊始，缺乏新闻人才是最大的难题。于是，北京、上海、重庆、成都、兰州、昆明等地的兄弟报社热情伸出援助之手，派来精兵强将，与本地藏族知识分子组成了西藏最早的新闻工作者队伍。这是一个由汉、藏、回、满、白、土家、朝鲜、纳西、蒙古等十多个民族组成的大家庭。虽然文化素养、社会经历和生活习俗不尽相同，却都怀着一个共同的理想。为了新闻事业的发展，为了西藏的进步、繁荣和兴旺。他们在生活上互相关怀，工作上互相支持，业务上互相学习，结下了深厚的情谊。1959 年 3 月，西藏上层反动集团发动全面武装叛乱，残害爱国人士，住在社外的藏族同胞的生命受到严重威胁，汉族同志冒着枪林弹雨把他们接到报社来避难。藏汉职工携手同心，并肩战斗，一手拿枪，一手握笔，用一篇篇犀利的文字，揭露叛乱真相。用党中央的声音团结和激励百万农奴投身于平叛改革的斗争。在 1987 年以后的历次骚乱中，西藏日报社藏汉族记者勇敢地走向斗争第一线，互相保护，互相支持，多次受到自治区领导机关的表彰。

历届编委会都十分重视藏族新闻干部的培养，要求内地来的干部要甘当“人梯”和“园丁”为高原培养一支流不走的无产阶级新闻队伍。经过四十年精心浇灌，今天《西藏日报》藏族业务干部已占职工总数的百分之七十。二十三名高级专业人员中，有十七名是藏族；一百二十四名中级专业人员中，有七十一名是藏族；六名正副总编辑中，有三名是藏族，一支以藏族为主体的各民族新闻工作者队伍已经形成，记者部副主任、享受自治区专家津贴的白玛乔同志回顾自己的成长历程，总是深情地说：“《西藏日报》是一所学校，我永远怀念那些手把手教我学习成长的教师们。”

由于高山缺氧、交通不便、常年夜班给内地援藏新闻干部的身体健康和家庭生活带来许多不便，许多同志得了高原性心脏病，或在内地的父母孩子无人照顾，不得不返回原籍工作。《西藏日报》工作人员处于经常性的流动状态，报社现有职工三百八十人，而曾经在这里工作战斗过的内地新闻工作者却有一千二百多人。他们把人生最宝贵的年华献给了西藏新闻事业，有二十多人长眠在高原的土地上。

《西藏日报》是一座熔炉，是一所学校，对藏族是这样，对汉族也是这样。西藏复杂的社会环境，报社艰苦的工作条件和良好的民族团结气氛，使许多内地来的知识分子在这里得到锻炼成长，返回原籍后，成为宣传、新闻战线的栋梁之材，据不完全统计，目前在内地担任省、部级领导干部、总编辑、知名编辑、知名记者的就有一百多人。我们曾经拜访过这些调回内地工作和已经离退休的西藏老报人，在他们居室最醒目的地方都悬挂着与藏族同事的合影和离藏时藏族朋友赠送的哈达，不无温馨地向客人谈起在《西藏日报》度过的日日夜夜，怀着故乡般的眷恋之情。艰苦的岁月演化成了人生旅途最自豪、最甜蜜的篇章。曾任《西藏日报》副总编辑的著名诗人擦珠·阿旺洛桑在《玉带金桥》一诗中写道：

我们要紧密团结一条心，
像水和乳交融在一起，
像树干和枝叶紧紧地连着根。

一代代高原报人在长期的合作共事中，用自己的信念、行为和深情，谱写出了一曲曲感人至深的藏汉团结之歌。

一部艰苦奋斗的创业史

由于自然、历史和物质条件的种种限制，西藏工作每前进一步，都要付出沉重的代价。西藏日报社却在这样的环境里坚守数十年，迎着高原的风雪，伴着星星和月光，先后采写编印出数十万条新闻、文章和图片，做到及时、准确，一丝不苟，所面临的困难及其付出的艰辛，在全国乃至世界的新闻同行中，恐怕是绝无仅有的。

《西藏日报》前身是十八军和西北独立支队进藏路上编印的油印小报《新华简讯》和《草原新闻》。那时，一顶三角帐篷就是一个报社，一台手提油印机就是一间印刷厂。白天与战士一起行军，落帐后的第一件事是打开收音机抄收记录新闻，编写行军路上的好人好事。然后围着蜡烛刻蜡版、印报纸。当天把报纸分发到连队时，“报社”又收拾铺盖卷开始了新的征程。

部队进驻拉萨，两张小报合并为《新闻电讯》，生活稍安定一些，物资却一天天紧缺起来。进藏时带来的铁笔磨秃了，只好到社会上收集留声机用过的唱针；油印纱框破损了，就用筛面粉的丝箩底代替。更严重的是，由于地方政府的干扰，口粮供应不上，都是些二十来岁的小伙子，每天只有半斤代食粉充饥，夜里干活不得不煮马料补充营养。一个女同志回忆说：她当年肝区疼得厉害，四肢乏力，面黄肌瘦，经领导特许才给下了一碗面条。真馋啊，直想一口就吞下去，但周围那么多同事羡慕地盯着面条，哪里好意思独享，只好假称“胃口不好”，让大家都来尝一尝。那满足的神情，不亚于今天品尝高等宴筵。

正是在这样的环境里，造就了高原上第一代新闻工作者，铸就了《西藏日报》自力更生、艰苦奋斗、默默奉献和团结拼搏的光荣传统。

1959 年民主改革，揭开了西藏历史的新篇章。为了真实描绘藏族人民翻身解放、大搞农牧业生产的雄姿，大批报人深入基层采访。

从三江流域到阿里台地，从藏北草原到喜马拉雅山区，都留下了记者们密集的脚印。那时，报社没有采访车，县、乡既没有公共汽车，也没有饭店和招待所，记者们都是背着马背套和干粮下乡。从这个县转移到那个县，常常要在公路边上等候好几天，才能搭上一辆顺路的货车。内地被捧若上宾、前呼后拥的“无冕之王”，在这里是不存在的。但是他们都心安理得，始终保持着普通一兵的战士本色，白天与群众一起劳动，晚上挤在同一间土屋或帐篷里，促膝谈心，写下许多真实感人的好新闻、好通讯。

在拉萨的编辑也不清闲。直到八十年代，报社职工一直是既握笔又握锄的“亦文亦农”的特殊新闻工作者。每个科室分了一片菜地，伙房里的肉食和蔬菜大都是职工利用业余时间饲养和种植出来的。提着粪箕子到大街和林卡里拣拾人畜粪便，是每天早上的必修课。由于供电不足，停电是常有的事，为了等一条重要新闻，编辑和工人不得不从日落熬到东方发白。深夜冻得手脚麻木了，就点燃几张废报纸取暖。四十个秋去春来，一万多个日日夜夜，有谁能计算出高原报人为一张张《西藏日报》付出的劳动和心血呢？

但是，这里的人们却对此无怨无悔，以默默奉献为乐，越是艰苦，文娱体育活动搞得越红火，六十年代，报社先后排演过大型话剧《霓虹灯下的哨兵》和《年轻的一代》，编委、编辑和炊事员同台献艺，场场爆满，轰动了整个拉萨。一年一度的职工运动会，从来没有间断过，涌现出许多球场高手。《西藏日报》足球队在自治区直属机关的比赛中屡屡夺冠，至今仍然是高原足坛的一支劲旅。

经过四十年苦心经营，西藏日报社已今非昔比。印刷设备不断改朝换代，从油印、石印到铅印，新近发展为现代化的激光照排，已具备了印刷大型彩报的能力。生活环境也一年比一年好。只是高山缺氧的自然条件是无法改变的，经济收入仍远远低于兄弟省区的报纸，大部分职工还安守在六十年代“干打垒”的平房里。就是在一间间低矮的土屋里，职工们精心写稿，像海绵吸水一样钻研业务，用广博的知识和现代技术浇灌干渴的心田。他们坚信这样一个道理：“没有现代化知识武装的报人，就办不出推动现代化建设的报纸。”

团结，拼搏，开拓，创新。一年复一年，一代又一代，高原报人用自己的青春和热血、智慧和生命书写着一部亘古未有的艰苦奋斗的新闻创业史。

吹响向新时代进军的号角

如果说，《西藏日报》的每一张图片、每一篇文字是西藏当代生活的一朵浪花，那么，每一期报纸则是一条淙淙流淌的山泉，吟唱着一首时而委婉、时而激越的高原新歌。在四十年大庆之际，我们翻开一万多期报纸，看到的却是一条汹涌澎湃的大江。它从冰山走来，汇集了沿途的大小溪流，闯过丛山深谷时发出惊天动地的雷鸣，然后又欢跳着淌过鲜花盛开的草原，浇灌出高原上的万顷良田。波涛翻滚的大江里，既有农奴的泪水，也有翻身解放的喜悦，有祖国母亲的殷殷祝福，也有西藏各族人民的不懈追求，有岁月风雨的艰辛，更有一代代开拓者的英雄赞歌。西藏四十年的沧海桑田，从黑暗走向光明，从贫困奔向小康的奋斗历程，都在这里得到淋漓尽致的描绘，一览无余。

1957 年秋冬，《西藏日报》突出报道了江孜头人本根却珠以交人役税为借口，毒打干训班学员旺杰平措的事件，激起了全区政治上层人士和广大农奴的义愤。《西藏日报》连续报道三个多月，并且配发文章和评论，第一次显示出新闻舆论不可抗拒的威力。报纸为爱国进步人士和百万农奴伸张正义，有力地打击了顽固农奴主和反动势力的嚣张气焰。

1959 年 4 月，《西藏日报》以排炮般的气势报道拉萨各界两万多人声讨叛乱分子罪行、坚决支持平叛的消息。接着又分别在“西藏人民‘拨开乌云见青天、藏胞头上出太阳’和‘百万农奴站起来’”的醒目标题下，大量揭露叛乱分子捣毁寺庙、残害爱国人士、抢劫群众财产等的滔天罪行，有力地配合了全区人民深入开展的平叛改革斗争，标志着西藏人民开始了当家做主的新时代。

1963年8月，《西藏日报》刊登介绍乃东县“穷棒子”互相组奋发图强、发展生产的长篇通讯——《百万农奴的榜样》。全区迅速掀起向“穷棒子”互助组学习的热潮，表明西藏人民不但能砸碎旧世界的锁链，而且能凭着自己的智慧和力量创造一个新的天地。

毋庸讳言，在“文革”十年中，西藏与全国其他省区一样，受到极“左”思想的冲击，也在《西藏日报》留下了深深的痕印。十一届三中全会以后，《西藏日报》在区党委的领导下，组织了关于“解放思想，拨乱反正，促进改革开放”的大讨论，持续一年多时间，发稿近百万字，为我区干部群众更新观念，把工作重点转移到以经济建设为中心的轨道上来，作出了重大贡献。

中央第三次西藏工作座谈会和区党委第五次代表大会，为西藏胜利跨进二十一世纪制订了加快改革开放、促进社会稳定和经济发展的宏伟蓝图与一系列方针政策，西藏日报社职工备受鼓舞，连夜撰写出二十篇社论和评论员文章，宣传会议精神。接着，开辟栏目“在新的起跑线上”，浓墨重彩地报道了七地市干部群众的新思路、新举措、新行动；热情报道了中央和兄弟省区援藏的六十三项重点工程；报道学习孔繁森的群众活动，继承和弘扬了“老西藏”精神；深入宣传从传统计划经济向社会主义市场经济的转变；实施科教兴藏的战略，促进教育科技事业的迅猛发展。揭露达赖分裂祖国的图谋，热情报道十世班禅转世灵童的寻访、认定、掣签、坐床这一佛门盛事；有声有色地报道了西藏自治区成立三十周年庆典。紧锣密鼓，生动体现出西藏各族人民为胜利完成“九五”计划和2010年宏伟目标的豪迈步伐。

在新的历史时期，《西藏日报》决心紧跟党的战略部署，围绕改革、发展和稳定三件大事，在版面设置和采访安排上进行一系列改革，把日常信息传播和典型系列报道结起来，力争每月“唱好一台戏”。满腔热情，扎实工作，为引导激励全区人民创造明天的辉煌，在高原上持续不断地吹响新时代进军的号角。

（写于1996年4月，发表于《西藏日报》）

不寻常的演出

1987年10月底到11月初，党的十三次代表大会正在北京举行，少数分裂主义分子在拉萨制造的骚乱刚刚平息。西藏自治区艺术团一行五十四人，应文化部和国家民委的邀请赴京演出，获得巨大成功。这是在不寻常的时刻所进行的一次不寻常的演出。我与演员们同行，相处半月，所见所闻，感人至深，久久难忘。

从拉萨到北京

飞往北京的那天清晨，拉萨并不像往常那样秋高气爽，倒有些阴沉沉的样子。波音707费了好大的劲儿才钻出云层。透过舷窗，只见无边无际的云海翻卷着浪花，排山倒海似的向后移动，仿佛砰然有声。

由藏族歌舞演员和藏戏演员联合组成的西藏自治区艺术团将在北京为十三大代表、首都观众、外国驻华使节和中外记者演出。这群男女青年算得上西藏的骄子、祖国的宠儿，大都曾经去内地进修，去国外访问演出过，对北京也并不陌生，可以说是见过世面的了。可是这次进京却有些不同寻常，心绪像窗外的白云一样翻滚不息，担心飘飞的云海是否载得动巨大的银鹰，担心自己柔弱的肩膀是否扛得起二百万藏族同胞的殷殷嘱托。机舱里没有惯常的欢声笑语，与他们的年龄和职业都不相称。

“你说，他们会欢迎我们吗?”她突然问我，两只稚气的眼睛显出一丝忧虑。

“这……”我嗫嚅着，不知道如何回答是好，“藏族歌舞一向是很迷人的。”

她似乎得到几许安慰。过一阵，又叹了一口气：“要是没人闹事就好了。”

朗杰和巴桑头靠着头，正聚精会神地阅读一张刚刚出版的小报。小报详细报道了拉萨不久前发生的那场骚乱：少数分裂主义分子杀人、放火、叫嚣“西藏独立”，扬言要赶走西藏的汉人。

巴桑把小报扔到小桌上，愤愤地说：“闹事的只是一小撮嘛，代表不了我们藏族人民。”是呀，艺术团的成员，从头发斑白的巴桑到稚气未消的白茇，哪一个不是吮吸祖国母亲的乳汁长大的呢！多少人曾经在内地艺术院校里聆听过汉族老师的教诲。越是有人挑拨离间，他们越是深切地感到“祖国”二字在个人生活和西藏发展中那举足轻重的分量。

银鹰掠过万家灯火，徐徐降落在首都机场。深秋的夜晚寒气袭人，文化部为艺术团举办的洗尘便宴却洋溢着暖融融的气氛。一位老大姐记性真好，多年不见还叫得出许多演员的名字，这个胖了，那个瘦了。“唉，听说拉萨闹事，我真为你们提心吊胆啊！怎么？没有挨上石头吧?”——没有虚伪的寒暄，没有客套的应酬，相互只有信任、理解和关切，真像回到了家里一样。

真想唱一支祝福的酒歌，可是喉咙一哽塞，几个女孩子眼睛湿润了。

在怀仁堂

10月28日，艺术团将在中南海怀仁堂为十三大代表们演出。怀仁堂，中华人民共和国在这里诞生，新中国的第一部宪法在这里通过。人民大会堂落成以前，这里一直是我国政治活动的重要场所，亿万人民仰慕的中心。今天，怀仁堂装饰一新，更加显得庄重华美。党中央把怀仁堂装修后首场演出的荣誉给了来自西藏的文艺工作者，意味着什么呢？大家还来不及多想，只有兴奋和激动。

这天早晨，艺术团乘车去怀仁堂走台。走台当然不用化妆。但今天却有些异样，姑娘们穿上了最漂亮的衣裳，小伙子们也悄悄打扮了一番，抹上发油，穿上了笔挺的西服，像去参加一次盛大的宴会。

进了中南海的门楼，兴奋而又胆怯，不免有些拘谨。管理人员猜透了大家的心思，温和地笑了："从西藏来北京不容易，你们可以到怀仁堂各厅室去参观，到后花园去玩玩嘛。"多么难得的机遇啊！演员们不再紧张，这里走走，那里摸摸，想象着当年毛主席在这里开会和工作时的情景。才旦卓玛对后花园怀着难忘的记忆，她五十年代第一次来首都，曾经在这里受到毛主席和中央首长的亲切接见，一起照了相。那张照片至今还挂在她的家里。三十年过去了。才旦卓玛仍然记忆犹新。她要求我从同样的角度为她拍了一张纪念照。

夜幕降临了。怀仁堂里灯火辉煌，座无虚席。一千多名观众都是出席党的十三次代表大会的代表。中国共产党的精英汇聚一堂，以极大的关注和热情观赏来自西藏的歌舞，使这场演出显得得非同寻常。后台一片忙碌，庄重而又喜悦，都感到自己的心与党中央和祖国贴得更近了。

在热情奔放的热巴舞和音乐声中，才旦卓玛缓步走上前台朗诵了一段简短的祝词："我们从'世界屋脊'来到首都北京，向全国各族人民问好！庆贺党的盛会，人民的节日。藏族儿女永远和祖国心连着心！"脸上泛着红光，眼角挂着幸福的泪花，抑扬顿挫的语言拨动了全体观众的心弦。

台下响起了雷鸣般的掌声，在怀仁堂上空久久地回荡。它似乎在回答我们：强大的祖国是西藏的坚强后盾，不管少数分裂主义分子怎样疯狂叫嚣，祖国各族儿女始终信赖西南边陲的兄弟姐妹，永远与藏族人民心连着心。

愿各国朋友相亲相爱

11 月 4 日晚上，艺术团在民族文化宫剧场为外国驻华使节和中外记者演出。所有演员将在晚会后的酒会上直接与外国人对话。这是一次友谊的交流，也是一场无形的较量，大家都兴奋，同时还有点儿紧张。

团长格桑朗杰、副团长胡金安和我被安排在观众席上，准备在演出进行中随时回答外交官们横挑鼻子竖挑眼的提问。联想到拉萨骚乱发生以后国外关于西藏文化、宗教生活的千奇百怪的传闻，我环视周围这些黄发碧眼、表情各异的男女，呼吸着扑鼻而来的奇异香水的气味，只感到自己正置身于一个捉摸不透的环境中。

但是，我们没有碰到任何难题。帷幕拉开了，演员们在雄伟的布

1987 年 10 月底，西藏艺术团应邀赴京在中南海进行首次演出，演员们在怀仁堂前合影留念。

演出前，全国人大常委会委员长万里与团长才旦卓玛亲切交谈。

1987年11月4日晚，西藏艺术团在民族文化宫为各国驻华使节和中外记者举行专场演出。在演出结束后的鸡尾酒会上，文化部部长王蒙(左二)陪同外宾与演员们亲切交谈。

达拉宫前翩翩起舞，草原上的热巴舞，藏东的康巴弦子，山南的藏戏，寺庙的娱乐神像……古老、粗犷、热情、绚丽迷人，使来自五洲四海的观众惊讶得目瞪口呆了，目不暇接，哪还有心思去挑剔提问呢?

《央金玛》，这个取材于寺庙壁画创作的民族舞更使观众大开眼界。千手观音在舞台上时分时合，变幻多姿。合一时凝重、华美，像置手于缥缈的天国；分开时变成了无数仙女，美丽、亲切，好似在向观众倾诉心曲；飘忽不定的烟云，时有时灭的彩光，都给人飘飘欲举的感受。坐在我后排的大胡子黑人禁不住用汉语拍手叫道：“东方艺术，好!”此时此刻，我真想告诉他：一个汉族艺术家怎样与藏族同行们一起，从古老的宗教题材中发掘、创作出了这曲令中外观念心旷神怡的民族舞蹈《央金玛》。你看，宗教故事不是在舞台上复活了吗？当西方有人诬蔑当今西藏消灭了宗教和文化的时候，亲爱的朋友，你也会感到十分可笑，嗤之以鼻吧！

谢幕以后，文化部在剧场前厅和两侧举行了盛大酒会。酒会很别致，没有预定的程序，没有固定的坐席，主人和客人，外宾和演员，举起酒杯在厅堂里自由行走，穿梭不息，无拘无束地款款交谈。蒙古人民共和国驻华领事馆的三等秘书很年轻，大概是历史文化的原因吧，执意要结交一位藏族青年朋友，谈得相当投机。外交使团团长夫妻不忘自己的身份，频频举杯向艺术团的演员敬酒。驻华外交官们度过了一个随意、美好的夜晚。

一位外国专家好不容易挤到才旦卓玛身旁，似乎有很多话要说，但包围这位著名歌唱家的人太多了，只有机会向他传递一个简短的信息：“我酷爱西藏歌舞，你们在民族文化宫演了三场，我想方设法弄票，一场不漏地看到今天，感到很高兴，很幸福。”比利时中国友好协会会长是一位性格开朗的中年女士，与才旦卓玛像老朋友一样拥抱在一起。“我从前就听过你的歌声。”“多少年了，你的歌声仍然这么迷人，了不起。”“看了你们的节目，我真想到西藏去一趟。”她的话像连珠炮，滔滔不绝，倾诉着对中国的无限深情。最后，她要求我为她和才旦卓玛拍一张合影，肩并着肩，脸上绽放着开心的笑靥。

朝鲜民主主义人民共和国驻华大使紧紧握着格桑朗杰团长的手："我向你们祝贺，藏族的文化艺术在中国大家庭里得到了繁荣发展。"

美酒的馨香，友谊的海洋。心中的疑虑消失了。人们这才回想起才旦卓玛在开场时那段意味深长的祝词：

愿各国朋友相亲相爱，
像春天的花永远盛开。

语重心长，妙语联珠

（11月2日。演出前，万里、阿沛·阿旺晋美、班禅额尔德尼·确吉坚赞等中央领导来到贵宾休息室，听取艺术团负责人的汇报）

才旦卓玛："中央领导工作这么忙还来看我们的演出，我们很感动。"

万里副总理："我去过西藏，对那里的山河和人民有感情。因为你们是藏族，我工作再忙也要来看望你们。"

（这时，文化部副部长王济夫把胡金安介绍给万里副总理）。

王济夫："他叫胡金安，是西藏文化厅副厅长。"

万里："你什么时候去西藏的？"

胡金安："1951年随十八军进藏……"

万里不住地点头，回忆起如烟的往事："啊，三十多年了，不容易啊，不容易啊。"

王济夫："老胡现在不但熟悉西藏的历史和文化，还说得一口流利的藏语。"

万里欠起身来，紧紧握着胡金安的手："好，好。"

（11月3日。文化部的一个会议室，文艺界的专家、学者和西藏艺术团聚集一堂）

文化部艺术局史大星："你们的演出把最古老的艺术和最现代化的表现手段结合起来，是艺术的腾飞，也是政治的腾飞。"

中国少数民族戏剧学会会长李超取调《汉宫秋》：“屋脊高原，创文明古老，世代相传。僧俗善舞，藏戏八大资源。京华上演，乘东风，韵入云端。歌响亮，梁间九转——才旦，牵魂动魄自然。称颂藏族文化，赞师承艺术，优秀斑斓。”

中央民族学院教授刘峰：“艺术团进京演出有力地回击了少数分裂主义分子对当代藏族文化的诬蔑。藏族的传统文化不但没有被同化和消灭，而且得到了很好的继承和发展。”

(11 月 7 日。在欢送西藏自治区艺术团的宴会上)

国家民委主任司马义·艾买提：“我们的藏族演员既是艺术家，又是政治家和宣传家。无论是继承和发扬民族文化传统，还是维护祖国统一，增进民族团结，都做了很出色的工作。”

文化部部长王蒙：“西藏自治区艺术团这次在北京打响了，我很高兴。希望你们继续努力，开拓新视野，发展新观念，进入新境界，不久的将来能在一个新水平上再次轰动北京。”

依依惜别的时刻

转瞬半个月过去了，明天就要返回故乡西藏。艺术团的演员、文化部接待组的同志和招待所的服务员似乎一下子都变得多愁善感起来。签名留念，一起拍照，喝不完的啤酒，说不完的心头话，表现出难舍难分的情谊。

驾驶员吴利元提着啤酒瓶，挨家挨舍地与演员话别。因为这些青年人一个个都很直率、热情、礼貌，吴利元越来越喜欢他们了。半个月中，他结识了许多藏族朋友。

北京城已经进入梦乡，吴利元仍然没有一丝睡意。他最后来到我的宿舍，邀我到他那儿坐坐，取出一叠唐卡，神秘地告诉我说：“刚才一位藏族小伙子送给我的。我看不懂啊，你给我讲讲，上面画的一些什么?”

我一张张地解释给他听。翻到一张头戴黄色尖顶帽的僧人盘腿坐像，他急匆匆地问道："你看是不是达赖喇嘛的像。"我哈哈笑了起来："不是。他叫宗喀巴，是几百年前的格鲁派创始人。"吴利元轻轻地点了点头，接着说："老李，你看他送礼来得太突然，明天一早就走，我简直来不及准备东西回敬，藏族同志不会生气吧?"

"当然不会。藏族同志很重感情。唐卡是藏族群众最珍贵的礼物，市场上根本买不到。他把唐卡送给你，是把你当作最知心的朋友了。"

"是呀，是呀，这些日子，我们一直相处得很好。"吴利元流露出自豪的神情，把唐卡小心翼翼地装进了纸袋。我不知道他能否欣赏这古老而又神秘的画卷，但是我相信这位北京司机会把它们当作宝贝，很好地珍藏着这一幅幅西藏唐卡，珍藏着汉藏人民的信任和友谊。

（写于 1987 年 11 月，发表于同年 12 月 1 日《西藏日报》）

在希望的田野上

——再访乃东县结巴乡

“雅江行”采访组抵达泽当镇的当天，山南记者站就给我们列出一长串需要采访的厂矿、学校名单，都有一段激动人心的故事。我固执地认为，与贡嘎山（藏族传说中人类起源的圣地）隔江相望的乃东县结巴乡是不应该被忽略的。民主改革初期，《西藏日报》和《人民日报》曾发表长篇通讯《百万农奴的榜样》，介绍结巴乡女共产党员次仁拉姆率领十一户穷得叮当响的“朗生”（家奴）组织互助组，自力更生发展农业生产的感人事迹，生动表现出西藏地区农民在中国共产党领导下挣脱千年农奴枷锁以后焕发出的惊天动地的建设热情。朗生互助组的故事通过报纸、画册、电影和连环画传遍万里高原、全国各地，成为一个民族新生和时代精神的写照，也是激励西藏各族人民在封建农奴制度的废墟上奋发图强、创造新生活的一面高高飘扬的红旗。

我第一次结识次仁拉姆是在 1962 年的深秋，正好是三十八年前的今天。我从贡嘎山下乘牛皮船渡江去温区采访。区委书记是一位转业军人，一副文质彬彬的模样。晚上没有电灯，蜡烛也比较紧缺，我俩就半躺在床上天南地北地神侃。他偶然讲起区委鼻子底下有一个由十一户朗生组织起来的互助组，民主改革时只分到三头耕牛加一条牛腿，按西藏二牛抬杠的耕作方式，还不足两具耕畜，很有点像河北王国藩互助组三条驴腿闹革命的故事。组长是一位一字不识的女奴隶，名叫次仁拉姆，前不久才加入共产党。这使我骤然来了精神，迫不及待地要求与次仁拉姆见面。

次仁拉姆和她的组员们住在原领主后院外的一溜平房里，与马厩和牛圈夹在一起，阴暗而又潮湿。次仁拉姆二十来岁的样子，穿一件打补丁的黑氆氇长袍，两只眼睛闪闪发亮，谈话喜欢使用比喻和谚语，表现出主人对人生哲理和时代精神的睿智思考。从她的口头介绍，我才知道所谓“朗生”，就是祖祖辈辈侍候领主及其子女生活起居的奴隶，包括牵马坠镫、挤奶背水、扫地做饭、端屎倒尿、带孩子，等等，毫无人身自由，是老爷跟前一群会说话的牲畜。身无分文，不会理家，不会种地，是朗生们的共同特征。民主改革把他们从领主的残酷奴役下解放出来，有了属于自己的两亩土地，但是因为没有生产工具和生产技能，新生的第一步迈得格外艰难。当时，党号召翻身农奴建立互助组，并肩携手发展生产。可是其他农奴怕受拖累，大都不肯与朗生搭伙。朗生们沮丧地说：“能飞的都成群结队地飞起来了，住马厩的人像过筛子一样给筛出来了。”深受旧社会苦难的次仁拉姆却坚信，既然有了属于自己的土地，就不愁吃不上香甜的糌粑。她激励大家说：“别看兔子腿短，只要立下雄心壮志，一样可以翻过高山。”于是，次仁拉姆与其他十户朗生拧成一股绳，组成了乃东县的第一个“穷棒子”互助组。

“笨鸟先飞”，朗生互助组以不屈不挠的拼搏精神，互相鼓励，发展生产。藏历新年刚过，就结队去四十里外的金巴拉山上驮运牛羊粪，人背畜驮，增加底肥。春耕开始了，他们将耕牛和铁锹同时并举，保证翻地不误农时，九十亩土地都及时播下了种子。什么时候浇水，什么时候锄草，他们跟着老农脚步走，虚心学习技术。“一滴汗水一分收成。”次仁拉姆不无自豪地告诉记者说，成立互助组的第一年，他们的粮食单产都在十藏克（每藏克相当于十四公斤）以上，与其他互助组的产量不相上下。朗生们再也不为吃饭发愁了。次仁拉姆接着说了一句令我终生难忘的话：“只要手是自己的，我们能摘下天上的星星；只要脚是自己的，我们能从地狱走向天堂。”——多么深邃的哲理！何等远大的志向！从一个旧社会的女奴隶口中吐露出来，使我这个进藏不久的汉族大学生惊讶不已，久久难寐。这天，我伏在温区微弱的烛光下，写出了颇具激情的广播通讯：《划破雅鲁藏布重重浪》。

第二次采访次仁拉姆是在1963年，她来拉萨出席农牧工作会议。这时，朗生互助组的粮食单产已猛增到十三藏克，即一百八十二公斤，耕牛发展到九头，大小农具增加了一倍，已基本解决温饱问题。报纸和广播大张旗鼓报道朗生互助组的先进事迹，号召全区农民发扬朗生互助组的“穷棒子”精神，走自力更生、劳动发家之路。次仁拉姆被请去各单位作报告，成了全西藏乃至全国敬仰的英雄。我请她到广播电台录音，先在我的宿舍进行一些补充采访。次仁拉姆仍然不改农村习俗，进屋后就坐在地板上，我也只好奉陪客人席地而坐，听她如数家珍地谈起朗生互助组的新人新事，还不乏对新闻记者的含蓄批评。“独树不成林，独雁不起飞。你们别老说次仁拉姆怎么怎么样，我们朗生互助组三十多口人全是好样的，都干得很苦很欢，千万不能忘了他们。”她指点着我手中报纸上的一幅互助组“全家福”照片，一一介绍每个人的姓名和成绩。站在她左边的瘦矮个子叫土登，现在是互助组组长。——次仁拉姆已升任结巴乡党支部书记，仍是互助组的成员。她很动感情地说：“别看土登个子瘦小，不吭不哈的，可是个处处带头的硬汉子。上山运肥筐子最大，背都磨出血了……”

“文革”期间，我又去过结巴乡两次。这时已成立人民公社，大呼隆的集体劳动，不断“割资本主义尾巴”，农业生产受到一定影响。结巴名声很大，在工作组授意下修建起一座与结巴名声“相称”的大礼堂，足可容纳公社的所有男女老少，确乎有点大而无当。次仁拉姆言谈中流露出几分无可奈何的神情。不过，在地区宣传队来结巴举行了庆祝礼堂落成的文艺演出以后，次仁拉姆和她的乡亲们就把它分割成一个个小间，分别作为木工组、氆氇组、编筐的作坊和仓库，变成发展副业生产的车间，算是给它找到了一个最好的用场。我十分佩服次仁拉姆农民式的智慧和机灵。

弹指一挥间，互助组已发展为联产承包，“文革”浩劫也已过去，但我仍然忘不了不了结巴乡，深深怀念那些从艰难困苦中拼搏过来的英雄和乡亲。他们该怎样总结往昔的经验，迎来改革开放一个崭新的历史时期呢？

好不容易在泽当镇一个小巷找到了次仁拉姆。西藏人民没有忘记次仁拉姆在新西藏创业时期立下的丰功伟绩，十一届三中全会后选她担任了自治区人大副主任，1983 年退休，享受副省级干部待遇。但她离不开曾经同甘共苦的乡亲，坚持要把退休房定在泽当，抬腿就可以回到结巴去。二十余年之后，老模范头上已染上斑斑银丝，步履略显蹒跚，但思维仍很敏捷，不减当年精神。次仁拉姆并不沉醉于当年的荣光，谈起结巴乡改革开放二十年的变化眉飞色舞。

“托邓小平、江泽民同志的福，结巴乡变化可大了。你不用再去统计我们增添了多少毛驴和耕牛，小伙子们开的是汽车、拖拉机，干得可欢啦！”她爽快地答应陪同我重访结巴乡，笑着说：“我当然要陪同你去，现在结巴乡变化很大，当家的都是年轻人，没有我的向导，你会迷路的。”

果然今非昔比！当年的渡口已经不见了牛皮船，代之而起的是一座飞架雅鲁藏布江的钢筋水泥大桥，气势十分宏伟。江北正当温曲河与雅江汇合的风口，过去风沙肆虐，寸草不生，一直要进入则解、门达两座大山对峙的峡谷，才能看到青草和庄稼。十年前开发“一江两河”工程，由国家投资，村民出力，在雅江北岸与温曲河下游两岸广种柳树和杨树，防风治沙已初见成效，草场开始向江边延伸。汽车沿温曲河而上，只见两旁绿树在深秋的阳光下闪烁一片金黄，内侧已筑起长长的围墙和护栏。村民们正挖沟引水进行灌溉，计划来年种植玉米和开辟牧场。次仁拉姆说，这些年尝到了科技兴农（牧）的甜头，这里将建成一个引进良种良畜的试验基地。

老英雄返故里，给结巴乡带来了惊喜。男女老少纷纷跑出家门，与次仁拉姆碰头问候，有说不完的知心话。我一心要寻找当年朗生们居处的马厩，想拍一张具有历史意义的照片，副乡长罗布引领我在丁字形的巷道上转悠，只见近处是整洁的商店、农舍和学校，田野上有绿树掩映中的幢幢小楼，哪里找得到当年破旧马厩的影子？罗布得意地告诉我，民主改革近四十年，群众的生活越过越甜美，朗生们大都搬过几次家了，住房越修越宽敞，新修的马厩比当年人住的还好。

结巴乡在八十年代分田到户，实行联产承包责任制，极大地调动了农民的生产热情。他们进一步发扬自力更生、艰苦奋斗的拼搏精神，苦干加巧干朝着小康路上迅跑。随着文化知识的增长，生产资料日趋雄厚，农业生产不断登上新的台阶。去年全乡平均亩产粮食六百多公斤。谈到这里，不禁勾起次仁拉姆许多感慨，遥想民主改革初期，朗生互助组起早贪黑地苦干，每亩地打一百五十多公斤粮食，就成为全区的模范。亩产六百公斤是她连做梦都不敢想的事。“跟着党走社会主义道路，真是一步一重天啊！”

谈到改革开放二十年结巴农村的可喜变化，罗布副乡长归结了两条主要经验：一是靠科学种田，二是靠发展市场经济。科技给我们插上了腾飞的翅膀，市场给我们打开了广阔的天地。

现在，结巴乡不但配备了专职科技副乡长，七个行政村也选举了文化知识水平较高的青年人当科技副主任，负责引进和推广农牧业生产先进技术。县政府还在结巴乡设立了农技推广站，与文化室合二为一，每年举办三次至五次农业科技讲座，帮助农民总结生产经验，及时介绍外地科学种田行之有效的最新成果。参加听讲者十分踊跃。学科技、用科技在结巴乡已经蔚然成风。乡里举办的汽车、拖拉机驾驶培训更受欢迎，先后有近二百名青年参加学习。现在全乡个人购买的汽车和拖拉机就有近百台，百分之七十以上的耕地实现了机械化操作。人们不再像当年朗生互助组那样，为三头耕牛一条腿发愁了。实行科学选种，精心培育，结巴乡不但青稞产量高，土豆更以个大、色白、味美闻名遐迩，每年产量都在一百万斤上下。结巴乡有养猪的传统，但过去都是本地猪种，户外散养，像放羊一样，个儿小，生长缓慢。而今农技推广站为农户供应白猪种，普遍改为圈养，不但膘肥体壮，而且当年饲养当年出栏。绝大部分农户都能每年出栏两头大白猪，是一笔十分可观的收入。

现在吃饱穿暖是没有问题了，但要钱袋鼓起来，必须闯出山沟，走向广阔市场。一个崭新的经营观念正在农民思想深处形成和发展起来。就拿种植土豆来说，结巴乡长期习惯于作物完全成熟以后，全部出土进仓，再运到市场销售。正值上市高峰，每斤土豆只能卖到五角钱，认为是理所当然的事。前年夏天，农民们发现泽当居民急于尝鲜，初夏时节每斤土豆能卖到六元钱，提前出土上市，收入增加了十倍。这使农民悟出了一个深刻的道理：不是市场服务于生产，而是生产必须跟着市场转。结巴乡不但每个村都办起了商店，农民们还利用千丝万缕的亲戚关系，在泽当、扎囊、拉萨等地建成一个广泛的市场信息网络，根据市场的需求和行情变化，调动劳力，安排种植和养殖计划，及时运往市场销售。目前，乡政府看好土豆市场的高收入，计划进一步改良种子，打出结巴乡的名牌产品，并适当提前播种时间，力争尽早上市，卖个好价钱。

大概是吃够了没有文化的苦头，从当乡党支部书记那一天起，次仁拉姆就把办学校、抓教育当成头等大事，决不能让农奴的孩子在无知无识的愚昧状态下过日子。今天的乡干部、村干部和富裕人家的顶梁柱，大都是民主改革后培养出来的中小学毕业生。这个好传统延续

1998 年 8 月，老英雄次仁拉姆（中）在笔者的陪同下，去乃东县结巴乡看望她当年艰苦创业的老搭档、朗生互助组副组长土登（左），在他新修的大院里合影。

到今天，结巴乡的教育事业一直在全县名列前茅。而今乡里有一所完全小学，较远的自然村都有教学点，适龄儿童的入学率达百分之九十八。由于教学正规，师资素质高，近几年的中学升学率一直保持在百分之九十以上，去年更达到百分之九十九。十一届三中全会以来，先后考入拉萨和内地大专院校的学生就有五十多人。农民们已不满足于家里的小学毕业生，千方百计送孩子读中学、考大学。教育促进发展，生活富裕了，更要优先发展教育，已成为结巴乡农民的共识。

在次仁拉姆的陪同下，我们最后看望了“穷棒子”互助组的实干家土登。土登已经七十岁了，住在一座新修的小院里，红色屋檐绿窗棂，墙上绘着吉祥图案，六间居室共有二百平方米，外加一个特别宽大的凉台，与往昔集厨房、卧室、仓库于一体的那间阴暗小屋相比，真是天上地下。土登说，在十一户“穷棒子”中，他的新屋只算中等水平，但已经很满足了。他的三个女儿均已结婚成家，一个在拉萨搞建筑，一个在泽当做木工活，只有小女儿及其丈夫与父母住在一起。女婿达娃顿珠买了一台拖拉机，能写会算，务农经商都是一把好手，前几年被选为村委会副主任。土登虽然年纪大了，但仍很硬朗，是一个闲不住的老人，打扫畜圈，沤制绿肥都少不了他。他常常告诉女婿达娃,化肥是个好东西,但必须与有机肥掺杂施用才好。达娃顿珠知道岳父是个老英雄,十分尊重土登的意见。达娃顿珠也认为,现在生产条件改善了,但父辈艰苦奋斗的光荣传统不能丢。他一直带领该村农民坚持化肥和农家肥并用,每亩施用的农家肥都在一百八十筐以上,既省钱,又可防止土地板结,保证了粮食单产的持续增长。

一滴水珠能反射出太阳的光辉。结巴一个偏僻山村的变迁，却是西藏农村巨大社会变革的缩影。四十年沧桑，四十年辉煌，从朗生互助组的艰难起步，到今天的科学种田，奔向社会主义市场经济的广阔天地，道路越走越宽广。二十一世纪又将如何？记者欣喜地看到，西藏地区农民正满怀豪情，迈步走在充满希望的田野上。

（写于1999年8月，发表于同年9月1日《西藏日报》）

林海中崛起的新城

与高原姐妹城镇相比，这里没有香烟缭绕的佛塔庙宇，还少了些一步一叩首的虔诚香客。但是，这里的行人一样步履匆匆，有着自己执著的追求。对当代建设者来说，现实的物质文明比缥缈的来世更具有诱人的魅力。

正是在这种执著追求和时代精神的驱动下，一座朝气蓬勃的新城在奔腾的尼洋河畔悄然崛起。城外是绵延千里的云杉松柏，城里是车水马龙，街道纵横。大道两旁楼房高耸，本地的珍贵药材、民族用品和海内外的高科技产品奇迹般地汇集在一起，琳琅满目，任君选购。入夜，水银灯和霓虹灯交相辉映，音乐茶座和歌舞厅柔曼的乐曲，给奔忙劳累一天的商贾、司机和旅客以轻松的享受。

这，就是林芝地区人民引以为自豪的林海明珠——八一镇。

从八一新村至八一镇

八一镇很年轻。它滥觞于川藏公路的修建，而真正按现代城市设计和建设，却是最近十年间的事情。

从前，这里叫拉旦嘎，是尼洋河水泛滥冲刷出来的一片乱石滩，但周围森林密布，野花盛开，是一个风光秀丽的山谷。二十世纪五十

八一新城一瞥（摄于 1998 年 8 月）

年代初期，具有诗人气质的谭冠三将军率部路过这里，触发起田园牧歌的奇想，又正是反动农奴主叫嚣要用饥饿赶走解放军的困难时期，于是他命令部队在此安营扎寨，开荒种地。林海里出现了星罗棋布的帐篷和木屋。川藏公路修通后，这里又有了兵站和邮政代办所。因为居民是清一色的军人，来往司机就顺口称之为八一新村。解放军是八一镇最早的开拓者。

六十年代，西藏开始大规模的社会主义经济建设。先是修建八一电站，上海的维纶毛纺厂整体搬迁八一新村，接着又办起了木材加工厂，粮油加工厂，居民发展到五千多人。众多“干打垒”平房逐步形成了一条通道，即今天的八一大街，还建起了一座颇有气势的文化宫。出于建设者的自豪和希望，人们喜欢称它“八一镇”。实际上，受当时计划经济的影响，国有企业一统天下，商业并不活跃。人们购买生活用品只有去贸易公司，毫无选择的余地。仅有的那条道路充满乱石和泥泞，一盏路灯都没有。一位八十年代初期来此工作的女大学生回顾当时的情景，告诉记者说：“那是什么城镇呀，连个市长、镇长都找不到。临来前爸爸给我买了一双高跟鞋，原以为可以到新城来潇洒一回，没想到第一次穿着看电影就把脚给崴了。”

1989年春天，经国务院批准，原分属拉萨、山南、昌都三地、市的工布江达、朗县、墨脱、林芝、米林、波密、察隅七县重新组建了林芝地区，地区首府也从普拉乡迁移八一镇。从此，八一镇才成为正式名称，揭开了现代化城镇建设的崭新篇章。

七年托起一座新城

城市是现代物质文明发展到一定阶段的产物，而认真做好城镇规划和建设，又是发展社会主义市场经济，促进一个地区物质文明和精神文明建设的重要手段。

八一镇作为林芝地区政治、经济、文化的中心，义不容辞地肩负起带动相邻七县社会经济发展的重任。这里地处川藏公路和林（芝）泽（当）公路交会处，紧邻举世闻名的南迦巴瓦峰和雅鲁藏布江大峡谷，气候温和，旅游、水利和森林资源十分丰富，毛纺和木材加工工业具有厚实的基础，为八一镇的发展开辟了广阔前景。关键在于规划、决心和行动。

林芝地区恢复伊始，八一镇建设就同时启动。专员亲自挂帅，邀请有关专家进行全方位调查，按照现代城市要求，对八一镇的道路、供水、排水、工业、商业、文教、娱乐和环保等建设项目及其布局进行总体设计，并于1986年报自治区人民政府批准实施。这是西藏地区继拉萨之后的第二个现代城市建设方案，也是八一镇改造、兴建中必须共同遵循的法规。

近十年来，地区紧紧抓住总体规划不放，先后投资一亿元进行基础设施建设，修建柏油路面二点五公里，石板路面五百多米，自来水和排水管道八点八公里，日供水达五千吨，并加固十公里长的防洪堤，在已经成形的大街上竖起明亮美观的路灯。新建的程控电话与全区全国并网。通讯、道路、照明和卫生环境有了较大改观，筑巢引凤，为城市发展奠定了良好基础。

为了加快城市建设，林芝地区以最优惠的条件，广招四面八方的客商来八一镇修建商品房，谁投资谁得利。在短短五年个内，规划中的人民路、文化路、建设路、八一大街、川藏路就初具规模，楼房栉比，商店林立。车来人往，一派兴旺。从五花八门的招牌和五湖四海的服饰、方言，人们不难判断这些客商分别来自拉萨、昌都、日喀则和区外的甘肃、青海、浙江、上海、广东、四川。服装、电子行业以沿海省市居多，饮食、娱乐行业以“川军”为盛。据统计，在工商管理部门登记的个体商户已从1985年的三家猛增到九百多家，年营业额近五千万元。国营和集体企业在与个体户的竞争中各显神通。楼房越来越高，铺面越来越豪华，呈现出从未有过的生机与活力。过去干打垒的平房大都改成了美观舒适的楼房，新增建筑面积约二十万平方米。城镇人口由十年前的一万两千人发展到四万五千人，提前实现原规划2000年达到四万三千人的居民指标。

新兴的八一镇正以其多种功能向四方辐射，沟通城乡，迅速改变着山区人民传统的自然经济观念，成为发展商品经济和乡镇企业的重要依托，逐步走上致富的道路。一位老“八一”告诉记者：林芝山区农民长期以经商为耻，偶尔有人带家酿的青稞酒上街换点钱，也谎称是“带着路上解渴的”，要与他套半天近乎才肯“礼让”，价格是没有的，全凭顾客的良心。而今，农民经商已不稀罕，生意越做越精，仅八一镇附近二十个行政村就有十八户进城开店，十五户办起面粉、油菜加工作坊，在集贸市场设摊卖菜的有八十多人。农民们根据市场需求及时调整种植结构，引进新品种，新近中上市的西瓜又脆又甜，深受顾客喜爱。

商品经济的迅猛发展，极大地刺激了农民参与交通运输的积极性。据交通管理部门统计，仅八一镇近郊的五百多户农民，十年中就购置了二百六十多部东风汽车和解放汽车，平均每两户农民拥有一部货车。最近两年又欣起一股客车热，已购置小北京、小面包十二辆，挂牌运送旅客，每天有固定班车穿梭于八一镇与工布江达、米林、米瑞和百巴之间，城乡交流日趋频繁。今年郊区农民人均收入超过一千六百多元，比 1986 年增长三倍多。

八一镇崛起的必然结果，是商人赚了钱，农民也开始富起来了。

城镇建设——一条没有尽头的路

林芝地区尝到了甜头，切实感受到现代化城镇在社会主义市场经济建设中的强大推动力和广泛的示范作用。决定总结“八五”建设的经验，在“九五”期间加大八一镇建设的力度，使之更规范、更气派，科技含量更高，辐射能力更强。

记者最近走访八一镇，恰逢八一镇“九五”和 2010 年的发展蓝图绘制完毕。计经委、林芝县领导和城建专家正连夜开会，商讨近期和长远的实施方案，很有点雷厉风行的气势。按照这个方案，八一镇市区面积将扩展到九点八平方公里，由十一条主要大街纵横编织起来，形成一个以森林保护、开发和民族工艺为特色，具有旅游、工业、商业、文教、科研、娱乐等多种功能的花园城市。八一镇南侧将出现一个林工商新技术开发区，广泛吸引内地和国外企业家投资经营，共同开发建设。其中两个项目的意向书已经签订，前景十分喜人。

作为实施新规划的第一步，目前，八一镇正以绿化为突破口组织人力在大街两旁种植松柏、云杉、万年青、大丽花等花木，美化环境。对口支援林芝的广东省、福建省援建的广东路、福建路和市中心的厦门广场即将破土动工，充分体现了祖国各族人民支援西藏建设的深厚情谊。

明年 5 月是林芝地区成立十周年。届时，装饰一新的八一镇将向远道而来的客人绽开迷人的笑靥。

（写于 1995 年 10 月，发表于同月 27 日《西藏日报》）

三年春雨涌新潮

1995年5月20日，正是杜鹃花烂漫的时节，位于喜马拉雅山区和雅鲁藏布中游的朗县群众满怀着创建新生活的激情和希望，迎来了来自东海之滨——福建省泉州市的四位援藏干部。他们是新任县委书记郑民生，县委副书记张忠义，常务副县长李永远，副县长蔡马追。

铁打的营盘流水的兵。解放四十余年来，先后到这个边境小县工作过的外籍领导干部和专业技术人员，少说也有四五百人，其中有汉族、藏族和其他少数民族，居留时间也参差不齐。当地群众习惯把他们按工作年限的长短分为“永久牌”、“三五牌”、“飞鸽牌”。这一茬又一茬干部给偏僻山谷吹来一阵阵清新的风，掀起一场场变革，或急或缓地推动着朗县的社会进步和经济发展。但是朗县群众显然对“永久牌”怀着更深的依赖和感情，对“三五牌”和“飞鸽牌”感到一种难以言传的遗憾，因为建设新西藏是一个漫长的岁月，三五年实在太短了。

不料与当地干部群众见面伊始，新来的援藏干部就开宗明义地宣布：“我们在朗县的工作时间只有三年。”大家都愣了，仔细端详眼前的福建人，平均年龄不到四十二岁，平均身高才一米六八，确实貌不惊人。再过一千零九十五天就要回家，能给朗县留下什么呢？

但是，沿海人自有沿海人的观念。十余年改革、开放、发展的经历养成了一个不变的信条：时间就是金钱，效率就是生命。要按照中央第三次西藏工作座谈会的精神，迅速改变西藏贫困落后面貌，三年并不是无足轻重的岁月。于是，朗县上空经常回荡起郑民生唱的一首歌："三分天注定，七分靠打拼，爱拼才会赢。"

正是这种崭新的时间观念和拼搏精神感染了朗县的各级干部和群众。大家团结一心，奋力拼搏，真抓实干，在静寂的山村掀起一场改天换地的斗争。三年里，国内生产总值年增长百分之二十六点七三，财政收入年增长百分之一百零一，农牧民收入年平均递增百分之二十点五，居民银行存款余额增长一倍多，非公有制企业和商户由二十六家发展到一百六十多家，教育文化事业也取得长足进步，实现了社会经济的超常规发展。人们在三年经济腾飞中增长才干、更新观念，看到了希望，内在的智慧和创造热情像火山一样迸发出来。自治区党委一位领导把朗县所思所为誉为建设社会主义新西藏最可宝贵的"朗县精神"。

朗县在困惑中徘徊，眼巴巴看着别人的钱袋鼓起来

四位福建人进藏前就有吃苦的准备。临行前，省委曾组织他们学习过中央第三次西藏工作座谈会有关材料，得知由于历史、自然和社会的种种不利因素，西藏经济发展缓慢，进入改革开放新的历史时期，与沿海和腹心地区的差距正越来越大。但是，到朗县以后的所见所闻仍然令他们吃惊。

那时，朗县没有一条街道，没有一辆交通车。干部出差休假只能搭过路的邮车，像包裹一样被寄来寄去。仅有的十来位商贩蜷缩在公路两侧狭小的木棚里，开一个小窗口，出售烟酒、糖果、蜡烛等日常用品。福建省、泉州市和林芝地区的党政领导送县委书记郑民生等到朗县报到，唯一的招待所竟接待不了十余位客人，只好挤在两间小房子里过夜。小电站像一位风烛残年的老人，必须电灯加蜡烛才能开会、阅读。更令四位"县太爷"难堪的是，他们写好一份给福建省

和泉州市领导的汇报材料，县委办公室竟支付不起十七块五毛钱的邮费。当时，朗县全县财政收入二十二万元，入不敷出，日子过得紧巴着呢。

朗县地处喜马拉雅山北麓，西距拉萨四百二十公里，东离林芝八一镇二百四十公里，南边与印度毗邻。阿娜塘河、吉如曲河、拿窝浦河、金东河汇入雅鲁藏布江，把大山切割成无数小块，构成朗县的七沟八梁。六个乡一百三十五个自然村，一万三千多人却只有一万五千多亩土地，人均占有耕地面积不到一点三亩，而且都像挂花一样分布在高山峡谷之中。农牧民世世代代守在自己的村子里，过着近乎与世隔绝的生活。解放以后，朗县人民兴修水利，广积肥料，艰苦奋斗，单位面积产量有了很大提高。但是由于大山阻隔，商品意识淡薄，文化水平低下，直到1994年，全县工农业生产总值只有两千零三十三万元，人均收入只有九百六十元。闭塞、贫困和落后像驱不散的阴云缠绕着朗县人民。

改革开放以来，特别是邓小平的南方讲话像一股强劲的春风，吹遍了神州大地。沿海和腹心地区大量引进外资，发展社会主义市场经济，热火朝天。朗县也一度制定出许多治穷致富的宏伟规划。可是一旦实施起来又分明感到困难重重。要出去闯市场，朗县有什么商品可以赚钱？讨论了整整四年，都感叹这里资源贫乏，土地贫瘠，农产品只够填饱自己的肚子。“要想富，先修路”，在心里热起来的那一阵子，偏远的金东乡、登木乡都跃跃欲试计划修建乡村公路，县人大会议也表示要予以支持，却因为县财政拿不出那么多钱而搁置下来，被自嘲为“画饼充饥”。1992年，自治区为支持朗县发展交通，拨款三百二十万元修建横跨雅鲁藏布江的工字荣大桥，却因为缺乏管理经验，被一位中途挤进来的包工头骗走100万元巨款。大桥尚未动工就化成了泡影。

工字荣大桥修建失败，一时成为全县群众议论的中心，也是朗县领导们一块难以治愈的心病。上上下下更加谨小慎微，寄希望于上级给钱、给物、给人。贫困带来落后，落后支持保守，保守加速贫困。朗县就在这个难以冲突出去的怪圈中徘徊。“等、靠、要、拖”的思想观念严重束缚着人们的手脚，现代化建设显得步履维艰。

“十个一工程”把朗县全盘工作搞活了

别看四个福建人年纪轻，貌不惊人，却都是具有专业特长的大中专毕业生。郑民生学的是农业，蔡马追学的是地质，张忠义毕业于中央党校，李永远学的是经济管理，又都是在新时期基层工作中锻炼出来的一代能人。他们坚信只要打破封闭、保守的观念，发展社会主义市场经济，朗县就能闯出山门，开辟出一片新天地。

到朗县的第四天，四位援藏干部就分别与县委、县政府的领导分组下乡调查，寻找治穷致富的切入点。他们一面介绍福建省及泉州市改革开放发展经济的经验，一面考察当地可供开发利用的资源。在广泛的访问调查中，他们意外地发现一个青海个体户在朗县种植了一亩多西瓜，不但产量高，而且汁多味甜，收入近两万元。农学院毕业的郑民生从西瓜高产中敏锐地捕捉到朗县高山峡谷造就出许多拉萨少有的“小气候”，雅鲁藏布江边海拔仅有三千一百米，向阳山窝风小日照长，是发展经济作物的天然福地。在具有“小气候”的子龙乡、仲达乡、洞嘎乡一些村子，农民早有种植花椒、核桃、苹果、葡萄的习惯，只是因为市场狭小，商品意识不浓，大都满足于自产自用或者赠送亲友，没有得到应有的发展。满山遍野的桃花，只不过是点缀山村的一片诱人风景。与此同时，地质学院毕业的副县长蔡马追则与藏族干部一起骑马到深山去寻找矿产资源。经过数十天的风餐露宿，回到县机关时，脸上晒脱了一层皮，同事们笑他“像得了麻风病”。蔡马追却兴奋地告诉大家，他在勃勃南、切布拉找到了可供开采的高品位铬铁矿。铬铁矿是目前国内外的抢手货，只要能运出来，就是大把大把的钞票啊。

县委、县政府领导走访了大部分村庄，又马不停蹄地召开了新领导班子的县委扩大会议。会议通过认真学习中央第三次西藏工作座谈会精神，学习邓小平关于发展社会主义市场经济的理论，结合朗县实际，畅谈这次调查、走访的新发现，使朗县的新、老领导的思想观念发生了一次质的飞跃。过去想发展，苦于地少人多，资源贫乏，没有经验，而今立志发展，用市场经济的眼光重新审视朗县山河，才发现穷山沟是一个“聚宝盆”，处处都有取之不尽的“黄金”。

在解放思想、统一认识的基础上，朗县四大班子开始商讨经济发展的基本思路，立足于开发本地资源，着重解决群众关心的热点、难点问题，制定出全县社会经济发展的三年规划。这就是后来被称之为振兴朗县的“十个一工程”：

架好一座桥——即人们盼望多年的工字荣大桥。

修好一条路——一条在县人大会上议论了十年一直没有动工的通往南部山区的来仪公路。

用好一片林——开办林场，开发森林资源。

建好一座电站——修建工字荣电站，解决沿江三乡的照明和动力困难。

种好一万亩经济林木——利用“小气候”和当地传统种植技术，大批量发展核桃、花椒、苹果等经济林木。

发展一个乡镇企业——成立朗泉开发公司，把本地虫草、贝母、花椒等土特产品打向国内外市场。

办好一所中学——结束本县无中学的历史，提高全县的文化教学水平。

开发一个矿——优先开发市场见好的铬铁矿。

建设一条商业街——通过城镇建设促进商品流通，联系区内外，辐射各乡村。

建好一个西瓜基地——种西瓜见效快，有利于增强商品意识，让群众钱袋尽快鼓起来。

郑民生书记在会上强调，“十个一工程”并不是一个没有限期的长远规划，而是必须在三年内完成的近期目标。三年，正好与援藏干部在藏时间相吻合，四个福建人决心与“永久牌”干部同甘共苦，团结拼搏，在有限的时间内干出一件件看得见、摸得着的业绩。

没有压力就没有动力。“十个一工程”虽然任务繁重，到底使干部群众有了奔头，有了希望。县领导要大干一场的消息很快传遍各机关、各山村，上上下下骤然精神振奋，方方面面都活起来了。

福建传来一支歌——三分天注定，七分靠打拼，爱拼才会赢

藏族有句谚语："光说不做是水上的泡沫，只有真抓实干才会变成金子"。福建人和朗县的干部群众意识到，要实现社会经济的超常规发展，等待观望是没有出路的。"十个一工程"表达了朗县人的雄心壮志，而要把纸上的图画变成大地上的现实，必须抓紧时间，从点点滴滴实事做起，绝不能让三年光阴付诸东流。

但是，要改变千百年的传统观念和生产生活方式谈何容易，每前进一步都会遇到来自各方面的阻力。"十个一工程"的设想传到千家万户，人们在高兴之余也免不了闲言碎语："这是天上的白云——飘着的"，"这是不下蛋的母鸡在歌唱"。面对各种冷嘲热讽，郑民生说："我们要把压力变成动力，有想法就要有办法，只有干出实实在在的成绩来才能给人以信心，激发出广大群众的创造热情，也是医治'等、靠、要、拖'的唯一良药。"县委一班人率先统一思想，扔掉一个"等"字，屏着气，抱成团，各自承揽一个工程，分工合作，发誓即使掉一身肉，脱一层皮，也要保质保量、按照时完成工程项目。

为了动员农民种植西瓜，郑民生书记亲自在县机关附近走村串户，大讲西瓜的经济效益和发展前景，每亩地比青稞收益要高出四倍至五倍。可是任你磨破嘴皮子，农民们就是不肯种，一是怕没经验收成不好，二是怕没市场卖不出去，还不如种青稞保险。眼看播种季节即将过去，郑民生心急如焚，连夜召集朗村村干部开会，要求基层干部做解放思想发家致富的带头人。经过七个小时的说服动员才达成协议：三个村干部带头试种五点三亩西瓜，郑书记担任技术指导。如果试种成功，西瓜收入全部归种植者所有；如果试种失败或卖不出去，

由郑书记每亩地赔偿一千二百斤青稞。为了证明说话算数，郑书记在承诺的西瓜地上插上一块牌子——“县委书记示范地”，三天两头到示范地查看西瓜生长情况，指导田间管理。这年，每亩西瓜地收入都在五千五百元至一万三千元之间。村支书乔卓玛发了财，把两个最大的西瓜送给郑民生品尝，愧疚地说：“当初为种西瓜与书记吵了一晚上，现在想起来真感到脸红。”去年朗县西瓜种植扩大到三百亩。为保护群众多种经营的积极性，县领导和乡镇企业局主动为瓜农联系商贩，开拓市场。朗县西瓜又脆又甜，备受青睐，远销拉萨、八一和泽当。

被包工头骗走一百万元巨款、停工两年的工字荣大桥工程又启动了。县里专门派人跑拉萨、走成都，以法律为武器，追回了巨款，并向直接签订合同的某建筑公司宣传中央对西藏建设的关怀，全国支援西藏的意义，对方终于答应在1995年建成通车。到12月初，公司却以施工力量不足为由，要求延迟到第二年春天交付使用。对此，郑民生斩钉截铁地回答：“我信奉一个信条，时间就是金钱，效率就是生命，需要我们协助可以，但交付使用时间一天也不能拖，而且必须是第一流的质量。”公司经理被郑书记一丝不苟的工作作风感动了，亲自在工地监督施工，挑灯夜战二十余天，终于在元旦前三天举行了盛大的通车典礼。工字荣大桥按时通车使朗县群众深受鼓舞，更领略到一种精神：要尽快改变山乡贫困落后的面貌，等待观望不行，拖拖拉拉也不行，必须说一不二，事事都来真格的。

朗县群众还津津乐道于虫草闯世界的故事。朗县山上盛产虫草，几年前，为鼓励农民发展副业生产，曾收购了三百公斤虫草。由于内地收购商太挑剔，压价厉害，一直无法出手，积压资金达一百多万元。蔡马追副县长看在眼里疼在心上，虫草在沿海很受欢迎，与其坐等购货商上门，不如自己捧着宝贝闯市场。他和企业局的同志夜以继日地操劳，想方设法制作包装，打出“朗泉牌”虫草的商标，只用四十五天时间就完成了从设计到销售的全过程。县领导张忠义、周长松亲自到拉萨，跑福建，进上海，宣传朗泉牌虫草的药用价值，是馈赠佳品，货真价实。积压多年的虫草很快一抢而空，比批发增值数十万元，极大地激发了朗县群众开发本土资源的热情。现在，朗县开发公司已经挂牌成立，并建起了一座很气派的企业大楼。朗泉牌虫草两次在泉州市商品展销会上夺取金牌，成为朗县打向海内外的第一个名牌产品。

“十个一工程”不仅规模超前，速度和效益也堪称上乘，在朗县社会经济发展史上写下了辉煌的篇章。这里的每一项工程都倾注着朗县人建设社会主义新农村的满腔热情，都有一段感人至深的故事。特别是县里四大班子，从调查、立项、筹资到施工，表现出团结、开拓、务实、拼搏的创业精神。在建设商业一条街的日子里，原县长欧珠和援藏干部李永远既是设计师，又当指挥长，还要监督每幢楼房的质量，他们放弃了所有的节假休息日，日夜忙碌在尘土飞扬的工地上。李永远的妻子来朗县探亲，近在咫尺，他却没能陪她出去走走看看。正是发扬这种锲而不舍的实干精神，只用了半年时间，一座朗县人民引以为豪的新城就傲然耸立在雅鲁藏布江畔。

雄鹰展翅，从“要我干”到“我要干”的大转变

弹指一挥间，三年岁月即将成为历史。随着“十个一工程”的相继告捷，朗县实现了超常规发展，给人民群众带来了巨大的社会效益和经济效益。民族团结，社会稳定，群众的钱包开始鼓起来了。在朗县采访的日子里，我们更惊喜地发现，三年建设的实践使朗县干部群众增长了才干，观念更新，实现了从“要我干”到“我要干”的大转变。这一点恐怕是四位援藏干部当初没有料到的，却对朗县未来的发展有着更加深远的意义。

在洞嘎乡，乡长领我们参观了刚刚建成的旺扎渡口。江北有个旺扎村，只有三十来户人家，这几年发展经济作物和木材加工业，搞得分外火红。但苦于大江阻隔，做生意很费周折，村民们商议自筹资金五千元，在江上造起一艘木制渡船，用一条过江钢绳定位，以一部手

扶拖拉机作动力牵引，足可运载一部东风货车。乡长告诉我们，这种机器牵引的渡船在朗县从未见过，是村里能工巧匠到外面参观回来自行设计的。旺扎渡口建成以后，申木村民也要仿效办理，已去泽当购买发动机，要把机器装在船上，比拖拉机牵引更灵活、更便宜。

为发展农副产品的加工业，让村民们都能看上电视，近年来，朗县群众修建小水电的热情空前高涨。洞嘎乡聂村支部书记平措多吉因地制宜，自己设计出一种水冲木轮带动发电机的运转，既省钱又便于维修，给农村的生产和生活带来诸多方便。目前，嘎贡、申木、滚堆等村也已经挖出引水渠、修好发电房，并自己寻找门路购买发电机。多吉县长告诉我们，这些村民自办的渡口和小电站都没有向国家伸手要一分钱，常常是渡船开动了，电灯亮起来了，我们才知道。这在过去是不可思议的。朗县人民逐渐明白了一个道理："等、靠、要"既误了时间，更误了自己。一旦焕发出内在的建设热情，人们的聪明才智就会像地火一样喷发出来，在山沟里创造出前所未有的奇迹。

记得当初县委、县政府制定"十个一工程"的时候，被不少人讥笑为九十年代的"天方夜谭"，而今天，当人民群众治穷致富的热情像地火一样喷发出来，"十个一工程"不但得以顺利实施，而且显得远远不够了。四位福建人不满足于把三年业绩定格在"十个一工程"上，他们与四大班子商议，因势利导，及时延伸和扩大"十个一工程"的成果。他们在建好一条公路的构思上，果断地把 1997 年定为全县"公路年"，乡乡齐动手，投资一百万元作为材料款，群众义务投工四万七千八百六十七个，共修建十八条乡村公路，总长一百二十六点二公里，为全县百分之八十五的自然村架起了通向广阔市场的桥梁。在办好一所中学的推动下，乡和村的办学热情越来越高，县里也帮助筹资予以支持，又兴建起八所希望小学，给十八所村办小学添置了课桌、凳子和必要的教学用品，适龄儿童入学率由百分之五十九猛增到百分之九十二，一举跨入全区教育工作先进行列。

对于今天快步奔小康的朗县人来说，每人只有一点三亩耕地的舞台确实太小了，山高地少一直束缚着群众的手脚。县领导经过反复勘察和研究，认为雅鲁藏布江南岸一块干旱的沙滩，气候温和，地势平坦，只要解决灌溉问题，可增加耕地五千一百亩，相当于全县现有耕地的三分之一以上。于是，在“十个一工程”之外又增加了一项“建设一个小康新村——堆巴塘示范村”。去年，县里一面动员农民劈山打通六点五公里长的堆巴塘水渠，一面投资七百万元在江边建起一座集居住、教育和娱乐为一体的现代化新村。现有二十四户农民率先迁入定居，正忙于种植果树，春耕播种。有效地缓解了全县人多地少的矛盾。敢于迁入新居的人大都是不固守老业和勇于开拓的农民，又处于交通要道上，可望在这里出现一个集农、工、商为一体的新型集镇。

按照中央关于在西藏实行“对口支援、分期轮换”的指示，郑民生和他的伙伴即将结束三年援藏任务，返回故里，这是不以人们的情感为转移的。福建人就要走了，但是他们在喜马拉雅山区付出的辛劳，特别是在社会经济发展和人们思想观念掀起的巨大变革将永远留在朗县的土地上，像他们在这里精心培育的西瓜田、桃树、核桃树、花椒林一样，一定会随着岁月推移根深叶茂，结出更加丰硕的果实。他们所带来的福建省泉州市六百三十万人民对藏族人民的深情厚谊始终温暖着朗县人民的心，转化为维护祖国统一、建设社会主义新西藏的强大动力。

走在朗县商业街上，我们恋恋不舍地注视着一幢幢分别以泉州、南安、石狮、德化等福建地名命名的高楼。幢幢高楼簇拥下的一座雕塑是一只展翅欲飞的雄鹰。当记者与朗县藏汉族领导在雄鹰雕塑前合影告别时，心情无比激动。

藏族谚语说：“只要有了雄鹰的眼睛和翅膀，就没有飞越不过的高山。”党中央的亲切关怀，祖国各族人民的支援，赋予朗县人民一双锐利的眼睛和两只强劲的翅膀。高原雄鹰抖落一身传统的重负和历史的沧桑，要向着社会主义现代化目标振翅高飞了。

（写于1998年3月，发表于同年4月1日《西藏日报》）

走遍雪域，古刹风光看不够

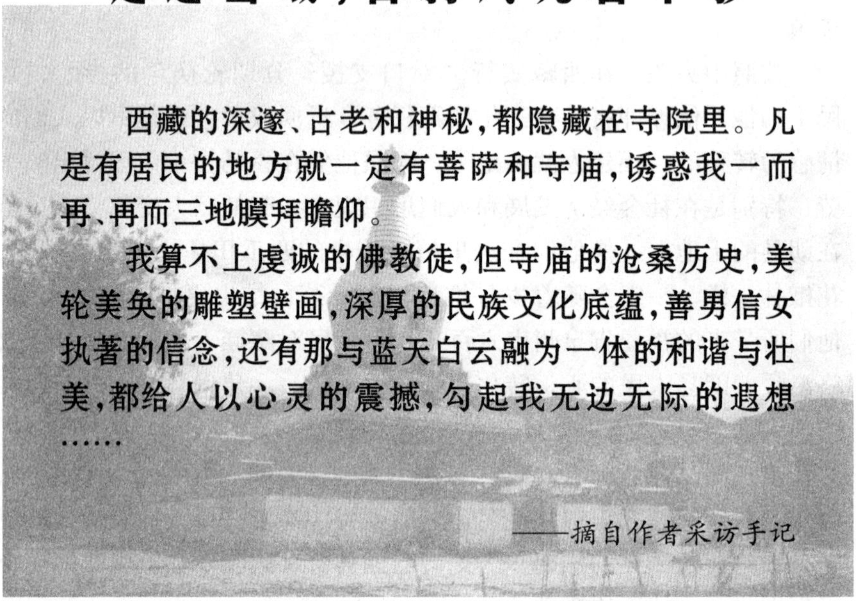

西藏的深邃、古老和神秘，都隐藏在寺院里。凡是有居民的地方就一定有菩萨和寺庙，诱惑我一而再、再而三地膜拜瞻仰。

我算不上虔诚的佛教徒，但寺庙的沧桑历史，美轮美奂的雕塑壁画，深厚的民族文化底蕴，善男信女执著的信念，还有那与蓝天白云融为一体的和谐与壮美，都给人以心灵的震撼，勾起我无边无际的遐想……

——摘自作者采访手记

揭秘雍布拉康

——西藏“第一座房子”访问记

在西藏众多赫赫有名的崇山大江面前，山南的雅隆河只算得上一条小溪。但是上溯一千五百年，这里却诞生了雪域高原上的一代精英，成为一个伟大民族成长的摇篮，上演出一幕幕威武雄壮的故事。我1960年被分到西藏从事新闻工作，最神往的地方就是雅隆河。

那时年纪轻，还学会了几句藏话，胆子蛮大的。在乃东县借了一匹枣红色马儿就独自上路了。目标是西藏最古老的房子、宫殿和寺庙，相距不过十公里。也不用请翻译。“第一”叫“棠波”，“房子”叫“康巴”，“宫殿”叫“颇章”，“寺庙”叫“拉康”，我不都会讲吗？况且我手里还握着报纸上刚刚发表的一张照片，醒目的标题是《雍布拉康——西藏的第一座房子》。不料我按图索骥来到扎西次热山上，却为雍布拉康这幢玲珑的三层楼房的属性犯难。是最古老的房子？它分明比山下绝大多数当代民房还要高大、雄伟。是宫殿？为什么要叫“拉康”而不是“颇章”。是寺庙？那结构和风格又与相邻昌珠寺迥然不同。晚上回到泽当，脑子里倒越来越糊涂，以至写不出一篇文稿。不过倒增进了我学习探索的兴趣，在以后的岁月里多次访谒这座沉默不语的石楼。

后来，一位藏族朋友告诉我，藏文史书记载说，吐蕃王国的第一代首领就从云天降落在雍布拉康北面三公里处的赞唐村，被当地牧人奉为神仙，“以肩为座，迎之以归”，拥戴为雅隆河两岸悉野部落的酋长。

雍布拉康全景

这位酋长就是"聂赤赞普",意即"用肩头托回来的神人"。相传聂赤赞普在雅隆河谷站稳脚跟后,驱使奴隶修建的第一座宫殿就是今天的雍布拉康。聂赤赞普和他的子孙们正是凭借这座楼房发家立业,建立起雪域高原上统一的吐蕃王朝,揭开了西藏古老历史最辉煌的篇章。

西藏有一首民谣：最古老的地方是雅隆，最古老的房子是雍布，最古老的国王是聂赤。雍布拉康就是吐蕃第一代赞普在雅隆河谷建造的第一座宫殿。想当年西藏高原上一定还有其他各式各样的房屋,都未能经受住岁月、风雨和战乱的袭击从大地上消失了,唯独雍布拉康因为它的坚固及其显赫的地位得以保留下来,成为极其稀罕的历史文物。

雍布拉康坐落在乃东县东南一个名叫扎西次热的小山头上。远远看去，扎西次热山酷似一头正在奔跑的母鹿，母鹿的藏语就是"雍布"，雍布拉康就像一个调皮的孩子，双手紧紧抱在母鹿奔跑的后腿上，生动、有趣极了。

回溯到两千一百年前，雪域高原上分布着许许多多互不统属的部落，在相互兼并中出现了部落中的强者——悉补野部落。聂赤赞普酋长也因此成为传说中气宇非凡的神仙、天人，是很符合远古时期“天神合一”观念的。他把宫殿的地址选择在一座孤零零的山头上，三面视野开阔，建筑形状也酷似一座碉堡，居高临下，便于防守，可见聂赤赞普当时正面临着部落争斗的险峻形势，是一个很有军事眼光的天才领袖。到七世纪，聂赤赞普的后代松赞干布统一西藏，才成为名副其实的国王。

从聂赤赞普到松赞干布的数百年间，吐蕃早期的一代代精英正是凭借这座坚固的堡垒和运筹帷幄的智慧，统率属民南征北战，开始了统一西藏高原的伟业。松赞干布统一西藏建立吐蕃王朝以后，指挥中心逐渐向北迁移到拉萨，但雍布拉康作为吐蕃赞普的行宫仍然保留着，据说文成公主和金城公主都曾经在这里住过，是她们避暑最喜欢的地方。

我大胆揣想，雍布拉康的名字当年应该叫雍布颇章，因为“颇章”才是宫殿，而“拉康”的意思是寺庙里供奉神佛菩萨的房子，在聂赤赞普的时代，佛教还没有传进西藏。更名雍布拉康只能发生在松赞干布引进佛教并且取得统治地位以后，而且不可能发生在松赞干布时代，因为松赞干布以后的数代赞普时期，苯教和佛教的斗争还十分激烈，甚至导致吐蕃王朝的灭亡。正式更名为雍布拉康应该发生在藏传佛教的后弘时期，将祖先建造的宫殿神化，使之成为一座融寺庙和宫殿为一体的历史纪念碑。

查阅有关历史记录，雍布拉康历经两千多年的风雨侵蚀和历代维修，真正聂赤赞普时代的建筑遗存已经不多了。七世纪，松赞干布对雍布拉康第二层的殿堂进行过一次大规模的改造；十八世纪，五世达赖喇嘛时期对三楼进行了改造和维修，并增添了许多壁画；1982 年，西藏文物管理部门又进行了保护性的加固和维修工作，为适应旅游事业发展的需要，新修了上山道路和山下的停车场。现在人们看到的宫殿已经不再是当年国王生活和工作的场景，而完全是一座佛教寺院的模样。从“官府”到“宫殿”，到“寺庙”，一幢石头小楼经历了何等漫长的岁月，记录着西藏社会经济发展坎坷艰辛的历程。

雍布拉康坐东朝西，属三层建筑，东头最高，是座碉堡式建筑，巍峨挺拔，气势雄伟。西头逐步降低，从远处望去，整个宫堡呈下宽上窄的阶梯状。因为是吐蕃赞普完成统一大业以前修建的，作为一座宫殿，规模不算很大。南面山坡平缓，可以从山脚盘旋而上。而今拉康底层是三进三个厅堂，分为门厅、佛堂和大殿。大殿里供奉着吐蕃王朝著名赞普、大臣和王妃的塑像。其中有聂赤赞普，拉妥妥日年赞、松赞干布、赤松德赞、赤祖德赞、文成公主、赤尊公主、禄东赞和吞米·桑布扎。拉妥妥日年赞的右手边还叠放着一堆经书，传说在拉妥妥日年赞担任国王期间，从天上掉下一部佛教经典，但当时吐蕃没有文字，谁也看不懂，一直存放在这座宫殿里，直到松赞干布时期，文成公主进藏才发现那是一部梵文佛教经典，名叫《诸佛菩萨名称经》，从此被视为珍宝。于是松赞干布派遣吞米·桑布扎去印度学习，返回西藏创造了藏文，开始翻译佛经，西藏才有了佛教。

第二层在吐蕃王朝时期的用途已经无从稽考，现在的模样是五世达赖喇嘛改造以后形成的，完全成了一间佛堂。供奉着强巴佛、文殊菩萨、莲花生、宗喀巴等铜佛像，制作十分精细。佛堂周围墙壁上，绘制有描述山南地区远古神话和传说故事的图画，包括猴子和罗刹女恋爱、结婚、生子，父猴带领子孙采摘野果和开荒种地的故事。这些壁画生动地反映了藏族祖先的聪明才智和艰苦创业的久远历史，弥足珍贵。

三楼是一座四方形的碉堡，是聂赤赞普时期的遗存，但闪闪发光的金顶和铜皮包裹的经幢明显属后期建筑。站在碉楼前举目远眺，视野骤然变得开阔，宫堡脚下有一块柳树包围着的土地，就是传说猴子带领子孙开垦的西藏第一块耕地。向南延伸出去，雅隆河从崇山峻岭中冲闯出来，在山下的广阔平原上变得温和舒缓，弯弯曲曲地浇灌着这里的千亩良田，向北汇入雅鲁藏布江。沿河两岸，绿树成荫，村舍密集，飘出缕缕淡紫色的炊烟，好一幅高原田园风光。聂赤赞普，松赞干布，赤松德赞，一代代藏族先贤，就是从这里起步，精心策划，艰苦奋斗，书写出雪域高原一个古老民族的辉煌篇章。

（写于 1998 年 10 月）

昌珠寺，大昭寺的亲妹妹

人们都知道拉萨有条四四方方的八廓街，八廓街的中心有座最古老的寺庙——大昭寺，年年岁岁，朝圣者摩肩接踵，缭绕的香烟四季不绝，把整个拉萨都熏醉了。但是你可曾想到，大昭寺还有一位亲妹妹吗？她就是坐落在山南雅隆河谷的昌珠寺，距雍布拉康只有两公里。

在西藏芸芸众生尚不知佛教“三宝”为何物的时候，昌珠寺和大昭寺率先破土而出，展示出佛教艺术的妖娆多姿及其无与伦比的魅力，开创了雪域寺庙建筑的先河。姐妹俩不仅诞生在同一时代，而且都是松赞干布和文成公主一起精心浇灌的两束鲜花，从建筑的结构和风格上鲜明地留下了汉藏两大民族早期文化交流的烙印，千百年来又各自滔滔不绝地讲述着似曾相似的传说和神话，实在耐人寻味。

大鹏鸟战胜恶龙，海子上建起昌珠寺

七世纪初叶，具有雄才大略的松赞干布从雅隆河流域崛起，兼并雅鲁藏布江南北的许多部落，一举统一西藏高原，建立了吐蕃王朝。松赞干布派禄东赞去西安与大唐王朝联姻，迎娶文成公主为妻。文成公主不但信奉佛教，带来释迦牟尼十二岁等身镏金铜像，并且通晓卦卜和风水之术。她经过细致观测，认定拉萨的倭塘湖（即今天的八廓街所在地）有妖魔鬼怪在兴风作浪，必须修建一座寺庙以资镇压。松赞干布指派各地农奴来拉萨背土填湖，白天填的沙土到夜里都被湖水淹没了。多亏文成公主使用法力，调来两只白山羊日夜背土填湖，才修建起今日的大昭寺。

昌珠寺也不例外。文成公主进藏后常常陪同夫君来雍布拉康度假，测算出贡布山下有一个恶魔罗刹女，也必须建立一座寺庙以保国泰民安。为证实文成公主的判断，松赞干布亲自回雅隆河谷考察，农奴告诉他，他身边的小海子里有一条长着五个头颅的凶猛恶龙，常常兴风作浪给居民带来灾难。于是松赞干布派遣正在山洞修行的苯教徒前去降伏恶魔，没有成功。于是改派一个名叫祖朗的咒师去降伏，咒师化为大鹏俯身冲向海子啄掉恶龙的一个脑袋。那恶龙咆哮起来，与祖朗进行殊死搏斗，大鹏鸟再次俯冲下去，把恶龙剩下的四个脑袋也啄掉了。于是海水退去，松赞干布按照文成公主的设想在此建起一座寺庙。从此雅隆河谷年年风调雨顺，远近的农牧民都向昌珠聚集，成了一个繁华的小镇。据说，当年居民都看到了那场鹞吼龙啸惊心动魄的争斗，就把这座寺庙取名为“昌珠”，即鹏鸟智斗恶龙的地方。

其实，昌珠和大昭一样，创建之初还不能称为“寺庙”。因为按照佛教的说法，作为弘传释迦牟尼教理的道场，必须具备“佛、法、僧”三要素，缺一不可，即佛教“三宝”。当时，西藏还没有系统翻译佛经，更没有能宣讲佛教教理和戒律的出家僧人，昌珠和大昭一样也只能算是一座“佛堂”。但既然已经把佛祖和菩萨请进了殿堂，“三宝”齐备的寺庙还会遥远吗？果然，八世纪中叶，金城公主的儿子赤松德赞就在昌珠和大昭之间的雅鲁藏布江北岸建起了西藏的第一座寺庙——桑耶寺，翻译佛经，培养僧人，为大昭和昌珠从单一佛堂向“三宝”齐备的寺庙创造了条件。

昌珠寺就这样成为香客络绎、居民簇拥的有名寺庙，并在十四世纪得到一次大规模的维修。当时，萨迦王朝走向衰微，而雅隆河与雅鲁藏布江交汇平原的帕木竹巴万户长的势力迅速崛起，欲取萨迦而代之，其首领降曲坚赞派人去元朝大都朝贡，被元顺帝册封为“大司徒”，正式取得对全西藏的统治。降曲坚赞在中央政府的支持下对昌珠寺进行了一次大规模的维修和扩建，增加了许多塑像和壁画。昌珠寺今天的规模和模样就是在降曲坚赞时代基本定型和延续下来的。

建筑和文物——藏汉情谊源远流长

乃东的昌珠寺与拉萨的大昭寺十分相像，不仅修建时期相差不远，其寺庙的结构布局和建筑风格也极其相似。都是坐东朝西，都有一个由众多房舍包围起来的封闭式天井，整个寺庙群落由大经堂、神殿、僧舍和转经回廊错落有序地组织起来，既具有鲜明的藏族建筑艺术特色，又表现出汉藏文化交融的成果。

人们一踏进昌珠寺大门，就能看到门廊上方悬挂着一口醒目的铜钟。铜钟在中国汉族地区的寺院处处可见，在藏传佛寺庙却是凤毛麟角。我在西藏寺庙只看到两口，一口在桑耶寺，另一口就在昌珠寺，而且都是赤松德赞的第三妃子没卢氏·甲茂赞妃聘请汉族和尚制作奉献给寺庙的。关于汉族和尚在西藏铸造铜钟的史实，桑耶寺的铜钟只在藏文史书有过记载，昌珠寺铜钟却在铭文上明确写着：“此钟为一汉族比丘仁钦所监造，施主是赤松德赞的第三妃子没卢氏·甲茂赞。”藏文史书记载，没卢氏·甲茂赞妃子曾拜汉族大师大乘和尚为师，学习佛教经典，后来出家为尼，是藏传佛教出家最早、地位最高的尼姑。

与大昭寺一样，昌珠寺的主体建筑是措钦大殿，围绕措钦大殿是一圈外围廊转经道，右侧排列着长长的转经筒，在善男信女的推动下，一天到晚都发出骨碌骨碌的悦耳妙音。大经堂最为宽敞，由六十根粗大的木柱支撑，是全寺每日诵经和举行重要宗教活动的场所。在大经堂的东南北三面分别排列着十二个神殿，每个神殿供奉的神佛菩萨各不相同。正中佛殿供奉三世佛，即过去佛燃灯佛，现世佛释迦牟尼佛，未来佛弥勒佛，弥勒佛在藏语里称为强巴佛。三世佛两侧分别竖立着文殊、地藏等十大菩萨的塑像。不同的是，其他寺庙的佛像大

曲吉拉康神殿供奉了昌珠寺兴建时期的重要人物：松赞干布（居中），右为文成公主，左为赤尊公主，另有大臣禄东赞、吞米·桑布扎等。

都只用铜皮包裹，而昌珠寺的三世佛全部是用红铜铸造出来的，十分罕见。经堂右侧是曲吉拉康，供奉本寺的创建者松赞干布，左右两面是他的两位爱妻大唐公主文成、尼泊尔公主赤尊，站立作陪的有著名大臣噶尔·禄东赞，创制藏文的伟大学者吞米·桑布扎。

大经堂靠里左右两边的墙壁下，分别放着两尊制作精美的佛塔，据说北边的塔是松赞干布专为昌珠寺制作和供奉的。看来藏传佛教的制塔历史十分久长。

大经堂左侧的神殿叫托吉拉康。因为这里供奉着文成公主当年使用过的双孔“老虎灶”和一个古旧的棕色陶盆。文成公主进藏以后常常与松赞干布一起回雅隆故里度假，就下榻在昌珠寺前院一幢二层楼房，楼下是他们的厨房。我六十年代参观前院时，“老虎灶”和陶盆就放置在厨房里。而今那幢楼房还在，但是已经划在规划的寺庙范围以外，僧人们就将这公主的遗物搬进了托吉拉康，作为神物让前来朝拜的善男信女顶礼膜拜，以纪念这位在雪域高原上度过了大半生涯的伟大女性。托吉在藏语里就是“感谢”的意思，实在意味深长。

镇守之宝——珍珠唐卡的新传奇

沿着天井北面砖石结构的明梯上去，就到了昌珠寺大殿二楼。这里有专门为达赖喇嘛来昌珠寺礼佛准备的卧室和客厅，尽管历代达赖喇嘛朝拜昌珠寺的时候很少，仍然供灯常明。二楼东面是护法神殿，是藏传佛教大部分寺庙都有的神殿，目的在保佑寺庙平安。护法殿是二进结构，主殿在里，主供忿怒马头明王的塑像，浑身蓝色，手持金刚杵，狰狞可怖。可能是考虑到前来朝拜的女性香客及其所带孩子的接受能力，马头明王的脸部用帘布遮挡起来。塑像背后的壁画全部是黑底金线描画，是早期印度壁画的风格。外间供奉着马、牛、鹿、羊和各种怪兽的头像，还有许多神佛菩萨的面具。每逢群众性的宗教节日，或重大宗教活动，昌珠寺的僧人就是戴这些神佛菩萨和怪兽的面具在外面的广场上表演傩舞，以驱除妖魔，娱乐群众。

二楼廊道和殿堂有很多壁画，是十八世纪昌珠寺遭到准噶尔蒙古军队捣毁以后重新绘制的。内容主要是佛祖故事和五世达赖喇嘛、固始汗、第巴·桑杰嘉措的画像，他们都是西藏十八世纪政治和宗教历史上的重要人物。

第三层即顶楼，坐北朝南的三间殿堂过去是昌珠寺高层僧人开会和接待贵宾的场所。而今，供奉着一幅价值连城的珍珠唐卡，用彩色缎带镶边，既便于悬挂，又可旅行携带。因为唐卡画的内容大都是佛祖菩萨、高僧大德和佛教故事，一直是寺院供奉的珍品，并受到佛教信徒和广大群众的狂热喜爱。昌珠寺的珍珠唐卡更非同寻常，它不是将线条和色彩涂抹在丝绸布料上，而是用珍珠和彩色宝石嵌镶而成的，制作于十四世纪，距今已有六百多年的历史，是当今世界上独一无二的宗教艺术珍品。当时，噶举派帕木竹巴取得西藏地方统治权，号称“乃东王”，乃东王的妃子是一个虔诚的佛教徒，晚年用她平生的积蓄和元朝皇帝赏赐的珍珠玛瑙精心连缀成一幅白度母菩萨休闲图，敬献给王府后山的孜措巴寺。画高近两米，使用珍珠两万九千多颗，凤冠用金线织绣，上面镶嵌有红蓝宝石。白度母手腿舒展，头略向右下方歪斜，一副怡然自得的模样。孜措巴寺后来毁于战乱，这幅珍珠唐卡也不知去向。六十年代后期发生了“文化大革命”，红卫兵在“破四旧”中意外地把这幅珍珠唐卡给翻弄了出来，轰动了整个西藏。我当时作为新闻记者正在山南地区采访，有幸首次目睹到《白度母菩萨休闲图》（这是后来学者们给取的名字，原唐卡上没有题目）残破的样子及其修复过程。由于金线断损，珍珠、玛瑙和宝石已经脱落得不成样子。不久，“文革”出现一次短暂的调整时期，西藏“落实民族宗教政策”，一位中央领导指示人民银行给山南拨专款购买黄金、玛瑙和珍珠，用于修复失而复得的珍珠唐卡。任务落实给泽当寺的几位老僧人，我曾经去参观过珍珠唐卡的修复工程，很惊讶平时大大咧咧的僧人们一旦俯伏在唐卡画幅前，骤然变得细腻和温柔起来。最近我再次访问昌珠寺，适逢该寺一次最大修缮工程的尾声。寺主不无得意地引领记者上到顶楼，观赏文物管理部门刚刚移交给昌珠寺的这幅珍珠唐卡。我禁不住发问，珍珠唐卡原本是孜措巴寺的文物，怎么会移交给昌珠寺呢。寺主愣了半晌，机敏地回答道：“因为我们昌珠寺是文成公主参与修建，松赞干布在修建初期就从和田迎来一尊会说话的白度母画像。”

昌珠寺是否曾经供奉过一尊和田请来的白度母画像，现在已经无从稽考。但乃东王妃用金线和珍珠编织的白度母唐卡经历重重劫难，得以在二十世纪末期迁往昌珠古寺，再展佛光，实在是昌珠寺的荣幸，白度母的荣幸。

《白度母菩萨休闲图》将与昌珠寺相互辉映，其文物和艺术价值是无法用金钱衡量的。

（初稿于1983年6月）

桑耶寺，西藏佛教第一寺

一提起西藏，人们就会想到大山，赫赫有名的昆仑山、冈底斯山和喜马拉雅山在这里握手比肩，山头终年覆盖着皑皑白雪，所以俗称“雪域”；更神秘的是寺庙，那闪闪发光的金顶与耀眼的银光相呼应，还有那嗡嗡不绝的诵经声，形态万千的神佛菩萨的塑像，吸引来成千上万朝圣的香客。在佛教的发源地——印度，佛教早在九世纪就已经走向衰落，而在雪域西藏却一花独秀地兴盛起来，一直绵延到今天。仅有二百二十万居民的西藏就拥有一千七百八十七座寺庙，可以说寺庙无所不在，处处香烟缭绕。

在星罗棋布的寺庙中，谁是他们的老祖宗？

如果你有幸去西藏旅游，可别忘了朝拜地处山南地区雅鲁藏布江畔的桑耶寺。它规模宏伟，建筑独特，保存着许多古老的塑像和壁画，是藏传佛教的祖寺，雪域高原上耸立起来的第一座寺庙。

怪了，早就听说拉萨八廓街的大昭寺是西藏修建最早的寺庙，怎么又说第一座寺庙是桑耶寺呢？这你就不懂了。大昭寺建于七世纪四十年代，确实比桑耶寺要早一百多年，但当时还没有佛经，没有僧人，只是一座供奉佛祖释迦牟尼塑像的神殿。从佛教理论和宗教仪轨上讲，一座寺庙必须具备三个条件——佛经，佛像，僧人，才能从事教义的宣讲和法事活动。这就是人们常说的“佛法僧”三宝，是缺一不可的，而这后边的两个条件是在修建桑耶寺以后才逐步完善起来

莲花生大师塑像

的。桑耶寺不仅制作了大量佛教壁画和塑像，剃度了西藏的首批僧人，翻译了从印度和大唐引进的佛经，由吐蕃国王赤松德赞任命了桑耶寺第一任堪布，西藏的佛事活动才这完全按照宗教戒律和仪轨正常运转起来，从而成为西藏寺院的鼻祖。

赤松德赞是西藏继松赞干布之后的一位杰出政治家，相传是金城公主的儿子。他的童年是与母亲金城公主在今桑耶寺北约五公里的扎玛芝桑冬宫度过的，从小受到佛教思想的熏陶。父王赤德祖赞晚年，王权一度被王宫大臣操纵。这些大臣利用苯教势力兴风作浪，最后竟然杀死了赞普赤德祖赞。赤松德赞继承王位后，首先想到的就是要借用佛教排除苯教势力的反叛。为此，他先后派出亲信大臣去大唐和印度迎请佛教高僧来西藏传法，并取来很多佛教经典。史籍有名字记载的高僧就有大乘和尚、莲花生大师、寂护大师等二十多位，他们聚集在扎玛芝桑附近的青浦山沟给赤松德赞君臣讲说生死轮回和十善业等佛教理论，筹划修建寺庙以弘扬佛法。据说还在青浦山沟举行了一次大唐僧人和印度僧人的辩经会，莲花生显密结合的雄辩口才很得赤松德赞的赏识，最后获得了寺庙的选址和设计大权。桑耶寺终于在 764 年破土动工，776 年完竣，历时十二年。传说赤松德赞最初走进桑耶寺，恍惚坠入释迦牟尼幻化的奇妙境界，发出一声惊叹："桑耶！"于是，该寺被命名为桑耶寺。同时，赤松德赞命令全国贵族大臣派自己的公子出家修行，请印度和大唐的高僧为他们剃度和讲授佛法，雪域高原上有了第一批七个藏族僧人，史书称为"七觉士"，拉开了译经和传经活动的序幕。从此，西藏各地以桑耶寺为榜样，大兴土木，寺庙林立，直到格鲁派确立藏传佛教的统治地位以前，桑耶寺始终处于西藏佛教的中心地位。岁月流逝，虽然已经过去一千二百多年，桑耶寺屡遭反佛派的捣毁，山洪和火灾的破坏，都在事后得到修复，还增加和扩建了部分佛殿，但桑耶寺的整体轮廓一直保持着赤松德赞时期的寺庙模样，显得古色古香，是研究和了解藏传佛教不能不去的地方。

古老的乌孜大殿

最引人注目的当然是高耸于全寺中心的乌孜大殿，它是桑耶寺的主殿，按西藏习惯称为"祖拉康"，寺庙主要的神佛菩萨的塑像和画像都集中在这里，也是僧人们集中诵经和善男信女朝拜的必到之地。乌孜大殿金碧辉煌，由三层楼房组成，层高都在五点五米以上，再加上金顶，总高将近二十米，在桑耶寺鹤立鸡群，显得分外雄伟、壮丽。史书记载，当时参与修建桑耶寺的工匠，不仅调集了吐蕃各地的有名工匠，而且被迎请进藏的大唐和印度高僧中也有很多深谙佛教建筑和佛教艺术的建筑家、雕刻家和绘画师。一时间，哈部山下的雅鲁藏布江畔汇集了八世纪印度、大唐和吐蕃三地最出色的能工巧匠，争相大显身手，共同为修建桑耶寺出策献力。当时修建桑耶寺是否按工匠的国度和民族进行过明确的分工，已经无从查考，但对保存下来的主殿建筑结构和佛教艺术进行分层考察，谁都能看得出来，底层一门

辉煌的乌孜大殿融汇了吐蕃、中原和天竺的建筑风格

桑耶寺四周立有镇魔石柱

三进，石刻古朴，具有突出的藏族风格；第二层梁柱凹凸结合的榫头和酷似汉族服饰面相的绘画、佛像，分明留下汉族工匠的痕迹；第三层殿堂的罗汉塑像和壁画着色，却显现出印度中世纪婆罗门艺术的风味。三层楼房虽然风格各异，但大殿的整体仍然显示出和谐统一的美。三地工匠分工合作，齐心协力，造就出西藏第一寺流芳百世的辉煌，堪称中古时期各民族文化交流的杰作。

乌孜大殿有两重围墙。外围墙规模最大，全用土石夯打而成，每层土石之间夹着白玛草，以便保持墙体透气和干燥，是藏族建筑的传统习惯。两层围墙之间形成一圈漫长的回廊，排列着数百个铜制经轮，是朝拜者的转经路。通向大殿的三个大门柱子特别粗大、挺拔，每根柱子下部都有一个八棱形石础，每个础面分别雕刻有莲花瓣、卷云纹、桃心、方形等对称图案。既可以防潮，又给人美的享受，表现出古代工匠很高的工艺水平。

乌孜大殿底层分为前后两个部分，前为经堂，后面是佛殿——这种布局后来演绎成西藏寺庙祖拉康建筑必须遵循的法则。经堂内悬挂着大小各异幡幢，色彩缤纷，富丽堂皇。左右两侧供奉着松赞干布、赤松德赞、寂护、汤东杰布、阿底峡、宗喀巴等七尊塑像，都是为弘扬西藏佛教作出了重要贡献的著名人物，有的人物是在桑耶寺建成数百年后才出现的，系桑耶寺在后来维修过程中增添的塑像。围绕后面的佛殿有一圈回廊，两面围墙上绘满了琳琅满目的佛祖和菩萨的画像。佛殿正面供奉着佛教创始人释迦牟尼的石刻像，坐高三点九米，肩宽一点八米，头戴宝冠，身着袒右肩的袈裟，结跏趺坐，显得端庄睿智。史书记载，这尊高大的石刻是在桑耶寺东八公里的哈部山上用整块巨石雕刻出来的。在没有汽车和起重机的古代，要将重达三十余吨的石刻佛像运送八公里，竖立在佛殿里，真不是一件容易的事情。释迦牟尼石刻像左右两边各有观世音、文殊、地藏、喜吉祥、无垢居士、普贤、忿怒明王等菩萨和护法神的泥塑，五尊菩萨和一尊护法神对称排列。每尊高四点二米，皆为立像，据《西藏王统记》说，这些塑像也是由石头雕刻而成，后来被毁坏，现在的泥塑是按史书记载，“依西藏法建造”。佛殿后部有高大的书架，藏有浩繁的佛教经典。因为桑耶寺是西藏翻译佛经最早的寺庙，造就出许多杰出的翻译家，这里藏有不少珍奇的佛经译本。

大殿第二层的建筑结构与底层相衔接，但顶棚的修饰大不相同。前排屋顶为直木椽，中部两间是红、蓝、黄三色染成的人字形椽子，后排三间则是方格形彩色藻井图案，繁而不乱，美观大方，具有汉族建筑装饰风味。二层神殿主供莲花生塑像，神殿外的明廊则是壁画，画的内容以莲花生的传记故事为主。西藏寺庙里，有关莲花生的壁画无处不有，但莲花生进藏的主要活动场所在桑耶寺，这里的莲花生壁画故事来得最为真切生动，苍劲古朴，栩栩如生，显得格外珍贵。为了保护壁画，防止飞鸟类粪便的污染和香客的碰撞磨损，僧人们近年来相继在二楼明廊前安装了金属丝防护网。

大殿顶层在“文革”十年浩劫中被拆毁，九十年代，中央政府拨出巨款，组织专家和工匠，根据有关文献和现存壁画的形状对其进行了精心修复。原顶层五峰相峙，是按印度古代佛教法式修建的，现已恢复如初。蓝色墙画配以金色镶边和闪闪发光的顶盖，华丽辉煌中透出寺庙应有的庄严。

千年珍奇——匾额、雕塑、铜钟、《兴佛盟誓》碑

桑耶寺以它古老的历史、宏伟的建筑和独特的宗教艺术闻名于世，而且保存着许多珍贵的历史文物，受到考古学家和广大旅游者的青睐，赞叹不绝。这些历史文物大都存放在桑耶寺大殿内外。

由于桑耶寺是西藏佛教首寺，在藏传佛教的广大信徒中享有崇高的威望，一直受到历代中央政府的重视。我们踏进桑耶寺大门，首先映入眼帘的就是悬挂在二楼上的一块巨大匾额，蓝底金字书写着“大千普佑”四个汉字。匾额的边缘磨损太厉害，图章和落款已经模糊不清，不知出自哪位皇帝的手笔。寺庙负责人自豪地说，皇帝赐赠的匾额还有很多，乌孜大殿东大门的门楣上悬挂有清代皇帝所题的

“格鲁伽蓝”等汉文匾额，江巴林神殿前面的牌坊上还悬挂着一幅“宗乘不二”的汉文匾额，可以肯定是清代咸丰皇帝题写的。可惜后两块在“文革”十年浩劫中被不识字的乡民扛回家做柴火烧了，实在是无可奈何的事情。

西藏石刻艺术源远流长，留下来难以计数的艺术精品。桑耶寺供奉的神佛菩萨以石刻雕塑最多，大都出自藏族工匠之手，大型的有重达几十吨的释迦牟尼石雕，小型的有莲花生、阿底峡的石板浮雕，乃至仅有拳头大小的佛塔。吐蕃时期的石刻苍劲古朴，近代的石刻精致逼真，应有尽有，如果按时代发展排列起来，简直就是一个西藏石刻艺术博物馆。乌孜大殿大门两旁的木栏内，各有一尊石狮，形制、大小完全相同。通高一点二三米，长零点七六米。嘴鼻突出，额头后缩，顶系铃铛，背披螺髻，刀笔雄劲粗犷。史书记载，这一对石狮是作为乌孜大殿的护法神而制作的，可以想见属于八世纪建寺初期的作

乌孜大殿正门悬挂的铜钟是修建初期大唐汉族和尚铸造的，上面的藏文铭文仍然清晰可辨。

品。更引人注目的是大殿东门左右的一对汉白玉大象，大象高零点四米，长一点四米，立在连体的汉白玉底座上。头顶和背部饰以宝玲、瓔珞，腰粗腿短，形体光滑，温顺有加，刀笔精细入微，格外逗人喜爱，进殿朝拜的女性香客和孩子走到这里都会情不自禁地蹲下来，轻轻抚摩大象的脊背和鼻子。

内地寺庙都少不了铜钟，晨敲钟暮击鼓似乎是寺院必不可少的宗教程序。但西藏寺庙铜钟却极其稀罕，使桑耶寺的铜钟格外有名。说起来，这里还有一段汉藏文化交往的悠远故事。原来赤松德赞国王的第三个妃子有名叫没卢氏·甲茂赞，笃信佛教，曾经拜大唐派来的大乘和尚为师，是西藏最早的居士。桑耶寺竣工以后，贵族大臣都争先恐后向寺庙敬献礼物，甲茂赞妃子苦于不知道敬献什么礼物最好，大乘和尚建议她敬献一口铜钟。当时西藏尚无制作铜钟的工匠，大乘和尚就给妃子推荐了参与修建桑耶寺的大唐来的一个工匠和尚。这口铜钟就是工匠和尚亲自设计制造的，钟体高一点二米，口径零点六九米。形式与内地寺庙古代铜钟形体完全一致，顶端铸就的两圈阳文却是典型的古代藏族字体，上面写着：“王妃甲茂赞母子二人，为供奉十方三宝之故，铸造此钟，以此福德之力，祈愿天神赞普赤松德赞父子、眷属，具六十种妙音，证无上之菩提！”——这口铜钟在“文革”浩劫中一度被遗弃，我八十年代初期

赤松德赞树立的《兴佛盟誓》碑

采访桑耶寺在一堆柴火丛中发现了这口铜钟，给它拍照，还为此在西藏日报发表了一篇评论《珍珠和敝帚》。而今已悬挂在乌孜大殿的门梁上，常常有好奇的游客踮着脚举手敲打，发出清脆悦耳的妙音。

赤松德赞动用巨资，邀请四面八方的大德高僧来藏修建了宏伟、豪华的西藏的第一座寺庙，目的在于打击苯教势力的反叛，巩固王权。看来，当时确实收到了很好的成效。但是这位杰出的政治家仍然有些担心，王位更替，苯教或其他宗教势力会不会重新操纵王权呢？于是赤松德赞率领吐蕃贵族大臣在桑耶寺举行了一次集会，要求大家共同举剑对着佛像宣誓：世世代代永远护持佛教，辅佐王权。盟誓后在桑耶寺前竖立了一座有名的《兴佛盟誓》碑。碑身和底座用榫卯套接，并用铜水浇铸缝隙，是要一劳永逸的了。不料，《兴佛盟誓》碑竖立起来不到八十年，841 年，王位落到了赤松德赞的孙子朗达玛手中，他听信苯教师的支使大兴灭佛运动，吐蕃从此大乱，一发而不可收。灭佛的人群涌进桑耶寺，把许多佛像和建筑捣毁一空。910 年，一位僧人重访桑耶寺，看到的是，诵经声已经消失，戒律传授中断，寺庙成了狐狗的巢穴。看来，在这个世界上，真正一劳永逸的事情是没有的。

但是《兴佛盟誓》碑仍然耸立在乌孜大殿的门前。作为西藏一段重要的历史，时间过去越久，《兴佛盟誓》碑越受到重视，前人在桑耶寺展示出来的惊人智慧和辉煌文化将永远刻在后来人的心中。

一百零八座神殿错落有致
形象诠释出佛教理念的完整世界

桑耶寺是以古代印度摩羯陀欧丹达菩黎寺为蓝本设计的，布局结构独特，实际上是一座由一百零八个大小寺庙神殿组成的城池，占地一百四十多亩，椭圆形的城墙有一公里多长。站在北山头远眺，桑耶寺就像飘落在雅鲁藏布江边的一座坛城。坛城是古代印度密宗修习密法时为防止魔鬼干扰侵袭建造的土坛，为了让修行者很快进入幻景，坛城的布局完全按照佛教宇宙观的理念进行设计和修建。桑耶寺的主殿（即乌孜大殿）置于正中，高耸于城池其他寺庙之上，象征须弥山，是世界的中心。主殿左右是太阳殿和月亮殿，象征日月环绕，阴阳交替。主殿四周有四个分殿，分殿又各有两个小殿，象征围绕须弥山的四大部洲，八个小洲，组成一个佛教理念中的完整世界，气势磅礴。环顾四野，是巨石垒砌的高大城墙，墙头上排列着足以制伏一切妖魔鬼怪的一千零八座白塔，使城池固若金汤。城池里绿树成荫，花团锦簇，任何人一踏进桑耶寺都会感觉恍惚进入了佛教的天国，对其玄妙的哲理一目了然，是可以愉快、放心修行的，奇妙极了。

佛教传说的四大部洲，即东胜身洲、南赡部洲、西牛货洲、北俱卢洲，都紧紧围绕着世界的中心须弥山，与此相应，桑耶寺的四个分殿也坐落在乌孜大殿向东西南北方向伸延出来的中轴线上，与大殿大门相距十五米至三十六米，分别是江白林、阿雅巴律林、强巴林、桑吉林，是规模仅次于乌孜大殿的寺庙建筑，但是供奉神佛的重点各有不同。东面的江白林主供妙音菩萨，壁画多为文殊菩萨，围绕文殊菩萨会有很多古代乐器和翩跹起舞的天女。文殊被称为智慧女神，是知识和聪慧的源泉，在西藏享有崇高的威望。历代达赖喇嘛朝拜桑耶寺都要在此下马，然后步行穿过江白林，从后门进入乌孜大殿。西面的阿雅巴律林占地六百多平方米，是桑耶寺最大的一座分殿，这里的壁画特别珍贵古老，三面回廊均绘有佛教故事，《十地经》和《宝箧经》的图解，是最早对信徒宣讲佛教经义的通俗读物。强巴林主供未来佛塑像，藏语称强巴佛，故叫强巴林。佛殿的结构布局比较别致，呈半圆形，转经回廊也自然成弧形，壁画有强巴佛、十六罗汉、赤松德赞等。可惜大部分塑像和壁画在十九世纪的一次火灾中焚毁。北面的桑吉林保存较为完好，壁画以佛母讲经图为主，还有千佛图。佛母形象俊美，姿态各不相同，头顶三花宝冠，戴大耳环，着交领长裙，显得端庄静美。属于桑耶寺早期壁画的遗存。

每座分殿的两侧都各有一座小神殿，代表佛教世界的八小洲。每座小神殿的大小、形制和功能也各不相同。坐落在桑吉林东侧的是朗达参康林，是一幢两层楼房，当年远道而来的寂护大师就住在这里。

寂护是八世纪印度著名的佛教学者，赤松德赞为了弘扬佛教，盛情邀请他来吐蕃传法，正巧碰上西藏灾害频仍，赤松德赞请寂护大师施降魔之法。寂护大师说他一生只研究佛学，没有降伏魔鬼的妙力。欲降伏恶魔，必须迎请莲花生大师来藏传法。莲花生是寂护的妹夫，当然对他了如指掌。于是有了这两位著名天竺和尚并肩在西藏传播佛教的历史故事。在桑耶寺的修建和传法过程中，莲花生重在修建寺庙，寂护则偏重翻译经书和培养学僧。西藏的七觉士当年就在朗达参康林的楼下聆听寂护大师教授佛理并在其指导下翻译出最好的藏文经书。在这间教室的正中，至今还遗留着一个直径三十厘米的圆坑，专门盛放书写经书译文的墨汁，可以想见寂护大师和年轻的七觉士夜以继日的辛劳。岁月流逝了一千二百多，当年师生的其他教学用品已荡然无存，周围却供奉着一千尊莲花生的塑像，好似对好学不倦的年轻人报以满意的微笑。神殿二楼是当年寂护大师的卧室，卧榻已不复存在，那里供奉着寂护大师的等身塑像，头发和胡子都白了，微笑的嘴唇右侧露出一颗珍珠般的牙齿。据说寂护大师进藏时已属高龄，长年辛劳，牙齿都掉光了，但在晚年竟奇迹般地长出了一颗新牙。寂护在藏三十余年，最后圆寂在雪域高原上。

扎觉加噶林也是八小洲之一，是建寺初期的译经场。房舍算不上多么雄伟，面积却很大，占地五百平方米，环境相当优美，建筑布局也比较讲究，进门处有一个宽敞的庭园，园内有桃树、竹子和清泉，爽心宜人，是读书的好地方。北面为一间佛殿，主供释迦牟尼佛像，周围墙壁是单线勾勒的千佛像。庭园四周是一排方柱构成的回廊，回廊的墙上绘有译经图，再现出当年桑耶寺里天竺、大唐和吐蕃僧人相互切磋、翻译佛教典籍的生动场面。他们一律盘腿而坐，第一人高声读诵经文，由第二人口头释译成藏语，第三人座位最高，是一位年纪较大的高僧，称为“班智达”，负责订正译文，然后由一个年轻僧人用竹笔书写在长条纸上。回廊上的壁画有数十组这样的译经图，每幅壁画上用藏文表示出不同班智达的大名。想当年在译经场工作的天竺、大唐和吐蕃僧人总数恐怕不下百人，规模是十分庞大的。

除八小洲外，乌孜大殿南北还有太阳殿和月亮殿。建筑面积较小，只有七十平方米。垒墙的石块大小参差不齐，与田野考察挖掘的吐蕃时期墓葬的垒砌方法相同。应该是桑耶寺早期建筑的遗存。

桑耶寺西南耸立着一座特殊建筑，名叫康松桑康林。它不属于四大部洲，也不属于八小洲，规模仅次于乌孜大殿。这是怎么回事呢?僧人告诉我，它是赤松德赞的爱妃蔡邦在八世纪晚期修建的。蔡邦很得国王的宠爱，苦于长期无子，赤松德赞修建桑耶寺竣工不久，蔡邦妃子奇迹般地生了一个儿子，当然都把功绩归于菩萨的恩赐，于是在坛城中破例修建了这座庙宇。康松桑康林建筑总面积为四千多平方米，也是三层楼房，但略低于乌孜大殿。底层是经堂和佛殿，第二层是僧舍和阳台，第三层的回廊绘有桑耶寺失火后重修庆典的生动场面，热闹非凡，是考察吐蕃时期官民生活、歌舞、体育和民俗风情的生动资料。

在各分殿和小神殿之间还均匀地分布着白、红、黑、蓝四种颜色的四座巨大佛塔，其实每座佛塔也是一座庙宇。佛塔又称浮屠，是供奉和安放舍利、经文和各种法物的佛教建筑，具有静心、驱邪和镇魔功能。传说须弥山腰有一座犍陀罗山，山有四峰，每峰由一位护法神看守，即四天王。白、红、黑、蓝四座佛塔代表了四大天王，守卫桑耶寺，制伏敢于进入的邪魔鬼怪，给僧俗人民平安。

乌孜大殿，日月殿，四大佛塔、四分殿、八小殿，长长的围墙及其一千零八座白塔，组成错落有致的桑耶寺，各种建筑交相辉映，姿态万千，构成这座色彩缤纷的佛教寺庙丛林，让人流连忘返。

（写于 1987 年秋季）

夏鲁寺，一本永远读不完的书

星罗棋布的寺庙把雪域大地装点得分外神秘、古老、雄伟，每座寺院都记载着一段辉煌而又坎坷的历史、一个耐人寻味的传奇故事。不知道为什么，我唯独对后藏的夏鲁寺情有独钟，每次路过那里都情不自禁地要进去观光一回，它似乎是一本永远读不完的书。在告别西藏的时候，我再次专程拜访了夏鲁寺。

西藏寺院大都选择在著名大山的险峻山坡上，因为古代一座大的寺庙就是一个地区或一个部族群体的政治军事中心，既需要借助大山增添寺庙的灵气，又可依凭险峻的地势防卫敌人的侵犯。夏鲁寺却反其道而行之，建筑在日喀则以西、年楚河南岸与霞曲河交汇的广阔平原上，既没有萨迦寺那样坚固的城堡碉楼，也没有哲蚌寺那种广厦三千的宏伟气势，而以幽雅的环境和特有的建筑艺术引人注目。这里林木葱茏，良田万顷，虽然少了一点军事上的优势，却是一个修行读书的好地方。看来当初创建寺庙的高僧对慈悲为怀、普度众生的佛教理念极其自信，并不想依赖武力来征服人心。

夏鲁寺名字的由来极富情趣。寺院住持罗桑加措先生告诉我，最早的兴建者是十一世纪一位名叫吉尊·西绕琼乃的年轻僧人，在募集资金以后，他向正在霞曲河北山坳一座小庙里修行的师傅请教建寺地址。师傅举起一副弓箭说："你看我射出的箭落在哪里，就在哪里修建寺院，能保佑你事事如意，吉祥平安。"结果，那支神箭直端端落在山下的万顷田畴中。西绕琼乃在一片嫩绿的油菜地里寻找到师傅射出的神箭，心情激动无比，就在这里建起一座佛教道场，命名为“夏鲁寺”，意思就是“像嫩绿的油菜苗一样生机盎然的寺院”。可能确有神灵保佑，夏鲁寺果然一天天兴旺起来，信徒和商贾同时在寺院周围聚集，很快发展成雪域高原的十大商业集市之一。一百多年后，元朝皇帝在西藏设立十三个万户府分管政教大权，相当于今天地区级行政机构，其中的夏鲁万户府就设在这里，与萨迦、乃东等城镇同享盛名。

听到这里，我不禁揖手赞叹：“佛祖保佑，阿弥陀佛！”

寺院住持笑了笑，又摇摇头说：“其实，天灾人祸总是难免的。”大概佛祖掌管的事务太多，对这座万山丛中的小庙也难以事无巨细地包揽下来。

1329 年，年楚河平原遭遇到一场特大山洪袭击，夏鲁寺及其周围的民房在汹涌波涛的冲击下变成一片断壁残垣。不过，这次真是上苍眷顾，灾祸竟给夏鲁寺带来了难得的机遇。当时担任夏鲁寺法台的高僧布顿·仁珠钦大师及时向元中央政府报告夏鲁寺的灾情，并表达要为弘扬佛法而修复和扩建夏鲁寺的宏大心愿。那时年仅四十岁的布顿大师的已经学富五车，名满卫藏，很得元顺帝妥欢帖睦尔的赏识，极力支持布顿大师重建夏鲁寺的宏愿，不但送来大批专用于宫室建筑的大块黄砖和绿色琉璃瓦，还派来许多工匠、画师进藏帮助设计施工。于是在西藏高原上耸立起一座在色彩和形制上都与西藏其他寺庙迥然不同的寺庙建筑。收放式的高大红墙，众多立柱支撑起来的殿堂和神殿布局是道地的藏式韵味。而斗拱式房梁，琉璃筒瓦覆盖的歇山式大屋顶，房顶双流水以及飞檐翘角，又表现出浓厚的中原建筑风格，特别是闪闪发光的翠绿色屋顶，屋顶上的瓦饰、兽吻，殿内顶棚彩色缤纷的藻井图案，则完全是内地皇家建筑才有的做派，在雪域星罗棋布的寺庙中独树一帜。据说内地送来的大块方砖和琉璃筒瓦在长途运输中损耗很大，已经不敷应用，大部分材料是进藏汉族工匠利用本地黏土压膜、上釉后烧制而成的。

夏鲁寺独一无二的建筑风格是汉族和藏族工匠相互切磋、通力合

绿色歇山式大屋顶在西藏众多寺庙中绝无仅有。覆盖的琉璃瓦是元顺帝赐赠的宫廷建筑材料。

夏鲁寺供奉的布顿大师铜像

布顿大师学识渊博。这是他用一百零八块檀香木拼合而成的印经板，不变形、不龟裂，六百多年仍然平滑如镜。

作的智慧结晶，给我们留下一份研究中世纪高原各民族文化的珍贵资料。夏鲁寺的主体建筑是一座有三层楼高的措钦大殿，包括大经堂、转经回廊和十多个神殿。大殿坐西朝东，面对一个巨大的广场，广场东、南、北三面被两层楼房的僧舍和仓库包围着，显得疏密有致。夏鲁寺的僧人对布顿大师，这位藏传佛教发展历史上的著名学者和两地文化交流的搭桥人怀着深深的感激和崇敬之情。走进这里的每个殿堂，我们仿佛都能看到布顿大师的身影，听到老人喃喃的诵经声。在措钦大殿正中悬挂着布顿大师端坐法台的巨大唐卡画像，画像后面是一座做工精细的布顿大师塑像，僧人们每天都要面对这位老人念诵经文。

诵经堂里间的神殿供奉着释迦牟尼及其八大弟子的塑像，左右两个配殿分别供奉着无量光佛和慈悲观世音的塑像。两侧的殿堂则醒目地存放着布顿大师编修的大藏经《甘珠尔》和《丹珠尔》的古老木刻版本，是夏鲁寺的镇寺之宝。二楼的神殿除了释迦牟尼及其十六罗汉、宗喀巴及其弟子的塑像外，最突出的也是布顿大师的塑像及其铜质灵塔。宗喀巴及其弟子的塑像是格鲁派占据统治地位以后增添上去的，而布顿大师的铜像则是大师圆寂不久的同时代作品，他端坐法台，双手做法印，两眼炯炯有神，为我们留下一尊这位古代大学问家最真实可靠的形象记录。

布顿大师的父亲和祖父都是后藏的宁玛派僧人，宁玛派僧人是允许结婚生子的，母亲也熟读经书，使布顿从小就受到宗教文化的熏陶。八岁开始学习拼音识字，接着学习藏医学、诗学和工巧明，即建筑、绘画等知识，十八岁剃度出家，拜当时的名师刻苦学习佛教典籍，先后在二十多位高僧面前接受灌顶仪式。他学识广博，记忆惊人，在多次辩经会上以雄辩的口才战胜对方，一时名震遐迩。经过反复思量，逐渐顿悟，著书立说，终成一家之言，被尊称为大师。因为布顿是夏鲁寺的寺主，所以又叫夏鲁派。1344 年元顺帝派金字使者来藏请他赴京担任要职。布顿大师却以做学问为重，婉言请求留在夏鲁寺完成他计划中的大藏经《甘珠尔》和《丹珠尔》的修订和编纂工作。这是一部藏传佛教包罗万象的百科全书，因为是在数百年间由不同僧人翻译整理出来的，水平参差不齐，译语用词极不规范。这部浩繁的中世纪百科全书经过布顿大师近十年的辛勤鉴别、整理和注疏，成为流传至今最权威的佛教经典著作。他撰写的佛教史《布顿佛教史》也是佛教学者和僧人的必读书目，在国内外一版再版。布顿大师去世数百年来，西藏教派林立，格鲁派在激烈斗争中成为霸主，其他教派逐渐淡出政治历史舞台，夏鲁派也未能幸免。但是布顿大师却以他修订编纂的大藏经和《布顿佛教史》名垂青史，受到所有教派的尊崇。想当年，如果布顿大师应元顺帝邀请赴京，也能像八思巴那样荣任“大元帝师”之类的显赫官职，享尽荣华富贵，但恐怕就没有我们今天读到的由他编订的这版大藏经了。人生价值孰轻孰重，很难说得清楚。肃立在布顿大师铜像前，我对这位先贤哲人在关键时刻的抉择怀着深深的敬意。

夏鲁寺还有四件令僧人们引以为豪的珍贵文物，一直被当做神物供奉在各个神殿里，成为善男信女顶礼膜拜的对象。1982 年夏天，全国人大副委员长十世班禅回后藏视察夏鲁寺，我随行采访，有幸近距离目睹每件神物，听僧人讲述附丽的每件神物身上的神奇故事。第一件神物是一块四十厘米见方的印经板，传说是布顿大师发明的。它用一百零八块小檀香木拼合而成，可以防止木质雕版因热胀冷缩而变形龟裂。许多信徒都争相用它拓印经幡。经过近千年的拓印磨损，字迹已经难以辨认。据说一百零八块木片是布顿大师运作神的魔力组合起来的，凡人不敢拆卸，一旦拆卸开来就再也无法拼合。第二件神物是一个大肚子铜质水罐，据说把水装进铜罐永远纯净清香，绝不会变质发臭。寺庙每十二年举行一次隆重的宗教仪式，然后在法号鼓锣声中揭开封闭的铜罐供善男信女饮用，被称作圣水。圣水金贵无比，当然不能供香客狂饮止渴，每人只能用手心分得极少的几滴，据说醇香醉人，饮用后可以除病免灾，事事如意，可惜十二年才碰得上一回，即便常年住在夏鲁寺附近的居民，一生中也难得品尝到几滴这样神奇的水，远来的游客更是难逢难遇了。第三件神物是嘛呢石，一块并不规整的石片，刻着“唵嘛呢叭咪吽”六字真言。据说是十一世纪修建夏鲁寺，在油菜地里开挖地基的时候显露出来的，乃佛祖菩萨赏赐给雪域信徒的神物，说明在此建寺能得到佛祖的保佑。因为出土后一直供奉在神殿里，近千年来几乎没有磨损，刀笔仍然清晰有力，好像刚刚刻上去的。第四件神物是一个陶盆，制作算不上精细，却是十三世纪萨迦法王萨班·贡噶坚赞来夏鲁寺讲法时用过的洗脸盆。后来被布顿大师作为神圣衣钵继承下来，一直使用到圆寂。当年两位高僧先后居住在距措钦大殿南面约两百多米的一栋红色平房里，这个陶盆就供奉在那里。这些古老的故事有的可信，有的荒诞不经，其中深刻的民族文化底蕴却耐人久久回味。萨班和布顿都是西藏历史上著名的学者和诗人。那天，我特意请僧人带我朝拜两位先贤居住的红色平房，群众习惯称之为“萨班拉康”。这座掩映在柳树丛中的居室极其简陋，连同厨房和书房只有三小间。先贤可以用大量金银和紫铜为寺院精工铸造出许多栩栩如生的佛祖菩萨的塑像，如果要为大师自己铸造一个盛水的铜盆当然不在话下，但是他们盥洗的用具却是如此粗糙、厚重的陶制品，生活的清苦程度令我吃惊。是严守佛教戒律，还是学者应有的品格？

夏鲁寺的壁画堪称西藏壁画艺术的一绝。因为它建筑古老，远在格鲁派许多寺庙之前，而且随着夏鲁派政治上的衰微，在布顿大师扩建后再也没有进行过大的改建和维修，使寺庙壁画基本保持着宋、元时代的模样，为现代人观赏和研究中世纪壁画艺术提供了极其珍贵的绘画样本。

西藏格鲁派寺院大都在明、清时代兴建和扩建起来，画师们在寺院修建过程中逐步形成了具有高原特色的艺术风格，采用散点透视的角度，“W”形结构，给人居高临下的感受，被称为“藏择派”，夏鲁寺的壁画则属于受印度、尼泊尔影响较大的“佩孜”派艺术，以措钦大殿内回廊的壁画最为典型。在长达近百米的廊道两侧布满了讲述佛本生故事的作品，每幅呈长方形，分别表现释迦牟尼成佛前的磨难或证悟历程，画幅下方则用文字解说所经历的具体故事。洋洋洒洒，总计一百幅，是一部用图画故事宣讲佛教思想的巨作。人物造型大多是高鼻梁深眼窝，身体半裸或全裸，属于印度、克什米尔热带地区居民的生活写照。它证实藏传佛教艺术明显受到印度和克什米尔宗教艺术的影响，夏鲁寺转经回廊壁画可能有邻国佛教徒及其画师的参与。该寺僧人介绍，回廊的壁画是十一世纪建寺早期的遗存，在十四世纪那场洪涝灾害中有四幅壁画受到较大侵蚀，因为无法修复就改成了由数十幅单个的释迦牟尼坐像弥补空缺，但余下的九十六幅方格壁画仍完整地保留着佛教连环画的原始风貌，更显得无比珍贵，价值连城。

大殿二楼的壁画大都是十四世纪重建和扩建时候的作品，其绘画风格又与回廊壁画有明显的差异，与寺庙整体建筑一样，呈现出藏汉艺术相互交流和融合的风貌。除护法神殿的画像比较凶猛狰狞外，其他神像大都慈眉慧眼，线条细腻，与汉族地区寺庙的绘画相似，但着色喜欢铺用单一的大块红色或绿色垫底，是藏族艺术在阳光格外强烈的绘画实践中形成的特有风貌。史书记载，布顿大师不仅对佛教哲理有很深的研究，在天文历算和绘画上也有很高的造诣。重建夏鲁寺的时候，他曾亲自在二楼绘制过一幅天文图，形象地表现他对“地球右转，四季左转”的认识，因为受到一位学者有理有据的非难，又虚心地重画了一次，这种坚持真理、虚怀若谷的学者风度一直为后人所赞叹。

藏传佛教的学术知识体系中有“大五明”和“小五明”，“小五明”中又有一个支系叫“工巧明”，相当于今天的建筑学。人们很敬仰布顿大师在佛学上的高深学识，对他修建夏鲁寺的具体作为记载极少。我事后访问江孜白居寺才得知布顿大师在建筑学方面的惊人才华。原来江孜名闻遐迩的“十万神塔”——八廓曲登，就是盛情邀请布顿大师来主持设计和建造的。八廓曲登占地两千二百平方米，从基座到顶层的金瓶高达三十多米，是一座旋转而上的九层佛塔。在没有任何钢筋水泥的时代，仅凭中间的一根巨大石块垒砌起来的中心立柱支撑起塔内的八十五间神殿。不仅十万尊佛像令人眼花缭乱，目不暇接，而且从下到上逐层收缩，升华到顶层的“十三天”——极乐世界，把佛教抽象玄妙的理论淋漓尽致地转化为可以捉摸的形象。布顿大师高超的审美理念和独具一格的设计风格巧妙结合，将滥觞于印度的佛塔艺术推向极致。

在教派林立的西藏，夏鲁派兴盛的时间十分短暂，乃至史家叙述藏传佛教的四大教派中根本没有夏鲁派的名目。但是后人仍然铭记着布顿大师的历史功绩，他用自己卓越的学术贡献、一丝不苟的学风和人格力量为我们竖立起一座不朽的丰碑。

夏鲁寺是一本永远读不完的书。

（写于1983年8月）

敏珠林寺，藏传佛教著名学府

藏传佛教教派林立，著名的有格鲁、萨迦、噶举、宁玛四大教派。也就是通常所说的黄教、花教、白教、红教。红教又分南传和北传两大支系，敏珠林寺即是南传宁玛派的祖寺。在藏传佛教后弘时期的数百年间，四大教派中的格鲁、萨迦、噶举都先后主掌过西藏地方军政大权，唯独宁玛派不曾参与权利的角逐，一直处于向隅状态。是因为宁玛派僧人对权利争斗太外行，还是本来就淡漠政治，已经无从考究。我最近走访了敏珠林寺，发现这座古老寺庙未曾掌握过西藏地方军政大权，却在大五明、小五明等学识领域，特别是诗学、史学、医学、建筑学方面独辟蹊径，为弘扬藏民族的古老文化作出了杰出贡献。至今受到广大香客的崇敬，前往考察观光的中外游客络绎不绝。

敏珠林寺坐落在雅鲁藏布江南岸的西藏自治区扎朗县，扎期河从寺院东侧缓缓流过，山清水秀，环境幽静，是一个读书、修行的最佳处所。

西藏佛教发端于吐蕃时期，称为藏传佛教的前弘期。九世纪中叶，保守的苯教势力操纵吐蕃赞普朗达玛开展灭佛运动，几乎所有的佛教寺庙都被焚毁一空。虔诚的佛教信徒或者惨遭杀害，或者被迫潜藏民间束发修行，以父子、兄弟、叔伯传承的方式继续密宗的传承。为了适应当时灭佛的社会环境，他们大都把印度莲花生大师带来的密宗经义和仪轨与西藏原始苯教的某些咒语、神祇和仪轨结合，使之有

敏珠林寺大院，左边是措钦大殿

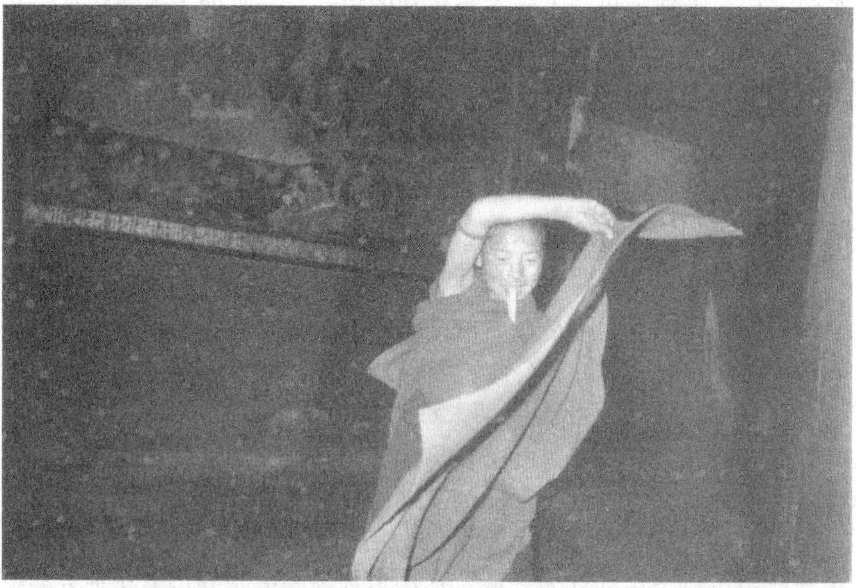

嚼泡泡糖的小僧人

了更多本土文化的色彩。十一世纪、十二世纪，佛教再次兴起，并在各地不同政治集团的支持下形成不同派别，教派林立，相互争斗十分激烈。一位名叫卢梅·楚成西热的僧人在扎期河畔修建了强巴林寺，继续坚持父子、兄弟、叔侄传承的方式传播莲花生大师的经义，因其教义和仪轨最古老、陈旧，被其他教派称为宁玛派，即“守旧”的意思。该派僧人戴红色僧帽，所以又称为红教。到了1676年，宁玛派出了一位高僧名叫德达林巴·居美多杰，因发掘和阐释据说是莲花生等大师早年埋藏在山洞或地下的经书而名声大振，受到宁玛派信徒的顶礼膜拜。德达林巴乘势四处化缘，广募资财，对强巴林寺进行了大规模的改造和扩建，更名为大法轮敏珠林寺。一度衰微的宁玛派因德达林巴的法力和功德得以中兴，敏珠林寺从此香火兴旺，成为西藏、四川、甘肃、青海等省区宁玛派信徒景仰的大寺。

正在这个时候，五世达赖喇嘛罗桑嘉措前往北京觐见清朝顺治皇帝，受到隆重接待，被册封为“达赖喇嘛”，开始了他正式掌握西藏地方政教大权的崭新时代。达赖喇嘛遵照顺治皇帝的旨意，回来后极力拉拢各教派领袖，以便排除干扰实现对整个西藏地区的治理。五世达赖喇嘛十分赞赏德达林巴的才学，不但聘请他做自己的经师，还在物质上给予敏珠林寺大量资助，送去许多经书充实寺庙的藏书，派格鲁派僧人去敏珠林寺求学深造。眨眼之间，敏珠林寺学者云集，图书充盈，成为西藏著名的佛教学府。

敏珠林寺由大殿“祖拉康”、两座配殿和若干僧舍组成，总建筑面积十万平方米。大殿祖拉康坐西向东，是一座三层楼房，全部是用巨大的花岗岩石垒砌起来的，屡经战乱和火灾，至今仍然坚如磐石。配殿和僧舍也是两层楼房的木石建筑，从东、南、北三个方向与祖拉康合拢，刚好形成一个极其宽敞的长方形四合院。作为宁玛派寺院，大经堂主供莲花生塑像，侧面是一座护法神殿，门框、门楣上雕刻和绘制有很多人头，周围墙壁也绘满了多头多臂、龇牙咧嘴的护法神像。这里的塑像都是十七世纪以后制作的，缺少桑耶寺塑像的逼真和质朴，却来得更加精细，栩栩如生。释迦牟尼慈眉慧眼，可爱可亲，而护法神像则狰狞凶恶，令人望而生畏，在鲜明的对比中，显示出西藏宗教艺术的长足发展。

供奉各式各样护法神像是宁玛派寺庙和密宗扎仓的突出特色，按藏传佛教的解释，这些凶猛忿怒的神灵是防御敌人和恶魔的威武战士，保证佛法不受侵犯。粗放夸张的艺术造型则与西藏原始苯教艺术密切相关。

祖拉康的第三层楼房有一间名叫喇嘛拉康的神殿，绘有历代著名宁玛派僧人的画像，年龄、形态各不相同，但都身披红色袈裟，头戴红色僧帽。

1717 年，反叛清朝中央政府的准噶尔蒙古军队侵入西藏，敏珠林寺因支持中央政府，德达林巴的胞弟、担任该寺堪布的达摩师利惨遭杀害，建筑被捣毁，许多法器和文物被洗劫一空。虽然事后进行过多次修复，已难以恢复德达林巴建寺初期的盛况。该寺僧人对宁玛派的大法和莲花生大师伏藏中的重要法门失去了讲修的热情，而专注于大五明中的声明、工巧明、医方明和小五明中的星象学的研究，仍然是西藏公认的文化学术中心。来此学习修行的不但有僧人，还有年轻的政府官员和贵族子弟。三百余年间，造就出许多著名的佛教学者、政治家、文学家、医学家和诗人。西藏的第一部《藏梵文词典》就是十八世纪的最杰出的作家多噶·策仁旺杰在敏珠林寺学习古梵文的过程中编写出来的。他在敏珠林寺修业期满后，还先后创作了著名的传记文学《颇罗鼐传》和长篇小说《勋努达美》。

因为敏珠林寺在天文、历算、藏医、文学、书法等学术领域的崇高威望，直到西藏民主改革以前，布达拉宫内的僧官学校教师大都聘请敏珠林寺精通历史、佛学、藏文和数学的僧人担任，西藏最权威的天文藏医院门孜康也聘请敏珠林寺的专家负责编写《藏历年表》。

敏珠林寺的藏书库至今还珍藏着伏藏大师德达林巴的著作全集和佛教经典《十万般若》的手抄本，研究藏传佛教不可不读，堪称敏珠林寺的镇寺之宝。

随着社会的发展，时代的变迁，敏珠林寺作为西藏文化研究的中心地位，已经逐渐被众多高等学府代替，而它作为宁玛派祖寺的历史文物价值却得到前所未有的提升，在世界性的旅游热中变得火爆起来。

敏珠林寺民主管理委员会主任降白坚村陪同我逐一参观了敏珠林寺的书库和珍贵文物，在滔滔不绝讲述敏珠林寺辉煌历史的同时，也不时流露出几许忧虑。他说，该寺现有的六十多个僧人，每天接待来自中外的游客已经应接不暇，年轻僧人学习研读古代经书的时间越来越少，更重要的是年轻人禁不住市场经济的诱惑，对深奥佛学的兴趣越来越淡，使这位在敏珠林寺度过了半个多世纪的老僧人深感老一辈僧人重视传统文化的风气正在成为历史。

在寺庙食堂吃过午饭，我上楼向寺主降白坚村僧人告别，却意外地受到降白坚村主任的一再挽留，“你怎么能走呢？今天是一个吉祥的日子啊！”我被弄糊涂了，经解释，方知道降白坚村僧人为了恢复敏珠林寺重视传统文化的学风，特地从康巴地区恭请学识渊博的高僧尼顿单增活佛来敏珠林寺讲经传法。已经登座讲过十五次了，很得僧俗群众的欢迎。但是尼顿单增毕竟已是近八十的高龄，再加上旅途劳顿和讲课辛劳，前不久大病了一场，惊动了全寺僧人乃至扎朗县的党政领导，请来名医诊治，总算安然度过劫难。昨天晚上，尼顿单增活佛自我感觉良好，要求继续讲经传法。真是菩萨保佑，天赐良缘，我怎能错过机会呢。

走出降白坚村居室，发现宽阔的广场上已经陆续聚拢数百名尼姑、僧人，像是即将举行一次重要的宗教集会。看来，尼顿单增的讲经传法很得本地僧俗大众的喜爱。活佛再次升座的消息一经传出，附近其他寺庙的僧人、尼姑和善男信女纷纷赶来聆听妙音，把寺院挤得满满当当，要求活佛摩顶祝福的人更是络绎不绝。

今天尼顿单增活佛在释迦牟尼像前，还为敏珠林寺十二名年轻的学经僧人举行了庄严的灌顶仪式。这十二名青年入寺为僧以后，经过三五年的基本文化知识和佛教戒律训练，要求升入学经班进修，必须得到活佛高僧的验证认可，在佛祖像前接受净水灌顶，象征从此踏进了佛教理论的奥妙殿堂。

按照宁玛派的传统，敏珠林寺的僧人可以娶妻生子，寺主一般由儿子或女婿接任，若寺主无儿无女，则由侄儿接任，不完全限定在父子血缘关系上。民主改革后，寺主由寺庙僧人民主选举产生，僧人为了维护自己在寺院的名声而专心学法，公开娶妻生子的已经很少了。

（写于2003年，此文是应约为内地赴藏纪录片摄制组撰写的文字稿）

一代兴衰，尽付落照残壁

快到萨迦的时候，经过大半天颠簸的旅伴们都已进入梦乡，我却被往昔的梦幻激动起来，久久凝望着窗外迎面扑来的沙雾。沙雾中隐约走来一位德高望重的老人，身披红色袈裟，骑着一峰骆驼，皮肉松弛的脸庞上镶嵌着一对宽厚的嘴唇，闪动着两只睿智的眼睛。他不认识我，我却认得他，不正是我此程要拜访的萨迦大师吗？我急切地想跳将下去与他握手、攀谈，不料车轮兜起一溜尘烟，老人已经倏然远去了。他回过头来向我微笑合十，似乎在说："征途迢遥，不便久留。抱歉抱歉。"他沿着我们刚才来的道路东行，然后向北，长途跋涉六千余里，最后抵达长城脚下的凉州（今甘肃省武威县），与元太宗的公子阔端会晤几个昼夜，草拟出了具有划时代意义的历史文献《萨迦致卫藏僧俗首领的公开信》，从此，结束了吐蕃王朝灭亡后西藏四分五裂的局面。回溯七百年前，道路没有这么坦荡，昼无饭馆，夜无旅店，萨迦·贡噶坚赞以六十余岁高龄，在草原和沙漠上晓行夜宿，跋涉两个春秋才抵达凉州。这种坚忍不拔的毅力，委实令人钦佩。

人们谈起这位藏族历史上的哲人，都首先赞赏他政治上的远见卓识。我熟悉他，却是从一部内容繁富而结构精巧的诗集开始的。二十二年前，当得知命运的链条已把我与西藏紧紧系在一起的时候，一位友人录赠给我一首意味深长的小诗，就是萨迦·贡噶坚赞写的：

学者遇到再大的困难，
决不会加入庸人的队伍；
正如燕子渴得唇干舌燥，
也不肯喝饮泥潭的脏水。

在漫长坎坷的生活道路上，在那是非颠倒的岁月里，它几乎成了我的座右铭。每当背诵这首诗，好似甘露流进了心田，得到许多智慧和力量。接着，我断断续续读完了《萨迦格言》的四百多首哲理诗，隽永、优美、铿锵，蕴含着诱人的艺术魅力。心中萌发出一个越来越强列的愿望：拜谒这位伟大的学者和诗人的故乡。无奈工作繁忙，交通阻隔，再加上时局的变迁，直到今年秋天才了却这桩多年的夙愿。

萨迦坐落在后藏、群山环抱的喜马拉雅山区。仲曲河清澈见底，悠悠流淌，把古城切成南北两个部分。远远望去，北岸的奔布山酷似一头远方驰来的大象，困倦地伏卧在仲曲河畔酣息。大象右胯呈灰白色，与整个褐色身躯迥异，分外醒目。相传 1034 年，孟加拉国高僧阿底峡从阿里去日喀则传教，曾经在仲曲河畔饮马煮茗，断定此乃吉祥之区。仲巴的昆氏家族闻知，抢先占据了这块地盘，在奔布山麓大兴土木，兴建寺庙、王宫和民宅，取名“萨迦”，意即灰白色的土地。大概当时昆氏家族尚未发迹的缘故，萨迦又没有高大的林木，北寺房屋都比较矮小，尽是土坯垒成，经过数百年风蚀雨淋，大都坍塌了。没有宽广笔直的街道，没有辽阔的广场，仅从密集的土堆中，还可依稀想象当年房舍栉比、僧侣贵人摩肩接踵的盛况。萨迦·贡噶坚赞就诞生在这里，是昆氏家族迁徙萨迦后的第四代子孙。

贡噶坚赞原名班曲顿珠，脱离襁褓之后，从王宫迁居京城西北角的一间小土屋里。他从小聪颖好学，拜伯父扎巴坚赞为师，足不出户，一心博览群书，学贯五明，尤擅诗词格律，开始了后来编为《萨迦格言》的哲理诗创作，其中一首写道：

学者不炫耀自己的知识，
他的名声仍在世上传扬；

十世班禅大师（中）视察萨迦南寺，在高大外墙上向随行工作人员讲述北寺历史。

最早修建的萨迦北寺

把兰花装进封闭的宝瓶，
香气却飘向四面八方。

这位好学不倦的青年果然在二十来岁就荣获“班智达”（梵语：大学者）的光荣称号，三十四岁登上萨迦法王的宝座，名扬西藏地区和印度。远在甘肃的西凉王阔端也十分欣羡他的才学，表示要拜他为师，盛情邀请他去凉州商议国家大计。当时，西藏教派林立，数以百计的地方头人割据称雄，剑拔弩张，互相火并。萨迦派内部的斗争也难解难分。阔端的邀请书使这位大学者从动乱的大千世界中看到了光明和希望。知识给予他智慧和力量。为了民族的安乐，他力排众议，毅然在一个深夜离家北上，高寒的西藏从此纳入元朝中央政府的行政管辖之下，萨迦也因此在一个世纪内威慑全藏，成为众望所归的统治中心。

萨迦南寺入口

参观南寺，即通常所说的萨迦大寺，我好像跨越了几个世纪，进入了另一个天地。这里地势平坦，不像北寺那样受山势起伏的局限，所有建筑都是严格按照东西南北的方位统一布局修建起来的。四四方方的院落，均衡分布的城堡，高峻、雄浑的殿堂，显示出设计者气吞山河的气魄。

萨迦·贡噶坚赞在内地圆寂以后，他的侄儿也是学生八思巴被元世祖忽必烈封为国师，兼领总制院。1264 年，他捧着师傅的骨灰荣归故里，以供奉骨灰为名，在仲曲河南岸兴建了萨迦大寺。史书记载：八思巴从北京出发时不但持有皇帝关于扩建寺庙的圣旨，还带来大批蒙古族、汉族的工匠，所以建筑宏伟，规模远胜于北寺。院墙高达十米，呈等腰形，墙顶宽两米。经历数百年风雨，仍然大部完好，人们可以在上面散步聊天，纵览远近的山河农田。墙上有八个巨大的碉楼，墙脚有一圈壕堑状的深槽，是当年护城河的遗址。在西藏众多的寺庙中，这是绝无仅有的，保留着元代城市建筑的风格，遥想当八思巴以显赫的国师地位住持萨迦，既是全藏佛教的中心，又是萨迦王府所在，自然要严加防范的。萨迦实际上已开创了西藏“政教合一”的先河。

我们穿过寺庙高大的门楼，参观了萨迦南寺的主体建筑——大经堂。这是一座井字形的四层建筑，正中有一口水井，专供浇灌花木和打取净水。走进北面经殿，只见四排红色顶柱高大粗壮，共有四十根，为寺庙增添了庄严肃穆的气氛。进门左手的第一根柱子更是与众不同，披着哈达，直径足有一米半，三人合抱仅能碰着指头。僧人告诉我们，八思巴筹建萨迦寺的时候，皇帝忽必烈曾表示：“要供奉一根柱子，永远立在庙堂里。”这进门左手第一

为了便于防守，在萨迦南寺内墙和外墙碉楼之间有天桥相通。

根顶柱就是忽必烈命令驻藏的蒙古兵丁从喜马拉雅山南麓砍伐和运送来的原木。因为忽必烈指令的是“一棵最大的树”，原木运来后未敢斧削，虽凹凸不平，倒也奇大无比，在经殿里独占鳌头。上面用藏文写着“色钦嘎瓦”几个大字，意思就是“皇帝赐予的柱子”。皇帝此举无异于一张无形的圣旨，西藏各地头人纷纷向寺庙供奉顶柱，表示归附萨迦的诚意。山里禽兽也纷纷跑来帮忙及时驮运到萨迦。紧靠“色钦嘎瓦”的两根柱子上分别写着“野牛柱”、“老虎柱”的字样，就是野牛和老虎驮来的。

僧人小心翼翼地捧起一只红绸包裹的海螺给我们观看，外表十分寻常，细细端详，才惊奇地发现螺纹的方向与世间海螺大不相同，是向右旋转的，故称右旋海螺，是罕见的珍品。同行者问：“能吹得响吗?”僧人紧紧护着海螺，一脸惶然的神情：“除了皇上和活佛，谁敢吹它?”传说这只海螺原是佛祖释迦牟尼留下来的法器，后来一位印度土王与邻国征战，求救兵于中国皇帝，得以安渡难关。为了答谢，土王送给中国皇帝两件至宝：一尊释迦牟尼佛像，一只右旋海螺。佛像在七世纪由文成公主带到拉萨，海螺由忽必烈送给了八思巴。故而，佛教得以在高原上兴隆昌盛，持续一千多年。传说终究是传说，正像经堂里的野牛柱和老虎柱一样，当然难以置信。在宗教典籍里，史实与神话常常掺和在一起像牛奶和水一样难以分离，如果不是学究气十足，倒也用不着细加追究。神像前是一排四十米长的大供桌，供桌上摆着一长溜玻璃橱柜，橱柜里、供桌上，陈列着历代帝王、高僧、达官贵人和中外香客馈赠寺庙的礼物：玉器、珍珠、花瓶、瓷碗、金佛、锦绣、象牙雕……在微弱的酥油灯光下闪烁着诱人的斑斓色彩，琳琅满目，令人目不暇接。这里有印度高僧送来的象牙，长达一点三米；有日本和尚供奉的花瓶，白瓷红花，还写有日本文字；有汉族工匠精心雕琢的玉钟，带露的花瓣下刻着一圈卦爻词。八思巴的一袭锦缎蟒袍，是忽必烈亲自赏赐的，也保存完好。宋、元、明、清的皇帝都给寺庙赠送过瓷碗、酒器、苏绣、珍宝和锣、鼓、钹等乐器。其中有一朵金质莲花，花瓣是活动的叶片，折叠起来可以放进一只两寸厚的小盒，提着花蒂一抖，“哒”的一声，变成了一朵盛开的莲花，金光耀眼，玲珑剔透，煞是可爱。我们沿着供桌边缓缓巡游，听僧人娓娓讲述着每件珍奇的来历，就像置身于古代文物博物馆，温习着一个民族久远的历史。

我在帮助主人收拣蟒袍时，抖开一块黄绸，发现一只小鸟掉了出来。主人急忙捧在怀中，用额头轻轻触碰着小鸟的羽毛，表现出亲昵而又敬畏的神情。过了好一阵，他才告诉我说，这是一只神鸟，是萨迦·班智达当年饲养的鹦鹉。它从不学那些奉承阿谀之词，只专心致志地学习念经，后来竟能背诵整部经书，你说奇不奇？细细寻思，鹦鹉常常呆在萨班的书房里，萨班又是一位博览群书的著名学者，耳濡目染，再加上教养得法，能背经书，倒也是合乎情理的事。这里用得着一句藏族谚语：挨着金山飞，乌鸦也能变成凤凰。

经堂后面是一个巨大的书库，没有窗户，没有供灯，要举着汽灯才能看清书库的规模，真吓人一跳。东、西、北三面墙壁高达十米，从左至右，从上到下，全部布满了书架，都塞得满满的，总共藏有三万多部经书。有关宗教、天文、医学、文学、建筑等方面的藏文著作，这儿几乎都可以查找到。其中一部《大藏经》分别用藏文、汉文、蒙古文三种文字对照写出，共有三千多卷。

我们都为萨迦寺藏书之富、保存之久而赞不绝口，不料主人却说："这儿属于一般性书籍，要研究高深一些的学问，必须到萨迦寺珍本图书室。"于是带我们登上二楼的珍本图书室，过去要进入珍本图书室阅读必须持有萨迦法王和大管家同时签署的许可证。这里藏书三千多部，多属地方档案材料，包括萨迦寺历代高僧的著作和传记。还有二十部贝叶经，贝叶经是用墨汁把经文书写在热带特产的贝多罗树叶上，每叶有三寸多宽，一尺来长，一世纪至十世纪盛行于印度，后又传播于中亚和中国的佛教地区。因年代永远，而今已经难以看到了。前几年，一位东南亚学来来萨迦访问，说他走遍整个印度，只发现三叶半贝叶经，成了博物馆的无价之宝，认为萨迦寺能珍藏如此丰富和完整的贝叶经。实在是文化史上的奇迹。

萨迦教派在佛教里又称花教。因为允许娶妻生子，有人误以为花教僧人沉溺于女色，都是些不学无术的人物，实在是皮毛之见。在萨迦的历史上，学贯古今、锐意进取的学者不绝如缕。萨迦·贡噶坚赞学识渊博，著述繁多，包括有哲学、宗教、建筑、医学、文学等各种门类。他的《萨迦格言》雅俗共赏，影响深远，开创了藏族哲理诗的先河。八思巴精通语言学，在三十五岁时就创造了包括四十四个拼音字母的蒙古新字，颁行于天下，促进了蒙古族文化的发展。先后有十四位萨迦法王荣任元、明皇帝的国师。除政治因素外，主要得力于萨迦寺丰富的藏书和良好的学习风气。

可惜萨迦·贡噶坚赞创立的学习风气未能长久保持下来。一些子孙坐享祖先的荣华，弃书籍如敝帚，不思精进。昆氏家族传至第二十二代，叔伯争权夺利，达到不可收拾的地步，被迫分离为两个王府。他们轮流执政，竞相豪奢，吃喝嫖赌在拉萨引为笑谈，正如贡噶坚赞所预言：

过分奢侈的富人，
离衰败就很近了；
灌得太满的池塘，
离决口就不远了。

十八世纪中叶，廓尔喀入侵西藏，劫掠扎什伦布，昏庸的萨迦法王为图私利，竟抛弃祖辈爱国爱教、护国利民的光荣传统，甘当侵略者的走卒，被清朝中央政府没收了大部分庄园，虽然还为法王保留了一乘光灿灿的黄缎轿子，但权势已经衰微，从此一蹶不振了。

夜幕降临，月儿钻出云层，映出奔布山轮廓分明的剪影，给南寺金顶镀上一层冷漠的清辉，在仲曲河上铺洒片片粼光。响过最后一声佛号，僧人们结束一天的修行，三三两两走过木桥，回家与妻室儿女同享天伦之乐。古城万籁俱寂，只有桥下的流水潺潺低鸣，吟诵着一支永远唱不完的古老的歌。

（写于1982年10月，发表于《青海湖》文学月刊）

白居寺，各教派在这里和睦共处

白居寺坐落在年楚河中游的江孜，与下游日喀则的扎什伦布寺相距只有八十五公里。扎什伦布寺是格鲁派的六大丛林之一，而白居寺却以它兼容藏传佛教许多教派为一体而引人关注。格鲁、萨迦、噶当、噶举、夏鲁、宁玛等著名教派都在白居寺建立了各自的扎仓（僧院）。相互和睦共处，各教派僧人每天在同一个大经堂里诵读经文，同谋发展，实在是宗教史上的奇迹。

江孜地处西藏主要城镇拉萨、日喀则、亚东所形成的三角地带的中心，扼后藏、前藏与领国锡金、不丹、尼泊尔相互往来的咽喉。元朝末年，年楚河中游的一个名叫朗钦·帕巴桑布的头人自称是吐蕃王朝的后裔，向元顺帝妥欢贴木耳称臣纳贡，深得元中央政府青睐，被封给“司徒”称号，颁发给一枚蒙古、汉两种文字的水晶印鉴，正式授予他江孜地区的统治权力。于是在元朝使节的支持下，朗钦·帕巴桑布选择年楚河中游北岸一个山头修建起雄伟的宫殿式城堡，取名“结卡孜”，并逐渐演变为统辖区的名字，简称江孜。当时西藏的所有政治势力都必须以寺院为依托。十五世纪初叶，司徒帕巴桑布的儿子绕丹古桑帕接过结卡孜的统治权力，担任江孜千户长，决定修建一座大型寺院，地址就选择在城堡西侧一个环形山丘的怀里，与政治统治中心紧紧连在一起。白居寺的红色围墙沿着弯月形山峦蜿蜒而上直达山脊。远远看去，起伏的山峦酷似一条盘结在年楚河畔的长龙，宫

白居寺和江孜古镇全景

新西兰大学生参观白居寺

白居寺的十八罗汉堂，比印度罗汉堂多了两尊塑像，与内地罗汉堂一致。

殿式城堡是昂首呼啸的龙头，白居寺则静静地酣睡在弯月形长龙的怀抱里。所以这座山就叫“祖常阁”山，意即“盘结起来的长龙”，真是一个十分形象而又吉祥的名字。

白居寺能在各教派的激烈竞争中和睦相处，是西藏政治和宗教发展在特定历史阶段的产物。它不像扎什伦布寺那样是格鲁派鼎盛时期从前藏向后藏扩张而兴建起来的，白居寺却是朗钦家族为扩大和巩固自己的政治权力而建立起来的，既要突出创建者的教派信仰，又必须随着各教派及其政治势力的相继兴起不断容纳众多教派入寺。朗钦家族先后出过许多高僧，最早尊奉噶当派。帕巴桑布被元顺帝册封为“司徒”得力于萨迦法王的推荐，不久帕竹噶举击败萨迦政权，接着是格鲁派崛起，后来被追认为一世班禅的克珠杰出任江孜江热寺堪布。克珠杰与绕丹古桑帕同乡，从小结下深厚友情，不仅极力帮助江孜土王修建白居寺，而且在新建寺院的整体格局中为格鲁派争得突出地位，分明显示出新兴格鲁派无与匹敌的发展潜力。绕丹古桑帕创建白居寺的十年间正是西藏各教派相互争斗最激烈的十年，于是让噶当、萨迦、噶举、格鲁、夏鲁、宁玛各教派的僧人先后进驻白居寺，建立各自的扎仓，总共有十五个。虽然僧人数量比许多大寺院少，而拥有的扎仓数却远远超过了其他藏传佛教寺院。各教派在同一寺院里和睦共处，五百年间一直相安无事，人们不能不佩服白居寺创建者的博大胸怀和成功实践。

白居寺占地五万多平方米，一公里多长的红色围墙从东、西两面蜿蜒而上，直达祖常阁山的脊梁，山脊正中是一座极目数十公里的高大晒佛台，是寺院的标志性建筑，象征无所不在的释迦牟尼时刻守护着远近的善男信女。南面围墙外是一条潺潺流淌的小溪，通过一座石桥与喧嚣的江孜古城连在一起，把人和神两个世界划分得动静分明。

白居寺的主题建筑祖拉康是一座气势恢弘的三层红色楼房，主供一尊做工精细的释迦牟尼鎏金铜像，从莲花台底座到佛冠高达八米，耗铜两万多斤。铜像内装藏许多珍宝和佛教经籍，还有一尊克珠杰特地从印度迎请来的释迦牟尼佛像，给白居寺增添了无穷灵气。据说当年鎏金铜像制作成功以后，发现已经建成的神殿过于狭小，左看右看都与高大的主佛不太相称，于是又拆除重建，扩展了八根柱子的面积，才形成今天的祖拉康由四十八根木柱支撑起来的宏伟殿宇。

卫护释迦牟尼佛像左右两侧的是文殊菩萨和观音菩萨的鎏金铜像。菩萨两侧还分别供养着佛教世界的过去佛教燃灯佛和未来佛强巴佛。印度佛教创始时期的主要神佛菩萨都在这里得到安置供奉，形制、规模及座位把握得恰如其分。虽然后来藏传佛教教派纷呈，但各派传承的源头仍然十分分明。

大经堂东北角的法王殿，是建寺初期专为江孜法王绕丹古桑帕在此修持而建造和设计的。正中一尊四十二臂十一面观音塑像在众多眷属簇拥和金色光环的辉映下，显得格外端庄慈祥，据说是法王亲手制作的。观音塑像左右两侧是文殊菩萨和金刚手大势至，再左右两侧分别是松赞干布、赤松德赞、赤热巴巾等极力倡导和护持佛教的吐蕃赞普的塑像，印度学者静命大师、莲花生、迦玛拉希拉和阿底峡等为藏传佛教后弘期复兴作出重大贡献的印度高僧的塑像。看来，印度和本土为西藏佛教作出过重大贡献的历史人物，在神殿里受到同样的尊重，但在江孜法王绕丹古桑帕和宗喀巴弟子的观念中，他们被安置的地位仍然是中外有别的。

在大经堂的楼上有两个勒吞拉康，意即“罗汉堂”。虽然西藏许多寺院都有罗汉堂，白居寺的罗汉堂却与众不同。其他寺院的罗汉堂是直接按照印度佛教的传说塑造的，只有十六尊罗汉，而白居寺的两个罗汉堂供奉的罗汉却有十八尊，即在印度十六个罗汉的基础上增加了宾头卢和庆友。宾头卢和庆友是中国和尚根据中国信仰者的需求在宋代才创造出来并请进寺院安家落户，元末明初就登上了西藏高原。与勒吞拉康相望，楼上左侧是朗侧拉康，主供萨迦派的十八个法王的塑像，因为出巨资兴建白居寺的江孜头人与萨迦派及其政治体系存在着千丝万缕的联系，对萨迦法王格外尊崇。十八尊法王塑像都安坐在十八个内地汉族地区特有的雕花红木椅子上，也是西藏寺院极其罕见的现象，它真实地记录了西藏正式纳入元朝中央政府行政管辖之后，达官贵人在生活习俗上受到内地官场的影响。元代和明代，西藏与祖国内地的文化交流日益频繁，在白居寺神殿里留下了鲜明的印记。

白居寺最高的神殿林典拉康建造在祖常阁山的山坡上，是历代达赖喇嘛来江孜朝拜时的住处，表明格鲁派发迹成为藏传佛教霸主以后，在白居寺所享有的特殊地位。这座三层寺院建筑从下到上分别是随从喇嘛住所、经堂和达赖休息场所。经堂除释迦牟尼塑像外，突出的是布顿大师的塑像和护法神像。这里保存着许多珍贵的壁画和唐卡画像。

白居寺的壁画和唐卡画在西藏寺院绘画中别具一格，被称为“佩孜”画派。是西藏传统绘画的三大画派之一。“佩孜”画派是十三世纪在高原传统绘画的基础上吸取印度、克什米尔、尼泊尔的某些技巧而形成的。它的特点是人物造型具有较多的热带情调：高鼻深目，衣服袒露，丰乳细腰，常呈三道弯的扭曲，没有本地古典绘画的古朴稳健，却富有南国人物的曲线美；在画面的布局和视角上采用“W”形的散点透视法，将所要表现的故事和景物布满整个画面，给人居高临下和画幅丰满的艺术享受。大部分作品呈长方形，每幅作品下方用文字解说所表述的思想或故事内容，主题鲜明，令人一目了然，在西藏寺院壁画中独树一帜。据说修建白居寺的时候，特别从邻近的尼泊尔请来了宗教画师与藏族画师一道工作，其中的许多壁画是由尼泊尔画师事先勾出线条，再由藏族画师着色完成的。通过白居寺的壁画制作，不仅培养了本地美术人才，也使“佩孜”画派得以形成，在西藏传播开来。中外文化交流，极大地丰富了高原的绘画技巧，使西藏寺院更加光彩夺目。

（初稿于 1962 年 10 月）

西藏有座十万佛塔

你知道一座城市可以容纳十万男女，你却无法想象一座佛塔该怎样安置十万尊神像。后藏年楚河中游的江孜平原上有一座明朝初年修建的白居寺，白居寺大院里就有一座著名的白色菩提塔，规模十分宏伟，傲然耸立在古城和白居寺数以千计的众多房屋之上。它就是中外闻名的"八廓曲登"，又被称为十万佛塔。十万佛塔是白居寺的一个组成部分，却与布达拉宫和萨迦寺齐名，合称西藏最奇特的三大宗教艺术博物馆，一直是中外游客向往的圣地。

八廓曲登始建于明代永乐年间，与白居寺其他殿堂同时。出巨资修建这座菩提塔的施主是当时江孜土王绕丹古桑帕。他从小就喜读佛教书籍，对藏传佛教有很高的造诣，与宗喀巴的弟子、后来被追认为一世班禅的克珠杰交情深厚。他所属的朗钦家族是后藏有名的大贵族，绕丹古桑帕继承父辈的统治权力时，家族已经拥有万贯家财。在克珠杰的劝说下，他决心修建一座佛教道场，弘扬佛法以名垂青史，普度众生。白居寺就是在克珠杰主持下修建起来的，在白居寺快要竣工的时候，绕丹古桑帕感到自己的家财尚绰绰有余，经克珠杰策划，又特地邀请夏鲁寺教主布顿大师来江孜平原主持设计和修建一座菩提塔，历时十个春秋，终于在白居寺祖拉康的西侧耸立起这座名扬千古的著名佛塔——八廓曲登。史料记载，绕丹古桑帕为修建八廓曲登投入的珍珠、翡翠、金银、青稞、酥油和劳工，总价值大约相当今天的

八廓曲登佛塔高三十多米，环绕塔身有四十八座神殿，雕塑、绘制的各类神像十万个，堪称世界之最。

塔内佛像一角

两千多万元人民币。布顿大师是西藏历史上的宗教学者，对医学、绘画和建筑也有很高深的造诣。这座设计精美、高达九层的古塔是完全用土石垒砌起来的，竣工以后再没有进行过大的维修和改造，在近五百年的地震灾害和风风雨雨中始终坚若磐石。布顿大师的建筑才华令今天的许多建筑工程师赞不绝口。

佛塔建筑艺术起源于印度，梵语称为“浮屠”，最早用来安置佛祖释迦牟尼圆寂后的舍利子，遍布印度、中国和东南亚许多佛教国家和地区，一直是佛教信徒蜂拥朝拜的圣迹，以后发展为供奉高僧大德骨殖或肉身的处所。随着佛教在西藏的发展，佛塔建筑的应用越来越广泛和普及，形制和规模也越来越复杂多变，小型的有便于随身携带的泥塑、牙雕佛塔，中型的有放置在书案、神龛的木雕佛塔或银质佛塔，大型的有高山村庄供行人转经兼具指路功能的白塔，精致华丽的有安置大活佛肉身的金质灵塔。但是像八廓曲登这样规模雄伟、结构复杂，融众多神殿为一体，兼具朝拜和景观两种功能的佛塔，在世界著名佛塔群落中是独一无二的。

八廓曲登占地两千二百平方米，从座基到顶层的金瓶总共有三十多米，五层以下呈四面八角形，再上面的四个层面除第六层外均呈圆形，从下往上逐层收减，直达顶端为金瓶的一个点，既规整划一又变幻多端，给人对称而又活跃的美感。整个塔身呈白色，而每层楼的外围栏扶手则用红色涂抹，显得层次分明。第六层是四方形，每方各开一门，门框上装饰有大象、狮子、飞龙等精美浮雕，门楣上绘制有湿婆神的慧眼，每双细长的眼睛足有三米多长，人们在江孜的每个角落都能感受到湿婆神睿智、慈慧的目光在关注着人们的一言一行。在印度婆罗门教传说中，湿婆长期在西藏西部的冈仁波齐山上修行，既是毁灭之神，也是再生之神、舞蹈之神，后来被佛教尊奉为主管智慧、创造和技艺的重要神祇大自在天，在藏传佛教中亦享有极高的威望。

“八廓曲登”直译为“可以旋转而上的佛塔”。登临佛塔，就像拉萨善男信女围绕古老八廓街转圈一样，既是一次观光浏览，也是念诵一次祈福驱灾的经文，可以得到加倍回报。沿东面石梯而上进入佛塔大门，正面是一间较大的经堂，主供端坐莲台的释迦牟尼塑像，簇拥佛祖左右的有罗汉、菩萨、空行母的塑像和壁画。空行母就是敦煌壁画里的飞天女，在藏传佛教中称“度母”，包括白度母、绿度母和红度母，身披薄纱，丰乳肥臀，能歌善舞，是西藏寺院常见的女性形象。从经堂出来是八廓曲登的第一条转经回廊，按顺时针方向，回廊右侧有二十个神殿，每间神殿都布满了神佛菩萨的塑像、壁画、唐卡和浮雕。从第一个楼层到第五个楼层共有五条转经回廊，上面四层的神殿数目相同，只是随着塔身收缩，神殿面积逐步变小，总计有八十五座神殿。每个殿堂供奉的菩萨不完全一致，主题不断变幻，其中有佛祖殿、观音殿、萨迦法王殿、护法神殿、宗喀巴殿、莲花生殿、四大天王殿、灵塔殿，等等，不一而足。每个殿堂除主供菩萨外，还有他们的侍从和眷属，大象、孔雀、飞龙等许多陪伴的吉祥动物，神态各异，栩栩如生，令人目不暇接。印度佛教，藏传佛教、汉传佛教的所有神佛菩萨、护法神和佛教发展史上的著名高僧，都汇聚在这座佛塔里安家落户，得到很好的供养。罗汉殿里数十尊罗汉塑像都分别安置在岩洞似的神龛里，使用夸张手法把每个罗汉的个性表现得栩栩如生。护法殿里，绿色肉身的马头明王脖子上缠绕着猛蛇，手持金刚，脚踏妖魔，一副龇牙咧嘴的模样，对心怀邪恶的人具有极大的威慑作用，表现出高原民族对天灾人祸的恐惧和征服邪恶的善良愿望。据说，把八十五间神殿里及其大小佛龛里的所有塑像、浮雕、唐卡、壁画的头像加在一起共有十万个，所以人们习惯把八廓曲登称为“十万佛塔”。

八廓曲登佛塔中心是一根巨石垒砌起来的石柱，层层殿堂都围绕石柱提升，石柱则随着每层殿堂的收缩逐步缩小。每个神殿自成一个小庙，互不干扰，但又在内容上有机地组合成一个整体。佛塔与白居寺大经堂和十五个扎仓比肩而临，金顶相望，身处其中，真是寺中有塔，塔中有寺，美妙极了。

八廓曲登佛塔展示出来的，不仅是数目多得令人叹为观止的十万尊佛像，更在于它高超的绘画技艺在西藏美术史上开创了一个新的天地。据壁画题记记载，为制作这些塑像和壁画，集中了日喀则、萨迦、江孜等后藏许多著名宗教画师，他们花费了十年心血才完成。十五世纪初叶，西藏各教派如雨后春笋谋求发展，后藏新建寺院借地缘优势纷纷从临近的尼泊尔、克什米尔等地请来宗教画师。八廓曲登佛塔的许多塑像和壁画就是后藏画家与尼泊尔画家相互交流合作的产物，并在交流合作中形成了西藏美术上著名的“佩孜”画派。“佩孜”画派的主要特点是，喜欢色块的大面积涂抹，营造出浑厚磅礴的气势；人物造型上多南国热带风情，女性衣饰单薄，袒露或半裸，男性多高鼻深目，形态夸张，显得刚柔互补，个性突出。在传统绘画基础上大胆吸取外来文化的特长，为西藏宗教艺术开一代新风，白居寺和八廓曲登为我们留下了这次中外文化交流的珍贵史实。

要走完这座辉煌菩提塔的八十五座神殿是很累的，好在每层楼房外侧都有一条转经道，可以出来扶着护栏远眺古城风光，这也是极难得的享受。稍事休息，再登上第二层，又有二十间神殿，把游客又带入一片新的天地。那数不清、看不完的佛像、菩萨、金刚、天女、高僧、法王，似曾相识，其实都不尽相同，总会给游客新的享受。深刻感受到藏族人民惊人的智慧、坚忍和理想，以及千百年来艰苦奋斗、不断追求的心灵历程。

八廓曲登顶部是铜铸镏金的“十三天”。“十三天”是佛教理念中修行圆满后进入的极乐世界。如果把八廓曲登大约四层楼高的底座计算在内，数到这里刚好是第十三层。象征信徒们经历人生的万般劫难，生老病死磨砺之后，虔诚修行得到了正果。站在这里，背后是金光闪耀的宝幢，一串串铜铃在清风吹拂下发出天国的妙音。举目远望，层峦叠嶂，年楚河宛如一条绿色飘带在万顷田畴中起伏跳跃，心胸豁然开朗。来此参观和朝拜的人们无不惊叹布顿大师的超人智慧和气吞山河的恢弘魄力，佛教玄妙的人生哲理通过他设计和修建的一座佛塔变成一目了然的美丽景象。

（写于 1963 年 8 月）

哲蚌寺，世界最大的佛教寺院

到西藏参观的旅客，哲蚌寺是不能不去的。这座位于拉萨西郊根培乌孜山麓的寺院僧人众多，建筑雄伟，不但是格鲁派的六大丛林中的首寺，也是当今世界的第一大佛教寺院。

哲蚌寺到底有多少幢楼房、多少间房屋，至今没有做过精确的统计，即使在此度过了大半生的僧人至今也数不清楚。一踏进山门，就仿佛进入了一座深邃的迷宫，一座成千上万神佛、菩萨、护法和僧人熙来攘往的巨大山城。站在青藏公路上遥望根培乌孜山，哲蚌寺密密麻麻的高楼房舍墙壁一律用白色粉浆涂抹，酷似一座大米堆砌起来的山峦，所以命名为“哲蚌寺”，意为“大米堆积起来的寺院”。

回溯六百年前，这里还是一片绿草茵茵的牧场。一个名叫玖巴·降久班典的佛教徒看中了根培乌孜山麓一个不到十平方米的山洞，他在此隐居修行二十余年，最后安详地逝于洞里。附近牧民有感于他对佛祖的虔诚，集资在洞口修建了一座石塔以供奉降久班典的遗体，从而成为拉萨近郊的一块圣地。1416 年，宗喀巴在拉萨东郊旺古尔山上修建甘丹寺以后，又派遣他的弟子强央曲杰在拉萨近郊修建一座格鲁派道场。强央曲杰认定石塔所在的圣地是最吉祥的建寺处所，拉萨河南岸的贵族南卡桑布不但在物资上给予大力支持，还派来许多农奴挖土背石，经过十余年辛劳，才有了哲蚌寺的雏形，强央曲杰自任哲蚌寺的第一任堪布。为纪念强央曲杰创建哲蚌寺的丰功伟绩，后人把

哲蚌寺措钦大殿和辩经场。大殿由143根巨大立柱支撑，可容纳近万名喇嘛诵经。

这只白色海螺，相传是宗喀巴1416年修建甘丹寺时挖掘出来的神物，后来转送他的弟子强央曲杰作为哲蚌寺的镇寺之宝，仅在一年一度的雪顿节才供奉于大厅接受僧俗大众顶礼朝拜。

他主持修建的经堂称为“强央拉康”，至今香烟缭绕，每天响起喃喃诵经声。

十六世纪初，后来追认为第二世达赖喇嘛的根敦嘉措在与萨迦派、噶举派的斗争中逐渐得势，从后藏回到拉萨担任哲蚌寺堪布，并亲自主持大昭寺一年一度的传召大法会，意味着格鲁派宗教势力的崛起。从此以后，历代达赖喇嘛成为哲蚌寺的终身法台和寺主，一直延续到今天。四百多年间，特别是清朝中央政府极力支持格鲁派，册封达赖喇嘛统领西藏地方政教大权以后，格鲁派宗教势力和政治势力得到空前膨胀。哲蚌寺不断增修扩建，俨然整个西藏地方政治和宗教的指挥中心。哲蚌寺规模越来越宏大，组织越来越严密，僧人也越来越多，藏传佛教寺院的管理制度、宗教文化的一些重要特征都在哲蚌寺的组织格局和生活方式中得到集中体现。哲蚌寺下设四个扎仓，即两个显宗僧院、一个密宗僧院、一个显密兼修的僧院。扎仓下设康村，康村下设米村，米村才是哲蚌寺最基层的僧人组织。全寺总共有五十多个康村，一百多个米村。清朝中央政府给哲蚌寺额定的僧人就有七千七百名，实际上最多的时候僧人超过一万人，远在西藏其他寺院之上。站在山脚向上仰望，可以看到三条平行的经堂，最上一层则是金碧辉煌的佛殿，那才是所有修行者和前来朝拜的善男信女神往的地方。看似杂乱的寺院其实是严格按照佛教理念设计和修建起来的，既强调了神佛菩萨不可混淆的尊严，又形象地表现出进入极乐世界必须遵循的修行次第。

措钦大殿是哲蚌寺最大的殿堂，殿堂前有十七级台阶，登上台阶是八根巨大木柱支撑起来的宽敞明廊，东西两侧有四大天王把守大门，显得雄伟壮观。踏进门栏就是大诵经场，也是全寺僧人每天早晨诵经必到的活动中心。面积一千八百平方米，支撑的立柱达一百三十三根，气宇轩昂。中间的二十多根木柱特别高大，擎起一个天井似的玻璃顶棚。一束束跳跃的阳光透过顶棚投射在彩色经幢上，给四围的神佛菩萨和壁画笼罩上扑朔迷离的神秘气氛。在此诵经和听经，心境能很快净化，得到非同寻常的熏陶。大殿正中供奉的是释迦牟尼塑像，由五百两白银制成，传说塑像内装藏有佛陀的舍利子、头发和衣冠，是极其珍贵的宗教文物。佛陀像的侧边是大白伞盖佛母像，是建寺初期制作的。佛母即诸佛之母，佛经说，佛母有大威力，放大光明，以大慈悲覆盖法界。她有三头三眼，周围伸出无数手臂，每只手掌上都有一只眼睛，外围环绕着一个金光闪耀的圆环，显得端庄而有威严，令人景仰。据说佛母像装藏特别丰富，其中有宗喀巴的头发和全套袈裟，阿底峡的香熏虎皮坐垫，还有护贝龙王献给宗喀巴的右旋海螺，义成国王的王冠和各色宝石，格萨尔使用过的弓箭和箭囊，书籍里记载的装藏文物还很多，让历史考古学家叹为观止，不知确否。佛教传说虚虚实实，是难以说清的。

佛殿回廊的出口处悬挂着清朝同治皇帝赐赠给哲蚌寺的御笔匾额，上书“输成向化”四个大字。自康熙皇帝册封五世达赖喇嘛金册金印以后，历代皇帝对哲蚌寺赠送的花瓶、唐卡、佛像、经书甚多，成为该寺珍藏的至宝。

大殿左右两侧是配殿。左侧配殿供奉的是过去佛燃灯佛，现世佛释迦牟尼，未来佛强巴佛。右侧配殿供奉的是各种佛经。藏传佛教信徒认为佛经是神佛菩萨赐给人间的神物，本身就具有净化心灵、慑服邪恶的无比威力，对它顶礼膜拜一次胜过念一万次“六字真言”。供奉在神殿里的佛经是不让学者和僧人借阅的，供借阅的经书则放在专门的书库里，措钦大殿二楼东面有一个巨大甘珠尔书库，存放着著名大藏经《甘珠尔》的各种版本，其中有康熙年间刻印的全套《甘珠尔》，云南土司赠送的理塘版大藏经，还有十七世纪甘丹颇章政权第三任第司罗桑图道用金汁抄写的《甘珠尔》，既是稀有的图书版本，又具有极高的文物价值。

措钦大殿南面是一个石板广场，占地两千平方米，是哲蚌寺最大的辩经场。每年冬天，各扎仓学业优异的僧人要在这里举行学术辩论，实际上就是比宗教知识、比逻辑思维、比灵敏口才的考试，竞争十分激烈。获胜者被授予“格西”称号，相当于佛学博士，并取得参加传召法会辩经考试的资格，能在那里战败群雄就可以获得“拉让巴”格西学位，被拥戴为西藏的大学者，可以充任大寺院的高僧、法台。因为哲蚌寺学经次第严格，又是高僧荟萃之地，许多活佛和贵族出家人都以哲蚌寺学经取得僧籍为荣。数百年间，汉族、蒙古族乃至日本、俄罗斯的不少信徒也先后来此学习进修，造就了许多世界著名的学者高僧。

位于措钦大殿西侧的甘丹颇章是哲蚌寺里自成一个独立于众多扎仓、康村之外的建筑单元。甘丹颇章最早兴建于 1530 年，是山南地区一个贵族出资为二世达赖喇嘛根敦嘉措修建的一幢佛邸，直到五世达赖喇嘛迁居布达拉宫以前，历代达赖喇嘛都住在这里，五世达赖喇嘛在蒙古和硕特部首领固始汗的支持下击败噶玛派地方政权，开始格鲁派对西藏地方的统治，指挥中心就设在这里，被历史学家称为“甘丹颇章”地方政府。五世达赖喇嘛凭借清朝中央政府的册封和支持，为哲蚌寺争得一百八十五个庄园，三百多处牧场，两万多名农奴，成为拥有巨大资财的寺院。五世达赖喇嘛对甘丹颇章进行了大规模的维修扩建，形成了今天三进两院分前、中、后沿山坡而上的三幢楼房，东西两侧的僧舍与主体楼房相衔接，组成两个回形游廊，高低错落有致，将宫廷的富丽堂皇与寺庙的肃穆神秘融为一体，足见设计者的匠心。进大门的第一个院落左侧是甘丹颇章的大经堂，主供五世达赖喇嘛的塑像，塑像背后与左右都是威严怖畏的护法金刚，足可防卫一切异教和邪恶势力的侵犯，穿过大院西北角的楼梯过道就进入第二个院落，正北的一幢四层楼房雄踞于甘丹颇章所有房屋之上，是当年西藏地方政权和宗教事务的决策枢纽。底层和二层是佛殿和侍从僧人的住地，第三层是高层官员的办公室和处理公文的机密要地，第四层是达赖喇嘛修行、办公和生活起居地，包括寝宫、经堂、客厅和佛殿。经堂供奉有格鲁派创始人宗喀巴的塑像，据说是严格按照宗喀巴圆寂时的等身制作出来的。因为甘丹颇章是一个统领政治和宗教的行政机构，所有的神殿、办公、会议和生活起居场所都笼罩着浓厚的宗教气氛。神佛菩萨和格鲁派的著名活佛高僧的塑像，还有佛教故事，飞天女、护法神的壁画和唐卡，布满了每个房间和居室，都出自西藏高级画师的手笔。对虔诚的香客，这里是朝拜的圣地；对研究西藏文化艺术的中外学者，则是一本永远读不完的宝书。

哲蚌寺西侧是一条从根培乌孜山山谷流淌出来的小溪，溪水清澈见底，两岸是摇曳的茂密柳林。沿溪而上，赫然耸立着一面坡形晒佛台，每年藏历六月二十日开始的雪顿节就在这里拉开序幕。那天早晨，成千上万的居民和僧人拥挤在小溪两岸，佛号呜呜，鼓锣齐鸣，一幅精心刺绣的巨大的释迦牟尼唐卡画从晒佛台顶端缓缓打开，供善男信女朝拜观赏，接着由西藏著名的藏戏表演艺术家在甘丹颇章大院表演第一场藏戏，代表拉萨善男信女答谢哲蚌寺僧人一年来的辛劳。然后，整个拉萨万人空巷，扶老携幼涌向罗布林卡，载歌载舞，狂欢七天七夜，把生老病死的一切磨难和烦恼抛到九霄云外，其乐无穷。

从哲蚌寺开始的雪顿节实际上变成了拉萨僧俗大众共同的狂欢佳节，一直延续到当代。届时，罗布林卡里人流如潮，藏戏、歌舞、折嘎等文艺演出争奇斗艳，并随着对外开放和旅游事业的蓬勃发展，成为雪域高原向外界敞开的一扇明丽窗扉。

（写于2003年，此文是应约为内地赴藏纪录片摄制组撰写的文字稿）

神秘的野玫瑰

色拉寺位于拉萨北郊的色拉乌孜山脚，清朝乾隆皇帝给色拉寺额定的僧人为五千五百名，仅少于七千七百僧人的哲蚌寺，是藏传佛教的第二大寺院。色拉、哲蚌、甘丹合称“拉萨三大寺”，不但建筑宏伟、组织严密，而且所推行的宗教仪轨、修行制度及其供奉的神佛、菩萨、护法成为格鲁派文化的典型代表。色拉寺在三大寺中兴建最晚，却以它长期与中原地区频繁的文化交流为特色，一直保存完好的许多珍贵历史文物受到中外游客的青睐。

“色拉”，翻译成为汉语就是“神秘的野玫瑰”。传说色拉寺兴建以前，这里是一片花团锦簇的野玫瑰林。宗喀巴带着他的两个大弟子贾曹杰和克珠杰在色拉乌孜山脚的一个山洞修行，有一天来玫瑰林散步，猛然听到前方一棵树下发出骏马的嘶鸣，意识到是来自佛祖的呼唤，当即命徒弟循声挖出那棵野玫瑰，竟然发现玫瑰树的根须紧紧缠绕着一尊马头金刚明王的塑像。宗喀巴认定这片玫瑰林乃神佛菩萨聚会的场所，后来就派遣他的弟子释迦益西在此修建一座道场，取名色拉寺。后来，色拉寺专门修建了马头金刚神殿供奉这尊神秘的塑像，数百年来供灯长明，成为色拉寺的镇寺之宝。

释迦益西也是一位奇人。他出生在拉萨西郊蔡公堂一个官宦家庭，却从小厌弃红尘，对佛教经籍如醉如痴，而且记忆超群，能大段大篇地背诵经文，十二岁剃度出家，十八岁开始游历雅鲁藏布江南北的古刹名寺拜师学经，先后拜五十多位高僧为师，学得满腹经纶，但仍感到佛祖的教理深不见底。中年时候改宗格鲁派，毅然投奔到比他年轻五岁的宗喀巴脚下，以管理宗喀巴饮食的身份随侍大师左右，日夜聆听教诲，很快掌握五部经论和大小五明，在宗喀巴的众多徒弟中脱颖而出，多次在辩论中战胜群雄，深得宗喀巴的赏识。1413 年，宗喀巴应明朝皇帝朱棣的邀请，派遣释迦益西代表自己去南京讲经说法，受到宫廷的隆重接待。释迦益西在京城举行了大规模的宗教活动，去蒙古、五台山等地指导修建寺庙，还在明成祖的寿辰大典上为皇帝做长寿灌顶仪式。明成祖十分赞赏释迦益西的道行学识，敕封他为“西天佛子大国师”，并赏赐大量财物、佛像、绸缎、珠宝和金银，标志明朝中央政府继承元代的治边策略，通过宗教实施对西藏的统治。

“大国师”释迦益西返藏后名声大振，1418 年遵照宗喀巴早先的意图主持修建了色拉寺，主要资金都来自明成祖赏赐的大量财物，去蒙古、山西、南京等地讲经时香客布施的钱物，同时也得到拉萨地区邬宗宗本南卡桑布资助的土地、粮食和农奴，所以色拉寺的修建只用了一年多的时间就基本告竣。消息传到京师，明成祖专门派宦官杨三宝赴藏，赐给释迦益西佛像、袈裟、禅衣、法器等许多物品以示庆贺。1426 年，明宣宗登基伊始就派礼部上书胡荧持诏书和金册进藏，召请释迦益西赴京就任，这时释迦益西已是七十四岁高龄，却不畏山高路遥欣然从命，在众多弟子陪同下再次踏上进京之路。释迦益西先是担任御前经师，后又受赐法轮金印，被封为“大慈法王”。“大慈法王”翻译成藏语即“绛青曲杰”，封号变成了释迦益西的名字，绛青曲杰不但在内地建起第一批格鲁派寺院，亲自为皇帝、皇后和大臣举行密宗灌顶，还以他高超的医学知识给明宣宗治好疑难病症。1435 年 10 月，绛青曲杰在返藏途中圆寂于青海湖畔，明朝中央政府特命在青海修建一座寺院——弘化寺供奉他的舍利。从此，色拉寺和明、清两代中央政府之间一直联系不断，所得皇室赠品甚多，至今保存在色拉寺措钦大殿和各个扎仓的神殿里。拉萨民众为纪念这位德高望重的佛教大师，每年藏历十月二十四日即释迦益西圆寂纪念日都要在八廓街供奉万盏酥油灯，颂扬他在弘传佛教和维护民族团结方面的伟大贡献。——这就是拉萨燃灯节的由来。

在以后数百年间，色拉寺不断得到增修扩建，发展为一座占地二十多万平方米，拥有五千多僧人的藏传佛教第二大寺院，包括措钦大殿，结巴和麦两个显宗僧院，一个阿巴密宗僧院，三十四个康村，三千多间僧舍。其中最大的一次扩建在十八世纪，拉藏汗鉴于进寺僧人越来越多，释迦益西当年修建的大经堂已经不敷需要，重新修建了由一百八十根立柱支撑起来措钦大殿，而将释迦益西最初修建的措钦大殿改为自己的私人经堂，拉藏汗死后才在这座私人经堂的基础上成立了阿巴密宗僧院。

新建的措钦大殿坐落在色拉寺北面的山坡上，居高临下，整个拉萨古城都能仰望到它闪闪发亮的法幢和金顶，象征佛光普照。大殿有四层楼房的高度，前部是能容纳八千僧人同时诵经的大经堂，采光主要依靠中间的十余根特大立柱拱起一个巨大的玻璃穹隆，古色古香的众多壁面、经幢、唐卡把宏伟的大殿装扮得色彩缤纷。后部由三座神殿组成，原主供色拉寺创始人绛青曲杰·释迦益西的塑像，七世达赖喇嘛时又增加了一尊强巴佛镏金铜像，高六米多，面相圆满，神态安详，佛冠上缀满了琥珀、珊瑚、松耳石珍奇，显得雍容华贵。佛像左右两侧的八大菩萨的彩塑立像，尊尊慈眉慧眼，可亲可敬。卫护在八大菩萨两边的则是两尊护法神像，面呈忿怒表情，阔脸粗腿，与强巴佛和八大菩萨形成鲜明对比。因为强巴佛太高，在底层神殿难以目睹未来佛的全貌，参观者要绕道登上二楼的强巴佛面容殿和慈悲殿，才能看到大佛头部真容。

西配殿是罗汉殿，正中供奉释迦牟尼佛像，两侧是十六罗汉和四大天王的塑像。色拉寺有两座罗汉堂，另一个在阿巴扎仓，史书记载，释迦益西离京返藏时，明朝皇帝特地赠送给他内地工匠用檀香木精心制作的十八尊罗汉雕像，憨厚的神态令人起敬，有趣的是，色拉寺僧人为了保护这十八尊皇帝赠送的木雕罗汉不受风雨和虫鸟的侵害，又仿照木雕的神态制作了十八尊罗汉泥塑，而将小巧的檀香木雕装藏在泥塑的肚腹内。藏传佛教认为在佛像内装藏佛经、佛像、佛祖

色拉寺的措钦大殿

舍利、高僧用品等物品，能增强佛像的神威，并使朝拜者得到双向回报。这样，皇帝的赠品肯定保存得十分完美，但是凡人凡眼却永远失去了看到木雕罗汉真容的幸运，实在是莫可奈何的事情。

措钦大殿三楼和四楼是色拉寺活佛的经堂、客厅和寝宫，寺院高层僧人办公和聚会也在这里，是色拉寺数千僧人的指挥中心。近代百余年间，拉萨发生过几起震惊西藏乃至全国的重大事件，色拉寺都处于各种社会集团矛盾的中心，这里的决策举足轻重，影响着整个局势的发展走向。

色拉寺有一座“甘珠尔神殿”在其他寺院极其罕见。这座神殿集中供奉了大藏经《甘珠尔》的珍稀版本甚至绝本。其中有明皇帝赠送大慈法王的全套奇珍红莲宝石《甘珠尔》，系永乐八年的版本，共计一百零八函，每函都刻有《大明皇帝御制藏经赞》和御制后序，而卷书前叶则是用金粉写成的。有一部名叫《八千颂》的经书，是明宫廷内大臣空杰大人以贝叶经原本用金汁写成的。据说空杰大人只抄写了两份，其中一份下落不明，另一份被释迦益西珍藏在色拉寺里。1734 年，西藏地方最高行政长官颇罗鼐郡王动员全藏雕刻工匠木刻出来的数百万言《甘珠尔》大藏经，是十八世纪最浩大的一项印刷工程。印制完成后，颇罗鼐将全套印版赠送给色拉寺，和同样手抄的《甘珠尔》和《丹珠尔》一起，在色拉寺也保存完好。

色拉寺的壁画、塑像、唐卡不但数量众多，而且做工精细，大都保持着建筑初期的原貌，具有很高的艺术价值和文物价值，被誉为西藏历史文物艺术博物馆。西藏著名美术大师普布觉活佛所塑造的师徒三人，即宗喀巴大师及其大弟子贾曹杰和克珠杰的塑像，工艺精美，形态感人，是公认保存至今最真实、最生动的三人塑像。还有本地藏族工匠铸造的成千上万尊铜质塑像，从内地带来的大量铜佛像以及许多法器、唐卡和铜钹等乐器，标志着色拉寺在格鲁派寺院中的特殊地位，在与祖国各民族文化交流中作出的重大贡献。其中有一件二龙戏珠的银器，上面醒目地刻着“大明宣德加金银造”字样。释迦益西第二次进京，明宣宗皇帝命宫廷画师绘制了一幅释迦益西真容的大型缂丝唐卡，不仅画像逼真动人，织工细密，卷轴画上还织有皇帝封印印文“至圣大慈法王之印”和封号的全文，是研究西藏与中央关系和明代宫廷制度、习俗的珍贵文物资料，堪称国宝。

（初稿于 1999 年 9 月底）

一座用黄金包裹起来的寺院

——扎什伦布寺巡礼

在西藏工作期间，我曾经七次还是八次参观过扎什伦布寺，记忆已不很确切了。每次路过日喀则，这座寺庙总以她巨大的磁场吸引着我，让我情不自禁地迈进她的怀抱。其中有两次是跟随回扎什伦布寺视察工作的全国人大副委员长十世班禅采访，当然享受到高规格的优厚待遇，不轻易开启的神殿破例敞开了大门，不对外展示的文物也揭开了神秘面纱，真是大饱眼福，终生难忘。

扎什伦布寺坐落在后藏首府日喀则市北面尼色日山脚,是藏传佛教格鲁派的六大寺庙之一。因为它是西藏著名大活佛班禅额尔德尼的驻锡之所,不仅历代中央政府多有馈赠,虔诚的善男信女布施的财物也不计其数,收藏了许多价值连城的珠宝翡翠和历史文物,被称为“一座用黄金包裹起来的寺庙”。整个寺院金碧辉煌,规模十分宏伟,数百年来陆续雕塑和绘制的佛祖菩萨像更是精美绝伦,给扎什伦布寺增添了许多灵气和名望,来此朝拜和参观的人群每天摩肩接踵、络绎不绝。

后藏最大的佛教禅林

扎什伦布寺始建于1447年，是在格鲁派创始人宗喀巴晚年接收的弟子、后来被追认为一世达赖喇嘛的根敦珠巴主持下历时十二个年

扎什伦布寺全景

闪闪发光的金顶和祭祀楼群

头修建起来的。根敦珠巴顺理成章担任该寺的第一任法台，并为该寺定名为“扎什伦布寺”。藏语“扎什”的意思就是吉祥，“伦布”是佛教传说中世界最高的须弥山，寓意这座寺庙无比吉利和崇高。虽然该寺修建的时间比拉萨三大寺要晚一些，却从此奠定了格鲁派在后藏地区无与匹敌的名望和地位。

扎什伦布寺有四个扎仓，即四大僧院，其中三个显宗院、一个密宗院，近似于大学的四个学院。扎仓是藏传佛教大寺院里中间一级的独立组织机构，有自己的经堂、佛像、僧伽和法学系统。扎仓由经过考试合格、学识渊博的高僧担任堪布，主持扎仓的政教事务。扎仓下又有许多康村，是按僧人的籍贯和亲属关系组织起来的僧人群落。扎什伦布寺最兴盛的时候有五千名僧人，是后藏地区最大的寺庙。

扎什伦布寺坐北朝南，总建筑面积到底有多大，至今没有人做过精确的统计。只知道僧人诵经的大小经堂有五十六座，供人们朝拜参观的佛堂、神殿有二百三十六间，还有居住僧人、储藏物品、存放经书的房间和制作佛像、法器等宗教用品的作坊，总计约三千间。一踏进寺院大门，就像置身于一座香烟缭绕的中世纪的巨大城市。

扎什伦布寺最高处当属晒佛台，它建筑在寺北的尼色日山坡上，居高临下，是用五千多吨白色花岗岩石垒砌起来的高墙，墙面一千二百多平方米。在全市任何地方都能仰望到它耀眼的光芒。每年藏历五月十四日、十五日、十六日，扎什伦布寺要举行晒佛活动，是后藏地区最隆重的宗教节目。三天内在晒佛台上相继展示其硕大无朋的无量光佛、释迦牟尼佛、弥勒佛的唐卡画像。届时，全寺香烟缭绕，佛号长鸣，数万群众围绕佛像载歌载舞，祈祷吉祥，是日喀则一年一度的盛大节日。

全寺的活动中心是北面的措钦大殿，也是扎什伦布寺最早的建筑，全寺僧人每天例行的集体诵经活动就在这里举行。当初这里只有一座两层楼房，出家僧人也只有一百多人，到十六世纪，四世班禅罗桑却吉担任法台的时候，格鲁派在后藏兴盛起来，入寺僧人越来越多，四世班禅又一次大兴土木，对该寺进行了一次大的扩建。首先把经堂提升为到今天的三层，面积扩大到五百八十平方米,由四十八根高大的木柱支撑起来,才有了今天蔚为壮观的大经堂,能举行大型法会,可容纳三千多僧人同时诵读经文,大殿正中供奉的一座释迦牟尼铜质佛像,是一世达赖喇嘛根敦珠巴当年亲自主持制作的。史书记载说,按照佛教的习惯,这座佛像肚腹内装藏有大元帝师八思巴的舍利子、格鲁派创始人宗喀巴大师的头发、根敦珠巴的师傅喜绕僧格的头盖骨,给这座佛像笼罩上层层神秘的灵光,令朝拜的香客莫不五体投地。

措钦大殿左侧是强巴佛殿。扎什伦布寺有两座强巴佛殿，这是较小的一座，却是扎什伦布寺建造最早的一座金瓦殿，说起来还有一段生动的故事。1617 年，西藏极西部的阿里僧俗代表前来日喀则恳求罗桑却吉去阿里传法。当时罗桑却吉已经是前后藏政治宗教上举足轻重的名人，阿里又千里迢迢，地势高寒，人烟稀少，大家都阻止他出行，年近五十的罗桑却吉却以弘扬佛法为重，坚持在冈底斯山南麓徒步西行，以苦行僧的坚忍和虔诚朝拜了佛教圣地冈仁波齐神山，并在玛法木错湖沐浴，然后进入喜马拉雅山区，直达象泉河畔的托林寺给阿里王和僧俗大众讲经说法、摩顶祝福，成为至今到过阿里地区级别最高的活佛。班禅的辛劳和善举深深感动了阿里王，决定捐献金银在扎什伦布寺修建一座金瓦殿，这就是最早的强巴佛殿。殿顶用金瓦覆盖，强巴佛高十一米，佛殿和佛像都是在阿里王特地从尼泊尔请来的名师指点下修建和塑造的，据说体内装藏了释迦牟尼佛祖的舍利子，在西藏众多佛像中绝无仅有，弥足珍贵。

金瓦殿右侧是度母拉康。主供度母是观世音菩萨的化身，常常变幻成各种颜色出现，是藏传佛教中的慈悲女神，其中白度母和绿度母得到善男信女的特别推崇。殿内中央供奉着白度母铜质塑像，两侧则是绿度母的泥塑，墙壁上绘制的也是度母画像。壁画是大经堂的突出特色，不但有佛祖、菩萨、飞天女的画像，格鲁派创始人宗喀巴及其高徒的画像也分外醒目，都出自五百多年前西藏顶级画师的手笔。这些壁画用笔精细，色彩鲜明，特别是宗喀巴及其师徒的画像，因为画师和被画的人物生活在同一个时代，具有共同的理念和追求，给壁画以强烈的写实色彩，为后人提供了珍贵的资料。

大门前是一个长方形的石板广场，广场四周是两层建筑的回廊，镶嵌的石板墙上雕刻着密集的佛像，都是释迦牟尼盘腿端坐莲花台的彩色塑像，间隔着几幅宗喀巴大师的唐卡画像，被称为“千佛墙”，构成藏传佛教庄严神圣的浓厚氛围。历代班禅达额尔德尼宣讲经义和僧人们每年的辩经活动都在这里举行。

在寺院西北角有一座名叫“噶丹朗吉拉康”的佛殿，是扎什伦布寺较早的佛殿之一，除按惯例供奉释迦牟尼、无量光佛、弥勒佛等三世佛外，突出地供奉了宗喀巴、达赖喇嘛和班禅额尔德尼和其他著名法王高僧的塑像，藏传佛教寺院都十分尊崇历史上为本地佛教发展作出过杰出贡献的高僧大德，尊为圣人，为他们建立专门的殿堂让后人顶礼膜拜。

一曲爱国主义的赞歌

十世班禅大师说："历代班禅额尔德尼都热爱祖国，在维护祖国统一和民族团结以及藏族内部团结的伟大事业中，作出了一系列卓越的历史贡献。"四世达赖喇嘛和五世达赖喇嘛都曾拜四世班禅为师，精诚合作，清朝建立以后，就派出代表到北京祝贺。六世班禅为密切西藏地方政权和中央政权的关系，不辞万里辛劳，进京祝贺乾隆皇帝七十寿辰，共商教务大事，不幸在北京圆寂。九世班禅在英帝国主义的威逼利诱和武装入侵面前，义正词严，表现出爱国主义的高风亮节，并与西藏上层的分裂主义者进行了不屈不挠的斗争，直至生命的最后一息。

历代班禅额尔德尼的爱国主义精神一直受到历代中央政府的称赞和奖励，从明清时代到中华民国，到新中国成立，历代中央政府多有馈赠，优渥有加。僧人们特别在寺院高处修建了一座"甲拉拉康"，意即汉佛堂，殿内供奉的佛像大都来自祖国内地，其中以清朝皇帝赠送给班禅的礼物最多，正中悬挂的一幅描绘乾隆皇帝的巨大唐卡画像，据说是宫廷画师奉皇帝之命专为班禅大师制作的。画像前面至今还竖立着一块"道光皇帝万岁万岁万万岁"的牌位。过去，每年藏历初一，班禅大师都亲率后藏僧俗官员来此叩拜，祈祷祝愿大清皇帝吉祥安康。汉佛堂紧邻着一间小客厅，每逢接听圣旨或驻藏大臣来访，都要一起先叩拜皇上再来此饮茶、晤谈。

1990 年，中共中央总书记江泽民到西藏视察时，专程到扎什伦布寺参观。1995 年，十一世班禅额尔德尼举行坐床典礼，国家主席江泽民又热情挥毫，题赠"护国利民"四个遒劲的大字。1996 年国家民委将主席题字制作成蓝底金字巨大匾额，并于 5 月 28 日在扎什伦布寺措钦大殿门口隆重举行匾额悬挂仪式。半个世纪以来，有国家最高领导人为寺庙题赠匾额的，扎什伦布寺独享尊荣。

寺院西北角的强巴佛殿不仅比措钦大殿左侧的强巴佛殿宏伟得多，也是整个西藏规模最大的强巴佛。强巴佛就是佛教传说中的未来佛，又叫弥勒佛，据说五百万年以后将成为释迦牟尼佛的接班人，主宰永恒的佛教世界。扎什伦布寺的强巴佛像高大精美，堪称一绝。

这座强巴佛像高二十多米，全身用镏金铜皮包裹，整个佛像共使用紫铜十一万公斤，黄金二百七十多公斤，钻石珠宝一千四百多颗，是当今世界上耗资最多、形体最大的镏金铜制佛像。脚长四米有余，鼻孔可以爬进去一个人。每次更换和制作新佛衣就要用去绸缎三千多米。为了保护这尊佛像免受日光和风雨侵蚀，专门修建了一座高达三十米的大殿，足有今天的八层楼高。楼房四周修建了五层配殿，便于朝拜和参观的人们沿梯而上，底层配殿叫莲花殿，二层叫腰部殿，三层叫胸部殿，四层叫脸部殿，五层叫冠部殿，可以逐步看清强巴佛的每个细部，建筑工匠的精心设计实在令人钦佩。在内地和南亚佛教地区，弥勒佛塑像大都是肥头大耳，眉开眼笑，坐在寺庙大门口笑迎八方来客，藏传佛教寺院的强巴佛却端庄肃穆，一副沉思的模样，好像在思考接班以后该如何引渡芸芸众生脱离苦海抵达幸福的彼岸。

这座中外有名的巨大铜质佛像是九世班禅额尔德尼用寺院和本人多年的积蓄于1914年开始兴建的，历时八个年头。据说，班禅大师当初的设计比目前我们看到的强巴佛像和强巴佛大殿还要宏伟和精细，但建设期间适逢班禅与达赖两大活佛不和，发展到难以调和的地步。班禅大师只好匆匆结束强巴佛殿的工程，在1923年11月的一个深夜带着十余个随从人员秘密出走内地，为反对帝国主义的侵略和维护祖国各民族的团结奔走呼号，辗转十余年，最后圆寂于青海省结古寺。

扎什伦布寺的藏医在僧俗群众中享有很高的威望。过去，西藏没有正规学校，更没有培养医药专业人才的场所。西藏的医生大都是在寺院培养和造就出来的。历代班禅大师大都是精通医术的行家里手。扎什伦布寺从修寺那天起，就把传统医学作为经学的一部分，传授给有志于救死扶伤的青年僧人。这里是后藏医学人才荟萃之地，他们既给寺院僧人看病送药，也为寺外的俗人解除病痛，扎什伦布寺的藏医院兼具培养人才和治疗病人两种功能，历史十分悠久。近二十年来，扎什伦布寺藏医院经过政府的扶持和社会人士的资助，扩建病房，引进X光透视机、心脏检测仪等现代化诊断医疗设备，实行中西医结合治疗。医院里绿树成荫，花团锦簇，是一个治疗疾病的好地方。

金碧辉煌的灵塔祀殿

扎什伦布寺最为人称道和惊讶的是高耸于寺庙北面的一排灵塔祀殿。其金碧辉煌，气势磅礴，鹤立于群楼之上。殿内供奉历代大活佛肉身的灵塔更是包金裹银，嵌镶着成千上万五光十色的珠玉宝石，都是世上罕见的珍奇。殿内四围和塔身的塑像、浮雕、壁画，制作精美，均出自当时雪域高原顶级工匠之手，形象地讲述着藏传佛教高深而又玄妙的人生哲理。无论是对哲学和佛理知之甚少的芸芸众生，还是满腹学识的专家学者，都会被殿堂华美的装饰和西藏奇特的祈祷方式所吸引，受到心灵的震撼，久久不舍离去。

西藏葬仪最通行的是天葬。但高僧活佛去世以后是不宜天葬的。佛教的理论认为高僧活佛本来就是佛祖菩萨的化身，带着特殊使命降临人世点化大众、普度芸芸众生。为了把他们永远留在人世，尽快转世继续为大众造福，就要想方设法保留住高僧活佛的遗体让人们瞻仰供奉，法体与佛法融为一体，观想法体就让朝拜者很快进入佛的境界，得到心灵的顿悟，以免误入歧途。佛祖释迦牟尼死后，他的弟子们曾把佛祖骨质火化后凝聚的结晶体，即舍利子分赠给许多国家建塔供奉，被称为释迦牟尼舍利塔。扎什伦布寺的灵塔就是藏传佛教对释迦牟尼舍利塔传统仪轨的继承和发展，并且越来越隆重辉煌，成为高原丧葬礼仪的一大景观。一一朝拜参观寺里每个活佛的灵塔，我们不仅能领略到藏传佛教在雪域高原坎坷的发展轨迹，而且从不同灵塔的建筑式样和规模可以看到每位活佛所走过的或顺利或坎坷的创业之路。

在扎什伦布寺西头，距强巴佛殿不远处是一世达赖喇嘛根敦珠巴的灵塔殿。很多人感到奇怪，历代达赖喇嘛的灵塔大都供奉在布达拉宫里面，为什么唯独一世达赖喇嘛的灵塔会坐落在班禅额尔德尼驻锡的扎什伦布寺呢？其实，扎什伦布寺修建于十五世纪中叶，格鲁派处于初创阶段，西藏的两大活佛系统尚未形成，当然也没有前藏和后藏两大势力范围的划分。宗喀巴和他的八大弟子陆陆续续修建起拉萨的许多寺院，其中根敦珠巴年纪最小，先后向宗喀巴和一世班禅克珠杰学得满腹经纶，才于1447年返回后藏故乡讲经说法，在日喀则兴建起后藏最大的格鲁派道场——扎什伦布寺，并担任该寺的第一任法台，写下很多佛学著作，直到1474年圆寂。扎什伦布寺的僧人们怀念这位为弘扬佛教作出重大贡献的高僧，保存尸骨修建起该寺的第一座灵塔。但根敦珠巴的转世活佛成年后去哲蚌寺学经再也没有回来。

1586年，一位年仅十七岁名叫罗桑却吉的僧人来到扎什伦布寺学经，在辩经场上以高深的学识和雄辩的口才震惊四座，受到拉萨等地寺庙和高僧的推崇。这时，扎什伦布寺第十五世法台任职期满，一致邀请罗桑却吉继任该寺第十六任法台。由于他在学识上的崇高威望，一改扎什伦布寺轮换法台的制度，一直任职到九十二岁圆寂，是为四世班禅额尔德尼，其转世活佛也相继成为该寺寺主和终身法台。

罗桑却吉担任扎什伦布寺法台期间办了几件具有深远影响的大事。一是四世达赖喇嘛圆寂，罗桑却吉以其深厚的资历和无可替代的名望主持了四世达赖喇嘛转世灵童的认定和坐床仪式，并受托担任五世达赖喇嘛的经师，开创了达赖和班禅互为师徒的先河；二是他和年轻的五世达赖喇嘛与当时占据青海的蒙古和硕特部首领固始汗一起派遣使者到盛京，即今天的沈阳朝觐即将入关的清朝皇帝，建立了西藏地方与中央政府的密切联系。清朝中央政府先后册封西藏两大活佛“达赖喇嘛”和“班禅额尔德尼”称号，授予管辖西藏地方政教事务的特权就是在这个时期完成的。1728年，清朝雍正皇帝颁布圣旨将岗巴拉山以西，冈底斯以东的地方“赏给班禅管辖”，当时的五世班禅继承前世班禅以团结为重和谦让的美德，婉言辞谢，在钦差马喇的一再坚持下，才勉强接受了日喀则、拉孜等五个县的管辖权力，从此开始了前藏和后藏两个活佛系统分地治理的政教格局。

因为罗桑却吉活佛在藏传佛教乃至整个西藏地区的社会发展中具有举足轻重的地位，在他九十二岁圆寂的时候又正是格鲁派势力发展的鼎盛时期，中央政府和西藏地方为他举行了空前隆重的丧葬仪式。而且随着藏医水平的提高，在保存遗体时首次实施了防腐处理技术，即先用盐巴和绸缎反复脱水，再用藏红花等药品填塞体内以利于永久保存。安放遗体的灵塔则用黄金和白银精心制作而成，历时四年四个多月。灵塔内还装有高僧大德的舍利，皇宫送来的丝质佛祖菩萨画像。作为万千信徒供奉积德的福田，给四世班禅修建的灵塔和灵塔祀殿耗资巨大，塔身嵌满珠玉宝石，殿内绘制精美的宗教图画，显得富丽堂皇，气象万千，其宏大和豪华的程度在当时的西藏灵塔中无与伦比。这是扎什伦布寺留存下来的班禅活佛的第一尊灵塔。从此开始，作为寺主的历代班禅的遗体都安放在扎什伦布寺，给这座后藏最大的寺院不断增添神圣和圣洁的光芒。

九世班禅额尔德尼·曲吉尼玛的人生道路特别曲折坎坷。他出生于林芝地区一个贫苦农民家庭，五岁时经过金瓶掣签，被清朝中央政府确认为九世班禅，刚刚进入成年就遇上英军入侵江孜的战争，九世班禅不遗余力地为反抗侵略势力、维护祖国统一呼号奔走，终因与前藏贵族集团的政治分歧难以调和，于1923年秘密出走内地。1937年积劳成疾在青海不幸圆寂。扎什伦布寺和后藏经过与国民党中央、西藏噶厦的反复磋商，才迎请到九世班禅的法体，并在扎什伦布寺为他建造起一座灵塔。限于当时的政治形势和经济实力，当然不可能修建得十分豪华和宏伟，却得到广大虔诚信徒的格外尊崇，十世班禅进藏后又对前世活佛的灵塔内外加以装饰和维修，一直是信徒蜂拥朝拜的一处圣地。

中央拨巨款修建的班禅东陵和班禅西陵

不料在“文革”的十年动乱期间，九世班禅的灵塔与五世、六世、七世、八世班禅的灵塔同遭劫难，作为“四旧”被拆毁了。好在有信徒出于虔诚的宗教感情，把他们的遗骨珍藏起来，使后来重建灵塔有了依据。

1982 年，全国人民代表大会副委员长班禅额尔德尼·确吉坚赞回日喀则视察工作，提出为五世到九世班禅被保留下来的遗骨建立合葬灵塔和灵塔祀殿的愿望，立即得到中央政府的支持，并拨给七百八十万元专款、一百多公斤黄金、两千多公斤白银和大量珠宝等特需物资。从中央到地方，组织全国文物专家和建筑师赴日喀则帮助设计和施工，在 1989 年初顺利竣工并隆重举行了开光大典。这座五世班禅至九世班禅合葬灵塔和灵塔祀殿由十世班禅亲自命名为“扎什南捷”，因为它坐落在扎什伦布寺的东头，又习惯称为“东陵”。东陵“扎什南捷”虽然是一座合葬灵塔殿，但因为适逢盛世，又得到从中央到地方政府在财力、物力和人力方面的大力支持，建筑的雄伟和华丽都远远超过了历史上的任何一座班禅灵塔。整个灵塔殿高三十三米，在设计上既继承了西藏宗教建筑艺术的传统风格，又吸收了现代建筑牢固、防震和采光的科学方法。五世至九世班禅的遗骨分别装入五个檀香木匣，安放在灵塔的壶瓶部位，灵塔最上层的佛龛则安放着五代班禅的铜质塑像，令人肃然起敬。

十世班禅亲自主持了“扎什南捷”的开光大典。中央有关部门的领导、邻近省区的政府代表、藏传佛教地区许多著名寺院的活佛高僧以及信教的僧俗群众一万多人参加了开光庆典，气氛庄重热烈，人数众多，是日喀则历史上从来没有见过的盛举。大典期间，班禅大师作为全国人大副委员长代表中央与来自全国各地的著名宗教人士商谈国家改革开放和宗教发展的大计，喜上眉梢，心情过分激动，久久难以抑制，不幸于当天晚上心脏病急性发作，抢救无效，第二天圆寂于他驻锡的扎什伦布寺。班禅大师圆寂的第三天，国务院总理李鹏就颁发了由中央直接拨款，按照惯例在扎什伦布寺修建十世班禅灵塔和灵塔祀殿的决定。在全国各地的大力支援下，经过藏、汉族设计人员的团结合作和广大僧俗工匠的精心施工，十世班禅灵塔及其灵塔殿在 1993 年正式竣工落成，在 9 月一个丽日高照的吉祥日子举行了盛大隆重的开光典礼。这座灵塔殿被命名为“释颂南捷”，因为坐落在

十世班禅（左）和他的经师

“扎什南捷”的西面，所以习惯称为班禅西陵。

班禅西陵是扎什伦布寺最新建造的一座灵塔殿。十世班禅在西藏和平解放后返回西藏，为弘扬藏传佛教，建设新西藏，维护民族团结和国家统一奋斗不息，作出了杰出贡献，被誉为“最伟大的爱国主义者和杰出的宗教领袖”。为了缅怀十世班禅爱国爱教的丰功伟绩，寄托广大宗教信徒对大师的深厚情感，班禅西陵在西藏陵墓建筑史上创造了被称为“三最”的奇迹：一是速度最快，从设计到竣工只用了三年时间；二是投资最高，仅中央财政拨款就有六千多万元，还提供黄金六百多公斤；三是建筑最豪华，从四世到九世班禅的灵塔都是白银包裹或者白银镏金，而高达十一米多的十世班禅灵塔却全部使用黄金，是名副其实的金质灵塔。

扎什南捷又称“扎什东陵”，是十世班禅亲自设计和主持修建的。

释颂南捷坐落在扎什东陵西侧，故又习惯称之为“扎什西陵”。是十世班禅圆寂后，中央直接拨专款六千多万元、提供黄金六百多公斤修建起来的。灵塔内供奉十世班禅的法体。

西陵的外形和规模酷似东陵。因为东陵是按照十世班禅大师的宗教理念和美学构想，经过反复修改才定下来的，认为是最理想的祀殿设计。让他的法体在这样的灵塔祀殿里安息，是对大师在天之灵最好的慰藉。

按照历代班禅圆寂后丧葬的传统仪轨，灵塔内的装藏分为三个层次。塔瓶底层放置世间各种食品、珍宝、药物，据说还有从印度洋运来的海水，佛教徒视恒河为圣河，圣河水流入印度洋，是最圣洁的。塔瓶中层装藏佛教经典和历代班禅大师的著作，信徒们在这里朝拜观想，就会受到神灵的感染而顿悟。上层安放的是十世班禅的肉身法体和生前用过的衣物和法器。这三层的装藏都要在开光大典时完成，然后在众多僧人的喃喃诵经声中正式封闭起来。

现在前来瞻仰班禅大师的善男信女只能看到顶层佛龛内供奉的一尊铜质塑像，塑像的大小和形象是完全按照塔瓶内肉身法体的模样制作出来的。灵塔前的数百盏金银酥油灯四季长明，灵塔四围上下的两万颗宝石辉映出色彩斑斓的光芒，把整个灵塔和祀殿笼罩在香烟缭绕、扑朔迷离的神秘气氛之中。

扎什伦布寺的众多灵塔和灵塔祀殿是西藏人民勤劳、智慧的结晶，记录着藏传佛教在后藏的发展轨迹，集中体现了藏传佛教的宇宙观、生死观及其高深莫测的玄思妙想。信仰者来此朝拜观想，骤然忘却生老病死的磨难，遥望理想的天国，得到心灵的极大安慰。即使不信仰佛教的人们，也能领略到高原人质朴善良的品格，陶醉在浓厚神秘的宗教气氛里，得到一次精神上的慰藉。

（此文是综合本人四十年间多次采访扎什伦布寺的资料，在2003年应邀为内地赴藏纪录片摄制组撰写的文字稿）

泽当寺话古

泽当寺坐落在雅隆和与雅鲁藏布江汇合处一座名叫贡布日山的山腰上，距今已有六百多年历史，建寺时间比拉萨三大寺还早。

贡布日山在万山林立的西藏高原上并不十分险峻，年轻人一个多小时就可以登上顶峰。但应了中国的一句古语：山不在高，有神则灵。贡布日山山脊南侧有一个猴子洞，山脊北侧有一个魔女洞。那时，这个世界上没有人类，北面的罗刹女即魔女耐不住世上的孤独寂寞，爱上了南面的猴子，猴子正在山洞修行，哪里敢破戒接近女色，拼命躲避魔女的纠缠。魔女请求观世音菩萨来劝说做媒，猴子才与魔女结为夫妻，生下了一串似人似猴的儿女，我们的地球才有了人的踪迹。儿女逐渐繁衍后代，一下子聚集了成百上千的猴族子孙，贡布日山下有了欢声笑语，花果林变成了一片乐园，因此把这里叫做“泽当”，泽当就是“玩耍的坝子”。不久，树林里的野果吃光了，为了子孙们不至于挨饿，父猴就带他们开荒种地。这里至今还保留着西藏的第一块耕地，每年春天，居民们都要在第一块耕地上煨桑跳舞，举行隆重的祭祀活动，并上山朝拜猴子洞，感谢祖先的恩惠，祈祷年年风调雨顺。贡布日山从而成为西藏三大神山之一。

泽当寺就建在贡布日神山南麓，既沾了藏族祖先的灵气，又给贡布日神山增添了新的光彩。十七世纪，一位俄罗斯的佛教信徒曾不远万里来朝拜泽当寺，发现在大经堂的门楣上挂着一块醒目的匾额，用藏汉两种文字写着“永享幸福的佛殿”，当时的僧人多达一千多名。可见泽当寺在历史上曾风光过一段时间。

西藏地区从元朝正式纳入中央政府行政管辖以后，直到1959年进行民主改革都实行政教合一的社会制度，随着各教派势力的消长先后由萨迦、帕竹噶举、噶玛噶举和格鲁等教派轮番执掌政权。帕木竹巴的祖寺丹萨梯寺建在乃东县东十余公里处，今桑日县雅鲁藏布江北岸帕木竹巴村的后山上，以传播密宗拥有众多信徒，寺主兼管地方政权，被元朝中央政府任命为帕木竹巴万户长。十三世纪，一个雄心勃勃的青年降曲坚赞在萨迦帝师的支持下成为帕木竹巴的寺主和万户长，乘萨迦统治集团内部分裂的时机大力扩张自己的势力。为此，降曲坚赞在贡布日山的山坡上修建了帕木竹巴教派的第二个大寺院——泽当寺，把传授密宗的任务交给母寺丹萨梯寺，泽当寺主要传授显宗。泽当地处交通要道，又得力于贡布日神山的灵气，政教势力得到迅速发展。先后战胜了蔡巴、雅桑巴、直贡巴等万户长，取得了近半个西藏地区的统治权。1354年，降曲坚赞派人去大都北京向中央政府朝贡，被元顺帝册封为“大司徒”，从此接替萨迦派掌管西藏地方政教大权，开始了被史家成为“帕木竹巴王朝”长达二百六十四年的统治时期。降曲坚赞死后由他的侄孙儿扎巴坚赞掌领政教大权，又被明朝永乐皇帝封为“阐化王”。在长达二百六十四年的岁月里，泽当寺一直是西藏地方政治、经济、文化的中心，香烟缭绕，云集了来自四面八方的善男信女。寺庙所在的泽当镇自然也沾泽当寺的灵光，人才荟萃，商家云集，其繁华程度与具有悠久历史的拉萨不相上下。即使在噶玛噶举派和格鲁派执政时期，泽当寺寺主及其家族仍然享有很大特权，被称为“乃东王”。

泽当寺大经堂可容纳数百僧人诵经。佛殿供奉的释迦牟尼佛像、过去佛和未来佛，还有佛殿的壁画，大都是五百年前留下来的文物，弥足珍贵。经堂正前方供奉着泽当寺创始人降曲坚赞的塑像。据史料记载，大司徒降曲坚赞当政时期，悉守古法，自奉谨严，远离酒水女色，为僧俗之表率。降曲坚赞在五十九岁时撰写了他的自传体著作《遗言史》；他还邀请布顿大师的得意门生、当时的著名译师仁钦加纳等到泽当寺雕刻印刷大藏经《甘珠尔》和《丹珠尔》，是泽当寺长期珍藏的镇寺之宝。

（初稿于 1983 年 8 月）

魔女洞下的尼姑庵

在泽当镇北郊贡布日神山的西南山麓，有一座尼姑庵。与建筑雄伟的泽当寺比较，规模要小得多，包括神殿在内总共才十来间房子，但是因为这里是女人的世界，在基本上由喇嘛主宰一切的藏传佛教寺庙的丛林中，尼姑寺反而成了凤毛麟角。更奇特的是，它坐落在神话传说的魔女隐居的山窟下，常常被称之为“魔女洞下的尼姑庵”。——此称谓对尼姑庵来说绝对不是贬义词，因为正是这位罗刹女和神话中的猴王相恋结婚，才繁衍出高原上的众多儿女，成为人类最早的母亲。桑登林尼姑寺因此得天地之灵气，格外引人注目。

在参观泽当寺之后，我们顺道参观了这座善男信女景仰的桑登林尼姑庵。时值黄昏，通往尼姑寺的弯弯曲曲的小路上，游人已经相当稀少，一个披着紫红色袈裟的女孩独自在路边玩耍，嘴里含着口香糖，饶有兴味地吹出一个气泡，气泡越吹越大，一副天真可爱的模样。我立马取出相机，想定格一幅小尼姑吃泡泡糖的画面。或许是被她发现，有点紧张，不待我揿动快门，“叭”的一声脆响，气泡破裂了。我用藏语表示歉意，并问她叫什么名字。“我不告诉你。”小尼姑用汉语回答，机灵中透露出几分调皮。得知我们是拉萨来的记者，她很乐意引荐客人与尼姑寺住持见面。

住持大约有五十来岁，少小出家，而今已是资历最久的“老尼姑”了。在“文革”时期大部分尼姑还俗回家，她却坚持下来，保住了这座已经有两百多年历史的尼姑庵。打倒“四人帮”后，宗教主管部门确认她为尼姑庵住持，入庵修行的妇女增加到十四人。她对此有一种自豪感，并带领我们参观神殿尼舍，朝拜寺院神像菩萨。近三年间，她带领尼姑四处化缘募捐，在喇嘛寺高僧的指导、赞助下，被毁坏的建筑已经恢复原貌，神像菩萨也重塑金身，吸引着来自四面八方的善男信女。菩萨保佑，桑登林尼姑庵又兴旺起来了。

西藏寺院林立，大都是男人的世界。尼姑庵数量少，规模也小得多，走遍万里高原，我还没有见过超百人的尼姑庵，拉萨城里的苍姑寺最兴盛的时候有四十多位修行者，已经是名闻遐迩的尼姑庵了。因为西藏尼姑寺规模小，大都挂靠在著名大寺庙名下，为大寺院的属寺。住持由主寺派遣，修行者的剃度、晋升也要请大寺的高僧参与。桑登林尼姑庵就是桑登林寺的属寺，而桑登林庵又属于萨迦大寺。民主改革以后，各地寺庙都成立了民主管理委员会，成为一个个各自独立的宗教道场。

虽然行政和宗教事务的顶头主管是清一色的男人，但尼姑庙与喇嘛庙保持着相当距离，女性修行者在寺庙庵堂里还是比较自由、舒畅的。据说释迦牟尼创立佛教，就是因为他对印度教森严的等级制度深恶痛绝，主张每个生灵在价值、尊严和权利上都是平等的。因此尼姑寺的尼姑享有与喇嘛寺的喇嘛同样习经修持最终达到善果极乐境界的机会和权利。

在西藏宗教史上不乏关于女性修行者的记录。早在桑耶寺兴建不久，赤松德赞的第三个妃子就出家修行，是藏传佛教史上的第一个尼姑。十一世纪，还出现了一位著名的女密宗大师玛杰拉珍，她广收门徒，培养了大批尼姑学者，据说她抛却人生一切杂念，励志修行，活到九十八岁高龄。十五世纪，羊卓雍错湖畔的桑顶寺还破例在著名喇嘛寺院推举出一位女性活佛多吉帕姆，桑顶·多吉帕姆代代相传，一直延续到今天。

尼姑寺出家修行，在年龄、地域、出身、民族上不受限制。藏传佛教的尼姑大都来自藏、蒙古、纳西等民族地区。出家为尼必须出于自愿，具有对佛教信仰的坚定信念，严格遵守佛教戒律。结过婚和生过孩子的女性出家为尼后，必须与家庭断绝关系，但可以回家看望父母和孩子。出家后也可以还俗，但必须办理还俗手续，一般不让再次入该寺当尼姑。

尼姑寺的生活是单调的。从日出到日落，按部就班地围绕着宗教经轮旋转。尼姑寺也和喇嘛寺一样经常举行辩经考试，不同的是，尼姑寺的辩经只在尼姑寺的经堂进行，不让外人观看。

尼姑寺除了学经外，还要举行集体诵经会，一般每月一次或者每星期一次，在朝拜的香客多的季节则天天举行。同样的经文从女性的口里吟诵出来，有一种温婉甜润的韵味和令人信服的传神之力，很得善男信女的喜爱。在集体诵经的日子，经堂内外总是挤满了听经的人群。

教规对尼姑们是严格的。尼姑不允许与外人闲聊，不允许与男性接触，不允许邀请俗人来宿舍玩耍，更不允许留客过夜，不允许外出观看电影、电视或参加其他文体活动，不允许化妆抹口红等等。犯戒者要受到尼姑寺的处罚。尼姑们衣着整洁，勤换勤洗，破烂的袈裟是看不到的。大概是女性爱美的天性吧，尼姑寺的佛堂设施虽然没有喇嘛寺的富丽堂皇，却都布置得井然有序，窗明几净。尼姑宿舍的墙上还张贴着几张时新的彩色画片，给人清爽、舒适的感受。

在寺庙没有集体活动的时候，尼姑们可以请假三五成群地结伴去逛街，观赏商品，买点小吃，是最开心的时候。平常娱乐活动极少，最盼望的是宗教节日，可以到附近的大寺院去观看喇嘛跳神和藏戏表演。因为尼姑寺规模小，尼姑少，无法举行自己的大型表演活动。

我特意询问女住持对尼姑寺发展前景的打算。她迟疑片刻，反问我："你说还要怎么发展?"我随口说出一句，"比如，十四个尼姑增加到四十个。"女住持笑了笑，又摇了摇头，解释说，过去，要求出家当尼姑的人实际上有各种各样的原因，有的是出于信仰，相信佛教能把人们带进理想的天国；或者是无钱供女儿读书，希望她在尼姑寺里得到文化启蒙教育；还有的女性因为失恋或者不堪丈夫的虐待，看破红尘遁入尼姑庵。而今社会日新月异，人们不再为读书、吃穿发愁，又通行自由恋爱，愿意出家的女性越来越少了。这些年虽然有几个因婚姻不幸要求入庵为尼的，但信仰并不坚定，她们的理念和情感会发生变化。禁不住世俗物质生活的诱惑，入寺又还俗的时有发生。尼姑寺人员流动比率都高于喇嘛寺。

告别时，女住持还不忘招呼吹泡泡糖的小尼姑为客人送行。小尼姑将一面小镜子藏在身后向我们摇着右手，调皮地道了一声——bye bye！

（初稿于1983年8月）

文海拾遗

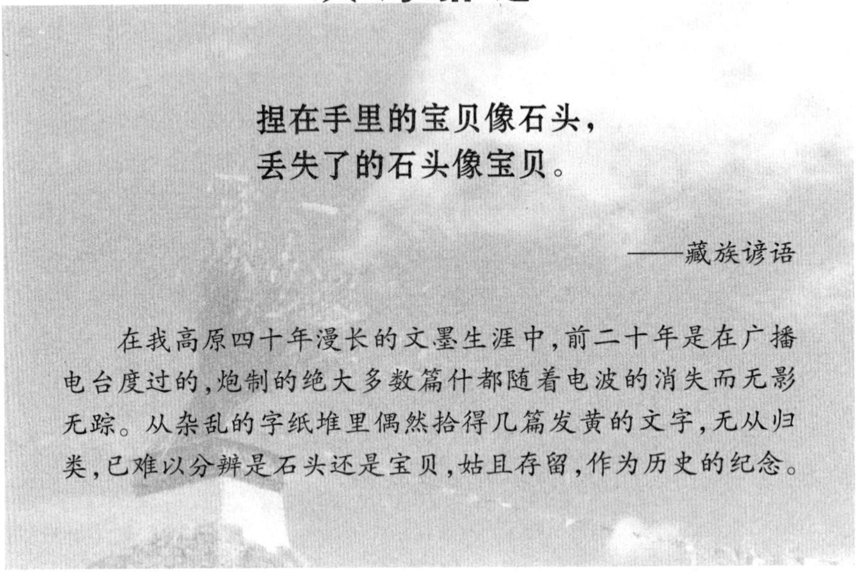

捏在手里的宝贝像石头，
丢失了的石头像宝贝。

——藏族谚语

在我高原四十年漫长的文墨生涯中，前二十年是在广播电台度过的，炮制的绝大多数篇什都随着电波的消失而无影无踪。从杂乱的字纸堆里偶然拾得几篇发黄的文字，无从归类，已难以分辨是石头还是宝贝，姑且存留，作为历史的纪念。

雪山怀抱中的热带风光

听到这个题目，你或许会感到惊讶，正如火热的南方不会有终年不化的雪山，高寒的西藏，怎么会有挥汗如雨的炎炎夏日呢?

然而，这是千真万确的事实，我坐在西藏东南部的一个山谷里，头顶着皑皑白雪，眼前却是水光潋滟的稻田，随风摇曳的香蕉树，蝉儿在枝头鸣叫，小鸟在空中飞翔。我不停地挥着竹扇，仍然汗流浃背，感受不到一丝凉意。

墨脱，以一种神奇的力量，把两个迥然不同的自然区域和气候概念拉到一起来了。雪积冰封的西藏高原出现了世上罕见的奇观。

到亚热带地方去

米林县的派区有一个墨脱县的转运站。派区地处雅鲁藏布江大拐弯的西头，抬眼可以望见有名的南迦巴瓦雪峰，海拔七千七百五十五米。像一把直插云天的宝剑，峙立江边。

我们一行五人在这里呆了四天。主要是整顿行装，收听拉萨的气象广播，观察多雄拉山的风云变幻，以便选择一个风和日丽的行期。一切都必须听从站长老王的安排。老王对进入墨脱的人既热情，又严厉，俨然在指挥一支初上战场的新兵。拐杖必须结实，行李不许太多，绑腿要裹得严实无缝，还给每人发了三瓶毒蛇咬伤后的急救药片，内服外敷两用，以备不时之需。他一再叮咛我们，山那边风光虽好，但是蚂蟥猖獗，毒蛇很厉害，还有虎豹出没，走路必须结伴而行，时时留心。

从派区到墨脱要步行三天。第一天道路最长。为了赶在正午前翻过海拔六千多米的多雄拉山口，我们天不亮就启程了。江风阵阵，穿着毛衣还感到有些瑟缩，很怪老王为什么不让我们带上棉衣。刚落过一场暴雨，山路上湿漉漉的。蓝天万里，繁星闪闪发光。我们正庆幸选到了一个翻山的好日子，不料高原气候多变，天亮的时候，丛林梢头突然出现铅灰色的云雾。好像山坳里藏着一个能织云吐雾的妖魔，云雾越来越浓密，把我们包围起来，三米外的道路都变得模糊不清。我们踏着铺满落叶的小径鱼贯而上，到了正午，登上多雄拉山顶，又沐浴在一片火红的骄阳里了。山上不见树木青草，一片冰雪世界，晶莹耀眼。只见向阳的岩石下，消融的雪水汇成一个个水塘，水塘边长着一簇簇金黄色的紫云英和绯红的点地梅，乖巧可爱。我们围在池旁，打开罐头，就着清凉的雪水，吃了一顿别有风趣的午餐。

下山比上山的道路更加陡峭崎岖。我们沿着从悬崖中开凿出来的山道，沿着密林里的小路往下走。经过五过多小时的跋涉，到了墨脱喜马拉雅山南麓的格拉，垂直高度已经下降了两千多米。回头仰望，呀，我们刚刚翻过的多雄拉山就像一垛鬼斧神工劈成的高墙，笔直耸立，近在眼前。我这才出了一身冷汗，像做梦一样，简直不敢想象我刚才是怎么走下来的。

从格拉往南，我们进入了铺天盖地的原始森林。墨脱县在区域划分上虽然属于西藏高原的一部分，但是北面的喜马拉雅山的余脉——拉达克山阻挡了奔腾的雅鲁藏布江，在南迦巴瓦峰脚下陡然改变走向，由东向南来了个大拐弯，印度洋暖流可以沿着大峡谷直趋而上，地势也随着江水急遽降落。到了细让村，海拔高度只有五百多米，使墨脱地区呈现出西藏罕见的亚热带绮丽风光。时值七月，干旱的羌塘草原还是万里晴空，这里却是草木争荣的雨季。一路上大雨滂沱，小道都变成了一条条山洪横溢的溪流。“溪流”两岸，是遮天蔽日的杜鹃林和芭蕉林，雨滴落在宽阔的叶面上，酷似古代士兵敲响了千万面战鼓，威武雄壮，震撼人心。

偶尔雨过天晴，在炎炎烈日的照射下，森林里就蒸腾起屡屡轻纱般的云雾，空气中弥漫着潮湿馨香的气息。这时节，野花绽开了笑靥，百鸟放开了歌喉，一只只松鼠拖着长长的尾巴在树枝上蹦跳。大大小小的瀑布从悬崖绝壁中涌泻出来，像一条条从天而降的白练，落在树林、岩石和道路上，变成千万颗晶莹闪耀的珍珠，向四方飞溅，奇特、美丽极了，让人魂飞天外。在西藏待久了的我，骤然闯进墨脱，大有乐不思蜀的感受。

我们越往下走，天气变得越加酷热。上面是炙人的烈日，脚下是燎人的热气，好像把人猛然推进一个庞大无比的蒸笼。毛衣脱了，衬衫脱了，只留下一件背心仍然大汗淋漓。我们都在脖子上挂一条浸湿了的毛巾，便于擦拭脸上的汗滴。路上长满了野生芭蕉、酸枣和柠檬，酸甜多汁，随手可以采摘，是旅行途中最上等的解渴佳品。那几天我吃的可不少。

第三天傍晚，到了县委驻地马尼翁，主人给我的第一件生活必需用品就是扇子。摇着这久违的竹扇，耳听远远近近水田里的一片蛙鸣，我方才意识到当初执意要披着棉袄到墨脱来，实在太好笑了。

尚未开垦的处女地

墨脱地区山高水深，沟壑纵横。在这里旅行，不是过河就是翻山，难以看到一块平地。多雄拉河、金珠河、西姆河以及大大小小数十条支流密如蜘蛛网，最后汇入纵贯南北的雅鲁藏布江。江河两岸皆是耸入云天的雪山。居民们在半山腰上隔江相望，可以举着竹筒互相喊话，手势也清晰可见，但来往一次却必须大半天甚至两天的行程。他们用当地特有的藤竹在江河上架起许多溜索，行人就把自己倒吊在溜索上滑过江去。人到江中，溜索会凹下去，就自个儿双手拉着溜索一把一把地抵达对岸。还有一种藤网桥，是同时将四十多根藤条固定

被称为“老虎嘴”的激流险道

跨越雅鲁藏布江的藤网桥

在两岸的岩石或者大树上，在用许多藤圈与跨江藤条均匀地编织在一起，形成一排弧形栏杆，上面露出一线青天。走在桥上，像钻进一条弯曲的管子，每动一步，整个桥身都会颤动起来，煞是有趣。

墨脱没有车马的喧嚣，也听不到汽笛的鸣叫，但并不是沉寂的山谷。无论走到哪里，都摆脱不了江水的咆哮。它们是如此放肆，根本不是在河床上流淌，就像一串串巨大的岩石，从陡峭的山坡上翻滚下来，发出惊天动地的吼声。河水分外湍急，蕴藏着巨大的水利资源。有人曾大胆设想，如果让雅鲁藏布江的流水避开东北角的大拐弯，从派村直接引入墨脱县地东村的江面，直线距离只有六十多公里，水的落差却高达两千多米，足可建成一座当今世界最大的江河电站。

我游览了墨脱县方圆数百公里的原始森林，奇花异木，令人眼花缭乱，应接不暇，像进入了一个广袤丰饶的植物王国。墨脱县百分之八十的地面被森林覆盖，随着山势起伏，高度的变化，植物分布也呈明显差异，呈垂直分布。从雪线上面的地衣、雪莲花，到热带盛产的香蕉、棕树，寒带、温带、亚热带、热带的植物，这里应有尽有。山顶上遍布着高大挺拔的雪松、云杉、冷杉和桧柏，山坡上长满了枝叶蓬松的油松和柏树，主干粗大，是很好的建筑材料。在海拔两千米以下的河谷地带，交错生长着香樟树、漆树、楠木，还有野生的核桃、香蕉、柚子、蜜桃等水果，具有很高的经济价值。墨脱的楠竹结实密集，粗大如碗，可以制作提炼酥油茶的搅拌器。有一种当地叫做“潘当”的多年生植物，根茎部都含有丰富的淀粉，被称为“楷粑树”，是当地门巴族、珞巴族农民灾害时节度粮荒的主要食品。千年古树盘根错节，有几抱粗，躯干布满苔藓，寄生着一串串蜘蛛网似的绿色植物，从高大的树丫上倒掉下来，像丝一般柔软，像纱一般透明，随风飘曳，不时牵扯着行人的衣裙。同伴告诉我，这叫梦魂草，能勾起旅人的情思，做出神仙一般的美梦。丰富的森林资源尚未得到认真勘察利用。花开花落任去来，自生自灭无人问。有的被地震雷击，断裂在沼泽里、小河上，腐朽的树身又变成肥料养育出新的植物，表现出大自然惊人的生命力。还有一种藤竹，实心，多结，攀缘在其他树上，几上几下，足有数十米长。一位边防连连长送给我一根手杖，就是用这种藤竹手工烤制而成的，光滑，美观，结实，是我墨脱采访须臾不离的旅行用品。

墨脱的动物更多得出奇。许多地名就是根据动物的分布取定的。“当木龙”，意即狗熊出没的山谷；“阿格”，是猴子玩耍的坝子；“京珠”，是围猎野兽唾手可得的地方；“格当”，野牛的家乡，据说从前用棒子都撵不走它们。墨脱县生活着老虎、豹子、熊、鹿、獐子和野猪，树林里栖息着雪鸡、鹦鹉、猫头鹰和啄木鸟。一位门巴族青年为我吹奏了一种名叫“吉斯岗”的自制竹笛，模仿出森林里数十种飞禽的鸣声，其中有一种鸟的叫声如歌如泣，分外悦耳动听。他说那是多琴鸟在树林里歌唱。墨脱的蟒蛇真大。我到解放军一个排的驻地采访，战士请我美美吃了一顿蛇肉，细嫩鲜美，很像鸽子肉。这是他们前几天巡逻时偶然捕获的，足有几十斤重，全排吃了好几天还没有吃完，剥下的蛇皮在厨房梁上绕了好几圈。

尚有许多叫不出名字的禽鸟昆虫，千奇百怪，种类繁多。有一天，我从地东乡步行回马尼翁的路上，突然发现小道前方蠕动着一条绿色的爬虫，半尺来长，多脚，酷似蜈蚣，但浑身长满了甲片。我感到格外惊奇，一个箭步跑上前去，爬虫却闻声而变，立马将甲片卷曲起来，刚好镶成一个绿色圆球，和乒乓球一般大，顺着斜坡滚进草丛中，与浓密的绿草混在一起，叫人难以分辨。我在深草中寻觅了好久，终于把绿“乒乓球”带回县委驻地，向县委干部请教，争相观察了好一阵，“乒乓球”还是“乒乓球”，更没有一个人叫得出名字来。猜想这条绿色爬虫多半是被我们的吵闹声吓坏了。唯恐我追根究底的兴致伤害了这条可爱动物的性命，唯一的办法是让它回归自然。趁大家走散的当儿，我轻轻把“乒乓球”送回野草丛中，退后几步，静静等候了三分钟光景，“乒乓球”像朵绿色小花一样绽开了，眨眼间就投入了绿草母亲的怀抱。

我在墨脱旅行，虽然只是浮光掠影，那奇特的环境，丰饶的资源已足够令人赞叹不绝了。这无疑是一片尚待开发的处女地。我相信，不就的将来，墨脱将向世界展示出她无与伦比的富饶和美丽。

白马岗的变迁

墨脱，历史上称之为白马岗，属于珞瑜地区。千百年来，珞巴人就居住在这里的深山老林，与外界绝少往来。直到西藏和平解放前，仍然实行刀耕火种，在烧掉树林的土地上用羊角点播玉米或鸡爪谷，过着原始的生活。三大领主把他们称为“野人”。把白马岗作为流放犯人的地方。山高路险，“与野人为伍”，自然被视为对犯人最好的惩罚。

大约一百多年前，喜马拉雅山南麓，墨脱以西门隅地区一个门巴族部落闯入白马岗，发现这里没有繁重的乌拉差役，雨水充沛，土地肥沃，是一块得天独厚的地方，有人把消息传回门隅，许多在三大领主压榨下喘过气来的贫苦门巴人羡慕不已，心里升起“乌托邦”一般的幻想。于是门巴族历史上一场大规模迁徙开始了。像打开了一道闸门，成百上千的门巴人怀着对自由幸福生活的憧憬，携儿带女，跋山涉水涌向白马岗。他们在雅鲁藏布江西岸开荒种地，也给珞巴人带来比较先进的生产方式。崇山峻岭中修建出一幢幢木板吊脚楼，第一次使用耕牛，出现了波光潋滟的稻田。沉睡千年的白马岗开始了相对繁荣的年代。当地群众给她取了一个诱人的名字——墨脱，即鲜花盛开的地方。

但是，“乌托邦”的世外桃源是没有的。墨脱的开发引起三大领主的垂涎和恐慌，“波密王”加强了对白马岗居民的控制。拉萨色拉寺的势力积极向白马岗延伸。英国侵略者也悄悄向白马岗渗透。政治势力和宗教势力相互争权夺利，导致门巴人和珞巴人在雅鲁藏布江下游刀光剑影，血流成河。无数劳苦大众成了三大领主争权夺利的牺牲品。

和平解放前，墨脱县的农奴不但要向地方政府和色拉寺缴纳大米、水果和其他土特产品，还得亲自把这些实物背过多雄拉山，千里迢迢送到领主老爷的府邸，往返一次要好几十天。风雪弥漫的高山，激浪汹涌的江河，不知吞噬了多少乌拉人的性命。农奴向我展示了一乘轿子，是专供背领主和官员来往墨脱时使用的。轿子全用藤竹制成，有舒适的坐垫和靠背，备有马蹬一般的脚踏板。过山时，老爷就坐在轿子里，由支差农奴背着“轿子”在荆棘丛生的崎岖山道上爬行。

那时候，蜂飞蝶舞的墨脱远不是农奴们想象的天堂。

民族新风

墨脱是一个多民族杂居的地区。门巴族居多，还有珞巴族、藏族和汉族。我从这个村庄到那个村庄，在不远的旅途中，常常会见到穿着不同服饰、操着不同语言的人们，风俗习惯、民族歌舞也千差万别，在我面前展现出丰富多姿的社会生活画卷。无论是珞巴族还是门巴族，对我这个从汉地来的客人都分外热情。为我翻译的是一位藏族姑娘。我真佩服她的聪颖才智，来墨脱工作不到五年，不仅会讲一口流利的汉话，门巴话、珞巴话也很精到圆熟。不论走到哪里，“乌娅”（门巴话：女孩）和“戈达”（珞巴话：男孩）都跑来向她一迭连声地道“勒古”（门巴话：祝好），像兄弟姐妹一样亲密。

门巴族大都居住在雅鲁藏布江下游两岸相对平坦的村落。有语言而无文字，计数以二十为一个核算单位，数够二十就在竹片上刻一道刀痕，然后又从头数起，到二十再刻一道刀痕。四十就是两个二十之和，数字表达方式很具特色。食品以大米为主，也种植玉米、辣椒和瓜菜，还出产棉花。妇女上身穿红白色布条镶制的小褂，下身着红蓝色相间的筒裙，系用家制土布缝染，美观结实。男人擅长打猎，制作木器。门巴人修建的楼房，不论多么高大，绝不使用一根铁钉，具有高超的技艺。

珞巴族居住在山里。直到和平解放前夕还处于结绳记事阶段。一位珞巴老人给我讲述起当时颇有趣味的生活方式：“比方我要请你和另外的三个朋友帮助我修盖房屋，日期定在八天以后。那么。我就捡好五根绳子，每根都打上八个绳结，我和你们每人一根以昭信守。你必须把它挂在墙上，每天早上打开一个绳结，我也不例外。到解开最后一个绳结那天，我就会提前准备好酒菜，你和另外三个朋友也会准时到我家来。”珞巴族男女都吸烟，是自己种植的烟叶。妇女着花布筒裙，戴蓝珠子项链，头发散披在肩后，显得格外温顺。男人披一件兽皮缝制的坎肩，腰挂长刀，喜玩弓箭，十分矫健骁勇。

由于历史形成的民族隔阂，墨脱县的门巴族、珞巴族和藏族群众长期分住在不同的村子里，“鸡犬之声相闻，老死不相往来”。今天，各民族人民和睦相处，互相帮助，流传着许多动人心弦的故事。

我访问了一位名叫白玛勒扎的珞巴老人。他祖祖辈辈都单独居住在一个叫安贝尔的偏僻山沟里。不久前，白玛勒扎家里发生火灾，把房屋、家具、粮食和牲畜都烧光了。一位素不相识的藏族农民路过这里，当即脱下氆氇藏袍给他家做被子御寒，并很快把白玛勒扎家失火的消息传到相邻的许多村寨。附近的门巴族、珞巴族和藏族群众闻讯后，都纷纷跑来看望，不约而同地送来衣服、土布、锅碗、粮食和猪娃，并商议如何帮助白玛勒扎修建新房。这时，朱村的门巴族村长提议说：“白玛大哥，你一家孤零零地住在安贝尔，怪不方便的。既然要重建新房，就干脆修到我们朱村去吧。”朱村地势平坦，设有学校，孩子们可以就地读书。白玛勒扎当然乐意。于是，各族人民齐心协力，平地基，伐原木，不到一个星期，就在朱村土地上耸立起一座宽敞的新木楼。白玛勒扎成了门巴族聚居的朱村的第一户珞巴族居民。乡亲们载歌载舞，大碗大碗地喝着米酒，庆贺新居落成。白玛勒扎激动得热泪盈眶，给毛主席像挂上洁白的哈达，连声说：“托共产党的福呀，我们世世代代的冤家，今天变成了心心相连的亲人。”

各民族团结友爱，给边疆带来了繁荣兴旺。门巴族人有栽种水田的悠久历史，藏族人有除草施肥、精耕细作的好传统，珞巴族人能编织精美的竹器和藤器。他们取长补短，交流经验，正逐步改变墨脱山区刀耕火种的落后生产方式。墨脱，是边疆各族人民共同致富、和睦相处的美好家园。

旧社会的“鬼”，新社会的人

墨脱县有六个喇嘛寺庙，但历史都不太长。大多数土著居民——珞巴族和门巴族信奉多神的原始宗教。珞巴族崇拜牛，家家户户都供奉着许多牛头，犄角上缠着红红绿绿的布条，作为家庭的保护神。门巴族信仰一种万能的“神”，高大的雪山，古老的巨树，奇形怪状的岩石，产量较高的农田，都被赋予神的权威，据说能给人们带来吉祥安宁。与神对立而存在的就是“鬼”。几乎每个村子都有一块“顿沙”，即鬼地，大都是蚊蚋孳生的沼泽，或者淹死过人畜的水塘。村民们都得绕着“顿沙”走，以免鬼魂附身。鬼神不通人话，行踪不定，难以捉摸，于是产生了与鬼神打交道的职业人员“登龙坎”，即巫师，有男有女，专门带领大家娱神驱鬼，成为社会上的一个特殊阶层。谁家里有了病人，都要用好酒好肉请登龙坎来跳神，杀鸡宰羊，然后把抹有鲜血的竹签插在门口，不让魔鬼进来继续作祟。如果发生大的瘟疫或灾害，登龙坎则在木板上画出鬼符，发动大家把箭射在鬼符上，据说这样就能把鬼杀死。

墨脱县卫生院的门巴族医生

杀牲、画符、射箭驱鬼偶尔也会见到效果，但绝大多数时候都无济于事。于是，灾害就转嫁到“鬼人”的身上，指责“鬼人”充当了鬼魂的间谍，或者使用了魔法。他们或者得过不治之症或者生过怪胎，就被认为是鬼的化身，从此世世代代都为鬼人。没有人愿意与他们交往，更没有人敢与他们结为儿女亲家。这些鬼人只好离群索居，成为被歧视被侮辱的对象，生活是极其悲惨的。

地东乡的门巴族老人民珠，就是一位旧社会受苦很深的“鬼人”。我特地去民珠家访问，他已经六十多岁了，沧桑岁月在脸上雕刻出一条条皱纹，因为母亲是一个鬼人，所以他一生下来就被视为鬼的化身。他的两个女儿当然也成了鬼人。因为受不了别人的白眼，民珠把家搬迁到远离村子的河边，长期过着与世隔绝的生活。有一年家里缺粮，稻秧不够插栽，民珠求人借一点多余的稻秧，那家人不肯借，凑巧几天后那家人得了一场大病，于是猜想一定是民珠施展了魔法进行报复，就群起纵火烧毁了民珠的木楼，以便斩草除根。民珠撬开地板，带着女儿连夜逃亡他乡才幸免于难。

和平解放后，工作组组织乡亲们把民珠接回家乡，帮助他建起一座崭新的楼房。他的“鬼”女儿白玛丹达出落得一表人才，但受到传统思想的束缚，没有人敢和她谈情说爱，正好被驻军墨脱的一个藏族军人看中，与白玛丹达结为连理，还被送到自治区首府拉萨学医。我去地东乡采访那天，没有机会见到白玛丹达，却有幸与她的妹妹德钦旺姆叙谈。德钦旺姆和她姐姐一样也是“鬼人”，但能歌善舞，最近参加了墨脱县文艺宣传队，扮相不错，人见人爱。回忆当年姐妹俩被乡亲们歧视，躲在墙角落偷看别人尽情歌舞的情景，她就禁不住鼻子发酸。她说：“我们的遭遇就像电影《白毛女》中的喜儿，旧社会把人变成鬼，新社会把鬼变成了人。”

现在，许多门巴族人和珞巴族人都像民珠一样，正逐步从旧社会的精神束缚中挣脱出来，不怕鬼，不信神，以大无畏的精神开垦村子里的一块块“顿沙”、“鬼地”，约有三十多亩。“鬼地”千年不曾耕种，腐殖质含量很高,第一年就创造出了亩产六百多斤的高产纪录。

我问地东乡的门巴族人：“动了‘顿沙’地，你们就不怕染上病魔吗?”一个小伙子回答说:“只要粮食收得多,肚子吃得饱,身体就会像牛一样壮实。”一位老农民在民珠膝盖上拍了拍,逗趣地说:“得点小感冒什么的是常有的事,但他的女儿是医生,老熟人了,总会照顾我们的。”说得大伙都前仰后合地笑了起来。

(初稿于1973年9月,发表于《人民日报》文艺部《大地》月刊)

阿底峡——来自孟加拉国的“鉴真和尚”

我国和外国的友好往来、文化交流活动源远流长，有许多生动感人的故事。

最近读了日本作家井上靖先生的长篇小说《天平之甍》，赞赏之余，我不禁联想起西藏佛教后弘期的祖师阿底峡。阿底峡可以说是孟加拉国的“鉴真和尚”。十一世纪，他毅然抛弃在印度的显赫地位和舒适生活，长途跋涉来西藏进行文化交流，呕心沥血十余年，直到生命的最后一息，为中孟两国的友谊作出了重要贡献。在西藏漫长的记者生涯中，我有幸从西到东先后瞻仰阿底峡在西藏传教的众多遗址，在阿里的托林寺，后藏的萨迦寺，前藏的桑耶寺，大师圆寂的聂当寺，听到许多感人至深的故事。

阿底峡，法名燃灯吉祥智，公元980年出生在布拉马普特拉河的达卡（今孟加拉国首都）附近，是一个邦国的王子。家室富有，仆从如云。阿底峡从小聪慧好学，悉心钻研佛经，学得满腹经纶，很有辩才，善于应对，屡次出席有数万僧侣参加的辩经会，驳倒群雄，成为十一世纪初叶名扬印度的经学大师，并以学者的声誉先后担任著名的超岩寺、那烂陀寺的首席住持，相当于西藏寺庙的基巧堪布。

当时，藏传佛教正处于朗达玛灭佛后的沉寂阶段。偏处阿里象泉河畔的古格王柯热赞布欲振兴佛教，乃弃位出家，取法名天喇嘛智光，并亲自翻越喜马拉雅山去印度迎请高僧，不幸途中被北部山区一个邦国俘获，惨遭火刑，听说阿里盛产黄金，要逼他通知家属带等身黄金来赎身。他的孙子江曲奥闻讯，立即携带大量黄金赶到邦国，天喇嘛智光已得知阿底峡的大名，十分仰慕他的才学，就对江曲奥说："用重金赎我，只能带回去一个废人；如果将这些黄金敬献给阿底峡大师，用一片赤诚之心去感动阿底峡，请他到西藏传扬佛法，比赎回一个废人好得多。"江曲奥遵从爷爷的嘱咐，经历千辛万苦，终于见到了阿底峡。当时，阿底峡已经五十六岁。他听聘使详细讲述了西藏的种种情景，深为藏族僧众崇尚佛教的诚心所感动，不顾年高体弱，放弃了自己在印度宗教界的崇高地位，于1036年带领二十四名弟子，背负经籍翻山越岭来到阿里。

我曾经专门走访阿里象泉河南岸的托林寺。这里距古格王国京城只有半天马程。阿底峡一行抵达古格王国，国王亲自出宫迎接，指令在托林寺内为他新建一幢别墅，让他静心研究学问，还告诫托林寺僧众虚心向大师学习。但阿底峡并不以此自乐自享，在与托林寺译经大师仁钦桑布晤谈以后，竟然感叹地说："西藏有你这样博学的大师，我的西藏之行看来是没有必要了！"表现出这位孟加拉国大学者平等待人、虚怀若谷的高尚品德。正如萨迦格言所说：饱学的人谦逊，知识浅薄者骄傲；小溪流吵闹不休，大海却从不喧嚣。

可惜我在托林寺已经看不到当年为阿底峡修建的别墅了。老僧人指着象泉河畔一堆坍塌多年的土堆告诉我说，那是一幢白杨和垂柳掩映的庭院，环境十分优美，已经在西藏和平解放前的一场特大山洪中冲毁。阿底峡在这里度过了近六个春秋，一面与藏族高僧切磋学问，订正藏译佛经的一些讹误，一面向托林寺僧侣讲授佛学，并把讲稿整理成书，先后刻印了《菩提道灯论》等多种理论著作。

十一世纪中叶，西藏佛教势力在经过了一百多年的沉寂以后又开始萌动起来。只是经书佛像大都已毁于战火，一般教徒无所适从，重师长传承而轻经论教义，相互分歧很大。阿底峡的名望和他在阿里古格讲经的消息很快传遍全藏，被视为可以依从的正统，成为众望所归，纷纷要求他东行传经。1042年，阿底峡又以不屈不挠的献身精神，带着藏族弟子仲敦巴先后到日喀则、拉孜、羌塘、山南等地的许

扎达县托林寺的大经堂。阿底峡应邀从天竺来藏，第一站就住在这里讲经说法，著书立说，开创了藏传佛教后弘期的先河。

象泉河夕照

多寺庙传教。在阿底峡的影响下，一度模糊混乱的西藏宗教在教理和仪轨方面逐步趋于统一，开始了西藏佛教发展史上的“后弘时期”。宗教思想的统一，在客观上也就为结束西藏两百多年的地方割据、最后纳入元朝中央政府行政管辖创造了有利条件。阿底峡在长期传教中学会了藏语藏文，与藏族僧俗人民结下深厚友情，为发展西藏文化作出了出色贡献。

阿底峡在阿里和卫藏各地讲学长达十八年，长途奔波万余里。1154 年终因年事过高，积劳成疾，在住持桑耶寺期间突然感到身体不适，仲敦巴当即他送到拉萨河畔的卓玛拉康（即今聂当寺）休养。不久，阿底峡就在该寺圆寂，享年七十四岁。大师圆寂后，各寺都大念超度经，举行了隆重的祭奠活动，并在附近的卓玛拉康修建灵塔，供奉阿底峡的骨灰。

阿底峡在圆寂以前，将显密一切教授传给了他最得意的门生仲敦巴。仲敦巴继承师傅衣钵，门徒日众，发展成为有名的噶当派。后来的黄教，即宗喀巴创立的格鲁派，就是在噶当派的基础上发展起来的。

为了中孟两国的友谊，阿底峡不辞辛苦，献出了后半生的全部心血，一直受到中国人民，特别是藏族僧俗的尊崇，为纪念阿底峡的功绩，西藏自治区将他圆寂的聂当寺列为重点文物保护单位，至今尚存。

阿底峡晚于鉴真和尚二百多年，但他北上中国的经历和贡献，与中国的鉴真和尚东渡日本的经历和贡献极其近似，堪称伸伯。他们在二十世纪的归宿也雷同得惊人。1980 年，日本派人专程护送鉴真和尚的坐像回国“探亲”；而在这前两年，我国政府也应孟加拉国的请求，将阿底峡大师的骨灰送回他的祖国。在首都达卡举行了隆重的安放仪式。

聂当寺距拉萨只有二十多公里，就在拉萨到机场的公路边上，因阿底峡大师的名声每天都有络绎不绝的国内外游客前来观光。我曾多次来这里拜望阿底峡大师的塑像，塑像前供奉着阿底峡的骨灰坛。僧人抚摸着骨灰坛告诉我，阿底峡圆寂后寺庙为大师修建了一座很高的灵塔。1978 年为奉送阿底峡的骨灰返回孟加拉国故里，他们开启灵塔送走了大部分骨灰，有一部分骨灰还留在这个坛里。因为阿底峡属于孟加拉国，也属于西藏。藏传佛教的兴隆离不开阿底峡的功绩。

鉴真和阿底峡，同时被传为古代中国和亲密邻邦友谊史上的两段佳话。

（写于 1981 年，后发表于《西藏日报》）

怒江源头的天葬奇观

5月中旬，自治区党委副书记丹增率领慰问团进入藏东北山区。在这个方圆二十四万平方公里的辽阔土地上，刚刚战胜了一场百年不遇的大雪灾，处处流传着可歌可泣的故事。慰问团兼顾着宣传报道任务，于是我们四位文人——作家扎西达娃、记者刘伟、诗人嘉央西热和笔者，被安排在同一辆天蓝色丰田车上。还要点明的是，嘉央西热乃那曲地区文化局局长，对当地的文化了如指掌。这种巧合为我们下面的“小聪明”带来了方便。

到达比如县的第二天清晨，同伙推举我去向丹增书记“请假”，要求进行一次单独活动：到热西沟去。丹增先不让去，说热西沟太远，尽是泥泞山道，怕陷车回来影响集体行动，慰问团还要跑好几个县哩。我一本正经地告诉书记，据昨晚听到的汇报，热西沟的旦姆寺在大雪封山时曾经慷慨献出数百斤粮食救济灾民，僧人们还吟诵经文祈祷人畜平安，都想去实地感受一番。丹增见我们去意已定，审视了我好久，才宽宏地点了点头：“去看看也好。文人嘛，好奇心强……不过，千万注意安全。别忘了代我向乡亲们和僧人问好。”

坐在汽车上，大家很关心我向丹增请假的经过，分析丹增当时的神情和语气，断定热西沟此行已经露出了麒麟皮下的马脚，禁不住为我们傻乎乎的“小聪明”笑了起来。因为丹增老家就在比如，会猜出我们坚持去热西沟采访的真实用意。好在丹增也是作家，又是记者出身，对我们此行中不便言说的秘密是能够理解的。

我们此行的真正目的是考察天葬场。藏族地区大都实行天葬，而热西沟的天葬方式又绝无仅有，至今未见任何报刊披露过，可惜无缘亲睹，只好将信将疑。而今到了比如，传说中的天葬场已近在咫尺，确实无法抗拒它的诱惑。

藏族古代与内地一样通行土葬，琼结县至今保存完好的藏王墓和林芝发掘的古代墓葬是最雄辩的证明。大约十一世纪开始，藏传佛教后弘期在西藏盛行，可能还受到舍身饲虎的佛教故事的影响，才逐渐改为天葬。高原大部分地区树木稀少，制作棺木费用极高，天葬更易为大多数人所接受，逐渐演变为一种民族的习俗。由于这种丧葬方式迥异于其他民族，分外引人注目。近十年来随着旅游事业的发展，涌向天葬台参观、拍照的人越来越多，以至近乎一场灾难，严重干扰了天葬仪式的正常进行和必须保持的庄严气氛。于是，自治区人民政府颁发布告，严禁与天葬无关的人员参观、拍照。即使我们这伙本地作家、记者要跻身禁区也是相当困难的。

在远离城市喧嚣的热西沟，我们能否得到一点特殊待遇呢?

汽车在坎坷不平的土路上颠簸四个多钟头之后进入热西峡谷。两岸峭壁拥抱着一湾绿水。这就是奔流千里的怒江上游，当地叫茶曲河。河面并不宽阔，流水却很湍急。汽车下到谷底，天气骤然变得燥热起来，只见牛羊在半山坡上悠闲地啃吃青草，河边的层层梯田正忙着开犁播种。刚过去的那场雪灾已变成记忆。

茶曲乡政府是公路的终点，再往前只有羊肠小道。我们只好弃车步行，好在达木寺已遥遥在望，大约七八公里路程，远远看去，几面寺庙经幡在河风中飘摇。乡政府派来的向导不时指着一块条石或一个土包介绍说，这是当年文成公主歇息、上马的地方。坚固的岩石上确有几处清晰的马蹄痕。一千多年前，那位大唐宫廷的弱女子就是从这里渡过怒江，翻过念青唐古拉山进入拉萨的，一路风霜，肯定比我们来的路要艰辛得多。

寺庙在半山坡上，一群村民正在建筑院墙。建墙方法是用四块木板做成墙模，一层层地往墙模内倾倒黏土，再用杵夯实而成。内地许多农村土屋就是这样修建起来的。伴随木杵的起落，一曲粗犷的劳动号子在怒江峡谷回荡，令人沉醉。这时，一位中年僧人向我们走来，礼貌地问道：“客人从拉萨来?”我们答道：“正是。”僧人立即邀请我们入寺饮茶，一面告诉我们，今天念诵早经的时候师傅就预言下午有拉萨来的贵客光临，师傅年迈不能远行，只能在庙里迎候。

我们目瞪口呆了。回想清晨从县城出发并未向任何人说起过，出发后不见任何车辆超越我们的丰田车。山谷里不通电话，更没有无线电台，达木寺的师傅何以得知我们的行踪呢?

中年僧人所说的师傅名叫次成丹增，现任达木寺住持，本地人，十三岁出家，已在本寺度过了五十三个春秋。袈裟相当陈旧，个高精瘦，有些驼背，古老的铜边眼镜下闪动着一双慈祥、睿智的眼睛。我们向次成丹增师傅转达了丹增书记对他及全体僧侣的问候，并向寺庙供奉了布施。这使老人特别高兴和自豪，不顾衰弱的身体要亲自带领我们参观神殿，并一一做了介绍。

达木寺不大，最兴盛时期有五十一名僧人。寺庙所在的村子叫多索卡，正处在怒江由西向东南的拐弯处。文成公主进藏时路过这里，说多索卡得灵气之先，是块风水宝地。当立庙为祀，于是建起了这座达木寺，距今已有一千二百余年历史。原属宁玛派，约在十五世纪改宗格鲁派。寺庙没有转世活佛，一向由本寺学识渊博的高僧主持寺务，所以学风甚炽，哲人辈出，在横断山脉北部颇有名气，前来朝拜的善男信女终年不断。近代最有名望的主持是土登龙佐·朗加次仁，曾被聘请去拉萨担任达赖喇嘛的经师。

走出神殿，次成丹增师傅告诉我们说，达木寺还有两个附属建筑，一是右边的天葬场，二是左边的三座白色经塔，在西藏寺庙中别具一格。白塔坐落在山丘伸向怒江的突出地带，视野开阔，被偏西的夕阳染成一片金黄。次成丹增意欲带我们去参拜白塔，但眼看时间已晚，归程遥遥，而我们急切想看到的却是右边的天葬场。小心翼翼地提出可否先去天葬场参观。

“那儿有什么好看?”主人疑惑不解地望着我们。

“没关系的，我们想看……”

“好吧。”主人歉然地笑了，吩咐一个僧人找来天葬师阿旺丹增给我们带路。

热西沟的天葬场不像拉萨等地的天葬台那样设在空旷的山坡台地上，而是一座用围墙封闭起来的小院落。南北长约十八米，东西宽约十二米。朝南有一个双扇大门，是背运死者和送葬亲友进入的通道。天葬师则从西边的小门出入，小门外正对着一间孤零零的小石屋，是历任天葬师的居室。

阿旺丹增打开侧门，天葬师解释说，今天上午刚送走一位六十多岁的老妪，是久病不愈致死的。院子里两面一米多高的院墙竟全是用骷髅垒砌起来的。阿旺丹增很平淡地介绍说：遵照这里世世代代流传下来的丧葬习俗，死者的肉体施舍给老鹰，而头骨却是要留下来的。然后再砌到围墙上，传之永远。原来天葬场的三面院墙已经增高到两米，蔚为壮观，不幸数十年前被一场山洪冲塌流走。目前的院墙是用新的头骨重新垒砌起来的。

这种奇特的天葬方式为热西沟所仅有，创始于达木寺天葬场的第一位天葬师德庆顿珠。关于他，还有一段故事。

在德庆顿珠出现以前，热西部落一直实行水葬。大约二百八十年前，一位名叫达布·白玛丹扎的高僧担任达木寺住持，家室殷富，也是本寺最大的施主，他倾尽家产把日趋破败的达木寺修葺一新。同时，认为本地世传的水葬传统不利于灵魂在故乡安住，在整修寺庙以后修建了这座移风易俗的天葬场。天葬场好修，天葬师难觅。天葬师是现代人对操此职业的尊称，过去叫做碎尸人。虽说人们对碎尸人怀着殷切的期望，但是又认为卑贱，社会地位极其低下，谁也不愿意干。乡亲们问怎么办？达布·白玛丹扎却胸有成竹地说：“不用着急，马上就会到来。”就在他说出此话的当天黄昏，从怒江边上走来一个披着破烂袈裟的游方僧，皮包骨头的样子，谁也不愿理睬他。不料该僧却从此赖在多索卡不肯离开，每日白天在村子里行乞，晚上就蜷卧在白塔下面睡觉。渐渐地，村民们得知他叫德庆顿珠，原在甘孜地方一个寺庙出家为僧。但是他不大遵守戒律，被寺庙驱逐出来。他在流浪乞讨中得到神的启示：只有在达木寺附近赎回今生的罪孽才能免除来世轮回的磨难。村民们将此事报告达布·白玛丹扎，住持说："他正是我告诉你们的天葬师。"于是，村民们在天葬场西侧为德庆顿珠修建了一座小石屋，推举他干起了天葬的营生。

德庆顿珠果然神奇，对天葬技术无师自通，工作非常认真、勤奋。不嫌脏、不怕累，很快就招来成百上千的鹰鹫，把小院子挤得遮天蔽日。——按藏族习俗，这是死者的福分，可以换来灵魂的安宁。所以，德庆顿珠受到远近农牧民的信赖和尊重。

直到这时，我最关心的一个问题仍然没有答案，急不可待地问道："我在其他地方也见过天葬，唯独你们这里要留下头骨。能讲讲其中的原因吗?"

"这正是德庆顿珠不同凡人的地方。"阿旺丹增解释说："当年这地方民风强悍，常有因斗殴、酗酒而丧生的，使他特别痛心。联想到自己前半生的种种罪孽，深感人世间尚有许多人不珍惜今生安乐，不惧怕轮回的恐怖，实在有逆于佛祖的教诲。于是，他别出心裁地把每个死者的头骨完整地保存下来，以警诫世上的芸芸众生：多行善事，莫作恶事。"

德庆顿珠死后，达木寺为他举行了隆重的葬礼。他的肉体也是在此天葬的，骨骸却进行了火化，并在寺庙东边专门修造一座白塔安置骨灰。——在西藏从古至今无法计数的天葬师中，大概只有德庆顿珠享受到此种殊荣。他被尊崇为一位改恶从善、普度众生的圣者。德庆顿珠首创的天葬方式也因此流传下来，衍化为民族习俗，成为怒江源头的一大奇观。

天葬台在院子正中，是用二十四块坚硬光滑的岩石拼砌而成的。两根高大的经杆，层层叠叠的经旗经过日晒雨淋，已经失去往昔鲜丽的色彩。院子正北是一排平房，也被各色经幡封得密密实实，形同一幅屏障。我问主人："可以进去吗?"阿旺丹增很随和地揭开一块新挂的黄色经幡带我进入内室。西头供奉着一尊制作精细、色彩斑斓的佛塔，正面沿墙铺着两排兽皮制作的坐垫，供僧人为死者吟诵超度经使用。记得拉萨天葬有的也要请僧人到场念经，那是在野地里进行的，达木寺为僧人创造的条件要优越得多。我无缘目睹天葬进行时的壮观，松烟在四周缭绕，屋里传出僧人们的喃喃诵经声，遮天蔽日的鹰鹫在大院上空盘旋的情景。

“在西藏，像这样的天葬场还有吗?”走出小院，我追问道。

阿旺丹增指着怒江南岸山坡上一个同类建筑的小院子说：“那边还有一个，是在德庆顿珠死后建起来的。因为夏天河水暴涨，不能通行，村民们才依照这里的形式修建了一个新的天葬场。因为没有遇到过山洪冲刷，保留的头骨比这里多。除此以外，你在人世间再也找不到第三个了。”

回到县城，已是夜色沉沉。正忙着洗漱，丹增书记慢慢悠悠地走进我们宿舍，一脸神秘的笑意：“我知道你们干什么去了。怎么样，收获不小吧?”

既然“小聪明”已被揭穿，大家也不用躲躲闪闪，竟像老朋友一样开心地笑了一场。我回答道：“不虚此行。我又领略了一回怒江源头特有的文化奇观。”

（写于 1990 年 7 月）

加查山谷藏汉情长

那天，我和文学编辑罗丹溯增期河而上，去参观佛教圣地——拉姆拉错神湖。不料前一天晚上的一场暴雨，崩塌的山石堵塞了公路，只好返回加查乡政府小憩。乡干部格桑见我们垂头丧气的样子，建议我们去踏访象鼻山上的公主石，是当年文成公主进藏时留下的，奇丽无比。于是，我们重新抖擞精神，沿雅鲁藏布江而下，撷取到一串尚无人知晓的、情深意长的故事。

汽车在崎岖不平的江边小路上颠簸了半个多小时，格桑指着左前方一座棕色小山丘说："你看，那像什么？"我不假思索地脱口而出："象鼻！"的确，像极了。那是从北坡丛林伸向江边的一个光秃秃的山嘴，形状和色彩都酷似大象的鼻子，正要伸向江里汲水。象鼻山的顶上，耸立着一块米黄色的巨石，在阳光下反射出炫目的光芒，好似一只出生不久的小象，正趴在母亲额头上嬉戏玩耍。从象鼻山到江边有一条清澈的小溪。我们沿溪而上，快到山脚时，一块一尺见方的石头分外醒目，中间有个半尺深的圆坑。格桑说，当年文成公主一行曾经在此搭帐篷野炊，此石是侍女舂盐巴用的。公主进藏路上携带着坚硬的盐块，要舂细以后才能煮食。当时，雅江两岸食盐奇缺，贵如黄金，自然引来许多农妇围观，羡慕之余，纷纷向文成公主讲述他们没有食盐的苦处。公主对此极为同情，于是，拾起一块石头，朝象鼻山直直扔去。奇迹出现了：山顶砸出一个小孔，淌出细细的水流。农妇

趴在象鼻山额头上的这只米黄色“小象”，玲珑晶莹，传说与文成公主有关，被称为“公主石”。

们涌上山去，用指头蘸着泉水尝尝，真香啊！原来象鼻山流出的是浓浓的盐水！无不称赞文成公主的神力和恩惠。

我们登上象鼻山头，绿草丛中确实有一小孔，汩汩地流出一股清泉，很细，只有笔管那么大，蘸着尝尝，咸中带甜，沁人心脾。学过地质的罗丹断定，泉水中含有氯化钠等多种矿物质，广西、贵州许多溶洞中的奇异景观就是由这种泉水所包含的矿物质在千百年的积淀中形成的。一席话揭开了公主石的奥秘。顺着清泉流动的方向，有条细小的沟渠沿着象鼻向前延伸，泉水不断向两侧渗透，到尽头只剩下几滴水珠。公主石就是在长年累月的矿物积淀中塑造出来的。石块呈米黄色，晶莹剔透，高约五米，厚度只有一米，南头滴水处酷似雕塑家尚未完成的一只象鼻。我们登上公主石东侧，用石头敲击，发出叮叮的悦耳声。远远看去，宛如一头乖巧伶俐的小象，正要纵蹄奔向雅鲁藏布江，美丽极了，堪称千里雅鲁藏布江上一大奇特景观。

在返回县城的路上，我们无不为这天的意外发现欣喜，更为附丽于公主石上的故事激动不已。汉藏史籍记载，文成公主是从西安经青海、藏北抵达拉萨，并未经过加查山谷。公主扔石头引出千年不断的盐泉，更是不可思议。搜集民间文学不是新闻记者的职责，但是我们仍然不忍舍弃，这是因为公主石故事作为一种口头文学创作，最真实、最形象地表达出了人民大众的意志和情感。藏汉民族的团结和友谊源远流长，从远古延续到今天，演绎出许许多多感人肺腑的佳话。

晚上，宣传部的干部介绍加查县名的来历，更加意味深长。史书记载，吐蕃王朝末期发生过一场浩大的平民起义，有几个王子从拉萨逃亡到塔工地区，其中一个王子就落脚在象鼻山下。他为了提高自己的威望，强调是金城公主的子孙，于是把这块地方叫做“加查”，意即这是具有汉族血脉的王子所管辖的领地。不过，人们还有另一种解释，说从朗县到泽当一带严重缺盐，古代常有四川骡帮运盐巴来此聚集，再销往雅鲁藏布江两岸广大农村，故名“加查”，即“汉盐集散之地”。从文字学上来看两种解释都不无道理，说明加查山谷虽地处偏僻，却一直与汉族地区有着密切联系，长期的政治、经济、文化交往，浇铸了藏汉民族的深厚情谊。

如果说公主石的传说有些虚无缥缈，四川骡帮贩运盐巴的史实又过于遥远，冀凌春的故事却是现实生活的真实写照。一切来得那么自然、真切，就像大地逢上春雨就会变成一片绿茵。那是参观公主石的第二天。我们去安绕乡采访，乡亲们总爱把话题转移到小冀姑娘身上去，那得意的神情，无异于父母收到了女儿考上北京名牌大学的通知书。小冀就是冀凌春，一个年仅二十三岁的汉族女孩子，最近破例当选为安绕乡副乡长。

我们是在乡政府南面的麦田里找到冀凌春的。正是冬播时节，今年安绕乡推广模式化栽培新技术，就是实行冬小麦与玉米套种，到来年春夏玉米收割后再补一茬早熟油菜，一年三茬，充分利用地力，每亩地可增加百分之二十到百分之三十的收入。因为农民们还不习惯这种新型的栽培方式，冀凌春一早就来到地头讲解和示范，与农民们打得火热。一顶宽边带花的白布草帽，使我们一下子就从众多藏族农妇中认出了这位新上任的汉族乡长。没有拉萨姑娘的时髦打扮，穿着朴素大方，圆圆的脸上闪动着一双机灵的大眼睛，见到摄影记者还有几分惊怵和羞涩。我们反复询问，才了解到她平常而又独特的人生经历。

小冀祖籍河南省上蔡县。父亲是个老实巴交的汽车驾驶员，1975年携妻子进藏，生下女儿不久就调来加查县开车，长年在深山峡谷中奔忙，特别能吃苦耐劳，很受机关干部称赞。只是小冀读书时遇到了难题，当时加查县城只有一所藏文小学，不开汉语课，母亲很发愁："今后俺闺女回老家怎么办？藏文回家用不上，还是像文盲一样。"冀师傅的回答令人吃惊："在西藏就必须学会藏文，能与群众打成一片，到哪儿都用得上。"就这样，小姑娘与藏族孩子摸爬滚打了六年，学会了一口流利的藏语，接着去山南上初中、高中，也是与藏族少年同校同班，生活习惯和思想感情发生了微妙而深刻的变化。1993年，当父亲退休即将返回河南的时候，冀凌春已经与藏族同学难舍难分了。加查县的领导干部也十分喜爱这位对西藏一往情深的汉族姑娘，为了让冀师傅夫妇走得安心，竟破例地吸收他正上高中二年级的女儿参加了工作。年仅十七岁的小冀成了县教育局的工作人员，不久又加入了中国共产党。因为加查县大部分乡村都有她小学、中学时结交的藏族朋友，走到哪儿都有说不完的知心话，与群众关系分外密切。她妈妈一度担心闺女留在西藏会感到孤独和寂寞，小冀却在山沟里如鱼得水，生活得有滋有味。二十三岁被选为安绕乡副乡长，寄托着父老乡亲对这位汉族姑娘深厚的情感、殷切的期望。

人们免不了疑问，当小冀羽翼丰满的时候，会不会受内地舒适生活的诱惑，或者爱上一个汉族小伙子，一起飞回中原大地呢？小冀每每碰到这样的提问，就有一种遭遇外星人的感觉。什么叫"舒适"，西藏就不舒适吗？难道说汉族姑娘就只能与汉族小伙子结婚？直感到太不可思议。冀凌春悄悄告诉我们说，她已经与一位藏族小伙子订下终身，他正在西藏民族学院大专班进修，他们爱得很深。她盼望小伙子深造归来，尽快成家，并帮助她补上当年未能完成的学业。看来对"舒适"、"结婚"这类词语的理解，地球人和外星人存在着很大差异。

我们在加查县前两天的奇遇纯属偶然，是采访计划以外的收获，它给人的心灵震撼却久久难以平静，禁不住浮想联翩。从传说到现实，从远古到今天，一条藏汉民族团结友谊的红线总在眼前飘动，跨越千年时空，变得越来越明晰和鲜亮。陈汉昌同志的一首《念奴娇》道出了个中真谛：遥想文成公主，孤女担重任。远嫁吐蕃，奉献真情，撒播下多少友好文明！悠悠佳话，世代相传颂，深入人心。更喜今朝，团结花开似锦。

（初稿于1998年10月，发表于1999年8月15日《西藏日报》）

生活在高原上的人们

——西藏民族简介

按：1980年，应内地来藏的一位摄影家之邀，为策划中的大型风情画册《生活在高原上的人们》撰写了一篇介绍性文字。1985年去北京出差，一位朋友告知曾读过由我署名的该画册“前言”，说印刷相当精美，向我祝贺。惜乎至今未见样书，更无从联系，令人啼笑皆非。前几天偶然逮到当年铅笔草拟的底稿，附录此书，还有点趣味。

西藏生活是那么丰富多彩，简直就像一座天然博物馆。雪山草原的风光，壮丽而又奇特；古色古香的宫阙、庙宇，记载着雪域大地悠久的历史；而那热情、奔放、聪颖、勤劳的居民，千差万别的习俗风情，更为我们展现出一幅幅既古朴而又斑斓多姿的社会生活画卷。

到西藏旅行的外国朋友，可别错过机会到居民家里做客，拉拉家常，一定会受到热情款待。

如果时间充裕，不妨再到边境地区走一走，你会惊奇发现，西藏除了藏族之外，还活跃着一些你很少知晓、听闻的民族和族群。他们大都生活在高山密林之中，虽然人数不多，却保持着极其古朴的习俗，原始的宗教，奇异的服饰打扮。与藏族一样热情好客。云遮雾绕的山林，独一无二的歌舞艺术，几乎没有受到现代物质生活和精神生活污染的天国，一定可以让客人大饱眼福。

藏 族

藏族总人口约有四百万，分布在中国西藏、青海、四川、甘肃、云南等省、区，居住面积达二百七十万平方公里，占中国总面积的四分之一。西藏自治区境内有一百五十万藏族人民，是号称“世界屋脊”的主体居民。

关于藏族的起源，民间有一个古老的传说：很早很早以前，在雅隆河与雅鲁藏布江交汇处的贡嘎山上，住在山北的魔女恋上了隐身山南的一个猴子，生下许多似人似猴的男女，纷纷下山觅食，开垦田地，是为高原上最早的人类祖先。我参观过雅隆河与雅鲁藏布江交汇处的贡布日山南侧的哲古洞，至今香烟缭绕，据说就是父猴的居室、与魔女结婚的洞房。查阅藏文史籍，西藏远古最早有名有姓的部落首领聂赤赞普——吐蕃王朝第一代赞普就活跃在雅隆河谷。历代赞普不断向外扩张，与东北毗邻的部落特别是岷江流域的古羌人向西迁徙，相互交往、融合，逐步形成今天的藏族。七世纪，第三十一代赞普松赞干布建立了统一的吐蕃王朝，将首府从雅隆河谷的琼结迁往拉萨，并向当时地处中原的唐朝皇室求婚，唐太宗许嫁十七岁的文成公主，开创了汉藏民族经济、文化密切交往的先河。九世纪中叶，吐蕃王朝在内部争斗中崩溃，形成许多教派各自称雄、互不统属的地方割据政权。十三世纪，西藏正式纳入元朝中央政府行政管辖，从此结束了长达四百多年的混乱局面。

藏族是一个具有悠久历史、灿烂文化的民族。传说松赞干布时期，著名学者吞米·桑布扎创制了藏文。这是一种仿照梵文设计的拼音文字，由三十个辅音字母和四个元音符号组成。每个音节有个核心字母，既可以从左向右拼读，组成四间“平房”，又可以上下拼写，形成四层“高楼”，别具一格。学者和僧侣们开始用藏文翻译出大量从印度和大唐传入的佛教典籍，阐释教义，记载历史。有的用长条木版刻印，有的用金汁书写在贝叶和手工纸上。卷帙浩繁，汗牛充栋，大都保存在寺庙里，是极其珍贵的民族文化遗产。涌现出许多著名的宗教学者、医学家、历史学家、文学家和诗人。布顿大师（1190～1264年）编纂审订的《甘珠尔》和《丹珠尔》，合称《大藏经》，共四千五百六十九卷，是目前世界上最完整的佛教丛书。相传吐蕃时期，唐朝派中原名医东松噶瓦进藏为赞普治病，被留下来传授医术，其最得意的门生宇妥·云丹贡布将汉地医学与本地特殊疾病和民间药物进行综合研究，写出了《居细》一书，即《四部医典》，至今仍然是学习藏医必读的基础理论教材。萨迦班智达的《萨迦格言》共收集四百五十七首格言诗，思想隽永，比喻贴切，音调铿锵，一直在民间口耳相传。多噶·策仁旺杰的长篇小说《勋努达美》叙述英雄和美女的爱情故事，既有强烈现实主义色彩，又不乏天马行空的幻想，语言绮丽，脍炙人口，是藏族古典文学的巅峰之作。

藏族人都有惊人的艺术天赋，是一个能歌善舞的民族。寺庙里有琳琅满目的绘画、雕刻和建筑，制作精美，令人心旷神怡。男女老少都能进行即兴歌舞表演，放牧要唱牧歌，宴饮必有酒歌助兴，谈情说爱离不开情歌，迎神送鬼还有傩舞。逢年过节，人们更是围着篝火在月光下集体歌舞，通宵达旦。男子舞姿矫健奔放，女子舞姿柔媚迷人，给人飘飘欲仙的享受。在拉萨、日喀则等城镇，则流行名叫“堆协”和“囊玛”的歌舞，舞姿典雅，缓急交错，曲调如梦如幻，深受中上层人士和知识阶层喜爱。在辽阔草原上，则有类似欧洲“吉卜赛”的流浪艺人组织——“热巴”。男子摇起铜铃，女子敲响长柄鼓，伴以高亢悠扬的歌声，在广场上左旋右转跳大弧度的“绷子”，有如飞翔蓝天的鹰群。他们大都是以家族为单位，三五人或十来人组成演出队，用牦牛驮载服装道具，风雨无阻地在农村、牧场、城镇和节日聚会场所巡回卖唱谋生。还有一种名叫“仲肯”的说唱艺人，专门讲唱民间故事，类似汉族地区的评书，但注重语言音韵，深得听众喜爱。演唱最多的是《格萨尔王传》，叙述传说中为民除害、英勇无敌的神奇英雄格萨尔王的非凡业绩。近三十年来有关专家、学者对《格萨尔王传》进行了系统收集、整理和研究，共叙述主人公经历的七十多场战斗，有一百多万行，是世界最宏伟的英雄史诗。

到拉萨旅游的人，藏戏不可不看。藏戏是一种古老而又极有艺术魅力的综合性表演艺术。过去一直在广场演出，演员戴面具，唱腔高亢洪亮，舞姿潇洒健美，在鼓钹伴奏下表演各种宗教故事和民间传说。著名的有《文成公主》、《朗萨姑娘》、《诺桑王子》等八大剧目，每个剧目可连续演出三天至七天。而今已经搬上灯光迷离的现代舞台，去掉以拉场子为目的的过场戏，用两个多小时即能表演出一个完整的故事了。你不用花太长的时日就可以欣赏到藏戏特有的风姿。藏戏是在民间歌舞和宗教舞蹈基础上发展起来的，至今有五百多年历史，所讲述的故事通过藏戏艺术得到广泛流布，早已成为人们生活不可或缺的精神食粮。谚语说：宴请朋友不能没有青稞酒，过新年不能没有藏戏。

藏族通行一夫一妻制，也有一妻多夫的。一妻多夫大都是几兄弟共娶一个老婆，或者老婆去世后与儿子共娶一个妻子以避免家庭分裂，老人也能得到适当关照，不会感到寂寞。住房和衣着，城市、农村和牧区差别较大。农村以石头垒砌的平顶楼房为主，楼下饲养牛羊，楼上住人。窗户大都很小，三十年前一般不嵌玻璃吸收阳光，客人进村，你常常可以看到好奇的村民从窗户伸出头来观望，宛如一幅幅双人或单人的头像，别有一番风味。草原上实行游牧，逐水草而居，一顶黑色牛毛帐篷就是一个家庭。帐内正中是三块石头支起的炉灶，左边是女主人和女客的起居处，右边铺着坐垫或兽皮，是招待男客人的场地。客人应盘腿而坐，叉开双腿入座会令主人感到不快。农村男子着宽领开右襟的氆氇长袍，腰束彩带，腿蹬皮靴，显得英俊豪爽。妇女穿宽领无袖披肩，扎丝绸发辫，腰系色彩斑斓的围裙，名“邦典”，衬衣袖口长出手臂二十来厘米，跳舞时可随手臂上下左右挥舞，像腾空的彩虹。牧区不分男女均着黑布或灯芯绒镶边的无布面羊皮长袄袍，束腰，劳动或天热时节就脱下右臂衣袖，露出紫铜色臂膀。男人喜欢戴狐狸皮软帽，身佩长刀。女子喜欢挂珊瑚、海螺或彩色珠石串成的项链，发辫上连缀着用银圆做成的装饰品，行走时叮当有声。食品以糌粑为主，是用青稞炒熟后磨制成的面粉，可以加入酥油揉捏成团状拌茶水吞食，也可以与牛羊肉、萝卜、土豆等混合煮成稀粥食用，称为“土巴”。

藏族群众爱花，好客，待人豪爽，语言诙谐。不论家境如何，几乎家家户户的庭院都种植有蔷薇、芙蓉、八瓣梅、大丽花。窗台上还摆着一排植有海棠、喇叭花、吊金钟的盆花。即使在雪花纷飞的冬天，屋子里也能感受到春天的气息。男女老少都能喝酒，多系青稞酒，大碗大碗地豪饮，而且常常伴以歌舞助兴。客人进门第一件事是请你喝三碗见面酒，你稍有推辞，主人就会唱起悠悠扬扬的劝酒歌，一曲接一曲地唱，直到你饮完三杯为止。当然对于远道而来的非藏族客人，得知你酒量不大，主人还是很体谅的，但是也得微微抿上两口，以答谢主人盛情。接着是坐下来聊天，慢慢品尝醇香的酥油茶。酥油茶用加盐的茶水与酥油搅拌而成，讲究一点的家庭还要添加鸡蛋、冰糖、核桃仁，喷香，解渴，极富营养，是高原生活须臾不可缺少的佳饮。有人做过统计，藏人每天喝进肚腹的茶水在三十杯至八十杯之间，更有藏人可以连续几天不吃糌粑不吃肉，从早到晚就以酥油茶充饥，仍然能保持充沛精力。

珞巴族

珞巴族是西藏高原上的一个古老民族。藏文史籍记载，早在七世纪吐蕃王朝统一西藏时就囊括了最南方的“珞”和“门”，“珞”即指雅鲁藏布江下游、喜马拉雅山东段南麓的珞瑜地区，藏语的意思就是“南方之地”。当地土著居民也相沿成习自称“珞巴”。那里森林茂密，气候温和，风光秀美。一个珞巴族姑娘给我们唱道：“欢迎你到我的家乡来，我的家就在蜂飞蝶舞的地方。”珞巴族总人口二十余万。由于英印政府非法的“麦克马洪线”对珞瑜地区进行分割，目前西藏自治区直接管辖的珞巴族主要分布在米林、隆子、朗县和被称为“上珞瑜”的墨脱等地。

珞巴族长期居住在深山密林，交通闭塞，社会发展缓慢，有语言无文字。直到和平解放前夕仍处于刀耕火种阶段，春天砍倒一片树林，放火烧成灰烬，待雨季到来时节就用羊角掘坑播种。社会交往以结绳记事为主。家家户户墙头都挂着串串绳子，借贷使用麻绳，议事使用毛绳，一个疙瘩就是一个单位。比如我邀请你七天后来我家参加婚礼，就给每位亲朋好友送去一根打着七个疙瘩的毛绳作为“请柬”，你务必每天早晨起床后解开一个疙瘩，到毛绳疙瘩解完的那天，主人已备办好酒席，客人也会届时光临。

珞巴族男女之间关系拘谨，不正当的性行为会遭到部落的遗弃和

珞巴族人用竹夹收割青稞

谴责。通常实行买卖婚姻，按女人的长相、年龄和劳动技能，可以卖到一头至八头牛不等的价格，富裕人家的男子可以讨几个老婆。妇女在家里大都处于从属地位，逃亡、自杀的现象时有发生。和平解放后，普遍实行一妻一夫制，男女平等，逃亡自杀现象已基本绝迹。

吸烟是整个民族的共同嗜好。男子抽自制的卷烟，妇女则喜欢用竹管吸研磨的烟末。女子着花布长筒裙，戴蓝珠子项链，赤脚，头发散披在肩后，性情温顺。男人头戴熊皮帽子，身披兽皮缝制的披肩，也喜赤脚，外出时要在小腿上缠裹黑色土布，以防无处没有的蚂蟥和木刺。男孩从小就玩弄弓箭，稍长即腰刀不离身，长期结伴在森林里砍柴、狩猎，十分矫健骁勇。

食品因居住区域不同而稍有差异。住在河边平坝的珞巴族人种植稻谷，以大米为主食；深山老林的珞巴族人则食用玉米和鸡爪谷；靠近藏族地区的居民种植青稞，喂养奶牛，生活习惯受藏族影响，喜欢吃糌粑，喝酥油茶。老鼠肉是珞巴族最喜爱的食品，尤以妇女为甚。招待珍贵客人不能没有老鼠肉。访亲拜友，逢年过节，都要提着一串刚刚捕获的老鼠作为礼品，以表示敬意和友情。

门巴族

门巴族世世代代聚居在喜马拉雅山南侧以达旺为中心的门隅地区，东边紧邻珞巴族居住的珞瑜，北面吐蕃王朝发迹的雅隆河谷近在咫尺，与藏族的经济文化交往的历史也源远流长。十八世纪，门巴族内部发生械斗，战败者被迫离家出走，向东进入白玛岗（今墨脱县境）和塔工（今林芝、米林一带）地区，门巴从此分为两支，墨脱和塔工的门巴叫东门巴，门隅和错那的门巴叫西门巴。东、西门巴族的语言、服饰和习俗也渐渐发生差异，但共同的特点仍然不少。

门巴族属于藏缅语系，有语言而无文字，书面往来通行藏文。记数很奇特，以二十为一个计算单位，八十就是四个二十之和。交通方便的平原地区信奉藏传佛教，有喇嘛寺庙；偏远山区居民则信奉一种

门巴族少女

原始的多神教，高大雪山，古老巨树，奇形岩石，甚至吞没过太多生灵的河流险滩，都被赋予某种神威，有特定的祭祀日期和仪轨。有一种名叫“登龙坎”的神职人员，专门从事娱神和驱鬼活动，享有较高的社会地位。

门巴地区多属热带和亚热带气候，潮湿多雨，物产丰富，高山峡谷间分布着水光潋滟的稻田，果实累累的林木。还种植有藏族地区极其稀罕的棉花、辣椒、花生、橘子、红薯，是与北方藏族交换酥油、牛羊肉的主要农产品。

门巴族地区土肥人勤。门巴族妇女上身着红白布条相间的小褂，下身穿红蓝布条相间的筒裙，都是用本土生产的棉花手工染色、编织而成，结实而且美观。男子擅长修桥、造屋、编制竹器，具有高超技艺。当地雨水充沛，为了防潮，住房都是用原木和竹子建成的吊脚楼，楼下是耕牛栖息地，楼上有宽敞的廊道和凉台，分外凉爽舒适。无论木楼多么高大，绝不使用一颗铁钉，据说铁钉会招来妖魔作怪。门隅地区盛产实心藤竹，坚硬防腐，每根长数十米，是架桥的好材料。用一根藤竹的叫溜索桥，行人倒挂在藤竹上滑过江面；将几十根藤竹编织在一起的大型桥叫藤网桥，可以步行过江，只见湍急的流水在脚下奔涌，整个桥面都在向上翻滚，既惊心动魄，又是一次难得的享受。

门巴族酷爱文学艺术。从远古的神话到近代的戏剧都有感人的精品流传下来。六世达赖喇嘛仓央嘉措是门巴族引以为豪的诗人和活佛。他出生在门隅地区的达旺附近，从小受到门巴族民歌的熏陶，门巴族民间情歌特别缠绵奔放，别具一格。仓央嘉措被选定为前世达赖喇嘛的转世活佛以后，仍然眷恋着少年时代的自由生活，他创作的《仓央嘉措情歌》既是家乡古朴民俗的生动描绘，也真实表现了少年活佛冲破宗教禁忌束缚，追求人间真情的可贵情怀。著名藏戏《卓娃桑姆》也是根据门巴族民间传说改编的。唱词中说：在门隅和印度的交界处的河边，有一座云雾缭绕的小白屋，那就是仙女卓娃桑姆的住处。门巴族地区蕴藏着文学艺术的丰富宝藏。

夏尔巴人

夏尔巴人主要聚居于邻国尼泊尔的索罗昆布地方，少数分布在我国西藏自治区的樟木、绒辖、吉塘等地，大约有一千多人。他们与尼泊尔的夏尔巴人同宗同俗，山水相连，来往频繁，成为中尼友好的浇花人。

“夏尔巴”系音译，藏语的意思就是“东方人”。相传夏尔巴人的祖先原是我国西藏、青海、四川交界处的藏族，属于康巴支系的一个部落。大约四百年前，该部落与相邻部落发生矛盾，在当地失去落脚之地，被迫拖儿带女远走他乡，向西进入喜马拉雅山的丛林地带。当年这里人烟稀少，气候却很温和，于是定居下来，伐木造屋，开荒种地，过着与世无争的日子。因为他们来自寄居地的东方，就自称“东方人”，即夏尔巴，以表示对祖先和故土永远的怀念。这种传说前不久已经被尼泊尔的夏尔巴人学者桑杰丹增先生证实。夏尔巴人的语言发音和词根与古藏语极其近似，证明他与藏族的血缘关系已经毋庸置疑。但经过数百年的变迁，其生活方式、语言习俗、服饰信仰都有了自己独具的特征。

樟木的夏尔巴人也信仰藏传佛教，但出家人可以娶妻生子，白天在寺庙诵经供佛，晚上回家与家人团聚。人死后实行火葬。通行抢婚。成年男子要结婚，在选定对象后就组织几个极好的朋友躲藏在河边或森林里，待意中人路过这里时就出其不意地背回家去，强行举行婚礼。古代如何抢婚已难以考究，但而今的抢婚多半是双方事前就已经商量过，女方也默许了的，所以“抢”得相当顺利。事到临头，被抢劫的准新娘当然也要哭哭啼啼地挣扎一番，不过是做做样子罢了。

樟木地处中国和尼泊尔贸易的交通口岸。我国的夏尔巴人与桥那边的尼泊尔商人语言相通，有的还带点亲戚关系，成了两国贸易最熟练的经纪人，做生意的人特别多。贸易、运输、翻译，基本上成了夏尔巴人男子的专利；女人则在家种植蔬菜和从事手工业生产，日子越来越甜美。几乎每家都新修了一栋小巧玲珑的楼房，窗明几净，令人赏心悦目。爱清洁，喜打扮，是夏尔巴人的传统。

夏尔巴男子穿高领斜襟衬衫，外罩白色氆氇坎肩，下着长裤，女子皮肤白皙，身材修长，喜欢穿尼龙对襟衬衫，花布筒裙，外罩白色氆氇坎肩，散发，赤脚，分外妖娆美丽。青年男女都喜欢跳舞，1979年的北京舞台上演出过一出夏尔巴人舞蹈《夏尔巴的春天》，服饰鲜艳夺目，旋律明丽欢快，舞姿轻松柔美，令人心醉。

僜人

在西藏横断山脉南端的峡谷，桑昂曲河畔的原始森林里，生活着一个服饰、风俗、信仰都与众不同的人群，自称“僜人”。他们与附近的藏族、珞巴族互不通婚，绝少往来，生活极其艰苦，长期不大为外人知晓。一首僜人民歌说：“我们的生活像猴子一样，住在山林里，四季不见阳光。”和平解放后，人民政府和解放军陆续把他们接下山来，建立起一个个僜人新村。

僜人女子喜欢穿黑色上衣。花布筒裙，赤脚，头发盘在头顶；耳廓下端都嵌着一对前大后小的圆形银质耳饰，宛如两只喇叭，格外醒目，被附近群众称为“大耳朵”。男子头盘黑布缠头，上身着无袖长褂，下摆齐至臀部；不穿裤子，只在前面吊一块约三十厘米长、十五厘米宽的布条遮羞。男女都吸烟，喝酒。烟是自种的罂粟，酒是大米或包谷酿制的甜酒，略带酸味，能解渴提神。妇女出门都挎着一只布袋，是存放烟草、火石的，长烟杆则总是含在嘴里，被认为是一种女性美。近二十年来，情况有很大变化。鸦片改成了烟叶，青年小伙子

察隅的僜人

将私处的布条换成了时髦短裤。青年女性大多甩掉长烟杆而改吸香烟了。

妻子都是买来的。一个适龄女子可以换取几头牛或一支猎枪。只要家庭富裕，自然可以娶到几个老婆。在一夫多妻的家庭里，常常女方生育后就带着孩子自立门户和灶堂，各自经营丈夫分给的一片土地和牲畜。丈夫决定在哪里过夜，就将他的熊皮袋挂在哪家门口，女主人会备好酒食，等待丈夫光临。丈夫去世，年轻的妻子可以转房给丈夫的兄弟、侄儿或其他妻子的儿子，但不得改属外姓男子。而今正在实施新婚姻法，一夫一妻制已逐步被僜人接受。

僜人有语言无文字，数字概念较差。以月亮圆缺为一月，以庄稼的成熟为一年。僜人的长者大多说不清自己的确切年龄。全民信奉原始的巫教，认为生病、死亡、天灾、兽害都是鬼神作祟，必须杀鸡送鬼，杀鸡不济就杀猪、杀牛，直到倾家荡产为止。同时还要请专职的巫师背诵驱鬼词，手持腰刀在空中飞舞；有时还昏厥过去，表示正在与鬼神谈判或者进行殊死搏斗。

牛是僜人家庭贫富和社会地位的主要标志，是印度传来的牛种，叫巴麦牛，黑毛白纹，身躯高大，既是驱鬼祭祀的必需品，又是换取老婆不可或缺的家财。都以拥有更多巴麦牛为荣，牛宰杀以后也要将牛头骨保留下来。富裕人家常常有专门房间存放牛头骨，带引客人参观，牛头骨越多，越加受到邻里和部族的尊重。

回　族

西藏的回族集中在拉萨、日喀则、昌都等城镇，大约有五千人左右，信仰伊斯兰教。

相传早在唐朝时期，就有阿拉伯人从长安来到拉萨，参与大昭寺的修建。寺庙竣工后，松赞干布将剩余的木料赐给他们修建住房，从此在高原定居下来，逐渐与藏族群众融为一体，已不复分辨。而今西藏的回族则主要是明朝、清朝年间陆续汇集到西藏来的，其中又分为三条路线：北路，是从西安、兰州、西宁来的商人和手工业者，主要经营绸缎、铜佛，加工生活用品；东路，是来自四川从事茶马交易的商人、马夫和清朝历次随军进藏而退伍留下来的回族士兵；西路，大部分是十九世纪侵入阿里的克什米尔军人，一部分被俘虏后送到拉萨沦为政府的奴隶。一些信仰伊斯兰教的外籍被俘士兵自然与前两路回族交往密切，形成一个稳定的共同体，统称为回族。十九世纪末叶，与在拉萨的汉族人集资修建关帝庙的同时，拉萨的回族人也在八廓街东南角修建了清真寺，成为回族人宗教活动的集中场所。

西藏的回族，女子亦着藏装，男子喜欢穿汉族式短褂，戴白布小帽。家人去世后实行土葬，在拉萨北郊设有回族人专用的坟场。回族和藏族一般不通婚，婚礼由阿訇主持，保持着本民族的古老习惯。

西藏回族爱清洁，定时沐浴。文化水准较高。和平解放前就设有专门的回民学校，讲授汉语文和藏文，成绩优良者还要加修阿拉伯文和伊斯兰经典，便于今后充当阿訇。回族人不能在噶厦做官，但通司（翻译）大都是由回族青年担任的，因为他们通晓两种语言，毛笔字写得很棒，对汉文古典文学也有较深的理解，常与中央政府驻藏衙门的官员对诗酬唱。

去麦加朝圣是许多回族人的最高理想和最大幸事。年复一年，他们辛勤积累钱财，三五结伴，不惜千里跋涉去阿拉伯朝觐圣地。

汉　族

大唐时期的文成公主、金城公主、东松噶瓦（医生），是有文字记载最早定居西藏的汉族人。他们尊重当地人民的风俗习惯，带来汉族地区先进的科学文化，他们增进了藏汉民族的友谊，促进了西藏社会的进步发展，传为千古佳话。

从元朝起，伴随西藏正式纳入元朝中央政府行政管辖，来西藏公干、经商、建筑和从事手工业生产的汉族人络绎不绝，但汉族人大批进藏、定居，是1951年西藏和平解放以后才开始的，现在已有十多万人。除少数在党政机关任职的公务员以外，大都是从事教学、医疗、科研的知识分子，从事交通运输的修路工人、汽车驾驶员、汽车修理工，还有不少房屋建筑工、泥瓦匠人和机关单位的“麻金”（炊事员），当地群众对以麻辣为特色的四川烹调技术有一种天然嗜好，所以四川炊事员颇受欢迎。

改革开放后，祖国各省大力支援西藏建设，来藏参与新西藏建设的汉族和其他民族的工人、商贩有逐年增多的趋势，但大都不带户口，始终在西藏和内地之间频繁流动，给西藏发展带来蓬勃生机。也有青年男女在与当地藏族青年交往中碰撞出爱情的火花，结为伉俪，有可能最后在高原定居下来，繁衍子孙。这是当代历史发展的特殊现象。

（写于 1982 年）

图书在版编目(CIP)数据

我在西藏当记者/李佳俊著．—北京:中国藏学出版社,2010. 12
ISBN 978 - 7 - 80253 - 333 - 2

Ⅰ.①我... Ⅱ.①李... Ⅲ.①通讯 - 作品集 - 中国 - 当代
②新闻报道 - 作品集 - 中国 - 当代 Ⅳ.①I253

中国版本图书馆 CIP 数据核字(2010)第 265206 号

我在西藏当记者 李佳俊 著

出版发行	中国藏学出版社
印　刷	北京牛山世兴印刷厂
开　本	787 毫米×1092 毫米　1/16
印　张	30. 75
字　数	442 千字
印　次	2011 年 1 月第 1 版第 1 次印刷
书　号	ISBN 978 - 7 - 80253 - 333 - 2/I · 105
定　价	48. 00 元

图书若有质量问题,请与本社联系

E-mail:dfhw@ zzcb. com. cn　电话:010 - 64892902